FENGYU
JINGHUA LEI

殷李有◎著

风雨荆花泪

时代出版传媒股份有限公司
安徽文艺出版社

图书在版编目（ＣＩＰ）数据

风雨荆花泪/殷李有著.—合肥：安徽文艺出版社,2022.9
ISBN 978-7-5396-7379-0

Ⅰ．①风… Ⅱ．①殷… Ⅲ．①长篇小说－中国－当代 Ⅳ．①I247.5

中国版本图书馆CIP数据核字(2021)第278198号

出 版 人：姚　巍
责任编辑：秦　雯　秦知逸　　　装帧设计：张诚鑫

出版发行：安徽文艺出版社　　www.awpub.com
地　　址：合肥市翡翠路1118号　邮政编码：230071
营 销 部：(0551)63533889
印　　制：安徽联众印刷有限公司　(0551)65661327

开本：710×1010　1/16　印张：38.5　字数：700千字
版次：2022年9月第1版
印次：2022年9月第1次印刷
定价：168.00元

(如发现印装质量问题，影响阅读，请与出版社联系调换)
版权所有，侵权必究

苦难的石头
——殷李有先生长篇小说《风雨荆花泪》序
张正顺

枞阳人李光炯(1868—1941),与光明甫、刘希平同被誉为"安徽教育三杰"。李光炯,名德膏,枞阳镇李家兰庄人。他早年追随吴汝纶先生远赴日本考察教育,继而襄助其创办桐城县学堂(桐城中学前身),泽被乡邦、名垂青史;他创设了安徽公学(前身为安徽旅湘公学),为现代民主主义革命培育有生力量;他倡导教育兴国,在安徽公学基础上创设安徽甲种实业学堂,开我国现代职业教育之先河;他关注乡村教育、平民教育、基础教育,先后在家乡枞阳(旧属桐城)创办李氏族学和著名的宏实学校,造福父老乡亲,声震皖江。

宏实学校位于枞阳镇东北部,曾一度改名为长安初级中学。这里旧属黄羹乡,又曾叫长安乡。黄羹乡下辖现今的新楼、沿河、长安村及老庄社区等区域。斯人已去,宏实犹存。宏实学校虽几经周折,然"实大声宏",已被载入史册,像一面高悬的旗帜,成为皖江地区教育的一个知名品牌。

殷李有老先生曾执教于长安初中和宏实初中。从最初执教民办小学的传统"复式班",到转为中学语文教师,连年兼任毕业班班主任,他一心扑在教育事业上,兢兢业业,爱生如子,被当地老百姓尊称为"李大胡子(指李光炯)"或"转世的李老师"。孔子曰"学而不厌,诲人不倦",孟子曰"得天下英才而教育之,三乐也",殷李有老师深受传统文化的影响,得老桐城南乡文风、学风的濡染,以教谋生,为人师表,乐在其中。他扎根乡土,教书育人,矢志不移,无怨无悔。如今,殷老师已退休赋闲,但他桃李满天下,德高望重,有口皆碑,赢得海内外弟子门徒的爱戴与敬仰。

我无缘受教于殷李有老师门下,却于近年有幸与之谋面。殷老师出生于旧社会的一个贫寒家庭,曾目睹日本帝国主义侵略的战火硝烟,在饥寒交迫、亲人离丧、无以聊生的岁月里离乡背井、逃荒谋生,以致错失正常的读书机会。他16岁才开笔破蒙上学,但天资颖悟,出类拔萃,几度"跳级"。他初中只读了三个学期,因家境困难和报国心切,即应征入伍。在部队里,他成绩突出,技艺精湛,但饱受世俗偏见。回乡后,在各方举荐和请托下,他拿起教鞭,开启执教生涯,将毕生的精力都倾注于神圣的教育事业,献给了生他养他的故土;在教育战线上,他成绩显著,誉满乡里……

我与殷李有老师既为同行,又有共同爱好,几番促膝畅谈,胜若开卷读书。事实上,我最欣幸的是,能以第一读者的身份拜读他的长篇小说《风雨荆花泪》手稿。

钢笔蝇头小楷,誊写在普通的信纸上,共有厚实的十六本。初睹手稿,我很是惊讶。殷老师为教育教学耗尽了毕生的心力,退休后曾多年致力于家族谱册的编修,竟在耄耋之年躬身伏案,一笔一画,完成了五六十万字的长篇巨作。其中的每一页文字,无不浸透了他的汗水和心血,这是他长期大量阅读的积累、朝思暮想的结晶、历经人间沧桑的心声。相比之下,我所听闻与接触到的一些知识分子包括教师,大多数退休后即疏于阅读,懒于思考,轻于书写,更不用说进行真正意义上的文艺创作了!在如今这样一个快节奏的时代,精神的表达和心灵的呢喃显得难能可贵。与文字为伴者,用文字不断回顾心灵、浇灌心灵,这怎不令人惊讶,怎不令人惊喜?

当然,最值得称道的当是这部小说的内容。这是一部很有价值和意义的长篇作品。它情节起伏跌宕、扣人心弦,行文流畅,运笔自如,在语言表达上亦庄亦谐,雅俗共赏,具备了一部优秀长篇小说应有的特质。加上丰满鲜活、颇接地气的内容故事,主人公虽屡经磨难,却不屈不挠、敢于与恶势力抗争的栩栩如生的形象,令人开卷即能入迷而欲罢不能。毋庸讳言,在这个阅读不是难事,书籍也不是什么奢侈品的时代,扣人心弦的小说可谓俯拾即是。受时间与精力的限制,多少人只能选择性阅读,选择性收藏。然而,当我一口气读罢这部长篇小说时,我心中就涌现一个念头:等待这本书正式出版后,我一定要恭敬地珍藏一本。诚然,作为同乡后学,我对这部小说的喜爱不乏爱屋及乌的成分:对作者的崇敬以及作品所反映的许多内容都是我所熟悉的,如其中的人物、山水、历史、民风民俗等等。因此可以说,这是一部纪实与虚构并重的长篇小说,还是一部关于特定时代乡村风云变幻的历史风云录。

这部兼具写实性与浪漫主义色彩的小说,以孩子的视角,展示了一段充满苦难的人生故事。它又是一部人物心灵磨难的历史。当然,最可贵的正是其中的苦难:人的苦难、寒门的苦难、乡村的苦难、时代的苦难。

　　写作并非群体性、暂时性的情感宣泄。每个人、每个写作者,真正需要面对的是自己的内心。面对现实,理解创伤,让记忆沉下来,让心灵发声,让苦难不因时间的推移而失重甚至被淡忘殆尽,这才是写作者提笔书写的真正目的与意义。殷李有老师一生经历苦难,坎坷颠簸,因而他获得了生命的丰赡与"圆满"。难能可贵的是,他将自己目睹与经历的苦难以及在苦难中对自由与希望的渴望,艺术地完整地记录下来,为人生做出有意义的总结,以显现出文学的意义。

　　小说《风雨荆花泪》告诉我们:人生所遭遇的苦难是有价值、有意义的。人如若放弃了精神自由和真实的自我,意志消沉,一蹶不振,则会彻底成为苦难的牺牲品。希望是关不住、锁不牢的,只要有了希望就有了一切,有了希望一切就皆有可能,尤其是,绝望中的希望是真正的希望。正如作家维克多·弗兰克尔所言:"人所拥有的任何东西,都可以被剥夺,唯独人生中最后的自由,也就是任何境遇中选择一己态度和生活方式的自由,不能被剥夺。""正是这种不可剥夺的精神自由,使得生命充满意义且有其目的。"

　　殷李有老师终身为人师表,以"传道、授业、解惑"为己任,教书育人;他宽厚仁爱,以"勤、善、毅、仁"为准则和信条,教导子孙族亲。《风雨荆花泪》的意义还在于,它延续了殷李有老师的职业操持与家训方式,作为一笔精神财富,它被用来告知后人,启迪他人。对于新中国成立后成长起来的我们,尤其是90后、00后的青年,还有必要接受一堂真正意义的"苦难教育"课。

　　读罢《风雨荆花泪》,我们会油然觉悟:苦难是人在成长过程中无法回避的,人不能被苦难打败,而要让苦难成为人生的财富。只有经历过苦难之后,才能清楚地明白现在生活的不易,才不会因为一点小挫折而悲观或轻生。不必赞美苦难、粉饰苦难,但必须学会如何面对苦难,做到不焦虑、不恐慌、不绝望,只有这样,才不会将苦难视为一只老虎,对它心生恐惧。成长的道路是曲折的,面对苦难时不逃避、不屈服,而要与它斗争,因为重新审视自我的机会就在苦难之中。也许某些读者会从小说中感受到一种苦难带来的悲怆,但悲怆并不可怕,当我们能心生悲怆时,意味着世界还有希望。因此小说最终带给人的是希望、暖意和亮光,而不只是让人体味命运的痛苦、孤独和荒谬。

一个人通过承受苦难而获得的精神价值是一笔特殊的财富,当他带着这笔财富继续生活时,所有的创造和体验都会有一种更加深刻的底蕴。苦难是考验一个人内在自由度,以及能否超越外在命运的试金石。

苦难的石头架起攀登的阶梯,助人摘取在汗水浇灌下成熟的果实。同样,苦难的石头因孕育了希望与梦想最终绽放出美丽之花。就像《西游记》中灵猴脱胎的顽石,或者是《石头记》中那块青埂峰下的通灵之石。在我看来,《风雨荆花泪》沉重如石,是殷李有老师生命沧桑的见证,更是他心路历程的结晶,其"述往事、思来者","可为智者道,难为俗人言也"。

是为序。

一

  时节将近清明,杜鹃鸟到处飞鸣着,声音哀婉。

  天阴沉得怕人。铅灰色的云翳,像羊群,像棉絮,一阵接一阵,在低空飘移、游荡,前面的还未走远,后面的又紧跟上来,漫过田野,掠过村庄,飞过人的头顶,让人始终有摆脱不掉的压抑感。偶尔,云缝里露出一线白色,但眨眼就消失了。料峭的春寒里,还夹带着细细的雨丝,虽不太湿衣,但它和着空气,冷飕飕的。

  除了能看到溪头上几条瘦牛在啃着刚刚探出地表的芜草,耳畔响着几声布谷鸟的鸣叫外,几乎感受不到一点儿春日的生机与活气。

  往徐家畈去的土路两边的细草野花儿,都沾着雨滴,像含泪饮泣的孩子,让人无限同情爱怜。

  徐家畈是一座有些历史的大庄子。就地势来说,它中间有一块不太大,但也不算太小的盆地,除东面有一道能容两驾马车并驶的通道外,周边都被群山环抱着。

  盆地西南边的最高峰叫中峰。一条窄窄的山石小路,从中峰的半腰蜿蜒悬挂下来,落到山脚,远远望去,宛如一条飘忽飞动的带子,又像莽莽山体上被谁割裂出一道长长的、久久不能愈合的伤口。

  寒风细雨中,一位中年妇人带着个稚嫩却很有耐力的小男孩,正吃力地沿着通往中峰半腰的那条土石路,气喘吁吁地往上攀爬。他们要到中峰二道坡上的一座小坟去祭奠,因为他们不久就要离开家逃荒到外地了。

  中年妇人终于带小男孩爬上了中峰的二道坡。他们都没吃早饭,又累又饿。在距离小坟还有三四百步的地方,腿脚无论如何也挪不动了,只好就着坡地坐下歇会儿。

  小男孩依在中年妇人身边,交换着拳头,用力地捶着自己的两腿。明明腿抽搐疼痛,可是妇人问他时,他却谎称自己是捶着玩的。

中年妇人一边为小男孩捶捏腿脚,一边把目光投向山下徐家畈那块盆地,她木然无语,摇头喟叹。略微歇一会儿后,他们又起身向小坟继续攀去。离小坟越近,中年妇人越忍不住泪水,竟呜呜咽咽哭出了声。小男孩也跟着嘤嘤哭泣。

这中年妇人是尹永富妻子,她和小男孩是母子。他们住在离徐家畈八九里的西山冲。因为娘家姓倪,中年后有了许多儿女,所以人们都喊妇人倪妈。倪妈身边现有二男三女,大儿叫端马,因为家里吃了早饭没中饭,端马从小就寄住在外婆家。带儿是倪妈的大女儿,六岁就被远房亲戚抱去当童养媳了。跟她一道来祭坟的小男孩叫三牛,是倪妈的幼子,人们都叫他牛牛。面前小坟里掩埋的是倪妈的二儿虎娃。老祖母常喊虎娃为虎子,人们听惯了,便也跟着这么叫了。虎子是六年前离开人世的,他走的时候还不满三岁。

虎子的坟没有隆冢,没有围圹,没有碑碣,周围也没有树木荫护。前年清明前两天,端马从家里院子中移来的一株荆花树的苗儿,栽种在坟边。有意栽花花不发,无心插柳柳成荫。当时随手栽植的荆花树苗,此刻绽放的新绿枝条,正在料峭的春寒中瑟缩着,显露出悲哀与凄苦。

由于经年的风吹雨打、雪虐霜侵,虎子坟上原本就很浅薄的黄土,现在就更少了。小木匣子的一角已经裸露在外,坟冢的右边也陷了个小洞(虫豸从洞口钻进爬出),就像虎子张开的小嘴巴,向着日月苍穹,向着罪恶的世界,无声地诉说着海浪般的冤仇与地火般的愤懑!

倪妈和牛牛开始修坟了。母子俩用衣兜畚土填洞,盖实裸露在外的木匣一角,拔除荆棘蒿草,还垒了一方小祭台。经过修补整理,总算让人能辨出这里是一座小小的坟茔了。

母子俩含泪摆上祭品:一小碗米饭,一小碗荠菜,一把折损了两根柱子的老算盘。

说起用算盘作祭品,人们自然很不解。这还要从虎子周岁生日说起。虎子抓周时,老祖母和四祖父设法弄了些吃的、玩的,散杂地摆放在桌上,让他抓摸。虎子不要玩的,也不要吃的,他一手就把老算盘抓住拖到怀里,噼里啪啦胡乱拍打拨弄起来,那专心致志、目无旁物的神情,让一家人看得很是高兴。四祖父说虎子长大后兴许是有些出息的。其后虎子对老算盘一直感兴趣。在四祖父的指导下,虎子两岁就会认出上下档柱上算珠所表示的数。鉴于虎子对算盘的兴趣,每回祭扫时,家人总把老算盘也带上,借以表达对虎子的哀思和痛惜。

"妈,我二哥的坟太破了,你看那边的坟多好。"牛牛指着左边山上那片墓地,不无感慨地对他妈说。倪妈向牛牛指的那边瞟一眼,摇头叹息说:"牛儿,我们怎能跟人家的坟比啊!"

也难怪倪妈感叹不能跟人家的坟比了。山左那边墓地里埋葬的都是徐人杰家的几代先人。徐人杰和他的几代先人都是徐家畈的大恶霸。素有世外桃源之称的徐家畈,在徐人杰和他上几代人的践踏蹂躏下,早就成为萧条破败、了无生机的荒凉墟落了。眼下,如果还将徐家畈冠以世外桃源的美名,不如说是把一顶华丽的桂冠,戴到一具爬满蛆虫、遍体腐臭的女尸头上!不过,在当年那场瘟疫中,徐人杰一家人除他祖父和他亲侄逃过一劫外,全都死了,要不然,徐家畈更不知要被他们糟蹋成什么样了!

倪妈丈夫尹永富是徐人杰家的佃户。在那时候,永富每年从租田里收的粮食,绝大部分被徐家掠夺去了,每年一到冬天,家里揭不开锅时,永富就带着妻儿,到徐家去做冬活,大有卖身为奴之意。即使这样,他们还欠徐家一大堆债。就经济状况而言,当时的徐家简直富甲一方,而永富家徒四壁,一贫如洗。所以,当牛牛把虎子的坟同徐家的坟相比时,倪妈深深叹息了。

然而这毕竟是六七年前的事,徐家的人大都早已死了,永富家虽赤贫未改,人气还是颇为兴旺的。但即使如此,诚如俗语所云:老虎虽死,凶相还是吓人的。徐人杰虽死了,余威还没完全消散。虎子殁后,那些年,永富都没敢来探望他的小坟,频来祭吊是这几年才有的事,而且还避着徐家人。

想起虎子的遭遇,倪妈伤心不止,边哭边捶胸口。她哭千不怪,万不怪,就怪她自己当年拿错了主张,没跟丈夫一样坚持。她哭一声捶一下胸,拍一下坟头上的黄土。她说:"我的虎子儿啊,是妈害了你,妈一肚子悔恨如今跟哪个讲啊,我的儿哇……妈今儿跟你弟来了,你喜欢的算盘也带来了……儿啊,跟你弟弟说说话儿,扒扒你喜欢的算盘吧,我的儿……"

"妈,这儿冷寂寂的,瘆人得很,我怕,我们回家吧。"牛牛眼泪汪汪地说。

牛牛刚说完,一块圆滚滚的大石头就像被什么无形的东西推着一样,轰隆轰隆地从峰腰上蹦跳着滚下来。牛牛抬眼望去,一只一脸粉白、满身灰毛的大狐狸从坡北面横蹿出来,拖着长尾巴,低声叫着,鬼鬼祟祟地向山背面跑去。

"妈,"牛牛用劲拽着他妈的衣角,指着徐家畈人家的屋顶说,"你看,人家屋顶烟囱都不冒烟了,中餐都吃过了,我们回家吧,我饿了。"牛牛边瞟着祭台上那点儿饭边说。

倪妈一手撑着地面,一手按着膝盖,慢慢站起身,抚着牛牛说:"牛儿,饿了就抓点儿饭吃吧。"

"不,妈,回家去吃。"牛牛说。

"那好,牛儿,风起大了,天上黑压压的,怕是要下大雨了。回家,牛儿。"

倪妈捡起几样祭品,又在坟前流连怅望着,说:"虎子,我的儿,活着,妈没能让你吃过一餐饱饭;这几年清明、冬至,送来一点儿饭菜,又都原封不动地带回家了。妈心里痛啊,我的乖儿……"倪妈说着,又潸然泪下。

狐狸哀哀的叫声,又从山那边传过来,并伴着老鸦的呱呱叫和杜鹃带血的啼鸣,牛牛觉得头皮发麻,头发仿佛都一根根地竖了起来!

倪妈终于要带牛牛走了,可是才挪脚步,她又停住趴下,亲着虎子坟上的土说:"虎子儿啊,妈今儿带你弟弟来,就是要向你讲件事儿。我们全家过几天就要逃荒去了,我们要有很长时间不能来看你了,要是永远不来,那就说明我们也到你那边去了。要是真到你那边去了,妈就不用想你了,你也听不到妈的哭声、看不到妈的眼泪了。虎子儿哇,原谅你不该被原谅的妈妈吧,是妈当年没听你大的话,做了那个决定,铸成大错,才把你给误掉的。虎儿,你要保佑你大,保佑你哥哥、弟弟、姐姐、妹妹。以后,如果我们还能活着回来,一定把你的骸骨迁回家,葬到小山上的祖宗坟地去。虎子儿啊,妈这就带牛牛走了,留下我儿孤零零……"

倪妈揾着两颊泪水,泣不成声。

倪妈才离开两步又转回来,在虎子坟边抓起一撮黄土,放到手巾里包好,说:"儿哇,妈以后想你,就看看这黄土了。"牛牛说:"妈,我也看,我也想二哥。"母子俩不多的话语里饱含着难以名状的酸楚与悲哀,浸透着挥抹不尽的血泪。

"倪妈。"

下了二道坡,在小路的转弯处,埋头拔鞋的倪妈听有人喊她,抬头望望。

"啊,大义兄弟,你怎么来了?"倪妈说。

大义姓陆,是黑铁大大。大义说:"看到你们母子在二道坡上面祭虎子坟,黑铁他妈让我来看看,不想你们就下来了。"大义原地站着没动,待倪妈走到跟前,他就让到路边,见倪妈眼睛红肿,便劝她说,"唉,我说倪妈,虎子都走这些年了,你们还是来一回哭一回,这样丢不开他,会伤了自己身体的!"

倪妈说:"大义兄弟,你讲的何尝不是呢。"倪妈擤一把鼻涕,又说,"我这口气一天不断,就一天念着我的虎子,大义兄弟,我有愧哟!"

陆大义也想不出恰当的话劝慰倪妈,于是把话题引开去,说:"听说你们这个月就要举家搬迁到华阳去,是吧?"

倪妈说:"是的,不过哪儿是什么搬迁呀,就是为躲难、求生,带伢子们一起去逃荒罢了。"

大义说:"听讲徐人杰的侄子,昨天又带人去你家逼债了。"

倪妈说:"可不是嘛。据徐家邻居讲,徐家侄子又要在牛牛头上打坏主意了。黑了天了,大义兄弟。"

大义说:"遇上这不讲理的世道没法子,你们跑远远的也好。去年腊月永富来我家,恰逢我大姨父陆克新也从华阳下来在我家,大家谈到你们去华阳的事,当时我大姨父就说让永富带全家先住到他家。"

倪妈说:"陆克新大姨父真是好人啊!"

大义说:"都是同乡,总得关照点嘛,但不知你们具体什么时间启程呢?"

没等倪妈回答,牛牛就抢先说:"我大讲了,还过十天就动身。要带的东西,有的都已经拣好了。"

"是吗?"大义把脸转向倪妈,好像要她对牛牛说的话予以证实似的。

倪妈说:"是这样,我和永富是这样商定的。"

大义踌躇了一下,便取下肘上的小衣包,递给倪妈,说:"你们到我大姨父家,请把这两件衣服带给我儿黑铁,让他热天洗换着穿。"倪妈说:"行喽。你们夫妇儿女心也这样重。唉,可怜天下父母心哪!"

倪妈说罢就要走,大义又让倪妈跟永富讲,到华阳立脚后,帮他打听一个人。这个人是他的表弟,姓陈,出世时只有三斤重,绰号叫陈三斤,老家在陈瑶湖边,今年二十四五岁。他出世未满百天,就被父母带到望江那边去了,至今没回来过。倪妈说他们记在心里,到华阳后,尽力帮大义找到。

倪妈才走几步,回头对大义说,他们全家走后,请大义务必费心,照看虎子的小坟。

大义说:"放心吧,我应承的事,一定做到!"

倪妈走几步,回头见大义还站在路边,目送着他们母子两个,她好像想起什么,往回走几步,问:"大义兄弟,那几个人一直都没消息吗?"

大义也向前几步,立在倪妈面前,问:"你讲的是朱爱兰、侯白仁、刘老万、小李头吧?"

倪妈说:"是呢,有他们的消息吗?"

大义说:"没有。到现在,你还问他们干什么啊!"大义顿了下,又补充说,"有人说在江西见过朱爱兰、侯白仁,又有人说他们四个都死了,谁晓得呀!唉,倪妈,带伢子们过好眼前日子,别问他们了。"

倪妈说:"我也晓得问无用,可我虎子死得不明不白,我和永富心里不安啊。"

大义说:"倪妈呀,没有什么安不安的,死都死了,人死如灯灭,活着的人要好好活着。希望你们带伢子们到华阳去,能探出一条活路来!"

倪妈再次拜托大义照看好虎子坟,然后,就带牛牛往回赶了。

蒙蒙细雨中,望着倪妈母子俩步履蹒跚地行进在泥泞的黄土路上,陆大义不住摇头喟叹……

二

端马也从外婆家回来了,他明显感觉到家里气氛跟他以前回来时大不相同,心里不觉阵阵凄凉。

"哥,你怎么了?"牛牛拉着端马的手,依偎在他身边问。

端马轻轻抚着牛牛肩头,沉默片刻,问:"弟,大大、妈妈呢?"

听到端马说话声,倪妈从院子里进来,端马迎上去说:"妈,大舅让我回家看看。"

倪妈说:"端儿,你回来得正好,你大大有许多事,忙不过来,要人搭手帮忙。"

看见妈妈眼泡红肿了,端马难过地说:"妈,你别老是掉眼泪。"

牛牛把上午和他妈祭虎子坟的事讲了,端马听了也很悲伤。

端马说:"妈,这回真的决定走了吗?"

倪妈说:"端儿,不走,一大家子在一块死守着,没法活呢。"端马要他妈在家附近托熟人多找找门路,尽量别到外头去,但他妈说外头能借的借了,能赊的赊了,能贷的也贷了,眼下已经是四路无门,没法可想了。倪妈说:"除家里粒米无存无法活命外,更要紧的是,虎子走不久,徐侄就毁约逼债到现在,你说我们怎么扛得住呀,端儿?"倪妈说话时不断用衣袖揩两边脸颊,显出极为无可奈何的样子。

这时候,五丫和他们的大大永富家来了。永富端着摇床,六丫在摇床里睡着。早上,倪妈带牛牛去上虎子坟,永富上了官埠桥,两个丫头在家没有人照应,走前送到隔壁瞎子小奶奶那里,请她老人家照看。这会儿永富回家,就把她俩从那边带回来了。

永富见端马眼泪汪汪的,自己也抽起鼻子来。倪妈见他们父子那样,就拉着五丫到后面院子里去了。

屋子里一片肃静。

端马终于打破沉默说:"大、妈,都决定走了,可姐姐还不晓得,我明儿去跟姐姐讲一声,让她回家看看吧。"倪妈从院子里进来发话了,她叫端马别去跟带儿讲,说讲了带儿反而会哭。永富也说别让带儿知道,就让带儿糊涂耷脑地过,如果他们以后还能活着回来,团圆的日子还是有的。走的前几天,家里还有不少事,永富一个人忙不过来,需要端马凑手帮忙。

一向不那么循规蹈矩的端马,那几天格外乖顺听话,他跟着他大给好几座近亲的祖坟挑了土,祭了祀,从堂伯父家的草堆上拔草把家里草屋盖了,网了草幔子,扎好了屋檐,疏通了阴沟淤土,还修补了院墙坍塌处的缺口,加编了菜园的篱笆,等等。凡是想得到的事,基本都做了。

牛牛也没闲着,他帮他妈打扫卫生,归置家具,整理行囊。

四祖父去世后,从他那里继承的一斛种的水田、几块贫瘠的山地,在元宵节前,就租给了一户族人。租金没讲定,牛牛大说随人家给。菜园给堂伯父克礼管理使用。一堆山柴也送给了堂伯父,算是从他家草堆上拔稻草盖屋的补偿。

家里事做完后,端马就又回到舅舅家去了。这次永富全家去华阳,是舅舅们用渔船从水路运送的,端马回舅舅家,也要帮他们做些相关的准备。端马走后,倪妈又到陈家湾去把桂兰(端马的童养媳)接回家了。

端马走后,家里男孩子就剩牛牛一人,他感到很孤单。原来抱着摆脱饥饿的念头,要跟大、妈到华阳去开始新生活的牛牛,忽然心事重重起来,他甚至都不想走了。按说,他那点儿大年纪,总是以大人的意志为转移的,但是,因为从小就受到大大、妈妈的耳濡目染,安土重迁的理念早就进驻到了他幼小的心灵。他除了舍不得庄上的爷爷、奶奶、伯伯、婶婶,舍不得他的小伙伴们外,还舍不得庄前的澄塘、乔木,舍不得他们家的老屋及老屋周遭的一切。

同大多数农家屋舍一样,牛牛家的老屋也是土坯墙壁、杂树桁条、稻草封顶的土茅屋。堂伯父家屋在牛牛家屋的前面,南头向北后缩了一间,为牛牛家堂心大门让出了视线。他们两家屋檐挨屋檐,中间是共有的水阴沟,下雨天,伯父家的西边屋檐、牛牛家的东边屋檐,水都往同一条阴沟里淌,阴沟里积的淤泥,多由永富疏通。因为那时特别注重仁爱孝悌,永富年龄比堂伯父小,礼让兄长,正是礼义所倡导的,永富多做事,一点也不感到勉强。

牛牛家茅屋跟堂伯父家的屋格局差不多,都是由南到北一条龙的走向,依次为堂心、厨房、卧室。从外看,屋脊呈水平状,入内,则从堂心到卧室,地面一间比一间高。

牛牛家老屋的堂心后上方,是木制的神龛。神龛上依昭穆次序,陈列着历代祖宗的牌位。牛牛四祖父和祖母分别是三年前和四年前去世的,牌位列在最前面。牛牛对着牌位轻声说:"四爷爷、奶奶,我们都要到外头逃荒去了……"虽是很平常的一句话,但出自蒙童的口,便觉无限的酸楚。

进堂心大门靠右走几步,抬膝过一道门槛,就进到厨房。灶台在厨房西侧,灶门口朝南。那时候,国民党军同日本鬼子每年都要在屋后的湖南山打好几次仗,枪一响,牛牛妈就把孩子们往灶门口抱去,搂得紧紧的,不许动弹。孩子们只要有妈在身边护着,哪怕枪弹声把山头都震动了,也一点儿不感到恐惧慌乱。

灶台正面对着卧室门。抬膝跨过户槛,就进到卧房。卧房进门靠右侧,是一个衣橱,衣橱正前方是一张木质花床。床北头紧抵檐壁。床正面贴西边的窗下,是一张条桌。踏板东西两头各有一正方形小柜。衣橱、花床、小柜、条桌,这几样家具不仅做工考究,而且都上着栗色的漆,稍一揩抹就锃亮,照得见人面。这几样考究的家具,是牛牛大大、妈妈成亲时,四祖父典卖家当,为其置办的。

四祖父没有儿女,晚年就在牛牛家过。受大大、妈妈影响,牛牛对四祖父有很深的感情。离家前的那几天里,牛牛不仅常常对着四祖父的牌位沉默,而且还老抚摸、凝视那几件当时在他们庄上算是最好的家具。牛牛最爱的是那张花床。牛牛在床上坐坐,躺躺,想想。他记得,他大大经常起早上街卖柴,走前做点儿吃的垫肚子,撑撑腰身骨。他大大尤其疼爱牛牛,不管妈妈做多做少,也不管他自己肚子吃没吃饱,最后都要留一点儿给牛牛。牛牛也几乎条件反射似的,每每这个时候就醒了。醒了,牛牛就侧着耳朵听着,耐着性子等着,哪怕只能吃上大大省下的两口止止念头,也心满意足了。有时久等不到,牛牛就拍两下床沿,或者假装喉咙发痒,佯咳两声,提醒大大别把他忘了。有时即使反复提醒了,也不见吃的来,因为大大根本就没有吃的食料,他只是洗一把脸,抽两袋烟,就空着肚子走了。

牛牛最高兴的就是他大大把省下的几口饭,盛在炖鸡蛋的碗里端给他吃。要是能吃上几口大大省的蒸鸡蛋拌饭,牛牛就要兴奋好几天,好几天里他都要对那滋味反复回味。但那机会是极其难得的,多数时候能吃上两口大大省下的糊或粥,就是非常幸运的了。起码有一半的次数,牛牛都在床上白醒白等了。所以,那张漂亮的花床上,那张床顶檐板上雕着花鸟龙凤的花床上,不仅留下了牛牛许多好梦,也留下了牛牛对大大带来食物的期盼和渴望!

卧房地下,有个天然的拱形的大石洞,洞口朝东,对着与堂伯父共用的那道出水阴沟。洞口高五尺许,宽七八尺,进深两丈有余。那时日本鬼子下乡抓人,附近村民躲跑不及,就沿着阴沟藏进洞内,神不知鬼不觉。

由灶台前出厨房后门,就来到西边小院子。院子呈长方形,土坯围墙。围墙南北两头横墙分别与堂屋和卧房外垛子相接。越过正面墙头,便见西边白云下面横着四时之景不同的湖南山。那湖南山自古以来是兵家必争之地。

小院南头连接堂屋外垛处开有一道小门,出门下七八道石阶,便到菜园。菜园是利用四祖父宅基地开垦的(四祖父去世后,土坯屋没草盖,倒了)。菜园里四季瓜菜不断。尤其是春季,各类能生吃的黄瓜、菜瓜、香瓜、甜瓜,从结小瓜胀儿起,牛牛每天都要去光顾好几次,这处扒扒,那儿拂拂,稍微能捏得上手的瓜奶子都被他寻着摘了吃了。少数没被他寻着的,摘回家,倪妈用盐卤了,一家人围着院内的大石桌子,喝着能看得见碗底的稀糊或粥,吃着咸津津、甜丝丝、脆生生的卤瓜,那种享受就别提有多么美好了!

小院的北头墙外,紧连着山嘴延伸出来的是一块形状如老虎的大风化岩。风化岩的顶部向院内俯倾着,像老虎头一般,连着虎身整体看,大有纵跃腾飞之势。岩左下方有棵高出墙头很多的大野桃树,从桃子将熟未熟时起,牛牛就天天吊在树下,直到把桃子吃光罢市为止。牛牛记得,那一枚枚青里带黄的桃子,捉上手轻轻一掰,两瓣桃肉就离开了核儿,不光肉质,就连桃核都是猩红猩红的,还透着蜜般的甜香!那几天,牛牛对着被春风熏催得粉红一片的桃花,不觉惋叹了:我们走了,秋天,不晓得谁来摘桃子了!再联想到桃树是奶奶在时亲手栽的,牛牛几乎又要掉眼泪了。

牛牛家的老屋,以及宅边环境就是这么简单、普通,没有什么特别之处,令人眷顾留恋的在于,它是从先祖到牛牛大大、妈妈几代人赓续经营的结果,浸透着他们家几代人的心血与汗水,折射着他们家几代人的血脉传承与艰辛经历。牛牛对它的依恋和不舍,除了出于从他大大、妈妈那里接受的朦胧的爱家、恋家的意识外,还因为它是他从乳婴成长为孩童的摇篮,是他的根,是他的乡愁。平时围绕着它生活,不觉得它是这么可爱,这么值得依恋,这么值得为它动感情,可是当他想到自己就要离开它了,就要辞根飘转到别处去了,而且能不能回来都不可知,他内心就油然生出一种说不出的滋味了。那滋味是淡淡的又是浓浓的,是轻轻的又是沉沉的,是抽象的又是具体的,像海浦的明珠含月,像蓝田的暖玉生烟……

　　除了不舍他家的老屋以及老屋周边的一切,牛牛还不忍离开的就是庄上的长辈和小伙伴。尤其是六奶奶、瞎子小奶奶、堂伯父的稚子小五子。小五子和牛牛同年,比牛牛大两个月。他俩从牙牙学语、蹒跚学步时就在一起玩,也经常打架,就在上个月的一次磕碰中,甚至把对方的脸皮都抓破了,弄得两人一直僵着没再到一块玩。这天,牛牛主动找到小五子,彼此对望了一会儿,牛牛终于上前去,主动抱住小五子,说:"哥,我过两天就要走了,我俩和好吧。"小五子没说话,他推开牛牛进屋里去了。牛牛怅然地望着小五子离去的背影,心里好难过。正想哭的时候,小五子出来了。他一手拽着牛牛的荷包口,一手把荸荠往荷包里塞。牛牛说:"五子哥,你不恼我了吗?"小五子说:"你明儿要走了,也没人跟我玩了。"小五子说着,把牛牛一把抱住。拥抱中小兄弟间的一切矛盾都烟消云散了。

　　至于上面提到的两位奶奶,牛牛见得就更勤了。六奶奶和瞎子小奶奶都没有儿女,承继的子孙都不住在一起,饮食起居大多由牛牛大、妈照顾。两位奶奶把永富夫妇和他们的孩子当自己亲人,牛牛也把她们当自己亲奶奶。端水、抱柴这些小事都是牛牛帮她们做。夏秋季节,牛牛把山上阔树叶摘下来,叠成一摞摞的,分送给两位奶奶当手纸。瞎子小奶奶说:"孙儿哇,你们走后,想不到人给我摘树叶了!"

　　终于到了走的这天了。晚上,牛牛大大和妈妈辗转反侧,心里烦躁,几乎没有合眼地熬到了天亮。好几户都为永富家准备了早饭,最后他们是在堂伯父家吃的。

两担杂七杂八的家什,以及破衣烂衫之类,由两位堂叔在天亮前就送往长河口了。两个舅舅头天晚上就将船泊停在那儿等着了,端马也在船上。

出门才走几步,牛牛又跟着他大转回去,他们开门进到每间屋里再看一遍,摸摸那花床,那衣柜,那条桌,还有院中的大石桌、钵儿粗的大荆花树……望着那一切,永富心痛地对牛牛说:"牛儿,这就是我们的老屋,一辈子都别忘了。"本来忍着不哭出声的牛牛,受了大大的感染,竟拽着他大大的手,呜咽起来。

堂伯父和亲房本门的人把永富一家送出村头,送过塘埂,送上路口。走到岗头上,永富一家都站住,不忍挪脚。回望宗亲,回望村庄和老屋,永富全家都止不住泪如泉涌。其时屋后漫山的杜鹃花正在开放,朝日下,红霞一片。庄前两棵参天的大枫香树,早已被煦暖的春风催染得枝青叶绿,花喜鹊们正飞来飞去,垒屋搭窝,安家育雏。这些景象,往年见之,极其平常,可此时刻,就要离开故乡到外地流离转徙的永富一家看见,心里就越发不是滋味。

突然,小五子从送别的人群中冲出来,跑到牛牛跟前,把牛牛紧紧抱住,两人都哭了。临了,小五子从荷包里摸出一只用青石雕刻的、遍体都嵌着白瓷颗粒的小癞蛤蟆玩具,郑重地送给了牛牛。牛牛哪儿想得到,这次和小五子的分别,竟然成了永诀。在牛牛去华阳的当年十月,小五子就病死了!

望着拥上来的庄上宗亲,永富一家迟迟不忍离去。

"你们走吧,几百里路,都是过江涉水的,大人伢子都要注意安全。"

"外头遇到天大的困难,都要挺住,千万不能灰心。"

"要把伢子们带得好好的,有他们,就有希望!"

"来年要是搞好了就回来,他乡黄金,不抵家乡黄土!"

宗亲们你一言我一语地嘱咐着,叮咛着,词语恳切,心意殷殷。

最后永富带领全家,向村庄、宗亲们跪拜罢,才拖着沉重的脚步,黯然神伤地向着不可预知的前路,怆然走去……

三

因为春江水涨，又因逆风上水，沿途多阻，由枞阳往望江华阳，水路不到四百里，行到第六天头上，船才抵达华阳镇下约十里处的雷港江边。

离家那天，眷念故土的情绪像绑在永富一家腿上的大沙袋，坠得他们过了午后，才到长河口江边舅父的船上。舅父们早就等得焦躁不安了。一家人上船刚坐定，端马就拔起锚，小舅父点起一篙，小船就像箭一样快速离开了江岸，向江心驶去。

当时风日晴和，北风鼓着布帆，带着船呼呼前行。可是一段路后，风渐渐小了，终于，连广济圩堤外拦截江浪的行行柳树的枝条儿，也像砖匠们用来砌墙挂角的直线，一根根一动不动地在垂直地悬吊着。

逆水行舟，不进则退。小舅父只好降下布帆，留大舅父在船上掌舵，他自己带永富、端马下船上岸，拉纤而行。那天晚上，偏又上了一天的云，不见星月，江岸坑坑洼洼，摸不透深浅，他们只好高一脚低一脚地乱踩乱踏。领头的小舅父不知摔了多少次，永富的腿也被芦柴桩戳破多处，端马的肩头都被纤索勒破淌血了。纤真的无法拉了，迫不得已，船在长风那抛锚停泊了。大舅父考虑再三，为了避开日本鬼子夜里下来掳掠抓人，他把刚抛下的锚又拉上来，把船改到大渡口岸边泊了。在那儿歇了一整天。

第三天，太阳刚起山，从大渡口北望宜城，烟霞飞动，屋宇参差，晨曦映照下的振风古塔，高耸入云。宜城南面濒江一带，泊着大大小小的船只，帆樯林立，舳舻人语，晨烟四起，与岸上市井楼观、往来商贾、车辆行人相映衬，颇有一种中西合璧的繁华景象。一直龟缩在小山村，未曾见过大世面的牛牛，心中陌生的新奇感，是不待说了。

在承乔小舅父提议下，他们又把船开到了北岸，插进人家船空当的水道中。牛牛大、妈、桂兰、五丫都留在船上，两位舅舅带端马、牛牛上了岸。他们从吴越街玩到集贤路,又玩到状元府,最后返回江边,玩了迎江寺后,又登临振风塔。振风塔本身并不怎么高,但因那时宜城无高楼,所以登上塔顶四望,宜城远近风光尽收眼底。北边的大龙山,真的像条迤逦奔来、直抵北郊的巨龙;万里长江宛若一条宽阔的裙带,由城西南飘然而至,绕廓潆洄,直向东去。隔江而望的八都湖,烟树微茫,村舍错落……面对眼前气象,牛牛只是呀呀赞叹,连"美""壮"都不会说,颇有"眼前有景道不得"的慨叹。

从振风塔下来往江边走时,刚上迎江路,一队日本兵骑着摩托车,从后面呼啸而来。当时牛牛正走在路中心偏右一点,眼看有被撞倒的危险。

"闪开!"端马箭步冲上,一把将牛牛推到路边。尽管端马闪让得快,抱住了电线杆子,但他的右脚踝骨还是被鬼子兵疾驰而过的摩托车前轮撞破出血了。从那以后,牛牛见到那些脚穿高筒靴、头戴猪耳朵帽的鬼子兵就恨得直咬牙。

眨眼间,就到了离家的第四天了。雾气把江面笼罩着,整个城池和江边船只都看不见。市井中但听鬼子兵们叽里呱啦的嚷嚷声,车辆喇叭的叭叭声,江边木船的碰撞挤擦声,船夫商旅们的怨愤嗟叹声。总之,这时眼睛已经不够用了,感知周围事物动静变化的任务,都交给了负责听觉的耳朵去完成了。

纤索既然没法拉,船就只能继续停泊着。舅父所带的米已经所剩不多了,大家都很着急。

还好早饭后,浓重的大雾像被一帚儿扫去了似的,眨眼之间,城郭和沿江一带的帆樯船只,一望无余,清朗如画。风也起来了,虽是南风,吹向下江,但只要有风,舅父就能借用风力。端马刚把锚拉上船,船身就在小舅父的篙头一点下驶出水道,进入了大江。

小船到了江心,端马就利落地扯起风帆。大舅父端坐船艄,稳操舵把,同时还掌控着帆索。小船忽而从江北驶向江南,忽而从江南驶向江北,每改一回航路,大舅父就转一回舵把,拽一次帆索,变换帆的朝向,让风斜着从帆面擦过,以最大限度地利用风力。如此往而返,返而往,小船在洪涛汹涌、烟波浩渺的江面上,斜线作"之"字形逆水搏浪上行。这种利用擦边风力的逆向航行,虽比不上风正一帆悬的轻便快捷,但比起拉纤要快速和省力得多。

北风两头尖,南风腰里硬。渐近中午,风势越来越大,越刮越猛,江面上的大浪前推后涌,联阵的浪头,像苏东坡笔下连山喷雪的钱江大潮,呈梯队状向船体猛扑过来,被撞得粉身碎骨后,又化成千万点白珠溅向空中。船忽而被托上波峰,忽而被簸入浪谷,一起一落间,两岸的峰峦,也在木船两边颠连奔涌,起伏跳跃,它们忽而把船压到山下,忽而又把船顶上山尖。

在如此大江大水、大风大浪面前,船和人都显得极为渺小而微不足道。永富一家六口,除端马在风浪中继续帮两个舅父做这忙那外,其余都惊恐万状地蜷缩在仅比一张床大一点儿的中舱里,一动也不敢动,像沤烂菜一样,闷得喘不过气来。五丫在永富怀里,粗气不敢出;倪妈抱着六丫,眼睛紧紧闭着,不敢睁开;桂兰紧挨在倪妈左边,用破褂子蒙着脸;牛牛贴在他大大腋下。大家都背靠船帮,屈膝弓腿。倪妈晕船,她的胃里咕噜噜像翻江倒海。她没有吃也没有喝,先是吐水,后来就是干呕。

逆风打戗时,船体老是一边低一边高。高的这边船帮子都贴不住人背,低的那边江水几乎漫过船舷,灌到舱里。每每这时,牛牛就用稚嫩的肩膀使劲抵着上翘的船帮,用脚使劲踩踏船底,试图以此让船体恢复到两边平衡的状态。

端马从小就跟舅父们在长江捕鱼捞虾,他不畏风浪。为了不让大、妈和弟妹们看见洪波翻涌、白浪滔天的景象而晕眩害怕,他便用芦席把中舱两头的舱口封住。见牛牛用肩膀抵压船帮的惊恐样子,端马打气说:"弟弟真狠,有你用肩抵着,船就一定不会侧翻了。"他说着就搂住牛牛笑,牛牛也笑。兄弟俩相视一笑间,恐惧感减轻了好多!

两个舅父真的不愧是弄潮的老手。尽管小船像一头受伤的大灰鲸,一起一落、一低一昂地在波峰浪谷里挣扎前行,险象环生,大家惊惧万状,仿佛死生只在一眨眼间,但他们却泰然自若,斜挂风帆,稳操舵把,乘风借势前行!

"叭叭!"在船近北岸,大舅父正要掉头驶往江南时,北岸的江边哨亭里突然传出两声枪响。

永富夫妇和孩子们一片惊慌。

"别怕!"大舅父及时稳住大家,说,"什么东西也没有,怕个屁!"大舅父仍旧操舵前行。

接着又是三声枪响,子弹几乎擦着帆的边缘飞过去,分明是在威胁恫吓了。枪响后,便有兵痞们高喊:"快靠岸检查!不靠,老子就朝船上开枪了!"

"靠就靠,难道怕他们把大姑(指倪妈)马桶端去不成!"小舅父承乔愤愤地说。

为了避免事态升级,大舅父无奈地把小船靠抵岸边。

伪兵们带着几个日本鬼子上了船。反复检查后,除了一些破衣烂被,什么也没有。希望能有所斩获的日本鬼子恼羞成怒,其中一个家伙往大舅父肩胛上重砸了两枪托。大舅父被砸得后退两步,永富和端马同时把他护住,他才没有跌到水里去。小舅父气得直骂,殿后的那个日本兵向小舅父狠瞪了一眼。

一个时辰后,大舅父肩胛又红又肿,痛得连胳膊都抬不起来。

当时鬼子上船搜查时,躲在舱里的桂兰和牛牛,怕得往一块直挤,恨不能变成毛毛虫钻进船板缝里,或是变成跳蚤藏到破絮疙瘩里去。

牛牛大舅挨了枪托,又痛又恼,一点儿也使不上劲,反正天已近晚了,大家经历了一天的风浪的折腾,受了惊吓,挨了打,又疲乏又饥饿,便将船往上开了七八里,在一处芦港中泊了。

夕阳把剩下的殷红铺上水面,芦港里显得格外澄明清澈。找到这样幽静的一湾歇处,大家情绪放松了好多。可是船刚泊定,就见一只白颈黑背的鸬鹚嗖的一声从芦丛中惊起,从面前掠过,端马心里生起一种不祥的预感,他要舅父移船别泊。可是舅父却要生火做饭了。

端马正感不安之际,水声响处,那边芦丛中钻出一条小溜子船,直向这边快速驶来,四五个满脸凶相的汉子一贴边就纵上舅父的船头,其中一个亮着大砍刀,把端马和牛牛抓到身边,据为人质。另外几个在船里胡乱翻找着。见没值钱东西,那个提着大砍刀、络腮胡子里能藏得住几只小兔子的大汉,便指着端马和牛牛,向舅父们开出了并不太高的赎人价码。

死猪不怕开水烫,赤膊鸟不怕人钳毛。永富站到船头,护住端马和牛牛,神情自若地说:"各位好汉,就把我和伢子们都绑去吧,是炸是炊由便,明儿亡不如今儿死!"

黑脸大汉嘿嘿几声笑罢,指着永富说:"你倒会做买卖,都绑去?都绑去要我把饭给你们吃,养活你们啦,没门!"另一位大概是副头领的汉子说:"拿钞票来!"其余两三个也都齐声附和说:"拿钞票来!"

"咕咚!"端马见汉子们跟他大说话,猛一挣脱,纵身跳下水去。黑脸汉子迅即从腰间拔出一件带角的铁器,朝端马掀起的水花处掷去。

端马不见了,水面上立刻泛起一片红血!黑脸汉子拍手笑着。

舅父们和永富夫妇虽然对端马的水性是心里有数的,但见血水泛上来,不免都着了慌。黑脸汉子依旧赞佩地笑着:"着哇!着哇!"

小舅父举起带铁钩的竿儿就要动手,黑脸汉子揸开五指阻止道:"咄!别胡来。"两人拉扯之际,芦丛那边四五百步远的水面上竖起一根芦管,像一柱微型的移动的小烟囱,正冒着水泡泡,咕咕嘟嘟向船边快速移来。距船六七丈处,芦管突然停住不动,接着又垂直举起,越耸越高,又陡地缩入水底,正当人们大惑不解时,芦管又霍地冒出来,螺旋般急速转动。嗖!旋转的芦管朝一边飞去,落进芦丛,接着冒出一个人来!

"哥,哥哥,是我哥哥!"牛牛惊喜地叫着。

"端儿!"永富喜出望外地喊。

端马一只手贴身垂在水下,一只胳膊举起向大大、妈妈、舅舅、牛牛边摇边喊着,身体徐徐向船边靠近。虽然离船边只有两丈远了,但他只是笑,就是不上船。

黑脸汉子望着端马,并不感到意外地微微笑着说:"小子,我就晓得你死不了。快把鱼和飞镖甩上来吧,我认你做干儿!"

端马说:"你怎晓得我不会死?你的飞镖差点儿扎到我手指了。我才不想给你做干儿呢,绑票的土匪!"端马冲着黑脸汉子骂,他的两条腿像双桨一样,在水底下不停地拨动着,腰部以上的身体仍露在水面上。端马边踩水边笑着,突然他把举着的手也插到水里,捧起一条血淋淋的大胖头鱼,呱嗒一声,向黑脸汉子砸去,说:"给你,土匪!"伴随着骂声,端马也一跃上了船。

"嘿嘿!"另一汉子抱起鱼,展示着。黑脸从鱼背上取下飞镖,左右捏弄着,举着看。

"飞镖是穿过我的指缝扎到鱼背上的。"端马很平淡地说。

"不是我往鱼背上放了飞镖,大鱼你抓不住!"黑脸争功。

"是我先把鱼抓住,你才投飞镖的!"端马无意争功。

"我有把握伤不到你的手,才放飞镖的!"黑脸十分自诩。

听着黑脸和端马的对话,大家惊讶得面面相觑。原来端马和黑脸目力都能透视水底相当深度,端马是见到鱼才跳下去逮的。

黑脸又将飞镖掂了掂,望望端马,向前半步,揪住他耳朵,说:"好小子,我小看你了!"黑脸说罢,把手一挥,和那四五个汉子一起上了他们的小溜子。

小溜子行到几丈开外,黑脸掉转身,说:"你们换个地方吧,这儿晚上出来借粮借钱的多得很,碰上又麻烦了。"

黑脸话音刚落,小溜子连同那几个人就像气体蒸发了似的,顷刻间,影儿也不见了。只有水面上那道像耕犁劈开的水波,好比两条细长的白练慢慢地向一起汇合。

牛牛舅父只好拔锚起航,换处夜泊了。好在风全息了,天上月朗星稀,江面水平如镜,人坐船中,船行水上,浩浩的,飘飘的,就像脱离了尘世,成了在天际飘飞的仙人……

船开到了江南,在一处静谧的山下泊了。在大舅父点起马灯准备做饭时,颠簸惊吓了一天的永富夫妇和孩子们都昏昏欲睡了。小舅父刚刚要抽跳板,月下突然出现两个人把跳板踩住,一纵上了船,来到后舱。

牛牛的两位舅父十分沮丧!

带头的那人说:"伙计,有盐卖吗?"

大舅父没好气地说:"别装了,我们是逃荒的,船上除了破衣破絮外,什么也没有。"

那人说:"伙计,我们真是买盐的,日本鬼子封锁得厉害,我们一个多月都没沾过盐边了。"

另一人说:"听讲这几天晚上有小船偷装盐来卖,我们就来看看。"

带头那人说:"伙计,有就卖点儿给我们吧,贵就贵点儿呗!"

听两人讲得很诚恳,估计不是什么坏人,大舅父取下马灯,凑到两人脸上照照,这一照,可就让其中那个眼尖的人叫起来了:"承勇,你是倪承勇!"

四

牛牛大舅父见那人叫他名字,便极疑惑地望着那人,反问道:"你认识我吗?"

那人说:"认得呢。你忘啦,六年前的十月十九日,风雨交加,你们兄弟在这江边撒网捕鱼,我托你们把一位郎中和他带的小男孩从这儿送到江北去呢。"

承勇敲敲脑门,望望牛牛小舅父承乔,承乔说:"是有这么回事呢。"

承勇也记起来了,说:"是的,郎中和小男孩,就是在下面那块岩石上上船的。——这么说,你俩就是郭氏兄弟了!"

那人说:"对,我是老大。"

大舅父说:"大名叫郭九田!"

另一人也抢上说:"我是老小,叫郭九山。"

大舅父说:"不错,不错。"于是舅父们把自己带在路上吃的盐,分了些给郭氏兄弟。

郭氏兄弟接了承勇的盐,千恩万谢就不说了,下船后还不忘叫承勇兄弟下次来此打鱼时,抽工夫到他们家做客,他们就住下面临江山坡上的郭胜庄。

送走了郭氏兄弟,见永富夫妇和孩子们都睡了,舅父们也没搞吃的,带着极度的疲劳困顿,和衣在后舱躺下了。

舅父们被六丫的哭声吵醒了,见永富夫妇正把头伸到舱篷外,神情焦虑地往江上看着。原来天又亮了。

原以为从老家出发,两天两夜就可以到达华阳,可是五天都过去了,还泊在黄鳝矶郭胜庄的山坡下,永富夫妇的焦虑是可以理解的,怨不得他们一早起来就探头往江上望着。

下午太阳偏西时,船划进两边芦丛密集的水道,水道尽处,又现夹江,船抵岸边,面前呈现一块三角形的土灰色沙滩。

小舅父让端马抛下船锚,自己将跳板抽出来,一头搭到地上。至此,两位舅父才各自在船头船尾瘫软地坐下。

略歇片时,大舅父起身,声音不大地对舱里说:"都下船吧,到雷港了。"其实,牛牛早就把头伸出舱口,等着下船了。听到大舅父发话,他就像被关在笼子里的小鸟,立刻蹦出舱门,站到船头上。

江天是多么辽阔,平远的沙滩上,春草青青,江堤边,柳丝摇曳如画,好几头吃饱了草的大水牛卧在沙滩上,安闲地甩着尾巴,反刍着草料……

牛牛滑下跳板,落到地上,他忘了早上肚子痛没吃饭的饥饿,蹦啊,跳啊,唱啊,一会儿抱住舅舅腰腿,一会儿拽大大胳膊,一会儿拉妈妈衣角,一会儿又绕着哥姐转悠,寻话跟他们讲,可是他们都各做各事,除了端马哥哥偶尔拍拍他的背,谁也没有搭理他。

牛牛并不灰心,更不觉得无趣。他一个人跑到那边的沙地上,自顾自地堆沙堡,翻筋斗,竖蜻蜓,玩得不亦乐乎。路途中的惊吓、困倦,早被抛到了九霄云外。

突然,随着一声"哇呜",背后伸过来一双手,把牛牛眼睛蒙住,牛牛掰开捂着他眼睛的手,扭头一看,是端马大哥,兄弟俩一阵嬉笑。端马拂去牛牛头上、耳蜗内的泥沙,把他带到那边,依大大身边坐了。

所有破破烂烂的东西都从船上搬下来了,乱七八糟地散放在沙地上。人们或站或坐,全都表情凝重。

大舅父声音低沉地说:"我们就要回去了,把你们丢在这荒野里,前不着村,后不着店的,真的放心不下。"

大家一片沉默。

几天没抽烟的永富,把空烟袋放嘴上吧嗒两下,又往扁担上磕两下,放回篮子里。倪妈哄着六丫。六丫因吃不到奶水,老是哭。

"端马要跟我们一道回去。"一向疼爱端马的小舅父说,"端马不能跟你们去逃荒。"

大舅父也揉揉眼睛说:"万一你们在外面都活不了,端马回去,也算给你们家留一条根脉,日后清明、冬至也有个给祖宗上坟的人。"

倪妈忍不住抽泣了;永富仰着头,呆呆地平视着前方,喉结上下扯动着,嘴唇直打战;桂兰不断地用袖筒揾着面颊,端马伏在他大怀里,用褂子蒙着头脸,腹背上下抽动不止;不谙世事的五丫,望望这个,瞅瞅那个,一时傻了眼。

牛牛突然站起身,抱住大舅父身腰,语气坚决地说:"不,大舅,我不要我大哥回去!"可他大舅只摇头不说话。

"看样子,明儿又要刮风下雨。"凭着打鱼人几十年观云听雨的经验,大舅父判断着,并催促永富说,"快拣拣东西,找投宿的地方去吧!我们要带端马走了。"大舅父紧紧裤带,喊端马上船。

抱着六丫的倪妈,向左边挪了挪,摸摸端马的头,声音颤颤地说:"端儿,跟舅舅回家吧,来的路上你也看到了,这年头兵荒马乱的,到处都难立脚,回去总比跟我们绑在一起,把尸骨抛在外头要好。舅父都说了,总要为我们家留条根吧。"倪妈边说边哽咽着。

端马把头从他大怀里慢慢抬起来,揩去满脸泪水,站起身,牵起紧挨在他身边坐着的牛牛,说:"弟弟,我要回家了,你要听大大、妈妈话。"端马说罢,往后退几步,没说话,也没再哭,只是木然地向大大、妈妈望着,然后倏地一转身,怅怅地向水边走去,箭步纵上船头。

向后倒退的小船,在离岸百十步远的水面上停住,舅父们说了些要永富夫妇和孩子们保重的话,然后掉转船头,向着下游。

端马忽地从船头折转到后艄,探着身子向岸上高喊大大、妈妈。牛牛先是站着发呆,当端马再次喊他时,他才顿时明白过来:哥哥走了!他疯狂地向前跑去,直扑水边。

"哥哥——哥哥——"牛牛急切地连声呼喊着,"你不要走,哥快回来,哥——哥——哥——"牛牛向前伸着两臂,恨不得把离去的船往回拽。

端马也在船上不住地向牛牛招手、跺脚,分明带着哭声高喊大大、妈妈和牛牛。

大舅父索性停下桨,信船漂流,小舅父把端马从船艄抱下来,搂在怀里,想来他也在陪着端马掉泪。

船渐行渐远,最后只剩下一个小黑点,就像挂在睫毛上的一粒微尘。再后来连微尘也消失不见了,天连着水,水连着天,一片碧绿无垠的水天空境。但牛牛仍没放弃寻找他哥哥端马身影的努力。牛牛一次次抹去泪水,努力睁大眼睛,一眨不眨地朝哥哥离去的江面上望着。他仿佛望见,在那碧悠悠水天相接处,他哥哥还站在舵盘边,倾着身体,引着脖子,拼命呼喊他们。是的,端马确实仍在呼喊,他的喊声是那么凄厉,冲破江云,掠过水面,久久在空中、在牛牛头顶和耳畔回旋震荡!

茫然中,牛牛又哭了,他边哭边抓起大把沙土,向水面狠狠砸去,向天空狠狠砸去!他仿佛在恨那滔滔流逝的江水,恨那灰气沉沉的老天,恨它们在这陌生的无路处,在这暮色苍茫中,将他们哥俩分开,让他们全家经受这骨肉离散的痛苦!可是,任牛牛怎么在沙地上乱蹬乱踹,乱捶乱打,打滚放赖,大哭大闹,也不能把他哥哥给闹回来,也不能排遣他和哥哥的离别之恨。

"哥——"突然,牛牛戛然止住哭,猛地从沙地上站起身,拼尽全身力气大喊,可是一声未了,牛牛只觉头晕目眩,天旋地转,仆倒地上……

鸥鸟低回,暮山冥冥,江涛怒吼。

不知什么时候,两眼红肿的永富来到牛牛身边,他心疼地把牛牛抱到倪妈身边。倪妈抚着、哄着牛牛,可是倪妈自己的泪水却扑簌簌不断往下掉。后来,牛牛把这段痛苦的经历告诉了春来,春来也热泪盈眶,怅恨不已。

牛牛大大、妈妈经受不住长久的骨肉分离之苦,几年后,还是要舅父把端马送到华阳来了。

雷港寺门前的大古树下。

永富正在收拾东西,准备晚上在树下露宿,突然吱呀一声,庙门开了一扇,走出个小沙弥。小沙弥近前看了看,回到寺内,引出个老和尚。老和尚法号静然,他问明了情况后,把永富一家带到庙内。永富一家被安顿在东首的一间厢房里。

洗沐后,永富一家又被引到厨房里用膳。

僧人们早就吃过了,晚饭是特地为永富一家做的。

绿豆稀饭牛牛已经吃了三碗,但还绕过他大大自己去盛。可铲子刚捉上手,两手就抖起来,碗掉到地上,幸好没打碎。小沙弥帮着把碗捡了起来。永富正想怪牛牛,见他直打趔趄,又抢着把他抱住。

牛牛额上汗水往外直渗,永富夫妇很害怕。

静然老方丈号号牛牛脉,扒扒他眼睛,说:"伢子没大碍,是饿狠了,又吃快了,受不住。——伢子,别吃了,饿过头的人,吃十分饱,伤胃。"

站在身边的小沙弥,不晓得怎样称呼牛牛,只是贴着他耳边说:"听方丈爷爷话。"牛牛望着小沙弥直点头。

小沙弥很快就喜欢上牛牛了。晚饭后,趁僧人们都去坐禅的机会,小沙弥主动到东首厢房找牛牛玩。牛牛生性内向,怕生人,但和小沙弥一见如故,很快热乎起来。

小沙弥皮肤白嫩白嫩的,挺直的鼻梁,一双眼睛忽闪忽闪的,眸子黑得发亮。他嘴唇薄薄的,嘴角微收,时时显出一种含而不露的微微笑意。

小沙弥望着牛牛,指着挑子里的算盘,说:"你会打吗?"

牛牛说:"我不会。"牛牛讲那算盘是他家几代传下来的,不管走哪儿都带着,不能丢的。

小沙弥蹲下,扒扒算盘珠儿,引起倪妈注意,倪妈说:"伢子,你会打算盘?"小沙弥说他会一些。他正要演示给倪妈和永富看,二师伯喊他带牛牛到自己房里睡觉去,让永富夫妇带孩子们早点儿休息。

小沙弥带牛牛走后,倪妈对永富说:"那伢子挺得人喜欢的,那点儿大就会打算盘了。唉,我虎子抓周就抓了算盘,要不是殁了,也肯定会打算盘呢。唉!"一提虎子,永富就心里难过,他不让妻说。他们无言相对,很快就都睡着了。

小沙弥的房间在西头。刚进房里,小沙弥就要牛牛叫他哥哥,并且要牛牛跟他一头睡,他也叫牛牛小弟。没想到两个陌生的孩子会这样投缘。

入庙投宿的当天晚上就开始下雨,第四天天才放晴。这几日里,静然老方丈知道永富夫妇心中很是不安,说:"永富夫妇,出家人慈悲为怀,理应向苦难人伸手的。你们在庙里歇脚,是菩萨恩赐,也是自己的福报,不要心里不安!"

永富求方丈找事给他做,方丈想想也行,就让永富打草鞋。

牛牛好玩,好新鲜,他大大、妈妈、桂兰姐姐给庙里编草鞋时,他就央求小沙弥带他在庙里前前后后地钻着耍。小沙弥也以小东道主的身份自居,对牛牛的央求毫不推辞。两天里他带牛牛把雷港寺里外看了个遍,而让牛牛印象最深的当属天王殿、大雄宝殿里的一切了。

一进天王殿大门,就看见一尊弥勒大佛盘坐于正面佛龛上。他腆着个十分夸张的大肚子,肚脐眼儿又大又深,少说也能盛得下满满两大酒盅烧酒。他咧着大嘴巴,乐乐呵呵地笑得合不拢。用小沙弥的话说,弥勒佛眉目中透着毫无私欲、和蔼仁慈的博爱圣光。陪在弥勒佛左右的是体形高大魁伟的武士,他们面额有的黄,有的白,有的红,有的黑,眼珠都凸得像乒乓球。他们全都身披铠甲,脚踏海浪,头顶祥云,手里分别握着铜棍、利剑,缚着苍龙,捉着长鲸。武士们给人一种森严、威猛、叱咤风云、统领乾坤的印象。

出天王殿后门向北,过玉石拱桥,上台阶百步便到大雄宝殿。那宝殿正面进深约三分之一处,竖有一方红漆木屏,木屏高抵殿顶。屏前正中,有方像宫扇而又不是宫扇的镏金背光。背光边缘交错闪动着赤红的火焰和辉煌的佛光,佛光内层是旋转不息的神圣法轮。佛光和法轮之间是舒卷飘动的青色云彩和透迤腾飞的金色天龙。背光前下方的莲花宝座上矗立着高与云齐的如来大佛,他面目慈祥,神态自若,庄严神圣。如来佛两边各有三尊侍者,他们分别骑着麒麟、白象等吉祥神物。如来大佛、侍者、神物和各种彩色绘画的背光,所有这些,构成了一幅巨大无比的天国图景,庄严而又肃穆,平和而又神秘,令人心驰神往,尘念顿泯,大有皈依佛法之意。

大雄宝殿东西两侧的佛龛上,也居着许多菩萨。小沙弥告诉牛牛,他们是十八罗汉金刚菩萨。金刚菩萨们有的捻珠戏龙,有的挥拳打虎,有的托腮沉思,有的叉腰凝望,还有托塔的、捧盂的、翻阅经卷的、把玩灵芝的,等等。有一挖耳罗汉形象逼真,他偏着头,左眼紧闭,右眼圆睁,眼珠儿向上吊着,使劲上缩的左脸颊拧成的肉疙瘩,把眼睛都挤过了界。看了那罗汉挖耳止痒的惟妙惟肖的神态,牛牛忍俊不禁。

从牛牛的眼中看去,两殿的大佛和罗汉们造型各不相同,有的高大,有的矮小;有的丰满肥胖,肌肤细腻莹润;有的瘦骨嶙峋,肋骨历历可数。神态也迥异。他们有的慈眉善目,和蔼可亲;有的凶神恶煞,令人生畏。衣着无甚大异,基本上都披袈裟,衣服上的线条、皱褶,自然流畅,飞动飘逸。不过,他们穿戴虽不俗,可多半不注重整洁,大多袒胸露乳、卷腿捋袖的。小沙弥说,也许这种不拘细节、放浪形骸的生活态度,正是菩萨们超尘脱俗、光明圣洁之处呢!

小沙弥最后指着的那尊罗汉菩萨,引起了牛牛的注意,那是进门靠右边的第五尊菩萨,只见他怒睁双目,仰面向天,两臂高擎,掌心上托,张嘴大喊。小沙弥告诉牛牛说:"那菩萨可能心里有不平事,向天帝发出诘问。"牛牛很奇怪,说:"菩萨就是神仙,神仙就是管天地的,他也有不平事呀?"

玩了两大殿后,牛牛只感到惊骇、好玩。他还不懂艺术欣赏,更不谙佛法的深邃。小沙弥又带牛牛看了寺内园子。因为下雨,只能倚在栏杆上看。园中石板铺的小路曲折蛇行,斜曲有致。墙边栽有栀子花、月季之类花草。两个花坛里种的海棠和牡丹,算是园中最名贵的花卉了。所有的花都开了,只可惜全被正在下着的雨,浇打得七歪八倒、零落不堪。整个园子给牛牛的印象,就是花草们被雨水淋得可怜。

寺内能看的都看遍了,入庙的第三天下午,小沙弥把自己读的书拿出来,要教牛牛认字。牛牛把书翻弄了一回,搁下说:"小沙弥哥,你别教我,我不是念书的料,我不想认字。"小沙弥犹豫了一下,只好依了牛牛,收起书,从木箱内取出针线和布片,并暗示牛牛把门关好。牛牛不明白他的意思,小沙弥往被子的烧洞上指指,牛牛脸红了。原来小沙弥要补被子。来的第一天晚上,牛牛尿床了,因为下雨没太阳晒,被沙弥烘烧了。小沙弥对牛牛说:"弟,再不补,就补不起来了。"不想这样做让牛牛很难为情,很尴尬。

小沙弥对牛牛说:"不要紧,弟,我小时也常尿床呢。"

"你小时也常尿床吗?"倪妈突然进来说。

小沙弥被突然进来的倪妈这一问,显得比刚才的牛牛更难为情更尴尬。

倪妈为小沙弥解释说:"不要紧,小伢子小时大多是这样。伢子,你幼小时就到庙里来了吗?"

小沙弥说:"是的。静然方丈讲我三岁就来庙里了。"

倪妈又问小沙弥的家在哪,父母到不到庙里来看他等问题。见小沙弥眼睛有些湿润,倪妈便没再问了。她把小沙弥的针线拿过来,为小沙弥补被子。

补好被子后,倪妈又回到东首房里,小沙弥和牛牛也跟了去,听到小沙弥除了出生日子不晓得外,年月都和她的二儿虎子完全相同,倪妈更加喜欢。倪妈还想问小沙弥话,见他在专心致志地拨算盘,便没问了,转而自言自语说:"唉,这伢子,和我虎子一样,也那么爱算盘。"

拨了一会儿,小沙弥就要回自己房了,倪妈让他把算盘带去自己房间。

望着小沙弥的背影,永富说:"你看那伢的形容动作啊。"

五

永富没说明的意思,是小沙弥的形容动作像他家的虎子。倪妈说:"你这会儿才看出来?来的那天傍晚,在庙门前大古树下,我一眼就见着他像了,不过没讲出口就是。唉,别说了,说着心痛。"

第四天下半夜雨歇了。没等天亮,永富夫妇就起了床。当时四周还有云雾,但一会儿就消散了,红玉盘似的朝阳,从东山顶上慢慢露了出来。天晴了,永富一家人的心情也开朗起来了。

永富领着妻儿去大殿拜了佛,逐一谢过老方丈和众僧人,就挑起担子,拖儿携女,走出这座几天来为他们纾难解困的古庙。但老方丈从朝霞太红、础石有水等方面判断,说很可能早饭后又要下雨,不让永富一家走。可是净打扰庙里,永富夫妇早就心急如焚了,无论方丈和众僧侣怎么再三挽留,他们去意已决,不肯再住了。

才走一小截路,小沙弥在后面喊着撵上来,原来他把落下的算盘送来了。

见永富夫妇和牛牛都用一种依依不舍的目光望着他,小沙弥颇带怅惘地说:"尹大大、倪妈妈、牛牛小弟,我以后还能见到你们吗?"

永富说:"我们来华阳逃荒,到处流浪,居无定所,你很难找到我们了。不过我们晓得雷港寺,晓得老方丈,晓得你,只要你不走,我们以后来看你。"

小沙弥忧伤地点着头,拉拉牛牛的手,惆怅地、默默无言地转身走了,他一步三回头,流露出无限不舍的情感。

路,像一条绵长的曲线,在永富他们的脚下一段段延伸过来,又一段段被抛到身后。当牛牛回头再望时,小沙弥早就不见了,只有那座古寺的轮廓,和古寺门前的那棵参天大树,在水雾裹着的朝阳映衬下,依稀可见。

老方丈是不是熟谙气象,是不是能观云知雨,不得而知,但这一天的天气,确实依循方丈的判断在变化着,过了阳光柔和的早晨,凄风夹带着苦雨,伴随永富全家直到天黑。

两担东西由永富一人挑,除了采取来回盘运的法子外,别无其他省时省力的办法。出庙五六里(对永富来说就是双倍的距离),永富就显得有些力不从心了。他把担子歇到堤脚一处平地上,从方塘里捧几口冷水喝,然后坐到护堤备用的土墩上,取下搭在肩上的破手巾擦着汗,又用那顶缺边的早已发黄发黑的破草帽,向敞开衣襟的胸脯扇风。他把空烟袋衔在嘴上反复吧嗒着。牛牛虽然体会不到大大烟瘾发作时的难受滋味,但他心痛大大的苦状。

"坏着,天坏着。"牛牛为大大往筐子里收烟袋时,听到大大突然这么说,语气中流露着焦虑和不安。

紧接着,没精打采的太阳隐进了云层,风也在不经意间,呼呼地从江边吹来,沿堤一带柳树的枝条差不多横着舞动起来。

永富说:"牛儿,天要下雨了!"永富立即取下扁担,向看着另一担东西的倪妈那边快速跑去。跑到一半,江南那边铅灰色的云蒸腾着涌上来,漫过江面,直往大堤这边铺压过来。雨,终于把大大小小的白点子,砸到苦苦挣扎着行进的永富一家人的身上!

永富犹豫着,他望望牛牛这边,又看看妻子那头,显得进退两难。他自言自语:"横竖是下雨,横竖是要到条子号,总不能把送到前面的东西往回挑!"基于这一考虑,他大声喊牛牛,叫他快点贴到筐边,让破絮为他挡点雨,别淋坏了,自己转身就朝妻子那边跑,边跑边招手。倪妈会意,不待丈夫抵达,就带着桂兰,牵着五丫,抱着六丫,跟跟跄跄地向牛牛这边走。

永富把东西挑来,经过牛牛身边,未稍停脚,径直前去。

牛牛也跟他大后头往前,倪妈和桂兰又在牛牛刚才守的挑子边站住。如此一次次地重复着,除永富来来去去不停地跑动着,一刻不得歇脚外,倪妈和孩子们每走一截路,都轮到一次休息。休息的人虽然力气能得到一些恢复,但静止地站在风雨中,冷得牙磕牙。来回跑动的永富,虽然头顶和全身都热气蒸腾,却累得东倒西歪,撑不住身子。

一段时间过去,虽然雨暂停了,但每个人身上的衣服都淋湿了,担子里的破衣破被也挤得出水。不过这阵雨,只是那一天中的序幕。接下去,雨才正式登场,它忽大忽小,忽紧忽慢,淅淅沥沥,哗哗啦啦,不停不歇。

透过风帘雨幕,永富模糊地看见前面有一幢房屋,决定去避避。他把另一担东西丢在路边,让妻儿和他一道走了。

牛牛和桂兰就像两个贴身的小保镖,一左一右,把倪妈夹在中间,紧紧护卫着。倪妈几次要崴倒,都化险为夷。尽管桂兰和牛牛不敢有丝毫松懈大意,但是,这一次却因为桂兰跌倒,牛牛拉桂兰,又被带着趴下,而倪妈去拽桂兰和牛牛,结果都摔倒了,六丫被抛出老远。六丫身体轻,好像一只小虫子落在面糊里,她被泥巴淖黏住了,没有滚远,只在褟裸里哇哇哭叫,手脚在风雨中乱蹬乱抓。

倪妈陷得越深,就越不能自拔,牛牛和桂兰就像拔萝卜一样齐心协力拔着,可是尽管费了九牛二虎之力,但总是拔出这腿陷那腿。倪妈气得往泥上一坐。牛牛茅塞顿开,说:"姐,有了,妈拔起来了!"两人抱住倪妈两腿,往上一拽,再拽着倪妈的胳膊一截一截往上拖。当永富放下担子赶回来时,倪妈已经站起来了。母子仨被泥巴糊成一团,不过这没什么,不用几分钟,泥巴就被雨水冲洗得一干二净了。

之前模糊看见的那户人家终于到了。所谓的人家,其实不过是大火烧过的几方断壁残垣(后来听人讲,那个屋子是日本鬼子放火烧的,人也被杀光了)。

稍事歇息后,大家又出发了。倪妈仍让牛牛紧跟在他大身后。牛牛明显看到:尽管找来的棍子帮着大大撑持了一段路,但越往后,大大的两腿越抖得厉害,他之前被棍子撑得稍直的腰,又渐渐往下佝偻着,像一张绷紧了弦的弓,连拿棍子的手都抖颤了。他大大的气力已经耗尽了,终于担子又从他肩头上落下来,他双腿一瘫软,人就坐到泥水中。

见大大面如白纸,直喘粗气,深深凹陷的眼珠儿板滞得特别吓人,牛牛慌了,他跪到泥水中,捧着他大大的脸,紧张而焦急地问:"大大,你怎么了?你可要把我们带到条子号去啊!"永富以几乎让人听不清的声音说:"牛儿,大大是累了,饿了,歇会儿缓缓气就好了。牛儿,大一定能把你们带到条子号,以后搞发财了,还要把你们平安带回老家!"永富边说边无力地抬起手,抹着牛牛头脸上的雨水。

永富又扶着箩筐站起来,掀开搭在五丫头上的破被(五丫已放在担子一头),摸摸她鼻孔还出不出气。接着又艰难地挑起担子,在泥水中往前挨。转过一道拐弯,透过蒙蒙的雨帐,又见前面有户人家,一家人心里一阵暖和。

永富丢下担子,抱起五丫,携一家人颤颤颠颠地向那户人家走去。抵达那户人家,永富才知道,条子号已经近在咫尺了。

那家的门半掩着,恪守本分的永富是不会擅自进到人家屋里去的,尽管衣服透湿,又冷又饿,他也只是带着妻儿靠在屋檐下。

听到六丫的啼哭,那家的门全开了,一位老奶奶伸头探看,接着又出来一位老爷爷。见永富一家大小冷得浑身如筛糠一般地抖,二话没问,老人就把他们让到家里。

一位年轻人立即在堂心生起火盆。

听说他们都还饿着肚子,老奶奶又赶快入灶间做饭。

老爷爷找来衣服,让永富夫妻到柴房把泥巴衣服换下来。

没有孩子们穿的小衣,爷爷就找来一床单被,给他们一起披着。

其实牛牛说不上换不换衣,他是一路光赤条条,在泥水里摸爬滚打着到这儿来的。

老奶奶心疼地将牛牛拉到灶房,用热水把他身上的泥巴冲洗了,找来自己的破衣给牛牛穿上。

火,当时对永富一家来说,比吃还重要。一阵烘烤后,濒临僵死的他们,慢慢回了阳。回了阳的永富夫妇,一个要去挑丢在路上的两担东西,一个要捡换下的泥巴衣去洗,但都被爷爷奶奶阻止了。

奶奶的玉米糊做好了,稠稠的,香香的。让饿极的人得到了饭食,让冷僵的人得到了炭火,说那一家人是永富一家人的救星,一点儿也不为过。

在永富一家人吃饭时,两担东西被刚才生火的那位青年挑回来了,换下来的泥巴衣,也由老奶奶洗净晾在竿子上。可是吃完饭就在火堆旁打盹的永富夫妇和他们的孩子一点儿也不知道。

那爷爷本想和永富夫妇聊聊,但见他们那极度困倦的样子,也就没忍心打扰他们了。

火的热量,又把永富夫妇从迷糊困顿中炙醒了。面对爷爷奶奶,他们很不好意思。但爷爷三言两语,就为永富夫妻消弭了局促和尴尬。

经过交谈,永富知道这位爷爷姓王,是位行医的郎中,奶奶是他老伴,刚才生火和给永富挑东西回来的是他们的大儿子王义元,他们还有个小儿子叫王义堂。在永富一家到来之前,王义堂就到学堂去了,傍晚要回家的。他们还知道,义元的妻子两年前被日本鬼子糟蹋后,又被带到东北做慰安妇了,义元的儿子刚满周岁,被惨无人道的鬼子刺死了。

听到永富自我介绍后,王爷爷很是震动,尤其在永富说到虎子的遭遇时,爷爷更是紧蹙双眉,若有所思,但他起身来回踱了几步,便平静下来。爷爷说:"命中不是你的,留不住;是你的,赶不走。走就走了吧,一切都顺其自然。"爷爷还说,六年前,为了打听一个人,他去过一趟枞阳。永富想问爷爷去枞阳打听什么人,但恰在这时,把永富的担子送到陆克新家去的王义元回来了。永富和王爷爷的谈话也到此结束。

雨住了,趁天还没黑,永富夫妇真诚地谢过王爷爷王嬷嬷,又带孩子们往条子号陆克新家赶了。路上,又下起雨来,而且越下越大。永富肩背五丫,倪妈抱着六丫,桂兰和牛牛空着手,和大大、妈妈一样,都被浇得水淋淋的,连眼睛都睁不开。

倪妈在从脸上抹去雨水时,一个小男孩从她身边擦过。小男孩走到前面,又转过面朝倪妈望望,跑回来,毅然解下自己身上的蓑衣,给倪妈披上。小男孩这一突如其来的举动,让倪妈大感意外,当她要把蓑衣给小男孩披回去时,小男孩已经跑开了。

"太谢谢了,小哥哥!"倪妈向小男孩摆手致谢。

"不用谢,大妈妈,你不能这样称呼我呢,大妈妈走好!"小男孩边说边向倪妈挥手。

当倪妈再回望时,风雨中只能见到小男孩向她挥手的身影。

六

那天,天都擦黑了,永富才拖家带口地赶到陆克新家。

陆克新老家在上蒲州陆家湾,和徐家畈陆大义是本家。克新夫妇都年过知命了,身边却没有儿女。大前年大义把自己长子黑铁过继给了克新。克新夫妇为人诚信,仗义。本来永富和他素昧平生,只是去年腊月初,在陆大义家和他见了一面。当时两人就一见如故,相谈甚欢。永富这次来华阳,就是先在他家落脚,再通过他找活干,最好是找地种。

克新比大义年长,而永富又和大义是朋友,亲如兄弟,永富一家自然也就和大义家一样,称呼克新夫妇为大姨大、大姨妈了。说来也很好玩,后来凡跟克新来往的人,也都跟永富夫妇一样称呼克新夫妇,渐渐地整个条子号的人见了克新夫妇都姨大姨妈地叫,有的在前面加姓,有的连姓都不加,仿佛克新夫妇是条子号所有人的姨大、姨妈了。

永富也实在是疲累过度了,那天下午虽在王爷爷家打了盹,但丝毫没有消除疲劳,克新为他泡了一壶好茶,他连沾也没沾一口,就伏在桌沿上打鼾了。

为着永富一家人的到来,那天的晚饭,陆姨妈搞得很是丰盛。在姨妈做饭时,厨房后面的屋内传出琅琅的书声,牛牛好奇地伸头望望,是个男孩子在念书,看样子,他念得格外津津有味,好像在嚼玉米糖。

姨妈的饭做好了,姨大朝房内喊一声,读书声停了,男孩从里面出来了。见倪妈、牛牛都望着他,男孩腼腆地笑了笑,就去抹桌子,端菜,提酒壶,摆酒杯。

开席前,姨妈把男孩向永富一家做了介绍。倪妈笑着说:"哎哟喂,这样白白净净、体体面面的伢子,怎么号黑铁呀!"

陆姨大也笑着说:"是名不副实呢。"陆姨大又向黑铁介绍永富,黑铁说:"我认得尹伯伯,他那几年常到我家去。只是尹伯伯不认得我,因为我怕生人,他到我家去,我就躲着不见他。"黑铁说罢,就给永富夫妇和陆姨大夫妇的杯中斟了酒。

知道永富夫妇都很劳累疲倦,陆姨大并没有再三劝酒,只叫永富随意多喝几杯,驱驱寒气。牛牛不一会儿就在陆姨妈身边睡着了。

饭罢,收拾完毕,倪妈便把陆大义托带的衣服交给了黑铁。黑铁捏了捏,就转到自己房里去了。据陆姨大讲,黑铁来他家三年都没回去过,孩子接到家里带来的衣服,心里少不得有些感想。

第二天,牛牛就病了,从症状来看,是重度伤风。第三天傍晚,黑铁放学回来,递给倪妈两包东西,一包是艾叶、生姜和红糖,另一大包是三服中药。倪妈有些搞不清,黑铁向倪妈说了,倪妈感激不尽。原来是黑铁无意中把牛牛重度伤风的事,在学校里跟王义堂讲了,而王义堂回家又着意跟他大大王爷爷讲了,王爷爷知道牛牛是永富的孩子,就对症配药转给黑铁带来了。吃了王爷爷的药,第五天,牛牛就痊愈了。永富夫妇既感激黑铁,也感激王爷爷,还感激王义堂。一个从来没有见过面的孩子,居然把他们家孩子的疾病记挂在心上,为他传话送药,实属难得呢。于此,永富夫妇对王义堂不仅是感激,而且是想见见他了!

黑铁说:"不光我们敬佩王义堂,连我们学堂的汪先生都赞扬王义堂,说他乐于助人。"而且,黑铁还说王义堂在他面前讲过好多同情永富一家人的话呢。

永富说:"那伢子怎么会知道我们家的难处啊!"倪妈说:"这个不奇怪的,我们那天在他家避雨,他大大知道我们的难处。"永富说:"是的。唉,老子重仁,儿子讲义呢!"倪妈说:"我们来华阳才这么点儿时间,就得到雷港寺僧人、王爷爷父子、陆姨大的照顾,大雨中又有小男孩送蓑衣,这些恩情真的难得啊!"

美不美,乡中水;亲不亲,故乡人。永富初到克新家的个把月里,上下条子号凡是老家在枞阳的人,在早晚或阴雨天,少不得到陆姨大家来坐坐聊聊,尽管有些人都是迁居条子号的第二代甚至是第三、四代了,但见了故乡来人,都感到分外亲切。虽说是年深外境犹吾境,日久他乡即故乡了,但从言谈话语中,不少人都还流露出对故乡风土人情、田园乔木的深深眷念之情。有的谈到老家的宗族兴衰、人世代谢时,竟然禁不住哽咽落泪!

　　陆姨大家有五间房子,其中四间是正屋,南头靠西的那间是披棚。起初,陆姨大要把一间正屋搭披棚让永富家住,但牛牛大、妈觉得大了。他们认为陆姨大夫妇大方、好客,熟人朋友来来往往的,有时家里就像开流水席一样,屋少不好容身,所以决定只要南头的一间披棚。他们认为:披棚虽小了点儿,但他们也没什么东西摆放,一家人在一块挤一挤,比那空空荡荡、冷风疏疏的要充实。把陆姨大房子占住了,会让人心里不安。披棚能搭一张床铺、放一张凉床,流浪在外的人能有这么个地方栖身,就是非常难得的了。

　　征得陆姨大夫妇的同意,永富在披棚西边开了个窄窄的小门,门斜对着前面大槐树。在出门靠右码了一个几乎趴在地上的土灶,但陆姨妈只让永富他们晚上到披棚里歇息,不让他们单独做饭。

　　这天陆姨妈到她干女儿家去喝喜酒,家全丢给了倪妈和孩子们。倪妈索性从披棚挪到那边,边给姨妈看门,边给姨妈绣花。这时,一位年纪四十上下的妇女,拎着个小篮子从场地北头笑盈盈地向倪妈走来,在倪妈左边的小椅上坐下,随手将篮子搁在地上。倪妈抬眼向她瞟瞟,似乎有异常发现似的,马上放下手上的绣花鞋,侧着头,眯眼向她凝视着。

　　那女人见倪妈用惊异的目光望着她,便自报家门,微微带笑地说:"我也是枞阳人呢。"

　　倪妈喜出望外,说:"啊,怪道眼熟了,你是……"

　　那女人没等倪妈把话说出来,就抢接说:"我叫……"

　　女人刚要说她叫什么,倪妈打住说:"慢!让我想想……"倪妈霍地往起一站,惊喜万分地说,"我见过你的,我可把你找到了,你叫朱爱兰!"

　　不料,那女人哈哈大笑,神态淡定地说:"朱爱兰?哪个朱爱兰?你在什么地方见过我的?我怎么一点儿也不认识你?"

倪妈十分肯定地重申说:"你就是朱爱兰!当年在徐家畈徐人杰家当女佣的朱爱兰!你是我堂兄克礼外甥儿的三姑母。那时,你常到克礼家去走亲戚,所以我认得你。"

听了倪妈认真的叙述,那女人更是大笑不止。她否认了她是朱爱兰,却说她和朱爱兰是姨表姊妹!她姓尚,人都叫她麻姑。当年到克礼家的才是朱爱兰。

倪妈说:"到克礼家的是朱爱兰?你们姨表姊妹脸模子就那么像吗?"

女人说:"要是仔细看,还是有区别的。"女人毫不避讳地说,"我表妹脸皮细腻白嫩,可我脸上有麻子呢。"她把脸凑上去给倪妈看。

倪妈仔细看过,说:"啊,是的。那我以后该怎么称呼你呢?"

女人说:"人家怎么称呼,你也怎么称呼呗。"

倪妈说:"那我就叫你麻姑了。"倪妈想想又补充说,"麻姑这称呼好得很,很美的!"

麻姑说:"美就不敢当了,只是生定眉毛长定的骨,改变不了。"

倪妈说:"你真的不用为脸上有几点麻子自叹,人说麻脸是天生的,光脸是狗舔的呢!"

麻姑往倪妈腿上按一下,笑着说:"没想到你这样会讲话。"

倪妈说:"会讲话就见笑了。"

麻姑说:"你讲我表妹朱爱兰是你堂兄外甥儿的姑母,这样论起亲戚关系来,我也就叫你舅母了。"

倪妈说:"这么讲我伢子也当叫你姑妈了。"

麻姑高兴不已,她说本来只是来坐坐聊聊,却没想到认起亲戚来了。

麻姑说着,就从竹篮里拎出一个鼓鼓囊囊的小布袋,说是早上从树上新摘的麦黄杏子,新鲜得很,特地拎来给孩子们尝鲜的。牛牛抢着接住,连说几声"谢姑妈"。

麻姑把倪妈给陆姨妈做的绣花鞋拿到手上,翻过来掉过去地翻弄着看,羡慕的意思都表露在啧啧赞叹中:"真的好看啰,你瞧这牡丹花啊,绣得像雨后新开的一样鲜艳哪!"

倪妈说:"姑妈要是看得上,拣明儿有空,我也给你绣一双。"

麻姑说:"舅母喂,你讲得轻巧,我哪是看得上,我简直就是爱死着。"她说着又把鞋往脚上试。

麻姑走后,桂兰和牛牛怪倪妈,不向麻姑打听朱爱兰、侯白仁、刘老万、小李头四人的消息。倪妈听了孩子们的提醒,急忙撵出门,要把麻姑追回来,可是麻姑已经不见了。倪妈说:"下回问吧。"并说麻姑已和她攀了亲了,一定会常来的。

倪妈刚转背,黑铁放午学回来了,倪妈就要去搞饭给黑铁吃,黑铁拽住倪妈衣摆,指着正往下条子号走的一个小伙子让她看。倪妈看了看,不知黑铁用意。

黑铁说:"那小伙子就是王义堂。"

听讲是王义堂,牛牛和桂兰也同撵过来望,但都只见到他的后背,没见到正面。即使如此,倪妈也不无赞美地说:"那伢子个子高高的,走路斯斯文文的,一看就晓得是好伢子,难怪黑铁讲先生都夸他了。"

永富一家来条子号的日子也不短了,除永富帮人家打临时短工外,家里没有其他收入。倪妈给人家做点衣、绣些花,那也就是做广告性质的,没收人家工钱。没有收入,完全吃陆姨妈的,孩子们不懂事,过得心安理得,可是永富夫妇真的心都急飞起来了。他们求陆姨大给他们找点儿事做,或找地种,但陆姨大和以前一样,在家蹲的时间少,白天几乎见不着人影。永富也曾自己到处找人,尝试着开荒种田地,可是,这儿的土地大部分早被先来的移民开发了,少数尚未开垦的,也都被人插草为标地圈着,后来者是不可以动用的。永富空怀一腔拓荒者的抱负,除了去为土地所有者打工外,别无他路可选。

终于,永富由陆姨大介绍到吴宣传家做长工。这样永富就从老家的长工,变为条子号的长工。他们家开始在那早就垒好的土灶上开伙了。

光阴似箭,日月如梭。一转眼,夏天快过完了。这天擦黑,永富从吴宣传家下工回来,就被陆姨大叫到那边喝酒去了。原来是陆大义来了。大义不胜酒力,只喝半杯就用饭陪了。

卸席后,陆姨妈照例又让倪妈把孩子们带过去,名义上是洗刷锅碗,实际上就是"消化"剩下的饭菜。

饭后聊天时,大义表示这次来是接黑铁回家的,说是老奶奶思念得很。陆姨大夫妇表示理解,虽然他们非常舍不得黑铁走,但他俩说:"照顾老人的感情是必须的!"说是这样说,黑铁还没走,陆姨大就揩眼睛、揪鼻子了。想不到一向都大开大阖、喳喳哇哇、热热闹闹,仿佛一切都不放在心上的陆姨大夫妇,竟也这样感情丰富,儿女情长!

第二天,黑铁就没去上学了。下午,那个叫王义堂的同学特地来看黑铁。王义堂临走前,黑铁把他带到披棚这边来了,目的是带他见永富一家人,因为他们早就想见王义堂了。哪知除牛牛外,永富家其他人都不在家。于是黑铁就把牛牛介绍给了王义堂。

王义堂对永富夫妇的了解,还停留在他父亲说的那点儿印象上,至于对牛牛的了解,也就是容易伤风的小男孩。但今儿正面一见,觉得牛牛那么爱笑,那么眉目有神、俊秀可爱,他打心眼里喜欢上这个小不点儿了。义堂在牛牛身边蹲下,捉住他的手,亲切地问:"你就叫牛牛吗?"

因为带药为他治好了伤风,牛牛早就对义堂心存感激,要找机会当面向王义堂说句感谢的话了。可是今儿当义堂捉着他手问他话时,他却腼腆地笑着向后退。

义堂伸头朝披棚里望望,又把锅盖揭开瞧瞧,摇着头,没说话,最后又来到牛牛身边,摸摸他的头,说:"小弟弟,我走了。"

牛牛仍望着义堂,没说话。

义堂转过屋角了,牛牛撵过去,咳一声,义堂回过头,与牛牛对视着。

"哥,你以后还来吗?"听了牛牛这声喊,义堂可乐了,他走回来,一把把牛牛抱起来,旋了一圈,放下,说:"回吧,我走了。"

牛牛又喊:"哥,明儿还来。"

义堂向牛牛挥挥手:"回去看披棚,我一定会再来的!"

七

黑铁跟他父亲走了,陆姨大夫妇心里很难过,他们不想让人看到自己红红的眼圈,没有出门送行。是倪妈和牛牛把大义父子送到江边的。

大义和黑铁将要上船时,倪妈撵前几步,把前天晚上想说而没有说的关于托大义关照虎子坟的话,说出来了。

大义说:"放心,我们会照看好的,你们夫妇带伢子们好好搞生活吧。"

倪妈深信陆大义是言而有信的人,她之所以要一再托付,是因为她自认为欠这个儿子的太多,仿佛不再三托付人家照看,她的心就不安。

"快上来吧,我们要开船了。"船老板催大义父子。

"慢,请稍等!"大义父子刚上跳板,眼泡泛红的陆姨大夫妇还是来了。

望着克新夫妇失落伤感的样子,大义心里也不好受。黑铁拉住克新夫妇的手,竭力安慰着他们。

在黑铁父子把陆姨大送来的吃用东西往船上拿时,王义堂也赶来了。王义堂送给黑铁一个笔记本,扉页上写着一些安慰与共勉的话。

义堂还为黑铁带来了另一位学友的问候。那位学友叫赵春来。

义堂对黑铁说,赵春来本来也要来送黑铁的,只因他妈头疾犯了,他到他二姐家照顾他妈去了。

两个要好的学友只见到一个,黑铁半是欣慰,半是怅惘。

送走了陆大义父子,王义堂安慰了陆姨大夫妇一番,摸摸牛牛的头,同陆姨大夫妇和倪妈打了招呼,便跑步到学堂去了。

王义堂果然一诺千金,黑铁走后的第三天晚上,又到陆姨大家了。义堂看望了陆姨大夫妇,就来到牛牛家这边的披棚。当时永富夫妇和牛牛他们都在家。因为之前只有牛牛认得王义堂,倪妈虽见过两次了,但都是匆匆一瞥,所以对他的突然到来,永富和倪妈都显出了一些手足无措的窘态。

微弱的灯光下,义堂搂住牛牛的同时,也拘谨地叫了尹伯伯和倪妈妈。

倪妈说:"义堂哥哥,没有凳,往铺上坐吧。"接着倪妈就把永富向义堂做了介绍。永富说:"义堂哥哥,讲起来我们虽没见过,可是自从那回你让黑铁带伤风药给牛牛,你的号就在我心里了!"倪妈说:"义堂哥哥——"再次听倪妈这样称呼,义堂立马站起身纠正说:"倪妈妈,你们快别这样叫,就叫我伢子吧。"

倪妈说:"真知理呵!好,我就叫你伢子了。说来我是不止一次见过你了,可今晚要不是你自己先做了介绍,我可能还要想一阵子才晓得是你呢。伢子,棚里太窄了,又邋遢,不好意思。"

王义堂说:"倪妈妈你讲哪儿去了,我们小孩子家随便来玩玩,你竟拘起礼来,这让我们做孩子的就真的不好意思了。"

永富对倪妈说:"孩儿他妈,就不要讲那些客套话了,义堂伢子既来我们这棚里坐坐,就不拿我们当外人的。伢子,你大大、妈妈还好吗?"

义堂说:"我大大上次到枞阳那边去了一趟,回来时,路上淋了雨,受了寒湿,一直都小病小灾不断。"

倪妈很是心疼。永富说:"上年纪的人身体没抵抗力了,病才好得慢。啊,他老人家去枞阳那边有事吗?"

义堂波澜不惊地说:"具体何事,我也搞不清,好像是去查对一个人。"永富啊了一声。

义堂忽然想起什么似的,陡地站起来,说:"尹伯伯、倪妈妈,你们白天忙得累倒倒的,该早点休息,我就不打扰了。"

永富本想问查对什么人,但义堂拍拍牛牛的背,和永富夫妇打个招呼,就跨出披棚了。

牛牛追到门外,叫义堂大哥,义堂又回头看看,挥挥手,说:"回去吧,牛牛,我过几天再来。"

义堂走后,倪妈跟丈夫说:"王爷爷两个儿子真不错。"

永富说:"小的义堂比大的义元更出色。"

倪妈说:"是的。你看他大高个,白面书生的样子,多好的伢子!"

永富说:"下回来,别忘了问他几岁,定亲没有。"

倪妈推永富一把，说："看你傻了！问他这个做什么？"倪妈说罢，向永富笑笑。

黑铁回家后，王义堂仿佛失伴的雁，除了跟常明发、孙启亮、郭金科等同学经常往来外，有空就到牛牛这边来。永富夫妇虽然多不在家，但能见到牛牛，义堂就很高兴。不管是年龄还是个头，义堂都比牛牛高一大截，但这丝毫不会成为他们之间亲密友好的障碍，也许这就是缘分吧。

这一回，义堂晚上又来牛牛这边了。永富夫妇和他们的孩子都在家。聊了一会儿，义堂突然向永富夫妇提出一个请求，说他有个小学友，也想来倪妈家玩玩，但又怕打扰尹伯伯和倪妈妈。永富问那孩子叫什么，义堂便告诉了他。

倪妈说："是赵春来呀，那孩子我们虽没见过，可听黑铁说，他非常同情可怜我们呢。"

永富说："那伢子要是不怕我们住的披棚又窄又脏就来吧，什么打扰不打扰的，我们又不是官府人家，只要像你一样，不嫌我们邋遢，带他来！多一个小伢，我牛牛还多一个伴儿呢！"

倪妈嘴上虽也说让义堂带赵春来来，可心里很矛盾：白天来吧，大人都不在家；晚上来吧，连坐的地方都没有。她心里想：能不来就不来，等在华阳站稳脚跟，家境搞好了，把所有同情和照顾过自家的人都邀来家，向人家集体致谢。不过倪妈对那次在大雨中把自己身上蓑衣取下披到她身上的那个小男孩，却是念念不忘，可是，从那次过后，一直没有那小男孩的消息。要是能再见到那小男孩该有多好，就是没法感他恩，蓑衣还给他总是可以的吧？可就是望不到他。

不知怎么了，王义堂自那天晚上走后，将近半个月没来了，可能是王义堂说披棚又窄又脏，那赵春来怕了，不想来了，因而王义堂也就不来了，他怕来了不好跟永富交代。

倪妈想到王义堂家看看，但王爷爷在病中，空手去不好意思。在大槐树下给人纳鞋底的倪妈正为这事踌躇着急时，王义堂来了。他是放晚学打倪妈这里过的。

倪妈问义堂说："伢子，你不是说那个叫赵春来的伢子想来玩玩吗？怎么没来呀，怕是嫌我这儿脏吧？"

义堂说:"不是呢!十天前,他就说要跟我来了,可是他妈头疾犯得更厉害了,他又到他二姐家照顾他妈了。他说等他妈头痛好了一定来。他还说,他惦念你们。"

倪妈说:"唉,我们跟那伢子非亲非故,连面都没见过一回,他怎么还惦念我们了?唉!"

义堂说:"世上许多事讲不来,就像我和你们、和牛牛一样,这也是缘分吧。"义堂说罢,就把牛牛拉过来,一起靠近倪妈身边坐了,他理顺牛牛头发,说,"倪妈妈,我看牛牛也该上学念书了。"

倪妈叹息说:"伢子,你看看我们家情况就晓得,这住的小披棚还是陆姨大家的,哪有钱给牛牛念书啊!——你大大病好了吗,伢子?"

王义堂被倪妈这一问提醒了,说:"没有,这几天还狠了些,就是因为要照顾他,所以我十多天都没有来跟牛牛玩了。倪妈妈,我得快点回去了,过几天再来。"

牛牛说:"哥,我能到你家去吗?"

义堂转身问:"你想去吗?"

牛牛点点头,说:"想!"

义堂望望倪妈,说:"倪妈妈,我可以带牛牛弟去我家吗?"

倪妈说:"义堂伢子,别带他去,牛牛晚上有尿床的毛病。"

义堂说:"倪妈妈,如果光是顾虑尿床,我不怕,真尿了床,我会洗晒。倪妈妈,我带牛牛去我家了,好吗?"

倪妈见义堂那么喜欢牛牛,也不好扫他兴,便点了点头,说:"你们一个要带,一个想去,那就这样吧。"

为了让倪妈心中有数,义堂把晚上让牛牛在他家歇,明天带牛牛到学校里去玩玩,明晚放学时送牛牛回来的安排都说了。

临走时,倪妈叮嘱牛牛,不要大声吵闹,王爷爷生病了,别把他老人家吵烦了。牛牛满口答应着。

第二天傍晚,王义堂顺道把牛牛送回了家。可是这天之后,他又隔了好长时间没来,这让倪妈又生出想法了:那王义堂和赵春来不来,归根结底还是因为他们家太穷了。

牛牛说:"妈,义堂哥好着呢,他不会嫌我家穷,也不会嫌披棚脏的,他还说那赵春来也不会嫌我们的。妈,我们就等着吧,总有一天,他俩都会来的。"

倪妈说:"牛儿,你小伢子还不懂人世间的许多事情,从今儿起,你就不要天天在前面路上望他们了。我这几天接了几户针线活在家做,顺带照顾两丫头,你就跟你桂兰姐姐去捡柴、挖野菜吧,你姐又挖野菜又捡柴,忙不过来。"

牛牛说:"我正想去挖野菜的。妈,陆姨妈到干女儿家后,就没人送菜给我们了,我们都吃好几天寡的了。"

母子俩正说着,桂兰洗衣回来了。桂兰说,牛牛不晓得哪样菜能吃,哪样菜不能吃,把有毒的野菜挖回来就不好了。她让牛牛捡柴,自己挖野菜。倪妈讲桂兰说得不错。

在牛牛捡柴的那些天里,王义堂到倪妈家来了一次,但牛牛没见着。据倪妈说,她还向王义堂打听过那次风雨中送蓑衣的小男孩,可王义堂只是笑笑,他说倪妈既不知道小男伢的姓名,也不知道男伢的父母和家里住址,他没法打听,只答应以后多问问,让倪妈别急,既有这样的人和事,总会打听到的。

尚麻姑今儿又来了,她给倪妈家拎来一小篮子新鲜蔬菜,还把做花鞋需要的东西也送来了。

上回麻姑走后,桂兰和牛牛都怨倪妈不向麻姑打听朱爱兰、侯白仁等四人,这回倪妈可记住了,三五句话后,倪妈就问起那四个人,麻姑也准备讲了,可是她刚开口,突然"哎哟"一声,说:"舅母啊,下回讲吧,我得回去了。"麻姑拎起小篮子就走,走几步又回过头说,"舅母,我家灶窿里塞了许多柴,来的时候忘记熄火,怕把灶门口柴引着了,下回来跟你讲。"

哎哟喂,倪妈原以为尚麻姑住在老远的地方,谁知陆姨妈家下十几户就是她家,可来很长时间了,自己还不知道。

牛牛捡柴刚到家,他放下柴说:"妈,我也是几天前才晓得的。也难怪我们不知道姑妈住哪儿呢,她家的门经常一天到晚都是关的,我们见不到她人。"

倪妈说:"平时过日子都把门关着,你这姑妈呀,也是个神神秘秘的人物呢。"倪妈一边说一边笑着。

牛牛问他妈向麻姑打听那四个人没有。听到妈妈说的情况后,牛牛说下回来一定要再问她。他妈说:"牛儿,别的事我会忘记,向姑妈打听那四个人的事,我会时时都记得的!"

一天午后,倪妈在大槐树下给人缝衣,她边缝边想着来条子号所遇到的事和接触到的人,突然风雨中给她披蓑衣的那个小男孩又赫然浮现在她眼前,她自言自语着:"唉,那到底是谁家的伢子,怎么再没见到他了?他应该也住在条子号,不会是远处的吧。"

"妈,我回来了,还有义堂哥哥!"牛牛说。

倪妈抬眼望望,牛牛空手上前,义堂背着一小捆柴在中间,义堂身后还有一个孩子。倪妈定睛一看,立即站起身,十分惊疑地问那孩子:"你是……"

牛牛抢答说:"妈,义堂哥讲他就是赵春来!"

倪妈吃惊地说:"伢子,你就是……"

那孩子一点儿也不打怵,笑笑地答着:"是的,我就是赵春来!"

倪妈上前拉住他的手,仔细打量一番后,十分惊喜地说:"你果然是那伢子,我可又见到你了!"

义堂有些诧异,他俯下身体,问春来:"你认识倪妈?"

春来微微点了点头。

倪妈说:"义堂伢子,他就是风雨中把自己身上的蓑衣脱下来给我披的那伢子。"倪妈十分激动,她甚至连眼眶都湿润了。

牛牛已经把蓑衣拿出来了,义堂展开看看,说:"这是春来的蓑衣,左肩上一块补巴,还是我替春来补的。"

春来说:"当时给我补时,你的手还被针戳破了呢!"

义堂附到春来耳边,指着牛牛,不知说什么,春来高兴地微笑着。

倪妈把春来拉到身边,非常动情地说:"伢子,从那天给我披蓑衣后,我可是常常念着你,今儿可把你念到啦!"

春来说那点儿事搁谁都会做的,不要念叨。春来把手向牛牛招了招,牛牛也靠到他妈身边。

春来说:"我听义堂哥刚才讲,你就叫牛牛?"

牛牛点着头。

春来说:"我可以叫你弟弟吗?"

牛牛说:"春来,你喜欢叫我弟,你就叫呗。"

倪妈把面侧过来,对着春来说:"春来伢子,你今儿还是第一次和牛牛正式见面呢。当时在风雨中牛牛被浇迷糊了,根本看不见。"

春来站到义堂跟前,拉着义堂,指着倪妈说:"义堂哥,我也可以叫倪妈妈吗?"

义堂讲:"那怎么不可以呢?"

春来又来到倪妈跟前,非常真诚地说:"倪妈妈,真的,我一点儿也没有讲假话,那次在风雨中我第一次见到你,就像见了我亲妈那样亲切。"

春来又拉着牛牛,说:"倪妈讲我俩是第一次见面,这话没错,那次在风雨中,我只见了你的身影,今天见了面,我才觉得你像我常常在梦中见到的那个小弟弟。我没有弟弟,但我总觉得我有个弟弟,牛牛弟。"春来又激动地抓住义堂,说,"义堂哥,你是我们的见证人,从今以后,牛牛就是我小弟弟了!"

义堂看起来也相当激动,他抓住春来和牛牛的手,望着倪妈,说:"倪妈妈,你也给我做个见证,从今以后,春来和牛牛都是我的好弟弟!"

倪妈说:"好啊,我都给你们做见证,小孩子家就是要这样称兄道弟,大人才高兴。啊,春来伢子,你义堂大哥老早就讲你要来我家,就是要去照顾你妈,是吧?"

春来说:"是的,我妈她头痛。"

倪妈问:"你妈头痛好了吗?"

春来说:"好些了。倪妈妈,自听黑铁和王义堂两位哥哥讲,我就猜着陆姨大家住的是你们了,可是我没法来看你们,因为我除了去二姐家照顾我妈外,还要念书,做作业,还要……"

义堂接着替春来说:"还要做饭、洗衣、喂鸡鸭等。"

春来说:"是的。"

牛牛问春来二姐家那边有没有学堂,春来说,学堂就在他二姐家大门前。倪妈问他为何不到二姐那边去念书,春来有些语塞,义堂代他说了,倪妈不以为然,说:"那二姐也是的,就这么一个小弟弟,疼都来不及,还不喜欢,唉!"

春来说:"倪妈妈,不讲他们了,我以后有空就到你这儿来玩,行吗?"

倪妈说:"看你这伢子讲的,我们巴不得你和义堂伢子都常来呀。"

自那天后,春来心心念念地想到倪妈这边来,有时还蹭着在倪妈这边吃两碗菜糊,有几回坐到晚上九点多也不回去,他说他想见尹伯伯。而牛牛也乐得这样,春来在披棚里玩的时间越长,牛牛就越高兴。

也许是年龄相差无几的原因,王义堂虽然先于春来接触牛牛,但牛牛更喜欢跟春来黏着,春来三天不来披棚,牛牛就一定要到春来那边去。春来念书或写字时,牛牛就伏在他旁边望着,听着。春来见牛牛好像也想学的样子,便要教他念书,牛牛却又把头摇摇,表示不愿念。可春来老要教牛牛认字。

一天,春来拿出《三字经》要教牛牛,但牛牛跑开了,站着向春来笑。春来说:"人没文化可不行,欲高门第须行善,要好儿孙必读书!"

牛牛往春来面前一站,说:"学就学!"

春来说:"这就对了,来,我教你。"

春来刚教开头四句,牛牛就讲他教错了,他讲他老家的孩子在放学的路上,一个个都大声念着"人之初,性不善,越打老子越不念"。

春来听了牛牛的话,先是瞠目结舌,继而好笑起来。但春来还是认为,牛牛能把路上听的记下来,这本身就说明他脑子不笨,于是和义堂商议起让牛牛念书的事来。

义堂说,牛牛念书的事他跟倪妈讲过的,倪妈说没钱给牛牛念书。春来说他有法子,于是附到义堂耳边,把自己的想法讲了出来。

义堂一拍大腿,说:"这法子好,我怎么就没想到!走,我们去找陆姨大。"

陆姨大听了义堂和春来的话,也把大腿一拍,说:"这法子好,我怎么就没想到?好,我就去找汪先生。"

八

这是一间简陋的又脏又乱的书斋。方桌边汪先生面南而坐,陆姨大踱到门边又折回来,坐到先生对面的破藤椅上。室内气氛显得很不和谐,但也没到就要爆炸的程度。

终于,汪先生打破沉默,他把校董会的会议记录本推到陆姨大那边,说:"你自己看吧,当时校董会你也参加了,学生中途退学不退学费,这是与会者的一致意见。"

陆姨大把记录本推回汪先生那边,说:"我不用看,你讲的那项规定我清楚,我也极力主张不退学费。"

汪先生说:"那就对了!既然规矩是大家定的,你也拥护,现在你却要推翻它,这又怎么说呢?"

陆姨大说:"我并没有要推翻它的意思。汪先生,我跟你讲好几遍了,你怎么就听不进?我只是说,我大姨侄退学了,让我小姨侄来顶替这一缺额。"

汪先生仍然不知变通,他把记录本又推到陆姨大面前,说:"可这记录本上并未写着大姨侄退学了,小姨侄能顶缺的事。"

陆姨大苦笑着直摇头,他再次把会议记录本推回汪先生那边,说:"可记录本上也没写大姨侄退学,小姨侄不能顶缺啊!你不让我小姨侄来顶大姨侄的缺,就把学费退给我,二者必取其一,请先生自定。我明天等你回话,不烦扰你,走了。"陆姨大说完抬脚就走。他不想跟汪先生这个老学究搬弄教条了。

"慢!"见陆姨大抬脚就走,汪先生把他叫住。

"事情有转圜了吗?"陆姨大站住,背朝先生问。

"让你小姨侄明天来上学。"汪先生出人意料地爽快答应了。

"好啊,谢谢汪先生!"陆姨大转过面,抱拳向汪先生行个拱手礼。

那天晚上,陆姨大就把牛牛上学的事跟永富夫妇讲了,永富欢喜得不得了,可倪妈似乎显得不太热心。倪妈不热心除了那天跟王义堂讲的原因外，还有她内心深处的伤痛。

牛牛五岁时，倪妈就带他到族长家去，央求族长允许牛牛到族办学堂念书，可族长说："大嫂啊，你家伢子念什么书，是念书的料吗？过几年骨头长硬一些，我找户人家，他当放牛小伙计，糊糊嘴巴。"族长的那几句话给了倪妈当头一棒！从那以后，倪妈绝口不提给牛牛念书的事。

现在，陆姨大突然提出让牛牛上学堂念书去，这点倪妈压根儿就没想到。她乍听一喜，但想起族长的话，又不觉怒上心来，于是没好气地冲着陆姨大说："大姨大，多谢你的好意，可是我家伢子不是念书的料，待来年，你找个老板，让他给人家当放牛小伙计吧。"

"你这是什么话？"陆姨大生气了，他说，"你在老家带牛牛去找族长求上族学的事，我都听讲了。族长讲你家孩子不是念书的料，那是个人之言，是他的偏见，要晓得，族长保荐伢子上学，并不是以你是不是和他同族同房派来定的，他是看权势。你家又贫穷，又没势力，他才不会举荐你家伢子上学呢。是不是念书的料，得让牛牛去试试。从古到今，有几个举人是在考场外选拔的？就这样定了，准备一下，后天我送牛牛去学堂报名。"陆姨大走到大槐树下，又转背说，"不要担心学费，是顶黑铁的缺，不用交学费。"

陆姨大才转过屋拐，倪妈就把牛牛拉到怀里紧紧搂着，激动得热泪盈眶地说："牛儿，你到底有书念了！"

王义堂和赵春来听到牛牛念书的事落实下来了，连晚一同到披棚来祝贺。倪妈说："牛牛年纪小，在学堂里还得你俩哥哥多关照。"

春来说："倪妈放心，我上学时也只有牛牛这么大，开始见了许多同学还害怕，过一阵子就好了。我那时还是义堂哥一人带我，牛牛现在有我和义堂哥两人带，况且义堂哥还是班长，谁敢欺负他？"

义堂说："被欺负的事是不会有的，但牛牛也不能因为自己年纪小，指望大家爱着你、让着你，你反而顽皮，把大家弄得不愉快。"

倪妈拉过牛牛，说："你义堂哥和春来哥讲的话都听到了吧？上学不光是闷头念书认字，还要学懂道理，学做好伢子，晓得吧？"

见牛牛不住点头,义堂和春来对牛牛更有信心了。

倪妈这几天都在为牛牛上学的事忙着。她把黑铁走前送的几件旧衣洗晒后,该改小的改小了,该缝补的缝补了,她说:"伢子上学了,念书了,怎能还光着屁股、打着赤脚呢?"她认为没钱买新的,旧有的洗干净,缝补妥帖,穿在身上从从容容的,也不致有损体面。她正为没有像样的布片为牛牛拼缝书包犯愁时,陆姨大夫妇把黑铁没带走的书包送过来了,真别提倪妈有多感激了!

牛牛从他妈手上拿过书包,挎到肩上,笑得合不拢嘴。

陆姨大拉过牛牛,语重心长地鼓励他,说:"你要为你大大、妈妈争气,好好念书!"

牛牛说:"姨大大,我也为你争气。"

"好啊!"陆姨妈说,"牛牛儿子,你聪明,你一定能像义堂、春来那样,把书念好。"牛牛仍然不住点头(从以后的事来看,牛牛不光喜欢点头,还喜欢用头撞人)。

为了看牛牛到学是否吉利,倪妈带牛牛去问了巫师,到老龙潭去问了菩萨,结果不仅说是大吉大利,而且还讲牛牛是块念书的料,为此,永富和倪妈更乐了,对牛牛念书更有信心、更充满希望了。

临上学那天,倪妈起得很早,一切准备就绪后,便将仍在甜睡中的牛牛叫了起来,给他洗了澡,穿上改缝好的衣裤,点上新买的香,让他朝着挂老算盘的那方芦苇壁子,即老家的方向,郑重其事地磕了三个头。接着倪妈自己又磕头、唱喏。唱喏必合掌躬身至九十度,磕头必两臂和额头全都着地,碰出响声来。她以为不这样,就是对祖宗不虔诚,对祖宗不虔诚,牛牛念书就不会有大发头。

为了一个懵懂无知的儿子上学,倪妈竟如此郑重其事,常人是无法理解的,但如果与他们的家世连起来看,也就不足为怪了。

尹氏自先祖迁往枞阳,从第一世算起到牛牛这代已经是第十九世了。较远的就不说了吧,从嫡祖公博公九世开始迄今四百余年,平辈房派支下,人口最多的已接近万人,而公博公支下,拢共还不到两百人。就是这少得可怜的人丁,还因为苦于谋生而散居在皖郡及周边邻省各地,守望不相助,死生不相闻。安土重迁、留在老祖宗窠的几十个人,其居住地也被挤压到偏僻的大山脚下,多阴背阳,田少地瘠,一代代都受着生存的威胁。上述各方面情况出现的原因,主要就是人丁素质不如别的房派支下。人丁素质低下,也就决定了社会地位无法提高,生存空间无法拓展,生活质量低劣,以致在配偶选择、健康状况、生育教养等一系列方面都形成了恶性循环。再说更近些的吧,从牛牛高高祖到他父亲,接连几代单传,一丁兼祧数房,宗嗣悬于一线。牛牛曾祖父为楚保、来仪二公,而来仪公又无后。楚保公虽有四子,但都目不识丁,依次名为长田、二田、满田、四田。二田、满田二公皆早逝无后,四田公虽活到年老,但亦无室无嗣。来仪公继兄楚保公长子长田为嗣,但长田公在外打工,年仅二十六岁即殁于异乡,尸骨无存。其幸遗一子永富,赖孀妻刘氏百般艰辛,拉扯成人。永富虽育有三子,但二儿虎子早夭,而牛牛又回继给楚保公子二田、满田、四田三公,兼祧为嗣孙。从永富家世的衰败多艰,便可看出他们为什么对牛牛念书那样重视了,他们希望通过念书,培养出一个人来,支撑衰落的门户,提振房派人气,一改家门颓势。

倪妈给牛牛穿洗、焚香祷告罢,已经晨曦初露了。真是天公有意为牛牛作美,这天晓风送爽,朝阳艳艳。牛牛背着洗得干干净净的书包,穿着清清爽爽、洁净如新的衣服,别提有多精神,有多像学生了!他跟在陆姨大身后,高高兴兴、蹦蹦跳跳地在通往学堂的路上前行着。一路上,牛牛反复叮嘱自己:从今儿起,你就是念书的学生了,走路要斯斯文文的,跟人讲话也不能俗巴巴的尽带土气。还有就是手要洗得干干净净,养得白白嫩嫩的,切不可以弄得脏兮兮、黑不溜秋的,一伸出来乌龟都要赖了去,等等。牛牛在默默自语的同时,脚步也放得稳实多了。他稍稍昂起头,胸部略微前挺,目光稍作上瞻,胳膊前后摆动,好像在牛牛看来,这样的神情举止,才最能表现出学生的那种既不卑不亢,也不纵情不傲物的姿态和风度。只是牛牛揣摸出来的一套学生的神情举止不免让人感到拘谨了些,不自然了些。

牛牛不紧不慢地走着。他觉得路两边的小朋友,还有过往的大人,那一刻都用跟平时不一样的目光在看着他。他们的目光多数是羡慕的,也有嫉妒的。还有路两边树上的小鸟,它们也似乎鸣唱出了跟平时不一样的声音,那声音是那么清脆,那么欢快,那么悦耳动听。牛牛乐不可支,他甚至感觉到热血沸腾、心潮澎湃了。极度兴奋的牛牛,无形中把刚才自己做出的那套所谓学生应有的姿态和风度都忘了,他又跳又嚷,手舞足蹈起来。他自呼自应着,抓住书包背带,抛链球似的飞速转动着,忽而又嗖地掷出去,扑上前双手接住它。他似乎觉得越张扬,造的声势就越大;声势越大,知道他上学念书的人就越多;知道的人越多,他作为学生的知名度就越高;知名度越高,他脸上就越有光彩,越感到骄傲和自豪!

牛牛遐想着,张扬着,不知不觉中,他被陆姨大给落下了。陆姨大刚要回去找,就被牛牛撵上了。陆姨大让牛牛在校门外等着,别海①跑,自己进了学堂。

陆姨大跟汪先生比画着什么,先生朝门外看了一眼,说:"就是那伢子吗?他来学堂玩过的,叫他进来吧。"

陆姨大向门外招招手,牛牛进去了。这是牛牛第一次作为学生迈进学校大门,也是永富家族好几代第一次有人迈进学堂读书!

在众目睽睽下,牛牛被引到讲坛前,贴近陆姨大身边站着。

先生让牛牛先给孔子像磕了头,陆姨大又让牛牛给先生磕了三个头,然后又面朝正前方恭恭敬敬向同学们鞠了躬。在给同学鞠躬时,牛牛看见了王义堂和赵春来。他们都坐在中间一排,赵春来在顺数第二排,王义堂在倒数第一排。他俩都用一种爱怜和期许的目光望着牛牛。

先生把牛牛拉到讲坛边问:"你就叫牛牛吗?"

牛牛点点头。

先生再问:"你到学堂来玩过几回了是吧?"

牛牛再点点头。

先生又问:"你很想念书吗?"

牛牛又点点头。

先生教育牛牛说:"应该用语言来回答问话,不要老是点头,晓得吗?"

牛牛又准备点头了,但很快改过来,说:"晓得了,先生。"

接着先生又问了些别的事,牛牛都用语言来回答了,先生听了,较为满意。

陆姨大依先生的吩咐,把牛牛带到原先黑铁坐的位子上坐了。

---

① 海,枞阳方言,相当于"瞎""乱"等意思,如瞎跑、瞎说、瞎吃等,都可以说成海跑、海说、海吃。

陆姨大回到讲坛边,向先生拜托了一番,然后抱拳向先生行了个拱手礼,先生也还了礼。陆姨大向春来和义堂各说了几句要他们关照牛牛的话就走了。

牛牛前些日虽然来过学堂几次了,但作为学生,他这次来觉得一切跟往日都不同,尤其是先生的形象跟以前相差太大。也许是前几次来没太注意的缘故吧,现在在牛牛眼中,先生的一大特点就是出奇地瘦,站在那儿就像一根干枯的玉米秸秆,好像擦根火柴就能把他引着了。他那深陷在鼻梁两边的眼睛,显得干燥而枯涩;他的鼻梁上没有一点肉,就像是用石膏捏塑的,陡峭得连那老花眼镜都难戴得住;他尖而长的下巴也像是人工装上的、用于舂米的碓嘴,而那撮银白、梢儿泛黄的山羊胡须,更像是用万能胶粘在碓嘴上的经霜的秋草;他那漫不经心地往桌上敲打教鞭的手儿,根根指头细长而尖削,活像陆姨妈家那只大芦花公鸡的爪子。可不是吗,如果先生摘下老花眼镜,再穿上绣有团花的唐装长袍子,整体形象就不像教书先生,而像某些地方戏曲里粉墨登场的老员外。

学生们来齐了,坐定了,第一堂课就是晨读。学生读,先生也读。牛牛最喜欢看先生读书了,他把老花眼镜往骨挺的鼻梁上一架,再捋一把山羊胡须,接着捧起线装古书,就摇头晃脑、津津有味地读开了。什么"落花人独立,微雨燕双飞"呀,什么"客子光阴书卷里,杏花消息雨声中"呀,什么"倩何人唤取,红巾翠袖,揾英雄泪"呀,等等,他哪儿是在读书呀,他简直就是在唱歌! 牛牛虽一句也听不懂,但见先生读得如痴如醉的样子,自己也非常羡慕。是啊,先生有时读到自己认为精彩的章句时,还拍着书案连声叫好。每当这时,下面学生无论怎么自由活动,先生也不干涉,因为他把学生给忘了。

牛牛在黑铁的座位上只坐了一天,第二天就被赵春来叫去跟他一块坐了。两天后,牛牛对先生扭脖子、摇脑袋读诗词的神态似乎就不那么兴味十足了。他把目光和注意力转移到先生背后墙上那幅人物画像和先生的教授方法上了。

先生背后那幅人物画像画的就是孔子。其实那天来时,先生就告诉过牛牛,并且让牛牛向孔子像三叩拜,但因为当时牛牛思想紧张,注意力不在像上,只盲目叩了三下罢了。春来见牛牛望着画中的那老头发笑,就把手绕到他背后,在他背脊上触了一下,轻声说:"他是孔子,孔圣人。"牛牛没听清,仍然望着画像笑。

吧嗒一声响,牛牛吓一大跳,原来是先生用教鞭敲桌子。

"上课了,上课了!"同前两天一样,先生连喊几声,教室里鸦雀无声,连学生出气声都听得很清楚。

先生说:"王义堂,你先上来。"先生的话音刚落,王义堂就捧着《孟子》来到先生讲坛边。除了学生被叫上讲坛的次序变了,一切教法,甚至连先生讲的话,都和前两天一样。那仿佛是先生既定的、一成不变的教学模式了。

按先生吩咐,义堂将书翻到指定的章节,先生教一句,义堂念一句,反复数遍后,先生说:"上位去,自己念,念熟了上来背。"

接着被叫上的是常明发。和教王义堂的方法一样,反复数遍后,先生对常明发说:"上位去,自己念,念熟了上来背。"

接着被叫上去的是孙启亮、刘效贤、郭金科……教法和要求如出一辙,概莫有变。后来每教过一个学生,不待先生开口,牛牛就在下面轻声说:"上位去,自己念,念熟了上来背。"

赵春来戳着牛牛后脊背说:"小心先生听到打你竹板子。刚上学就调皮。"

牛牛在偷学先生的同时,也做好了上讲坛的准备,但不知为什么,好几天后,先生才叫他上讲坛去。开始牛牛心里有些七上八下的,在春来的鼓励下,牛牛慢慢镇静下来。牛牛不知先生要教他什么,他干脆把黑铁留给他的两本书都带上,但先生却从他自己的柜子里拿出一本很薄的书来。先生不问牛牛认不认得字,翻开书就教。反复数遍后,先生又把对别的学生重复无数遍的话,对牛牛重复道:"上位去,自己念——"先生后面话还没讲,牛牛就把"念熟了上来背"的话抢着说出来了,惹得下面学生哄堂大笑。而王义堂和赵春来则为牛牛的行为捏着一把汗,好在汪老先生并未责罚牛牛。

不知念了多少遍,也不知过了几天,牛牛也没上去背。他不是没念熟,而是没有勇气上去背。这回他终于被动地让先生叫了上去,可是牛牛背完后,学生们都笑了。先生把书往牛牛面前一掷,面无表情地说:"朽木不可雕也,粪土之墙不可圬也!"

原来先生教给牛牛的是"荷花上,有蜻蜓,两目,六足,四翅",被牛牛背成了"荷花上,有青虫,两只,六只,四只"。

下课后,经义堂和春来的耐心讲解,牛牛反而怪起先生来,他说要是先生把"目""足""翅"三字的意思讲清楚,他是不会念错的。春来再次鼓励牛牛,说牛牛并不像汪先生讲的那样孬,牛牛很聪明。牛牛说先生讲的话,他听不懂,王义堂说:"听不懂就当他没说。"通过这件事,义堂和春来很是自责,他俩为没有尽心帮助牛牛学习,而感到后悔和愧疚。

牛牛最喜欢在上课前、下课后躲着先生去跟校外同龄孩子过家家、做游戏,有时也一个人到学堂前小水沟里抓小鱼小虾,到荒园里去挖蚯蚓、捉蚱蜢、逮蝈蝈。就像小猫捕捉老鼠、小鸡觅啄虫豸,牛牛在进行这些小活动时,注意力真可谓集中到家了!有一次玩倦了,放学后王义堂和赵春来找到他时,他竟在一片蒿丛里睡熟了,高脚蚊子叮得他满身都是包,他浑然不知痛痒。

这个学堂的学生除了赵春来比牛牛大两岁外,其余的年龄都比牛牛大一倍朝上,所以大家都喜欢牛牛,把他当小弟弟待。牛牛有些小调皮,大家也都让着他。要是先生偶尔不在学堂时,那些大同学便拿牛牛当笑料,当小猴子耍,牛牛知道学长们都不厌他,更想着法儿调皮,来博取他们的宠爱。比如把蟑螂、土蛤蟆、狗屁蛇一类的小虫儿偷偷塞进学长们的书包里,学长们往书包里放进或拿出书、文具时,就会有一个小玩意儿嗖地往出一蹿,或是喷出一泡臊尿洒到你脸上,或是打出一串臭屁冲到你鼻上,使你猝不及防,啼笑皆非。

这天下午,先生教完牛牛"尹"字后,就到一个学生家去喝喜酒了,先生刚过小路,牛牛也出去了,但他没过一小会儿就回来了。义堂正要问牛牛"尹"字会不会认了,两个好玩的学长把牛牛拦住,问他今儿逮着什么好耍的虫儿了。牛牛把手从郭金科书包边拿过来,摊开十指笑着说:"喏,今儿什么也没逮着。"

"去你的吧!"牛牛话音刚落,后脑勺突然挨了一巴掌。他没站稳,身体往前一趴,撞倒了前面的桌子,而前面的桌子又把更前面的桌子撞倒,一时凳碰凳,桌撞桌,哗哗啦啦,一直倒到先生的讲坛边,牛牛自己也趴在地上,鼻孔里直往外冒血。人们还没反应过来,只见站在牛牛身后的郭金科,既像是怄气又像是懊丧的表情爬满了一脸。

见义堂、春来、明发、启亮都来抱牛牛了,金科怀着极为矛盾的心情,拖着书包,垂着脑袋,默然无语地离开了现场。

金科家在上条子号,母亲姓张,父亲是条子号伪保长,叫郭全福。

九

那天,天都快黑了,郭金科才回到家。他一进自己卧室,就把书包往桌上一摞,倒床睡了。他妈叫了好几声,他才意兴阑珊地坐起来,他的心情坏透了。

"妈,你来坐。"金科让他妈坐到床沿,他挨近身边,说,"妈,我总觉得你有什么事一直在瞒着我。"张姨被儿子这突如其来的一句话触动,但她望望金科,没有说话。

金科接着说:"妈,我时时觉得这个家跟我有着天然隔膜,要不然,昨天我不会和父亲、爷爷碰撞得那样火花四溅的。"

"儿子!"张姨态度突然严肃起来,她捉住金科的手,慈爱中深带歉疚地说,"有件重要的事,妈一直瞒着你,不过今天是到了要跟你说清楚的时候了。"张姨起身朝房门外两边看了看,然后把门关起来,回到原位捉着金科的手,边拭泪边哽咽地向儿子痛诉着。

金科确实跟郭全福家毫不相干。金科姓张,他父亲是一名抗日将领,在一次突围战中受伤被俘。日寇用高官厚禄引诱他投降,但他忠勇爱国,不为所动,后在吟诵文天祥《过零丁洋》诗句和高呼"打倒日本帝国主义""中国必胜"的口号中,被日寇残忍杀害。金科妈原姓沈,她在掩埋好丈夫尸体后,就改跟丈夫姓张了。那时金科刚学走路。刑场诀别时,张将军应妻要求,给儿子起名叫兴国。将军叮嘱妻教育儿子,长大后一定要为振兴中国奋斗。后张姨带着兴国逃难,被汉奸郭全福逼娶,并将兴国改名换姓叫郭金科。十几年来,郭全福背地里屡屡威胁警告张姨,如向兴国吐露半点儿家世前情,立刻做掉他们母子。张姨痛丧张将军后,又被汉奸逼娶,早想以死保节,但恐祸及儿子,使将军绝后,故一直守口如瓶至今。现见儿子业已长大知事,又见世道渐变,黑暗与光明的较量正向有利于后者的方向转变,知道理应告诉儿子身世与家史,促其审时度势,为革命早作计议了。

金科听了妈的诉说,伏到她怀里痛哭:"妈,你受苦了!"

不愧是将门虎子,金科倏地抬头拭泪说:"妈,我今儿就把名字改回来,你就叫儿兴国吧,我决不辜负父亲的殷切期望,一定要继承父亲遗志,为振兴我中华奋斗!"

听到儿子要把名字改回去,张姨又起了犹豫。金科说:"妈,我长大了,我不怕,他们不敢把我们母子怎么样!"

张姨说:"好,儿子,你身上大有父风,妈现在就叫你张兴国!"听到他妈那一声称呼,郭金科仿佛脱了胎换了骨似的,他觉得自己陡然新生了,成了另一个人了!张姨也说,把以前的事告诉了兴国,心里敞亮多了。不过张姨又问兴国:"儿啊,你回家闷闷不乐,倒床就睡,该不光是因为昨天和他们争吵,或者是怨怪妈有事瞒着你,应该还有别的事吧?"

兴国迟疑一会儿,把在学堂里推牛牛的事如实讲了。他妈张姨说:"兴国儿,这就是你的不是了,你晓得倪妈家日子是多么难过,多么苦吗?"兴国说:"妈,我知道是我错了,所以我悔恨得回到家连饭都不吃就睡了。"他妈说:"兴国儿,牛牛才那点儿大,你只能牵带他,爱护他,怎能搡他巴掌呀!唉。"兴国说:"妈,我非常喜欢牛牛,平时你给我好吃的,我都带到学堂里给牛牛吃了。我确实是因为昨天跟他们争吵,余怒未消,气恼之下,一时冲动,出手搡了牛牛。"他妈态度更加严肃了,说:"兴国儿,妈平时教育你要爱所有的人,尤其是穷人苦人,你难道都忘了吗?"

兴国说:"妈,我记得,我明儿就向牛牛赔不是!"

这一夜,兴国没睡好觉,子夜时分,他就在书桌前写着什么。他除了想着怎样消除牛牛对他的惧怕心理,今后如何进一步去爱护和关心牛牛外,还考虑着更重要的事。

在学堂里吃了亏的牛牛,情绪本来就很低落,回到家妈妈和桂兰又连番责怪他,他更加沮丧了。他懊悔当初在雷港江边没有跟大哥一道回外婆家去,而跑这鬼地方来,挨人搡他巴掌(兴国平时对牛牛的好,被冲动的一巴掌搡掉了)。牛牛委屈极了,伤心极了,连倪妈中午特地为他盛起来留着晚上吃的半碗糊也没吃,只揩一把脸,洗了脚,连先生教的"尹"字都没复习,就爬上铺睡了。

见牛牛一副沮丧的可怜样,他妈怄得懒得理他。但毕竟是她小儿子,是她身上掉下的肉,不理又不忍心,于是倪妈来铺边坐下,问:"牛儿,中午给你留的糊么事不吃呢?"牛牛说:"妈,我不想吃。"

他妈问:"鼻子痛吗?"

牛牛说:"不怎么痛,就是头昏。"

他妈摸摸牛牛头,说:"牛儿,头昏是鼻子血淌多了,以后可不许作害啊!"

牛牛说:"妈,我怕金科大哥了,我明儿不想去学堂,我想老家,想大哥了,我们还是回老家去吧。"

倪妈拍着哄着说:"牛儿,别瞎讲,我们来这儿还没站稳脚跟,哪能回家呀!况且你大哥在外婆家放牛,也不能天天在家陪你耍呀。睡吧,听话,别海搅。"

小孩子都是这样思想简单,被妈妈几句好哄,牛牛就睡着了,睡得不晓得醒,也不知道肚子饿。

"牛儿,起来吧。"熟睡中的牛牛,听到妈叫他起床,便揉揉惺忪的睡眼,见天已大亮,就问妈妈上学是不是要迟到了。他虽然显得很紧张,但还在床上躺着。

他妈捉着牛牛胳膊往起拽着,说:"牛儿,你不是说想大哥,想老家吗?不上学了,我们今儿就回老家去。"牛牛听妈说要回老家去,往起一坐,瞪大眼睛问:"妈妈,你讲的是真的吗?"他妈说:"起来吧,牛儿,你大把东西都挑上船了,等着我们去就开船啦!"

牛牛高兴得好像要跳踢踏舞似的,谁知他一跺脚,醒了,这才发现,他依然睡在陆姨大披棚的小铺上,就卧在他大大身边。

牛牛睡不着了,但他晓得大大白天给人干活辛苦,不能干扰大大睡觉,他极力克制着,但仍免不了小声吭哧着。他妈说:"牛儿,怎的不困觉呢?"牛牛说:"妈,我刚才梦见回老家了。"他妈说那是梦,叫牛牛别当真,又问他鼻子还痛不痛,头昏不昏,叫他好好睡,明儿上学。牛牛说他真的困不着,他想他大哥。他妈说:"想大哥也不要吭哧出声,别把大大搞醒了,他好累。"

牛牛没有躁动,也没有吭哧了。他眼睛睁得大大的,望着披棚里装得满满实实的黑暗,耳朵里充塞着从披棚的芦苇壁缝里钻进来的各种不可捉摸的声音,感到特别闹心烦人。不知不觉中,牛牛迷茫的思绪又飞回了老家,回到了同他端马大哥相依相恤的那些日子里。

那时,他端马大哥被寄养在外婆家,但他的心总是连着家里,牵挂着牛牛。

从牛牛初记事时起,他就记得青黄不接的荒春头上,他端马大哥从外婆家回来了,带着舅舅给的玉米粉。他妈妈说:"端儿,让你在舅舅家吃饱点儿,养养身子骨,你倒好,家里没米下锅时回来,看不饿坏你!"端马却不被他妈的话吓倒,说:"妈,我怕牛牛饿坏了。"于是端马带牛牛上山采山菇,挖蕨根,捡头年冬天落下的柴栗子。这些食材弄回来被妈妈做成吃食后,端马又生怕牛牛吃少了,老把自己的往牛牛碗里搛。

寒冬腊月,天寒地冻,端马又从外婆家回来了。他大大怪他说:"端儿,风雪满天的,你又跑回来,晚上都没有垫盖,看不冻坏你。"端马并不被大大话吓倒,他说:"大,我就怕牛牛冷坏了。"确实,因为床上没有垫被,也没有盖被,每天晚上,端马就和牛牛紧紧偎依在一起,用几块零碎的破絮搭着肚子,睡在铺垫着厚厚的柴草的灶门口。即使这样,夜里还要冻醒好几回。牛牛每回冻醒了,身体都在端马哥哥的怀抱里,是哥用体温焐热着牛牛。后来冷不过,兄弟俩干脆把腿脚塞到灶窿里,剩下的部分全用柴草拥盖着,不使其外露一点儿。有一次他们的大大起早上街,没有见到灶门口的儿子,竟吓得连声叫起来。见两个儿子从柴草里钻出来,大大把他俩搂在怀里,唏嘘说:"儿啊,你俩么事跑到我身边来投胎呀,苦了你俩呢。"牛牛不晓得怎样安慰他大大,但他分明记得他的端马哥哥当时说:"大大,我和弟弟睡在草里暖和呢!"

生活中,端马关爱牛牛的那些小事、细事,不胜枚举,然而牛牛和他大哥在一起时,并不拿他当回事,只是如今远离了大哥,又被金科推搡了,在这夜阑人静时想到和大哥在一起的生活小事,才觉得那是多么值得回味和珍惜。

牛牛的鼻子又有些隐隐胀痛了,他拿手摸摸,有点儿湿润,闻闻有些腥气,他说:"哥,我鼻子又淌血了,我好想你。"

"还想什么呀,牛儿,"正在门外土灶烧锅的倪妈进来了,她说,"快起来吧,你义堂哥和春来都在外面等你上学去了。"

牛牛起来后,随便吃了点儿,怀着胆怯的心理,被王义堂和赵春来半是好哄半是裹胁着往学堂走,路上一想到郭金科今儿说不定还会给他颜色看,牛牛就非常害怕。

十

快到三更天了,思绪翻腾的郭金科仍然怎么也睡不着,他把写好的纸条放进书包后,又倚着床靠背坐了一段时间。他怜悯母亲的遭遇,又担心牛牛被撞伤出血的鼻子。当残月在天,晓星尚未隐退时,金科就去了学堂,天亮后进了先生书斋。

漱洗毕的汪先生,本想教导金科几句,但见他把一张纸条放到桌上就走了。先生望着离去的金科,愤然自语着:"哼,打了人还要告状吗?"先生正要展开纸条,看诉状内容,送早茶的学生家长来了。

在先生吃早茶的当儿,学生们都陆陆续续进教室了。金科从先生书斋里走出来,又往牛牛上学的路口望了望,没见牛牛人影,就怀着负疚和忐忑不安的心情,回到了教室,在最后一排的位上坐了。他不敢看人,却觉得同学们都在看他,他感到了无形的巨大威压。

教室里没有一句晨读的声音,也听不见人讲话,大家都默默坐在自己位上,每个人心里都想着同样的事,那就是对金科的不原谅和希望牛牛平安无事。

"来了,牛牛来了!"不知谁说了声,大家目光聚焦到教室门外,只见春来领头,牛牛居中,义堂殿后,义堂身后还跟着明发、启亮。进教室后,义堂把书包交给了牛牛,让春来带牛牛到位上去坐。

突然金科霍地站起,从后排赶上去,抄到牛牛前面,拽住牛牛。牛牛很害怕,他那求助的目光,直往义堂身上眼瞄。同学们也都纷纷站起,教室里气氛顿时紧张起来。

春来见势头不对,跨前一步,掰开金科的手,把牛牛挡到身后,直面金科说:"金科学兄,昨天的事都过去了,你还不原谅牛牛吗?他是我们中年龄最小的呀。"

金科眼含泪水,他再次抓住牛牛的手。

义堂也过来了,说:"学兄,饶了牛牛吧,有气朝我出,来,打我吧!"

金科突然两膝跪地,呜呜哭了。他说:"义堂、明发、春来,各位同学,我对不起牛牛,我不配做牛牛学长。"金科又拽住牛牛,说,"牛牛学弟,我不是人,你打我吧,牛牛,打我吧!"金科拉起牛牛手,直往自己脸上扇。

见金科态度如此一百八十度地大转弯,同学们心情一下放松了,教室里紧张得要爆炸的气氛也一下子舒缓了。但牛牛还是被金科的举动搞蒙了,他努力挣脱金科的手,侧身往义堂和春来中间退避。为了求得牛牛谅解,金科索性把牛牛抱住说:"牛牛小弟,我昨天太不该推你了,我错了,向你赔礼道歉还不行吗?你还不原谅我吗?你打我吧!"

牛牛听懂金科的话了,他从金科怀里挣脱下来,抱住金科的腿说:"金科哥,昨天是我错,我不该把狗屁蛇放到你书包里。金科哥,我知道,你平时都待我好,常带好吃的给我。金科哥,是我错在先。"金科再次抱住牛牛,泪流满面。

牛牛不住地给金科揩泪。义堂、春来、启亮等同学都知道,金科的泪水是为昨天对牛牛的一时冲动感到悔恨,却不知道金科那冲动背后的隐情,这使金科内心又难免增加一层委屈和痛苦。

牛牛忽然跪下,搂住金科脖子:"金科大哥,你别呀……"

金科也抱住牛牛:"我的小学弟,我喜欢你!"

"对呀,这就对了!"教室外几声击掌和称赞,同学们的视线齐刷刷被吸引了过去。那是汪先生在称赞和击掌。汪先生早就站在门外了,他之所以没有进来,是因为他要作为一个旁观者,静观他的学生有没有处理矛盾、化解纠纷的能力,以及勇于认错和相互包容的优秀品质。当结果出来后,先生终于抑制不住内心的激动和喜悦,脱口称赞着,并用掌声嘉奖他们。

先生健步走到讲坛上,他戴上老花眼镜,郑重地展开一张方方正正的纸条(金科早上来搁在桌上的),一字一句地向全体学生念道:

恩师台鉴：

学生不肖，致成恶果，愧疚难当。为一件小事，伤害年幼同窗，不容辩白，更无由乞谅，祈望先生重加责罚，以减余心之悔恨和莫名之痛苦！

不肖生张兴国再拜顿首

即日

此致歉信为郭金科所写。先生读完后，又解释了金科在信后的落款，简要向全体学生叙述了他更名换姓的原委。教室里一片掌声过后，金科站起身，再次向全体同学致歉，严正声明：昨天的郭金科已经死亡，而张兴国即于此日降生，务请各位同学，从今而后，对他即以张兴国称唤。

教室里气氛活跃。王义堂带头祝贺，赵春来接道："好，兴国好，振兴我大中国！"于是教室内，掌声和叫好声经久不息。

一同鼓掌和叫好的先生停了下来，他不断做着手势，示意学生安静，接着汪先生就这次事件，向学生讲了一些告诫和劝勉的话，其中他特别引用了"人非圣贤，孰能无过""过而能改，善莫大焉"的先哲语录，肯定了张兴国和尹牛牛勇于认错改过的品质，他要求学生们要认真吸取教训，今后遇事勿冲动，多冷静，同学之间要互相体恤，互相关爱。先生的话又一次激起教室里阵阵掌声。在这个学堂的全体同学的记忆中，这位老先生的讲话能博得如此雷鸣般的掌声，好像还是第一次。

在后来的好几天里，除张兴国仍对牛牛抱有愧疚外，汪老先生也一直在暗自责备自己。他感到最可怕的是，假如因为兴国的失手，致使牛牛有个好歹，他难辞其咎！接下来，先生除了加强自己对牛牛的教学和辅导外，还让王义堂、常明发、孙启亮等学生组成了一个小组，帮助牛牛学习。张兴国和赵春来见帮扶小组中没有他俩的名字，对先生颇有意见。先生对他俩的毛遂自荐，自是满心欢喜。

经先生的勤勉教导和同学的帮助，牛牛初尝到学习的滋味了，他终于会写自己的姓名了，汪先生还几次表扬了他。牛牛对自己的进步也乐不可支。他跟他大大、妈妈说,族长讲他是放牛的料,不是念书的料,那就是毛狗放屁!于是牛牛有些沾沾自喜了,他自诩是家里唯一认得字的人。他反复把自己名字写出来给他大大、妈妈看,给桂兰看。他一写好名字,就把手伸出来,在面前摆弄着,欣赏着,他觉得他那么点儿大的小手,提上一支笔,蘸上墨,往纸上画几下,就把自己名字弄出来了,真不可思议。而这点,他大大、妈妈、哥哥、姐姐都不行,他周边的那些放牛娃子,那些驮锄头、扶犁梢的没有一个能行,于是牛牛又觉得,除了学堂里的学长们,全条子号比他有本领的人很难找了,因为他会认字了,会写自己姓名了!

牛牛大大、妈妈也说牛牛将来或许还是有些出息的。他们说念书比什么都苦,要在生活上给牛牛提高些,优待些,不能和家里其他成员一样待遇了。倪妈郑重宣布:每顿开锅吃饭时,贴锅沿上的糊皮皮,搞糊糊时没融散开的糊疙瘩,粘到锅底的锅巴等,这些稠些的、硬些的部分,都无一例外地由牛牛专享。其他人盛吃时,碰到糊疙瘩,就自觉地用铲子将它剔开去,五丫要是不注意把糊疙瘩盛到自己竹筒里,发现后还自觉地挑给牛牛。那时全家都没晚饭吃,但倪妈在中饭开锅时,就先盛大半碗糊,晚上热了给牛牛。吃菜也是一样,上色野菜,如灰灰苋、野蒜等,别人都只能打打牙祭,而特为牛牛留的,起码要供他吃两餐,桂兰铲回菜,却常常吃不上一小筷头,倪妈怕她不高兴,说:"丫头,牛牛一天到晚念书,嘴巴清淡无味的,没有点儿菜吃不行呢。"桂兰笑笑,说:"妈,我没有眼红牛牛吃呢!让牛牛吃好些,明儿把书念出来,家里门头子就高了,我们家就有光辉了!"倪妈说:"我丫头讲得在理呢!"

看到儿子过分享受,牛牛大大有些警惕起来,那几天晚上回家,总是把不知从哪儿听来的"由俭入奢易,由奢入俭难"的古训讲给倪妈听,说对牛牛这样特别优待下去,如果有一天牛牛不念书了,回到和他们一样的生活水平,会落不下架子的。倪妈也觉得对牛牛的待遇提高得过头了,她开始检讨起自己来。

而牛牛自己呢,糊皮皮、糊疙瘩、锅巴、野菜蔬,晚上还有半碗糊,虽然享尽了家里成员都享受不到的优厚待遇,但他不但不感到受宠若惊、内心愧疚,反而觉得他是理应得到、当之无愧的,因为他会认会写自己姓名了。

其实,在那些天里,时时以念书人自居的牛牛,充其量也就是会认会写自己的名字,连"一二三四五六七八九十"都不认得。

牛牛会认会写自己的名字后,先生觉得应该让牛牛掌握基础的汉字了。两天前教了牛牛"一、二、三"三个字,今儿先生让牛牛到讲坛上测试,牛牛认得很好,也写出来了。先生很高兴,接着就要教他"四、五、六",但牛牛说"四、五、六"他会认也会写了,不用教的。先生问是不是王义堂、赵春来教他的,牛牛说没人教,是他自己悟出来的。牛牛说这话时,流露出一种特有的自豪感和自信心。

"还真聪明呢!"先生夸奖说,并用征询的语气,问牛牛能不能当场把"四"写给他看,牛牛满口答应了,并立即向春来要了纸笔,当先生面随手就写。

牛牛把写好的"四"呈给先生,那举轻若重、郑重其事、恭敬虔诚的架势,就像大臣向皇帝呈递奏折似的。

先生的目光在纸上扫了两遍,牛牛写的"四"才赫然跳进眼帘。先生想笑而没笑出声,略微闭了一会目,然后把牛牛写的"四"展给学生看,并问:"'四'是这样写的吗?这是'四'吗?"众同学看罢,先是面面相觑,继而哄堂大笑。原来牛牛笔下的"四"就是四大横,也就是叠加起来的四个"一"。牛牛本以为会得到先生夸奖的,可是见先生和全体同学这般举动,他蒙了,然而从"一、二、三"一路推来,他又不相信自己是错的。

王义堂和赵春来看出了牛牛的心思,同时来到讲坛上,义堂沿着牛牛推理的思路分析他把"四"写成四大横的原因,牛牛不断回答着"是的,是这样"。

先生说:"按照你的思路,你是否也可以写'万'字呢?"牛牛眨巴了一下眼睛,迟疑了会儿,点点头。

先生让义堂给牛牛一张纸,先生又给牛牛一支笔,牛牛展开纸,估计了一下,说:"这纸太小,不够写'万'字用。"先生重拿了纸,让春来把牛牛带到座位上,牛牛坐下就写,春来让牛牛别写了,但牛牛愣是要写。

牛牛画了许多"一"字,春来附他耳上说:"别画了,够了!"

牛牛说:"不够,不够,才一百多笔,离一万还远着呢!"

春来还没来得及跟牛牛讲,说他不会写"万",先生已走到身边来了。先生看了看,上了讲坛,敲了敲教棒,摇摇头,说:"牛牛呀,牛牛,"先生捋了一把山羊胡须,不冷不热地说,"我原先担心你'举一隅不以三隅反',没想到你竟会这样触类旁通,举一反万了。"先生说罢,又苦笑着摇头。

"汪先生,"义堂站起来说,"牛牛年纪小,没念过书,他能这样推导联想,说明他还是肯动脑筋的,望先生多给他正面教育。"

春来对先生给牛牛下的评语也不以为然,如果说义堂对先生提的意见比较含蓄、婉转,那么春来提的意见批判的意味就很浓了。春来说:"先生,你可以说是一代名师了,我可以为你自豪地说,你已经桃李满天下了。但我以为,作为儒家思想的传播者,你有时虽然翥得比大雁还高,但有时却飞得比麻雀还低。你前次对牛牛和兴国风波的处理,同学们都非常赞赏,但你今天对牛牛的旁敲侧击、挖苦讽刺的教育方式,我们却怎么也不敢认同!"

"我也有看法。"大家循声望去,是张兴国在举手。兴国没有站起来,但这丝毫没有减轻他说话的分量。他说,一位受人尊重、为人师表的先生,压根就不该用讥讽、挖苦的语言去对待自己学生,那种只顾逞一时口舌之快,而不顾学生感受的做法,除了使自己的师德师望在学生中大打折扣外,不能给自己带来任何好处,他最后说:"希望先生自省!"

常明发更是站起来质问道:"先生反话正说,讲牛牛举一反万,是否意味着对牛牛'则不复也'呢?"

接着还有孙启亮、刘效贤等同学都作了言简意赅的发言。这些学生直言不讳、毫无顾忌的发言,让先生感到了莫大的压力,他不时将手帕伸到背后揩汗。至此,先生真正体会到了青出于蓝、后生可畏的含义了!此后,先生变得谨言慎行起来。

这是一个晴好的下午,写字课后,先生又依次教学生读文章了。牛牛还处在识字阶段,仍是最后一个被叫上讲坛的。先生很耐心地带牛牛复习了那十个汉字数字,然后教牛牛"家"字。看着牛牛记得差不多了,先生跟同学们打了招呼,就去开校董会了。一会儿,牛牛也借口如厕,离开了教室。

刚刚拉上裤子的牛牛,正要回教室,却被老杨树上的几声蝉鸣吸引过去了。牛牛绕树数匝,也没把蝉逮着。蝉依旧高高在上,自鸣得意。牛牛见蝉不拿他当回事,更下了要逮住它的决心。他把裤子往肚脐上一提,裤带一紧,往手心里吐两口唾沫,在地上拍拍,沾上灰土,再一搓,就要往树上攀爬时,突然打了个寒战。凭经验,他意识到,自己很可能又要打摆子了。说时迟那时快,刚想到打摆子,全身就冷得发抖,抖得两腿都站不住,他立即坚持着跑到附近的老龙潭边,洗去手上的泥土。洗着洗着,一眨眼,牛牛就不见了,留下来的,只有潭面上那一轮轮涟漪,还有洗衣埠上的一只小鞋——牛牛的那只小鞋……

斜阳挂在教室西窗的横档上,老杨树上那只蝉儿叫得也不那么响亮炸耳了。晚风从圩心里送来阵阵玉米的清香。

先生开会中途回来,宣布放晚学后,又去了会议室。学生纷纷离校回家了。

往常带牛牛一道回家的王义堂、赵春来,这会儿却只见到牛牛放在桌上的书包,而没见到牛牛。因为有前几次的教训,两位细心的学长绕学堂找了一圈,没见到牛牛,以为他已回家而把书包落下了,于是拎起牛牛的书包,顺道给他带回家去。

义堂和春来说说笑笑,不觉就到倪妈家的披棚前了。得知牛牛没有回家,义堂和春来都愣住了。义堂和春来忙抽身就往学堂去找,倪妈也着急地跟了去。义堂让倪妈在学堂门前坐了,叫春来陪着倪妈,自己一人去找。倪妈虽是坐在学堂前,心却急得到处飞。

义堂这回找得可细了,可是仍未见牛牛人影儿。但他怕倪妈急,不敢回来。春来拼命高喊着,把义堂呼唤了回来。见义堂仍没找到牛牛,倪妈的心更乱了,她甩开嗓子,一声接一声地叫喊着……

常明发、孙启亮等许多同学闻讯赶来了,附近的不少村民也陆陆续续赶来了,大家帮着找了一番,无果,一个个都焦虑万分。早就开完校董会的汪先生,只在学堂前的空地上来回走动,搓着手,眉头紧皱,显出一副焦躁不安、束手无策的样子。

一个叫郑大和的学生,说牛牛有可能是到张兴国家去了,先生立即让郑大和、孙启亮去兴国家。不一会儿,他俩就和张兴国来到了学校,站在了先生面前。先生自然明白了。这时有人建议到老龙潭周围去找找看。于是先生便喊王义堂和赵春来,叫到第三声,义堂和春来拨开人群,站到先生面前。

义堂声音低沉地说:"先生,不用去了,我和春来正是从那儿回来的!"

先生惊愕道:"怎么,没有吗?"

春来低垂着头,泣不成声:"先生,我们只在洗衣埠捡到了一只小鞋!"

"小鞋?是牛牛的小鞋?"先生脸色陡变,盯着义堂的手。

"是的,是牛牛的小鞋!"义堂抽泣说。

已经惊吓得失去知觉、木呆呆站在那儿的倪妈听说是牛牛的小鞋,立即扑过来。可小鞋刚抓上手,倪妈就猝然歪倒。在倪妈后背将要触地的瞬间,义堂和春来抢前半步,将她稳稳地托住,扶起。经意与不经意间,王义堂和赵春来同时感觉到,他俩托住、扶起的就是他们自己亲爱的母亲,一位可怜的、饱经苦难的母亲!

倪妈彻底绝望了,无论其后赶到的陆姨大夫妇、王义堂的大和妈、尚麻姑,还是自己的丈夫永富,以及在场乡亲们怎么劝慰,都不能宽解倪妈的失子之痛!她号天哭地,身边的沙土都被她挠出道道指沟,她说她要晓得牛牛会命断条子号,条子号就是遍地黄金畚起来用箩筐挑,他们也不会来。

王义堂和赵春来同样涕泪满面,他俩懊悔不及、自责不已的就是不该给陆姨大出点子,让牛牛顶黑铁来念书,要不然,牛牛的童年就不会定格在条子号这块土地上。常明发、孙启亮等同学也为没照顾好牛牛而追悔莫及,潸然落泪。牛牛大大永富此时已是万箭穿心,他欲哭无声、欲泣无泪……

许多在场的乡亲都在为永富夫妇伤心难过,但不知如何为他们分担痛苦,而陆姨大在极度悲哀的同时,仍不乏冷静。当人们在陆姨大的组织下,要到老龙潭打捞牛牛尸体时,张兴国却还躲在学堂斜对面牛棚的草堆边,哀哀痛哭……

十一

张兴国哭他那天不该一时冲动,把在家里受的气带到学堂来,出在牛牛头上;哭他放午学时,不该怯于先生颜色,没有把牛牛带到他家去,要不然,牛牛兴许会躲过一劫。如今一切都晚了,学长想补过,想加倍关爱,可学弟已不在了!兴国悲痛万状,心如刀绞,他哭着诉着,诉着哭着,突然听到身后有人喊妈,他吓了一大跳。

张兴国扭过头,定睛一看,一只小手竖在草堆外,身体都在草里埋着,连头都看不见。他吓得本能地倒退一步,但立马就镇定下来,扑上去,三扒两扒,露出一个小孩来,小孩两眼直愣愣望着他:

"兴国哥,我要喝水。"

"牛牛,牛——牛——"兴国大喜过望,速速拂去牛牛脸上的草灰,抱起他来往外边跑边喊,"牛牛在这儿,牛牛找到啰,牛牛出来啰,牛——牛——"

前往老龙潭打捞尸体的人们,听到牛牛找到了,都纷纷跑回头,抢着去看,但倪妈还坐在地上,一面拍打地面,一面宝贝心肝肉地声声号着。永富神情木然地陪坐在倪妈身边,王义堂、赵春来也垂着头两手蒙着脸,比肩坐在永富夫妇身后。他们全都沉浸在极度的悲痛中,不知道发生的事。

兴国凭着自己力气大、个子高的优势,左端一肘,右拐一膀,三闯两闯,通过了人群的层层围墙。当他喊着叫着把牛牛带到永富夫妇面前时,义堂和春来才如大梦初醒,双双捉住牛牛的手,喜极而泣,但牛牛妈仍在号哭,牛牛大仍木呆呆的。义堂两手一齐发力,分别掐着永富夫妇的人中,而春来则捉住牛牛的手,轮流往永富夫妇胸上拍,边拍边说:"尹伯伯、倪妈妈,牛牛找到啦,牛牛在你们面前啦,牛牛在啦……"牛牛也不断叫着大大、妈妈。

终于,永富回过神来,细细审视着牛牛,突然疯了似的,霍地立起,紧紧抱住牛牛大喊:"我牛儿找到了,我牛儿找到了,我牛——儿——找到了——"喊着叫着,他把牛牛递与仍瘫坐在地上的妻子。倪妈先是呆呆地打量着,紧接着也大叫着把牛牛紧紧地搂在怀里,生怕她一松手,牛牛又失掉了。

几天后,牛牛打摆子的毛病让义堂给治好了,但陆姨大又带来了先生要牛牛退学的消息。先生说,还不满二十天,牛牛在学堂里就出了两件事,要是再念下去,还不知要出多少事。

倪妈心里很不快活,但永富说:"不让念拉倒!""命中只有三角米,走遍天下都不满升"①。人一辈子要顺其自然,强求不得。如果强求,说不定牛牛以后还真要在学堂里闹出什么事呢。他叫陆姨大以后找户人家,让牛牛给人放牛去。

牛牛虽然被先生强令退学了,但许多学长都对他不离不弃,兴国、启亮、明发因隔得较远,来的次数少些,但王义堂、赵春来差不多每隔一天就要来一回。

义堂因他大哥王义元到东北找媳妇去了,家里琐事较多,只在上、下午到学校时打牛牛家经过,而赵春来除白天跟义堂来以外,还差不多每天晚上都来。春来知道牛牛家没灯没油,便自做了一盏小灯,在家里灌满油带来。春来走了,牛牛家披棚里就漆黑麻乌的,春来来了,披棚里就大放光明。因为春来给牛牛家的那盏灯,只有在春来来的时候才点,而春来一走过屋角,灯马上就熄了。这是倪妈规定的,他们知道,春来妈赵姨家的油也是从女儿家要来的。

义堂和春来前一阵子主要是来伴牛牛,教牛牛认字、打算盘的,后来还兼带着看倪妈,因为倪妈病了。义堂和春来虽然同来,但多数是义堂提前走了。义堂要把倪妈的病况反馈给他大,好让他大给倪妈治疗时能对症下药。

义堂走后,春来就教牛牛复习在学堂里学过的字,除了教汉字外,春来还教牛牛打算盘。和雷港寺的小沙弥悟敏一样,春来也对牛牛家的那把老算盘情有独钟。

倪妈的病严重了,王义堂来的次数也多起来。兴国、兴国妈,还有明发、启亮以及他们父母都瞅着空儿来看倪妈。麻姑跑得也很勤,她往往人还在门外,"舅母可好些"的问候语就飞进披棚了。

怕倪妈生烦,昨晚春来只教牛牛认字,不教算盘了。然而听不到春来拨算盘响,倪妈心里反而不踏实。

春来每晚都等他的尹伯伯从老板家下工回来,自己才回家去。他说家里有病人,不能冷清,多一个人就多一分人气。他小小年纪,看待世事,就像饱经沧桑的老者,怪不得永富夫妇像喜欢牛牛、喜欢小沙弥、喜欢义堂那样,喜欢春来了。

---

① 升,从前量米的器具。一升有十角。

倪妈的病一天比一天重,王爷爷也确定不了病因,没法开药。这些天倪妈只得硬扛,永富和孩子们多希望倪妈赶紧好起来啊。义堂和春来虽每天都来看(春来有时一天来两次),但都只能干着急。

然而事情并未顺着永富和孩子们的良好愿望发展,倪妈的病不但未见好转,而且更加严重了。

义堂和他父亲来了,王爷爷仔细观察了倪妈的症状,号了脉,对倪妈的病因已掌握了,说回去就配药,叫义堂下午送过来。

永富送走王爷爷,对义堂说:"伢子,太谢谢王爷爷了,不过,我担心你倪妈等不到下午了。"

春来拉着永富的手说:"等得到的,尹伯伯,你别太急!"

义堂也说:"尹伯伯,俗话说,病来如山倒,病去如抽丝,倪妈的病一定会好起来的!"

听了义堂和春来的安慰,永富心里略得了些平静。然而事不如人愿,吃了义堂大配的药,第三天晚上,倪妈又烦躁起来、难过起来,抓上抓下地不得安生。第四天早饭后,倪妈心里又翻腾得厉害,气喘得很,仿佛接不上气似的。她撑着靠起来,把永富、牛牛和桂兰都叫到身边,恰在这时,去学堂的路上绕弯来看她的王义堂和赵春来也到了。倪妈索性把他俩也招到铺前,说是有重要的话要跟他们讲。大家都依在铺边等着。

倪妈说,她这一次怕是爬不起来了,她要永富把孩子们带好好的,她要求义堂和春来把牛牛当亲弟弟待,她在阴曹地府保佑他俩,还要求永富,她死后不要送信给带儿,带儿太可怜了,别让她伤心,等等。

大家都极其忐忑不安地望着倪妈,她一阵剧烈呕吐,接着眼一闭,无力地趴在破絮上,不动了……

十二

果如王义堂、赵春来讲的那样:病来如山倒,病去如抽丝。吃了王爷爷配的药,倪妈的病真的好了!

倪妈因为牛牛的突然失踪受了极大惊吓,痰淤积在心里,化解不开,以致全身气血阻滞,心脉不调,日渐病笃,命悬一线。前期王爷爷根据义堂反映的病状,虽也给倪妈开了药,但没完全对症,故疗效甚微。后经王爷爷亲自临床望闻问切,对症下药,让倪妈的淤痰化解、气血畅和后,倪妈终于又活过来了。

倪妈的病虽痊愈了,但因为心事重重,今天叨念小沙弥,明天又为虎子掉泪,外加生活苦,又多劳累,所以身体一直得不到恢复。

见妈面色憔悴、形容枯槁,牛牛急在眉头,痛在心里。这天他和五丫在大槐树下过家家,突然见屋檐上掉下一枚麻雀蛋,于是每天一等到他妈到陆姨妈那边去有事,或去做上门活后,牛牛就带个葫芦瓢,到别人家柴棚、牛栏的屋檐草里去摸麻雀蛋,常常一摸就是半瓢,用清水煮了,留给妈妈吃。由于摸的次数多了,牛牛不仅能在屋檐上爬,还能在屋椽上攀绕,像时迁一样飞檐走壁了。

因为王爷爷王嬷嬷都病了,义堂又要读书,又要做家事,到牛牛这边来得不像以前那样勤了。按照义堂说法,三四天不来,他就对牛牛想得慌。据义堂讲,赵春来也辍学在家没念书了,还说要学手艺去。

这天,赵姨母子都来了,他们为倪妈送来了一小碗螺蛳肉,倪妈不收,她说好东西该给春来吃,不能把春来苦坏了,她要赵姨带回去。赵姨说螺蛳肉是大补的,像倪妈这样身体荒瘦的人,吃了见效快。赵姨说着就从筷笼里抽筷子,春来顺手捧起碗,说:"倪妈妈,这是我妈从锅里新盛起来的,你趁热吃吧。"

倪妈深情地望着春来,说:"伢子,吃你母子送的东西有罪过呢!"

赵姨说:"哎呀,什么罪过啊,我春来常常私下跟我说,他见了你像见了亲妈一样,他有好多话想跟你说,可是一开口又不知怎么说。"

倪妈说:"伢子,那有什么碍口的,跟你倪妈说话随便。"

赵姨把五丫和春来一齐拽到怀里,说:"倪妈妈,你看这两个伢子……"

倪妈望望,笑得很开心。

春来怕他妈还要往下说什么,立马跑到外面大槐树下帮桂兰掐菜了。在门外偷听的牛牛也笑着蹲到春来那块。没等菜掐完,赵姨又把春来叫回棚里。

赵姨说:"倪妈妈,我今儿来,还要跟你讲件事。"

倪妈说:"是不是有要我做的呢?"

赵姨说:"不是啊,春来,你跟你倪妈妈讲吧。"

春来说:"我今天跟妈妈来是向你和尹伯伯告别的。"

倪妈既在意料之中,又在意料之外地说:"难不成真的要出去学手艺吗?"

赵姨说:"是学篾匠。"春来也有些神情凄然地点点头。

倪妈摸摸春来的头,说:"学手艺好倒是好,古话讲,家有大田大地,不如手握一门薄技。手艺学得越多越好,技不压身嘛。可惜伢就是小了点儿,怕是连破竹子的铡刀都拿不动呢。"

赵姨说:"小,我不担心,师父跟我娘家侄子是朋友,说是让春来先去做理理篾、补补箩筐、编编笊篱一类的小事。我就是怕他在那儿蹲不惯,他说走了想我,还想……"

没等赵姨讲完,春来接上了,说:"倪妈妈,我还想你,想尹伯伯,想牛牛,想桂兰姐,想五……啊,还有义堂哥、兴国、启亮、明发那些学长,我都想……"

倪妈再次摸摸春来头,深表同情地说:"春来,我的儿哇,你讲得可怜。唉,穷人的伢子没办法,为了求活路,从小就要抛家别母,到外去自闯生路,经受磨难。唉,可怜啊,伢子,我的儿哇……"倪妈说着,叹息着,把春来揽在怀里拍拍,用脸往他额上贴贴……想当年,倪妈的虎子儿在她身边的最后那个晚上,她对他也是这样割舍不下,依恋不已……

第三天,倪妈让牛牛把赶做的布鞋送给赵春来时,春来已经跟他大表哥起早走了。

春来走后,义堂等学长虽也常来牛牛家,但牛牛仍觉得很孤单。百无聊赖时,春来送螺蛳肉给妈吃的事忽然再次浮现在牛牛眼前。

这天早上,倪妈刚出门洗衣,牛牛就拎着小篮子走了,不一会儿也摸了一浅篮子螺蛳,个个都大大的,有的还把盖壳歪在一边,突着一双小眼睛,张着两根螺须,无忧无虑地在同伴中自由爬动着,好可爱呀!

牛牛拎着篮子,正往岸边走准备回家时,突然被一个白色的椭圆形的东西吸引住了。他上前一看:呵,蛋,是鸭蛋!牛牛喜不自胜地小声叫起来。他伸手去捡,真的是发财了,想不到一个脚掌大的凼里竟然捡起三个!他移了两步,再朝前后左右看看,又有好几个在滚动。他兴奋极了,就在那不到一间屋大的地方,他一共捡了十几个鸭蛋。再一望,四周浅滩上又有蛋随着脚步移动的波纹在晃动。牛牛乐狂了,他干脆把篮里螺蛳倒掉,全部换成鸭蛋。他想,鸭蛋捡得多,妈妈一时吃不掉,可以拿到镇上去换盐。

回家时,为了避开路人,牛牛选择了走方塘后埂的地头小路。因为明天他还要一个人偷偷来捡,知道的人多了,他就发不了那样的大财了。他想吃独食,他想私吞湖鸭们的慷慨馈赠!

"咳咳!"牛牛志得意满地想着走着,突然听到有人在咳嗽,他抬眼一看,正是放湖鸭的许爷爷,许爷爷就站在小路中间!牛牛想,既然许爷爷都看见了,他没什么躲避的了,反正鸭蛋是他捡的,不是偷的,传开去,拾的人多了,大不了自己明儿来就少捡几个。于是他拎着小篮子,大摇大摆地迈步前行。牛牛从许爷爷面前经过时,特别装出一种旁若无人的样子,没想到刚从许爷爷身边擦过半边身子,就被许爷爷一把抓住!

"站着!"许爷爷怒道,"把鸭蛋往哪儿弄?快放下!"

"爷爷!"牛牛孬了,解释说,"我不是从你鸭棚拿的,是在水里捡的。"

许爷爷见牛牛神色有些紧张,赶忙绽开笑脸,和声悦气地说:"牛牛,乖,我是吓你的,我晓得你是在水里捡的,可这些都是坏蛋,不能要的,快倒掉吧。"

牛牛的紧张情绪一下就消失了,他想,许爷爷许是在骗他,叫他倒了,等他走后,自己再捡回去,他才不会上当呢!

见牛牛不信,许爷爷再次"谏言",牛牛生气了,说:"你才是坏蛋呢,我偏不倒,你骗不了我!"

见牛牛拎着蛋走了,许爷爷一面摇头,一面叹息。

牛牛把鸭蛋拎回去搁在方凳上,倪妈见了吃一惊,问牛牛蛋是从哪搞来的。牛牛可难坏了,说是水里捡的吧,他妈平时就告诫他熟地方怕鬼,生地方怕水,不管水里有多好的东西都不能下去捡。要是跟妈讲实情,非挨打不可。说是在许爷爷鸭棚里拿的吧,更要挨打,他妈最不能容忍孩子在外头偷偷摸摸的,横竖都是挨打,牛牛只好支支吾吾,吞吞吐吐,语焉不详。倪妈是急性子人,见碓桩高的儿子居然敢蔑视她这位神圣的"法官"妈妈,顺手拿起棍子就要家法伺候,正好被捡柴回来的桂兰接住。桂兰说,"妈,牛牛歇书后,生活上没再照顾他,瘦多了,你还回回为针鼻大的事就打他,你真狠心!"桂兰把棍子拖下折断甩了。

倪妈见桂兰把棍子拖下折断甩了不算,还讲些不该讲的犯上话,怒不可遏:"死丫头,反了不成,你!"要打桂兰的手刚伸出去,又缩回来,捡起棍子教训牛牛,"讲不讲,鸭蛋是不是在许爷爷鸭棚里偷的?是不是?不讲就打死你这小鬼,做贼的儿子没要头,讲不讲?不讲再打!"

"别打啦,鸭蛋是牛牛在方塘浅滩上捡的!"

倪妈一看,说话的正是看鸭的许爷爷。

许爷爷继续说:"不过,牛牛捡回来的都是坏——"许爷爷坏"蛋"的"蛋"字还没说出口,披棚里轰隆一声巨响,接着就见气浪翻滚,水星四溅,蛋壳横飞,奇特的臭气从披棚里透出,直向草棚外冲来,令人头痛,叫人恶心,让人窒息,大家都紧闭双眼,捂住鼻子,张大嘴巴,不敢用鼻子呼气。原来是五丫起来,打了踢绊,碰倒了方凳,撞飞了篮子,引爆了那一篮坏蛋。那些蛋被淡水长时间浸渍,壳中空气全被排出,一遇外力撞击,爆炸之声,如若地雷!

所有人都被震慑了!牛牛在掩耳捂鼻屏气的同时,还懊悔自己没听许爷爷话,把他的好心当作了驴肝肺。

许爷爷带给牛牛十八个新鲜鸭蛋。

送走了许爷爷,牛牛准备和桂兰打柴去,他妈说:"让姐打柴,你去吴妈家问问,你大大怎么到今儿还不回来,是不是路上出什么事了?"

这里讲的吴妈就是吴宣传妈,是永富帮工的老板娘。吴妈娘家在池州驻驾,十多年没回家省亲了。吴妈父亲特想女儿,春天来宣传家,打算住几年。可没几个月,又吵着要回家,宣传妈不放心,让永富送。谁知永富返回时,在池州小轮码头被鬼子捉到枞阳幕旗山了。怕倪妈病急发作,知情的陆姨大和宣传妈只在暗中进行营救,没让倪妈知道,所以,被蒙在鼓里的倪妈好几次让牛牛去问吴妈。陆姨大把实情对牛牛说了,并告诉他绝对不能让他妈晓得。

今儿倪妈又让牛牛去问,牛牛心里晓得实情,不想去,所以安慰他妈说:"妈,你别海急,大大或许打弯回家看老屋了,或许打弯去看外婆了,或许已经搭船在路上了,或许已经下船到华阳小闸了,或许——"

"或许,或许,就晓得或许!"倪妈把扫帚往壁上一磕,气着说,"叫你去问问,你就啰啰唆唆讲许多,你不去我自己去!"桂兰拽住她说:"妈,昨晚下了雨,路上泥巴陷人,你在家,我和牛牛去。"

吴妈见桂兰和牛牛来了,不待问,便主动开口说,牛头山鬼子驻军小队长被八路军打死了,这几天路上盘查得厉害,长江两岸的船都封住不许开,安庆有几个良民都被日本兵捉去了。最后她叫桂兰和牛牛回家叫他们妈别海急,过几天,牛牛大就会回来的。吴妈知道牛牛晓得内情,她上面的那番谎话是讲给桂兰听的。可牛牛心里说:"就你那样讲,还叫我妈别海急?我妈听了会急得钻地窿!"

回来路上,牛牛没忍住,把眼泪放出来了,说:"姐,几天前陆姨大就跟我讲,大大被日本鬼子捉去了。"

桂兰大惊,说:"大大被鬼子捉去了?是真的?这事快别让妈晓得!"

牛牛揩干眼泪说:"姐,你也别急,好在陆姨大已经在找人救大大了。"

桂兰和牛牛刚到大槐树下,倪妈就问吴妈怎么讲,桂兰说:"吴妈讲,过一两天,我大就要回家了。"倪妈说:"叫你俩去问,就带回这么一句话吗?她又是怎么晓得过一两天就回家呢?"

牛牛眼珠子骨碌一转,说:"妈,吴妈就是那样讲的。她说从华阳到池州,一路都太平,因为八路军厉害,沿江驻点里的小鬼子就像老鼠一样,白天都躲在洞里,不敢向外伸头。"

桂兰说:"妈,吴妈就是像牛牛那样讲的,那些话我刚才都忘了跟你说。"

倪妈深叹一口气,说:"伢子,这样讲,我就放心了!你俩是不晓得,这几天晚上我尽做噩梦,梦见你们大大被小日本鬼子捉去了。"

桂兰和牛牛不禁心头一震,同时转过背拎篮铲野菜去了。

可是差不多又过去四五天了,牛牛大还没回来。桂兰和牛牛仍然装得若无其事的样子,他俩用开朗乐观的行动在他们妈妈面前表演着,用令人宽心快乐的话语在他们妈妈面前花哄着。然而尽管他们左右逢源,总也有败露马脚的时候,倪妈对桂兰和牛牛以前的那些话终于开始怀疑起来。这天倪妈下决心要撕开蒙住她双眼的"纱布",弄明事实真相,亲自来问吴妈了。

刚见倪妈跨进门槛,吴妈就急了、怕了、慌了,眼看几天来,专为倪妈设的保密防线,在不费一兵一卒的情况下,就要土崩瓦解,全线崩溃了!吴妈让倪妈坐下,刚要向她吐露实情时,幸好永富回来了!

"我的妈妈,怎的今儿才到家,可把人心都急飞了!"倪妈揉了永富一掌,嗔怪地说。

永富并不是很激动地说:"我晓得你又海急了,出门由路嘛,哪由人算呀。"

桂兰和牛牛也到了,见他们大大好好儿的,也就放心了,高兴了。

宣传妈给永富放了两天假,让永富在家好好休息。

望着坐在大槐树根上的精瘦的、快快欲睡的丈夫,倪妈又唠叨了,永富不喜欢女人嚼瓜瓜精①,他叹息说:"人瘦了、没精神算什么,差点儿把命都搭上了!"倪妈一听,可惊讶了。在她的一再追问下,永富才把自己被日本鬼子抓到幕旗山做苦力的事说出来了。

"被鬼子抓了?"倪妈的脸顿时吓变了色,好一会儿才庆幸地说,"还好啊,命保下来了。"

永富说:"亏得春来呀,不然我就死在幕旗山了。"

倪妈和孩子们同时大惊:"春来?"

永富说:"那天晚上,赵春来那小子突然就像从天上掉下来的一样,一把拽着我,把我们五个全带下了山!"那天上午,春来就暗中向永富通报了晚上的行动,让永富他们注意配合。

倪妈、牛牛、桂兰再次大惊:"是春来救了你们?"

十三

听到是春来把永富从幕旗山日本鬼子窝里救出来的,倪妈和她的孩子们又

---

① 嚼瓜瓜精,枞阳方言,意多话、啰唆、絮絮叨叨、没完没了。

惊讶又欢喜,但同时也疑惑起来。

倪妈问永富:"春来怎么晓得你被鬼子捉到幕旗山了呢?春来不是在池州驻驾学篾匠吗?"

永富说他也搞不清,他让倪妈以后当面问春来。

永富一家正说着,陆姨大带着王义堂、常明发、张兴国、孙启亮四人来了。他们是来祝贺永富虎口逃生的。通过陆姨大的口,倪妈和牛牛、桂兰才晓得义堂四人这些天为什么没有到披棚来了,原来陆姨大在条子号组织的营救永富的一帮人,就是义堂他们几个!是义堂四个和春来从幕旗山南北两边同时进行营救的。

倪妈谢过义堂四人,又担心地说:"牛牛他大,你和那五人逃命逃出来了,义堂几个伢子也平安回家了,不知春来那伢子怎样啊?"

陆姨大说:"放心,春来没事,春来表哥让人带信上来,说春来已经在师父家学篾匠了。"

倪妈再次感谢说:"姨大,伢子们,真不知怎么谢你们呢。在家时,算命的就讲永富处处有贵人搭救,你们就是我家的贵人啊!"

义堂说:"倪妈妈,也该尹伯伯福大命大,要不是春来和他表哥在池州小轮码头亲眼看见尹伯伯被鬼子抓了,春来及时跟踪发现,也没法营救啊!"

永富虎口逃生,大家都很兴奋,那天谈到半下午才各自回家去。义堂最后一个离开。他已经转过屋角了,想想又跑回来,征得永富夫妇同意,把牛牛带到他家去了。晚上,他安排他大大、妈妈先休息,之后就自己背书,然后教牛牛认字。

这些天来,义堂的精力都集中在营救牛牛大身上,既没跟牛牛接近,也很少想到牛牛。今儿有了空,心情又好,能和牛牛在一起,义堂特别高兴。灯下,望着牛牛那会飞舞的眉毛、明亮的大眼睛、天真秀气的面庞,他对牛牛说:"我要是有你这样的亲小弟该多好。"

牛牛说:"我不是已经叫你大哥哥了吗?"

义堂说:"那不同啊,牛牛小弟。"义堂想了想,又心有不甘地把早就想问而没有问的事,再捡起来问,"牛牛,倪妈病得差不多不行时,我们都围在铺前,她说她死后不要送信给谁,你还记得吗?"

牛牛不假思索地说:"大哥,我妈当时讲不要送信给带儿。"

义堂说:"那带儿是谁呀?"

牛牛说:"带儿是我姐。"

义堂霍地往起一站,惊喜地说:"带儿是你姐?你还有姐姐?"

牛牛平静地说:"是的,我有亲姐。"

义堂简直兴奋起来了,说:"你还有亲姐,那太好了!"

义堂把牛牛往身边一拽,情不自禁地亲一口,说:"你姐和你哥一样,都住在外婆家吗?"

牛牛平平淡淡地说:"姐在六岁时,就被亲戚带去做……"

义堂接问:"做什么?"

牛牛说:"做童养媳了。"

义堂拍了一下腿,泄了气似的说:"咳,太可惜了!"义堂痴痴地盯着牛牛,眼睛眨也不眨。

牛牛说:"哥,你怎么了?"

义堂说:"啊,没怎么,我是说你姐那点儿大就给人做童养媳,太可怜了。"

牛牛说:"当时没有确定,就是含糊说去做童养媳,不过……"

牛牛没说完,义堂又抢着问:"不过什么?"

牛牛说:"不过两年后,男孩死了。"

义堂的心情先是复杂了一阵,但很快就只当没说过之前的话,接着问:"你姐长得像你吗,牛牛?"

牛牛说:"我妈讲,我姐长得比我好看多了,她不光是我们家的家花,也是我们村的村花。"

义堂欣喜不已,说:"啊,那,还是村花呀!她今年多大呀?"

牛牛说:"我姐今年三十。"

"啊,都三十啦?"义堂泄气了,但又问,"你没记错吧,牛牛?"

牛牛先是摇摇头,表示他没记错,但又立即纠正说:"啊,错了,错了……我姐今年十三,比你小四岁。啊,哥,你为什么老问我姐呀?"

听了牛牛的话,义堂又马上来劲了,他用劲亲了牛牛一口。

沉浸在对未来的美好憧憬中的义堂,被牛牛这突如其来的一问问窘了,急忙应付说:"啊,没什么,没什么,就是随便问问。啊,牛牛,我的小弟弟,你可不要向人说,我打听你姐的事呢。"

昏黄的油灯下,牛牛望了一眼义堂,依旧平淡地说:"大哥,这有什么好讲的哪。"却也不怪,牛牛那样知事甚晏的小童,哪儿知道,情窦初开的王义堂藏于内心的花团锦簇般的秘密与向往呀!

那天晚上,与其说是被一种情感困扰着,还不如说是被一种憧憬陶醉着,义堂一夜未眠。第二天早上,他趁到学时,绕弯把牛牛送回了家。

牛牛妈妈做上门活去了,桂兰姐姐捡柴兼挖野菜去了。牛牛大大永富因受惊吓再加上疲劳过度,在披棚里睡觉。五丫、六丫被陆姨妈带到干女儿家玩去了。独坐在大槐树根上的牛牛,也被瞌睡虫袭扰着困得慌。幸好春来的突然到来,把瞌睡虫赶跑了。牛牛和春来分开才几个月,就又重逢了,牛牛好高兴!可是小坐片时,春来又要走了,又要赶回驻驾了。真是相见时难别也难,牛牛哭了!牛牛哭醒了,他睁眼一看,哪儿有春来呀,原来他是在做梦!

惊醒过来的牛牛,揉揉眼睛,上了一回茅厕,回来刚坐下,背心又痒痒。正好五丫回家了,他让五丫帮他挠。牛牛也是个难服侍的小家伙,五丫帮他挠时,牛牛要不就是说"上点,再上点",要不就是"下点,再下点",或者是"往左,再往左",或者是"向右,再向右"。虽然五丫根据他的指示,不断修正着痒点坐标,但他老嫌五丫把握不准,把不该挠的地方挠狠了,而该狠挠的地方又没挠着。五丫气得站起了,不给挠不算,还狠瞪了牛牛一眼。

俗话说,路走到险端就会看见坦道,水淌到浊处就会出现清流,人到了最困难的时候往往也会出现转机。牛牛痒得钻心难受时,就用芦荻自挠。用芦荻自挠虽然可以依自己需要随意移动,不必像让五丫挠时,还要下烦琐的指示,但也有不好,有的芦荻挠几下就裂开了,开裂的芦荻,往往会嵌进皮肉里,嵌进皮肉的毛刺挑挤不出来,还会化脓。不过这一回,牛牛却从吴宣传家的大水牛在树干上蹭痒受到了启发,他发痒时也往大槐树上蹭。往大槐树干上蹭痒,又随心,又止痒,比五丫的手指和芦荻好得多。

牛牛皮肤经常出红疹,起疙瘩,痒得要命,一痒就蹭。这天,他又痒了,他正蹭得酣畅淋漓时,树上一群雀子忽然躁闹起来。是牛牛蹭痒把树摇动了,惊着雀儿了吗?不可能,同几人合围粗、高几十丈的大槐树相比,牛牛就是虮蜉——一只大蚂蚁。蚂蚁再大,它能撼得动大槐树吗?牛牛绕树一圈,透过树的枝叶,发现斜伸到陆姨大家隔壁偏向罗三宝家屋顶的树丫上,搭着一个大鸟窝!窝里的小鸦和窝外的老鸦,叫吵得一阵比一阵吃紧。牛牛窃喜着,他起了野心,要把小鸦们抓下来,给他妈吃了补身体。牛牛妈身体不好,一直是牛牛的心病。

牛牛这样想,也就这样做了。可是他才爬上树干一小截,就听见妈在叫他。他溜下看看,才发现是心理作用,他怕妈见他爬树,要打他,而实际上他妈早上出去做上门针线活了。牛牛想,妈只让他别搞水、别玩火,并没叫他别爬树,况且他爬树是捉害鸟呢,妈就是晓得了,也不会责怪的。就这样,牛牛自己给自己解除了紧箍咒。

牛牛一转眼就爬到了树干中腰,再加把劲,就爬到那根斜伸到罗家屋顶的大树丫上了。可是,他正蹬着两脚,把身体往上送时,耳朵里又响起敲小锣的声音。再听听,还有吹喇叭声、道士念经声,并且听得出这些声音都是从罗三宝家传出来的。牛牛是个锣鼓响、脚板痒的小孩,只要听到哪儿吹吹打打、哼哼唱唱的,他不吃饭不睡觉都要去看。牛牛待不住了,他溜下树干,跑到罗家门前。罗家在做大法事,可惜之前他不晓得(之前在打瞌睡,哪晓得呢)。

听人讲,牛牛才知道:月前,罗三宝到江西浮梁卖茶回来,在马当渡船上碰到一位看相的先生。先生说罗三宝近期有血光之灾,轻者头破血流,重者命归地府。三宝闻言,趴地便拜,恳求看相先生为他消灾弭祸。看相的说他法术还未达到至高境界,欲灾祸全免,不太可能,只能两害相权取其轻。三宝又倒头三叩,说只要能保住贱命,即便头破血流,他也在所不惜。于是看相先生把消灾法密授给他。三宝依看相先生指示,回家报与父亲罗高年,于是便有了这一场大法事。可惜牛牛刚到,法事活动就结束了。

牛牛又回到披棚前,坐到大槐树根上。

叽叽喳,叽叽喳,叽叽喳喳……牛牛正为自己没有看到罗家的大法事而万分惋惜时,树上的鸦儿们又叫闹了。还去抓吗?俗话说:一鼓作气,再而衰,三而竭。经过前两次的上下爬溜,牛牛的野心雄心,随着时间的流逝和体力的消耗,已经不再那样蓬勃了,虽然他还间或朝树上关注一下,但那多半是出于疑惑与好奇了。他没有去抓捕小鸦的强烈意愿了。除了因为体力不支,还在于他深知到树上抓雏鸟,充满着相当大的挑战和难以预估的风险,他在老家时是有过亲身经历的。

那回,鹞鹰把他家唯一的一只老母鸡叼到回龙星斗的大松树上了。回龙星斗有一大片高耸入云的大松树林,林里差不多每棵大松树上都筑着鹰窝。望着叼着鸡的老鹰悠闲飞去的黑影,牛牛和他哥端马好怄好怄,端马发誓,决不让鹰平白无故占了他们家的便宜!

这天下午,他们的大大、妈妈正在园里整理菜地,突然听到喊声,便抬眼四望,看到园门外有两个看不清头脸的小孩,一时颇感惊讶。

"大、妈,我们去去就来。"原来两小孩就是端马和牛牛。

永富问:"你们到哪里,去做什么啊?"

端马说:"我们去报仇!"

牛牛重复着端马的话:"我们去报仇!"

"报仇?"永富夫妇不解地问。

"是的,报仇!"端马和牛牛肯定地回答。

端马头上扣着个破笆斗,笆斗两边拖着的细索套在左右胳肢窝上。笆斗前挖了两个鸡蛋大的洞,透过洞眼看得见端马滴溜溜转动的眼睛。端马上身披着蓑衣,下着打鱼穿的皮裤子。腰间扎的宽大的麻布袋上,插着磨得亮晃晃的柴刀。牛牛下身是本色原装,上身扎着反穿的破棉袄,一块块棉絮从破洞里拖出来。牛牛头上扣着一只掉了长把儿的杉木粪瓢,粪瓢两边对应地穿了细索,同端马不一样的就是细索牢系在下巴上。这种装扮,让牛牛一下子变得又胖又矮,不觉让人好笑。他们的大大、妈妈见了两个儿子如此滑稽的装束,不禁面面相觑,不知他们要报什么仇。

见大大、妈妈不知道他们要做什么事、报什么仇,端马直接说:"大、妈,我带牛牛到回龙星斗老鹰窝里去抓小鹰,既然老鹰把外婆捉给牛牛吃的老母鸡抓去喂小鹰了,我们就把吃了鸡的小鹰捉来给牛牛补身体,不是很好吗?"端马说完,拉着牛牛就跑。

望着两个儿子调皮的样子和快速离去的身影,永富夫妇骂也不是,笑也不是,倪妈摇头说:"这两个小货!"

端马果然身手不凡,他一出手,就用偷袭的方法,轻松摸下一窝小鹰,当哨鹰发现他时,端马已经毫发无损地从树上溜到地上了。

哨鹰凄厉且充满战斗力的叫声,把整个松林、山岩上的老鹰都唤动了,它们全都展开巨翅,鸣叫着、出击着、盘旋俯冲着,整个树林上空,差不多全被鹰遮蔽了,就像都市郊外放飞的风筝。

接下来的抓捕行动,端马深知难度大了,不过,这一点兄弟俩是早有思想准备的。既然第一轮偷袭被鹰们发现了,接下来就没有隐蔽的必要了。兄弟俩简单议过,第二轮的突袭刚开始,牛牛就捉住一只小鹰,站在一处高岩上,又揪又掐,摇举呐喊,吸引老鹰。趁着老鹰们黑云般地向牛牛飞扑过来,牛牛和鹰们激战正酣时,端马则已如猴子似的爬到了又一个老鹰的窝边,大喊大叫着把鹰们引过去,为牛牛解围。当老鹰们飞过去救鹰雏、扑打端马时,端马则又把窝里小鹰全都抓住了。这第二次的智取,兄弟俩又轻松得手了。

接下来的每一回合缠斗中,端马和牛牛采取的基本上就是这种声东击西的策略,为此在松林间下冲上蹿的老鹰显得尤为顾此失彼,疲于奔命,力不从心了。

然而,素有猛禽之称的雄鹰,决不甘心就此落败,战到白热化时,一只只鹰就像重型轰炸机轮番地向他们,特别是对端马狂轰滥炸,端马头上的笆斗,被鹰们铁钩般的喙嘴,敲啄得嘣嘣作响,护拥胸背的蓑衣,被鹰们的巨翅鼓扇得像大风吹掀的水面荷叶,哗哗啦啦,反反复复,不得贴身。但端马毫不畏惧,他两腿紧夹树干,双手抱刀,左挥右砍,上下劈杀,打落的鹰毛如黑色鳞片般洋洋洒洒,飘飞乱落。激战中,一只鹰惨叫着腾空飞去。牛牛仰面望去,日光下,一个铁蒺藜似的东西,垂直往下掉,落到面前的岩石上,还不甘静止地弹跳几下,然后才很不情愿地停住。牛牛抢上去拾起一看,啊哟喂,是一只带血的鹰爪。

鹰也确实能一往无前,前仆后继。它们完全放弃牛牛,盘旋着,俯冲着,扑打着,尖啸着,向端马发起攻击,那震裂云空誓死决战的架势,简直就像不把端马抓起来,叼到山崖上,掼得粉身碎骨决不罢休。端马哪是鹰的气势所能震慑得倒的胆小鬼,在那人与鹰的白热化的鏖战中,端马显得沉着冷静,气定神闲。他像在敌阵中冲杀疯了的无畏勇士,大呼大叫,声震云霄。白晃晃的又染着鹰血的柴刀,直舞得星光隐约,云色惊怖,水起风生!

混战中,保护端马和牛牛头颅的笸斗与粪瓢,遭鹰们的扑打抓拉轰啄后,一个被当作人头叼到山崖掼得稀巴烂,一个被当作人体抛到云空,随风吹过了菜子湖,不知落向何处。

不知摸到第几窝,端马脚下的树枝被踩断了。听到咔嚓声响,牛牛抬头一望,端马已跳离那断树枝,像猿猱一样,平衡着身体,运动着四肢,向着另一棵大树翩翩飞滑过去……

树上的鸦儿们仍在叫闹着,不耐烦的牛牛再次仰面朝树上望望,注目之际,一大团糊状物,正滴到他鼻尖上,溅到他两边脸颊上,还滚热滚热的。他侧着脸,正要揩抹,又一大滴,脸上又加厚了一层。牛牛好怄,他揩抹不掉,索性满脸一抹,又腥又臭,哟,是鸟粪!这时,恰逢五丫从披棚里出来,见牛牛如群丑闹春中的小丑一般模样,拍手叫着:"牛牛花脸鬼,花脸鬼……"牛牛本已气不打一处来了,见五丫这样戏谑他,气上加气。他愤愤然带着脸上雀粪,往大槐树边一站,对着喧闹的老鸦,恼羞成怒地骂道:"该死的家伙,敢往我脸上屙屎,今儿不逮下你,我就不姓尹!"

不顾危险的牛牛第三次往树上爬了。他爬到窝边坐定后,稍喘几口气,就用左臂钩住树杈,右手伸进窝里摸小鸦。两只老鸦在头顶上飞旋惨叫着,它们虽比不上当年老家回龙星斗的鹰那样勇猛凶悍,但它们的双翅扇起的气流,却像一瓢瓢冷水往牛牛身上浇泼着。

因为树的枝叶很密,看不清窝里情况,单凭手感,牛牛晓得窝里有小鸦,而且很肥壮。牛牛不免窃喜,心说那是给他妈补身体的上品(不敢说是极品)。他随手抓出一只放进袋里。当他去抓第二只时,手触到一样不像小鸦的东西。他移动手掌,顺着那东西的身体,从前往后摸捏,他觉得那东西圆滚滚、粗壮壮、麻刺刺、凉冰冰的。他缩回手,自个儿估摸着,那是什么东西呢?他犹豫了,想放弃了。但又转念对自己说,管他呢,既然丑小鸭窝里能孵出漂漂亮亮的白天鹅来,难不成老鸦窝里就不能孵出更好的宝宝来吗?对了,那也许就是个能让他家一夜发大财的吉祥物呢!

怀着这样一种幻想与侥幸的心理,牛牛坚定了抓捕的意志。他小心翼翼地把窝边的细枝密叶一一扒开折断,给鸦窝打开一扇窗口,再抓小鸦还有那个麻刺刺的吉祥物。谁知他的手刚触到窝边,那个想象中能帮他发大财的吉祥物,半截儿立即嗖地一下挺竖起来,扁扁的大嘴巴,还露着小鸦的两只乌亮乌亮的小脚。牛牛乍始没反应过来,也许是受着发财心理的驱使,他伸手去抓了,但手快挨到那东西时,牛牛突然回过神来,他下意识地大叫一声:"蛇!"他忘了自己是倚附在树丫上,惊骇之际拔腿就跑……

十四

牛牛两脚一踩空,身体垂直往下坠落。他掠过好几根树枝,但都没有抓住,最后掉到一根斜生的树干上,弹跳开去,落到罗三宝家的卧房顶上。为防风吹,罗三宝家的屋顶草上压着横一根竖一根的短木,撞到短木上,自然不比撞到草上松软,牛牛昏过去了。幸运的是,牛牛下坠时,由于气流上冲的原因,身上那件补巴套补巴的裤子被拂了上去,紧紧包住了头,因而头部未直接撞上木头。但三宝家卧室的桌子上面正对房顶的那片亮瓦,被牛牛脚后跟击中了,牛牛脚被割破了,碎玻璃片落到桌上及周围。

做法事闹腾了一大上午的罗三宝,此时正靠在桌边的藤椅上打瞌睡。蒙眬中,三宝觉得头被什么东西击打了几下,一阵触电似的麻木后,他本能地双手抱住头,又觉得手心湿漉漉、黏糊糊的,更有蚂蚁似的东西顺着手往下爬。他放下手一看,竟是红艳艳的血!三宝惊惧极了,叫着喊着。

听到三宝大喊大叫,一家人惊慌失措地跑进来。见三宝满脸是血,一个个都吓得目瞪口呆,不知所措。三宝妈童氏扑上去,抱住三宝就哭,父亲罗高年挨上去说:"上午做法事还好好的,怎么头说破就破了?真是蹊跷!"罗高年边说边给三宝包扎创口,而三宝妻王大嘴巴则忙着给三宝洗脸上手上的血污。

呻吟中的三宝似有所悟,他思忖着,嘴巴念念着,又仰头望望,突然,三宝一拍桌头的钱柜,叫着:"神仙也,神仙也,活神仙也!"见三宝大叫,家人更吓得不行,认为三宝肯定是中了邪。

三宝指着屋顶天窗上悬着的两只血淋淋的小脚,说:"我没中邪,我是十成十地佩服那位看相先生了!"

顺着三宝手指,全家人见了也都恍然大悟。罗高年说:"啊,看相先生!是了,是了,你们看看,看相的说祸从天降,头破血流,都应验了,十成十地应验了!"三宝养女罗玉环也拍手称赞说:"是都应验啦,说不定看相先生就是一位下凡神仙呢!"

"是的,十成十的就是下凡神仙!"罗高年说罢,就指挥家人,摆香案,燃灯烛,放鞭炮,叩拜唱喏,送神仙上天。

昏沉中的牛牛听到爆竹声,蓦地坐起,速速从屋檐溜到地上,转过陆姨大家的屋拐,一忽溜钻进披棚里。

躲进披棚的牛牛,一面用破絮揩脚上血,一面又怕事情真相败露遭到罗家打骂。本就懊恼至极,又见五丫在一声声叫肚子痛,更加烦了。

五丫担心地问:"哥,你脚怎么破了呀?"牛牛正要用谎话蒙哄五丫,桂兰捡柴回来了,牛牛赶忙把撞破的脚塞进破衣里,但桂兰已经瞟见了。牛牛就诚实地跟桂兰讲了真话。桂兰边为牛牛包脚,边问他从罗家屋头下来有没有人看见,牛牛也讲了实话。桂兰说:"麻姑姑妈看见不要紧,她不会讲的。你睡着吧,不要走动,我烧锅去,我们中饭都没吃。"

桂兰刚刚把水烧开,就听见有人嚷嚷着,从方塘埂边拐过来。桂兰探头一看,不好,王大嘴领着她婆母童氏和养女罗玉环,兴师动众地问罪来了!王大嘴边跑边骂:"尹牛牛,小畜生,小土匪,我早就看着你了,这回饶不了你!"

桂兰见王大嘴来势汹汹,张开两臂往门边一站,拦着不让她们进棚。王大嘴一掌推去,把桂兰搡到地上,没等桂兰爬起来,王大嘴就像拎鸡一样,把牛牛从铺上拎到棚外,掼到地上,接着就从罗玉环手上拿过豆荚粗的杨树条子,抽打牛牛。牛牛晓得是为那事,自知理屈,并不强辩,只是抱着两臂,紧咬牙关,任由王大嘴打。本来就破得不成样的单裤,又被罗玉环扒了去,身上一点儿遮隔的也没有,王大嘴的条子抽到哪儿,哪儿就起一道血痕!有几下是从头后抽下去的,牛牛左眼角被抽破了,滴着血。牛牛实在痛得忍不住了,终于大声叫着好王妈妈别打,是他做了坏事,求求别打了。可渐渐地牛牛连求饶的话也喊不出来了,只是坐在地上,用可怜的目光向桂兰求救。

桂兰冲上去好几次,都被罗玉环和童氏拖到一旁拦着不让前去施救。桂兰少不得喊了:"救命呀,快来救命呀,王大嘴要把我弟弟打死啦,来人啦,快来人救命呀……"

牛牛也是活该倒运,当时陆姨大夫妇都不在家。许爷爷听见了,可他生病发高烧,爬不起床。吴宣传妈妈没生病,可她到镇上买马桶去了。麻姑姑妈是能来救的,可事后她说,桂兰的呼救声,她一句也没听见。上下过路的人也来了几个,但都怯于王大嘴老表伪保长郭全福的威势,袖手一旁,不但不敢出手相救,甚至连一句公道话也不敢讲,徒然成了刑场上的看客。

平时赌气不给牛牛挠痒的五丫,虽不晓得"兄弟阋于墙,外御其侮"的道理,却也捡起土坷垃,砸王大嘴。可她到底年幼力气小,对王大嘴构不成丝毫威胁,王大嘴的条子不断抽到牛牛身上,牛牛早就没有气力呼救了。

忽然,愤怒至极的桂兰,冲破童氏和罗玉环的阻挡,两步跨到灶门口,从锅篷里抽出烧得红红的火钳,猛地往罗玉环的胯下一搠,那罗玉环一声惨叫,坐于地上,痛得面如白纸,汗流浃背,哀哀呻吟。童氏冲过去欲抓桂兰,又被桂兰往她胸脯上狠烙一火钳,童氏退到一边,自顾不暇。搞倒两个后,王大嘴才发现,立即回援,要揪桂兰,桂兰在追打王大嘴时,却忘了她的火钳已经冷却,王大嘴抓住桂兰的漏洞,向她步步紧逼。桂兰且战且退,一直退到灶台边,猛一转身,揭开锅盖,拿起水瓢。王大嘴见势不妙,抽身就跑,桂兰赶上一步,一瓢沸水泼在她肥大的屁股上!其烫伤程度,不亚于罗玉环与童氏!左邻右舍的人越来越多,人们对桂兰小丫头狠出奇招以一对三,招招制敌,虽不敢报以掌声,却对罗家三人俱遭惨败,且哑巴吃黄连,有苦说不出,感到忍俊不禁,暗暗叫好。

王大嘴毕竟不是省油灯，她觉得在众目睽睽下，无论如何不能在一个黄毛丫头手下输得太惨，她拖着被严重烫伤的大屁股，扑向桂兰。在王大嘴的棍子快要落到桂兰身上的当儿，陆姨大回来了，他挥臂一拨，把棍子拨到一边，怒问王大嘴："你要干什么？"

见是陆姨大，王大嘴怒从心起，她一手拎着断了带的裤腰，一手拿着棍子，直逼陆姨大说："就是你们夫妻，人家招财神菩萨来发财，你却把害人鬼招来害人！"大嘴甩掉棍子就来拽陆姨大，正好陆姨妈又回来了。

陆姨妈往大嘴面前一站，眼睛瞪得铜铃一般大，大喝："放开，怎么啦？！"

王大嘴根本不把陆姨妈当回事，她放开陆姨大就来拽陆姨妈，说："好吧，泼掉油瓶找地皮，不找公的，就找你母的，老娘就找你评理！"说着，就把陆姨妈一把抓住，幸好又被及时赶来的明发妈一把推开。

明发妈没好气地瞅着王大嘴，说："你呀，码头也跑过不少了，人也见过很多了，怎么到了这把年纪，还逢人就拉呀！过去，过去，你看你，把人家伢子打成什么样子！"明发妈指着依在桂兰身边的牛牛，再次瞅着王大嘴说。

被打蒙的牛牛哇的一声哭了，桂兰也哭了。

王大嘴掉过头来，又要拽陆姨大。陆姨大把脸往下一拉，愤怒地说："滚！不要仗着保长跟你是老表，我可不把他当个鸟！今儿的事我要慢慢跟你算。天大的理，三个人撑上门，把人家伢子打成这样，都是无理！滚，让你家高年、三宝来！"

自陆姨大夫妇回来后，赶来围观的人也渐渐多起来，而且纷纷敢于谴责王大嘴了。王大嘴见人都把嘴架在她身上，自忖即使遍身长嘴巴，即使自己嘴巴再大，也说不到上风理，占不到上风头！思量再三，就招着女儿，护着婆婆，灰头土脸地走了。

当听说婆母被桂兰用红火钳烫了，女儿也被桂兰用红火钳烫了，王大嘴又回头跺脚骂桂兰："臭黄毛丫头，想不到你这样歹毒，那是能烫的呀，啊？"说着又往回撑着桂兰骂，"老娘跟你拼了！"

桂兰见王大嘴又挥舞着棍棒撑回来，立马再从灶膛里抽出烧红的火钳，迎着王大嘴就上，王大嘴掉头就跑。王大嘴胸前甚是发达的与她年龄极不相称的两堆肉,以及附在后面的刚刚被桂兰用开水泼烫的屁股,随着她跑动的身体,在不停地前后跳跃、簸动着,显然给她的逃跑构成了极大的阻力和沉重的累赘。

望着王大嘴那个夺路而逃的狼狈相,在场人无不笑得肚子痛。许多人还赞扬桂兰是初生小牛犊,不怕母老虎。有的说,对王大嘴这种仗势欺人的人,就是要刀对剑,炮对枪,针尖对麦芒,不给她厉害,她就仗着郭全福的硬脚力,往竿头上爬!

王大嘴缩到家里去了。陆姨妈把牛牛抱到自己屋里,见牛牛颤颤巍巍、体无完肤的样子,气愤极了!她拿来消炎膏药,为牛牛细细搽抹着。陆姨妈甚至都难过得流出泪水了!

那天下午放学,许多学长闻讯都赶来看望并安慰牛牛。义堂、兴国、明发、启亮等十几个学长甚至还集体去罗三宝家强烈抗议。

那天晚上,永富夫妇回家很迟,见牛牛被王大嘴打成那样,很心痛,但看看、摸摸,叹几口气也就过去了。从来不把疼爱儿女挂在脸上的倪妈,不但没怨王大嘴下狠手,反而怪牛牛太调皮,说让他吃吃亏、长长记性也不是什么坏事。

第二天上午,麻姑姑妈来了,她给牛牛送来了一小碗煨猪蹄子,还说猪蹄子脂肪少,牛牛吃不会拉肚子。麻姑姑妈刚坐下,又感慨了:"舅母啊,看看你们家呢,伢子们住没住的,吃没吃的,穿没穿的,还被人家打,我真的心痛哪!"

倪妈说:"唉,依我横下心来,真想把牛牛给人抱去,放他一条生路,免得在我们身边受苦呢!可是——唉,不说了,不说了,说起来,人晚上就困不着觉。"

麻姑一听倪妈说把牛牛给人家抱养的话,可就跟着说上了。她说:"舅母哇,你今儿可把我想讲不敢讲的话讲出来了,把牛牛给人家抱养好啊,哪像在你们身边受冻挨饿呀。我有一家亲戚,倒是想抱养一个小男孩呢,不知你愿不愿?"麻姑说这话时,目光一直盯在倪妈脸上,但倪妈只是苦笑了笑,没有回答。

麻姑进一步介绍说:"真的,舅母,我一点儿也不哄你,我的那个亲戚姓马,人家尊称他马善翁,在城里开大米行,兼开布店,家里富比陶朱。就是跟毛家墩毛习普一样,今年都过了耳顺之年了,两房儿子都人五人六的,可就是不开枝,连个孙女也没有。你要是把牛牛给他抱去做养孙,那简直就是从糠箩跳到米箩,从米箩跳到银箩,从银箩跳到金箩,从金箩跳进珍珠玛瑙蓝宝石箩了!"

听麻姑如此能说会道,倪妈暗暗有点佩服,但她仍旧苦笑笑。倪妈说:"我们赤贫人家,能从糠箩跳进米箩,把肚子吃饱就足够了,要他金银珠宝珍珠玛瑙蓝宝石何用啊!"

麻姑说:"舅母哇,你这样讲,那就好得没说的了。我下午就去他家,把牛牛也带着,尽快促成你们这件好事。"麻姑说着拿脚就走。

倪妈说:"姑妈啊,你和我一样,也是个捉了强盗连夜审的急性子呀。我刚才不是讲横下心来,把牛牛给人抱养去吗?可我现在心还没有横下来呢。别急,姑妈,慢慢来吧,心急吃不了热豆腐呢,姑妈。咳,想起虎子,我就心痛,当年就是我的一个仓促决定,把他小命给丢了。我不能再随便把牛牛——唉,不说了,大表姑,你的好意我领了,谢谢你对我们好,对牛牛好,你坐吧。"麻姑的心头喜悦一下子没了,她谢了倪妈的示坐,走了。

望着麻姑离去时那很不愉快的样子,倪妈懊悔了,她压根儿就没想到她的那句言不由衷、随便溜出口的话,会引起麻姑那样的重视。唉,倪妈自责地叹口气。

牛牛说:"妈,你别怨自己,你不听姑妈讲,她早就要跟你讲,把我给人家抱去呀?"

桂兰也说:"妈,你不要什么事都往自己头上算,姑妈不快活是她的事,你又没有托她给牛牛找个领养父母!妈,家里再怎么苦,日子再怎么难过,我们姊妹兄弟都要在一起,谁也不能少。一个虎子走了,一家人就够难受了,你还把牛牛让人抱去!妈,你以后千万别提把这个给人抱,把那个给人抱的话!"

倪妈把牛牛和桂兰搂到怀里,往两人脸上各亲一口,说:"丫头,我的牛儿,没想到你们懂事得这样快!"

倪妈正夸桂兰和牛牛时,春来妈赵姨来了。春来去学篾匠后赵姨在家掉了半个多月的眼泪,而后就到女儿家给她们打杂做事了,很少回来。年把年了,今天回来看看,也顺便来倪妈家望望,知道牛牛被王大嘴打了,赵姨很是气愤。赵姨临走时,还特别嘱咐倪妈,以后跟王大嘴那种人要尽量离得远些,越远越好。还说由于各方面原因,春来可能不学篾匠,要回家了。

听到春来要回家,最高兴的当然是牛牛了,他每天都要到前面的大路上望几次。

十五

　　王义堂昨天又和几个学长来看牛牛。从义堂的话中,倪妈得知他父母又病了,今儿一早,倪妈就带牛牛去了义堂家,看望两位老人。把义堂家的事做清,中饭也做好了,倪妈就要带牛牛走。这时义堂放午学回家了。义堂一再留饭,倪妈只好留下牛牛,自己一人回家了。

　　倪妈刚到大槐树前,就见土灶边的破箩里罩着一只鸡,一问桂兰,才知道是尚麻姑送来给牛牛吃的。倪妈说:"丫头,以后姑妈要是送点菜或是她家宅边的树果,就收着,要是鸡蛋、鸡什么的,千万不能收!"倪妈说着就叫桂兰把鸡给麻姑送去。桂兰说麻姑是长辈,长辈送的东西,让她小孩送还不合适。倪妈认为桂兰讲得在理,决定自己送去。桂兰说:"妈,五丫肚痛后,又睡着了,六丫也起码要到茶饭边才能醒过来。我把鸡拎着陪你去吧,顺便望望姑妈家的门朝哪一方开,以后有事让我去跑也方便呢。"倪妈说:"丫头想跟我去也好,这一阵子五丫生病,牛牛被人打了,六丫又要人照顾,天天把你箍在家,也确实很难受。跟我去吧,出去走走,透透气。走,把鸡拎着。"

　　到了,桂兰才晓得王大嘴家下十户就是麻姑家。麻姑家前后门虽都是半开的,但没见人。桂兰把鸡放在堂心地上,正要叫姑妈,房里走出一个身材高大、头上扎手巾的老人,还没看出是男的女的,那人就拎着棍子,挎着篮子匆匆走了。那人走不远,麻姑就回来了,倪妈问那人是谁,麻姑笑笑,说她是讨饭的老奶奶,到处流浪,隔三岔五地来她家歇。

　　倪妈说:"姑妈啊,你真是老好人哪,讨饭的都恋着你呢!"

　　桂兰说:"那奶奶个子真高。"

　　麻姑说:"可不是嘛,她进出我房门还要低头呢。"

　　倪妈说:"唉,她有那副好身板,却讨饭! 啊,表姑,我们来条子号,搅你的也不少了,今儿又送鸡给牛牛,我们真的担当不起啊!"

麻姑说:"舅母,一只小老母鸡,何足挂齿呀!要不是王大嘴把伢子打狠了,我也不讲那客气话呢。你就把鸡杀了,煨口汤给牛牛补补啊。"

桂兰指着门拐的鸡,说:"姑妈,我和我妈把鸡送来了。"

麻姑一见鸡被送回来了,很是怨怪倪妈不应当。

倪妈说:"表姑啊,鸡我们实在不能收的。一只母鸡,从孵出蛋壳到长成大鸡,也不知要花多少工夫、吃掉多少粮食,金贵呢!"

麻姑说:"这可好,我不是哄着你们了吗!"

倪妈谢过麻姑,就要带桂兰走,又被麻姑留住。倪妈问麻姑是不是还有什么事,麻姑笑了笑。倪妈见她不好开口的样子,就干脆问是不是把牛牛给人抱养的事。

麻姑拍胸说:"舅母,我确实不哄你,我那亲戚确实是家财万贯,牛牛要是给他家抱养了,好几代都吃不掉、穿不掉、用不掉的,真的,我一点都不哄你!"

唉,倪妈那天说把牛牛给人抱养的话,其实就是怨家里穷、日子难过的一句激愤话,可麻姑却闻到风就是雨,虱子趴牛屁股咬住不放!但倪妈若一口回绝吧,又怕跟上次那样让麻姑当场扫兴,于是比上次后退了半步,说眼前不急,过年把再说。这种含糊其词的答复,虽给麻姑留下一线希望,却也让她内心平添了几分纠结。总的来说,麻姑还是不满意。

当麻姑把倪妈送出门时,倪妈又站住了。麻姑说:"舅母,你是不是也有话要说呀?"见倪妈犹犹豫豫的,麻姑说,"舅母啊,来,进屋再坐会儿,有什么话慢慢讲,反正我也没什么事。"

倪妈说:"表姑啊,其实我也没什么话说,就是我越来越觉得……"倪妈话说了一半又打住,眼睛直盯着麻姑。

麻姑问:"你越来越觉得什么呀?"

倪妈陡地站起,抓住麻姑手说:"我越看越觉得,除了脸上有几点天女撒的花朵外,你就是朱爱兰!"

看得出来,被倪妈这突如其来地一说,麻姑显得很是尴尬,但很快,她就笑着说:"舅母,你是讲笑的吧,我不是朱爱兰,是尚麻姑,这事还有假吗?"

倪妈说:"你们姨表姊妹太像了,简直就是一个模子倒出来的。"

麻姑放松了很多,她说:"舅母,也不怪你怀疑,我记得上回跟你讲过的,凡是见过我和朱爱兰的人,都说我们是一个人,那些年我和爱兰站在一起,谁是谁,连我妈都认不出来!舅母啊,你怎么老问这件事呀?"

桂兰说:"姑妈,我妈也就是想打听朱爱兰现在在哪儿。"

麻姑啊了一声。

倪妈说:"我想表姑既和朱爱兰是表姊妹,就一定晓得她现在在哪。"

麻姑扑哧一笑,说:"舅母,我虽和爱兰是表姊妹,也就是小时候常常在一起玩,长大后就各奔东西,很少在一起相聚过,更不晓得她在哪儿了。"麻姑又问倪妈要打听朱爱兰何事。倪妈说,朱爱兰是徐人杰老婆朱爱香的大姐,她当年和管账的侯白仁同在徐人杰家做事,虎子死的那天晚上,他们葬完虎子后,据说承受不住心里的痛苦,同时离开了徐家,对于虎子的死因,他们或许是晓得一些的。

麻姑说:"舅母,你如果是打听这事,爱兰恐怕也一无所知呢。因为她虽和徐人杰老婆朱爱香是姊妹,但爱兰也就是外围打下手的,里屋的事她肯定不晓得呢。"

倪妈说:"就算朱爱兰打下手不晓得,那总管侯白仁总是晓得的。据讲朱爱兰和侯白仁是老相好,要是还活着,现在也肯定住在一起的。要是找到他俩中间的一个,就等于两个都找到了,那该多好!"

麻姑要倪妈别听人鬼扯。她讲朱爱兰和侯白仁相好,是道听途说、毫无根据的,她还引用她妈的话,说侯白仁跟她表妹的风流韵事、桃色新闻,都是吃饭没事做、肚子不消化的人在一起嚼舌根嚼出来的,其实影子也没有。还说她表妹朱爱兰绝对是一位冰清玉洁、一尘不染的女子,她可以给人当女佣,但决不出卖身体!麻姑竭力为朱爱兰正名,其中虽对所谓的吃饭没事做的人有所敲击,但看不出对倪妈有责怪的意思。

桂兰说:"妈,我们出来有一会儿了,回去吧,晏了,五丫醒来会哭的。"

倪妈被桂兰提醒了,走出两步,又回头对麻姑笑笑,希望她不要把刚才说的一些事往心里记。麻姑再次把倪妈送出门外,并说关于朱爱兰的消息,她以后多留心打听着些,一有所闻就告知倪妈。

倪妈和桂兰才走不远,就碰见了王大嘴,倪妈大度地向王大嘴打了招呼,可是没走几步,王大嘴竟转过身,在倪妈身后骂开了,说什么有哪样婆就有哪样的媳,婆不正,媳必歪啦,等等,虽未指名道姓,可大家都是纸糊灯笼——心里亮。

桂兰转过身,向王大嘴狠瞪一眼,也不点名地说:"总有一天,让你再受我一瓢滚开水!"

倪妈说:"丫头,别理她,让她猪痒自嘶,猫痒自叫,狗痒自跑。"

王大嘴本来是拿定主意,要借狭路相逢的机会和倪妈大吵一场,以出冤气的,但是她错了,她下的挑衅战书,倪妈根本就不接。王大嘴知道,倪妈不理她的挑衅是对她的极大轻蔑和羞辱,但她毫无扳回的办法,只得把气往自己心里狠压,再狠压。

无独有偶,才走几步,王大嘴又碰到了王义堂和牛牛。真是冤家路窄,不是仇家不聚首,王大嘴这回可是指名道姓地骂牛牛了。

王大嘴跟牛牛过不去,不自牛牛踩坏了她家屋顶始,祸根在头年的春天就埋上了。从那时起,王大嘴就把牛牛当眼中钉、肉中刺,恨之入骨了,并且从牛牛迁怒到他家大人,甚至连陆姨大夫妇也被她当作憎恨的对象而把矛头对准着了。但鉴于牛牛家和克新家的关系,又鉴于克新在条子号的声望,王大嘴即使有个伪保长老表,也不是克新的对手,她不敢贸然惩治牛牛。当老公头被打破后,王大嘴认为有找碴儿的由头了,于是把头年春上的事记起来了,她发誓,要新老账一齐算!

王大嘴究竟还要怎样找牛牛家算账,还要怎样在陆姨大夫妇头上出气,不得而知,但能断定她不会只打牛牛一顿,恶骂倪妈一通就了事的。不过,事情又过去好长时间了,不但未见王大嘴对上述两家有什么异动,反而还见王大嘴跟陆姨妈热络了起来。如果大家真的都能冰释前嫌,和睦相处,那自然是最好的,就怕是树欲静而风不止,平静之中孕育着风浪呢!

为了帮吴宣传家挑瓷器,永富到景德镇去了八九天了。鉴于王大嘴家几个人对牛牛怀恨的情况,永富走后,义堂没少到披棚来陪伴牛牛。义堂看得出,倪妈这几天的情绪很不好。但他不好多问,他把牛牛带到学校去了,中午又把他送了回来。牛牛眼角的伤还没好,义堂找药给他搽,药刚搽好,永富就从景德镇回来了。牛牛喜出望外。

牛牛张臂抱住他大大,他大大从篮里拿出一尊小罗汉菩萨,牛牛捧着它,欢喜得在大槐树下直打转。可是一个圈子还没跑完,便绊倒了,菩萨飞出去,撞到水缸上,碎成三块。牛牛直想哭。义堂把碎菩萨拼接起来,但一放下,菩萨又身首异处了。

永富安慰牛牛后,又拿出一副瓷墨斗和笔架,问义堂喜不喜欢。义堂如获至宝。

牛牛问给春来买东西没有,永富拿出一只陶瓷小狗,说是给春来的。义堂执意要把自己的墨斗和笔架留给春来,把小狗换给牛牛,但牛牛说什么也不要。他说他的打碎了,就不该占义堂和春来的。永富奖了牛牛一个吻,说下次去景德镇再给牛牛买,也给明发、兴国、启亮各买一样他们喜欢的东西。一直等到牛牛高兴了,义堂才走。

天擦黑了,陆姨大那边的门吱呀响了一声,睡一觉才醒过来的永富,以为是陆姨大回来了。他马上拿了一对陶瓷小茶壶送了过去。永富推开门,就见陆姨大坐在大桌边,独个儿不声不响地喝闷酒。永富这才晓得,刚才门响,不是陆姨大从外面进来,而是在家里关门。陆姨大接过小茶壶,放到条几上,没说话。

永富显得有些局促,他怪自己来得不是时候,但一转念又觉得没什么,陆姨大不是那种小气的人。他正要走,陆姨大让他坐下喝两盅。永富没有推辞,拿来酒盅和筷子,在陆姨大对面坐下。

陆姨大一脸阴郁、面无表情地为永富斟了一盅酒,仍然没说话,自顾自地往嘴里倒酒,也不夹菜吃。见这情形,永富把酒盅送到嘴边又放下,心里很纳闷儿,便问:"大姨大,你今儿是不是有什么心事呀?怎么不像平时谈笑风生的呀!"

陆姨大没有回答永富的话,仍然独自灌酒。他又给永富斟酒,却不知永富的盅子是满的,斟的酒都漫到桌上了。

"大姨大,黑铁来信了吗?"永富试探地问。

"来了,前天接到他的信,他对我们很好。"陆姨大面无表情地说。

"大姨大,大姨妈呢?"永富又试探地问,陆姨大只顾倒酒,没回答。

"大姨大,你心里不痛快吧?"永富又回到原题上。

陆姨大叹口气,摇摇头,还是没说话,真个是金口难开呢!

"大姨大,有什么事说说吧,闷在心里难受。"顿了一会儿,永富问是不是牛牛不懂事,又给他惹麻烦了?

"不是伢子事嗒。"陆姨大终于开口了。

"那是大人事了?该不是牛牛妈对大姨妈有什么失礼处吧?"

"唉,永富哇,其实都是无事生非啊!"陆姨大对永富的问话既没肯定,也没否定,实际上就是默认了。

既是女人之间的事,陆姨大为什么要这样郁闷、懊丧呢?该不是大姨妈嫌牛牛妈到她那边去频繁了,嫉妒了吧?

陆姨大是个精明得能捉到鬼的人,他从永富的表情上,猜到永富一定是想到那上面去了,于是澄清说:"永富啊,你别多想,依我看,这中间一定有人在无中生有,挑拨是非,唯恐我们两家不出事情。"

永富说:"大姨大,我牛牛妈无论走到哪里都是干净人,我也相信大姨大不是那号七扯八拉的下流人,只是……"

陆姨大说:"永富,你别讲了,既是有人离间我们两家关系,我又没法叫你大姨别信……"陆姨大端起一盅酒往嘴里一倒,咕嘟吞下去,喉咙里挤出公鸡一样的叫声。

永富说:"大姨大,凡是人搬弄是非,都有他的目的,目的没达到,往后的是非一定会更多,这可怎么搞啊!"

陆姨大说:"我考虑再三,为了我们两家平平安安,小伢大人都不出事,唯一的法子,就是我们两家不在一块住。"陆姨大又无奈地吞下一大口苦酒,喉咙里的声音比刚才的更响,像瓶塞子猛地拔出酒瓶口一般。

乍听陆姨大的话,毫无思想准备的永富觉得太突然、太仓促了,他头脑嗡嗡响,一下子蒙了。

陆姨大说:"我晓得这件事对你来说太出乎意料了,我原想过几天跟你讲,正好你来了,我就考虑迟说不如早说吧。你有什么想法、什么要求,也讲出来。"陆姨大把酒盅往旁边一推,他不喝了。

"大姨大,"永富有些迷惘地说,"我心里很乱,不晓得怎么讲好。"顿了片刻,他说出自己的感受,"我就觉得舍不得离开你和大姨妈,舍不得离开那边的披棚。"永富显得很是凄然。

陆姨大说:"我何尝舍得你们走呢?自从你们来我这里,这个家都丢给你们了,我们夫妻甩大袖筒甩惯了,多在外头少在家,家里所有大事小事,都被你们妻儿给做得服服帖帖、如如是是的,比人家专门雇的帮的做得还好。再说了,你的牛牛,就是我夫妻的命根子。你记得吧,黑铁走时,我们想让你们把牛牛过继给我们,你舍不得,我们才没再三提起。现在让你们搬离这里,我比你们还舍不得。"讲到这儿,陆姨大有些哽咽了。

永富也喉咙哽咽地说:"大姨大,我来条子号虽说有些时间了,可也就是埋头给人做事,外面人际方面,我一点儿也不晓得,这搬到哪儿去,还要你给我们做主。"

陆姨大说:"搬哪去,以及搬到新地方建棚所用的材料,都由我安排,你不必操心。你别急,饭一口一口吃,事情一样一样办,一口吞不下一个胖子。不过,"陆姨大又对永富招呼说,"你先别跟牛牛妈讲,她听了会海急海想。过几天,你大姨醒悟过来,真相搞清了,不要搬了也未可知。"

永富说:"不搬,那是不可能的。"

永富想到陆姨大夫妇待他们家的好,竟出人意料地往地上一趴,向陆姨大连磕几个头,说:"我永富今生今世不忘姨大、姨妈大恩大德!"

陆姨大慌忙把永富拉起,捉住他手说:"大兄弟,你真折杀我了,折杀我了。"

永富唏嘘无言。

陆姨大说:"累了十几天了,有些话改日再谈,睡觉去吧。"

陆姨大讲话时,好像见王大嘴从门前闪过去。

再说说陆姨妈吧,比起倪妈来,陆姨妈这些天态度可说是风云突变了,她岂止是情绪不好,她简直是心都怄肿了!陆姨大从外面回家时,她不仅不搭理他,还不给他烧锅做饭,晚上也不让他上床睡觉;陆姨大外出时,她一人在家就砸锅丢碗撂葫芦瓢的。她还撑鸡打狗,指桑骂槐地乱咒一通。她不但不到披棚这边来跟倪妈说话儿,还不指名地讲倪妈脏话,倪妈到那边给她做事,她竟把门关起来,将倪妈和孩子们拒于大门之外。倪妈气得在披棚这边哭,她在那边骂倪妈无端哭丧,让倪妈滚出去……

今儿,陆姨妈一大早没等陆姨大出门,就气鼓鼓地到她干女儿家去了,她发誓丢掉家不管,在干女儿家过老,不踏陆家大门了,不问陆克新的生老死活了。讲是这样讲,可是太阳还没下山,她就又急抓抓地往回赶了!当她走到王大嘴家门前时,王大嘴把她叫进了屋。

王大嘴极为亲切地问:"大妹子,你从哪儿来哟,跑得这样风风火火的呀?"王大嘴边说边端凳子给陆姨妈坐,陆姨妈先把今天行踪告诉了王大嘴,接着说她要回家,不坐了。

王大嘴说:"大妹耶,要回家就对着,别说我讲你,说起来你是精神人,可净做呆事。你想过没有,你折气跑干女儿家去,那不是明摆着就把家让给尹家,把克新让给姓倪的了吗?大妹子,别说我讲你,你这着棋走得大错特错啊!"

陆姨妈被王大嘴提醒了,她说:"是的,我得回去,我要把克新被人抢去的心再抢回来,我要烧饭给克新吃。"

王大嘴哈哈一笑,陆姨妈问她笑什么,她说:"我笑你呢,我笑你咸吃萝卜淡操心。"王大嘴伸头向外望望,又缩回来,神秘兮兮地说,"还用得着你回去烧锅做饭给克新吃吗?恐怕床都有人给他铺好了啰!"

"你说谁?谁给克新铺好床了?"陆姨妈很是吃惊地问。

王大嘴唯恐天下不乱地说:"不是姓倪的还有谁呢!"

陆姨妈被王大嘴听似关爱实则非常恶毒的几句话,蛊惑得拔腿就跑。但跑出几步又站定了。陆姨妈的心虽被王大嘴蛊惑得偏离了正位,但王大嘴的为人她是了解的,于是她折回来,认真对大嘴说:"你这几天跟我讲的那些话,可要负责啊!"

王大嘴用鼻子哼了一下,显出一副懒理陆姨妈的样子。陆姨妈急了,又说了一遍。

王大嘴再次用鼻子哼一声,摆出一副对陆姨妈不屑一顾的神气,说:"且不论我那几天跟你讲的他们俩的韵事丑事见不得人的事,我刚才从你家门前过,就见你当家的和姓倪的在你家堂心挤眉弄眼,拉着手,打情骂俏的,恐怕这会儿都在床上巫山云雨了,看起来,克新被人抢去的心,你是抢不——"

陆姨妈一刻也待不住了,王大嘴没说完,她就跑开好几步了。

跑到门口,陆姨妈见大门关着,屋里闪着灯光。她蹑手蹑脚,贴着门缝往里看。恰在这时,永富和陆姨大再次拉着手。陆姨妈透过门缝见大桌前一只手捉着另一只手,又听克新说"睡觉去吧"的话,陆姨妈怒火中烧,气得差一点栽倒。如果刚才王大嘴说的还是耳听为虚,那面前的就是眼见为实了,她飞起一脚,咚的一声踹开大门,茫眼四花地冲上去,一把抠住永富胸襟,又捶又搡,乱叫乱骂。

永富讨饶说:"别打呀,大姨妈,是我呢。"

气昏的陆姨妈越发打得狠了,她边打边骂:"老娘打的就是你,打你这个不要脸的,打,打……"陆姨妈直气得浑身发抖,眼冒金星,连站在面前的人都看不清。

"是我呢,大姨妈。"永富捉着陆姨妈手,又歉疚又惭愧地说,"大姨妈,你坐下歇会儿吧,我是永富啊!"

陆姨妈又乱骂乱打一阵,突然住手问:"什么,永富?你是永富?"陆姨妈撸起袖子,揩揩眼睛,凑近永富的脸,凝视着,"永富?怎么是永富呀?你不是到景德镇挑瓷器去了吗?"

永富扶陆姨妈坐下,说:"大姨妈,我今儿早饭后就到家了。"陆姨大指着条几上两把精美的小茶壶让陆姨妈看,说那是永富带给他俩的。

陆姨妈慢慢走到条几边,捧起茶壶,又望望永富,一下子欢喜得眉开眼笑,两眼都眯成一条线,她抑制不住激动,说:"哎哟,这个我喜欢,这个可对我心坎了,我做梦都想这样的小茶壶。夏天端着它,呷一口茶,乘乘凉;冬天捧着它,呷一口茶,清清心火,焐焐手。哎哟喂,我做梦啊——"忽然,陆姨妈放下茶壶,认真问永富,"那,牛牛妈她在家吗?"

牛牛在披棚那边接话说:"大姨妈,你忘啦,我妈不在家,她今儿走得比你还早,她上门给人做针线活去了。她今儿事很多,晚上要到一更天才能回家。"

陆姨妈恍然大悟:"是呀,她今儿比我走得还早,我怎么忘了!"陆姨妈又在这边问牛牛,他妈中午回家没有,牛牛高声回答说:"中午没有回来,大姨妈,我妈今天事多,晚上一更天才能回家——大,一更快到了吧?我们接妈去吧。"

永富到披棚那边,带牛牛接倪妈去了,这边堂心就剩下陆姨大夫妇和那盏暗昏昏的菜油灯。陆姨妈越想越不对劲儿,这到底是怎么回事呢?她让克新先睡,自己一个人出去了。

十六

陆姨妈苦苦思忖着。

这到底是怎么回事?王大嘴分明说克新拉着倪妈手,跟她眉来眼去,打情骂俏,而她亲手逮住的却是倪妈的丈夫永富,而且,她记得倪妈早上确实是比她先出门走的呀。陆姨妈越想越觉得不是味儿,她那和倪妈差不多的急性子也是改不掉的,她决定去找王大嘴问个明白。

王大嘴家的门已经关了,但房里灯是亮的。陆姨妈来到窗外,就要喊王大嘴开门,只听三宝说:"你真是那样讲的吗?"

王大嘴说:"怎么啦,我不能那样讲吗?"

罗三宝说:"你为什么那样呢?不能啊!"

王大嘴说:"哼,不能?不把那一家子逼走,我夜里睡不着觉!"

三宝说:"你污克新和倪妈在玉米棵里做那事,克新老婆是不会相信的。"王大嘴咳一声,朝窗外望望,说:"哼!不相信?古人讲得好:谗言三至,慈母不亲。不信我就多讲几遍,不怕那女人的耳朵被塞住。我开始讲,陆克新老婆是不信,可后来,我故意装着懒得搭理她的样子,你猜她怎么着?"

三宝说:"我哪猜到她怎么着。"

王大嘴得意地说:"她恨不得把她想听的话,从我嘴巴里往外抠了!"

三宝说:"你真有那本事吗?"

王大嘴说:"可不是嘛!宝塔不是堆的,牛皮不是吹的,譬如刚才,我扯谎说克新把倪妈手捉着,她就信以为真,撵回家去捉奸了。其实是永富在克新家呢。"

陆姨妈的肺都要气炸了。依她女大炮的脾性,恨不得当场就踹开门,把王大嘴从床上拖下来,可她还是忍了。

回到家,陆姨妈一屁股坐到床上,不住地摇着头。她既不睡觉也不出声,只暗自责备自己。她深感对不起丈夫,对不起可怜的倪妈,对不起早早晚晚给她家做事的倪妈的孩子们。

陆姨大说:"睡吧,夜深了。"

陆姨妈说:"你睡,我睡不着,我心里难过。"

陆姨大说:"是不是哪儿不舒服了?"

陆姨妈说:"是,也不是。你明儿早上到披棚那边,代表我向倪妈那可怜的妹子赔个礼吧,我真的把她冤坏了。"

陆姨大淡淡地说:"你不是骂人家,讲人家和我有那关系吗?"

陆姨妈又怄气又负疚地说:"我求你了,别哪儿痛就捏哪儿。我实在冤枉她了,我也对不住你,我求你了,我把事情搞清了。"

陆姨大说:"怎么出去一趟,就把事搞清了呀?"

陆姨妈要把刚才在王大嘴家窗外听到的讲给陆姨大听,但陆姨大叹了一声,说他都晓得了,让陆姨妈别讲了。原来陆姨妈刚才出去时,外面黑魆魆的,怕吓着她,陆姨大也在后面跟着,王大嘴和罗三宝的对话,他也听到了。

陆姨大告诫陆姨妈,今后听人话,特别是王大嘴那种人的话,要细加分析,不要闻到风就是雨,还说他受委屈不要紧,他们是几十年的夫妻,经受得住,要是把倪妈气得怎样,那一家小儿细女的怎么搞。陆姨妈听着听着,突然把陆姨大嘴捂住,她抽泣起来,不断地把头往床柱上撞。陆姨大坐起来,把她抱住,劝她说:"知道错了就好,要从中吸取教训。"最后还向陆姨妈剖析说,"你让我明儿去向他们赔礼,不是我不愿去,关键是那些冤枉人的话不是我讲的。我去赔礼,人家不会买账的。解铃还须系铃人,诚心实意赔礼,明儿还是你自己去最好。"陆姨妈揩揩脸颊,态度诚恳地望着陆姨大,说:"我听你的!"

那天晚上一更天光景,和儿子牛牛一道把倪妈接回来的永富,虽然已经很困倦了,但仍卧在床上,并未入眠,只是黑地里一袋接一袋地抽烟。永富很是苦恼,在老家时,总是巴望着早一天来条子号,可是来了,生活状况没有改变也就罢了,儿子被人打,妻子遭人冤,许多烦心事接踵而至,这使他越想越烦躁,鸡叫两遍了,他还清醒地靠在铺上。永富虽然依了陆姨大的话,没有把搬家的事跟妻子讲,但黑地里听得出,倪妈也在揪鼻子、擤鼻涕,同永富一样睡不着,只是把懊恼烦心事兜着不和他分担罢了。

牛牛睡得很熟,天快亮时,他突如其来地问他妈,春来怎的还没回家?倪妈随便应付一句,说春来可能是跟他妈到他姐家去了。其实牛牛并未真的在问,他在说梦话,倪妈自己讲给自己听。

倪妈起得很早,她打定主意了,与其天天受陆姨妈的气,还不如干脆找个地方,早点儿搬走省事。她没跟丈夫商量,匆匆吃了点儿糊糊,摸摸病得一天重一天的五丫,跟桂兰交代了几句,就带牛牛出去找房了。可是大半上午都白跑了,最后问到上条子号潘奶奶家,潘奶奶讲她家几间空屋是留给她本房叔爷上来住的,不朝外借。

倪妈真的很泄气,很伤心。回来的路上,她的那双小脚痛得几乎不能着地,在老龙潭南岸坐下后,她把牛牛拉过来搂在怀里,一边拍他背心,一边对着后岸的洗衣埠子沉思:如果她的牛牛那次从洗衣埠上掉到潭里,她一定也跟着去了。她又心惊肉跳起来。她庆幸尹家老祖宗坐得高。她抚弄着牛牛蓬乱的头发,又吻了他一口,她的牛儿伏在她怀里睡着了。她的牛儿就是这样睡心重,她恨自己不像儿子,一天多在睡中度过多好,那样可以省去许多烦恼忧愁。

倪妈心里很不是滋味。空寂中,她望望头上高天,望望面前大地,一会儿毫无表情地摇头,一会儿又木然地扪胸叹息,她想:天地这样大,而她连盖头立脚的地方都没有。她从来没有奢望过,她家能拥有像别人家那么多的房子,那么多的土地。她就想有一块属于自己的立足栖身处,有这么个地方,在上面盖个小棚,夏天为一家人遮遮火毒的太阳,冬天挡挡风霜雨雪,有这么个地方,让一家人存存身子,早上出门有个共同的牵挂念想,在外面辛苦劳累一天,晚上有个共同的归宿栖身处。可就是这么一点点儿根本算不上是奢侈的愿望,都无法实现,她越想越觉得她这人胎投得一点儿意思也没有。"唉!"倪妈大声叹息着。

"别唉声叹气啦,这年头过一天掉一天,何苦想那么多呀。"

听到背后有人说话,倪妈吃了一惊。她回头望望,是一位衣衫褴褛的老奶奶。老奶奶右胳膊挎着不大的破篮子,篮里有一只碗、一双筷子、一条旧手巾,左手拖着根竹棍子,灰白的头发散乱地遮着右边的眼睛。好像在哪见过的,倪妈极力在脑海里搜索着,但始终记不起来。其实她就是隔三岔五到麻姑家借歇的要饭奶奶,因为那次倪妈和桂兰把老母鸡送还给麻姑时,只看见她的背影,而且只是一瞥,她又裹着头巾,当然印象不深。

"唉,奶奶,我说我苦,你也跟我差不多呢。"倪妈望着那奶奶感叹着。

"我不如你呢,你好歹还有个家,我孤老婆子一个,到处流浪哪。"老奶奶很伤心,她向倪妈靠近了几步。

"奶奶,我们是陌路相逢,你怎晓得我还有个家呀?"

"你不就住在陆克新家的披棚里吗?"老奶奶又向倪妈这边移动一步,她指着牛牛说,"这是你小儿子,他叫牛牛是吧?"

"老奶奶,我不认识你,你对我家还是很熟悉的嘛,你住哪里呀?"

"我刚才就讲了,我就是个四处流浪的孤老婆子,哪有住处呀!"

"老奶奶,你也很作孽呢!"

牛牛听见人讲话,醒了,老奶奶从篮里拿出半块小麦粑,递给了牛牛,牛牛接上手就咬。突然,一条大黑丝毛狗在他们背后汪汪汪地狂吠起来。牛牛吓得一松手,奶奶给的麦粑掉到地上了。牛牛捡起来,又咬起来。老奶奶见了直摇头,说:"伢子饿呢,饥不择食呢!"牛牛把最后那一小块粑塞进嘴,捡起土坷垃就砸狗。

老奶奶拄着棍子往上条子号去,她边走边说:"莫砸啊,伢子,狗眼看人低,别理它!"望着老奶奶离去,倪妈道了声谢,便也带着牛牛,十分不情愿地但又无可奈何地向着陆姨妈那披棚,蹒跚地移着脚步。

中午,倪妈吃了几口糊,就放下了碗,她觉得咽喉里像是被什么东西塞住了似的,吞不下去。牛牛晓得他妈是因为找不到房子急的,说:"妈,再去求求陆姨妈吧。"可他妈只一味地摇头、掉眼泪,什么也不说。

桂兰说:"妈,大姨妈来过了。"

倪妈心头一怔,说:"她来过了?她已经有十多天没到这边来了,她一定是来找碴儿的,或是逼我们搬出去的,她是么会儿来的呀?"

桂兰说:"早饭后,你带牛牛出去才一会儿,她就来了。"

倪妈问:"她讲么话了吗?"

桂兰说:"没有,我说你找住房去了,她没作声,拽一下我的小辫子就走了。"

倪妈问:"她生气了吗?"

桂兰说:"我没看出来。只见她走的时候,把身子一仄,又这么一转,就从大槐树前过去了。"桂兰边说边学陆姨妈走时仄身转身的样子。

从桂兰的叙述中,倪妈虽没闻出陆姨妈带来什么浓烈的火药味,但她的心还是怦怦直跳。她自语着:"日子过到这种地步,还有什么活头。"倪妈朝披棚四壁望望,便让桂兰带牛牛捡柴去了。

倪妈摸摸病中的五丫,又把六丫拉到身边亲亲,她不断掉泪。

大约半个时辰后,陆姨妈又过来了。这时,披棚的门是关的,她推了推,门上了闩,说明人在里头,她连喊几声,没人答应,只听六丫在屋里哭。

陆姨妈又叫了:"大妹子,开门喽,我来了,是你老姐姐我来了,你不答,是还在怄我哪?"

还是没人答应,也没人开门,陆姨妈有些纳闷,按说,倪妈也不是那样古怪的人,就从芦苇壁缝朝里望。咦,陆姨妈吓呆了,一根绳子把倪妈吊在披棚的梁柱子上,两只脚悬空乱踢,陆姨妈不知从哪儿来的劲,她扒开芦苇壁子,一头钻进棚里!

陆姨妈急坏了,但她刚爬上铺,却不料在万分紧急关头,又摔跌下来。愈加慌乱的她,挣扎着再次爬上铺,她一手抱住倪妈,一手取下壁上镰刀来割绳子,却不想慌乱中刀又掉到地上!她几乎是滚下铺,抓起刀,再次爬到铺上。终于成功了,她割断绳索把倪妈平放在铺上,摸摸鼻孔,尚有余息。陆姨妈立即用义堂大教的急救法,先人工呼吸,再按压胸部,倪妈缓过气来了。

倪妈活过来后,陆姨妈拉下脸骂她,骂过后,又狠扇她三大耳光子。(据说寻死的人被救过来后,施救者都要对其进行打骂,目的是赶走寻死鬼。)

病睡中的五丫被陆姨妈的咒骂声惊醒了,她打开门大声呼叫着。捡柴正往回走的桂兰和牛牛冲进棚来,他俩见妈妈倒在铺上,还被陆姨妈骂着,全火了,两人像凶猛的小老虎,不问三七二十一,张牙舞爪地扑上去,对着陆姨妈又抓又咬,又揪又掐,又踢又捶,把她从铺沿扳到地上,摔得她骨头直响。

牛牛见他妈脖子边还有根打了结的绳子,以为陆姨妈要把他妈勒死,再次和桂兰一起,对她拳脚相加,火力全开!陆姨妈衣服也被扯破了,额上头发被揪下一大把,膝盖、胳膊肘儿等好几处皮肉都被挠破了,往外滴着血,脚上只穿了一只鞋。

桂兰手打麻木了,抄起门拐一根棍子,刚举起,就被倪妈一把抓住。倪妈已经唬过桂兰和牛牛多次了,可她毕竟刚刚从阎王那儿被抢回来,虚脱得很,毫无气力,要喊发不出声,要打举不起手,要撑抬不起脚,虽是趴在陆姨妈身上,张开两臂拼命护着,但是怎挡得住气头上的几个孩子的拳打脚踢?连倪妈自己肩头上也挨了牛牛气愤的一拳头。

陆姨妈本来就是外强中干的女大炮,她跟人家争斗,几炮放过后,就没有后劲头了,况且是遇着这几个忘命地救自己妈妈的孩子,自己又不占理在先,所以陆姨妈虽然被打得清嘶鬼叫,但哭叫声中不但没听见半句讨饶声,反而还说她理应受打,受些皮肉之苦,也算是为自己无端任人摆布、听人谗言、不分好歹地污人清白、差点误人性命的罪过受惩罚。

瘫软得只剩一口气的倪妈,手持棍子把守在陆姨妈身边,不仅不让孩子们继续揪打,而且命令他们把陆姨妈扶起来,弄到铺上。可是牛牛和桂兰不仅不扶,反而瞅准机会,打了就跑,跑了又打,倪妈不断驱赶,就这样上演着守护与突袭陆姨妈的闹剧。

倪妈被几个不听话的孩子激怒了,她一气之下,撑着站起身,抢着棍子,乱打一通。节节后退的牛牛和桂兰,被逼到墙边,无路可退,但倪妈仍步步紧逼。牛牛急了,他从壁上取下一把裁衣大剪,对着自己脖子,说:"妈,你要再上前半步,我就不活了!"牛牛做着把剪子往脖子上戳的样子。陆姨妈慌得向牛牛直摆手,说:"别别别,小侄儿,快把剪子放下,放下,快,快!"倪妈也急了:"牛儿,快放下,快放下。"桂兰也生怕牛牛真对自己下手,猝不及防地一把夺下剪子,说:"妈,你快后退,不然,我就死给你看!"桂兰又做着自裁的样子。

倪妈同样慌了。两个孩子性格如此刚烈,这是她事先没有估计到的,她边后退,边把手往下按,说:"我后退,我后退,你千万别戳,别戳,别,我不打你俩了,你俩也别打大姨妈。你俩都是好伢子,上前来,我不打了,来。"倪妈把棍子撂到旁处,坐在铺上,她没有力气拉陆姨妈起来,只叫两个孩子近前来。

被桂兰夺去剪子的牛牛说:"妈,你真孬,大姨妈打你,要用绳子勒死你,你还护着她,你真孬!"

倪妈累得直喘气,她仍然无力解释。

陆姨妈有苦说不出,她撑着坐起来,揉腿捏胳膊。

牛牛和桂兰同时靠墙坐着,桂兰哭,牛牛也哭了。

倪妈稍稍恢复了一点儿体力,她第三次离开铺沿,好容易把陆姨妈扶起来贴铺沿坐了。

在倪妈的招呼下,牛牛和桂兰也不哭了,他们同时爬起来,走近一点儿站着。

倪妈平和地把自己上吊,陆姨妈解救她的经过,断断续续讲了,最后说:"桂兰丫头,牛儿,还不快来向大姨妈跪下赔礼!"

牛牛说:"妈,你讲的都是真的吗?"

倪妈说:"牛儿,妈没哄你,不是大姨妈来救,我就死了,快跟姐一起来向大姨妈跪下。"牛牛信了,他和桂兰又哭了,边哭边向陆姨妈身边慢慢走来,在她膝下双双跪倒,愈加痛哭不说话。

陆姨妈离开铺沿,就地坐下,把牛牛和桂兰同时揽到怀里,疼爱地抚摸着,轻拍着。

桂兰抽泣着还要往下说赔礼的话,陆姨妈安慰说:"好闺女,你和牛儿都别说了,一切都是你大姨妈有错在先,我冤枉你们妈了,也对不起你们……"陆姨妈鼻梁两边滚着泪滴,牛牛的头发都被她的泪水润湿了。

倪妈说:"大姨妈,你还要宽限几天,我和牛牛跑了一上午,也没找到房。"倪妈把陆姨妈牵了起来。

陆姨妈说:"大妹子,千万别提那话了,我来是向你赔不是的,刚才就跟伢子讲,我错了!我这披棚,你爱住多久就住多久,别讲什么宽限不宽限的话了。"

倪妈说:"大姨妈,你今儿把我从阎王殿里拉回来,我就更把你当我老姐姐了。老姐姐,我和大姨大是清白的——"

陆姨妈用手往倪妈嘴上抵一下,说:"别讲了,大妹子,不是我讲你,你没有那些事,我也认为你不是那下贱坏子,可是你为什么就不当面跟我沟通?搞得我俩越来越生分,距离越来越远,让人家看我俩笑话。你怄我就怄呗,自己还做起古怪事来,唉,叫我怎么讲你好。"陆姨妈一只手捉着倪妈的手,另一只手在倪妈背上抚着。

倪妈伏在陆姨妈腿上哭了。倪妈说:"老姐姐,我不想活,也不光是怄你讲我的那些话,我更是觉得日子过得太无味、太窝囊了。"

陆姨妈又在倪妈手背上搓一把,说:"你瞎扯!大妹子,你日子过得比我有味多了!"陆姨妈生发感慨了,"别看我有几亩租地,吃穿住不愁,可我心里苦呢!克新的心也苦呢!我一生不解怀,抱养个姨侄,还被他奶奶吵死吵活要回去了。唉,我和克新的心苦啊!我一天到晚在外唠嗑,克新也在外甩大衣袖,我们都情愿在外面,懒得归家。归家有什么意思呢?一对孤老,老嘴巴老脸对望着,越望越伤心!"陆姨妈声音哽咽着,她接了桂兰从那边端来的茶,呷一口继续说,"大妹子,你让我别说,可是我不说,人家不晓得我心思。人家说无官一身轻,有子万事足,这两句话重点在'有子'上。你日子虽过得紧抠抠的,可是你有儿女,家里有儿女就有人气,有人气就有生气,有生气就有活力,有活力就有倚靠,就有奔头,就有希望……"陆姨妈话匣子一打开,就像烧开了的蒸汽锅炉,嘟嘟嘟地盖也盖不上。

陆姨妈揩揩眼泪又说:"譬如赵姨吧,她丈夫虽早早丢下她,女儿也成家立业,顾不上她了,可她有春来儿子呀。春来虽还小,但有小不愁大,她有靠恃,有希望!她要是没春来,那么多破屋,住她一个老婆子,那才难受呢!再比如刚才,你的伢子误以为我打你,要勒死你,对我那样拳脚相加,大打出手——牛牛我的小侄儿,别怪你大姨妈讲话是巷道里抬木头——直来直去。"

牛牛说:"大姨妈,是我错了。"桂兰也说:"大姨妈,我和牛牛都晓得你和姨大待我们好,我们刚才都错了,你打我们吧。"桂兰把头伸给陆姨妈,牛牛也把陆姨妈手拉到自己头上,要陆姨妈打。

陆姨妈摸摸他们,说:"不打啊,伢子们,疼都来不及,怎还打呀?讲实在的,伢子们,在你俩误会打我的那一刻,我伤心透了!大妹子,"陆姨妈又把面转向倪妈,拉着她的手说,"假如刚才我俩换个位置,有哪个长的儿短的女来护我呀?这就是你的福气呢。大妹子,你和永富都比我和克新活得好啊!"陆姨妈热泪盈眶,她说不下去了。

想不到平时喳喳哇哇、说说笑笑、风风火火的陆姨妈,竟有这么多苦衷!听着她那番话,倪妈眼圈也红了。

牛牛和桂兰再次同时在陆姨妈跟前跪下,一边一个抱住她的腿。桂兰说:"大姨妈,我就是你女儿。"牛牛说:"大姨妈,我就是你儿子。"刚倒在铺上睡着的五丫,也把陆姨妈叫应了说:"大姨妈妈,我也是你女儿。"

扶着凳子走过来的六丫,也抱住陆姨妈胳膊,望着她脸说:"大姨妈,我也是你女儿,我长大养你。"谁也没料到,六丫无意说出口的童言,后来真的成了现实!

陆姨妈把几个孩子全搂到怀里,又兴奋又激动地说:"伢子们哪,你们把我的心讲得热乎乎的哟!"陆姨妈揩揩眼泪,对倪妈说,"大妹子,就凭伢子们对我这样亲,我也不会让你搬出去的。你就住这儿,别把我以前对你的不是往心里记。"

倪妈说:"老姐姐,我晓得前段日子有人在你面前挑唆,你才那样的,我不记你的,我不晓得究竟是哪个这样诬栽我,大姨妈?"

陆姨妈说:"大妹子,还有哪个呀。"陆姨妈用手朝王大嘴家那边指指。

倪妈说:"老姐姐,她这回被你识破了,再讲原话就不灵了,就怕以后还要变着花招,往我头上栽赃呢!"

陆姨妈发狠说:"你怕什么!天塌下来,有我和克新顶着,以后要是再敢捏造事实,诬陷你,伤害你,除非她家的锅是巴藤编的!"

一场无事生非的风波就这样平息了,陆姨大和永富两家人皆大欢喜,周围的人也为之松了一口气。

牛牛的情感又专注到对春来的思念上了。

十七

三个月后的一天。

牛牛独自坐在大槐树根上,背靠树干打瞌睡。

太阳把大槐树的影子从西边移到树底下,正好与树冠重叠。塘面上、浅滩边,都被阳光直射着。鱼儿在近岸水里往来翕忽,咬尾戏耍。牛牛被从披棚出来的六丫闹醒后,又被水里的鱼吸引了。牛牛抖擞精神,去抓陆姨大网上裹住的那条鲫鱼,可他刚下塘埂,就滑倒在泥中。他索性把湿答答的泥水裤衩脱下,撂到塘埂的蒿草上。他手刚伸过去抓鱼,就听到岸上有人喊他。牛牛放下已经捉到手的鱼,朝岸上望望,没见到人。可当他弯下身,再次把鱼捉上手时,又听见人喊:"牛牛,牛牛!"他四面张望,从陆姨大家柴堆后转出一个男孩来。尽管男孩子用两手捂住脸,但牛牛还是一眼就看出他是谁了。牛牛跳上岸,张开双臂,把男孩紧紧抱住。男孩也紧紧抱住牛牛,迭声叫着:"弟弟……"男孩不是别人,他就是牛牛朝思暮想、时时叨念的赵春来!

拥抱间,牛牛忽然想起自己赤身裸体,便立马放开春来,转背拿裤子穿,谁知春来跨前一步,抢先把牛牛裤衩拿着了。春来说:"我要看你身上被人打的伤痕!"牛牛急忙分辩说:"没有,没有,我身上伤痕早就好了,我身上伤痕不是王大嘴王妈打的!"牛牛边说边往后退。春来见牛牛不待他问,就爆豆花似的说着,既好气又想笑。

春来说:"我看见了,你也不用遮掩了,此地无银三百两。来,我帮你穿裤子。"见牛牛身上、手上、脚上都是泥巴,春来为他洗净了。穿裤衩时,见牛牛满身长痕短痕的,春来气极了。

知道尹伯伯、倪妈妈、桂兰都不在家,春来只向披棚里看了看,摸一把挂在墙上的老算盘,就和牛牛、五丫几个到外面的大槐树边坐下。

刚坐下,牛牛就侧过面,再次张开两臂,把春来拦腰抱住,说:"春来,你学篾匠活一年多了,我好想你,我大、妈都常常念你。"

春来说:"情况我都晓得,义堂哥给我的每封信上,都说你和你大、妈想我。王大嘴打你的事,也是义堂哥在信里跟我讲的,我恨不得飞回来看你。"

牛牛说:"春来,可是你为什么到今儿才回来呢?"

春来说:"弟弟,有些事不是由自己想呢。"接着春来便把自己不回来的原因大概跟牛牛说了,甚至把篾匠要招他为"童养婿",宜城药店老板留他不走,要待长大后把幼女嫁给他的事都讲了。

牛牛说:"春来,你到两处,人都要把女伢给你做烧锅的,敢情你是唐僧投胎吧?"

春来搡一把牛牛,嗔怪地说:"弟弟,我跟你谈知心话,你却笑话我了!"

牛牛说:"春来,你回来,我可高兴了,我哪笑话你,我是跟你说笑的。你还走吗?"春来说他不走了,他要在家看着,看谁以后还敢欺负牛牛。

傍晚,桂兰捡柴回来后,春来把牛牛带他家去了。

刚进门,就听锅里哧哧炸响。春来知道他妈在煎鸡蛋,让他妈多煎几个。他妈赵姨说:"那是自然。"还说春来走后,牛牛极少来她家,牛牛也是小客人了。

晚饭后,陆姨妈、倪妈也来赵姨家了,她俩是特地来看春来的。春来笑着上前向两位妈妈问好,两位妈妈把春来端详了又端详,拽拽他的耳垂,顺顺他的修眉,都喜之不尽。

正在忙着洗锅碗的赵姨,急忙把甩去水的两手往围腰上揩揩,出来迎接陆姨妈和倪妈。

春来忙着沏茶,牛牛摆茶碗,陆姨妈见两个孩子穿来跑去,拿这拿那,感慨地说:"还是家里有伢子好哇!"

赵姨晓得陆姨妈心思,立即引开话题,说:"惭愧呢,两位妈妈晚上摸黑还来看春来,是把我儿看得牛那么大呢!啊,春来,水烧开了吧,快给两位妈妈泡茶。春来,要拣顶好的茶叶泡,你陆姨妈可是个品茶精呢!"

倪妈也特别精神,她接上赵姨话,对着陆姨妈打趣说:"是呢,春来,陆姨妈是品茶老手,人称她是茶怪,你的茶好不好,她只用舌尖儿沾一滴,就晓得着。你把茶泡孬了,小心老茶怪磕拐栗子①呢!"

陆姨妈的心绪果然被赵姨和倪妈几句话给调好了,她站起身,冲着两位妈妈说:"你们多会儿见我那么会品茶了,又多会儿见过我那么喜欢磕伢子拐栗子了? 春来伢子,别信你俩妈的话,随便泡,再孬的茶我都喝,人好水也甜呗!"

果然,春来把茶冲好,碗刚递到陆姨妈手边,她就啊哟一声,说香得不得了。赵姨问她可晓得是什么茶,陆姨妈说那茶既不是岳西翠兰,也不是西湖龙井,既不是信阳毛尖,也不是江西云雾,它是黄山毛峰!

"你真神了,陆姨妈!"春来称道说,"只闻香气,就知道茶名,我妈讲你是茶精,倪妈讲你是茶怪,我讲都不是,你是茶圣!"

生怕自己被忽视的牛牛,望着陆姨妈,争宠似的说:"大姨妈,我讲你是茶什么呢?"

大家都说:"是呀,牛牛讲什么好呢?"

陆姨妈拍拍牛牛背,说:"我小侄讲不来就不讲了。"

牛牛摇头,说:"不,我会讲,我讲大姨妈是——"春来望着牛牛,好像牛牛讲的那个名儿,就像一块闻得到香气、舔得着味道的小糖果。

牛牛终于眼珠儿骨碌一转,说:"我讲大姨妈是茶——茶——茶仙!"

迫不及待的陆姨妈,既已等出了牛牛给她的评价,就喜不自胜地说:"哎哟,好好好!"她连声说,"你俩大的讲我是茶圣,小的讲我是茶仙,这好,我爱听,不像你们妈,一个讲我是茶精,一个讲我是茶怪,精怪都我一个人占了,多不好啊!"

屋里笑声不断……

倪妈干坐着,春来恭恭敬敬地把茶递到她手上,倪妈接了又放下,但慈爱的目光却不离开春来清秀的面庞。

听牛牛说他妈喝茶晚上就睡不着觉,春来立即为倪妈换上了白开水。

见春来依在倪妈身边,赵姨微微笑着,她心里觉得非常幸福。

---

① 磕拐栗子,枞阳方言,意即用指关节往他人头上或身上磕一下。

陆姨妈把春来从倪妈身边拉到自己跟前,细细看后,说:"是长得更俊了,不过还是很瘦,你看看,两边肩胛骨耸多高。"

"瘦不怕。"赵姨说,"小伢子只要没有病,瘦点儿好,先把个子飙起来,到发育时,会长壮实的。"

陆姨妈说:"这倒不假。春来到长成人时,个子怕比他父亲还要高些吧?你再看看,"陆姨妈又让春来侧过边,面朝倪妈站着,说,"你看看,白白净净、眉清目秀的,多招人喜爱。"

倪妈理着春来头发。

赵姨说:"妈妈们就别夸我家春来了,还靠老菩萨保佑呢。"

牛牛怏怏欲睡,他对听妈妈们谈话似乎没什么兴趣了。春来靠到牛牛身边,用手推推他,正要和牛牛说话,牛牛大永富推门进来了。

永富一进屋就把春来揽到怀里,一个劲儿地亲。陆姨妈说永富原本是不喜欢串门唠嗑的人,不知今晚起什么风把他吹到春来家了。倪妈说春来在幕旗山救了永富的命,他不来才怪呢,还说永富差不多天天晚上都念着春来。

永富冲着倪妈说:"老讲我,就不说自己有多惦记春来了。"

怏怏欲睡的牛牛又来精神了,他接着他大大的意思说:"春来学篾匠走时,把一个小本本落在我家了,我妈天天晚上翻着看。你们猜我大是怎样讲我妈的?我大讲我妈斗大字不识一个,看本本是假充斯文!"

陆姨妈望着倪妈说:"那也是不假的话,不识字看伢子本本。"

牛牛说:"这个大姨妈就不晓得了,我妈说她喜欢春来,春来的小本本就是她的宝贝!"

"那倒是真的。"赵姨说,"我听人讲喜欢一个人,就喜欢那个人的东西!"

陆姨妈抢着说:"不晓得吧?那叫爱屋及猪!"

春来笑了,纠正说:"陆姨妈,你讲偏了,那叫爱屋及乌。"

陆姨妈瞪大眼睛问春来是什么意思,春来解释后,陆姨妈又反复咀嚼,站起来,演说似的坚持说:"就应该是爱屋及猪!"她论辩说,"十二生肖的猪年画上,那些画得滚瓜溜圆的大肥猪,头上扎着红丝带,背上戴着大红花,多吉祥喜庆!"

牛牛也附和陆姨妈的观点说:"假如屋顶上站着一只大乌鸦,整天在那儿呱呱呱地叫着,那多不好!"牛牛边说,边模仿乌鸦叫时点头磕脑的样子,又把大家逗得前仰后合。

春来见倪妈笑得直用手挠胸部,便走过去替她捶背。

"好了,好了,不过是肚筋笑痛了。"倪妈把春来拉到面前,往自己怀里靠着,然而春来刚靠稳,又被永富拉过去,抱到膝上坐了。

春来坐在永富膝上,踢跷的两脚时不时磕打着永富小腿骨。

牛牛觉得自己被冷落了,也贴到赵姨面前靠到她怀里,仰着面,望着赵姨甜甜地笑。

陆姨妈见两家孩子这样被两家大人互相怜爱着,好不羡慕。

"老身我可要多言了。"陆姨妈环视了一下众人说。

"老姐姐有话尽管讲,我们洗耳恭听。"赵姨说。

"既然你们夫妇那么喜欢春来,牛牛又恋着赵姨,我今儿就牵个头,你们两家结为干亲吧。"

陆姨妈话刚落音,这赵春来不等大人表态,溜下永富的膝盖,就往永富和倪妈面前一跪,说:"干大、干妈在上,请受孩儿春来三拜。孩儿春来终生孝敬干大干妈,也望二位大人对孩儿不吝管教!"春来的举动让永富夫妇均感措手不及。

永富把春来牵起来,让他在自己和倪妈中间坐了。倪妈往春来两膝和小腿上掸扫几下。

永富激动得不得了,他在春来脸上亲了又亲,吻了又吻,弄得春来一脸口水。

陆姨妈向靠在赵姨怀里的牛牛眨眨眼,牛牛晓得她的意思,摇摇头说:"我不拜,我妈说,干亲好比戏台上唱戏的下巴上挂的胡子,都是假的。"

倪妈急了,说:"哎哟哟,这小鬼,自己不拜也就算了,还把我往饭店里送。"

永富搭话说:"往饭店送好啊,大家都去吃一顿,大姨妈今儿促成了大好事,就算是她老人家请我们客了。"

"哎哟喂,你可倒好!"陆姨妈呷口茶说,"你两家结干亲,父贤子孝,兄友弟恭的,倒过来要什么也没得到的我老婆子来请客,你永富么时也学会做赚钱的买卖了嘛!"陆姨妈的话再次把大家逗笑了。

"咳,咳,咳！你们光顾着说笑,却把客人关在门外!"

春来听到门外有人讲话,急忙上前开了门,是陆姨大和王义堂来了。大家都起身让座。

义堂先后向陆姨妈、赵姨和永富夫妇问好。

牛牛急忙离开赵姨怀抱,张开臂抱住义堂。

陆姨大环顾室内,喜形于色地说:"呵呵,宾客满堂嘛!"陆姨大说罢,就依陆姨妈身边坐下。春来另端条凳给义堂,义堂让春来、牛牛与他同在一条凳上坐了。

春来刚坐下,陆姨大又让他站到自己面前。他两手把着春来的双肩,拉近了又推开去,推开去又拉近来,就像欣赏一件稀世珍宝似的欣赏着赵春来,弄得春来很不好意思。

义堂说:"春来学弟,刚才在路上,陆姨大就夸你是小英雄呢!"

陆姨大说:"春来伢子,我没有虚夸,在日本鬼子巢穴里,敢把你尹伯伯和另外四人救出来,这本来就是英雄行为,况且是你这小孩干出来的!"

义堂和陆姨大等人要春来说救人经过,春来就是推辞不说,后来连他妈赵姨都说想听听,春来才少不得简要说了。

最为难能可贵的是,对于自己和表哥在池州轮船码头发现永富被日本鬼子抓走的事,以及自己如何及时冒险跟踪到幕旗山,如何装作捡柴孩子到山上侦察,如何跟永富取得联系,营救时如何剪电线、炸炮楼、制造混乱、搞瘫鬼子指挥系统等事,春来都只点到即止,却突出强调了王义堂等四个学兄从山南进行的策应行动在营救中所起的作用。

听完春来的简述,义堂站起来紧握拳头,轻蔑而愤怒地说:"小日本鬼子吹嘘三个月灭亡中国,可他们连我的小学弟也斗不过!"

陆姨大再次向春来竖起大拇指。

赵姨谦虚地说:"不用夸倪妈干儿啦,都喝茶,嘴巴都讲干了。"

春来把新泡的茶捧与陆姨大和义堂,又给陆姨妈和永富夫妇加了开水,给他妈泡了一碗茶。陆姨大和陆姨妈一样,也是个品茶老手,茶刚触到唇边,就说茶质上乘。陆姨妈有意考问他是何茶,陆姨大不假思索地脱口而出,说:"江西云雾!"陆姨妈不禁哈哈大笑,说克新不如她会品茶,不但算不上茶圣、茶仙,就连茶精、茶怪也沾不上边,充其量就是个一般的土茶客!

春来说:"大姨妈,大姨大没品错,的确是江西云雾,刚才给你泡的是黄山毛峰。"春来说两样茶都是临来前池州师父送给他的。

陆姨妈搂着春来,嗔怪中满含挚爱地说:"哎哟,看看这小东西哟,这样三模两样的哪!"

陆姨大可不管陆姨妈怎样说呢,他只顾一口口品茶,似乎被浓郁的茶香陶醉了。

"春来弟,"乂堂呷一口茶,说,"能把这样好茶送你,说明师父对你不错嘛。"

被冷在一旁的牛牛搭话了,他说:"师父不光送好茶给春来,还要把女儿给他做烧锅的,招他做——"牛牛没说完,嘴巴就被春来捂住。春来叫人别听牛牛的,一面说牛牛扯谎,一面自己就像母鸡下蛋似的,脸唰地红到耳根。

牛牛头一歪,把嘴巴从春来手里挣脱出来,继续说:"我没说谎,是春来下午亲口跟我讲的,他说师父女儿十五岁了,要招他为童养婿。"

春来要打牛牛,牛牛靠到乂堂身边,仍然嘴硬。

乂堂带笑地问春来是否真有那回事,春来没有正面回答,只是一味怪牛牛,说以后什么私房话都不跟牛牛讲了。

乂堂穷追不舍,一定要春来讲是不是真的。

春来瞅一眼乂堂说:"假的怎样,真的又怎样?牛牛没说谎!"春来接下来索性把药铺老板女儿明梅也说出来了,他一面说,一面尖着嗓音,学着明梅挥手送他上船时的样子,"春来哥,再见,你长大一定要娶我做媳妇!"

春来演员似的表演,像曹雪芹笔下的刘姥姥吃鸽子蛋似的,把屋里人笑得喷茶的喷茶,捶背的捶背,揉肚筋的揉肚筋,揩眼泪的揩眼泪……

乂堂勾着食指,在春来脸上刮一下,说:"丑呢!"

陆姨妈敛起笑,摆出一副严肃认真的样子,说:"丑么事呀,春来是赵姨独子,理当早早定亲的。春来定亲时,我老身还要讨杯喜酒喝呢!"

赵姨不无欣喜地说:"春来要是有那个时候,我请八抬大轿把各位长辈、学兄学弟统统接到我家,尊为上宾。"

义堂抓着春来手说:"弟弟,到时候我自己会来,不用轿子抬的。"

牛牛也说:"多雇轿子,要花好多钱,我和我妈坐一乘轿子就行。"牛牛又把人讲笑了。

春来漫不经心地说:"你们都高兴得太早了,我还小,我不要娶妻。"

"春来,你是还没有到要娶妻的时候呢!"陆姨大凑兴说,"就像捉小猪一样,现在不趁小捉一个养着,到时候,要捉捉不起,你会急得困不着觉的。"

陆姨妈说:"春来,你陆姨大是过来人,你是该听他的,他对这事最有亲身体会。"陆姨妈讲这话时,用胳膊拐捅了陆姨大一下,眯眯笑的眼睛直瞅着他。

陆姨大不以为然地对陆姨妈说:"你那么看我干吗呀,我这人一生对感情的事看得最淡!"

陆姨妈哈哈笑起来,望着义堂和春来说:"别信你陆姨大的,他是在哄你们呢,他一生最看不淡的就是感情,夫妻感情!"陆姨妈又侧过面推一把陆姨大,说,"想当年,我和他成亲日子定在六月六,后来改作牛女相会的七夕,也就是七月初七。你看他吧,又是闹,又是哭,我妈拗他不过,又改回到六月六,天哪,那天晚上把我热得哟,晕过去好几回!"

屋子里再次掀起笑的声浪,只有牛牛怏怏的,他又要打瞌睡了。

陆姨大揩揩迷糊的眼睛,望着义堂、春来、牛牛,一本正经地说:"伢子们,你们大姨妈讲话,不顾大人身份,她是讲着玩的,别听她胡说八道。"

永富说:"我帮大姨大讲一句,哭闹就是哭闹了,犯不着不承认,人老了,没人会讲你丢脸的,伢子们说是不是?"看来他们都在争取青少年的认同。

陆姨大瞪着永富说:"你这是在帮我讲吗?"

永富捂着嘴巴笑。

义堂煞有介事地说:"大姨大,你就放一百二十个心吧,我们做晚辈的,决不会把你的故事往外讲的!"

陆姨大望着义堂说:"这就是说,你也相信你大姨妈讲的故事,我是真哭闹过啰?"

义堂也抿着嘴巴笑。

陆姨大开始反击了,他说:"你们老少都把嘴架我身上,我讲不过你们,我现在要讲一件正经事了:我已决定请春来老表做媒,把驻驾篾匠女儿讲给义堂为妻了!"

义堂一听可急了,连忙推却说:"不行,不行,使不得,绝对使不得!"

陆姨大认真地说,那事由不得义堂,他要一锤定音!他说义堂大大、妈妈去年就请他做月老为义堂提亲。两位老人想做爷爷、奶奶了。

义堂再要推却,只听哗啦一声响,正在打瞌睡的牛牛,连人带凳都倒下了。这时大家才发觉夜已深,各自怀着对春来的钦佩和爱怜,带着聚会的开心和兴奋,离开了春来家。

送到方塘埂,从倪妈嘴里,赵姨才知道桂兰和两个小的,也就是五丫、六丫晚上没来的原因:桂兰要在家照顾五丫,五丫的病一天比一天重了,不能出门。

十八

那天晚上,从春来家出来,陆姨大夫妇与永富夫妇都回家了。考虑王义堂的家还有一截路,又黑灯瞎火的,一个人走路孤寂,便让牛牛陪他去了。

牛牛在春来家打了瞌睡,义堂又被陆姨大说的篾匠女儿的事搅扰着,外加走路走清醒了,进屋后两人都没睡意。牛牛依在义堂身边,望着他看书,义堂虽然手上捧着书,心却不在书上。他不时侧脸望牛牛,并且微微地笑。

"哥,你为什么老望我笑呀?"牛牛问。

义堂没有直接回答牛牛话,他索性把书放到一边,把牛牛抱到他腿上坐了。义堂看见,灯火的映照下,牛牛笑起来,荡漾在两边腮帮上的小酒窝,越发显出了男孩的活泼可爱。

义堂捡起上次没问完的话,说:"牛牛弟,我记得那回你讲你带儿姐今年十三岁了,是吧?"

牛牛说:"是的,我姐十三岁了。"

义堂比上回进一步了,他大着胆子说:"牛牛弟,你喜欢我做你——啊,你喜欢我做你大哥吗?"

牛牛说:"你怎么了,我不是一直都叫你哥吗?"

义堂说:"不过你有时还在'哥'前加'义堂',从今儿起,就别在'哥'前加我号了行吗?"

牛牛极为听话地搂住义堂脖子,动人地叫着"哥哥,我大哥哥",义堂也格外动听地应着:"呃,牛牛,我小弟!"义堂原本想问牛牛喜不喜欢自己做他姐夫,但不好开口,缩回去改大哥了。

其实在从那次倪妈的所谓临终遗言中得知带儿后,义堂除了进一步向牛牛打听带儿情况外,还在陆姨大那边打听了带儿的情况。他早就想把自己想娶带儿的心思跟他父母,甚至永富夫妇讲了,更想到了让陆姨大牵线搭桥,但他毕竟因为年轻而难以启齿了。他只得把这也许是极其幼稚的、一厢情愿的爱的种子,深深埋在心底,连细芽儿都不让它萌生破土。可是陆姨大突然说出关于篾匠女儿的那些话,不啻往义堂心里扔下了一块大石头,使他平静如水的心池顿时掀起了层层巨浪!他下决心以后要寻机会,当尹伯伯、倪妈妈的面把自己内心的秘密抖出来,以谢绝他人(如陆姨大)的月老之意。

义堂最理想的方案是用他的行动来感动永富夫妇,让他们到时候主动叫带儿来个金凤求丹凤。但他最终还是没有这勇气,他嫌自己脸皮太薄了!义堂喜欢牛牛,又由牛牛爱及带儿,可他既羞于托人提说,又没勇气当面求婚。理想中爱慕的人,可思而不可即,这对一个情窦初开的少年,无疑是一种煎熬和折磨。

那天晚上,从春来家里走出来的人中和义堂一样经历心理波动的还有永富夫妇。差不多一年前,永富夫妇就在心里把带儿暗暗许给义堂了,可也和义堂一样,顾虑太多,不好开口。他们想等带儿过来,让义堂与带儿见见面、处处,日久生情,情生爱慕,到那时候提出,就是四两拨千斤,瓜熟蒂自落,可偏偏又半路里杀出个程咬金来,陆姨大要给义堂提亲了。情急之下,永富夫妇真的想亲自跳出来认义堂为女婿了!可是思量再三,还是觉得山中只有藤缠树,世上何来树绕藤,婚姻嫁娶,从来都是男方主动,哪有女方急着自售的?永富夫妇的宗旨不变,家有梧桐树,何愁凤不来!

然而,那个晚上让倪妈经受折磨的,除了心里暗许的带儿与义堂的事被陆姨大横插一杠外,还有对虎子的思念。那晚在赵姨家,赵春来沏茶倒水,说东道西,手舞足蹈,无拘无束,把整个场面搞活了,人们都被他逗得一次次地捧腹大笑。倪妈当时在快乐之余,内心也痛苦煎熬着,她想虎子的长相、神态、行动也不逊于春来,如果她的虎子没有夭折,在这样的场合,他也应该和赵春来一样活跃,一样博得大家的笑声。然而她的虎子殁了,永远见不到了,一想到这,倪妈就无法从痛苦中解脱出来。

那个晚上已经过去好多天了,但倪妈由春来勾起的对虎子的思念,到这当儿,还像披棚外的苦雨,细细的、密密的,如烟如雾,如丝如缕,绵绵不绝!

这会儿,倪妈的心情稍微好了点,她边给人绣枕头,边问牛牛,为什么只叫义堂为哥,不喊春来为哥。牛牛说他一开始叫人什么,就改不掉,叫小沙弥也一样,一开始叫他哥,现在还叫他哥。

倪妈说:"你也叫小沙弥哥哥吗?"

牛牛一边抠脚一边说:"是的,那回在雷港寺借宿,跟小沙弥困觉,第一天晚上,他就要我叫他哥哥。"

倪妈说:"你叫小沙弥哥哥,叫得惯吗?"

牛牛点着头说:"妈,不知怎么了,我就觉得小沙弥是我哥。"

"你就觉得小沙弥是你哥?"倪妈追问着,牛牛又点点头。牛牛不知道,他随意说出口的那句话,把他妈那刚刚平静的心弦又拨动起来,倪妈又想虎子了,又拿虎子跟小沙弥比了。

雷港寺的小沙弥,法名叫悟敏,俗名谁也不晓得。据寺内方丈静然法师讲,小沙弥是一个乡下郎中从江南带过来送到他庙里的,六年前收留他时,小沙弥才三岁零两个月。小沙弥跟春来一样,活泼好动,聪明乖巧,兴趣爱好方面,既像赵春来,又像倪妈家的虎子。他们在庙里投宿的那几天,小沙弥一有空就到房里黏着他们,一有空就把他们带的那把老算盘拿出来教牛牛拨,每个殿堂都带牛牛看了。离开雷港寺两年来,倪妈忙于生计,小沙弥又被庙规所限,大家都没再见面,互相牵挂得不得了。永富有时去雷港为老板办事,就到寺里看看小沙弥。有几回小沙弥还向方丈要了素菜、供果,托永富带给倪妈和牛牛。

昨天,永富又绕弯去看了小沙弥,回来后,倪妈和牛牛又是问个没完没了。永富说,听一百遍,不如亲自去看一次。他让倪妈带牛牛去一趟雷港寺,倪妈犹豫不决,但在牛牛一再恳患下,终于同意舍弃大约一升玉米的日工钱,毅然答应了。去雷港寺的头天晚上,倪妈老睡不着,她一会儿出去望望天上有没有月亮,一会儿又出去望望天上有没有星星……

早上,牛牛就跟着他妈去雷港寺了,可是才上正路,没有片云的天顿时阴沉起来,不一会儿就哗哗啦啦下雨了。母子俩紧跑慢跑,没进披棚身上衣就湿了大半。换衣后,牛牛就爬铺上坐了。桂兰把针线笸箩端过来,倪妈又开始给人绣枕头了。

倪妈针线刚拿上手,牛牛就从铺上溜下来,在他妈耳朵边嘀咕什么。他妈探头朝外看看,见有两个人蹲在披棚外屋檐下避雨。倪妈拿着手上的活,来到门边,叫那两人进棚里避避。

那两人一个是瞎子,一个是瘫子。瘫子年轻,瞎子年老;瞎子是算命的,瘫子是给瞎子引路的牵子。两人都无妻室、无家当,以算命乞讨为生。倪妈见他俩寒酸窘迫的受罪的样子,哀叹不止。

瞎子说:"大嫂啊,你为何要长吁短叹呀?"

倪妈饱含同情地说:"二位先生,我讲出来,你俩别多心,我是看你们可怜呢!"

瘫子说:"就是可怜,没法一个人生活,才自愿一起的呢。"算命的指着瘫子说:"我双眼通瞎,又雇不起牵子,全靠他引着。"瘫子指着算命的说:"我全靠两根棍子把身体架起来往前撑,碗筷破絮都得靠他背着,更别说全靠他算命挣口吃的了。"

倪妈再次为他俩的遭遇叹息着。算命的说:"大嫂,从你的叹息中听得出,你不光是为我们可怜,自己心里也不爽呢。"

倪妈捶几下胸口,呼口气,说:"我心里不爽,你能从叹息中听出来?先生好灵分呢!"

算命的说:"大嫂,我不光晓得你心里不爽,我还晓得你是为儿女的事呢!"

倪妈说:"哎哟,你先生真神了,确实是为儿女。"倪妈开始对瞎子敬重起来。她让桂兰烧开水给两位先生喝。

瞎子说:"开水就别烧了,要是信得过的话,就给大嫂掐个八字吧。"

倪妈一听要给她算命,叹气说:"古言道:三十不豪,四十不富,五十六十困地铺。我都四十出头的人了,还是个穷光蛋,这是命中注定的,算来算去,也没改头了。哎哟,就跟先生讲话,花针把指头戳破了!"倪妈捏着指头,噘着嘴,把淌出来的血,一口吞下肚去。

瘫子见了好笑。倪妈说:"大哥你莫笑,苦人身上一滴血,要几天才长得出来的,金贵呢。"

瘫子感同身受说:"不假啊!"

瞎子说:"大嫂,人生中哪怕是一个小小的踢绊,都是命中注定的。就比如你挨的这一针吧,今天不戳,明天不戳,后天、大后天飞都飞不掉的。给你算个命,来,请报属生吧。"算命的把琴轴子扭了几下,又把弓在弦上拉了拉,胡琴发出沙沙的几声粗响。

牛牛凑兴说:"妈,你就给虎子二哥算个命吧。"

倪妈先犹豫着,接着就依牛牛把虎子生肖报了。

瞎子再次拧轴,按弦,试弓,因为下雨,胡琴发出的声音很沙哑,瞎子把弓挂在轴上,掐掐指节,然后把胡琴放到腿上横架着,说:"对不起呢,大嫂,你算命的这伢子还没行运呢,算不出来。"

倪妈说:"算不出来就不算吧,我是让你两位进棚避雨的,不是要算命呢。"

瘫子说:"大妈,伢子命算不出来,就给你自己算算吧,母亲和儿女本来就是一体同气的,算出了母亲命,伢子命也就不算自明了。"瞎子接瘫子的话说:"是的,算出娘的命,儿女的命也出来了,给大嫂算个命吧。"

倪妈又叹息说:"唉,两位先生就像劝小姑上轿一样,就凭你俩花费的口舌工夫,我也不能不算了。"倪妈把自己生肖报了。

瞎子自言自语说着:"属鸡的,四十二岁,民国——啊,不是——"

瞎子一手把着胡琴,一手勾勾掐掐,和刚才给虎子算命一样(大概是职业习惯)用弓在弦上拉两下,说:"大嫂,你要是不见怪的话,我就直说了。"倪妈说:"照直讲,先生,是我请你讲的嘛,怎会见怪呀!"

瞎子说:"不见怪就好,我就照直讲了。"瞎子整了整衣襟,耸了耸肩胛,咳咳两声,郑重其事地说,"你属鸡,这个命嘛,也就是个鸡抓命!"

瘫子提示说:"这鸡抓命有往里抓、往外抓两种抓法呢,你得跟大妈讲清楚,她的这个鸡抓命是怎么一种抓法呢?"

倪妈也说:"是呀,我的命是往外抓还是往里抓呀?"

瞎子喝口水,润了润喉咙,说:"大嫂,你别急,往里抓,早抓银子晚抓金,中抓元宝进家门——"

瘫子抢着说:"好命啊,好命!"

倪妈也打心眼里高兴,说:"想不到穷了半辈子,中年后还走红运了!"

瘫子再次祝贺说:"这可是半年来算的第一个好命呢!"

可是算命先生话锋一转,说:"哎呀,好什么呀好,大嫂的鸡抓命是往外抓的哟,一根捻灯的拍子都被抓出去了,是注定的穷苦命呢!"

瘫子尴尬至极。

倪妈显然不悦了,她说:"先生,我不是一开始就讲不算穷富嘛。老古话,死生由命,富贵在天,这人一生下来,是穷是富,就由上天定好了,你怎算得出来?我只让你算算我命里有几个果、几朵花,能不能长大成人,为我养老送终。"

见倪妈颇有不悦之色,瞎子又重算一遍,说:"大嫂,按你命推算,命中有三朵花、三枚果子。"

倪妈又接着问花果能不能成人,现在可好。

瞎子说,依他算,花果成长都较茁壮,只是眼下在身边的只有两朵花、一枚果,不在身边的是两枚果、一朵花。

倪妈吃了一惊,她啊了一声,说:"先生,照你讲的,花果都在?"

瞎子说:"都在!至于能否都成人,那只能视今后的情况来看,目前就说能成人或不能成人都言之过早。"

倪妈暗暗自语着:哎哟喂,她家儿女个数及现在的情况,就像被算命先生看到了一样!倪妈把牛牛拉到门外,小声跟他嘀咕着什么。牛牛进棚来,蹲到瞎子跟前,用手在瞎子眼前反复招晃着,瞎子毫无反应。

瘫子说:"大妈,放心吧,他确实双目失明!"

于是倪妈推过牛牛,说:"先生,眼下,不在我身边的二男过得可好呢?"

瞎子说:"很好!"他肯定地回答后,又补充说,"其中有一男,虽不在你身边,却也五里不为近,十里不为远,只是这一男就是在你眼前,你也认不出他了!"

倪妈大为震惊道:"先生,你讲这话,我就多有不解了,我的儿子我怎么会认不出他呢?莫非他离开我很久了?"

瞎子说:"他离开你久不久,你自己晓得,依我看,他才走稳路,就离开你身边了。"

倪妈受了很大震动,手上的枕头、花针什么的,全掉地上了。但她很快镇静下来,问瞎子:"先生,那很久前就离开我的这一男,还能回到我身边来吗?"

瞎子用力睁着眼睛,但只有一只眼向上翻着眼白,没有眼珠,而另一只眼始终睁不开。他安慰倪妈说:"这事别急,寻心不如遇心,踏破铁鞋无觅处,得来全不费工夫。凡事都有机缘巧合,机缘到了,他就会站到你面前,你不认他都不行。别急,只要他生活得好,在不在你身边都一样,但最后可能还是要回到你身边的!"

倪妈平复了一下心绪,说:"先生,照你的说法,我那一儿没死,他还活着?"

瞎子也以平淡的语气说:"按你的命推算是这样,不过因为生辰八字报得不准,有时也会算跑命的。"

听到跑命的话,倪妈面前刚升起的一片希望之光,一下子又被飘移过来的乌云遮住了。

看透倪妈心理变化的瘫子,马上补一句说:"不过大妈放心,这老先生从来就没有把人家命算跑过一回!"

听到瘫子大哥这话,想到自己报的生辰八字绝对准确,倪妈立马又恢复了信心。

雨住了,在倪妈一再坚持要付算命钱的情况下,瞎子收了倪妈的半升玉米粉,匆匆忙忙地赶算下一家人的命去了。

路上,见前后无人,瘫子问瞎子给倪妈算的命是不是瞎编胡诌的。瞎子说:"什么编呀诌的,闭嘴!"瘫子恍然大悟,不过他还是对瞎子说,以后给人算命一定不能哄骗。

听到瘫子哄骗之说,瞎子满肚子怪怄,举起竹竿往瘫子头上乱敲,他要瘫子把眼睛睁大了看看,自清末以来,从袁世凯称帝到张勋复辟,从汪精卫卖国到蒋某人弄权,从南京国民党政府的政要大吏,到地方县市的大小官员,有哪一个不是靠瞒哄欺骗假公济私来侵吞国库、中饱私囊的?他说他和瘫子两个人一上午只有半升玉米粉的收入,瘫子还告诫他不要哄骗人,这是骗吗?这算得上骗吗?瞎子越想越怄,又戳了几下瘫子的脊梁骨。瘫子本来要爆发的,但想想自己也是用词欠妥,便向瞎子认了错。瘫子认了错,瞎子气也消了,一个牵引着,一个紧随着,一前一后,两人的心更贴近了,步子也更协调了。

前行了一截路,瘫子立住,把两根棍子夹在胳肢窝里撑着身体,腾出手来扯裤子要小解了。这时王义堂从后面上来,侧面看了看他,瘫子有些不好意思地问义堂:"小伙子,我们刚才妄议时事,你都听到了吧?"

义堂说:"大哥,我都听到了,你们议的都是事实。放心吧,我不会举报的!"

瞎子、瘫子走后,倪妈心里像打翻了五味瓶。她一会儿信心满怀,独自微笑,一会儿又闭眼摇头,悲哀喟叹。她反复咀嚼着瞎子的话:五里不为近,十里不为远……机缘到了,想不认都不行……她冥想着,小沙弥悟敏的形象就立刻跳到她眼前,对她笑,叫她妈,她要不看不听都不行,她要推也推不开,难不成世上真有人死了能复生的吗?倪妈迷惘了。

倪妈思子之情没处寄托,她让牛牛去望望春来。

第二天很晚,春来才送牛牛回家,当时已经夕阳西下,红霞染天。送到王大嘴家的方塘前,春来指着地头的木桥,对牛牛说:"弟弟,你看!"

十九

牛牛顺着春来指的方向看去,见王大嘴正弓着身子,端着马桶,在通往菜地的板桥上小心翼翼地往前走。这是春来学篾匠回来,第二次见她端马桶从板桥上过了。王大嘴虽好吃懒做,但她的马桶从来不要别人倒。她每隔一天,就在这个时间,端着马桶,从那座板桥上过,倒往菜地头埂的茅厕里,雷打不变。

望着王大嘴端马桶过桥,春来似乎在想什么,心不在焉,脚踏空崴了一下。把牛牛送到陆姨妈菜地边,春来就回去了,牛牛目送他很远,才转身回披棚。

披棚的门关着,倪妈做针线活去了,桂兰也因阴雨初晴而抓紧时间在外捡柴,棚里只有五丫、六丫。五丫的病比前几天又狠了。说真的,牛牛这些天真的懒得在披棚里蹲,他怕五丫那个病得爬不起来的样子,他怕她眼睛一睁一闭就会死去。牛牛正在披棚外徘徊着,犹豫进不进去,忽然听到棚里有哼哼声,探头一看,牛牛惊呆了!他飞身就跑到他妈那儿,急慌慌连声说:"妈,妈,你快回去看,五丫、五丫……"

倪妈一听,丢下裁衣剪就急急慌慌往家跑。在塘边洗脚剪指甲的宣传妈见倪妈跑得那样十万火急、气喘吁吁,搞不清她家出了什么急事,连刚脱下的裹脚布和鞋都没裹没穿,就赤着脚跟在倪妈身后紧追。正在锅里煎鸭蛋的许爷爷,见倪妈引着赤脚大仙似的宣传妈,散着头发横飘着从鸭棚边跑过去,便顾不得锅烧爆不烧爆,蛋烤成炭不烤成炭,也立即神色慌张、心脏怦怦跳(许爷爷有心脏病)地跟撵过去。聚在村头树下打牌的陆姨妈等四人,见倪妈、吴妈、许爷爷三个流星般地从牌桌前划过,往倪妈家而去,也不问情由地跟着一齐跑,纸牌儿被起身奔跑的气流带动着,像树叶似的跟在身后追逐、飞舞、散落。大家都搞不清倪妈家出了什么急事,只觉得越快赶到越好。只有倪妈晓得她为何急如星火。

倪妈刚转过棚拐,就一声五丫、一声女儿地哭开了,这时大家才晓得是五丫殁了!跑得上气不接下气的众人,连一句劝倪妈的话都说不出来,就扶壁的扶壁,靠树干的靠树干,闭目喘气的闭目喘气,瘫坐门槛的瘫坐门槛,人人都累得自顾不暇,谁还去吊死问生!

倪妈冲进披棚就要抱五丫的尸体,只见五丫往起一坐,笑笑地喊"妈妈"!倪妈蒙了,她惊得往后一退,五丫又叫一声"妈",倪妈扑上去,抱住五丫,又是拍,又是亲,又是心肝又是宝贝。怀着忐忑不安的心情跑来的众人,向倪妈祝贺一番,又互相说笑一阵,便都轻松喜悦地离去了。

送走了众乡邻,倪妈可就怪起牛牛来了。她怪牛牛不把话讲清,惹得她又急又怕不算,还连累邻居一阵惊吓乱跑。而牛牛则说他妈性子太急,没等他把话说完就跑,责任不在自己而在他妈。

五丫虽然一天比一天病得狠了,但她近期还不至于有生命危险。可是因为这个误会,五丫病死的消息已经远播了。傍晚,听到"噩耗"的义堂妈王嬷嬷也来了。

王嬷嬷正和倪妈闲聊,放晚学打这儿路过的王义堂也来了。王义堂今天比平时大约早来半个时辰。陆姨大那次在春来家提篾匠女儿的事,一直在义堂心里闹腾着。他下决心,要把自己心中的秘密尽早吐给尹伯伯和倪妈,可他一次次地下决心,又一次次地说不出口;一次次地说不出口,自己内心就一次次地经受着痛苦与煎熬!昨晚他起了誓,要在今儿放晚学后到倪妈家来,用最大的勇气,把他恋着带儿的心思向倪妈说出来,以便卸下心中的负担。他唯恐激动起来,说得语无伦次,影响意思表达,昨晚还打了腹稿,今天上午,他又将腹稿在脑子里认真过了两遍,他有信心今儿能说出口而且不会说错的。可是见他妈也来了,他要表白心声的勇气,不由得折损了一大半!

"妈,你也在这儿。"义堂跟他妈打招呼。

王嬷嬷说:"堂儿,都是以讹传讹,把我也传来了。来,坐会儿,等会儿陪我回家。"

准备向倪妈讲的话,因王嬷嬷在场,义堂没好意思说出口,他好懊恼。

在陪王嬷嬷回家的路上,义堂终于忍不住,把自己的想法跟他妈讲出来了。

义堂妈满心欢喜。她虽未见过带儿,但出于跟儿子同样的想法,认为带儿一定很好,她决定和义堂父亲商议,要尽快托媒人去倪妈家提亲。义堂自然十分高兴。但还没走几步,义堂妈又变卦了,她说长兄为父,长嫂为母,她和义堂大大都老了,一切都要义元夫妻回来定夺。

但是作为已经接触了新思想的青年,义堂在婚姻方面岂肯听命于父母?他下天大的决心,要冲破藩篱,去追求他心中的女孩,于是他天天放晚学都到倪妈披棚前来。可是在求婚方面缺乏勇气的毛病,在义堂身上始终存在着,和倪妈谈着谈着,一进入"深水区",他就又退了回来。

半个月后的一天,义堂真的决定豁出去了,可是刚到披棚边,牛牛又说他妈给人做上门活去了。幸好,没等一会儿,倪妈就回来了。义堂顾虑又来了,因为义堂妈也来了。

见王孅孅和倪妈净拉扯些与自己的大事无关的话,义堂急了,他一改往日的牵枝带叶、拖泥带水,最后导入正题的老旧程序,霍地往起一站,向倪妈深鞠一躬,斩钉截铁、开门见山地说:"倪妈妈,我太敬重你和尹伯伯,我太喜欢牛牛了,我想牛牛姐带儿也一定生得很中看,我想娶——"看来义堂真是王八吃秤砣——铁了心了!可是,他"想娶带儿"这句话才说出一半,只听桂兰在土灶边"火火火"地大叫大喊着。原来桂兰烧水时,从灶膛里抽出的红火钳不小心把旁边的一堆柴引着了。

义堂毫不犹豫,立即从方塘提上十几桶水泼浇。熊熊燃烧的柴火虽被扑灭了,但义堂那蕴积在心里多时、鼓着最大勇气才说出一半的话,也像那炽烈的火苗一样,被水浇灭了冷却了,喷发不出口了!

义堂带他妈回家了,倪妈和牛牛撑上去。倪妈说:"义堂伢子,今儿要不是你及时救了火,这屋连屋、树挨树的条子号,不知要烧成什么样啊!"

义堂说:"倪妈妈,也是条子号不该起火呢!"义堂本想把救火前没说完整的话说完整了,可是还没开口,心就怦怦地跳得发慌,半个字也讲不出来了。只是捉住牛牛的手,望着倪妈,牛头不对马嘴地临时拉来一句与当时场景、心情完全联系不上的话,说:"我想明儿……"

倪妈也不甘心就此了结,她提示性地问义堂说:"义堂伢子,在救火前,你说你'想起',后面没说完,就抢着救火去了,现在能跟我说说,你'想起'什么了吗?"义堂忸怩着,他再次望着倪妈,难过得近乎痛苦地说:"倪妈妈,我、我说不出——口了……"

在追求牛牛姐带儿的这件事上,义堂的那种心态和表现,实也无可厚非。在那个小伙子谈女孩就脸红的时代,王义堂那样虽受了新思想影响,但又脱离不了孔孟礼教束缚的温文尔雅的青年,让他在自己亲妈面前,向另一位母亲说:"倪妈,我想娶带儿,我太爱你女儿了!"这样的话,也着实不太好开口呢!

一次次鼓足了勇气,一次次准备好话,但又一次次地说不出口,这让王义堂心里憋得十分难受。那天晚上,义堂做完了功课,兀自坐在灯下,万般无趣,终于把他自己闷在心里已久的话写在笔记本上了:

  黑铁走前,我也常到陆姨大家去,不过次数并不是很多。自从我知道曾经在我家避雨、烤火的那户人家就住在陆姨大的披棚里,我就对他们产生同情了,后又在黑铁引见下,见了那个叫牛牛的小男孩,我就更加心向着他们了。或许是缘分吧,那天牛牛一见我就眉开眼笑,我也因此喜欢他。因为喜欢他,我去披棚的次数渐渐多起来,和牛牛父母也熟稔起来。因为有饥寒中烤火、留饭,给牛牛治伤风的事在前,牛牛父母甚至把我当恩人待。从接触中,我深感牛牛父母虽出身寒苦,但人品极好,于是我对他们敬重起来。

  后来,在我和春来的策划下,牛牛顶补黑铁空缺上学了。虽然不满二十天,牛牛就被迫退学了,但就在这短短的时间里,我、牛牛、春来之间,撇开年龄的悬殊,建立了兄弟般的深情厚谊,我常和春来夸牛牛相貌好。我还暗暗诘问上天,怎不将牛牛投女儿胎?我也曾痴想:他家要是有个小九妹该多好!我坚信,是一些浓情艳景的古典诗词让我钟情于人间美好的情爱,就因如此,我也常愿天下有情人终成眷属!

  也是苍天不负有情人。倪妈的所谓临终遗言,让我在无望中获得了意外的希望。倪妈病好过来了,我也逐渐搞清了带儿的身世和遭遇。从那以后,不管生活中遇到什么挫折和不顺,我总是心里甜蜜蜜的,没有一点儿悲观和懊恼。无形中,我不仅更加喜欢牛牛了,也觉得和尹伯伯、倪妈妈的关系更加亲近了。从那以后,我就有一种美好的憧憬,若干年后,牛牛不是喊我哥哥,而是叫我姐夫;再过若干年,我家会有像现在的牛牛的小孩叫牛牛小舅舅……我知道,美好的憧憬,只是我单方面的臆想,尹伯伯、倪妈妈、牛牛、桂兰都不晓得,更别说远在几百里外、从未谋面的意中人带儿了!她怎么知道,她的名字、她的倩影,时时印在远在几百里外、从未谋过面的一个少年的心里!

我知道,就身高而言,我比一般成年男子要高出半个头,在不知情的人的心目中,我是个成人了,其实我还不满十六岁,各方面都还稚嫩不成熟,这也是我不愿过早涉及男女情爱,没勇气向尹伯伯、倪妈妈倾吐内心秘密的主要原因。我虽然无比崇敬尹伯伯、倪妈妈,怜爱着牛牛小弟,钟情着从未谋过面的带儿,盼望着能和她成为眷属,但是,我宁可把这朵爱的蓓蕾深深养护在心田里,也不让它早早在阳光雨露下绽放吐艳!我知道,花开得越早,凋谢得也就可能越快!

然而,事不由人者总是多有发生的。那次兴国的一席话,把我置于两难之地。那天中午,兴国邀我,还有常明发、孙启亮等几个,到江边小馆里吃饭,饭后,兴国又带我们到江边无人的杨树荫下谈了很长时间,兴国最后说:"东北、华北都差不多被日寇占领光了,我们还这样在汪先生带领下之乎者也矣焉哉下去,如何配做热血青年!"我说:"我们有心杀贼,只恨无路请缨!"明发、启亮等也都慷慨激昂,热血沸腾。兴国向我们吐露了一些真情,我们便要他带我们参加八路军,兴国当即代表组织接纳了明发、启亮,而暂时婉拒了我的请求。我当场就表态说:"敌寇当前,我王义堂理当为国赴难,效命疆场,岂能屈死蓬蒿,填尸沟壑!"兴国于是向我交了底:作为招兵对象,我的名字早就被编入部队里了,只是因为家庭情况特殊,才暂未入伍,如有人照顾我父母,我随时都可以去部队!听兴国如此说,我既欣慰又为难,看来抓紧时间落实婚事,不仅仅是为了把陆姨大提的篾匠女儿的事挡回去,也不仅仅因为带儿是我心目中唯一钟情的人,更是关乎我能不能及时从军报国的大事了!

想想非常悲哀,我姐妹俱殁,只有兄弟二人。义元哥结婚周年,喜得一子。侄儿刚满周岁,即被日寇刺死,嫂遭奸污后,又被掳往东北,先被强迫当慰安妇,后被关进柜里做毒气试验窒息而亡。义元哥只身往东北寻人,又落入日寇魔爪,后逃出参加了八路军,又在一次战斗中壮烈殉国!日前,陆姨大把我大嫂已死、大哥英勇牺牲的消息,秘密告知了我,并嘱我绝对不可让我父母知道。我当时惊闻噩耗,如五雷轰顶,悲痛欲绝,差点当场晕倒。我不敢在父母前掉一滴泪,白天躲在庄稼地里流泪,晚上用被子蒙住头哭。我悄悄对着我侄儿的小坟,默默喊我哥嫂。我永远也见不到我哥嫂了。我父母还说要候我哥嫂回家,商定我的婚事呢!他们哪里知道,他们的长子和长媳已经永远地惨死他乡,骸骨无存了!

死者长已矣,生者且偷生,古人之言何尝不是!但以我个人和我的祖国现状观之,又如何能偷生得了!就我个人说,眼前,下无应门五尺之童,中鲜兄弟,上有苍然白发之父母。父母之死葬虽不可预知,但生养却实实在在地摆在面前。我怎能自己偷生而置赡养双亲于不顾?而目下,我既无法尽赡养之责,亦无法作偷生之想,实在是左右为难,进退维谷!就我多灾多难的祖国来说,自鸦片战争爆发以来,神州陆沉,风雨交加,山河破碎,试想:在这样一种中华民族危如累卵、大厦将倾的现状下,作为炎黄子孙的一分子,我又如何能袖手旁观于片刻,苟且偷生于一隅?是的,为了让部队早日接收我,实现我从军报国的强烈愿望,我还必须以大无畏的男儿气概,向尹伯、倪妈敞开我虽稚嫩但赤热的心扉,以取得他们的同情与支持!退一步说,即便遭到婉拒,我也不再彷徨,不再犹豫,我将想出变通法子,尽量做到在为国尽忠前提下,兼顾对父母尽孝。尹伯伯、倪妈妈,你们能理解我、支持我吗?能将令爱许给我,让我解除后顾之忧,去报效祖国吗?

王义堂这段随手写的日记,不知什么时候被小调皮鬼春来看见了。这天,义堂又把春来带到自己家,说是要和他一道去看牛牛。春来坐在义堂书桌对面,三句话过后,就笑着问义堂他该怎样称呼义堂。义堂先是觉得怪怪的,继而平淡地说:"你多数时候叫我义堂兄,有时也叫我义堂哥,如果觉得勉强、别扭,就干脆叫我王义堂不也很好吗?"

春来望着义堂,眯缝着双眼,甜甜而狡黠地笑着说:"我要叫你姐——夫!"

义堂陡地站起,斥责道:"无稽之谈!我们既不沾亲也不带故,况且我又没有定亲,你家又没有未嫁的姐姐,我何曾做起你姐夫了?"

春来仍然眯缝着大眼睛,调皮地有板有眼地从容不迫地说:"姐夫,你也太健忘了吧?你想想,倪妈是我干娘,带儿是我干娘大女儿,也是我干姐,你既要娶我干姐为妻,难道我不该叫你姐夫吗?"

"你听谁说的?"义堂警惕地问。

春来仍旧笑着说:"义堂哥,我的大姐夫,谁说的不重要,你坦白讲,这是不是你心里的想法?是不是你追求的目标?"

"你这调皮鬼!"义堂一把抓住春来胳膊,说,"你讲,你什么时候偷看了我的日记?"

春来胳膊一扭,摆脱了义堂,闪到一边,咯咯咯地笑着,说:"日记既不是军事秘密,也不是情书,用得着偷看吗?"

"果然是你偷看了。"义堂又要逮春来,春来跑到堂心,义堂跟着撵出去,没等义堂来抓,春来又仄身溜进房里。两人跑进跑出,撵来撵去,嘻嘻哈哈,不知转了几个回合,最后在春来讨饶声中才歇了。

义堂问春来说:"春来弟,我晓得尹伯、倪妈都喜欢你、疼你,你说真话,我在他们心目中的印象到底怎样?"

春来敛起笑,认真说:"义堂哥,你在他们心目中的印象可好了。如果在自己孩子之外,他们还有喜欢的孩子,那么第一个就是雷港寺的小沙弥,接着就是我和你了。哥,我讲的是真话,尹伯伯和倪妈妈就是这样讲的。"

义堂说:"喜欢小沙弥悟敏我也晓得,倪妈老说小沙弥悟敏像她的虎子。如果真像你讲的,我俩在他们心目中处在第二的位置,那说明我的梦想就有变成现实的可能。"

春来说:"哥,依我观察,不是有可能,而是一定!"

义堂激动地把春来抱住,眼睛里含着泪。

春来也转过身抱住义堂,调皮地说:"我有大姐夫啰,我有大姐夫啰!"

义堂提醒说:"轻声点儿,弟,别把锅盖揭早了,我担心饭煮生了。"

顿了一下,义堂继续说:"弟,我巴不得你喊我姐夫,更巴不得牛牛也这样叫,可那只是我自己一厢情愿。春来,我的好弟弟,你单独在我面前随便怎么叫都不要紧,但在事情毫无眉目的情况下,千万不能有人在场时也这样喊,那样我会尴尬的。尹伯伯、倪妈妈听了不但不高兴,反而会反感的。"义堂又想起日记中提到的关于兴国、明发、启亮以及他自己打算做的事,叫春来千万不要讲出去。

春来说:"放心吧,哥,我没有呆到那种程度,我知道,那些是关系到身家性命的。"春来进一步保证说,"尽管放心吧,哥,我的好兄长,我的大姐夫!"

义堂往春来肩上拍一下,嗔怪地说:"看看,你又来了!"

春来说:"姐夫,这不是没有外人在场嘛!"

义堂又拍一下春来的肩头,说:"太调皮! 走,我们到牛牛那边去,看看五丫好些没有。"

二十

陆姨妈家的大槐树底下。

倪妈像一只老母鸡居中,旁边围着桂兰、牛牛、五丫、六丫。五丫伏在倪妈膝盖上,但不像奄奄一息的样子。

义堂和春来刚转过棚拐,就同声喊倪妈妈。倪妈见他俩来了,自然高兴。牛牛迎上去,拉着他俩,同来树下。

正在择野菜的桂兰拿来扫把,把树根上的灰土扫干净了。

倪妈站起身,左胳膊吊小鸡似的挟着五丫,右手指着裸露的粗壮树根,示意义堂和春来坐。

义堂和春来刚坐下,就帮桂兰择野菜。

牛牛一会儿趴义堂背上,一会儿趴春来背上,抱着他俩脖子,前后摇动,他俩也任由牛牛一扳一搡地前俯后仰着,丝毫不觉厌烦。

倪妈问:"义堂伢子,今儿没上学吗?"

义堂说:"先生中风,要休养几天了。"

春来说:"义堂哥邀我来看看五丫好些没有。"

倪妈说五丫吃了王爷爷配的药,有些起效,前几天都觉得她要死了。义堂让倪妈别急,他说他大大讲五丫病因不好掌握,药难配,只有慢慢来,如果不对症还要重新配药。

桂兰把择好的野菜洗回来了,倪妈把五丫吊进棚里,放到摇床上就出来。她要做中饭了,今天有义堂和春来在家吃饭,她要烧早点儿。

一阵风把烧锅烟吹进披棚,五丫被呛得直哭,义堂连摇床一起,把五丫又抬出来,搁到大槐树下阴凉处了。

中餐是野菜调制的玉米粉糊。春来吃了两碗,义堂吃了三碗,倪妈特别欢喜。她说男孩子就应当是这样的,吃饭不要挑精拣肥,要能吃,不管吃什么,就像大水牛一样,水草三百斤的吃一饱就好。春来见倪妈夸义堂,说他自己也还能吃两碗的,就是锅里没有了。倪妈把春来拉到身边,往他肚子上按按,歉疚地说:"哎哟,我的儿哪,你真的没吃饱呢,肚子瘪瘪的嘛。下次来吃饭,我把糊搞多点儿,我的儿。"春来见倪妈叫他儿,甭提有多高兴了!其实倪妈也就是随口叫的,并未想到那个"儿"字有什么特殊含义。

接着倪妈那句下次来吃饭要把糊搞多点儿,牛牛说了:"下次来把糊搞多了,春来吃不下去,就用棒槌往肚里杵。"

倪妈说,不用杵的,春来正是吃得多的时候,家有小子,吃穷老子,指的就是春来这样的。牛牛又快快地接上说:"人家讲,行郎饱,坐郎饥,蹲在家里不动,要吃一大簸箕呢!"

春来搡牛牛一把,说:"倪妈妈,你怎的不打牛牛?人家讲话,他老是插科打诨的,看他就把我讲得那样能吃,好像我就是个大饭桶!"春来冷不防给牛牛送过去一拐栗子。牛牛咯咯笑着,向春来贴得更近。

义堂望着春来说:"牛牛讲你吃得多不好吗?吃得多才长大个子嘛。"

春来说:"难怪你个子高,就是吃出来的!"春来瞅了义堂一眼,继续说,"我晓得你帮牛牛讲话,跟牛牛穿一条裤子,合起伙来讲我!"义堂知道春来话里有话,笑着要拧他耳朵,但被倪妈隔开。春来绕过倪妈,踮起脚尖来刮义堂鼻子,义堂一闪,站到倪妈背后。倪妈成了义堂和春来之间一堵挡风的墙。

春来又来拽义堂,桂兰一把拽住春来,说:"你也是得理不饶人哪!"

义堂制止了桂兰对春来的批评,他说他今天不怕春来讲他俏皮话,越讲他越高兴:"要是再讲,我还要请春来下馆子。"

春来不屑一顾地说:"别吹了,一张纸画个脸,充阔佬!你能请得起人下馆子,我把赵字倒着写!"

牛牛怂恿义堂说:"哥,春来笑你下不起馆子,你就争口气,今晚就到馆子去。"牛牛边说边咂嘴,仿佛他已经坐到饭馆里夹菜往嘴里塞了。

孩子们你来我往,倪妈一句也不掺和,听着孩子们嬉笑说话,她觉得也是一种享受。

方塘里水平如砥,波澜不惊,老槐树下,绿荫浓密,其乐融融。

五丫小睡了一会儿就醒了。她青筋凸起的额上直往外冒汗,干裂的小嘴唇上下嘟噜着,细细听,才听清了,她说她"想大姐"!倪妈好像第一次听到从五丫嘴里迸出这三个字,她觉得怪怪的。

春来立即把五丫的话当作抓手,兜上就说:"倪妈妈,五丫想带儿大姐,就把大姐接上来吧。"义堂也帮春来说:"是呢,倪妈妈,带儿妹妹一人那么老远的,肯定也想尹伯和你、想牛牛、想五丫他们的,接上来吧。接上来,生活虽然不好,大家在一起过,心里是暖和的。"

倪妈面带难色,一味摇头叹息。

春来又进一步恳求着:"倪妈妈,把大姐接上来吧!"春来觉得如不趁热打铁,接带儿大姐上来的机会就稍纵即逝了!

倪妈见义堂、春来又要讲什么,便打住说:"伢子们,不用讲,带儿上来和我们住一块当然好,哪个情愿骨肉分离呀!可是,"泪水从倪妈眼睛里往外涌了,她继续说,"带儿六岁被远房姑母抱去当童养媳,男伢八岁就夭折了,命苦啊!"倪妈揩揩眼睛,"我们来条子号,怕带儿伤心,瞒着没跟她讲。我们离家三个月后的一天,姑母领带儿回家看我们,刚抵村口,带儿就欢喜得像一只花蝴蝶,往家直扑。到门口看见门是锁的,一问,知道我们全家都到外逃荒去了,她坐下就哭,奶奶婶婶无论谁哄都哄不歇,大家只好都陪在她身边。她要进屋里看看,堂伯父开了门,带儿进屋后,把门闩了起来,她看看这边,看看那边,边看边摸边哭。夜里一个人蒙在床上破絮里,一直哭到天亮。第二天早上,堂伯父把门撬开了。姑母第二天中午就带她回去了。离开时,她走几步就停下朝大门望一阵子,望一阵子就哭一阵子。别说送的奶奶婶婶们陪她掉眼泪了,就是堂伯父和几个爷爷的袖子也都揩湿了。走到前路,堂伯父把姑母喊回来,叫她以后别带带儿回家了,看到带儿哭,他心里难受。送走带儿后,堂伯父回家没吃没喝,就闷声闷气地卧到床上睡了。"

倪妈说:"第二年家里老屋着了火,我回家请人修整,堂伯父跟我讲这件事时,还掉眼水。"当时堂伯父就叫倪妈来条子号跟永富商量,尽快搬回老家去,一家人分得东一个西一个,几年都见不到一回面,好伤心好伤心。倪妈说,因为回老家日子没法过,他们就还只能这样忍着分开的苦往下熬!

"唉,"倪妈叹息说,"苦啊,伢子们哪,还有端马,来华阳后几年也没见到他了,一家人眼泪都淌干了!"

义堂、春来只晓得带儿当童养媳的遭遇,并不知道还有这些悲辛的事,所以听到倪妈的诉说,他们两人眼圈也红了。

义堂说:"倪妈妈,尽早把带儿妹妹接上来吧。"这时义堂的再次央求,不单是为自己,更是出于对带儿的同情了。

倪妈指着披棚说:"伢子,你看看,巴掌大的棚屋,连身子转快了,鼻子都要碰墙,再多住一个人就更容不下身了,况且带儿都十三岁了,又是女伢……"

义堂递块手巾给倪妈,倪妈揩一把眼泪,又指着地上的土灶,说:"添一个人就多一张嘴,这吃的也没法解决。中午,因为你俩在这吃,糊才做得稠些,平时稀得可怜,伢子们盛在碗里,端在手上,一口气吹三条浪。带儿上来,添一个人,日子就更难过了。"

义堂和春来一个说车到山前必有路,一个说船到桥头自然直,他俩像大人一样,认为天无绝人之路,再多的困难,只要大家在一起,挺挺就会过去的。义堂还担心姑母会不会将带儿再许婆家。义堂的担心虽未说出口,但倪妈似乎有所觉察。她主动说,带儿上来也就是这年把的事,她不担心带儿不上来,她焦虑的还是带儿上来缺吃的和住的。义堂正想告诉倪妈,带儿上来没处歇,可以去他家跟他妈歇时,常明发和孙启亮来了。他俩先向倪妈打了招呼,接着启亮就开门见山地告诉义堂,说兴国昨晚失踪了。

兴国失踪了?义堂大吃一惊,倪妈、桂兰以及牛牛都吓得站了起来。但义堂很快镇静下来。他问启亮,兴国留下什么讯息没有?明发和启亮同时摇头,明发说:"据张姨讲,昨天晚上,兴国到她房里去过三次,每次去,兴国都偎依在她身边,好像有什么话要跟她讲,但什么话也没讲。"启亮说:"最后一次兴国暗示他妈说,如果有一天,他不在他妈身边了,叫他妈不要想他,叫他妈要照顾好自己。"

明发还补充说:"据张姨讲,兴国最后一次从她房里出来时,眼睛泪汪汪的。"

听到明发和启亮的叙述后,一直低头不语、来回走动的义堂站定了。他把启亮、明发带到陆姨大家的屋拐,轻声问他俩记不记得几个月前,在江边杨树荫下,兴国跟他们说的话。明发、启亮凝思片刻,恍然大悟。义堂提醒他俩说:"此事万不可与外人说!"明发、启亮同时拍胸说:"一定!"

义堂他们简短的交流虽然是背着春来进行的,但机敏的春来已经猜着了八九分(其实春来从义堂的日记中早就猜着兴国要离家参加八路军)。

消除了内心的担忧,义堂几人同时向大槐树下的倪妈、桂兰、牛牛挥挥手,结伴往回走了,春来快步撵上他们后又超到启亮前面。过了陆姨大家的屋拐,义堂又回望大槐树下,倪妈摆手说:"去吧,伢子们,想来就来,牛牛天天都想你们啦。"

义堂几人刚到王大嘴家的厨房窗前,冷不防一脸盆猪泔水从窗口泼出来,不偏不倚,正正着着,把赵春来从头到脚浇了个透!许多菜末饭渣、鱼刺肉骨沾了春来一头一脸,既恶心刺鼻又肮脏狼狈。

猪泔水泼出的那一瞬,义堂见王大嘴端盆的手还没有缩回去,可她却说是眼睛看不清,不知窗外有人经过,胡乱泼的。与此同时,还怪义堂几人从窗外过没有响声让人听到,好像她把猪泔水泼到春来身上,责任倒要义堂几人来承担似的。常明发、孙启亮当场就把拳头捏得咔咔响,但听见倪妈在大槐树下喊着让春来回去洗,也就没跟王大嘴理论了。

春来好不容易把身上脏物、臭气冲洗干净了。

春来瞅着王大嘴家大门,愤愤地说:"啊呸!王大嘴,王大嘴,我们骑毛驴看唱本——走着瞧!"

回去时,义堂带春来一行四人,避开了王大嘴家窗边的那条路。四人边走边谈。他们反复告诫春来,对王大嘴要多加提防。明发和启亮同春来想法一样,主张给王大嘴一个教训,但王义堂不同意。

道不同不相为谋,春来气得那几天都没到义堂家去,义堂也因为他大、妈生病而没有时间和春来沟通,倒是启亮、明发往春来家跑得勤了。

这天傍晚,明发、启亮几个刚离开春来家,义堂就出人意料地来了。

见义堂来了,春来把眼皮往下一耷,连看也不看他一眼,叫也不叫他一声。沉默了一会儿,义堂开口了:"怎么啦,歇几天没来,恼我啦?"

春来猛地抬起头,往前一跑,张开两臂把义堂紧紧抱住,说:"哥,我好几天都没见到你了,你是真的恼我了!"春来要掉泪了。

义堂拍拍春来的背,说:"春来弟,想我了吗?这不是我大、妈都病了,没法离开吗?"春来松开臂,仰望义堂,在眼睛里打转的泪水终于掉下来了。义堂再次轻拍春来的背,极为温和地抚慰他。

义堂说:"春来弟弟,你以为我不晓得你心里的私事呀?有母不能依,有亲不让靠。一个小孩,孤孤单单住家里好落寞好落寞的。可是我今天来不是看你掉眼泪的,是来向你说心思的!"

春来说:"大哥,除了想把牛牛姐娶回家照顾父母,解决参军的后顾之忧,你还有别的心思吗?"

义堂说:"弟弟,别的心思虽没有,可就这一样,也已经够我伤透脑筋的了。"义堂说,从那天倪妈话里知道,牛牛姐带儿在短期内是不可能上来的。她一天不上来,他就没法向尹伯伯、倪妈妈讲这事,这事不能定下来,大、妈没人照顾,部队就不批准他参军去。

春来说:"哥,你向部队首长再三请求还不行吗?"

义堂说:"春来,我的好弟弟,我不仅再三了,而且四、五、六都'再'过了!首长说我父母已为革命贡献我大哥了,再让我走,撇下二位老人生病在床,无人照顾,太残忍了。说如果我能想到别的替代尽孝的法子,也未尝不可。弟弟,你说我能有办法替代吗?唉,真难哪!"

春来说:"大哥,你如果近期就走,尹伯伯、倪妈妈会去照顾你大、妈的,我,还有桂兰姐、牛牛都会去帮着做些力所能及的事的。大哥,你放心,你要是真的就要走了,我们都会把爷爷、嬷嬷当自己亲人去照顾的。你就要走了吗?"

义堂紧紧抓住春来的手说:"春来弟,我要的就是你的这些话,至于尹伯伯那儿,我也要去跟他们讲。我相信他们包括桂兰妹、牛牛都会支持我的,我相信!"

春来说:"绝对!"顿了一下,春来再次问,"义堂哥,你真的就要走了,就要参军去了吗?"

义堂说:"就我愿望来说,就我对这黑暗社会的痛恨来说,我巴不得今晚就离家去部队,但主动权不在我。具体时间,还要等部队根据具体情况,进行研究后再定夺,由兴国负责跟我联系。"

春来说:"大哥,有机会能跟部队说说情也让我参军吗?"

义堂不假思索地断然拒绝说:"那可不行,你太小,又是赵姨的独子。"

春来说:"我听人讲,红军长征的时候,独子、小孩都收呢。"

义堂说:"此一时彼一时,现在八路军不缺兵源,参加革命的都是挑选出来的,哪能随便招小孩呀!"

春来听义堂如是说,都近乎颓丧了,沉默片刻后,说:"大哥,你在参军前把我安排到尹伯伯、倪妈妈家去过好吗?"

义堂没想到春来会提出这样的要求,他犯难了,他说:"春来弟,倪妈家里困难……"

义堂扬起手,还要向春来说些什么,明发、启亮又找回来了。他俩是来合计惩罚王大嘴的事的。

明发说:"义堂兄,王大嘴一再和牛牛、春来为敌,不该给她些教训吗?"

义堂说:"明发、启亮弟,我不是说你们不该教训她,但我总认为她还没坏到拐卖行骗、谋财害命,甚至像小日本鬼子那样杀人放火的程度。我让你们再忍忍,如果她还不能良心发现,继续跟牛牛和春来过不去,到时再视情节轻重而定。"

明发说:"义堂兄,我们四人中,你年龄最大,也可说得上是长兄为父了,我们听你的,如果还有第三次,我们绝不手软!"

义堂说:"谢谢兄弟对我客气,事不过三,如果王大嘴再犯,那就活该她倒霉!"

春来捉住义堂的手说:"大哥,这话是你今天在这儿讲的,请别忘了!"

义堂拍胸说:"君子一言九鼎——不过做任何事都要把握分寸,做过头了,会使自己陷入被动境地。"同时,义堂还提醒他们,王大嘴可能不是一个人,她后面肯定还有人,他要明发、启亮、春来提高警惕。

二十一

春来已经在倪妈家生活了,他由衷地高兴。

恰在这当儿,桂兰胃病犯了,春来要把家里烧柴吃菜的事担当起来,倪妈不同意,但在春来一再坚持下,永富夫妇答应了。

事非亲历不知难,拾柴虽是小事,但也并不容易。条子号的圩里圩外,每一块地都是套种的玉米、黄豆,满满匝匝,密不透风。六七月间,很难在这里捡到枯枝败茎、腐秆烂桩。况且早先桂兰来来去去,拉网似的寻过多遍了。

开始捡柴时,春来带牛牛仍是依循桂兰的老路,但几天后,捡的柴很难够家里烧锅用了。于是春来突破旧的思路,大胆地穿过地垄阡陌,直达防洪渠边,那里的柴果然好捡多了。

那防洪渠是条子号内圩的防洪排涝渠。渠为东西走向,长约三千米,宽十多米,深两米多。它从圩心穿过,将几万亩内圩一分为二。渠上有桥。由数根粗大的杨树拼成主体桥架,架上再用木棍、秸秆、杂草分层叠铺,最上一层为沙土。这样的桥每隔百十米就有一座,把南北两边的地垄小路连成一体。因为有桥,由桐马大堤脚下到条子圩,畅通无阻。那长渠仿佛是躺在圩内的一架大钢琴,春夏水满,渠水哗哗,既弹奏着美妙动听的劳动乐章,也倾诉着无以为生者们的哀愁和痛苦。

果然不出春来所料,沟渠两边的埂上,长满了短荻和蒿草。开始那些天,春来带牛牛捡得很认真,日捡日烧,尚有多余。俗话说,捣衣杵子用三年都要变成精怪,越往后,春来和牛牛也就越不那么专心本分了。他们常常一到渠边,就先玩个痛快,然后才捡柴。

春来和牛牛玩得最多的就是抓子儿、考把儿、猜谜语、下对角棋等一些斗输赢的孩童游戏。如果春来输了,牛牛可多得一把蒿柴,如果春来赢了,那就是哥哥和弟弟打牌,赢也是白赢。一般都是牛牛输多赢少,许多时候,牛牛的赢都是春来让的,是"变相贿赂"。春来贿赂牛牛,就是想牛牛也叫他一声"哥",可牛牛就是不叫他哥,只叫春来。

然而下渠洗澡是不可能的。有一回,牛牛坐在渠边,把脚放到水里嬉戏,春来还打了他,为这事,牛牛把春来肩膀咬破了,春来痛得直咧嘴,发誓要与牛牛断交。然而不出半个时辰,两人又你说我笑亲密无间起来。还有一回,两人正在下对角棋,不知什么东西把春来大脚趾蜇了,脚趾顿时红肿起来,牛牛抱起春来的脚,对着紫红的创伤,大口大口吮吸,连吐好几口紫黢黢的血水,脚趾的红肿才消了。挑开垫着的蒿柴一看,才发现是一只大蝎子。

往往玩了大半上午,肚子饿了,他俩就去找吃的。那时候地里不打农药,也不用除草剂,水渠边、地埂头,野瓜儿春夏秋三季都有,有荸荠大的、鸡蛋大的、拳头大的,一口两个的、两口一个的,大小不等,皮色各异,食味也不尽相同。春来一摘就是一衣兜,与牛牛共享。有时也掰玉米棒吃,生吃玉米棒别有滋味,它虽然不像煮熟后那样能把人的鼻子香歪了,但甜丝丝的,嚼在嘴里,浓浓的乳白色浆液漫出来,把嘴巴都糊住了。

一天下午,春来掰了两根玉米棒,分给牛牛一根。牛牛刚往嘴里送,突然背后玉米棵里传来响声,他便警惕地挨到春来身边。然而静听又什么声音也没有。于是两人就放心大胆地啃起棒子来。

"哼,可被我逮着了,青天白日的,竟敢偷玉米棒吃!"声音更近了,分明是来抓他们的。春来拉着牛牛就跑,谁知来的人已经近身了,牛牛被逮住了。春来侧面一看,傻眼了,以为是谁呢,原来是孙启亮!孙启亮板着面孔,直视春来。但春来反而向启亮靠近了,他咬口玉米棒,边嚼边说:"为什么这样看我们嘛,不认识了吗?"

启亮依旧不开笑脸,认真地说:"好大胆子,你们两个家伙,光天化日下,偷人玉米棒吃!"启亮的骂词基本上是刚才的重复。春来可不买启亮那一套账,他嬉皮笑脸地说:"哎呀呀,不要讲得那样难听好吗?光天化日下,我们小伢子掰几根玉米棒吃,是偷吗?是光明正大地取,晓得吗?是取!"春来说罢,向启亮飞去一阵笑,并将手上没啃完的棒子抛给了启亮,说:"你也尝尝吧!"牛牛也说:"吃吧,启亮哥,好吃呢,甜甜的。"

春来说:"启亮哥,你吃啊,真的很好吃呢!"春来说着又掰了两根,撂一根给牛牛,还说启亮想吃自己掰,他懒得代劳。春来简直目无启亮了。

既捉了贼,又拿了赃,启亮本来是占尽上风的,可是被春来和牛牛半真半假的漠视和戏谑,弄得啼笑皆非。

启亮是真的非常爱护他这两个小学弟。然而他仍旧不开笑脸,说:"偷人玉米棒,狡辩不算,还要我也吃,要我和你们一样作奸犯科是吧?"启亮说罢,把春来抛给他的半截玉米棒拿着大口吃起来,他边吃边说,"吃,不吃白不吃——啊。"启亮紧绷的脸像解了严似的,轻松带笑地说,"你们晓得这块地是谁家的吗?"

春来不假思索地说:"陆姨大家的!"牛牛也旁证说:"是的,陆姨妈好像带我来这掰过玉米的。"启亮说:"我讲呢,不先搞清就下手偷——""偷"字刚说出口,春来就踮起脚,一把将启亮嘴捏住,将另一只手握起的拳头,在启亮面前晃晃,说:"再说偷,就别怪这个对你无礼!"

启亮没用什么力,捏住春来晃动威胁他的拳头,细细看看,然后极为轻蔑和戏谑地说:"你这是拳头吗?怎么我越看,它越像算盘珠子呀!"牛牛也晓得他和春来加起来,都不是启亮对手,于是改变策略软化口气说:"启亮哥,我和春来中午都没吃,掰个玉米棒填填肚子,你就讲我们偷,难听死了。"春来说:"就是嘛,传出去我和牛牛就没法做人了。"

启亮笑着说:"这样讲就对了,像人讲的话了。好了,我不说你俩偷了。"启亮说,"老虎下山都要先拜土地,你俩也不瞧瞧,都'盗'到谁家地上来了……"没等启亮说完,春来拉着牛牛扑过去,把没防备的启亮扑倒了,压在他身上。启亮两手一分,一点儿没费劲地把春来和牛牛分拨到两边,抱膝坐起,故意装呆说:"你俩怎么动手了啊,我不是没说你们'偷'吗?"

春来反驳说:"你是没说'偷',可'盗'比'偷'更严重!"春来招呼牛牛,再次扑向启亮,三人抱在一起,滚作一团,笑得一塌糊涂。启亮说:"好了,好了,算你俩赢,但是——"

春来立即把启亮的话封住,说:"没有但是,本来赢的就是我和牛牛,还偏说'算''但是'的。"

春来想想又兜起书袋儿来了,他引经据典说:"'鹪鹩巢林,不过一枝;鼹鼠饮河,不过满腹',这样大面积的玉米,我们只掰几根,就地吃了充饥,既没拿回家煮,又没拿到市场上卖,何来'偷''盗'之说?像你这样小红枣儿当大火球吹,不是要把我和牛牛打翻在地,还踩上一只脚吗?"牛牛说:"这样,我和春来就不能翻身了。"

"好了,好了,我讲不过你俩,言归正传……"启亮还没开启下文,春来又要打岔,启亮说,"真的,我承认你俩既不是'偷',也不是'盗',但是,你俩到底知不知道这块地是谁家的?"

春来瞪大眼睛问:"不是陆姨大家的吗?"

启亮摇头,说:"要是陆姨大家的就好办啰,可它不是啊。"春来和牛牛都有些紧张了,问到底是谁家的。

启亮说:"好吧,听我说,你俩可要站稳了。"启亮耸耸肩,抹两下喉结,咳两声,清了清嗓子,又再三叫春来和牛牛站稳了,说,"这块地是我们的好朋友罗——三——宝家的!"启亮把"罗三宝"的音拖得特别长。

"王大嘴家的?"春来和牛牛同时惊愕了。春来说:"真的,怎么掰到她家地里了,这不是碰到包疖上了吗!"

见牛牛和春来又惊又悔又怕的样子,启亮捏着鼻子,扑哧一笑:"逗你俩玩的呢,这地既不是陆姨大家的,也不是王大嘴家的,是你们小老哥我——家——的!"

"你家的!"春来和牛牛同时反问说,"真是你家的?"

启亮严肃起来,说:"不跟你俩说假话!"

春来和牛牛同时叫着跳着说:"那就好,那就好啰!"

接着,启亮告诉他俩以后掰玉米棒吃的几条注意事项。如要拣老的掰啦,不能把杆子折断,以免后生的长不熟啦,尽量烧熟了吃,生吃拉肚子啦,还特别强调,他俩只能在他家地里掰,千万不可掰人家的,以免挨打啦,等等。临了,启亮到堤脚下人家的柴堆上拉下一大捆干黄豆禾子,又在自家地里掰了些比较成熟的玉米棒,用叉兔子的灯笼叉,帮春来和牛牛一担挑了回去,丢在了倪妈家。

路上,启亮还说了些王大嘴的事,启亮说凭他的感觉,王大嘴还要对春来他们使坏,他要春来和牛牛特别注意防范。

凡事开了头,就很难收得住。后来桂兰胃病好了,但春来仍带牛牛去捡柴、挖野菜,倪妈不让都不行。不过后来挖野菜的事都由桂兰去做,而捡柴就是牛牛和春来的"专业"了。下面撷起几件小事,来说说春来和牛牛在野外捡柴中的见闻和乐趣。

六月十八日上午,春来和牛牛在一片休耕的地里拔枯蒿子,拔到畦垄中间时,突然不知什么家伙,呼啦啦从两人面前冲天而起,地面蒿草被吹搅得向四面披离乱摆。他俩抬头望望,有四个像炮弹一样的东西,拖着长长的红尾巴,发出咯咯的声响,划过空中一段距离后,又倾斜着,滑落到不远处的草丛里。春来和牛牛飞跑过去,却不见了踪影,它们都钻到密不透风的菟丝草里去了。两人爬进去,春来先抓出一个,原来是只五彩斑斓的大野鸡!

接着牛牛也抓出一个。两人抱着两只大野鸡,比较着,夸说着,但欣赏中,春来也不乏成熟的淡定,他理顺大野鸡被弄乱的锦绣羽毛,把玩一会儿又亲吻几口,然后双手托起,猛地向空中一抛,把大野鸡放生了。牛牛知道春来的行为是出于爱鸟,虽然自己也感受到了压力,但在春来做尽工作后,仍不肯放。于是春来带牛牛找到了那两只野鸡的窝,见窝里小鸡有的破壳欲出,有的虽已出壳,但胎毛未干。春来语重心长地对牛牛说:"弟弟,你看到了吧?劝君莫打三春鸟,子在巢中望母归。你如果不把老野鸡放掉,一窝小野鸡都必死无疑了。"牛牛脸红了,说:"春来,听你的!"牛牛也把那抱在怀里的老野鸡放了。

　　七月初九那天上午,和往常一样,春来和牛牛玩抓子儿玩够了,便去捡柴。这次他俩合计着,决定过防洪渠,去北堤脚下,尝试一下能不能像启亮那样,也从人家柴堆上拉一捆现成的柴。刚到桥中心,就听桥北头"呱呱呱"几声青蛙的惨叫,凭经验,春来和牛牛都晓得是青蛙被蛇咬着了。但是站了一会儿,张望了一阵,并未看见青蛙和蛇的形迹。于是两人大着胆子继续往前走,可没挪几步,青蛙又叫了,声音更惨。料想青蛙是在进行最后的挣扎,两人再次停住,把惊疑的目光投向桥对面的草丛。

　　"哎哟喂。"春来惊叫一声,一条比擀面杖还粗的大菜花蛇赫然映入他的眼中。那大蛇嘴里死死咬着一只草绿色的大青蛙,在蒿丛中慢慢哧溜,哧溜到桥头边不动了。它昂起头,摆动着尖尖的尾巴,粗长的身躯像九曲黄河似的蜿蜒扭曲着。蛇开始吞食青蛙了,慢慢地,青蛙已经没有了叫声,只有两条长而有力的后腿朝空中狠狠蹬着。渐渐地,青蛙后腿也掉进蛇的宽扁的嘴巴里了,蛇的颈部鼓胀起来。随着蛇头的高昂,能清楚看到,鼓撑在蛇食道中的大青蛙,沿着蛇颈快速溜滑到腹部不见了,一场弱肉强食的虐杀,到此悄然结束。清寂的圩心里,除了桥下微微漾动的水波,一切归于平静。

　　按说,蛇饱食了青蛙大餐,理应为刚才一点儿没有干扰它"用膳"的春来和牛牛让出桥头过道了,可它不但没有这个意思,反而把头昂得更高,尾巴也左右摆动着,嘴里的芯子像不时往外吐射的火苗,那摆出的架势,好像要与春来和牛牛决斗一般!牛牛有些怕了,他要春来改道。可是看多了《聊斋志异》的春来说,蛇不给他俩让路,是他俩对蛇的礼节做得不够。于是他拽着牛牛向前两步,拱手对蛇说:"喂,蛇大爷,请行个方便,给我俩穷孩子让条路吧。"蛇不理,充满杀机!

　　牛牛更怕了,他拽住春来往后退,但春来说:"弟弟,有我在这儿,你别怕,凡事遇难就后退不好!我俩虽没有孙悟空七十二变的本领,但不能没有笑对八十一难的精神!"春来说罢,又上前向蛇深鞠一躬,说,"蛇大爷,你可不能胡来吓着我弟弟哟。别看我们是刍荛孩童,可也是读过一些孔孟的呢,以和为贵,仁义当先嘛。你要是给我们让出捡柴的路,倘以后你在道上遇到挥刀斩杀的刘邦佬儿,我们也会拼命相救的呢!"春来又拉着牛牛再次向大蛇深鞠一躬。不知真的是春来把礼节做足了,还是依据自身活动规律行事,蛇慢慢低下头,哧溜溜地滑下水渠,扎了个大猛子,在距桥四五丈远的地方浮出水面,然后修长的蛇身顺着渠水向东游去。

在那段日子里,春来和牛牛在共同的野外生活中,碰到的乐事趣事不胜枚举。那是十月二十八日下午,春来和牛牛把捆好的柴放在地头上,面向渠坝坐下歇会儿。忽然一只大老鼠,身后缀着一大帮酷似土坷垃的灰黑色的小东西,像一长列火车,由西向东,从坝顶疾驰而来,又呼啸而去。他俩正琢磨着,西头又开来一列。两人终于想起来了,那些缀在大老鼠身后的泥巴丸大的小东西,竟是眉眼未开,不会走动的小老鼠!其实这种大老鼠拖小老鼠跑的现象,不久前,春来和牛牛就见过了。只是见得少,在大脑中留下的印象不深,淡忘了。

那是一个晴天的下午,也是在捡柴的间歇时,一群雀子在防洪渠埂的杨树上吵吵闹闹的。凭以往的经验,春来和牛牛断定,地面一定有什么东西被雀子发现了,引起它们的惊讶好奇。他俩向前望去,果见一只大老鼠趴在许多枣儿大的小老鼠身边,逐个舔舐着小老鼠。被舔舐过的小老鼠立即爬散开去,组成间距大致相等的一列纵队。这时牛牛要捡土坷垃砸打,但春来阻止了,春来要继续对它们进行观察,看看它们到底要干什么。只见那大老鼠,就像大将军检阅马上就要出征的队伍似的,从排头的小鼠前跑到排尾的小鼠后面,又从排尾小鼠后面跑到排头小鼠前面,立定后,掉头向后一转身,猴子似的蜷起前爪,利用直立的后肢把身体上举起来,不苟言笑,表情严肃,炯炯有神的目光在那已经排成纵队的小鼠身上前后穿梭了几遍,然后发出唧唧的叫声。叫声中,除领头的小鼠无尾巴可咬,排尾的小鼠不被咬尾巴外,纵队中其他的小鼠都在同一时间内,以同样的方式,咬住了前鼠的尾巴,或者说前鼠都把尾巴让后鼠咬着了。这一动作完成后,大老鼠才把前肢伸直放下,待身体与地面平行后,就利索地一转身,头朝正前方,伸直自身的长尾巴,往身后领头小鼠嘴边轻轻一扫。领头小鼠机灵地将头一摆,一口咬住大鼠扫到它嘴边的尾巴。

大老鼠预备性地前移两步,一是检测每个小鼠是否都把嘴里的尾巴咬好咬紧了；二是提醒小鼠，马上就要启动了，大家注意力要集中；三是整理队形，大鼠前移两步，队伍整体向前滚动了一下，原来弯曲不齐的队形，拉拽得像被墨线牵弹了一般笔直。

唧——唧——唧，就像汽车出站前要先按几声喇叭，轮船离码头前要先鸣几声汽笛，大老鼠鸣叫三声后，四只脚就像车轱辘，以人肉眼看不清的速度跑动起来，身后一列纵队的小老鼠都被带动着，排山倒海、风驰电掣般呼啸前行。

因为有了那一次的贴近观察，春来和牛牛终于明白了，眼前那些被大老鼠拖着飞跑的小老鼠，之所以一个也没有被甩脱掉队，关键就在它们的嘴巴和尾巴上。后面老鼠的嘴巴紧咬着前面老鼠的尾巴，就像车厢的挂钩紧扣着，即使火车速度很快，也没有一节车厢被甩脱的。

"真不可思议呀！"正在春来和牛牛赞叹不迭时，又有四列"火车"在渠坝顶上疾驰奔腾着，其中两列相向而开。幸运的是，无论它们开得多快，都能按其既定的方向和线路，而绝对不会相擦相撞，仿佛它们已先于人类熟谙卫星导航系统的原理了！

后来听经事多的老人们说，春来和牛牛见到的大老鼠拖着许多小老鼠跑的现象叫老鼠搬家，和老鼠偷鸡蛋一样，同是鼠辈们在生活实践中创造出来的无与伦比的天才绝技。

生活就是一本书，越是深读，就越精彩，越耐人寻味。20世纪70年代，春来面对他的教授对象，回忆起和他不幸早逝的牛牛小弟的这段童年生活经历时，感慨良多，他真诚地勉励他的学生，在努力接受书本知识的同时，更要接触社会，接触大自然。

当春来和牛牛还在对昨天那老鼠搬家的趣事回味着、品评着、陶醉着的时候，桂兰找来了，见桂兰两眼泪汪汪的样子，春来和牛牛很快想到了五丫……

二十二

桂兰摸着五丫的遗体哭，近乎麻木的倪妈说："别哭，丫头，五丫死了好，死了就不受罪了。去望望春来和牛牛在哪,把他俩找回来。春来是赵姨的独苗子,天要下雪,别把人伢子冻坏了。"倪妈讲是这样讲,可是桂兰刚出去找春来两个,她就伏在五丫遗体边哭了。

听到哭声,陆姨妈过来了。在陆姨妈的极力劝慰下,倪妈虽然没再哭,但五丫生前的许多辛酸苦辣,还是一桩桩一件件涌上倪妈心头。她捉着陆姨妈的手诉说着。说着说着,倪妈又伤心地哭了。

倪妈最伤心的就是头天下午的一件事。上条子号潘奶奶送来几升玉米粉、一升大米和几尺花布。五丫当场就吵着要她妈煮大米饭吃,倪妈好哄她也不听,就磕了她两拐栗子。夜里醒来,倪妈想想又懊悔,所以早上,她把锅烧好了,就抓两把米,放砂罐里煨了,候五丫醒了让桂兰倒给她吃,可是,唉……

在倪妈向陆姨妈痛说这事时,明发、启亮的妈妈还有麻姑等都来了,大家都不让倪妈再提那些让人伤心的旧事。

妈妈们依传统做法,把五丫遗体放到铺着草的地上。

春来和牛牛被桂兰找回来了。三人一进棚屋,就见五丫躺在地上,背下垫一床破被单,被单下又垫着麦秆草。五丫脸上盖一条破手巾,上身穿一件小花褂(花布料是潘奶奶送的),下身就是平时穿的小破裤子。半截红头绳扎的小辫子,从颈后拂过来,搭在肩上。两只紧贴身腰的小手,和并齐靠拢的腿脚,就像干柴棒。五丫的全部形骸就是一张皮包着骨头。

见五丫这个惨样,春来几个孩子什么话也说不出来,就依偎在倪妈左右,默默地陪倪妈掉泪。

五丫是头天晚上还是当天早上死的,谁也不知道。倪妈早上出门给人家做针线活前,也没去看她,叫她。早饭后,桂兰从灶窿里把倪妈煨的饭拿出来,倒在竹筒里,喊五丫起来吃,五丫不应,桂兰到铺边看看、摸摸、拉拉,五丫身上冰冷的。桂兰知道五丫没气了,这才赶快叫回了倪妈。

望着躺在草上的五丫的遗体,倪妈十分不忍,她又从地上把五丫抱到自己怀里。

陆姨妈见倪妈这样愚痴,骂着说:"大妹子,你这是干什么?死了死了,你能把五丫一直抱在怀里吗?你抱着吧,抱到过年,抱到明年春天夏天吧!凡事都圆满,当然好,可有时也要后退一步想呀！我要是像你那样一根筋放不开,早死了！真是的,哭就哭几声呗,还把一个死伢子往怀里抱,怄人的!"陆姨妈说罢,悻悻地往铺边一坐。

明发妈又从倪妈怀里抱过五丫,轻轻放到地上。

倪妈孩子似的伏到陆姨妈膝上又哭了。陆姨妈边掉泪,边拍倪妈背心,亦如安抚孩子般安抚倪妈。

永富回来了,他也没有吱声,只抱拳向棚屋里外乡邻们拱拱手,然后在五丫遗体边蹲下,捏着五丫小手,无声地掉泪。

不一会儿王爷爷、王孅孅、王义堂一起来了。王义堂从家里驮来四块木板。

王爷爷让永富夫妇尽快把五丫的后事办了。

六丫肚子饿了,她端起原是煨给五丫吃的半竹筒烂粑饭,馋巴巴地挑着吃,吃几口,又端过来挑着往五丫嘴里喂,说:"姐姐吃,大米的,是你要吃的大米饭,姐吃呢,姐不吃……"

春来把六丫牵到一边。六丫坐到门槛边,一面往嘴里挑饭,一面把两只脚后跟交替着往地上磕打,嘴里还哼哼,学着大孩子那样唱歌。唱着唱着,想想又来喂五丫。六丫的无知举动,不仅触痛了倪妈的心,也使在场的邻居们纷纷落泪。

永富在义堂的帮助下,很快就用义堂驮来的板把小木匣子钉好了。刚要装殓五丫遗体时,陆姨大也赶来了。陆姨大见五丫脸上身上都紫黑紫黑的,就问王爷爷五丫害的是什么病。王爷爷说他后阶段都配解毒药给五丫吃,五丫很可能是慢性中毒。

"慢性中毒?"陆姨大把王爷爷的话重复一遍,很是惊异。

后来才知道,五丫确实是死于中毒。不过那个人本意是要毒死牛牛,无意中害了五丫。

五丫入殓时,为着一床破被单,永富和王爷爷起了争执。永富说五丫到他身边投胎,作孽受罪,用破被单裹走五丫,他和倪妈心里好受些,五丫到那边去,过得也暖和些。但王爷爷说,死了,再给多少陪葬都无用,他要把破被单留下给孩子们晚上御寒。陆姨大也倾向王爷爷的意见,永富用求助的目光望着义堂和春来,希望他俩讲点对自己有利的话。

义堂和春来虽也觉得五丫这点大就夭亡他乡,非常令人痛惜,但在破被单的问题上,他俩还是赞成王爷爷和陆姨大的。可是为了照顾永富夫妇的情感,他俩没把内心真实的想法亮出来。义堂和春来互递眼神后,义堂说:"大、大姨大,这被单都破得连不起来了,给不给五丫裹走,其实都无所谓,即使留下来,牛牛也盖不到半个冬天了。不过,看到匣子里空空的,尹伯伯、倪妈妈都于心不忍。为了让他们减轻一点儿内心的愧疚,我和春来都建议把被单给五丫裹走吧,你们说呢?"

王爷爷和陆姨大还有什么讲的呢?他们只能让理屈从于情了。

入殓后,五丫被放到匣子里,不见了。刚才还自个儿玩的六丫,突然扑上来,在匣子外抓着、捶着,要人把匣盖掀开,将五丫放出来。她拍打哭嚷着说:"姐,姐——姐——,你出来,你快出来,快出来……呜呜呜……"

掩埋时,天更加阴沉了,凛冽的北风卷着鹅毛大雪,漫空飞舞,不一会儿,地上白了,树上白了,原野、村庄白了,到处都白了,天地一片迷茫……

二十三

除永富夫妇外,孩子们(自然也包括春来)基本上都从五丫夭折的悲痛阴影中走出来了,各人做着各人的事了,因为不这样生活就无法继续。

倪妈说,桂兰一年大比一年,女孩子家的,不能老让她一人出去捡柴挖野菜了。多数时候是春来带牛牛把那两件事担当起来了。

其间,赵姨从女儿家里回来过一次,她知道儿子情况,但一想到倪妈家日月难过,就要春来到他姐家去,但春来仍不愿去。春来两个姐姐待他也确实是太不好了,所以赵姨便依了春来。赵姨对春来说,她已经无能为力了,尹伯伯、倪妈妈的恩情,只有靠春来自己长大后报答了。

春来知道尹伯伯、倪妈妈待他有恩,但眼下除了带牛牛多捡柴多挖野菜,让倪妈在这两方面不焦心,别的就无以为报了。所以那一阵春来捡柴就捡柴,挖野菜就挖野菜,顶多累了歇会儿,以前那些下棋、抓子儿、考把儿的事再没玩过了。亲历了五丫死亡的伤痛与悲哀,春来和牛牛像是都成熟了不少,他们对做正事之外的小游戏,一下子就失去兴趣了。

这天,春来、牛牛两人在防洪渠北边没转多少弯路,就见一处地垄上横七竖八地放着一些枯蒿。从它们散乱的样子,看得出是人家割砍后丢弃不要的。他俩将其一一翻过来。趁着晾晒的当儿,春来带牛牛到五丫的小坟前凭吊了一回,去年腊月在坟边栽的荆花树已经开了几枝小花。这会儿的荆花,开得虽不比盛夏的繁盛红火,但也不乏娇嫩可爱,虽然蒙着一层秋后的惨白与淡凉。回来看看柴还没晒干,他俩又到套沟去坐会儿。

因为是潦水尽寒潭清的季节,有的沟渠干了,牛牛坐在干沟边,用棍子漫不经心地撬着皲裂的泥土,撬呀撬的,泥土中出现个花斑斑的东西,他惊喜地叫过春来,两人你抠我扒,最后扒出一只有大筛箩那么大的乌龟!

春来和牛牛可乐坏了,他俩把乌龟翻过来、倒过去,怎么看也看不够。那大乌龟的背壳呈黄褐色,上面有一格套一格的网状花纹。花纹组成的图案,就像唐宋两代士绅袍褂上织绣的团团金花,古朴而不失儒雅,瑰丽而兼具大方。那半缩半伸的乌龟头,大小跟牛牛攥起的拳头不相上下。它两眼微睁,目光既不甚灵动,也不板滞,看起来它对春来和牛牛不屑一顾。它四足前的爪甲,跟善于打洞刨土的穿山甲相比也毫不逊色,脚爪周围也长着鳞片似的厚皮壳。它趴在地上,任人摆布,既无攻击人的样子,也没有防备人伤害它的戒心。它神情淡定,气度中和,像一位饱经风霜、阅历深广的老者。最令人惊讶的是套在它尾梢盖壳上的环子。那环子金黄锃亮,比一些贵妇的金耳坠还粗得多、大得多。奇怪的是,他俩把环子转来转去,竟没看见接头处,也找不到焊接的痕迹。不知当年的放生之人,是用什么方法把这样又圆又粗金光灿灿的大环子戴到大龟壳上的。

春来和牛牛如获至宝,把大乌龟抱到翻晒干的蒿柴边,用绳子从金环中穿过,拴在玉米秆上。柴捆好后,春来让牛牛牵大乌龟在前,自己驮柴殿后,两人乐不可支地朝地垄走去。地垄两边玉米秆高比墙垛。

"站住,不许动!"两人走进"墙垛"中大约百步,路左边的玉米棵里,突然传出音量很低,但很严厉的命令声,紧接着蹿出一个只有眼睛露在外面的戴面罩的人来。牛牛吓得倒退几步,闪到春来边,乌龟也差点被吓丢了,但绳子仍牵在手上。春来先是一怔,但很快镇静下来,他放下肩上的柴,往牛牛背上拍两下,然后跨前一步,把牛牛挡在后边。

春来咳咳两声,蹬开两脚,左手叉腰,右手把驮柴的棍子往地上一杵,怒道:"咄!你是何方蟊贼,胆敢到我的地盘撒野!"说罢,抄起棍子,在那人面前舞了两下,而后往空中一抛,身体原地转一圈,伸手将棍子稳稳接住,说,"不怕死的,就上前跟鄙人耍耍儿。"

"呵,你小子胆还挺大的嘛!"那人上前一步,逼近春来,声音仍然很低地说,"要耍就不必了,我看你两个大秧把长,不禁我打,我也不为难你俩,不过要想过去——"那人眼睛盯着大乌龟,后面话还没说,牛牛就急了:"你要干什么?你可别打我俩噢。"牛牛虽镇定了不少,但仍没法叫腿别发抖。

那人说:"不干什么,也不打你俩,不过要想走人,请把大乌龟留下!"春来一听他让把大乌龟留下,不禁怒从中起,不管三七二十一,啐的一口唾沫向那人手上吐去(那人脸上戴了面罩),斩钉截铁地说:"要大乌龟,你白日做梦!"牛牛也仗着春来的威势,气愤地骂那人"放狗屁"!那人也绵里藏针地说:"二位休得无礼!"他把拳头在春来和牛牛面前晃晃,语带威胁地说,"再要放肆,我的这个正痒痒着呢!"

春来虽然是"老太婆嚼炒蚕豆——嘴硬",但见自己个子只齐到那人胳肢窝上一点儿,心里也有几分怯火。可掉过来想想自己是在家门口,己方又是两个人,占着天时地利人和的优势,而那人个头虽高,但身材并不魁伟壮实,还怕敌他不过不成?狭路相逢勇者胜,想到这儿,春来胆子陡地壮大起来,于是举起木棍说:"你痒痒,我要叫你痛痛。"说罢,猛下一棍,朝那人胳膊打去。那人果然身手不凡,一个筋斗后翻一丈多远,刚站定,春来又以迅雷不及掩耳之势,朝那人搠去一棍。那人眼疾手快,抓住棍子,只轻轻一拖,春来便打了个趔趄,身子往前一扑,那人抢前一步,接住春来快要蹭到草尖的胸脯,往起一托,把春来托站起了。春来向那人瞅一眼说:"两方交战,只凭实力,不乞礼让!"

那人笑笑说:"再要嘴硬,我决不轻饶!"说着就摆开决斗架势,威胁春来。

春来避开那人正面锋芒,一急转身,绕到那人背后,抡起棍子,从屁股后朝那人胯下直捣过去。那人抓住棍头,又只轻轻一拽,春来再次打一踢绊,又向前一仆,那人弓下身,翘起臀部,春来好看的鼻尖儿,不偏不倚、正正着着、精准无误地撞到那人在一瞬间修正了偏差的屁眼上!

春来知道那人是有意羞辱他,肺都气炸了,于是不得不动用"预备兵力"了。他向牛牛一挥手:"上!今儿个是遇上对手了,我兄弟俩豁出去了!"牛牛也重复着:"喝(豁)出去了!"春来抡着棍儿,牛牛没有棍子,他是地地道道地赤膊上阵,两人呐喊着扑向那人。

谁知牛牛虽然招之能来,来之能战,但战之却不能胜,一回合没战完,就被那人擒住,像个布娃娃被夹在胳肢窝了!牛牛脚蹬手挠,终不能挣脱。

春来向牛牛使了个眼色,又把嘴巴张张,牙齿龇龇,牛牛心领神会(因为那也是牛牛往往在打不过人时就采用的战术),他趁春来举棍再战,那人集中精力一心迎战时,倏地一侧头,往那人胸脯上猛咬一口。那人哎哟一声,放下牛牛,斥退春来,扯下面罩,露出了真容。春来和牛牛定睛一看,扑上去,捶打拥抱他,原来那人是他俩的学长,同他俩情如兄弟的张兴国!

兴国揉揉胸脯说:"跟你俩闹着玩,你俩对我就真的又下手又下口。打架还咬人,你俩打的是什么战术?怎么《孙子兵法》上没有呀?"

春来说:"有呢。这叫不对称战术。兵书上说,强敌当前,作为弱的一方,就要出奇招、险招、恶招,一招制敌,这样往往才能反败为胜。"

兴国把春来、牛牛搂到身边,对春来说:"士别三日,当刮目相看,没想到你都懂《孙子兵法》了!"春来大言不惭地说:"也不是很懂,会一点儿,就是个皮毛吧!"三人呵呵笑了。

春来和牛牛轮番询问兴国好多问题,最后,春来要求兴国也带他参军去。兴国说春来还小,等长到像义堂、明发那样大,他从部队专程回来接春来入伍去。兴国问春来现在哪儿生活,春来告诉了兴国。春来语带辛酸地说:"兴国哥,你是晓得的,倪妈家太苦了。"

兴国问春来是不是怕苦了,春来说:"我不怕苦,我不在倪妈家过,会更苦的。可是我在倪妈家过,又太苦倪妈了。倪妈自己经常省着给我吃,我不吃都不行,我太感负疚了。"兴国说:"有负疚感好呢,长大了好好孝敬尹伯伯、倪妈妈,现在帮他家做点力所能及的事,譬如保护好牛牛,教牛牛学文化认字,照顾好五丫等,这些虽是小事,但都是在感恩呢。"

牛牛说:"兴国哥,五丫死了,你还不晓得呀?"

兴国惊讶地说:"五丫死了?五丫太可怜了。"兴国陷入了沉思。

春来说:"五丫的坟就在那边,坟前栽有一棵荆花树。"

春来和牛牛都要求兴国回家看看张姨。听春来说张姨想儿子想得背都驼了,兴国心里非常难过,但他又向春来和牛牛说明了自己不能回家看妈的苦衷。春来问兴国有什么话捎给张姨,兴国说要跟妈讲的话太多太多,不是三言两语能捎得了的。兴国说罢,从衣袋里掏出两张纸递给了春来,说:"春来弟,我正想晚上去你家,不想就在这儿见到了。我把对我妈要讲的话写了一个大概的提纲,请你根据提纲,以我的口气,代我给我妈写封信,你能答应我吗?"

春来含着泪向兴国点头。春来说:"兴国哥,我愿为你做这事,不过,我建议让义堂哥和我合作完成好吗?"

兴国说:"春来弟,我正要向你讲这事呢,完全可以。"兴国又补充一句,说春来写的字跟自己写的字一模一样,为了不使他妈看出来,信写好了仍由春来誊抄。兴国的泪水下来了,他说:"春来弟,牛牛小弟,自参加革命军队那天起,我就以身许国了。假如有一天我牺牲了,而我母亲还活着,你们能代我常去看看我妈吗?"春来和牛牛同时上前把兴国抱住。

兴国掰开春来和牛牛的胳膊,向侧边移出一步,态度严肃地说:"今天我们在这儿见面的事,必须守口如瓶!"说着,兴国就毅然离开了春来和牛牛,消失在玉米棵里……

春来摸摸兴国交给他的提纲,带着牛牛,背着柴走了。在往家去的路上,又遇到了常明发和王义堂。据他俩讲,他们是来掰新鲜玉米棒的。

傍晚,义堂将掰回来的玉米棒带几根回家,其余都丢给倪妈,让桂兰煮了。春来和牛牛揣些煮熟的棒子边走边啃,赶到那边时,义堂已经站在春来门边等候着了。待春来开门进家时,牛牛才想起大乌龟丢了。义堂不晓得乌龟的故事,春来恼了一阵,但是很快哄着牛牛,两人同把那事放下了。

一进屋,义堂就把从家里带来的蜡烛点燃了。义堂说:"春来,快把提纲拿出来,研究一下,我们怎么写吧。"春来笑笑说:"义堂哥,我就晓得你是去玉米棵里跟兴国哥接头的,还跟我们说谎是去掰玉米棒。"义堂说:"晓得就好,我俩抓紧时间吧。"

不过一个时辰,代兴国给他妈张姨的信就写成并润色好了。为了慎重起见,义堂和春来又各看了一遍,最后才由春来誊写。在春来誊写时,义堂又离开外出了,但注意力高度集中的春来之后才晓得。

义堂回来时,春来刚好誊写完最后一个字。借着不太明亮的烛光,义堂看见高脚蚊子像倒插的燕麦趴在春来背上,牛牛肚上、两腿上被叮得都是密密麻麻的疙瘩,义堂一面快速地、心痛地为他们赶蚊子,一面欣赏春来的字,最后义堂把春来誊写的信,又从头到尾认认真真通读了一遍:

母亲大人如晤:

一年多来,晨昏未省,为人子者,儿心甚感不安。去冬某日,儿一言未留,即离慈亲而去,今日儿衔命潜归,亦未能膝下问安,儿行实为礼仪所不容于万一也。然自出走至今,儿无一日一夜不在思念母亲,不在为母之安康祈祷。

今次回来的几天里,儿白天藏身玉米棵里,透过青纱帐,儿窥见母亲徘徊于门前的羸瘦身影,夜里走出青纱帐,儿望见从母亲房里透出窗外的孤寒的青灯。每当这时,儿的泪水就怎么也止不住地扑簌簌滚落胸前。儿恨不能扑上去,跪到母亲身边,抱住母亲腿,叫一声"妈妈";每当这时,儿恨不能挨到窗前,让母亲您叫一声儿,亲吻一口儿的脸!

母亲大人,儿走不留片言,儿归不省母安,从慈颜您那方来说,儿实有悖为人子之常情也,然在儿来说,又确有无奈之处。儿今次回乡,并非探亲,实乃肩负有任也。儿行前上级嘱咐再三,此行无以自由害纪律,无以私情误军务。以儿戎行资历之浅,两肩骨骼之稚嫩,竟被组织委以重任,实乃领导对儿之信任,革命对儿之考验也!伟大的史学家司马迁在《报任安书》中写道:"仆以为戴盆何以望天,故绝宾客之知,忘室家之业,日夜思竭其不肖之材力,务一心营职……"大仁大德、大忠大勇、大孝大爱如司马氏者,尚且如此,况吾初出茅庐、混沌未开、不知天高地厚之平庸小子乎!

母亲大人,去年儿走之前一刻,到您室内,儿欲将出走之事告诉您,及至面对慈颜,儿又如鲠在喉,欲语不能。况当时母亲正为吾父壮烈殉国十五周年作悼文,儿若又言辞母出走,定会令母倍增哀伤,故儿最后只得背着母亲,强忍痛苦,毅然跨出郭家牢笼,踏上风雨交加泥泞坎坷的陌生之路。儿今以此书呈母,乞望吾母对儿当初不辞而去、今则又归而不省之过,海涵见谅!

母亲大人,儿从初识事理之日起,即凭着一种天与之性灵,觉得郭某非吾之父,儿多次探询于您,您总以善良之诚诳之。儿知母之为儿生存虑,但此于客观上亦起着在品德行为方面,将儿推向郭家成员中的副作用。儿深知以往的某些骄矜行为,您也看在眼里,急在心里,但儿全然不予理会,我行我素,一意孤行,终至在学堂为一点儿小事对岁数比我小一半多的牛牛出了狠手!甚幸!甚幸!那事虽使我的小学弟牛牛吃了大亏,也成为您向我痛说家史、教育我回归正本的切入点和突破口,也是我除去种种恶习、立志重新做人的转折点!谢谢母亲大人,儿自明白了家世身世后,便决意要与郭家彻底决裂,决意走自己要走的路,一条通向光明的革命大路!

母亲大人,那天晚上听到您跟我讲的一切后,我就觉得您是一位多么伟大的母亲!从那天起,儿便暗暗起誓,做我父亲的好儿子,做您的好儿子,长大后要百倍孝敬您,让您能过好日子。然而眼前我们国家的状况很糟糕,就像康有为在保国会上的演讲辞里悲愤指出的那样:四万万中国人,无贵无贱,尽处于覆屋之下、漏舟之中、薪火之上,如笼中之鸟、釜底之鱼、牢中之囚,为奴隶、为犬羊,听人驱使,为人宰割。试想:在这样一种中华民族危如累卵、大厦将倾的现状下,个人生存尚且不保,又如何谈得上孝敬慈亲呢?

母亲大人,儿虽无匡时济世之才学、治国安邦之能耐,然作为炎黄子孙的一分子,儿愿充爱母敬母之赤诚,助我国人民免痛苦,享安宁!吾母系深明大义之人,一定能暂忍母子分离之苦,而以我中华民族福祉为念想也。母亲大人,自古忠孝难两全,儿与千百万志同道合者,携手砸烂旧世界、建立新中国之时,便是儿卸却戎装、彩衣戏于母侧之日!

母亲大人,记得吾父十五周年祭前的那几天夜里,您常到我房里来,跟我讲英雄故事。使我印象深刻的是黄花岗七十二烈士之一林觉民,他为拯救国家于危亡,为使我国人民从半封建半殖民地统治的魔爪与桎梏下挣脱出来,不惜抛妻别子,血战群魔,殒命刑场!革新派首领、戊戌七君子之一谭嗣同临刑前仍高呼"有心杀贼,无力回天;死得其所,快哉快哉"!杰出的少年英雄夏完淳,为完成"北塞之举",实现"中兴再造"的宏图大业,愈挫愈勇,直至为国捐躯。还有吾父出征前给太母和您写的那撼人心腑的告别信……母亲,先辈们艰苦卓绝、百折不挠的战斗意志,和他们为国家民族勇于献身的精神品质,这一切都是我学习效法的榜样。儿为了崇高的理想不会轻易言死,但死,若有助于理想的实现,有助于母亲和千千万万我国人民能过上安稳祥和的日子,儿愿效法前贤,效法吾父:即使赴汤蹈火,粉身碎骨,儿也在所不惜,慷慨赴之!

祝母亲大人平安健康!

不孝儿张兴国再拜顿首

噫!王义堂、赵春来代兴国写的致母书,也是他俩自己家国情怀的真实表露啊!

义堂阅完信,望望春来,春来和牛牛一样,也睡着了,义堂又一次赶走他俩身上的高脚蚊子,然后打了两个哈欠,依在牛牛身边睡了。

这一夜,条子号发生了好几件事,第二天,日上三竿,春来他们起床后才知道。

二十四

王义堂、赵春来、尹牛牛三人睡得正酣,可外头老龙潭菩萨庙边,陆姨大门前的场地上,江边小轮码头的候船室外,都已聚集着几十号、几百号人了。人们在指点比画、交相议论着,个个神色惊慌恐怖。原来条子号昨夜发生了好几件事。

头一件是伪保长郭全福家的大门以及外墙四边,都张贴着警告性的标语,诸如"放下屠刀,立地成佛"啦,"恶有恶报……时候一到,统统都报"啦,"把郭全福绳之以法"啦,等等;第二件是下毛家墩恶霸毛德铭被勒死了,尸体陈在江边小轮码头前;第三件是还在学堂念书的常明发突然失踪了。

早上,义堂三个起来开门时,倪妈就已在门外站着了。从倪妈嘴里他们知道了昨晚上发生的上述事件。牛牛和春来惊讶得不得了,但义堂的神情比较从容淡定,好像他早就知道了似的。

义堂几个人都离开了春来家。倪妈叫春来带义堂一道去她家吃早饭,但义堂说他一夜没回家,大大、妈妈一定会很急,他要及早赶回去。考虑已经三天没去看王爷爷、王嬷嬷了,倪妈也去了义堂家。

春来和牛牛匆匆吃过早饭就把信送给了兴国妈张姨,之后,他们就去了昨天下午捡柴的地方,看看能否碰运气找到那只大乌龟。回来时经过五丫坟前,发现一只箩筐。牛牛拖过筐子,见里面有张字条,便随手递给了春来,春来见条上写着这样一行字:

> 父母亲大人放心,儿今日走了,请二老恕儿不辞而别,保重!
>
> 儿明发

这是明发特地丢在这里的,他知道春来和牛牛天天打柴从这儿经过。

牛牛说:"春来,明发肯定是义堂哥昨天傍晚送到这儿来,让兴国哥带走的。"

春来说:"是的,兴国哥早就说要带明发哥走了。下一次走的可能就是启亮了。"

牛牛说:"是这样,明发哥为什么不让义堂哥把条子直接送给他父母呢?"

春来说:"你傻呀,弟弟,那样不是把义堂哥暴露了吗?"

"是的!"牛牛点点头。

至此,春来完全明白了:所谓的明发失踪,还有另外两件事,都与他的学长张兴国这次回来有关。与义堂有关吗?从义堂淡定的态度来看,这些事不仅也与他有关,而且很可能是他和兴国哥直接策划、指挥和实施的!不然,在他誊写书信的那一个多小时里,义堂哥去了哪儿呢?

倪妈把义堂大大、妈妈衣服洗了,家里卫生搞了,就又匆匆忙忙赶回了家。当她见春来和牛牛不在家时,急得东寻西找,大喊大叫。

"我们在这儿哪,倪妈妈。"刚刚走出玉米棵的春来,连忙应答着倪妈的呼喊。倪妈寻声望去,只见春来驮柴上前,牛牛拎着箩筐紧跟其后。

倪妈上前接下春来背上的柴,把他俩拉到棚里,声色俱厉地说:"这几天,外面就是黄亮亮的金子堆在那儿,你俩都不许出去捡,更不能往圩心海跑海踏!"接着倪妈就取下老算盘,递给春来,她要用让春来教牛牛打算盘的法子,把他俩都紧紧箍在家里。

春来指着箩筐里的字条,讲明了原委,倪妈略思考了一下,同意了春来送字条去明发家的请求,并要他俩速去速回。

念完了字条,安慰了明发父母和弟弟明才几句,春来就带牛牛速速赶回披棚了。倪妈又少不得再三嘱咐春来和牛牛:一定要缩在家里,不许海跑。春来见倪妈那样害怕的样子,就格外从容淡定地说:"倪妈妈,不要紧,我和牛牛都是黄毛小伢,坏人捉我俩去没用,不捉的。"

"你这小伢,叫别出去,还说不要紧,你晓得不要紧啦?"倪妈顺手拿起扫帚,在春来面前举起,说,"再出去,看我不打你?不听话!"

牛牛把他妈手上扫帚拖下来,就在这时,棚外来了一位大和尚和一个小和尚。小和尚在叫倪妈妈。倪妈急步趋前,一下就认出来了:是小沙弥,雷港寺的小沙弥悟敏!那大和尚是庙里二当家。

牛牛和小沙弥对望了一下,就紧紧拥抱起来。春来已从陆姨妈那边端来凳子,招呼二当家和小沙弥坐。但小沙弥向春来望了望,没坐,只是说谢谢。倪妈与二当家和小沙弥寒暄几句,就去烧茶(说是茶,也就是一杯白开水)。站着没说话的春来,见小沙弥再次打量他,有点儿不好意思,便客套一句说:"沙弥哥,你请坐。"说完,春来到披棚里去了。

槐树下牛牛陪小沙弥悟敏在说话。

见春来在披棚里不出来,牛牛把小沙弥丢在外面,也进去了。他见春来独自在拨算盘,情绪有点儿怏怏的,就在他身边坐了。可春来却贴近牛牛耳边说:"快到外陪你沙弥哥,他是客,别把他冷落了。"牛牛见春来讲得诚恳,正要出去,小沙弥也进来了。春来极有礼貌地站起身,给小沙弥让座,客套几句后,春来又无话可说了。他显得有些局促不自然。桂兰在棚外说话的声音,救了春来的驾,春来笑着说:"牛牛弟,你陪沙弥哥好好叙旧,我去帮姐择菜。"

春来出去后,小沙弥贴着牛牛耳朵,轻声问春来是他什么人。牛牛说春来是他哥,小沙弥很诧异,说那年在雷港寺投宿没见到他。牛牛便向小沙弥作了详细介绍,最后说:"虽然讲起来他是我哥,其实我没叫过哥,我叫他春来叫惯了。"

小沙弥说:"我刚才见他拨算盘,他也会打吗?"

牛牛说:"会呢,他两只手都会打,学堂里那汪老头,说春来打起算盘来,手指上推下扒,左右开弓,动作就像行云流水,金泥(惊雷)闪电。"小沙弥又问牛牛学会没有,牛牛说春来教过他,可他是大笨蛋,学不会。

小沙弥又问牛牛还记不记得那年在庙里跟自己在一起的事,牛牛说:"记得呢。"他接着从投宿雷港寺,讲到小沙弥带他睡,讲到在小沙弥床上尿尿,讲到小沙弥带他游玩三大殿,讲到小沙弥教他念《三字经》,讲到方丈和僧人待他们一家怎么好,等等,许多事就像昨天发生的一样,牛牛记得清清楚楚。最后牛牛还问:"沙弥哥,那被子烧破了,老方丈怪你了吗?"

小沙弥说:"哪怪罪呀,静然老方丈是最慈悲为怀的人。"小沙弥指着凉床上的岔口袋,说,"那袋就是我床上烧坏的被单换下来改做的。"

外面的菜早就择好了,但春来仍没进去,牛牛又出来问他为什么这样。春来说:"弟弟,能为什么呢?你平时不是经常叨念沙弥哥吗?现在他来了,你两人好容易见一回面,就亲亲热热说会儿话,要是我在场,小沙弥会拘谨放不开的。"唉,春来总是这样替人着想。

牛牛又一次回到棚里,小沙弥放下架在膝上的算盘,把牛牛搂到怀里,再次体味着久别重逢的情谊。

小沙弥说:"那回你们全家离开寺庙时,还是晴天,可是不一会儿就起风下雨了,我当时要给你们送伞去,可老方丈说斜风飘雨的,别说是孩子,就是大人,出门走不到两步,都会连人带伞一起被吹到方塘去。方丈说送再好的伞也没用,能不能到达目的地,只有靠你们运气。你们全家那天是怎样到这儿来的呀?"小沙弥颇多忧心地问。

牛牛说:"讲起那天的事就可怜了。"接下来,那天全家人在风雨中搏斗的情形,通过牛牛的讲述,一一映现到小沙弥眼前……小沙弥感慨地说:"那天能活着到达这儿,真个是你们全家造化大呀!"

棚外,从倪妈、桂兰、春来的交替叙述中,二当家也大致了解了永富一家到条子号来的艰难处境了。二当家来到低矮的土灶边,揭开锅盖,用铲子在锅里舀舀,几片菜叶调制的玉米糊,稀得都不沾铲子。再伸头朝棚里望望,狭小浅窄得难以掉转身子。二当家哀叹着:"这种日子怎么过啊!"

"可是,我的尹伯伯、倪妈妈带着我的弟妹们就这样一直在这儿过呢!"一个声音从大槐树边传过来,人们抬眼一望,是王义堂来了。

"牛牛,带你沙弥哥出来,你义堂大哥来了,出来大家见见面。"倪妈说。

小沙弥携着牛牛的手,刚一出门,见到身材修长、面目清秀、仪表堂堂的王义堂,立马产生出一种腼腆、拘谨,甚至是渺小的感觉。王义堂洒脱、大方,能驾驭局面,他上前一步,一把抱住小沙弥,热情而亲切地说:"沙弥弟,你是我尹伯伯、倪妈妈经常叨念的孩子,你来了,我们大家都高兴!"

见义堂如此亲切和蔼,而且善于用随和的话语打开拘谨的局面,小沙弥一下子放松了,他满面带笑地说:"义堂大哥,你来前,牛牛就跟我讲了,你待他好,待他们一家都好。真的谢谢你啊,大哥!"

"好吧,"二当家起身说,"悟敏就在倪妈这边玩玩,我到那边化斋去,过会儿打这经过,一道回去。"二当家说完,就向上条子号去了。

大槐树下,倪妈和孩子们继续叙谈着。

可是,叙谈之余,小沙弥竟要认倪妈为干娘,这可把倪妈难坏了。但一来义堂和春来代沙弥反复恳求,二来小沙弥是孤儿,倪妈最终答应了。

小沙弥认了干娘,倪妈喜得干儿,孩子们又新添了好朋友、好兄弟,披棚前的气氛格外其乐融融。连六丫也从披棚里把算盘端出来,弄得哗哗作响,像放爆竹似的,让人精神振奋。

见六丫把算盘搞得亮响亮响的,小沙弥想起牛牛讲春来会打算盘的话来。他提议说:"今天虽不是什么四美俱、二难并的良辰吉日,但哥哥弟弟们能相会在这儿,也是件难得一遇的乐事。既是乐事,就不能虚度,刚才听牛牛小弟说春来弟算盘打得出格得好,可否让他表演一回,以助雅兴?"没等春来答应,小沙弥就把算盘往春来手上递去。

春来说:"悟敏哥,你这是赶鸭上架,强人所难,要我献丑啊!我哪儿是算盘打得好嘛。"

义堂也凑兴说:"春来弟,主应客求,以客为尊,你就演示一回吧。好在我们不是公婆,你也不是丑媳妇。"

春来望着义堂笑了笑,把算盘摇了两下,算盘珠子哗哗响着,春来说:"悟敏哥,恭敬不如从命,你报数吧,愚弟献丑了。"

加减乘除,悟敏一共报了八组数字,只见春来双手并用,十个指头在盘面快速地上下滑动。小沙弥报完,春来演示结束,义堂根据记录复算一遍,结果与原算毫厘不爽!

"你真神了,春来弟!"小沙弥心生钦佩,再次拥抱了春来。在春来、义堂一再激将下,小沙弥也进行了表演。从演算速度与准确度来看,小沙弥和春来不分轩轾。小沙弥提议义堂也演示一回,义堂正在犹豫,二当家从上条子号化斋回来了。

二当家咕嘟嘟喝下一大碗白开水,又应倪妈要求说起小沙弥。倪妈听后,问小沙弥对自己的家有没有一点儿印象。小沙弥说小的方面不记得了,只记得他的家也就是个小山村,屋后是大山,大山那边有个湖。村前有一口大塘,塘上下埂都是田地。村庄中间有两棵大枫树,树根有洞,他常用小棍从洞里掏蚂蚁和小虫,树顶上有鸟窝。别的他就没有印象了。牛牛可高兴了,他说小沙弥的家跟他老家的环境是一样的,敢情沙弥哥就是他虎子二哥。倪妈表面上虽叫牛牛不要瞎讲,可心里却激动得不得了,她忘了自己,忘了周围,自语着:"虎子,真的是我虎子吗?他讲的村庄环境和我们的老家怎么这样相像啊!"乂堂知道倪妈又把小沙弥和虎子联系起来,进入思念虎子的心境而把现实忘了,便说:"倪妈妈,你说什么?悟敏弟坐在你身边呢。"

倪妈头一颤,身子一晃,像打寒战似的:"啊,我在哪,我说什么了?我不是在跟小沙弥干儿说话吗?"

小沙弥抓住倪妈的手,说:"干娘,我在这儿呢,你刚才跟我说着,就又想虎子了。"

春来也挨到倪妈身边,又心痛又体贴地说:"倪妈妈,你别问沙弥哥许多了,只要他在寺庙里过得好,别的就不问了。一问,你就想虎子,一想虎子,你就痛苦。痛苦伤身体呢,倪妈妈。"

二当家说:"悟敏在庙里过得好呢,大家都关心爱护他,生怕他有什么闪失。"

小沙弥说:"干娘,师伯、师叔都把我当他们孩子待呢,可好了。那年有个爷爷到庙里去,说我是他孙子,要把我领走,可师伯们都不放我走,说那老爷爷是冒领。"

倪妈大吃一惊,说:"啊,还有这事,后来呢?"

小沙弥说:"后来师父们把那爷爷轰走了。"

倪妈庆幸地说:"轰走就好,轰走就好啊!"想了想,倪妈又问二当家,"请问师伯,知道那爷爷是哪里人吗?"

二当家说:"哪里人,我们没问他,他只说他姓刘,叫刘老万,之后好像还说他是枞阳人。"

倪妈惊得差一点儿跌倒,她霍地站起,大声重复说:"刘老万?他也是枞阳人?"

二当家、小沙弥以及义堂、春来见倪妈如此惊异,几乎同声问道:"你认识刘老万?"

倪妈没回答,她目光盯着二当家,反问刘老万是什么模样。

听二当家说刘老万是个双目失明的老头,倪妈泄气了,说:"那就不是他,不是他啊!"

然而倪妈终究不甘心,在往后的日子里,她越发把小沙弥悟敏跟虎子比,虽然比来比去,只是暂时得了一点儿心理慰藉。

因为永富已经改在毛家墩毛习普家打长工了,为了上下工少跑路,他们家也准备在陆姨大帮助下,搬到毛家大园搭棚去了。搬走前,倪妈想向麻姑进一步打听刘老万那四人情况。

二十五

真的是说曹操,曹操到,倪妈刚讲去尚麻姑家,麻姑就来了。

麻姑一进棚,手就在鼻子前快速扇着,说:"霉味好冲人喽。不是讲搬走,怎的还舍不得搬呢?这鬼披棚会把人闷出病来的哟!"

倪妈先让麻姑坐,接着叹气说:"没法子呀,真都闷出病来,也只能听天由命啊,表姑。"

麻姑很着急地问:"不是早就讲搬到毛家大园搭棚去吗?那儿避北风,朝太阳,住家特别好。"

不知出于什么原因,麻姑极力夸赞毛家大园住家的优越性,倪妈却说:"大表姑,不说搬家的事吧,你上次不是讲,有空跟我说说虎子的事吗?"

"虎子的事,我看就别讲了吧!"麻姑真心劝解说。

倪妈说:"大表姑啊,如今我也想开了,不晓得痛苦了,我只想听听我虎子是怎么走的,解开我多年来心中的疙瘩。大表姑啊,你要是晓得的话,就尽量讲我听听吧。"倪妈真的是在恳求麻姑了。

考虑了一会儿，麻姑说："舅母啊，其实细节方面我也不清楚，我只晓得虎子殁的那天下午，刘老万在我妹夫的药铺里抓药，说是虎子病得厉害，好像是药拿回去时，虎子就咽气了。我讲的这点点儿，还是我妈讲的，我妈又是听朱爱兰讲的。因为当时虎子在徐母房里，而徐母又不许人进她的房，所以我表姐朱爱兰也不清楚具体情况呢。"麻姑说了这些后，又劝倪妈把伢子带好，不要把心思挂在虎子身上。

倪妈叹气说："表姑啊，我也就是问问，想也想不到了，唉！"

麻姑说："这就对了！"她还引用道士给亡人扎灵屋写的联子，说，"日落西山还见面，水流东海不回头。亲人们活着的时候，哪怕远隔千山万水，只要互相思念，都能见面的，可是一旦到了那路上，就像水流进大海一样，再也见不到面了。所以呢，还是那话，舅母啊，把母舅和伢子们带好好的。眼下，我看急急乎就是要赶快搬出去，搭个宽宽敞敞、开窗亮脚的披棚，带伢子们住进去，享受享受，也不枉投一世人胎。"

听麻姑如此会开导人，倪妈心里好像着实舒畅了不少。

倪妈还想问刘老万、小李头、侯白仁的下落，但麻姑说不光那三人她不知道，就连朱爱兰从那以后，也没见过，甚至都没听人讲过了。麻姑说着说着，就从手巾包里拿出几个鸡蛋，放到木盆里，说是给牛牛和六丫吃的。

真的，不问还好些，问了，听麻姑说了那些与她想知道的事一点儿也没关系的话，倪妈心里更不好受，接连好几天晚上，躺在铺上翻来覆去地睡不着，昨晚甚至还蒙头轻声哭了。听妈哭，桂兰想起她大、妈，也睡在铺上掉眼泪，快到鸡叫才入睡。

清早，为了不把桂兰扰醒，倪妈轻手轻脚把锅烧好后，简单梳洗罢就捡针线袋出门了，她今天要出去做上门活。刚出门，又折回来叫桂兰，却不知在她烧锅时，桂兰就拣衣出去洗了。

倪妈再次挪脚走时，听陆姨妈的菜地边人声嘈杂。倪妈往方塘边前移几步，只见王大嘴、尚麻姑、陆姨妈等人，在菜地前指指画画的，从她们的嚷嚷中，知道陆姨妈地里的菜被人偷去了一畦。

倪妈走了,王大嘴甩开嗓子说:"家门口偷菜,不是远贼。"

尚麻姑说:"陆姨妈,我家园里菜,盛得都吃不掉,你该不会疑心我偷的吧?"

王大嘴在地头跑开了,她要寻找证据,以证明她的"不是远贼"的英明论断。

"哎哟喂,都来看看喽,是小伢子来偷的哟,还是两个伢子呢,从脚印上看得清哪。"王大嘴指着脚印子,眼睛还瞟着倪妈那边,她的心里似乎有了怀疑对象了。

陆姨妈看看脚印子,觉得既像又不像,似是而非,她不置可否。麻姑也好像有些事不关己,高高挂起的样子。她站会儿,没吱声就走了。麻姑才上方塘埂,见地上有两片白菜叶子,便捡起来交给陆姨妈,陆姨妈看看,说她丢的正是白菜。

王大嘴沁头在地沟里抠着什么。

忽然王大嘴又大叫着:"哎哟,都来看啰,一只鞋哟,一只小花鞋哟!"

陆姨妈看了看王大嘴拎在手上的小花鞋,倒吸一口气,大吃一惊地向后退着,她认得那小花鞋分明就是倪妈的!陆姨妈脑子里开始激烈地斗争了,难不成她的菜就是倪妈带赵春来和牛牛来偷的?难道平时绝对放心的倪妈和她的几个孩子竟是小偷吗?如果是这样,她平时出去整天都不归家,到晚回来,家里收拾得整整齐齐,地上打扫得干干净净,东西连一根捻灯拍子都不掉,又怎么说呢?难不成这几天变坏了,偷菜了吗?

去做上门活的倪妈走到半路上,想了想,又跑回来了,她虽然百分之百信得过牛牛、春来、桂兰不会偷菜,但孩子不像大人踏实,万一他们在不正常的情况下,做出不正常的举动,把陆姨妈的菜铲了,作为大人,作为家里的半个主人,她就应该向陆姨妈赔不是的。至于脚印子和小花鞋是倪妈走后王大嘴才说出来的,她影子都不晓得呢!

夜里回来很迟,早上起床较晏的陆姨大,了解丢菜的情况后,大脑转了转,向陆姨妈发话了:"一畦菜丢就丢了,自己吃是吃,人家吃也是吃,这茬没了,栽二茬,不值得大嘶大叫!"

陆姨妈笑笑,说:"我没嘶也没叫,这回我听你的,你说话在理上!"

可是当陆姨妈刚搞早饭吃时,王大嘴又把麻姑拽来了。王大嘴要求陆姨妈继续找,直到查出赃物为止。陆姨妈说:"算了,一畦白菜,又不是一畦白金子。"麻姑也认为陆姨妈讲得对,她也不怎么同意查找赃物。王大嘴批评麻姑了,说麻姑是墙头上一根草,风吹两边倒,在她面前说要彻查,在陆姨妈面前又说不要查。

麻姑说:"我的意思是查出来也就那么回事,偷点儿小菜,又不是江洋大盗,犯不了大法的!"

王大嘴振振有词说:"话不能这样讲,虽说偷小菜不是江洋大盗,犯不了死罪,可这人品也要紧呢。"王大嘴又拉住陆姨妈手,说,"我们都在你隔壁,好讲不好听,虽说是一畦白菜,查出来了,搞个水落石出,断个清楚明白,大家都好做人。如果不搞出来,一直混着蒙着,也不晓得哪个是清水里的人,哪个是浑水里的人,弄得泥沙俱下,那多不好。"

刚刚转过屋拐的倪妈听到大嘴那几句话,也觉得颇在理上,就走上前来,牵牵陆姨妈的衣襟,说:"大姨妈,王妈讲得在理,你就配合她查吧,通过查赃也见见人心呢。你们要是觉得磨不开面子,就从我这披棚里开始查吧。"

麻姑说:"我舅母家屁眼大的地方,东西都是'秃子头上的虱子——明摆着',一眼就看个完,我看就从我家先查吧。"

王大嘴说:"我看麻姑你就别争了。是她(指倪妈)提出从她家先查的,我们就让她做一回高姿态吧。"王大嘴又转向倪妈,问她是从棚里查还是从棚外查。

倪妈见王大嘴问她,虽无抵触情绪,但也没好气地说:"随便。"反正她和她的孩子不做亏心事,不怕鬼敲门,筛子罩屁股——随人家戳哪个眼。

王大嘴说:"那好吧,就从里到外。"

陆姨妈说:"我声明,我是不主张查的,查到了,也不能说明是我大妹子偷的,查不到赃物,我大妹子也不是好捏的烂柿子!"

王大嘴说:"查!查不出赃物,我姓王的甘愿打脸,脸打痛了再打屁股!"

麻姑说:"实在查,就在外面看看吧!"

对麻姑的话,王大嘴不置可否,忽然她的眼睛惊讶地落到屋檐下的那堆蒿柴上,接着就一步冲过去,拈起露在柴堆外的两片白菜叶,让陆姨妈和麻姑看。

麻姑随便瞟了一眼,贴着王大嘴耳边嘀咕着什么,而后说:"你们先查吧,我有点儿事,去去就来。"麻姑匆匆走了。原来麻姑说她来红了,要回家换裤子。

王大嘴一人搜查也不辞辛劳,她把陆姨妈拽到柴边,顺着刚才的菜叶往下扒,扒呀扒呀,露出一大堆新鲜的白菜来!陆姨妈惊讶得不知所措!

倪妈见是一堆白菜,也撵过去,大惊失色:"这是哪来的?"

"哈哈哈!哈哈哈!"王大嘴笑得前仰后合,她底气十足,充满嘲弄地说,"是呀,哪来的呀,你要问你自己呀,人家怎好替你回答呢?事到如今,你就别'皮袄反穿着——装样(羊)'了吧,当着大家面,说说你是怎样把你大姨家的菜偷到这里藏起来的吧。"

陆姨妈和倪妈并排站着,面对柴堆里的菜,倪妈显得十分淡定,陆姨妈也没什么特别的反应。因为陆姨妈绝对相信倪妈的人格,相信她的孩子们纯朴无邪,不会干那些鸡鸣狗盗的事!

倪妈、陆姨妈的反应,反而让王大嘴极大地忌恨起来,突然,她拍着手,甩开嗓子,大喊大叫,说她拿到赃了。见左右乡邻越聚越多,她又是拉着人家看柴堆里的菜,又是把倪妈的那只小花鞋在人家面前反复展示,而后掷到倪妈跟前,阴阳怪气地说:"你也太差劲、太马虎了,偷菜把鞋留在地沟里也不捡,这不是明摆着给人留下把柄吗?真是聪明人做呆事呢。以后偷人家东西,方方面面要考虑周全些,千万不能让人抓到证据,也不能让人搜出赃物!"王大嘴越说越来劲,索性把她能想到的、能把倪妈牢牢扣住无法摆脱贼名的话说透彻、说充分,譬如"昨晚上,你要是把偷回来的白菜藏严了,另外也不要把鞋落在地沟里,我大妹子陆姨妈这丢菜的案子,还真的没法破获呢"。

回家换了衣服(裤子好像没有换呢)的尚麻姑又来了。她极为同情和关爱地劝慰倪妈说:"舅母啊,事情到了这步田地,也不要不好意思了。以后没菜吃,到我地里铲,这次就承认了吧。承认了,陆姨妈也不会怪的,乡邻们也不会说你是小偷的。"

王大嘴搬出事实证据来,确定菜就是倪妈带春来、牛牛偷的,而麻姑用好言相劝倪妈承认事实,二人讲法虽不同,方式各异,实则都说菜是倪妈偷的。陆姨妈有意为倪妈洗刷贼名,倪妈也想为自己正名,但都拿不出具有说服力的证据来,哑巴吃黄连,有苦说不出。邻居们见倪妈一言不发,以为她承认了,都对倪妈看法不好起来,有的甚至发出嗤鼻之声。

这时,在老龙潭那边洗衣的桂兰回来了,倪妈问她春来和牛牛昨晚有没有偷偷跑回来做坏事,桂兰被问得蒙了头,但见王大嘴又在向邻居们嚷嚷着什么"人赃俱在,铁证如山",又见屋檐柴堆里有许多白菜,好像明白了什么,但又没法回她妈话,只得左顾右盼地含糊其词。恰在这当儿,春来和牛牛也从那边回家了。倪妈一见到他俩,开口就问他俩晚上有没有偷大姨妈家的菜。

"偷大姨妈家的菜?"春来和牛牛被倪妈猛地一问,也糊涂了。

陆姨妈跑过来,简要叙述了事情的经过,而后说:"桂兰、春来、牛牛,是你们铲了就说铲了,没有就说没有,不要硬往自己头上揽。"

"大姨妈,我们没有铲!"春来和牛牛在陆姨妈面前同时跪下。春来补充说:"大姨妈经常让我们到你的地里铲菜吃,我们为何要偷!"桂兰也跪到陆姨妈面前说她没有铲。

陆姨妈把三个孩子一一拉起来,说:"我就相信我园里菜不是你们铲的!"

王大嘴急了,她冲着陆姨妈说:"不要猫屙屎自己盖吧!"王大嘴把脸转向邻居们说,"陆姨妈怕自家亲戚做贼的事被抖出去,让陆克新丢脸,所以尽量遮掩着。如果不是他们偷的,这小花鞋落在地沟里是怎么回事?不是他们偷的,那地垄上春来、牛牛两个小土匪的脚印子是怎么回事?不是他们偷的,这柴里一大堆菜是哪来的?"

这时,从地里查看回来的几个邻居说:"小花鞋怎么搞到地里去的,我们不晓得;说脚印子是两个小男伢的,很勉强,因为那根本就不能确定是脚印子。"其中一个邻居干脆说:"我越看越觉得那脚趾印是手指印,是用手按出来的。"

王大嘴见难以给春来和牛牛定贼名,就硬以小花鞋和屋檐下柴堆里的菜为证据,咬定菜是倪妈偷的,并且说倪妈就是遍身长嘴都赖不掉的。邻居们也认为这两点倪妈是真的解释不清。

麻姑再次劝倪妈承认,说:"舅母哇,我也认为你是手脚干净的人,可是地里抠出来的鞋、柴里扒出来的菜都摆在面前,你叫我怎好为你开脱啊!"

陆姨妈冲上前没好气地说:"麻姑,跟牛牛喊,我也叫你一声大表姑,你也一再要我大妹子承认菜是她偷的,你是什么意思呀?"

麻姑语塞。

王大嘴说:"她姓倪的不认账不要紧,在山一样的铁证前,她想洗清贼名,妄想!"

邻居们的看法更加倾向王大嘴了。

春来开口了,他说:"你们可以怀疑我们偷菜,但你们在拿出证据之前就肯定是我们偷的,那就是错的!"

牛牛也赌气说:"条子号人个个都可以被怀疑的,为什么单怀疑我家?"

王大嘴抓起菜和鞋砸到春来和牛牛面前,说:"用证据讲话的!"

桂兰捡起鞋,回砸王大嘴,击中了王大嘴的嘴巴,说:"鞋算什么证据?我妈鞋换下来就放到屋檐下,哪个保证我妈的鞋不是被坏了心的人拿到陆姨妈菜地去,而后又从泥巴里抠出来,作为假证据栽赃我妈?"

牛牛说:"第一个在地里发现我妈的鞋的人,说不准就是要害我们家的坏人了!"

倪妈恍然大悟,说:"伢子们,我想起来了,怪不得我早上起来找不到一只鞋了,我当时还以为那只鞋是被狗叼去了!"

刚刚肚子痛好一点儿的春来,也站起来反击说:"屋檐下发现的菜也不能说明就是我们偷的。尹伯伯、倪妈妈给人做事,天天晚上都回家很迟,说不定在他们两个回家前,别有用心的坏了心的人就把菜铲了藏到这柴里,作为陷害我们偷菜的赃物。"

桂兰说:"春来讲的我倒也想起来了,昨晚大、妈回家前那阵子,我听到屋檐柴堆叽叽咔咔地响,狗也叫,我想开门看看,可是又没胆量。"

牛牛说:"妈、姐姐、春来,这一定是有人要诬害我们,我们不理他!"

桂兰、春来也异口同声地说:"对,不理他!"

三个孩子一起站到倪妈身边,护卫着倪妈。

听了孩子们的说法,乡邻们也互相低语起来,认为事情可能不像王大嘴说得那么简单。

陆姨妈把倪妈拽到披棚里,不知商议着什么,出来后陆姨妈把桂兰等三个孩子招到面前说:"伢子们,既然人家把菜铲了送到门口来,那就洗洗腌了,跟你大姨妈两家合吃。"

倪妈也站出来说:"伢子们,洗洗吧,洗洗腌了,我们和姨妈两家吃。"倪妈故意气某些人,说,"伢子们,你们大姨大吃稀饭最喜欢吃腌菜,哎哟,真的感谢了,那个一心想让你们妈出丑的人!"

王大嘴可傻眼了!本以为捉到了倪妈的把柄,让她丢人现眼,却万万没想到她们竟然做出这样出人意料的冷处理,还反过来用话气她,因而非常不服气。王大嘴问陆姨妈说:"难道你的菜就白让倪某偷了,不究问了吗?"

陆姨妈瞪了王大嘴一眼,说了一句话,虽不怎么冲,但语气绝对让王大嘴感觉像挨了一记重拳。陆姨妈反问王大嘴说:"姓王的呀,这事该是你问的吗?你把我家的事抓住不放,该不是别有用心……"

陆姨妈没讲完,春来接上说:"一定是包藏了祸心!"

桂兰也怒不可遏地说:"姓王的,一没物证,二没人证,你就说菜是我妈偷的,这让我对你本人怀疑起来了。"

王大嘴听桂兰这样讲,又恼羞成怒地拿起棍子向桂兰跑来,桂兰迅急从灶窿里抽出红火钳,王大嘴吓得步步后退。

牛牛说:"姐讲得对,我也对王妈怀疑了。我怀疑这菜就是王妈铲了埋到这儿来的,我妈的鞋也是王妈偷着拿到地里的。"

王大嘴向牛牛直翻白眼。

听了牛牛等几个孩子的说法,邻居们都好笑起来——人们又大多倒向了倪妈这边。

王大嘴可气了,她丢下棍子,说:"好心当作驴肝肺,帮助你破案子、抓小偷,倒过来你还和小偷串通一气,向我倒打一耙。不问了,管你们煳锅也好,焦饭也好,自己酿的苦酒自己喝,说不问就不问了!"王大嘴一气之下走了。

那天晚上,倪妈披棚外大槐树下聚集了很多人,他们多是倪妈上门做衣的主顾,都是来看望和安慰倪妈的。白天,在王大嘴搬出的所谓的证据和王大嘴的恶语相加面前,倪妈表现出惊人的从容淡定。晚上,在众人的好语安慰下,倪妈反而心里不好受起来,一直在啜泣。当乡邻们先后离去,只剩下义堂和几个同学以及陆姨大夫妇在场时,倪妈揩干泪,说:"大姨大、姨妈,义堂你们几个伢子们,叫我怎么讲呢,鞋也确实是我的鞋,菜也是在我的屋檐下找到的,我讲不是我偷的谁相信呢?我只有叫叫菩萨,叫叫老天了!"

陆姨妈说:"我不相信你和伢子偷我的菜,你心里放平平地过日子!"陆姨大也叫倪妈不必把这事放心里,他有数,不到时候,盖子不能揭。义堂说,据他分析事情较复杂,暴露出来的只是表象。启亮更提醒倪妈,据他闻出的气味,接下来倪妈家可能还要发生事情,一定要严加防范。这时永富也回来了,他说没法提防,人家不动手他们不晓得,一旦晓得,那就迟了。他说:"只有听天由命啊,伢子们!"

果然,偷菜的事才过去一个月零几天,又发生了一件事。

那天,倪妈下工回来较早,见春来和牛牛都噘着嘴,坐在大槐树根上生气,桂兰则蹲在土灶边哭。倪妈一声不吭,她把缝具袋挂到墙上,拿根细条子朝桂兰就抽,边抽边说:"哭,哭,哭,叫你哭畅畅的。这一向我心都怄肿了,你几个还吃饭快活,在家吵嘴打架。"倪妈放过桂兰,又要来打牛牛,春来立马抓住棍子,说:"倪妈妈,我们没有打架,我们从来不跟姐打架。"倪妈又抓住春来,说:"小春来,你也学着说谎了。没打架,桂兰哭,你俩嘴巴翘上天为么事呢?你讲讲呀,讲讲呀!"倪妈怒不可遏,她要打春来了,但高高举起的棍子又丢在地上。春来带头,桂兰和牛牛跟上,三人在倪妈面前齐排排跪下。倪妈要揪春来和牛牛的耳朵,春来侧着头说:"倪妈妈,你别揪了,我讲出来你别怄。"

倪妈放下春来和牛牛的耳朵,说:"快讲,讲出来我就不揪。"

桂兰、春来、牛牛异口同声说:"又有人讲我们偷鸡了。"

倪妈吃惊地说:"偷鸡?我们好好儿的,怎的又偷人家鸡了?"

春来重复说:"是的,人家又说我们偷鸡了!"

倪妈气得一拍大腿说:"我的娘哪,怎的这些鬼事都摊到我家了!你们快讲讲,到底是怎么回事,我们偷谁家鸡了?"

桂兰端出小椅子,让她妈坐下,然后几个人你一句我一句地讲述着。

春来说:"就是今儿中午,人家都在家吃饭,麻姑跑上跑下嚷着,说她外甥送给她当生日礼的一只黄澄澄的老母鸡飞出来跑掉了。"

倪妈说:"她家鸡跑掉就是我家偷了吗?"

春来说:"麻姑并没有这样讲,她说跑掉就算了,就算她外甥没送。"

倪妈说:"本来就是这样呢,那是谁讲我们把她的鸡偷了的呢?"

春来说:"后来王大嘴又帮麻姑找,她顺着路上撒的毛,就找到我们这儿来了。"

倪妈说:"又是她,她在我们家找到啦?我们没偷鸡,她找魂吧!"

春来说:"我没让她找。"

倪妈埋怨春来说:"这就糟了,你不让她找,她疑心鸡就是我们偷的,这就不能怪人家了,要我也这样认为。伢子,你应该让她找呢。"

牛牛说:"春来讲,进屋找东西,要有搜查证,要不是违法的。"

倪妈咳一声,又拍腿,表示春来把事情搞砸了。

桂兰说:"依我看,妈,王大嘴早就晓得鸡在哪儿了,没让她进棚查,她也没硬闯,就拿脚走,可是没走几步,又回来在土灶边扒扒。"

倪妈说:"行得稳,坐得正,我们不偷人家鸡,哪怕她把灶边土扒翻过来!"

春来说:"王大嘴三扒两扒,真的从灶边柴里扒出一只黄亮亮的老母鸡来了!"

倪妈大吃一惊:"真的扒出鸡来了?"

牛牛说:"妈,我鼓气(估计)跟上回查菜一样,就是王大嘴背着我们事先把鸡扭死了藏进柴里的。"

春来说:"讲是查找,那是假的,其实和那回查菜一样,是她早就设计好的阴谋。"

倪妈说:"后来呢?"

春来说:"王大嘴把扒出来的鸡又依原样盖好,接着就把陆姨妈、吴宣传妈、麻姑几个人都叫来看。"

倪妈问:"麻姑怎么说呢?"

牛牛说:"大表姑讲,那鸡很像她家的鸡,但不一定就是她的鸡,就像人像人一样,鸡也有像鸡的。"

倪妈说:"大表姑到底是讲了良心话。——啊,伢子,那鸡到底是哪家的呢?怎么在我家灶门口柴里藏着呢?"

桂兰说:"王大嘴又问麻姑鸡身上有什么记号,麻姑说她的鸡是侄子新捉来的,膀根上拴着红头绳。"

倪妈问:"那鸡膀根上有红头绳吗?"

春来说:"王大嘴一扒,红头绳果然露出来了,她又把红头绳展示给来的人看,并说鸡就是我家扭死藏这儿的。"

听完孩子们的叙述,倪妈气得差一点儿又晕过去了。她说:"菜是王大嘴查出来的,鸡又是她查出来的,并且都说是我们家偷的。伢子们,我去问王大嘴,问她么事尽把大头对着我,我去找她!"

"不用找,我自己来啦!"倪妈刚移脚,王大嘴就转过陆姨妈的屋拐,搭话了,"哟,捉贼的还被做贼的打了不成?你说菜不是你偷的,鸡也不是你偷的,怎么都在你家查到了呢?"见倪妈有口难辩,王大嘴又接着说,"手稳脚稳处处好安身,像你这种偷偷摸摸的人哪儿都难容身。我看啦,你十成是在老家做贼,被人撵出祖宗窝了!"

倪妈仍然默不作声。陆姨妈和几个孩子紧贴倪妈身边。

与此同时,跟在王大嘴后面来的七八个小孩,在陆姨妈屋拐朝披棚这边伸头缩脑,"偷菜""偷鸡"地轮流骂着,骂了就跑,跑了又来骂。

"我没有偷菜,也没有偷鸡!"气到极点的倪妈终于像一名被逼到护栏边,无路可退的女拳击手,进行绝地反击似的怒吼着,跑动着。她乱蹿着小脚,猛踢着槐树干,挥舞着拳头,捶打着无辜的空气,发泄着她内心中的愤懑与冤屈,捍卫着她和孩子们的人格尊严!

然而,还是那句话,菜和鸡都是实实在在地在她家查出来的,小花鞋也不是假的,这些都说明她家与偷菜、偷鸡脱不了干系。她一天拿不出有力的证据来,就一天洗刷不了她的污名,还不了她的清白,尽管条子号大多数人都相信她和她的孩子们人品端方!

唉,古人说,忧心悄悄,愠于群小;觏闵既多,受侮不少。真个不假的!

罢罢罢,惹不起躲得起,没法子,为了摆脱是非地,永富决定搬到毛家大园搭棚了。

二十六

经过与陆姨大夫妇、王爷爷、王嬷嬷商议,也征求了义堂、春来的意见,甚至明发和启亮大、妈也拿了看法,搬家的事就毫无异议地定下来了,地点就是毛家大园,一旦得到搭棚基地就动手搬迁。

毛家大园在条子号的正北边,与条子号相距约三华里,中间隔着桐马大堤。毛家大园的土地都是毛习普的。毛习普是那一带的大地主。有一年毛习普得了一种怪病,到处求医都无效,生命垂危,最后让义堂父亲王爷爷给医好了,毛习普对义堂父亲大为感激。因此,陆姨大先让王义堂去跟毛习普说说,相信凭王爷爷的面子,讨块棚基地总不会挡手背的。如果真不行,陆姨大再亲自去谈。

也不知是耳闻了,还是另有原因,王义堂带春来连去了三次,都逢毛习普外出了。第四回去,正赶着毛习普往门外走,他俩把毛习普截住,毛习普没走成。行过见面礼后,义堂直截了当说明了来意,毛习普有些支支吾吾的,但最后还是带义堂和春来去了毛家大园。

毛习普亲自动手,就着园坝埂划了两间屋大的地皮。义堂说小了,毛习普又划大了点儿,义堂还是嫌太窄,于是从毛习普手上拿过锄头,以北埂做起点,往东、南、西三方画了条线,终点仍回到北埂,形成一个长方形,让毛习普按线掏一条沟。毛习普犹犹豫豫,迟迟不肯动手。

春来见毛习普面有不悦,向王义堂眨眨眼睛。义堂知道春来的意思,便指着下毛家墩的那些高楼,小牧场东边那片最好的土地,佯装不知地问毛习普是谁家的,毛习普告诉了义堂,并惋惜地说:"那些地如今都被佃户占去了,没有一寸是属于毛德铭的啰。"

义堂反话正说道:"真是千年土地八百主呀,毛德铭要是像你老人家这样开明,像你老人家这样想得空、看得破,也不会落到那种下场的。"

看着义堂的话讲出去后,毛习普仍无动静,春来便直白地说了:"我听讲,毛德铭活着时,巴掌大的一块土地都不肯让给佃户,他被勒死,陈尸江边轮船码头,确实是罪有应得的!只可惜呀,现在也还有些人像毛德铭那样看不清啊!"

毛习普的神经被触动了,说:"讲毛德铭干么事呀,你们是来划棚基地的嘛。"

义堂说:"你老人家舍得划啦?"

毛习普说:"舍得呢,划,就按你俩圈的印子划!"

棚基脚划好后,义堂在西边拟开的棚门外,又划了大约有两间屋基场大的一块面积,用作出场地,但毛习普把义堂手上的锄头按下了,说:"多好的熟地啊,不能被无限占用了!"

春来极其温和地恳求说:"爷爷啊,你老人家就一个人情做到头吧!"

义堂把脸绷起来了,说:"棚基地都划了,出场地不给,难道他们一家人进出都把脚驮肩膀上飞吗?"

春来说:"爷爷,不划出场地,进出踩坏你的庄稼不好呢!"

可是不管义堂和春来是挂红胡子也罢,挂白胡子也好,毛习普就是刀枪不入,油盐不进,他驮起锄头就要走了。在毛习普挪脚往回走时,王义堂向春来使了个眼色,做了个动作,春来向来就是个能随机应变的小机灵鬼,他自然晓得义堂的眼色和动作所传达的意思,于是眼珠子骨碌一转,咳嗽一声,把正要离去的毛习普叫住了,毛习普回头问是不是划出场地的事。

春来耸耸肩,煞有介事地说:"出场地你老人家舍不得划就不划了,不过有一件要事忘记跟你讲了。"

毛习普一听是要事,就又把锄头驮回来,刚到春来前,就要春来讲,春来又说他要先方便一下。方便罢,毛习普又催着春来讲。

义堂说:"你老人家也不要听春来瞎糊弄,说重要,其实也就是一件小事。"

毛习普听说是小事,准备驮锄头走。

春来说:"毛爷爷,虽是小事,可对你老人家来说,又是大事呢。"

听春来说对他是大事,毛习普又把锄头驮回来。毛习普说:"你两个伢子该不是逗我玩的吧?"

春来说:"毛爷爷,逗谁玩也不能逗你老人家玩呢。确实是一件大事呢。"

毛习普说:"那就讲讲吧。"

义堂显得很郑重其事了,他说:"毛爷爷,刚才从家里来时,家父讲,你当年得的怪病,到处都医不好,后来家父给你医好了,有这回事吧?"

毛习普说:"啊,有的,有的,确实有这回事,我永世不忘的!"

春来说:"忘不忘倒无所谓,王爷爷让我们问你,那病医好后,到现在有几年了?"

毛习普掐指算算说:"八年了,对,一点儿不错,整整八年了。"

义堂认真说:"八年就对了!不过家父说……"

没等义堂把话说完,毛习普就急着问"不过什么"。

义堂说:"家父讲那病当时是医好了,八年后可能还要复发的,叫你绝不能掉以轻心啊!"

春来说:"我们王爷爷讲,你那个病要复发,可能就在今明两年哪。"春来的话把毛习普吓得脸煞白,呆站在那儿。见义堂和春来走了,忽然又叫他俩回来。

义堂和春来并没有立刻返回,只在原地转身,问:"还有事吗,爷爷?"

"回来吧,伢子,看我怎么都忘了,回来把出场地划了吧!"毛习普招手说。

"爷爷,就不划了吧,那可是你的熟地、肥地呢!"春来以退为进地说。

"不算什么啊,伢子,回来划吧。"毛习普要舍地保命了。

王义堂和赵春来装作无所谓的样子,怏怏走回来。毛习普把锄头递给义堂,义堂又转给春来,春来在原来的线上,又向外扩了三尺。

地基划好后,义堂说:"毛爷爷,真的不好意思,多占了你的好地。"

毛习普说:"没什么,三十年河东,三十年河西,当年要不是王医生把我的病医好了,我早就喂蒿子根了。"接着,毛习普又拉拉春来和义堂的手,说,"年一年二,我的病发了,还得请二位小哥在王爷爷面前多给我美言几句,给我医好了,多活几年,就能多看看我的好地啊!"

"是啊,毛爷爷,这些好地都洒着你老人家的汗水,凝着你老人家的心血呢。不过你也不必太吓怕,王爷爷也没讲你一定要发病,只是讲有发病的可能呢。你老人家就放心生活吧,真要发病了,王爷爷会给你医的。"春来说罢,又望望义堂,两人都把面转过去,乜着眼睛,抿着嘴鬼精地笑了。

多亏义堂、春来凑手(义堂也没上学了),永富用了八九个晚上,就把草棚搭建好了。草棚的整体结构是观音合掌式的。站在门外正面看,像大写的英文字母 A,只是没有里面的一横,左边的一斜竖,也只有右边的一半长,因为它的下半部分是垛在园坝埂的脊上的,看上去像一把扣着的三角形的装着长柄的捞兜。由棚脊披到两边的盖草,就是草棚的壁子,棚东西两头的竖垛子,是一层层叠加绞扎起来的柴草。西头垛子由正中心向南偏一点儿,留了一道小门。从进门到抵贴东头的垛子,进深大约两丈,宽丈许。内部的两方隔间垛子,将棚分隔成三小间。中间较大,东西两间较小,东间仅容一床小铺,那是为桂兰和将要来华阳的带儿准备的。中间搭着铺,铺面朝南,铺北挡在由园坝埂顶部竖剖下来的横截面上。铺离地面的高度仅容一只拳头伸进去,因为挡高了,睡在铺上,人的鼻子就会抵住棚草。西间,也就是进门那间,码着灶台,灶台大小跟陆姨妈那边的差不多,但可能更矮些,灶面与园坝埂竖截下来的底平面连成一体,那是用来摆放碗、筷、刀、铲、瓢、盆之类的。

一些破烂家什,被安排在南边贴棚壁一路摆放,外面的场地较大,那是义堂、春来从毛习普那儿争取来的。

搬家的前一天晚上,陆姨妈准备了一顿丰盛的晚餐,义堂、春来也在姨妈家吃。饭后,陆姨大说:"不是我们也凑兴要你们搬走,古话说得好,美不美,乡中水;亲不亲,故乡人。你们当我夫妻舍得你们搬走哇?这是没法子的事。"陆姨妈站起来,愤愤说:"你们在这儿就像坏着某些人的事一样,今儿陷你们偷菜,明儿陷你们偷鸡,过几天不知还要陷你们偷什么。我们不害人,我们离害人的人远点儿,图个安宁。"

陆姨大说:"搬到那边去,带伢子们好好过日子。明枪易躲,暗箭难防。就如你姨妈讲的那样,为求省事,图自在,搬走是上策。到了那边,不要把什么偷菜、偷鸡的事放心上,老实讲,我对诬陷你们的那些事,心里是有数的,只是还没有到要揭出来的时候。"

春来气愤地说:"姨大、姨妈,陷害我倪妈的人,我心里也有数!"

义堂说:"我相信,总有一天,他们会自我暴露的!"

陆姨大说:"我必须跟你们打个招呼,不管你们晓不晓得是谁干的,事情揭开前,你们全当作不知道,说出来对自己非常不好。人要沉得住气,保持定力,做事才能成气候!"春来和义堂虽说义愤填膺,但都表态说一定听陆姨大的。

刚出门,陆姨大又把永富夫妇和王义堂叫了回去。陆姨大郑重其事地说:"有一句话搁在心里两年了,不知当说不当说?"

永富说:"大姨大有话只管讲。"

陆姨大望着王义堂说:"义堂伢子今年十七岁了,无论是个头、长相、品行、知识都是不错的。我也看得出他对你们夫妇敬重有加,你们夫妇也把他当自己伢子一样疼。我也知道,你们还有个大女儿叫带儿,今年十四岁了,你们……"讲到这里,义堂听着心跳加速,他靠上去,捏住陆姨大的手,叫了一声。

陆姨大说:"义堂伢子,你不让我说吗?"

心怦怦跳的义堂说:"姨大,我害怕,不知你要说什么。"

陆姨大说:"义堂伢子,我能说什么呢?我说你们要是看得起我,我就做个媒,你们两家开个儿女亲。"

陆姨大"开个儿女亲"的话刚出口,义堂就欢喜得心里发颤,他压根儿就没想到这句话会从陆姨大嘴里讲出来!说真的,那回在春来家陆姨大讲把篾匠女儿介绍给义堂的话,直到现在还让义堂耿耿于怀呢。义堂激动万分,他忘情地将陆姨大抱住旋了一大圈,说:"大姨大,侄儿谢你了,侄儿爱尹伯伯、爱倪妈妈,侄儿我喜欢春来,喜欢牛牛——"义堂又转到永富夫妇前跪下,拽住他俩的手说:"尹伯伯、倪妈妈,你们也是我父母,我求你们把带儿妹妹许给我,我爱带儿妹妹!"

在一旁的春来、桂兰和牛牛高兴得直拍手。

永富拽着义堂的手,把他拉起来,挨自己边站了。永富心里也甜蜜蜜的,他只说了"义堂伢子我喜欢"这一句,别的就只讲全凭陆姨大做主。

倪妈说:"他姨大,你那次在春来家里不是说托春来表哥做媒,把驻驾篾匠女儿讲给义堂的吗?"

陆姨大哈哈一笑,说:"那是一句戏言嘛,你们还当真了?你只说愿不愿义堂做你们家女婿吧?"

见倪妈迟迟不说话,陆姨妈说:"讲呀,大妹子,我觉得义堂是个好伢子!"

倪妈终于开口了,说:"儿女婚姻是一生的大事,虽然我乐意开这门亲,但还须候带儿上来,见面后,义堂伢子看得上带儿,就请大姨大牵红线做月老。"

陆姨大问义堂什么想法,义堂说:"我听尹伯伯、倪妈妈的,我愿候带儿上来。"义堂还特别重申:带儿看不上他,是另一回事,反正他爱带儿。他更向陆姨大夫妇、尹伯伯、倪妈妈保证,一辈子爱带儿,一辈子给带儿当倚靠。

再次出门时,永富脑子里忽然间闪出一个问题来,他向陆姨大打听一个叫程三斤的人,也就是他们从老家上来时,黑铁大托他们找的那个家在陈瑶湖的老表,他怕他这次不问,搬到那边又不记得了。陆姨大说大义也曾托他找过这个人,但没找着,只有慢慢等,等到了就跟永富讲。

第二天,天气非常好,义堂也格外有劲,披棚里的东西几乎是他一个人分几担挑到大园的。永富心疼他,说他年轻,力气还没稳,不让他挑,可义堂说,力气是练出来的,不练,一辈子都不稳。

春来带牛牛虽然是提前走的,但他俩仍然在大堤北边的方塘埂边坐着斗气,原来在跨方塘埂与小牧场相接处的沟缺时,春来一脚踏空,摔倒了,木盆里的米洒到塘里了。米是小沙弥那次走时留下的。

见米洒了,牛牛拽着春来,又是揪,又是掐,又是捶的,要春来赔他的米。

春来威胁说:"弟弟,你要是再打我,我就跳水里淹死算了,反正你全家搬大园去,我也没处蹲了。"

牛牛赌气说:"你跳哇,不跳不算人!"

扑通!春来纵身一跃,跳入水中,影子都不见了。

牛牛先是吓蒙了,呆呆地朝水里望着,接着又哭又喊:"春来,春来……"继而像疯了似的来回叫喊,"春来,你在哪?我来救你。"牛牛边叫喊,边拽着蒿子往水里溜,在他两脚刚贴水时,春来双手托住,拼力往上一顶,把牛牛顶到岸上,自己也顺势往上一跃。春来并不是真的去死,他只是装装样子,吓吓牛牛。他在水里摸到了米的位置后,就立即潜到岸边蒿丛里,把鼻子和眼睛露出水面,见牛牛急成那个样子,他感动不已,可没想到牛牛居然冒死下水去救他,这可把春来吓坏了!

一跃上岸的春来把牛牛紧紧搂在怀里,拍着,叫着,牛牛却又哭又打,怪春来不该吓他。听春来要下水畚米,牛牛全身扑在春来腿上,牢牢压着,不让他起来,不让他下水。牛牛央求说:"春来,你不要下水,我不要米了,我也不想大米饭吃了,我求你了,你不要下水!"牛牛又哭了。

春来搂着牛牛说:"弟弟,你别哭,我依你,不下水畚米了。"

牛牛抬眼看着春来的眼睛,说:"春来,你真的不下水畚米了吗?"春来拍着牛牛背,说:"弟弟,我依你,你别哭,你哭比打我更让我难受——啊,牛牛,你看,倪妈妈、姐姐都上堤顶了,倪妈妈抱六丫,又拿东西,吃不消,你能去帮她把东西拿着吗?"牛牛说:"我去!"牛牛每跑几步就回下头,嘱咐春来别下水。春来说:"放心吧,弟弟,你去接妈,我不会下水畚米的。"

牛牛把他妈提的东西刚拿上手,春来就把水里的米畚起来了!春来早上没吃,他感到身心疲惫至极,但为了牛牛能吃上一顿盼望已久的大米饭,他甘愿豁出去!

倪妈刚到小牧场,就见春来头上湿淋淋的,她问明情况后,把春来狠狠怪了一顿,牛牛也挨上去,掐着春来手背,说:"你骗我,你骗我!"春来抱住牛牛,说:"弟弟,我这不是好好的吗?"

倪妈带春来他们刚抵大园棚前,义堂已按原来预设的方案把东西摆好了。

中午饭菜的食材就是桂兰从那边带过来的菜和春来从水里畚起来的米。倪妈今儿是绝对兑现了诺言,她把春来捞起来的米全倒锅里煮了。实际上,义堂上午从条子号到毛家大园,挑着担子跑了三四趟,早就饿了。春来早上也没吃。他们都是小饭钵子,不给他们吃饱怎行啊。

饭做好了,带牛牛在棚周围拔杂草的义堂也洗手准备吃饭了,可春来还在里边铺上睡着(春来说他头昏,从那边过来就一直睡着),倪妈叫一声没应,便来铺边,义堂、牛牛、桂兰都来了。倪妈叫一声,春来答应一声,可就是不起来。

倪妈心疼地问:"春来,是不是下水畚米着凉了?"义堂问是不是早上没吃饿过头了,桂兰又问是不是来来去去跑累了,牛牛还问是不是在生他的气,等等。春来先是不讲,见都问他,只好说跟早上一样的话:他肚子有点儿不舒服,不想吃。他说:"倪妈妈,你带义堂哥、牛牛弟,还有姐姐吃去吧,你们都饿了,让我睡一会儿吧,我吃不下去。"牛牛还想拉春来起来,可又巴不得大米干饭一下子就扒上嘴,他等不及了。

倪妈只好带他们出来了,倪妈边往外走边说:"一年也吃不上一顿大米干饭,好容易吃一顿,唉!这伢子……"

傍晚,义堂拔完棚外的草,又来到铺前,春来叫他挨身边坐了。义堂问他晚上回不回家,春来点点头,表示回去,但刚站起身,又哽着嗓子说:"义堂哥,我今晚一个人在那边歇了!"

义堂说:"要是怕寂寞,就到我家去,倪妈这儿歇不下。"

说话间,倪妈就把中午特地盛出来的一大碗饭炒好了,叫春来出去吃。春来勉勉强强分去半碗吃了。倪妈陪坐春来身边,问他眼睛怎么红肿了,春来说可能是睡的。

倪妈和牛牛把义堂和春来送出园坝口,送到小牧场。春来走几步扭一下头,回望目送他的倪妈和牛牛,最后竟站着不走了,兀自望着牛牛和倪妈。

倪妈挥手说:"春来伢子,走吧,跟你义堂哥一道走吧,想来明儿来。"看到倪妈挥手,春来突然飞也似的跑回来,扑到倪妈跟前,抱住倪妈的腿……

二十七

赵春来跑回来,抱住倪妈的腿,他终于放声哭了。

当年,春来在大雨中把自己身上的蓑衣解下来给倪妈披时,只是出于一种本能的怜悯同情,出于一种说不清道不明的原因,丝毫没有要讨好倪妈的意思。他甚至连倪妈从哪儿来到哪儿去,也不曾询问一句。

隔段时间,听黑铁讲陆姨大家里新住进了一户人家,并且还说到了风雨中送蓑衣的事,春来便估摸着那应该就是他在雨中遇到的那户人家。他对那一家人牵挂起来。

春来和倪妈妈、尹伯伯以及他家其他几个孩子的熟悉,是在黑铁走后,从义堂的引见介绍开始的。到牛牛顶黑铁上学后,关系就愈加密切了。学堂里学生年龄大多在十六七岁,只有春来最小,牛牛上学后,便很自然与春来走得更近了。后来牛牛被逼退学了,但春来上学、放学,来来去去,依旧常去牛牛家,牛牛也常到春来家,由于孩子们的频繁来往,两家的大人关系也热络起来。春来和牛牛成了联系两家大人的纽带。

春来学篾匠回来后,在牛牛这边待的时间就更多了。除了回家吃饭,在家里歇之外,白天基本就在倪妈这边。来到这边,只要牛牛愿意,春来就教牛牛认字、打算盘。春来妈经常被两个女儿叫去做事,家里就剩春来一人。倪妈常要春来在倪妈家吃,春来也不谦让。春来宁可在倪妈这边饱一顿、饥一顿,也不愿跟他妈到他姐家去。

义堂把春来的意思向倪妈说明后,春来在倪妈这边生活,基本上就固定下来了。后来,桂兰胃病犯了,春来就在这边和牛牛一块捡柴挖野菜,除了晚上带牛牛回家歇,白天就在倪妈家。

尹伯伯、倪妈也从来不把春来当外人家的孩子待,洗浆、缝补等都为春来搞得服服帖帖的。有头痛脑热,倪妈、尹伯就抓上抓下,跑前跑后,像唱戏时戏台上临时缺了角色,不得圆场子似的,急得团团转。每次带牛牛到外头去,倪妈总是左叮咛右嘱咐的·大老套,生怕春来在外闯祸,出意外。

春来家和倪妈家隔着一里多,但每逢刮风下雨的晚上,尹伯伯、倪妈妈都要起来,冒雨到春来那边查看门闩有没有闩好,窗子关没关,屋有没有哪处被吹坏、哪处漏雨等,直到觉得安全无事,才放心地离开。

夏天,尹伯伯回家早的话,就到那边去给春来驱蚊子;冬天,晚上常夹个小火球去,把春来的被窝焐热了,才又夹着火球回去(他怕引起火灾,不把火球留给春来)。凡此种种,有些亲生父母也做不到的事,永富夫妇都做到了。赵春来对永富夫妇给予他的关爱,点点滴滴都印在脑中,铭记在心头。近两年来,赵春来和永富家的情感渐至水乳交融的地步了,可以这么说吧,他已从心灵深处把永富夫妇当成了他的第二保护人了,也把牛牛、桂兰、六丫当成自己的兄弟姐妹了,他已经不能离开他们了!春来常常暗自祈祷,祈祷倪妈家的生活平平安安,这样他们就可以在一起生活,他也就可以和别人家孩子那样有家的温暖。

但是树欲静,风不止。当春来怀着这样美好的生活愿望时,倪妈家在个把月内连着遭人陷害,逼得他们不得不离开是非地,重择别枝栖。前面说过,就春来自己而言,他不愿离开永富他们,但是,为了尹伯伯一家人能过得平顺一些,安全能得到最低限度的保障,他也不惜克制自己的私心,去忍受分开的痛苦。那天,尹伯伯、倪妈妈在是否搬迁的问题上,征求他和义堂意见时,尽管牛牛掐他的手指,暗示他别同意搬迁,但他还是极力主张搬迁。也就是从那天起,春来的失落感和无以名状的怅惘情绪,便像魔雾般终日笼罩着他,令他排遣不掉,撩拨不开,抗拒不了,他只有无言地承受,他只有在背地里暗暗掉泪!

这几天,春来自己也不知道自己要做什么事或不做什么事,常常一个人站着发愣。本来菜糊糊一顿要吃三四碗,但离倪妈搬家的日子越近,春来的饭量越小。今天早上,尽管倪妈压着要他吃,但他一碗糊刚端上手就放下了,春来真正是连饭都无心吃了!

可不是吗,就是因为心不在焉,上午端米过来洒了;义堂带牛牛拔草,而他却推说头昏,倒铺上睡了。实际哪是什么头昏,是越接近离开尹伯伯一家的时间,他越支持不住自己的身体。他心里有苦没处诉说,躺在铺上掉眼泪。晚上被叫起来吃炒饭时,倪妈问他眼睛怎么红肿了,他只能用"是睡的"搪塞过去。

当春来跟义堂往回走时,他好伤心,一步一回头地望着送他的倪妈和牛牛。他真的不想走了,但他还是克制着,坚持着,他不知道那属于他的腿,这时已经变得像两根毫无知觉的木杵儿,漫无目的地在地上乱踏乱捣着,弄得他的身体也东倒西歪,踉踉跄跄,进退失据了。当他见倪妈和牛牛向他挥手时,他终于无法控制感情地飞跑回来,跪到倪妈面前,放声大哭起来。春来是真正不愿离开永富夫妇和他们的孩子们,真正不愿离开永富这个既穷苦无比又温暖无限的家!春来对这个家和家里成员的感情与感激、依念和不舍,都包含在他的啼哭中和泪水里,那是千言万语、万语千言所无法替代的!

至此,倪妈才真正意识到,这些天来春来为什么情绪低落,为什么眼睛老红肿,为什么饭量大减,为什么素来堆满笑容的脸上老泛着苦涩和哀愁了。倪妈惭愧自己和永富都做错了,他们不该只图自己一家的安宁,而不顾春来对他们的依恋感情!

春来抱住倪妈的腿哭个不歇,哄也哄不住。牛牛也跟着哭,倪妈没法,又把义堂招了回来。

义堂说:"倪妈妈,春来在你家住惯了,把尹伯伯和你当父母,把桂兰和牛牛当姐弟了。现在你们搬这儿来,他突然失去了依靠,一下子接受不了这个陡然变化的事实。"

倪妈说:"也是啊!"但她又哄春来说,"其实呢,伢子,你跟着我们也让你作孽受罪。伢子,我过几天送你去你姐家好吗?"

春来揩一把眼泪说:"倪妈妈,我不要,不是怕到她们家做苦活、脏活,我怕她们脸难看,话难听。我怕我去她们家,她们给我白眼,这还不算,她们还把对我的怨恨发泄到我妈身上,给我妈气受。那几年,我妈为了让我能在我姐家过下去,不管我姐怎么给她脸色看,她都不吭声,把苦水往肚里吞。我那时不懂事,不管她们怎么暗治我妈,也无关我痛痒。可现在我能读懂她们的脸色和眼神了,我不能因为在她们家蹭饭吃,而让我妈受她们的冷气、怨气。"

倪妈说:"伢子,你多懂事。你晓得的,伢子,我们也不是为甩开你才搬这儿来的,把你丢在那边,我和你尹伯伯也是不忍心的,可这是没法子的呀!"

牛牛说:"妈,还让春来白天来这儿吃饭,晚上我陪他到那边困,好吗?"倪妈问春来说:"你牛牛弟讲的,你是怎么想的呢?你愿意吗?"春来说:"倪妈妈,我晓得我在你家给你增加了不少负担。如果有人雇小伙计,我就给人放牛去;没有,就依牛牛弟讲的,我还来你家。不过我净吃你的,不好意思,倪妈妈,我觉得你跟我妈一样亲,我真的舍不得离开尹伯伯,离开你,离开牛牛弟。"

义堂说:"春来弟,我晓得你心思,舍不得你就别走,就当倪妈多养一个儿了。春来弟,就这样了,我们回去吧,今晚我把照顾大、妈的事做完后,就陪你上你家歇。"义堂又指着小牧场边一口水凼,要春来明天过来,给倪妈家掏挖一方吃用水的小水凼。春来满口答应着,就要跟义堂走,倪妈又把他叫住了。

倪妈说:"义堂伢子,你回去吧,中午不在家,不知你大、妈搞吃没有,快回家给他们做点儿吃的去。春来留下,让他尹伯伯晚上送他回去。"春来很愉快地答应下来,但义堂走了几步,又跑回来。

"义堂伢子,你还有事吗?"倪妈问。

义堂望望春来,又望望牛牛,羞羞答答,欲言又止。善解人意的春来说:"义堂大哥,是不是为带儿大姐的事呀?"义堂含羞地点头,眼望着倪妈,并没有说话。

倪妈说:"义堂伢子,记得今年正月十五,你和春来带我们去看过一回《西厢记》,戏中那个老夫人一定要张生考取功名后,才把莺莺小姐嫁给他,你看我像老夫人那样古板固执攀高吗?"

义堂说:"倪妈妈,你不像,你是一位非常懂得和照顾儿女情感的好妈妈!"

倪妈说:"义堂伢子,你可别奉承我啊,我也不是那么容易讲话的!我虽不要你求什么功名,可是你看你大哥,再看看人家明发伢子,国难当头时,都能舍自家、保国家,你既已歇书了,还缩在家里不出去!"

义堂只知道倪妈和尹伯人品好,却不知他们还有这样的觉悟和阔大的胸襟,于是非常兴奋地说:"倪妈妈,你和尹伯伯支持我参加新四军吗?"

倪妈赶快把义堂的嘴捂住。

倪妈说:"伢子,要注意点儿,大路上讲话,草窝里有耳。被人听见,就有麻烦了。"

义堂向四周望了望,说:"倪妈提醒得对!"

倪妈说:"伢子,我和你尹伯之所以没有爽快地答应你和带儿的亲事,除了你没和带儿见面外,还有一点就是认为你虽然样样都好,但从来没听你说过要参加新四军的话,少了些男儿报效国家的志气。我大母舅(指倪承勇)常给人说书听,书文中就讲男儿要报国呢!现在你自己再次把开亲的事提出来,那我就代表你尹伯伯答应这门亲事,但还是那句话,一定要带儿上来,你看得上她,才算最后定下来。伢子,我讲的实际是对你负责,希望你好!"

义堂说:"倪妈妈,有你这句话,我心里就有底了!"

那天晚上,永富一个人去了春来那边。他说,春来白天来回跑几趟很累。临走时,春来把那边工具箱的钥匙交给尹伯伯,让尹伯伯把他的篾匠工具带过来。

永富走后，倪妈又特地做了糊糊，春来一气吃了四碗。

白天虽然跑得很累，但晚上大家还是坐谈了很久才睡。

早上起来，见篾匠工具放在凉床上，春来知道尹伯伯回来后，又去毛习普家上工去了。尹伯伯每天除了吃三餐外，没有一寸时间能得到空闲！

这一天，春来带牛牛在大园这边从早忙到黑。他俩先把草棚三边坑坑洼洼的地面平整好，接着根据义堂讲的，把小牧场边那口水凼挖大、掏深了。用掏出来的泥土，在水凼四周做了一道围坝，不让污水流到水凼中。这两件事做好后，他俩又砍了竹子编竹门。竹子砍好后，考虑栅门不是一会儿就能编好的，倪妈没让他俩再做事了。挖这一口水凼就把两个孩子累得够呛了。

这是搬到毛家大园的第三天了。这天，春来在编草棚的竹栅门，牛牛协助他递递东西。编扎过程中，除中间返过一次工外，基本是按开始设计的样式进行的。两人中午连饭都顾不得吃，直到栅门编扎安装完，春来和牛牛才如释重负地吃上菜糊糊。

那天晚上，因为下工很迟，永富没进棚就直接去条子号的春来家了。第四天早上回来，永富突然发现他的草棚已经安上门了！永富觉得很新鲜，他站在门里看看，又站到门外看看，仰面朝上看看，又沁头往下看看。他关关又开开，开开又关关，安上去又卸下来，卸下来又安上去。他发现装卸方便，开关自如，不拗涩，不叫响，就像出自行家高手的一般。真的是神了，永富暗自赞叹着（永富自己也对砖木、篾匠等小手艺无师自通），他甚至把它当一件质地相当的工艺品来欣赏了！

倪妈说："这小春来，说不准以后还是能工巧匠呢！"

永富说："你也舍不得讲，什么以后啊，他现在就是能工巧匠。"

看着春来和牛牛到水凼抬水去了，倪妈深叹一口气，靠到竹门边。永富说："好好儿的，么事又叹气呀？"

倪妈说："你讲啊，我五丫要是不走该多好，那年赵姨乐呵呵跟我讲，等春来和五丫都成人了，她就跟我家开儿女亲。我当时虽没明白答应，可也算默认了，可是……唉，都是命啊！"

永富也哀叹说："那话就别提了，过了安庆还说什么塔呀——啊，都什么时候了,我还跟你扯这些。"永富看看太阳,脸都没洗,就上工去了。可没走几步又折回来,贴近倪妈耳朵叽叽咕咕一阵。

永富走后,倪妈说:"是的,他大把我提醒了,不是还有六丫吗!小是小了点儿,可男伢子大个八九岁不算大呢,男伢大,还更晓得疼女伢子呢!"倪妈自个儿讲,自个儿圆,自个儿笑,从笑容上看,她内心甜甜蜜蜜的。

二十八

王义堂参军去了。走前的第四天晚上,陆姨大带王义堂到毛家大园去过一次。当时永富把照顾义堂父母的任务一口应承下来。关于义堂和带儿的事,应陆姨大要求,永富夫妇又郑重地再三表了态,说只要以后见了面,义堂没意见就开亲。两样事都得到了圆满的答复,义堂对陆姨大十分感激!

义堂、明发走后,和春来、牛牛来往频繁的就只有启亮了。义堂走后四五天,启亮晚上来到春来家,说他预感到王大嘴又要使坏,叫春来和牛牛注意安全。可王大嘴坏还未使,次日晚王大嘴家"闹鬼"闹得一塌糊涂,从窗外倒入的泥沙狗屎、臭鱼烂渣,弄得王大嘴家满房满床,王大嘴本人也被土坷垃砸得鼻青脸肿。按说王大嘴这下要乖了,可是没隔几天,启亮说王大嘴又有使坏的迹象了。春来对牛牛说:"弟弟,我们先治她,把她治痛痛的!"牛牛极力赞成。

八九天后,"闹鬼"的一幕又在王大嘴家重演了,不过那晚"鬼"除了捣通已经糊好的窗户纸,没向屋里倒粪便泥沙、烂虾臭鱼了。虽说免去了许多内容,却多了个浑浊的声音传进王大嘴和罗三宝耳朵里,说:火神菩萨明天中午十二点后,要到王大嘴家放火烧房子,一要王大嘴他们把贵重东西及金银细软连夜搬出去,二是火神菩萨驾临时要隆重迎接,以示对火神爷的尊重。后面还加六个字:勿谓言之不预!

火神爷的旨义谁敢不领?听得上述的警告,王大嘴和罗三宝一夜好忙。早起的人们见罗三宝夫妇夜里把东西都搬到菜地里,好生奇怪,以为他们是中了邪了。

上午,王大嘴累得倒在床上,像死了一般。

中午大嘴婆母童氏喊大嘴起来吃饭,大嘴不想吃,也懒得起来,但考虑到除了要全家迎接火神爷外,还想亲眼看看火神爷长得什么样,所以还是起来了。可是从中午十一点半到下午三点零五分,虽然大嘴全家都围在堂心大桌边坐着,眼珠凸得圆溜溜的,一眨不眨地朝门外望着,却连火神菩萨的魂儿也没看见。

疲倦至极的王大嘴断定火神菩萨不来了,她正要上床去躺会儿,谁知天陡然乌云黑暴的,眨眼间飞沙走石,天昏地暗,王大嘴公爷说:"这是火神菩萨下凡的前兆了,赶快迎接仙驾!"全家成员刚刚跪下,却不料当头一声霹雳,电闪雷鸣,大雨如注,王大嘴、罗三宝以及罗家公婆、子女一齐拥到菜地,拼死命往家抢东西。个把时辰后,在东西被抢运回家的同时,倾盆大雨也戛然而住了。王大嘴回头顾望时,五分的菜地被踹踩得像一潭淖泥,而清点金银细软时,却少了一千块袁大头,和当年她从妓院里带出来的用身体赚得的一对和田玉制作的玉麒麟!这可是罗家的镇宅之宝啊!王大嘴立马甩掉踏烂的布鞋,换穿靴子去找。哪知她的大脚刚踹进靴子,便大叫起来。三宝忙帮她脱下靴子,猛地一磕,磕出条一拃多长的红头黑背黄肚腹的雄性大蜈蚣!直到鸡叫二遍,三宝刺破鸡冠,用鸡血抹于创口,王大嘴才渐渐止了痛。王大嘴止了剧痛后,第一句就问火神菩萨来了没有?当她知道火神菩萨没来时,长长地吁了一口气。

其后的十多天里,每天中午,王大嘴和家人都一起坐在堂心,恭候火神爷仙驾光临,但天天都白坐白等了,不见火神菩萨的影儿。

一天傍晚,春来和牛牛从毛家大园过来,打着赤脚经过王大嘴家门口,适逢王大嘴在晾她那刚洗过的马桶。牛牛想快点离开,但王大嘴偏又叫住他俩了,还说:"你俩都打赤脚,不怕被东西戳着吗?"

春来说:"我们注意着呢,戳不着。——啊,不说是火神菩萨要烧你家房子吗?"

王大嘴说:"是呢,原说下通知后第二天就来的,可是我们全家都恭候十几天了,还迟迟不到,可把人都等烦死了。"

牛牛说:"你候菩萨可千万不能说烦,菩萨怄起来,会年年烧你家房呢!"

王大嘴知道自己出言欠妥,立即改口说:"那是,那是,你看我这狗嘴巴、臭嘴巴几时才能干净。"王大嘴光骂自己不算,还啪啪地狠扇了自己几个大嘴巴。

春来说:"我看你也不必把火神爷的话太当真了,他不过是说着糊糊公事,把玉帝哄过去算了,哪还真的去你家放火了!"

不知又过了几天,王氏公爷真的把他们家近一个月来恭候火神菩萨的事废掉了。可就在那废去的当天,他们全家正在吃午饭时,门外突然一声高喊:"吾来也!"

听到清脆的一声"吾来也",王大嘴全家人的目光一齐投向了门外。只见一个头戴红帽、身着红衣、脚穿红鞋、脸上涂得花里胡哨的红红火火的小菩萨,从罗高年的屋子屋檐口斜纵下来,落在大门前稳稳立住。

"火神菩萨来了!"火神菩萨浑着声音道,"那天晚上跟你们讲的都忘啦?"

罗三宝先是一愣,但很快想起来,说:"啊,记得的,记得的,隆重迎接,隆重迎接,隆重……"罗高年鸣爆、烧香,其他人都伏地叩头,长跪不起。

仪式进行中,火神菩萨嗖的一声,腾空跃起,一个筋斗从门外翻进堂心,正正着着,稳稳当当,不偏不倚,落在王大嘴身边!王大嘴斜眼瞟了一下,轻声称赞道:"真个是神不可貌相啊,这么个又小又瘦的还没发育的小火神菩萨,就这样有本事,翻筋斗还能在空中打几个转!"

"咄!"哎哟喂,神就是神呢,王氏那几句本是从牙缝里冒出的话,却让火神菩萨听到了,他一动怒,两脚一纵,纵到大嘴背上,跺了两下,怒道:"大胆王氏,你竟敢蔑视本神爷身材瘦小,尚未发育,我要叫你尝尝本菩萨的厉害!"火神菩萨又在大嘴背上用脚后跟重跺几下,而后蹦翻下来,绕到堂心边沿,仅凭手脚弹力而头不着地地翻腾了一圈筋斗,最后咚一声再次落到大嘴背上,浑着嗓音高声道:"吾去也!"

众人以为火神菩萨去放火,都扭脖子看去,只见菩萨连翻数个筋斗,蹦出后门,举身一跃,哗啦一声,一头扎进方塘里不见了。人们正在万分惊恐之际,火神菩萨又在方塘对面的菜地埂上惊艳亮相了。他像一头避水金睛兽似的,摆摆头,摇摇身躯,抖落身上的水珠儿,转过面来,向王大嘴这边挥挥臂,拱拱手,浑着声音说:"吾今天忘了带火种子,明日再来!"说着又举起右手摇摇,"拜拜!"然后消失在圩心的庄稼地里。

罗高年再次指挥家人摆香案,供酒食,恭送火神菩萨上天。王大嘴婆母童氏问她的两个从人贩子手上买来的孙儿孙女,说:"伢子们,那菩萨临走时,摇手说'拜拜'是什么意思呀?"

罗玉环说:"拜拜,就是再见的意思,他讲的是英语,英语就是英国佬讲的话。"

童氏说:"我晓得了,这火神菩萨是英国籍的。那我们为何要恭送他呀,英国菩萨还来管我们中国事吗?扯淡,不恭送,不恭送!"她命人把供品撤了。

罗家大小虽然目睹了一回火神爷的风采,可一个个都吓得屁滚尿流,魂飞魄散。

回到堂心,三宝才发现王大嘴仍然跪在堂心地上嘤嘤哭泣。一问才知,王大嘴的脊椎骨被火神菩萨踩痛了,不仅动弹不得,就是喘气重一点儿,都痛得往心里钻。

罗三宝顺势把王大嘴抱到房里,刚放下,王大嘴就精神恍惚地问老公,这一回她能不能爬得过。三宝轻描淡写地说,死大概不会,不过看样子,火神菩萨这回可能是真要教训她的。王大嘴一听这话可就气了:"教训——哎哟。"可能是讲话声音重了点儿,她的背心一阵剧痛,稍缓了一下,她愤恨地但声音极低地说:"教训我?我看谁敢!我一生过掉大半生了!哎哟,这么痛怎么架得住呀?"她摸摸背上几处痛点,又接着说,"我这一生过掉大半生了,红头子、绿头子、小头子、大头子、软头子、硬头子见过多少,摸过多少,也要弄过多少?可就是从来没有怕过。我可不是好捏的烂柿子,我看有哪个不要命的敢来教训我!哟哟,痛,痛,快别推,别推,痛死我了。你以后别在我面前说人家要教训我,我不听那话!"

三宝说:"我不过是给你提个醒儿,听听不坏啊!"

王大嘴说她本来就比观音老母还清醒,绝对用不着别人提醒,也没有神鬼敢报应她。

但三宝偏揪住小辫子不放地说:"大嘴啊,我的老伴,我的话你怎么就一点儿听不进啊!如果当初听我的,不打牛牛,不往春来身上泼臭猪水,不撒碎玻璃戳人家两个伢子的脚,不无事生非地挑拨陆、尹两家关系,不……不做那些伤天害理事,哪会遭到许多报应啊?你想想吧,平白无故的,群鬼会往家里倒泥沙粪便、臭鱼烂虾吗?平白无故的,火神爷独往我家放火吗?会把你踩成重伤吗?平白无故的,老天会突降大雨,让我们损失了那么多袁大头和金银细软吗?你穿靴去找东西,又被筷子长的大蜈蚣咬伤,险些休克致死,哪有这些人家遇不到的事都先后降到我们头上来了呢?要晓得,人在做,天在看,举头三尺有神灵呢!"

"你别跟我——啊哟,往肉里闪着痛哪!"王大嘴听得不耐烦,又气得慌,声音大了点儿,痛得一抽。但她顿了一下,还是坚持着要老公罗三宝别跟她念经,她不想听。

三宝见大嘴冥顽不化,气得拿脚就走,但大嘴拼着疼痛,一声把他喝回头,训斥说:"你长本事了你!你'秃子头上打伞——无法(发)无天'了你!——那小火神菩萨讲今儿忘带火种,明儿再来,真的吗?"

三宝说:"那倒不一定,神仙应该和政府官员差不多,他们在天宫坐坐办公室,下凡出出差,转几圈,兜兜风儿,到月去玉皇大帝下属的财务科领领薪水,就算了事了,没有几个菩萨真正给玉帝卖力做事的。况且,真要下凡放火,烧掉一大片房子,那会得罪一大批人呢。要晓得哟,神仙菩萨也怕千人怨呢!"

王大嘴说:"三宝啊,从那会儿讲起,我才听到你讲了一句半人话。你这样讲,我就放心了。哎哟——"

王大嘴困在床上不能动,几天后,三宝终于叫人把她送县医院就了诊,外科主治医师说没什么大不了的,不过就是一截脊椎骨有些开裂,将养一段就会长好的,没有任何生命危险。

果如城里医生所言,八九天后,王大嘴就又下了床铺,挺腰走路,神气活现起来了。可是春来和牛牛怕王大嘴算计,差不多每天都提心吊胆着。

这天晚上启亮又来春来家。春来问启亮,知不知道他装火神菩萨惩罚王大嘴的事。启亮把春来怎么进的王大嘴家堂心,怎么踩王氏脊背,怎么跳入方塘又爬上岸,牛牛怎么在庄稼地里接应的经过,都讲得清清楚楚,一点儿不差,春来和牛牛同感奇怪。启亮说,他其实和他的另一位好友,那天拿着铁叉先于春来藏到罗家柴房里窥视动静,以防春来装火神菩萨被罗家识破又遭毒手而准备及时出手相救呢。春来和牛牛好生惊讶,并问这位好友是谁,启亮笑而不言,只说暂时保密。启亮说:"你们进行得很机智,很顺利,没给我和我的好友出手机会,但毕竟太冒险了!"

春来说:"不是抓住罗三宝全家对菩萨特别迷信这一点,我也不敢贸然行动呢。"

启亮说:"不是因为这一点,我是决不会允许你俩那样冒险的!"

牛牛说:"我们是在跟罗家赌一把呢。"

启亮说:"是呢,你们赌赢了!"

春来说:"我们是谨遵义堂哥和你的叮嘱,把对王大嘴的惩罚,严格控制在最轻的程度。"

启亮说:"还是有点儿重啊,那脊椎骨可是人的中枢部位呢!"沉思片刻,启亮又提到王大嘴,说,"按讲,你们和王大嘴无冤无仇,她真的不该那样对你俩呢。"

牛牛说:"可能还是我摸鸟窝,掉到她屋头上,打碎屋上亮瓦,碎片落到房里,割破了她老公的头,她还记我仇呢。"

春来说,也可能是王氏恨牛牛,而他又跟牛牛好,跟尹伯伯、倪妈妈亲近亲热,就引起她的恨。

启亮对春来和牛牛说的不置可否,他觉得这事颇让人费思。

真的不怪启亮费思,其实春来和牛牛从来没有讲到,也不曾知道和想到的一件事,才是王大嘴忌恨春来和牛牛的根本原因。

那是大前年春上,无知的牛牛一个人在地里东闯西荡,正往回走时,忽然听到小麦棵里有人哎哟哎哟地叫唤,探头望望,见王大嘴光着下身和一个赤身裸体的男子在麦垄上不知做什么事。他走过去,被那男子发现,把他赶开了。赶开便赶开了,不就没事了吗?可王大嘴一心认为她的短处落在牛牛手上了,或者说牛牛捉着她的"双"了,认为牛牛必定要把这事跟他妈讲,跟陆姨妈讲,跟春来讲,跟义堂讲,跟……她的身边怎么能容得下知道她短处、捉着她"双"的人存在啊！这就是埋在大嘴心里的要在牛牛头上出气的一棵毒芽吧。其实，王大嘴真的是天下本无事，庸人自扰之呢，可怜的小牛牛直到殁时，也从未与第二个人说起过王大嘴与那男人在麦垄上做的那桩事。因为牛牛当时就是瞎转悠地到处跑着玩，他压根儿就不知道，大嘴他们干的那事，跟他平时与春来捡蒿柴、挖野菜、下棋抓子儿有什么本质的区别，有什么要向人家奔走相告的价值和意义！当然，除了这事引起大嘴恼怒外，也可能还有更复杂的因素在背后作祟。

一阵沉默后，启亮说："春来、牛牛，既然不明白王大嘴和你俩过不去的原因，那以后就尽量离她远些。兴国、义堂、明发学兄都走了，我们在一起的时间也不会太多了，在家最要好的，就只有你和牛牛了。你们势单力薄，出了事帮手少，尽量让着她点儿，明天你俩去外圩捡柴找我。"启亮拍拍春来和牛牛，叫他俩晚上关好门。

第二天上午，春来和牛牛果然在外圩找到了启亮。

原来启亮在外圩叉兔子。启亮把叉的三只兔子全给了春来。启亮说他近来又有预感，要春来和牛牛对王大嘴多防着点儿。启亮没走几步，又停下说："春来学弟，牛牛比你小，你对他要多关照点儿。"

启亮驮着铁叉，径自向江边走去。那天晚上，启亮就没回家了。直到渡江前夕，春来和牛牛才偶然见到了启亮。

依着启亮的要尽量对王大嘴"多防着点儿"的箴言，启亮走后的那些天里，春来和牛牛来去都不经过王大嘴家的门前宅后。但王大嘴好像故意寻着他俩似的，这天傍晚，他们又在陆姨妈门前的场地遇见了。王大嘴对春来和牛牛表现出了少有的热情和亲切。这反而让他俩觉得不舒服。

牛牛对春来说，他一见着王大嘴对他们好，就害怕。春来说："启亮的预感一般都兑现了——"没等春来说出下句，牛牛就接上了："看样子，王大嘴真的又要对我俩使坏了。"春来说："可不是嘛，但这一回，我俩不给她机会了。"牛牛说："春来，我俩还来个先下手为强，压着她！"春来点点头，凑近牛牛耳边说着什么，牛牛也点着头，并且拍手叫好。

果不其然，王大嘴第二天就出事了。

第二天下午黄昏时分，王大嘴去倒马桶，谁知她刚踏上桥头，那桥身一侧，王大嘴身子一歪,连人带马桶一齐掉进沟里。王大嘴身体贴靠在沟坎子边,不知怎么了,鬼使神差的,她那平底、高筒、细身、卷沿的钵儿粗桶口的特制马桶,满满正正扣到她头上,大嘴就像戴上了世界顶尖滑稽大师卓别林戴的高帽子,可笑极了!

听到王大嘴出事,而且是出那样的搞笑事,上上下下的人就像看马戏似的拥来看。不知是被屎尿浇迷糊了,还是自己的排泄物自己不嫌弃,或是表示对光来看她笑话,却不给予她同情的人的抗议,或是别的什么用意,总之过了一会儿,王大嘴才慢慢举起双手,抓住桶沿,取下那顶滑稽可笑的马桶"帽子",随手用力一推,连同满腔的怨气与愤懑,抛掷到离自己身边两丈多远的臭水沟里。

就像说哑语一样,王大嘴不断发出哼哼的后鼻音,并配以各种手势,指着头脸和身体各部。在场的围观者完全知道大嘴的意思,但就是不沾她的边,不向她伸出援手。这也难怪,谁愿向满身沾着屎尿的人贴近啊!

三宝挑来两桶水,一瓢一瓢地舀着,往大嘴头顶上浇冲。就像狗从塘里爬起来要抖落掉身上的水一样,三宝每浇泼一瓢,大嘴就打一回冷战,喷几下鼻子,摇动身子抖几抖。接连浇了三担水,大嘴身上的屎尿虽基本冲洗掉了,但臭气仍然很重。

二十九

把王大嘴背回家后,罗三宝开始思考起来,好好一座木桥,架上去已有六七年了,他全家人打上面经过,累计起来也数不清有多少回了,从来也没侧翻过把人掉下去,怎么今儿就出事了?带着疑问,三宝又去把桥查看了一遍。原来搭在沟坎两头的桥板底下缝中各垫着一个圆形木楔子,表面看,桥板平平的,但脚踩上去,只要偏离中心一点点儿,桥板就会侧翻过去,把人抛到沟里,何况王大嘴还端着马桶呢!

那一次王大嘴除了出丑,被屎尿灌了,还摔坏了踝骨,从那次后,她的名字也就由王大嘴改为王跛子了,人也变乖了,春来和牛牛当然也没有再和她计较了。

王大嘴零零星星出事的新闻不胫而走,赵姨闻听后,猜着是春来使的坏。五六天前,她终于犟着从女儿家跑回来,她要看住春来。赵姨回家后,春来自然不必到毛家大园这边来生活了。

永富到毛习普家上工,倪妈给人做针线活,桂兰捡柴兼挖野菜,牛牛每日里带六丫在棚周围活动,这便是永富全家人搬到毛家大园以来的全部生活内容,几无变动,枯燥乏味。

这会儿,牛牛正在喂冷糊糊给六丫吃,上次在老龙潭边碰到的那个要饭的老奶奶,又挎着竹篮、拄着竹棍站在他面前。牛牛不忘曾吃她一块小麦粑的恩情,端个小凳子让她在棚前场地坐下,寻着话儿跟她说。桂兰也捡柴回来了。她瞅瞅老奶奶,没说什么,就去做自己的事了。

老奶奶一直坐到傍晚,倪妈回来了,她又寻着话儿跟倪妈攀谈。老奶奶想哪说哪,倪妈也是听哪算哪,根本不计较顺序和层次。老奶奶说了许多事后,才在上次的基础上进一步自我介绍。从她的介绍中,大家才知道她是岳西人,五十岁,无家无当,无儿无女,常年在外以乞讨和帮人做手边事糊嘴,晚上哪儿黑哪儿歇。

倪妈、桂兰、牛牛听了老奶奶的介绍,对她产生了极大的同情。倪妈留她宿,但她说天未断日光。临走,她还拿出三个馍,分给了牛牛、桂兰和六丫。老奶奶刚下园坝埂,牛牛又撵上去拦住问,他应该怎么称呼她,老奶奶想了想说:"就叫岳西奶奶吧。"倪妈站在园坝口,跟她打招呼,叫她以后经过这儿到棚里坐。

老奶奶去了不一会儿,赵春来笑嘻嘻的面孔又出现在映着夕阳余晖的草棚前。春来妈妈被女儿接去做事了,春来又回到大园草棚。在春来回大园的第三天,恰逢毛习普家对面的一户人家的老人八十寿庆,唱十天大戏,春来、桂兰、牛牛每晚必到,看完戏都过大半夜了,三人就从毛习普账房窗前抄近路回大园棚里。记不得是第几天晚上,走过窗前的春来回头朝窗里看了看,账房里仍旧亮着灯火,只见账房两边的粉白墙壁上映着两个人影,他便拽了拽桂兰和牛牛,三人牵着手,同时向窗边靠近。

灯芯似乎捻大了,人影看得更清晰:一高一矮,一胖一瘦,起坐动静,随着角度的转换、灯光的明暗闪烁,两个人的影子也变幻不定。那胖的时不时击案敲椅,而瘦的则很擅长打躬作揖、点头哈腰。有时两个影子隔桌拉手,显得格外推心置腹,话语投机。账房里,时而静穆得可怕,时而又传出狰狞的狂笑。两个不断变化的影子,使人联想到皮影戏中的怪兽、幽灵、魔鬼。那两个人影的真身是谁?仔细辨别,他们认出来了,那胖的是毛习普,瘦的是毛家管家徐国泰。

两人欢笑谈罢,毛习普便送徐国泰走了。徐国泰出了账房门还回过头来,向毛习普伸出大拇指,阿谀奉承说:"老爷,你真高,高得没有人能跟你比!你的那些妙招,我怎么一个也想不出来呀?"

毛习普大言不惭地说:"你要是想得出,我俩的位置就要调过来了!"

徐国泰哈哈大笑,说:"是上天给的智慧,老爷!"

毛习普当仁不让地说:"是啊,你想吧,我要是没有两把刷子,这方圆几十里,前后几十年,还有人听我的吗?"

徐国泰又一次竖起大拇指,夸毛习普说:"老爷讲得妙啊,太妙!"

毛、徐二人都开怀大笑了,笑声冲出窗棂,震动了账房后的夜空。

毛习普进了卧室,往烟枪里装大烟,几袋烟过后,又吃了什么提神壮阳的药。徐国泰则踏着昏昏的月光,踽踽独行在铺着条石的巷道上。

徐国泰还不忘记在账房里跟毛习普的密谈,自言自语着:"老狐狸呀老狐狸,人说我见着女人就淌口水,而你呀,嘿,嘿,嘿,嘿嘿嘿……"他自说自笑罢,又哼哼着不三不四的小曲儿,往家的脚步拿得更快了。

徐国泰敲了三下门,没人应,刚敲第四下,就听到里面抽门闩声。徐国泰抬脚进门,里面冲出一个男子,把他撞个仰面朝天,徐国泰呸了一声,说:"真晦气!"

徐国泰的老婆阿姣问他出去打着野鸡没有,徐国泰没好气地说:"没打着,倒是让谁个抽后脚把家鸡打着了。"阿姣说:"你可不能冤枉人,他裤子还没脱,你就回来了,你——"没等阿姣把话说完,徐国泰就猴急马慌地爬上了床……

比起徐国泰来,毛习普那晚的遭遇却很令他沮丧。这毛习普有三房姨太太,除原配钱氏给他生了两个千金都死了外,后娶的三房连屁也没给他放一个,遑论生人了!那晚,毛习普想趁睡前,把他跟徐国泰合议的事,分别与几个太太通个气,同时和兴致好的太太乐和乐和。做事得有顺序,他先找原配钱氏。可毛习普刚绕过栏杆,还没上台阶,就吃了闭门羹。没奈何,毛习普只好找二姨太。

灯光下,二姨太正在逗鹦鹉玩。毛习普窃喜,心想这个差不多。说是这么说,但他也不敢造次。毛习普稍稍徘徊了一下,就在石阶下佯咳一声。二姨太闻声转背一看,见是毛习普站在轩窗外,对她殷勤地笑,她立马把鸟笼子放原处挂上,一溜身钻进房里,咚的一声把毛习普孤零零地关在门外,熄了灯,独自上了八宝床,任凭毛习普怎么叫"小孩儿乖乖,把门儿开开",她就像听不见一样,不理也不应。

三姨太、四姨太给毛习普的"礼遇"也差不多。毛习普无可奈何,在院子里来回踱着步,然后大着嗓子说:"你们四个都给我听好了,别当我是有求你们来的,我是来向你们通报一件事情的,让你们心里都有个准备,别到时讲我拿你们不当人,这么大事都不跟你们通气。"尽管毛习普讲得冠冕堂皇、光明正大,并且边讲边用余光在四个太太的门窗边来回扫动,希望有奇迹出现,可是每间房子里都像关着死人一样,一点儿动静也没有。

毛习普大扫其兴地回到自己房里不说,且讲那徐国泰吧。徐国泰和他的内人一番巫山云雨后,说:"阿姣,我有一个新闻说与你,听不?"阿姣说:"不听不听,你狗嘴巴吐不出象牙来的。"国泰说:"不听拉倒,到时可别怪我瞒着你呢!"

"是不是你想纳小了?"阿姣问。

"不是不是!还纳小呢,有你在我身边,我就是有那个色心,也没有那个色胆呢。"徐国泰矢口否认后,又神秘兮兮地贴着阿姣耳边说,"是老狐狸又想心思了。"

阿姣吃惊地问:"老狐狸又想心思?他又看上谁啦?"

听徐国泰秉明后,阿姣摇摇头,很不以为然地说:"她可是有夫之妇呢。"

徐国泰说:"那又怎么样?他后纳的三房,哪个不是有夫之妇,不都被他弄到手了吗?"

阿姣问："是一步到位,还是依循前例,先当保姆呢?"

徐国泰说："依循前例呢,那妇人如能顺顺利利来当保姆,这事就算成了。"

阿姣说："成了? 我听人说,那妇人可是个烈妇呢,还有那几个伢子更厉害了! 听说条子号那个叫王大嘴的女人,被他们整得够呛。"

徐国泰说："你讲的事我也听讲了,那个王大嘴都改号叫王跛子了,依我看,老狐狸这一着,恐怕也没什么好果子摘的,别到头来,金钱豹子没套着,反被咬伤脖子呢!"

阿姣说："那就别管了,人家事,犯不着我们为他操心。不过我可要提醒你一句,千万别夹在里面瞎掺和。那一家子拖家带口地跑上来,房无一间,地无半分,多可怜,你做事可得凭心,万万不可为虎作伥啊!"

徐国泰说："我也是身不由己呢,谁叫我想毛家一碗饭吃啊。不过你放心,我不会做过头事的。"

再让我们到毛家大园永富的小草棚看看吧。穷人操心重,一大早永富夫妇就起床了。倪妈对丈夫说："他大,右跳祸事左跳财,我这几天右眼跳个不歇,家里该不是要出什么事吧? 你在毛家做事可得多留神点儿。"永富说："有什么好当心的,雷打来瓮缸也罩不了。"倪妈说："你可别这样讲,毛习普这几天有事无事都到我们棚前转悠,该不是要打我们什么坏主意吧?"倪妈说这些话时,格外忧心忡忡。

"妈,我最怕毛习普眼睛了,那眼睛冒蓝火焰!"牛牛说。

倪妈问："牛儿,你也醒了? 快起来屙尿,别把床尿湿了。"可是牛牛没答应,他翻个身又睡着了。永富摸摸牛牛的头,说："睡吧,苦儿子。"他叹口气,又去上工了。

这天,永富下工很早,半下午就回家了。他依棚前柴堆坐下,垂着头,绷着脸,一袋接一袋地抽烟。平日到家要是早点儿,他总是这儿收收,那儿拣拣,不是把牛牛拉到身边靠靠,就是把六丫拽到跟前亲亲,用天伦之乐来驱散他一天的劳累,用质朴的父爱给儿女们一点儿苦涩中的甜润。可今天他那样子,看上去让人担心害怕。

倪妈忍不住问他："他大,你不舒服吗?"

没有反应。

"怎么啦,他大,是不是遇着不顺心的事了?"

还是没有反应。

"是不是做错什么事,把毛习普惹怒了呀?你得说啊!"

在倪妈一再催问下,永富熄了烟,慢慢站起身,用一种凄惶的眼神望着倪妈,继而挪前一步,抓住倪妈的手,说:"你讲呢,牛牛妈?要不是遇到烦心事,我会是这样三榔头都打不出一句话的人吗?"

倪妈用同情的、催促的目光望着丈夫,说:"有什么烦心事讲出来吧,别闷在心里,把人憋出毛病来。"

牛牛、桂兰也围了上来,大家都望着永富,期待他开口。

原来永富今天压根儿就没下地干活。他早上一到毛府,就被管家徐国泰叫到账房。徐国泰先让永富坐下,接着就开门见山、单刀直入地把前天晚上毛习普跟他讲的话,向永富说了,那就是让倪妈到毛府当保姆,并要永富自己定夺。一时不表态,一时就不让出门,变相地把永富关到黄昏。

倪妈极为平静地问永富是怎么定夺的,永富说他家有小儿细女,要人照料扶持,家里尚且忙不过来,哪能给人当保姆?真的那样,儿女作孽,家也散了。倪妈肯定了永富的"定夺",接下又问徐国泰是否同意永富的"定夺"。

永富说:"你当真相信他的话呀?他叫我自己定夺,其实他早就定夺好了。"(应该说是毛习普早就定夺好了)永富揩一把眼睛,继续说,"他听了我的'定夺'后,霍地往起一站,说:'反了不成!我看你是'癞蛤蟆爬到秤盘上——不知道自己是几斤几两'了,奴才不听主子的,不想活啦?"

倪妈说:"你就被他吓倒啦?"

永富说:"我讲要是你去他家当保姆,我活着还不如死了干净,死了既不劳苦又不受辱!"

倪妈再次肯定永富有骨气,她还补充说:"他大,其实我们既不是毛家的佃户,更不是毛家的奴才,我们只是占用了他家的一块棚基地,你也只是他家一个长工,不行,我们就走路!"

永富说:"我也准备把这话跟徐国泰说,恰好在这时,毛习普进来了,我索性当着毛习普面把这话讲出来了。可毛习普说,他那块熟地我们已经占用一年零三个月了,每月按一担粮的地租算,得向他交十五担粮,交不出粮,你就得去他家当保姆!"

"他大,"倪妈依永富身边坐下,感慨悲愤地说,"你别说了,人强不如命强,胳膊扭不过大腿。我们没有粮交就走不掉,又没处讲理,我明儿去他家就是。"

永富没听清倪妈后一句话。

牛牛说:"大、妈,我们不怕,毛习普病就要发了,叫王爷爷别给他医,让他快点儿死掉!"

桂兰说:"你还当真啦?毛习普早就晓得义堂哥和春来是为了要他多划棚基地,骗他、吓他的。"

永富说:"牛儿,桂兰讲得对,那是骗毛习普的,哪是真要发病啊!"

倪妈说:"都别讲了,我明儿去当保姆!"

"什么话呀,你去当保姆?"永富听清了,他腾地站起,抓住倪妈的手,说,"你不要我和伢子们啦?你想到人家享福啦?"

倪妈平心静气地说:"他大,你说什么来着,不就当个保姆吗?"

永富生气地说:"你讲得轻巧!人家保姆是保姆,他家保姆是保姆吗?他家保姆就是毛习普的姘头、玩物、姨太太、小……一句话,就是夜里陪毛习普困觉的,懂吗?晓得吗?"永富气得往小凳上一坐,凳子坐坏了,永富歪倒在地上,倪妈和孩子们把他拉起来,永富两手发颤,嘴唇泛紫。

倪妈说:"他大,你讲的我何尝不懂,可是——"

永富打住说:"你懂为什么还要去?"

桂兰说:"妈,我在外捡柴听人讲,到毛习普家当保姆就是掉陷阱里,跳火坑里了。"

倪妈接住桂兰的话说:"丫头,你和你大讲的,我都晓得,可是我们有么法子抗得过毛习普家呢?抗不过他,不去又怎么办呢!"

永富声音颤抖了,他说:"你一定要去,我也没法把你的脚拴起来,我晓得我们家日子不是人过的,我欠你的太多。可是看在我们贫贱夫妻的情面上,看在小儿细女的情面上,你也不该丢下我们去毛家的!"永富啜泣了。

倪妈头倚在永富怀里,也嘤嘤啜泣:"他大,我就是看在我们夫妻情分上,为了你不受辱,为了我的伢子们以后不被人前走后指背,才作这决定的!"

永富由气愤转为平淡地说:"那好吧,不要等到明天,你今晚就去!——桂兰、牛儿,我们也今晚就离开这儿,小棚放火烧掉!"

可牛牛却叫他大、妈、桂兰姐都别瞎想,他去去就来。牛牛说着,拔腿就跑,不出几丈远,又停下转身说:"大、妈,我不会海跑的,一会儿就回,一刻就回!"

永富一家大小心急如焚,一筹莫展,而毛习普家却是另一种景象:西厢徐国泰正在指挥长工们整理屋子,布置新房。东厢正屋里,毛习普正倚在床上,手把烟枪,吞云吐雾。东西厢之间的棋牌室里,毛习普的四位太太正在打纸牌,较之毛习普的悠闲自得、踌躇满志,太太们却多表现出忧郁和不快。由于心情不好,兴致低沉,打了两圈牌就收场了。

闲坐无趣的太太们见长工们进进出出,忙忙碌碌地为保姆布置房间,各生感慨,她们共同的嗟怨就是,新人一到,她们就是"屋檐底下挂大葱,瓦屋头上晒毛花鱼——干吊干烤"了!其实新人不来,她们也多半是几案上的花瓶,成了毛习普面前的摆设。

三姨太讲:"老爷常说三十年河东,三十年河西,依我看,河东河西的变化也不过就是三五年而已。想当初我来的时候,长工们也是这样忙。那时老爷恨不得把我当长生不老的仙丹,一口吞下肚去。可还不是马上就要被冷在一边了!"

大娘不辛不辣地说:"唉,落到这个地步,也不能全怪老爷呢。我不争气罢了,你们三个妹妹偏也向我看齐,都来这好几年了,红的男,绿的女,也不给老爷育一个,现在倒怨老爷不该纳五房,我看你们对他是不是苛刻了呀?"

二姨太不冷不热地说:"哎哟喂,难怪都讲衣是新的好,夫妻是旧的好了。大娘跟老爷是原配,陪他时间长,情也自然就深了,讲起话来,句句都向着他。"

四姨太也不甘落后地说:"锣鼓听声,说话听音,照大娘说法,不生育儿女,倒是我们的不是了。其实外人不晓得,大娘你可是比谁都清楚的,老爷从年轻时起,就日夜在外头拈花惹草的,弄出一身的花柳毛病,害得我们三个都快不惑之年了,可怜连个亲生的孩子都没有。过几年,老爷仙逝了,连个依靠的也想不到,你说我们亏不亏吧。"四姨太越说越动感情,她拭了一把泪,气愤地说,"怨我们不生,哼!他现在就是娶十个二十个保姆,我看也不会给他屙个土蛤蟆大的血巴巴来!"

"确是,确是!"二姨太、三姨太同声附和说。

大娘见四姨太的话激起了共鸣,也改口说:"妹妹们,老爷的情况我何尝不知,何尝不晓?我刚才的话对你们确实有欠公允,还望妹妹们多加包涵!其实,我们四个中间,最苦的还是我,你们现在虽不吃香了,但也都才三十四五,正是盛年。若是三两载内,老爷驾鹤西游了,大家都还能找到依靠。可我呢,水涸了,血干了,人老珠黄了,谁还要我到他家做奶奶、困棺材不成!所以说,妹妹们,我比你们都苦啊!"棋牌室里四个女人就这样你一言我一语,每个人脸上都泪痕斑斑的。

大园那边,一个多时辰后,牛牛就回来了,他跑得气喘吁吁,他大、妈问他从哪来,他只说去了要去的地方。

永富抚摸牛牛的头,含泪说:"儿啊,你明儿就没妈了,我们就没家了。"

其实牛牛是去找春来了。因为有重要的事,上午,陆姨太就让人到毛家大园来把春来叫过去了。

傍晚,夕阳刚挨着山口,徐国泰又奉毛习普的指派,来到大园草棚,要永富次日早上八点,把倪妈送到毛府,否则即派家丁来"接"。

永富求情说:"徐管家,你替我在毛太爷面前说句好话,不要拆散我这个家吧。"徐国泰说:"认命吧,永富,我说好话他会听吗?你既扳他不过,明天干脆把人送去吧,我人微言轻呢!"徐国泰走两步又回过头,对永富说,"就照办吧,永富,胳膊拧不过大腿!"

永富含泪说:"这理哪儿去讲啊!"

天快黑的时候,春来也回来了。见他的尹伯伯、倪妈妈相对饮泣,春来拉着他俩的手,说:"尹伯伯、倪妈妈,不用急,不用怕,明天见机行事,不信干不过毛习普,不信他能一手遮天!"

倪妈怪春来说:"伢子,你真的不该来掺和这事,你妈就你这么个小男丁啊。"

春来说:"倪妈妈,你不用担心,我妈明天也来!"春来虽然嘴很硬,但他抱着倪妈哭了,牛牛、桂兰、六丫都哭了,一个个满脸泪水,哭成泪人!

三十

次日,毛府规定的时间到了。

早上,朝阳露出山边,艳丽的火焰幻化成东天的彩霞,染红了江面的水、江岸的山,染红了大江南北的土地、村庄,染红了毛家墩上下的屋宇,染红了毛家大园的庄稼树木。绚烂瑰丽的晨曦美景,与永富凄苦无助的愤懑心境,两相映照,更加反衬出了永富的苍凉与悲哀。

按规定,这正是永富送倪妈去毛府的时辰了,但永富铁了心不送!反正他和妻子的命运都在毛习普手心里捏着,是死是活,听天由命。他这样一想,心里反而平静了许多,淡定了许多,先前的焦虑、恐惧、惴惴不安,被晨风吹拂得荡然无存了。

"伯伯,你看!"春来拽着牛牛,从棚里跑出来,指着从毛习普那边过来的四个人让永富看。永富说:"那全是毛习普身边跟班的。"说是打消了恐惧的永富,却不知为什么,临阵又顾虑多端、腿脚发抖了。他望着孩子们,想着即将面临的处境,头脑一下子嗡嗡响起来,像要爆炸似的。他战栗着向棚内喊:"他妈,毛府来人了,你还是避避吧,好汉不吃眼前亏,避过这阵子,毛习普改变主意也未可知。"但倪妈不仅未照丈夫的劝导去做,反而不慌不忙地把一个小纸包塞进衣袋里(不得了啦,那是装有砒霜的纸包啊),从从容容地从棚内走出来。

倪妈头发梳得光洁锃亮,脑袋后盘着中国妇女的传统螺髻,螺髻上套着一副黑色的丝绸发络,发络上斜插着一根银簪,簪上嵌着橄榄形的浅绿色玉石。她上身穿一件蓝竹布褂子,褂子领扣上系一道银链,银链从领口沿着大襟的衣缝一直垂挂下来,结在最下面的一粒扣上,银链中段还缀着一副玲珑的小银锁。一幅黑缎子罗裙从腰间拖下来,盖住双膝,盖着那双红辣椒般大的小脚,所以下身的纺绸裤子,还有脚上那双绣着花鸟的小花鞋,虽然好看,但都只有在移步时,风把罗裙微微掀起时,人们才能对它们作惊鸿一瞥!倪妈未施朱粉,本色面样,那传统的发型,配上那身衣着打扮,虽说不上珠光宝气、雍容华贵,却也显得质朴恬淡、清新素雅。

永富见了倪妈的打扮不觉为之一惊,他知道,她的这身衣着,还是他与她成亲时,娘家陪嫁给她的。即使族中做观音会,请大菩萨,她也没舍得穿戴过一次。所谓一套嫁衣留到老,倪妈是也。

倪妈用一种极为恬静平和的语气问丈夫:"你看合意吗?"

永富既爱慕又感伤,说:"好啊,合意呢!看见你这身打扮,使我想起我们成亲的时候来。这是我第二次看见你这样穿戴呢!"

倪妈拉着永富的手,无限伤怀地说:"也是最后一次穿给你看啊!"

春来抢上前,抚着倪妈拖下的裙裾说:"倪妈妈,不是最后一次,这身衣,以后还穿,什么时候合适、高兴,就拿出来穿!"倪妈搂着春来,往他脸上亲一口,什么话也没说,豆大的泪珠扑簌簌地滚落下来。

"你看,他们近了!"永富凄惶而惊恐地说,"为了我和伢子们,你躲躲吧。"

倪妈说:"有什么躲头,逃过初一,逃不过十五!只要这黑了天的世道不变,我们这号人迟早都是人家笼子里鸡、瓮缸里鳖、砧板上肉!"

春来说:"尹伯伯,不必躲,迎上去,看他们能把我们怎么样!"春来又回头望望桂兰、牛牛,说,"姐、弟弟,我们都别怕,来,站两边保护倪妈!"

毛府的跟班近了,更近了,与永富他们只隔两百来步了。领头的那个黄世德,骄横傲慢,气势汹汹,不可一世,而另几个人却面色凝重,不言不语。

黄世德暴怒了:"快点,快点,走快点!"

"何必呢,黄兄弟!"永富把倪妈挡在身后,哀哀地对姓黄的说,"兄弟,常言道,山不转水转,水不转路转,路不转人转,抬头不见低头见,你就不能放我们一马吗?"

姓黄的说:"我也是替人做事,我放你,人家毛太爷放我吗?走吧,走吧,休得啰唆!"姓黄的绷着脸,瞪着眼,唬牛吓马的,他居然揉了倪妈一把,倪妈打了个趔趄。

春来拽住姓黄的,怒斥道:"请你放规矩点儿,穷人有穷人的尊严——尹伯伯,不要求他,他不过是毛习普豢养的一条走狗,屁主做不了!"

牛牛也鼓着嘴巴,瞪大两眼说:"大、妈,我们走,求他这条狗扁了自己。"

倪妈反而站住了,她再次亲亲牛牛,又吻吻春来,十分动情地说:"伢子们,我就要离开你们了,你们要听大人的话,好好做事,好好做人,好好活下去,相信会有云开日出的时候。"

春来说:"倪妈妈,我们会听话的,我长大后,也和牛牛一样孝敬尹伯伯,孝敬你。倪妈妈,你要想开些,不要怄坏身体!就像你讲的,乌云会散的,太阳会出来的!"

"走走走,快点,再磨磨蹭蹭的,就抬你走了!"姓黄的一面说,一面就招呼另三人动手。

春来、牛牛、桂兰一齐上前阻住,同声斥责:"你们敢!"

春来怒视姓黄的说:"你狗仗人势!犯人上法场前,还许和家人把话说完呢,难道我们还不如罪犯吗?"

牛牛说:"今儿我们陪我妈,走快走慢看我们高兴,你管不着!"

桂兰也极为蔑视地说:"你们别张牙舞爪的,吓不了人!"

姓黄的无奈,只好由着他们。

见孩子们都这样无惧无畏,倪妈和永富也全不把那四人放在眼里了,他们由开始时的无望、悲哀、愤怒,到漠视,到谈笑赴之。

毛府虽未披红挂绿,张灯结彩,但里里外外也平添了几分气象。大门前的甬路两边,间杂着的海棠树与棕榈树,借着园艺师的巧手,被修剪得剔透齐整。步向厅堂的石阶两旁,次第摆放着春兰、秋菊、芍药、海棠等各式盆景,馨香四溢。天井中,左右对称的两棵白荆花树,皮如铜铁,干若虬龙。毛习普本人虽然只是一介草莽老财,但庭中的布局设置,却颇透着些文墨气息和儒雅书香。

众人到了毛府,过天井,步前庭,穿一道青石小路,上几层阶台,便进入正大厅。

春来一进正大厅,目光就朝阁楼上直瞅瞅,似乎在搜寻着什么。

正大厅中央,摆着一张红木八仙大桌。桌两旁各有一张实木太师椅,椅上皆铺有华南虎皮,五彩斑斓,威严华丽。

毛习普正志得意满、喜形于色地坐于首席之上,吧嗒着烟枪,吐着烟圈,对拥立于过道两边和前庭的看客,皆闭眼不见。

见倪妈一家人来了,陆姨妈、张姨、启亮,还有麻姑等迎出来,他们把倪妈一家送到大庭台阶前,就退回去,挤到前庭的人群里去了。

"毛老太爷万福!"倪妈来到正大厅,向倚在太师椅上、嘴里正往外吐着黄色烟雾的毛习普,礼节性地行了个妇道人家惯常的大礼。

毛习普破格还了礼。

牛牛趁毛习普站起来还礼时,和春来一道把椅子抬离了原位,毛习普礼毕落座,一屁股坠到地上,并随之往后一仰,后背与后脑勺先后触地,两腿并排翘起,又訇然落下。

大厅里响起哄笑声。

身材臃肿的毛习普,在好几个跟班的帮扶下拱爬起来。他刚站定,就不忘记指着另一张椅子让倪妈坐。倪妈不卑不亢地把椅子拖到一边,面对众人,端坐大厅左侧。春来招呼桂兰、牛牛,三人合力将八仙大桌抬移到倪妈右边,永富给倪妈倒了一杯水。

这时,毛习普独坐椅上,身边空无依托,连烟枪、茶壶也没处放。他眨巴着鹰眼,哼哼着,意欲爆发,却强抑怒火,自我解嘲道:"好,这样很好!"

毛习普见春来将永富倒给倪妈喝的开水倒掉,改为泡茶(其实倪妈不喝茶,孩子们故意而为),于是喊道:"我们家的下人呢?让客人自己冲茶,太不像话了。"毛习普说着,起身就要为倪妈泡茶。

春来从容不迫、旁若无人地说:"不须老爷操劳,我们穷人自己动手惯了!"

毛习普说:"伢子,今非昔比嘛!还是我来泡好!"毛习普不但泡了茶,还不无阿谀地双手捧着,端给了倪妈,说,"请用茶,倪妈,啊,倪姨,呃,不是不是……"毛习普被几个孩子的一阵下马威,以及倪妈睥睨一世的神态,弄得语言错乱起来。

毛习普的下人们又在他身边加了一张桌子。

桂兰把毛习普泡给倪妈的茶端起来闻闻,用手扇着鼻子,说:"毛爷爷这茶好臭啊,好臭!"春来接着闻闻,也说:"是呢!还是我们白开水喝得爽口养心又开胃呢!"春来说着连茶壶掷向了毛习普。茶壶碰碎了,毛习普的鞋也被泼湿了。

孩子们捉弄毛习普一阵后,毛习普重新拿来杯子,换上了白开水。

倪妈咕咚几口,解了口渴,而后站起身,向前靠近一步,目光直逼毛习普,开门见山地问:"毛老爷,你刚才又叫我妈,又叫我姨,又都一样不是,你让你的狗腿子们摇旗呐喊、前呼后拥地把我押解到你家,难不成连名分都还没定吗?"

"啊,定了,定了!"毛习普激动地向前一步,要捉倪妈的手。倪妈把手一甩,说:"请自重些,男女授受不亲,你不知道吗?我的手只有我丈夫能碰!我再问你一句,我的名分还没定吗?"

"定了,定了!"毛习普一面说一面又要抓倪妈的手。但见倪妈紧握拳头,毛习普又立马往回一缩,搓了搓手拗到背后,说,"名分定了,你听我说,是保姆,啊,不是,是姨太,五姨太,五姨太……"毛习普又端起紫砂壶,向倪妈大献殷勤。

倪妈一手扫去,打落桌上紫砂壶,紧接着又啪的一声,向毛习普的左脸腮帮子扇了一巴掌。

桂兰说:"毛太爷,我妈是干净人,不屑于跟你讲话,我代她来教训你!"桂兰又举手上前,被毛习普的跟班毕小三隔开。桂兰出手太快太狠(反正一家人都铁了心豁出去了),毛习普让过去了,但耳光子落在毕小三的脸腮上,毕小三的牙齿当场出血。

"哎哟喂,这黄毛丫头好生了得!"厅下人一阵骚动。

"好厉害哟!"

一个老奶奶说:"生在外乡,没点儿个性,活不下去,伢子厉害也是被黑暗世道逼出来的呢!"

"放肆!"毛习普受了倪妈和桂兰的侮辱,恼羞成怒,气得不顾绅士的尊严,往桌上猛砸一拳,他的另一把可爱的小紫砂壶,应声跳起,蹦得老高,壶盖儿飞出壶口,落向桌拐,又弹起来,凌空打了几个转转,掉到石阶上,摔碎成好几块。

春来捡起稍大的一块,呈上去,说:"毛老爷,这可是你的爱物呢,太可惜了！这一块大些,你就将就着盖吧。"毛习普哪儿接呀,他气得简直眼睛都要冒火了!

牛牛见毛习普不接春来递的壶盖碎片,便拿过桌上的茶壶,说:"毛爷爷,这盖都没了,留着壶作什么用啊!索性也砸了吧!"毕小三正要来夺,茶壶已经掷出了牛牛的手,落到台阶上,碎成瓦砾了!

毛习普气得两手冰凉,血压升高。

牛牛砸碎茶壶,拽着他大、妈的手就要回家,说是他们不光没吃早饭,就连昨天中午也没一点儿食物进肚子,太饿了。

可毛习普陡地往前一站,烟枪头往地上一戳,厉声说:"站住!既来我家,姓倪的就是我家人,没有我开口,你小孩休想带她移开一步!你们要再胆大妄为——"

毛习普举起烟枪就要往牛牛头上磕,永富伸手一拨,烟枪从毛习普的手上滑脱后,飞过桌子,咣当一声,落到地上。

春来挣脱了倪妈的保护,捡起烟枪,递给毛习普,镇定自若地说:"毛老爷,你要是够种的话,别打我弟弟,就打我!"

毛习普接过烟枪,朝春来举起来,但不敢落下去。春来说:"怎么啦,够种的就朝我头上打呀!告诉你,毛老爷,你今天要是敢动我一根毫毛,我就要你折断一条大腿,你信不信?"春来又向毛习普贴近一步,怒视着他说,"信不信呀,不信就试试!"

毛习普往后退着,自找台阶地说:"哎呀,爬树不爬杪,惹大不惹小,跟你小伢子没计较头!"说着把烟枪往春来脸上轻轻碰一下,确实是轻轻地,一点儿也不重,可春来却嘶叫起来,说不得了了,毛习普打小伢子了!

见春来被毛习普打了,这还了得,这还得了!牛牛眼睛都涨红了,他使出关键时刻就采用的战法,一头朝毛习普肚子上撞去,毛习普又是一个仰面朝天,翘起的两腿与腹部呈九十度的直角!

毛习普又一次被跟班搀起来,气得把烟枪往桌上直磕打:"大胆!你们全都这样大胆!大厅上敢用头把一方绅士撞倒,你们实在是'秃子头上打伞——无法无天'了!"他的拳头在桌上擂得直响。

还在装哭的赵春来哈哈大笑,上前去就要跟毛习普理论。牛牛推开他,说:"春来,我先上,等会儿肚子更饿,没劲跟毛老爷斗。"春来于是退到牛牛身后。

牛牛不慌不忙,学着陆姨大那年向汪先生行礼的样子,上前去恭恭敬敬地向毛习普行了个拱手大礼,又学春来常说的话说:"毛老爷,你刚才骂我们大胆,无法无天,我小伢子门(懵)懂无知,原文骑墙(愿闻其详)。"

毛习普顿了一下,指着桌上茶壶,拍拍自己,说:"把我面前的桌子移到那边去,那是放桌子的地方吗?我的紫砂壶传承四代了,里面积满茶釉,不用放茶叶,光倒白开水都透着浓茶香,可是被你砸碎了!我作为一方绅士、一代乡贤,人家尊重我尚且来不及,而你们却撞我肚子,扇我耳光,凡此种种,不是大胆妄为、无法无天,又是什么呢?"

牛牛眨巴着眼,挠挠头,没法反驳,只好急急地说:"春来,你快点儿来,我讲不过毛老爷了。"

大厅群众一阵嬉笑,笑声饱含着对牛牛的喜爱,对永富一家的同情,对毛习普的鄙视、憎恨和唾骂。

春来上前拍一下牛牛后背,又亲一口牛牛脸蛋,说:"弟弟,你向毛老爷提的问题很好,你的任务完成了,我来。"春来把牛牛牵到尹伯伯身边,又上前去,直视毛习普说,"毛老爷,你既为一方绅士、一代乡贤,那就更应该懂得爱护老百姓,更应该带头遵纪守法是吧?可是倪妈是我尹伯伯的贤妻,是我们的良母,而你偏逼她到你家当什么五姨太。你拆散人夫妻,破坏人家庭,难道绅士、乡贤就专干这种伤风败俗、伤天害理的缺德事吗?自己做伤天害理事还血口喷人,倒打一耙,诬我们小孩无法无天。请问毛老爷,你说的是哪一方的天、哪一国的法呀?你说呀,毛老爷!"

牛牛挣脱倪妈的手,上前质问毛习普说:"毛老爷,你讲呀,你所说的是哪一家的天、哪一家的法呀?"

毛习普被两个孩子质问得无话可说,只呃呃呃地挠头。

"是呀,说吗,你讲的是哪家的天、哪家的法吗!"厅下群众也在追问着。毛习普仍然挠着头,背着手,哑然无以应对。毛习普开始感到心虚了。

牛牛说:"毛老爷,你敢做无法无天的事,那就叫胆大妄为!"

春来说:"你敢做无法无天的事,就是犯罪!"

毛习普着慌了,他觉得春来和牛牛虽然幼小,但句句话都像重磅炸弹,炸得他头发晕,眼发花,耳发聋,连脊梁骨都冒出了冷汗!

两个孩子仍像穷巷追狗,猛撵猛打,决不手软!

春来说:"我们带我倪妈回家,你居然胆敢拦阻,还恬不知耻说倪妈是你家人。"春来忽然面向前庭大声问乡亲们,乡亲们呼喊并谩骂着。

春来说:"毛老爷,你都听到了吧。抢夺人母,霸凌人妻,毁人家庭,亏你还自命为一方绅士、一代乡贤。我要不是读了孔孟的书,崇尚文明礼仪,今儿就叫你……"

春来一句没说完,几个跟班上来要拽春来,春来两步从椅上纵到八仙桌上,抓起托茶壶的瓷盘,向跟班头上做砸的架势,说:"敢触碰我一下,我就要了你们小命!"

气蒙了的毛习普,挥着烟枪要磕春来,厅下乡亲又一片骚动谩骂,毛习普掉转烟枪向厅下一挥,吹胡子瞪眼大骂:"你们都是地痞流氓,胡闹腾,瞎掺和,乱起哄……"

春来义正词严地斥责说:"毛老爷,你欺压百姓,已属罪大不赦,今又在大庭广众之下辱骂乡亲流氓地痞,更要罪加一等!"春来把那精美的茶托重重砸到地上,指着毛习普说,"你就自己给自己定个罪吧!"

牛牛也从地上爬到椅子上,又从椅子上十分迅捷地爬上桌子,依在春来身边,探着身子,对毛习普说:"快给自己定个罪吧,要是让我们小伢给你定,那就太不值价了!"

春来和牛牛的交错诘问,加之乡亲们的声援助威,弄得毛习普意乱心慌,张口结舌,他一面揩汗,一面暗自嘀咕:今儿是遇到对手了!

稍静会儿,毛习普让毕小三把春来和牛牛抱下来,但春来斥退毕小三,一个筋斗翻下桌来。牛牛却对春来笑着说:"你下去吧,我可要坐着歇会儿。我肚子饿了!"

牛牛在桌中心盘手盘脚打起坐来,仿佛小和尚入定。可刚坐下,又急叫着爬起来,说要屙尿。刚说屙尿,尿就飙出来了。飙就飙呗,他本来是背对着毛习普的,偏又恶作剧似的陡一转身,飘到毛习普的脸上。

春来见了跑过来,拍手叫着、笑着说:"好啊,好啊,毛老爷,毛老爷,你要开悟了,要开悟了,牛牛给你醍醐灌顶了,醍醐灌顶了!毛爷爷要开悟啰,开悟啰!"春来在毛习普面前手舞足蹈起来。

面对孩子们的戏弄,毛习普愤怒至极,却又无可奈何。

厅下群众也仿佛从来没这样开心过。

毛习普毕竟是老辣的生姜,他眨巴眼睛,转而故作大度起来,亲切和善地摸着春来和牛牛的头说:"两个小毛孩,你俩年龄加起来,比我还小两大截,我不跟你俩计较,俗话说,大神不计小伢过嘛,是不是?"

春来和牛牛可不吃毛习普那一套呢!春来接上就问毛习普是何方大神,毛习普又一时语塞,支支吾吾地顾左右而言他。

毛习普趋到厅左,对永富夫妇近乎乞求地说:"永富啊,多大个事儿,不就是想传承个香火吗?你们晓得的,我家四个女人虽都是衣绸穿缎、吃香喝辣的,可个个都像老母鸡养公了一样,没有一个为我下个蛋,育个雏儿……"

大厅下发出阵阵哄笑。

毛习普瞪眼斥道:"笑笑笑,笑个屁!我跟永富夫妇讲正事儿。——我呢,不过是想……"

永富接过去说:"你不过是想借鸡下蛋孵雏是吧?"

"呃呃呃,对着对着,"毛习普不无逢迎巴结地说,"你们一家都是聪明人,人家讲上文,你就晓得下句。你夫人过来,不论男女,给我养一个,完了就还你呗,就是这样简单啊!"

"呸!"倪妈重重地往毛习普脸上啐一口唾沫,说,"老狗,你把人当畜生!"

春来、桂兰、牛牛又鼓掌又叫笑。

倪妈要扇毛习普耳光,又被毕小三隔开了。

毛习普暗下思忖:"这女人好厉害哟!"他虽忍无可忍,但还是以极大韧性克制着,说:"倪妈啊,何必呢,常言道:'自古强弓弦易断,由来钢刃口先崩',你就随和点儿,将就点儿,不是两全其美吗?"

倪妈气得两手冰凉,全身发抖。几个孩子围在她身边,个个虎视眈眈地瞅着毛习普,小拳头捏得咯吱咯吱地直叫唤。

永富也是怒火中烧,他恨不得一拳头结束了毛习普的狗命,但还是没有爆发,转而以平和的语气说:"毛太爷,我听人讲,你家母鸡个个都能下蛋孵小鸡,是你公鸡坏了。你只要朝外租一只大公鸡回家,和母鸡放在一起,保准不出一年,你家母鸡就一窝接一窝地下崽子!"永富这几句不紧不慢、半真半假、一语双关的话,可把厅下乡亲都讲笑了。一些尚未成家的大龄青年更是来劲了,一个个生怕毛习普看不见、听不清似的,都踮着脚尖,伸长脖子,有的甚至挤到前排去,大着声地说:"对哟,是毛府的公鸡坏了,从外租公鸡吧!"

"租公鸡吧,毛太爷,公鸡容易租呢!"

"可不是嘛,公鸡好租得很,不给租金都行!"

有个身材高大,长得也很英俊的大龄未婚青年,蹦起多高说:"租吧,租公鸡吧,最好租一只又大又壮、长得漂亮的大公鸡,大公鸡只要叫唤一声就会往府上跑的,要租几年就几年,一分钱租金都不要!"

厅下喊声不迭,连在对面东厢楼上看热闹的姨太太们,也都大着胆子,不约而同地鼓掌欢呼起来!

毛习普的脸青一阵,白一阵,尴尬至极!但是为了达到他可耻的目的,他还是极力控制着几乎要爆炸的情绪,不惜低声下气地哀求道:"永富夫妇啊,不要听那帮刁民的!孔圣人说,'不孝有三,无后为大',你们忍心看我无后吗?你们夫妇就发发慈悲,成全我吧!"

倪妈上前再鞠一躬,但十分尖刻无情地说:"毛老爷,贫妇我以为像你这种猪狗不如的人,最好是断子绝孙!"桂兰也忍不住了,紧接她妈的话后,不留情地说:"毛老爷,有你一人,就把我们压迫得活不下去了,再让你有儿孙,我们穷人就更加遭殃了,你还是无后好呢!"

"放肆,太放肆!"毛习普又一次狠拍大桌怒骂桂兰,"不跟你们啰唆了,对牛弹琴。今天你们成得成,不成也得成,想推翻我决定的人,五百年以后才得出世!"

倪妈要起身抗争,春来和牛牛按她坐下。春来步履从容地趋向毛习普,文质彬彬却绵里藏针地说:"尊敬的毛老爷,我倪妈忽生小恙,贵体欠佳,经不起劳累,我越俎代庖,替她略言几句。你刚才说敢推翻你决定的人,五百年后才出世,请容我也郑重告诉你:我们虽是一介草民,但我们从来就是贫贱不移,威武不屈。我们就要带倪妈回去了,你让得让,不让也得让,想改变我们意志的人,万古不会降生!"

大厅里一片拍掌、叫好声!

牛牛也走上前,他让过春来,怒视毛习普,说:"毛老爷,三军可夺帅也,匹夫不可夺志也(春来曾教他的)!你想我们照你的决定做,呸,没门!——大、妈、姐、春来,走,我们回家!"牛牛边说边拉他们走。

毛习普又把长烟枪往前一伸拦住说:"我这一大把年纪了,好话讲尽,你们还不依不从,你们可讲一点儿仁义?"

"不许拦阻!"牛牛拨开烟枪说。

"休想离开!"毛习普坚决拦阻说。

"毛老爷,亏你还拿仁义来说教,你真是有辱斯文!"春来怒斥道。

"你始龀年纪,懂个屁!"毛习普推过春来,完全撕下了所谓绅士、乡贤的面纱,尽出粗语了。

"你老而不死是为贼!"春来针锋相对。

毛习普恼羞成怒,举起烟枪朝春来打去。

牛牛眼疾手快,抢上一步,夺过烟枪,朝毛习普的小腿狠狠一搠,并接着春来的上句话说:"以杖叩其胫!"

毛习普痛得直叫"哎哟哟"。

厅下又响起一片哄笑和叫好声。有几个落井下石、幸灾乐祸的毛头小子,蹦跳叫嚷着,怂恿牛牛再打几下。

毛习普像发猪头疯似的,气得头直摇,嘴角上白沫都漫出来了。他觉得他这一生在与人过招方面,从来也没遇到过像今天这样一群奇怪的对手:纤弱而又气质强悍,粗犷而又出语斯文,男的、女的、老的、少的,个个都柔中带刚,绵里裹刺,令他既无招架之功,也无还手之力,再这样耗下去,他在这上下毛家墩、方圆几十里,就要威风扫地、一文不值了。是可忍,孰不可忍!毛习普转身向后大击三掌,帷幔后立即蹿出早先就埋伏好的四个人,其中就有姓黄的那个跟班。

"都给我绑起来,两个兔崽子也不例外!"毛习普挥舞烟枪向跟班吼着。

"慢!"陆姨大陆克新从人群中步上正大厅,直视毛习普说,"毛公,永富一家既非小偷盗匪,也非流氓娼妓,从未触犯国法刑律,为何要捆绑关押他们?放他们回家吧!"

毛习普看了看,说:"是克新老弟呀,你提出的问题,我们改天讨论吧,至于放他们回家,这个面子今天我可没法给你啰!"毛习普向陆姨大抱拳拱手罢,又不容分说地向跟班们厉声道,"还站着干什么?难不成还要我自己动手吗?把他们全捆起来,两个小畜生关进地下室,不给吃喝,不让睡觉,饿死他们、渴死、困死他们!姓倪的抬到我房里,其余的关进牛棚,哼,我才不信,治不了这帮穷鬼!"

跟班们一拥而上,就要动手!

陆克新说:"毛习普,你执意干到底,一切后果自负!"

毛习普像没听到,仍要家丁动手。

家丁一拥而上。

"休得胡来!"倪妈像个女侠,也不知从哪儿来的劲,她往前一站,两手一分,跟班们像风吹茅草一样,直向两边退散。

倪妈说:"毛老爷,贫妇并非拒绝到府上侍候你老人家,贫妇有几句话要对你说。"

"什么话呀?"毛习普迫不及待地问。

"当然是你喜欢听的话。"倪妈依旧面无表情地说。

"请具体讲讲吧!"毛习普喜形于色地说。

倪妈扫视一下跟班们,毛习普会意,斥退了他们。

这时,倪妈倒了半碗开水,端在手上,无限眷念悲哀地望望永富,又望望孩子们,再望望赵春来,然后毅然转过背去,像魔术师般,从袖筒里取出那一小包砒霜融于水中,一饮而尽。

外面电闪雷鸣,哗哗下起了大雨。

倪妈喝下砒霜,来到厅前,面对乡亲们声音哽咽地说:"乡亲们,谢谢你们!我真真没想到逃出了条子号那处狼窝,又落入现在的虎口!我好苦啊!——毛老太爷,你走近点儿,我说与你听。"

趁毛习普近前时,倪妈快速从腰间抽出剪刀,向毛习普颈部猛刺过去,可惜一时心急,手腕颤抖,刺空了。毛习普凭借八仙大桌,与倪妈周旋两圈后,见跟班已赶过来,情急中的倪妈对着毛习普的心脏,一剪掷去,可惜又偏了。春来抢着抓起剪刀,更欲上演一场现代版的荆轲刺秦王的悲剧,可惜已被擒住。

跟班们在毛习普指挥下,正要对永富全家开绑时,只听"叭叭叭"几声枪响,天井的阁楼上,三个持枪背刀的蒙面人从天而降……

三十一

毛习普抬眼一望,三个蒙面人头裹黑巾,身着黑衣,手提驳壳枪,背插红缨大片刀,银光闪闪,寒气逼人。其中两个分别把住东西侧门。高个蒙面人举起大砍刀,直奔正厅的毛习普而来。

"壮士饶命,壮士饶命!"毛习普被吓得半死,不住磕头求饶。

高个蒙面人用刀背在毛习普后脑勺上横拖一下,厉声说:"以后还敢霸人妻室,欺压百姓吗?"

"呃,呃,小的不敢,小的不敢!饶命,壮士饶命!"毛习普再次把头磕得像鸡啄米,额上直冒冷汗。

刚才被枪声惊乱的群众,知道蒙面人是冲着毛习普来的,很快又安静下来。操北方口音的高个子向群众高喊着:"乡亲们,毛习普没有什么可怕的,我们不是他的奴隶,不是他笼子里鸡、砧板上肉。我们大家要联合起来,决不能让他任意欺压、宰割!我们要把命运攥在自己手上,他毛习普要再把我们不当人,地主毛德铭的昨天,就是毛习普的明天!"蒙面人简短的讲话,激起群众热烈的掌声!

高个子蒙面人绕厅一圈,严厉警告毛家跟班,要好好做人,不要跟随毛习普为非作歹,祸害百姓。最后,蒙面人又来到毛习普跟前,把大片刀横在他脖子上,说:"以后再敢骑在百姓头上,骑在永富一家人头上作威作福,决不轻饶!听到了吗?"毛习普吓得讲不出话,只连连点头。

三个蒙面人从永富、倪妈面前经过,在春来、牛牛、桂兰面前略停一下,然后,高个子手一招,三人便持着大刀,提着驳壳枪,迈着威武雄壮的步伐扬长而去,莫知所至。

毛习普的裤子尿湿了,八仙桌边,积了一大片尿渍。他威风扫地、神情沮丧地龟缩到自己房里,自那天起,半个多月没出门。

毛家大园,永富棚屋前。

为了庆祝倪妈虎口脱险,陆姨大夫妇、明发、启亮妈、吴宣传妈、张姨等,都随永富夫妇,到毛家大园棚里吃了中饭。中饭罢,倪妈突然想起一件事来,她已经在毛习普大厅上吞下砒霜了。得知倪妈吞了砒霜,在场的众人大骇!可是都过几个时辰了,怎么还没有一点儿反应呢?倪妈摸摸荷包,荷包是空的,砒霜吞下了,可为什么她还活着呢?她还是她吗?倪妈狠揪一下胳膊,有知觉呀,不是她的魂儿在活动呢!倪妈大惑不解了。

机灵的春来和牛牛在一旁抿着嘴对笑,春来碰碰牛牛手背,暗示他到了为他妈说明事实的时候了。

牛牛说:"妈,你在毛习普厅上吞下的是玉米粉呢!"

倪妈惊得目瞪口呆,说:"玉米粉?我分明包的是砒霜,怎么会是玉米粉?"

春来、牛牛、桂兰三人同时哈哈大笑,他们异口同声地说:"妈,我们用太子换狸猫啦!"

"你们调包啦?"众人惊问。

"是的,我们调包了!"春来、牛牛、桂兰齐声说。

早上倪妈换衣时,将包着砒霜的小纸包放在凉床上,却不知过一小会儿,桂兰犯疑了,她打开纸包闻闻有异味,又传给春来和牛牛:"不好,是砒霜!"春来他们三个合计着,立即收起原纸包,另用了同样颜色的纸,包了跟砒霜同样多的玉米粉,放于原处。倪妈换衣后,重新塞进衣袋的是三个孩子包的那包玉米粉!

人们悬着的心又都放了下来!倪妈把三个孩子一同搂到怀里,她一改在大厅上同毛习普坚强斗争的侠心义胆,禁不住柔情母爱的催动,哭了!

"好了好了!"陆姨大说,"逢凶化吉,遇难呈祥,就像这老天一样,雷雨过后,又现彩虹了,大家都高兴起来吧!"稍顿一下,陆姨大说,"今天毛习普被搞得狼狈不堪,丢人现眼,你们要见好就收,住在人家地盘上,该打马虎眼时,就打点儿马虎眼,以忍为上。今天要不是三位贵人出手相救,结果还不知是什么样呢!有道是好汉不吃眼前亏嘛,是吧?有些事暂时忍了,到时与他们算总账,但现在还不是时候。好了,我就讲这几句,中饭也吃了,我们也该往回走了。"

陆姨大就要挪脚了,见牛牛依在他身边,于是摸摸牛牛的头,夸他在毛习普家的大厅上表现得非常出色。牛牛见陆姨大夸他,便很自豪地说他自己也搞不懂,平时春来教他,他老记不得,可今儿跟毛习普斗时,能用上的,不用想,就从嘴巴里溜出来了。春来也说:"姨大大,讲真的吧,我今天就没指望牛牛能配合我,但他配合了,而且配合得那么好,看来我没有白教他呢!"陆姨大说:"你以后要多教牛牛,你俩本来就是好兄弟嘛!"

陆姨大说罢,就带姨们挪脚要走,牛牛忽然牵住陆姨大的手,怅然若失起来,他要陆姨大和姨们吃完晚饭再走。永富夫妇也再三挽留,大家就留下了。留下来,一下午没事做,也是很急人、很难打发的,于是众人打起小纸牌来消磨时间。

牛牛和他大永富叫大家留下吃晚饭时,倪妈表面上虽然也凑兴,但私下她脚筋都快断了!因为仅有的两升粉,中午搞糊全吃了,盐罐也用水浇了。没法子,她只好临时摷些大麦,让三个孩子到下毛家墩碓屋去舂大麦米了。而倪妈自己则趁他们打牌不注意,把小盐罐揣在衣襟里,到下毛家墩借盐去了。说是借盐,她哪有盐还嘛,对于这一点,倪妈心里最清楚,不过她没法子。她总不能把人留下吃淡饭吧!

倪妈借盐回来了,孩子们也把大麦米舂熟了。

打牌还在继续。春来和牛牛分别站在自己妈、大背后看牌。牛牛不懂牌,春来懂,他一会儿要他妈出这张,一会儿又要他妈出那张。在春来的参谋下,赵姨连赢五把,把原来输的全扳回来了,她脸上贴的五朵白棉绒全拿下来了。牛牛虽在他大身后渔参谋、海指挥,对他大有一定干扰,但永富仍然保持着不败的纪录,他黄黑的脸上,仍然未粘上一朵棉绒。只有陆姨大、陆姨妈在原有棉绒的数量上,又增加了一些。他俩的下巴上,耳朵、眉毛上都粘上了,牛牛说他俩像土地公公、土地婆婆。

一顿艰难的晚餐终于做好了。虽然是大麦米饭,但因为大麦春得熟,饭又焖得好,吃起来很香很香。除了张姨胃不好,只嚼两口就放下碗外,其余人都吃了一碗至一碗半。其实永富夫妇心里有数,陆姨大夫妇和姨们留下吃晚饭,并且都把大麦饭嚼得有滋有味,完全是给他们面子!

吃完晚饭,大家又聊了会儿天。一向喜欢开玩笑的陆姨妈,说倪妈把一个改变自己命运的机会搞砸了,怪倪妈放着毛家楼房大瓦屋不住,一口鱼一口肉的好日子不过,五姨太的大交椅不坐,偏要跟永富住这小矮草棚,过喝稀糊吃野菜的苦日子。她还揉了倪妈一把,嗔怪地笑着说:"大妹子哟,你孬呢,要是我,那可是求之不得的呢。"陆姨妈的话,就像洒了兴奋剂似的,把倪妈草棚前的空气都激活了,大家笑得好欢!

倪妈也把陆姨妈揉一把说:"大姨妈要想住毛习普的楼房大瓦屋,做他的五姨太,搁明儿叫我永富跟毛习普讲一声,把你讲到他家去吧。"

永富也不无戏谑地说:"我跟毛习普讲可以,还要大姨大开口同意呢。"陆姨大说:"我同意呢,你大姨去了,我一个人在家落得个清净!"陆姨大话锋一转,又呵呵笑着说,"可是你看你大姨那老草鞋帮帮的样子,人家毛老太爷看得上吗?"陆姨大的话又把大家惹笑起来,陆姨妈笑罢,打陆姨大一拳,说:"你就把我讲得那样一文不值,可当年,刚到你家来,你可是把我抱在怀里当洋娃娃亲呢!"陆姨妈的话,又撩得大家笑个半死。

在说笑话方面,陆姨大自知不是陆姨妈的对手,于是用"想喝水"这一句话,轻松地把聊天的内容转换了。是的,晚上吃的大麦米饭,本就在胃里摩擦烧得慌了,又加上东拉西扯地说笑不止,更是让大家都口干舌燥,想喝口水缓解一下。可是扑在地上煨狗肉式的土灶,加上下午新砍来的生柴,老半天桂兰才把水烧开。

为了让陆姨大和姨们尽早解渴,桂兰把好容易烧好的开水舀到小木盆里,放在外面凉床上,又按人数各舀了半碗,使它尽快散热。

陆姨大和姨们虽然都渴得难耐，但急躁中也不乏耐性。在等着水凉的当儿，大家又找话来寻开心，消磨时间。

春来忽觉肚子呼呼啦啦的，就像倒车辐儿似的，还有些隐隐作痛（大麦米不易消化，肠胃不太好的人吃了，只是在肚子里过一遍而已）。赵姨和牛牛陪春来上茅厕去了。

陆姨大把凉床上的纸牌收了递给陆姨妈，陆姨妈往荷包里塞牌时，手碰到一个小布袋，便问倪妈当年从条子号往这儿搬家时，有没有落下什么东西在那边棚里，倪妈便把小布袋讲了，并说："掉就掉了吧，不见也好！"

陆姨妈递上小布袋，说："看看是不是这个。"倪妈接过来，月光下就手一捏，说："就是这个。"倪妈深叹一口气。

陆姨妈不以为然地说："大妹子，不是我喜欢讲你，人家讲，笑一笑，十年少，愁一愁，白了头。好好儿的，你又叹气，这样多愁善感的对身体不好！"

倪妈说："大姨妈，你是不晓得我心里事。"倪妈把陆姨妈的手拉过来，摸摸小袋说，"这里面的玉石锁原是一块完整的，当年缝避邪袋给我虎子时，不小心掉地上碎成两半。那时牛牛也有几个月了，我索性就缝了两个袋，一个袋里放了半边。现在牛牛的这半边还在，虎子殁了，那半边也——唉，见物思人，大姨妈，你说我心里怎么不难过啊！"

这时，赵姨也带春来、牛牛回来了，几位姨都劝倪妈想开点儿，旧事别提了，以后一切都会好起来的。

倪妈的几句话，也让陆姨大听得心里极不爽快，但他善于转移话题，说："好吧，水都凉了，时辰也不早了，大家快喝，喝完走路。"

大家端起碗，咕嘟嘟，每个人差不多都把自己的那半碗水灌进肚里，可刚歇嘴，还没来得及放下碗舔嘴唇，凡是喝了水的人，都无一例外地张大着嘴巴，一片声地"啊啊啊"。

陆姨大并着食指和中指，插在咽喉里猛搅，搅一阵，就干呕一阵；陆姨妈舌头伸得老长，她一面哼得地动山摇，一面用手使劲捏着颈子，好像不让嘴里的东西滑到食道里去；明发妈不断摇头，挠颈子，捶胸口；春来一面抓舌头，一面给呕吐的他妈赵姨捶背；启亮妈又摸咽喉，又拽舌头，又抠腮帮；牛牛又哭又跳，他就觉得咽喉里闷得难出气。一阵折腾后,大家又指指自己或对方的嘴巴,摸喉咙,舀水,扣盆碗,啊啊地打着各种手势,但就是发不出清晰的声音,讲不出能听清的话。

因为要礼让待客,永富一家人虽然也渴得慌,但除牛牛外,都忍着没喝,见客人喝了水后,一个个弄成这样都吓得要命。春来急了,他把永富拽到盆边,拉着他的手,往小木盆里蘸了一下,再放到永富唇边轻轻一刮,永富伸出舌尖一舔,未加细品,立刻知道了,大家喝的是一盆奇苦无比的苦水!

到底何物致水如此苦呢?大家很快想到了春来他们三个孩子调包的砒霜!

永富慌了,倪妈慌了,陆姨大夫妇慌了,大家都慌了!但桂兰当即断然予以否认。桂兰说:"砒霜,我们调包后就及时撒到土里埋了!"谢天谢地,大家悬起的心又平稳地放下了!

先且不谈别的吧,永富用桶里的净水给大家解了苦。

但究竟是什么导致水苦的呢?大家经过反复思考,最后目光落到锅上,可晚上饭菜、开水是在同一口锅里烧的,饭菜不苦,唯独水苦,是不是烧水时有什么东西掉到锅里了呢?

桂兰说:"锅里还有水,感觉不到有东西。"(因为黑咕隆咚的看不见)

为了查个明白,永富扎了个小草把,陆姨大用打火石给草把点着了。陆姨大持着火把,对锅里照照,抖动的火苗,映现出锅底有物,但因水浑浊,看不清是什么。永富接过火把,放低了,这才大致看出,沉在锅底的有两样东西,一个扁圆的,一个修长的,修长的像粗壮的绳索,扁圆的像一只小鳖。永富用铲子捞捞,终于看清了:是一只癞蛤蟆和一条花斑斑的大赤练蛇!

永富把锅端到外面,滗掉水,陆姨大给火把添了束草,增强了亮度,让姨们和孩子们都围看。那癞蛤蟆已翻过身来,腆着白色的大肚子,四脚拉叉地仰在锅底,其中的一条腿只有一点皮肉连着臀部,用小棍儿轻挑一下,就会与它那肥胖臃肿的身躯分离开来。至于赤练蛇则又是另一副怕人的模样儿了。因为贴着锅,煮烫过的蛇皮虽然没有活着时的光润亮丽了,那小如绿豆,但凶残的眼睛也瘪了下去,尾尖也掉了,可是它的头仍然高昂着,给人以不屈的刚烈印象,它的身子七弯八扭的,大体还保持着活着时那种屈伸自如、逶迤生动的姿势。大家一看是那两样东西,不禁又引起条件反射来,一个个又哗哗呕吐了!

终归大家又静下来,开始思考这样一个问题了:蛇和癞蛤蟆怎么同时跑到开水锅里去了呢?

牛牛拿不准地说:"该不是它们都在水桶里,姐姐舀水时,黑灯瞎火的,看不见,把它们舀到锅里去的吧?"

桂兰一口否定了牛牛的假设,她说:"就算癞蛤蟆瓢可以摇得起来,倒在锅里它也会跳的,蛇那样长,水瓢无论如何是装不下它的,除非是它特地盘起身子,等着我把它往锅里搌。"

"也可能是蛇和蛤蟆早就在锅里,桂兰上水时没爬走。"陆姨妈猜测说。

倪妈又对陆姨妈的猜测提出了自己的看法,她说:"晚饭锅是我洗的,洗好就盖上了,蛇和蛤蟆不会在那么短的时间里爬到锅里的。"

"我认为有这种可能,"春来推断说,"蛤蟆闻到大麦饭的香气,早就在锅灶里边的土台上坐着了,直到我们饭吃完它都没走,只是漆黑麻乌的,看不见它罢了。在姐姐烧水时,蛇发现了蛤蟆,从棚脚草里蹿出来,猛地扑向蛤蟆,蛤蟆慌不择路地跳到锅里,蛇为了不使到嘴的食物失掉,也随之跟进,在蛇叼着蛤蟆正要从锅里往上爬时,姐姐正好把锅盖上了,这从蛇和蛤蟆的身体被部分煮烂的情况,可以看出来。"大家都认为春来的推测很有道理。可是牛牛又提出了另外的想法。

牛牛说:"蛤蟆也可能是在我妈洗好锅碗后才来的,在灶台里边坐着吃蚊子,蛇是在水烧开时,才逮住蛤蟆的。蛇咬住蛤蟆,爬到草棚紧对锅口的草上时,姐姐突然揭开锅盖。满锅热气冲上去,蛇被熏烫得肚皮一松,掉到开水锅里,被烫死了,这从蛇和蛤蟆没被完全煮烂的样子可以推想出来。"

大家笑了,说牛牛假设的情况也站得住脚。

倪妈叹气说:"唉,管它们怎么掉到锅里的,反正我们的草棚又阴暗又低湿,土灶又扑在地上,阴雨天或晚上,做点儿吃的,烧点儿水喝,地鳖虫、壁虎、土蛤蟆、老鼠、蝎子等,掉到锅里煮熟煮烂了是常有的事。"永富说:"伢子们看见就捡掉,看不见,还不就是连糊一起吃下去,连水一同喝下去了,不过那都不像今晚的蛇和癞蛤蟆煮的水这样苦!"

"管他苦不苦呢!"春来说,"我觉得癞蛤蟆坐着形如老虎,蛇的动静酷像龙,它们自愿投到我家锅里熬煮,让我们喝到了连皇帝都喝不到的——"牛牛接上,和春来同声说:"龙——虎——汤!"

"龙虎汤?这名字好啊!"陆姨大和永富可高兴了!

"是呀,是呀,龙虎汤可比仙汤还能益寿延年呢!"姨们说。

三十二

一开始,喝了苦开水的人,那不堪忍受的样子无以言表,当看到苦开水里的赤练蛇和癞蛤蟆时,又恨不得把五脏六腑都搅吐出来;当说它是连皇帝都喝不上的龙虎汤,喝了能延年益寿时,大家一点儿也不想吐了。

陆姨大说:"今天我们过得很好,上午,牛牛妈遇贵人搭救,逢凶化吉;下午打牌尽兴,快乐身心;晚上又喝龙虎汤,强身健体,益寿延年。这一天斗也斗了,吃也吃了,喝也喝了,玩也玩了,该回家啦。"陆姨大说罢,又摸一下牛牛的头,说,"小侄儿不会再留我了吧?"牛牛说:"大姨大再见,大姨妈再见,姨姨们再见。"

永富和倪妈把陆姨大他们送到小牧场。

春来跟他妈回去后,在家只住几天就被人雇去放牛了。赵姨只在家歇两天,又被她女儿叫去了。

那天晚上,陆姨妈走几步又折回来,说是有件事要跟倪妈说。大前天下午,她干女儿带她到镇药铺买跌打丸,碰到雷港寺二当家也在抓药,一问才知是小沙弥悟敏病了,还说小沙弥非常想念倪妈和牛牛。倪妈听了非常焦急。

送走陆姨大夫妇和各位姨,回到棚里,倪妈就格外心事重重起来。她刚坐下,小沙弥的身影就在面前晃来晃去,从远处到近处,从模糊到清晰,从健康到羸病……

倪妈自言自语着:"沙弥儿啊,上回来条子号,拜我为干娘,还是那么蹦蹦跳跳、健健康康的,怎么好好的,说病就病了呢?"永富也在为小沙弥的病发愁,他说:"看来那伢子病得还不轻,不然不会为他抓药。"

牛牛说:"大、妈,我们明儿去看看沙弥哥吧。"

永富有些为难地说:"牛儿,我没工夫,毛习普没说不要我,我还得去他家上工。你就跟你妈去看吧,那伢子没亲人,怪可怜的。"

倪妈也揩揩眼睛,说:"牛儿,就依你大讲的,困吧,早困早起,我们明儿去雷港寺。"

牛牛倒在铺上就睡着了,可永富夫妇却翻来覆去的,怎么也睡不着。他们从被押到毛府,到坚决抗争,从险遭捆绑,到遇壮士搭救,从砒霜被调包到喝龙虎汤等等,就这么乱七八糟地想着。最令他们捉摸不透的是那三个蒙面人。他们究竟是谁呢?又为什么来得那样及时呢?他们是不是春来的同学呀?那个把刀架在毛习普颈上的高个子会不会是王……

永富忽然提醒倪妈说:"呃,他妈,我们可不能往义堂身上猜哟,传出去是要命的呀!"

第二天早上,草草吃了点儿糊,跟桂兰交代了几句,倪妈就带牛牛走了。永富说:"早上打露水闪,说不定要下雨的,今儿别去了吧。"永富见妻没反应,便上工去了。

进了毛习普的府院,听毕小三说毛习普病了,永富就要求徐国泰领他去看看。

见永富来到卧室,毛习普撑着坐起来,将徐国泰支了出去,让永富依他床前的凳上坐了。永富显得很紧张。毛习普缓声慢气地说:"永富哇,看你夫妻平时不显山不露水的,关键时刻就见出来了,你们夫妻真不是孬脚子嘛!你那几个伢子,包括那个丫头,都好生了得的呀!"永富说:"他们也就是临时东扯西拉,瞎讲几句罢了,哪像老爷句句都是金玉之言呀。"

毛习普不以为然地说:"呃,不是啊,永富,我跟你讲真的,几十年来与人较量,我可是第一次败在你那几个伢子和你夫妻手下呀!唉,这次有你伢子往我头上撒尿,下次就会有人往我头上拉屎啊,永富,我闭运哪!"

永富说:"老爷,我也向你讲一句实打实的话吧,人人都有巴掌大的脸,请太爷以后做事,多少要顾我们一点儿面子。我们穷是穷,人格、脸面还是要一点儿的,我们也是人!古话说:狗急了要跳墙,兔子急了要踹鹰,人急了什么事都敢做,什么话都敢说的呢!"

毛习普说:"永富呀,昨晚我一夜细想,做得是很欠妥。唉,过去的事不提了,不提了,我也是爱你厚道、勤劳,你去做事吧。"

永富刚移脚,毛习普又要他站一下,问那几个蒙面人是谁。永富说:"老爷,你问这个,我还就真的不晓得了。"

毛习普说:"你不要紧张,我就是随便问问。不过,我可要提醒你一句,那三个都是飞墙走壁、在江湖上混的,你千万不能让你那叫春来和牛牛的伢子跟他们搭上帮哪!"

永富说:"谢老爷关心提醒,我那几个伢都胆小怕事,跟他们走不到一条道去的。"

毛习普说:"呃,你那几个伢可不胆小怕事——唉,不说了,你去做事吧。一个牛尾巴盖一块牛屁股,讲这些做什么?你去吧,我要睡会儿了,这两天搞得人很无味,很疲惫。唉,做一生的黄鼠狼精,到头来被老母鸡、小鸡啄瞎了眼睛喏。永富,你做事去吧。"没被毛习普辞退,永富觉得很幸运。

当天,倪妈带牛牛去看小沙弥了吗?没有,他们又被大雨阻回来了。

牛牛说前年看小沙弥时下了雨,这次又下雨,问他妈是不是老天不让他们去看沙弥哥。倪妈瞅牛牛一眼,说:"小伢子别瞎讲,今儿没去成,改天再去呗,快换衣,冷了要伤风。"

倪妈和牛牛终于又盼到好天气了,和上回差不多,早上母子俩匆匆吃了点儿,就出门了。从大园到雷港,有十八九里,没到两个时辰,两人距离古寺就不到二里地了。抬眼望去,三叉港的顶点,万亩平畴的尽处,那粉墙灰瓦的雷港寺的轮廓就已经在阳光的映衬下,清晰地矗立在眼前了。似乎只要喊一声,小沙弥就会张开两臂,跑出门来迎接他们了!

母子俩兴奋极了,他们走下大堤,穿过圩心小路,转过一条两旁都是柳树的小堤,庙门口石阶上僧人们晒的布鞋都看得清清楚楚了。牛牛对于小沙弥哥见了他,是怎样亲热、怎样拥抱的细节都想象出来了。可是就在这时,左边的堤道上突然一阵锣响,锣声里还伴随着阵阵哭声,接着前路的转弯处,一副白木棺材赫然迎面抬过来,棺材前后举白幡的、撒纸钱的、披麻戴孝的孝子贤孙有十好几个。遇到丧葬出殡的了,糟糕至极!倪妈立即叫回已经跑在前头的牛牛,拽着他,抽身就回。牛牛大为不解,走几步,他竟然站住不移脚了。牛牛说:"妈,都快到庙门边了,马上就要见到沙弥哥了,怎么又回去呢?"倪妈跟牛牛说破了,牛牛吓得拽他妈就往回跑。

牛牛神色有些慌张了,他催促说:"妈,走快点儿,出殡的在后头跟上来了。真晦气!"

原来倪妈跟牛牛说,去看病人,碰到抬棺材的最不吉利,必须立即返回,另择吉日再来。这二探小沙弥又被出殡的给冲回来了。

牛牛真的感到好泄气了。那些天,每个晚上小沙弥都不厌其烦地进入倪妈和牛牛的梦中。而每一回,小沙弥从梦中走出去时,倪妈就咒骂老天不遂人意。而牛牛除了咒骂老天,还咒骂阎王。说如果阎王把那个困在棺材里的人提早一天,或推迟一天收去的话,他和他妈去探望小沙弥时就不会撞上他了,撞不上,他和他妈就不会白跑一趟路了!阎王佬儿那几天耳朵肯定没少发烧呢!

第三次探望小沙弥,是在第二次之后的六七天。这一次倪妈终于带牛牛顺顺利利地到了雷港寺,见到了他们日夜惦念的小沙弥。

当时,小沙弥正闭着眼睛躺在床上。他的确是病了,面容苍白清瘦,额角冒着微汗,鼻翼一上一下扇动着。他面向床里侧卧,一只胳膊搭在被外。床头边有个木柜,木柜左边的方凳上有个泥炉,炉膛内炭火正旺,炉爪上煨着黑瓦罐。静然老方丈坐在矮凳上,他一手摇芭蕉扇,轻轻往炉内扇风,一手把小沙弥放在外面的胳膊往被子里顺。接着掀开瓦罐盖,罐里冒出白色的蒸汽,蒸汽里散发着浓烈的中草药气味。老方丈见倪妈母子来到床边,便合掌念阿弥陀佛,对他们母子来看望小沙弥表示感谢。

稍过一会儿,方丈俯下身子,叫小沙弥醒醒,让他看是谁来了,但小沙弥把头偏了一下,又朝向里面去,方丈向倪妈做了个手势。

倪妈俯身叫道:"悟敏儿子,干娘带你弟牛牛看你来了!"小沙弥一听是倪妈来了,立即推开被子坐起身,张开两臂,把倪妈脖子抱住,一声接一声地叫

"干娘"。小沙弥哭了,他太激动了。

牛牛也贴到床边,拉着小沙弥的胳膊说:"沙弥哥,我和我妈都来看你了,你别哭。"小沙弥又把牛牛搂住,说:"牛牛,我的小弟,见到妈和你,我好高兴,我好高兴!"小沙弥搂着牛牛,久久不松开。

"悟敏徒儿,别难过了,"老方丈语气平和地说,"我出去有点儿事,你和你干娘、干弟说说话儿。"小沙弥说:"师公爷,你辛苦,你歇歇。"

倪妈把老方丈熬好的药从炉子上端下来,滗到碗里,放到柜上。

牛牛从架上取来毛巾,把小沙弥眼睛里、脸颊上的泪水轻轻揾去。

倪妈抚着小沙弥的背,让他躺下睡,但小沙弥又撑着坐起来,他说见了干娘和牛牛小弟,他好很多了!倪妈给小沙弥喂药,可是只喂了三口,小沙弥就端着碗自己喝了。

小沙弥喝完药,想试着下地走走,但是,见他那虚脱纤弱的样子,倪妈没让。倪妈说:"悟敏儿子,病人出汗后不能见风,等干了汗,让你牛牛弟扶你下地走走。"

在牛牛陪伴小沙弥的当儿,倪妈把小沙弥房里打扫揩抹了一遍,该洗的给洗了,该晒的捡出去晒了。在给小沙弥清理衣柜时,她翻出一个跟当年她缝给虎子的一样的避邪袋,大小、布料、颜色,以及缝制小袋用的金线,袋口上缝的那根挂在脖子上的红丝绳,都一模一样,倪妈甚至还闻到了袋上散发的气味,也是她非常熟悉的。唯一不同的就是虎子和牛牛的袋里各是半边玉石锁,而这个袋里装的是一块扁平的青石。见此,倪妈不禁陷入了沉思。

小沙弥和虎子是同年同月出生的,莫非那年民间有约定俗成的规矩,这年月出生的男孩,都要佩戴相同的避邪袋吗?抑或是巧合呢?小沙弥袋里的青石是开始就有的,还是后来放进的呢?如果是后来放进的,那之前的东西是不是半块玉石锁呢?如果是,和牛牛尚在的半块拼在一起,能不能严丝合缝呢?如果能,那虎子的袋子又怎么被小沙弥悟敏得到了呢?难不成小沙弥就是她的二虎子?提出这一连串的疑问后,和以前一样,倪妈又摇着头想:唉,都痴心妄想些什么啦,虎子都殁了这些年了,哪有人死还能复生的呀!霍地,倪妈又眼前一亮,想,小沙弥怎么就不能是她的虎子呢?况且算命先生不是说她的三个男孩都活着吗？而且特别提出虎子不但没死，还远在天边，近在眼前呢！还说机缘到了，想不认都不行呢！倪妈又把算命先生的话，和小沙弥的各方面的特质联系起来，越发觉得小沙弥悟敏就是她的虎子！

"阿弥陀佛。"老方丈又回来了。

方丈说："施主，我们去用膳吧。"

倪妈说："太谢谢了。当年在贵庙投宿，打搅了好几天，我们这一辈子都记得呢！"

老方丈说："也该是你们全家有福报呢！区区小事，何足挂齿呀，施主请。"

中饭后，倪妈又寻出小沙弥的僧袍在走廊上补，方丈坐禅后，也到院里来了，他清除了一些杂草，又给沿墙脚的花儿喷了几壶水，完了，便也端个凳子，在距倪妈不远处的木柱边坐下。

倪妈想从小沙弥身上找到虎子还活着的希望，看到方丈靠坐在她近边的柱子旁，于是把坐凳向方丈靠近了一点儿。

方丈说："施主，给悟敏补袍子啦？"

倪妈说："可不是嘛，这袍子补一补，还能穿一阵子呢。"

方丈说："袍子有些小了，还是悟敏到庙里来的第二年做的，这孩子穿衣还算仔细呢。"

倪妈问："那伢子是几岁来庙里的呀？"

老方丈掐着指头推算了一下，说："来时才三岁多一点儿。"

"三岁多点儿就来了！"倪妈惊讶了，她的虎子也是三岁多点儿走的。

"是啊，三岁多点儿。"方丈说。

当倪妈得知小沙弥是民国二十五年十月初二日出生，日子也和虎子一样时，不免更加惊讶错愕了！

倪妈说："这是哪家真舍得，把那点儿大伢子送到庙里来。"

方丈说："哎哟，他哪里是人家送来的，是当年一位行医的郎中带到庙里来的，我们收养了他。"

倪妈说："郎中送来的？是郎中家的伢子呀？"

方丈说："不是啊，据讲，是郎中把他从江南一户财主家带出来的。"

倪妈说:"这倒有些怪了,既是财主,为什么连自家伢子都不养呢?"

方丈说:"哪儿啊,据说那财主家没有孙儿,是花钱从拐子手上买来的孩子。"

"从拐子手上买来的?"倪妈更加吃惊了。

方丈说:"哪知那孩子买到家,养不驯,财主一气之下,就让郎中带出来了。那郎中家里也养不活,就送到我庙里来了。"

倪妈叹息说:"唉,可怜!可怜!后来也没人来找过伢子吗?"

方丈说:"孩子来庙里两年后,有个叫刘老万的瞎子来找过,不过他自己又说搞错了,小沙弥不是他要找的那个孩子。"

这事听二当家说过,知道这个刘老万只是同名同姓,所以倪妈不感到吃惊。

倪妈又问:"小沙弥的父母来找过吗?"

方丈说:"没有。据有人隐隐约约讲,小沙弥是枞阳人,他的父母和兄弟姐妹都在外逃荒要饭,可能冻死、饿死了。"

倪妈又惊愕又悲哀地说:"也是枞阳人?哎哟!可怜啊,这伢子命好悲惨呀。"

方丈说:"这年头,穷人家的伢子本来就不抵富人家的小猫小狗。就在小沙弥来的几天后,我们又收了另一个跟小沙弥一样大的小男孩。"

倪妈说:"啊,又收一个!"

方丈说:"可不是嘛!那是一个风雪之夜,我们听到大门边有伢子哭,开开门,一个破絮团团滚到屋里。我抱回房里,解开一看,是一个跟小沙弥差不多大的小男孩。"

倪妈问:"那小男孩现在还在庙里吗?"

方丈说:"那伢在庙里养了几天,后来被一个乡下妇人抱养了。"

倪妈眼睛湿润了,她想到她的二儿子虎子。要晓得她的虎子会夭折,还不如也把他送到庙里来。送到庙里来,就是被人抱养去,还能活着,而他的虎子,唉……倪妈的眼泪又下来了。

约莫下午两点,将小沙弥的东西收拾妥帖后,倪妈才带牛牛走。

送倪妈出庙门时,方丈说:"悟敏身体不好,我打算病好后,送他到少林寺学武强身去。到时如来得及,就去向你们夫妇道别,来不及,望你们也别怪。"

倪妈说:"不怪呢,多谢方丈为伢子想得周到!"

夕阳落山前,离开了雷港寺的倪妈就和牛牛回到了毛家大园。

三十三

来回跑了将近四十里路的倪妈母子,虽都很累,但很晚了,他们都还没睡。牛牛睡不着,是因为他离开雷港寺时,小沙弥睡着了,他妈没让叫醒,他俩没有道别,太感遗憾。倪妈睡不着,是因为她的内心老被小沙弥的身世和那个小避邪袋搅着。虽然她已明确地讲不把小沙弥和虎子连起来想了,可是不想又不行。因为小沙弥不仅出生年月日、长相、神态、爱好跟虎子一样,就连出生地也都在枞阳!唉,真的是剪不断、理还乱呢!

清冷的月光下,倪妈加披了一件褂子。她坐在凉床上,将牛牛搂在怀里。草棚里已经传出了桂兰的呓语声。

劳累了一天的永富也拖着酸胀的两条腿下工回来了。倪妈把小沙弥的情况跟永富讲了,还特别说了自己的想法。

永富说:"他妈,你既晓得虎子殁了,不能复生了,那就别海想了吧。"

倪妈说:"你不觉得小沙弥像我们虎子吗?"永富说:"像是像,可是我们虎子都殁了七八年了,他要是活着的话,谁晓得他长成什么模样呢。所以,眼前的小沙弥,像我们当年死去的虎子;虎子要还活着,他的模样就不一定像现在的小沙弥。"倪妈说:"你这话我信。"永富说:"信就好。以后我们只把小沙弥当个孤儿,像疼爱我们自己的伢子那样疼爱就好了。"倪妈虽认为永富的话是对的,可她就是无法接受虎子早就殁了的事实,尤其是想到算命先生的话,老是认为小沙弥就是她近在眼前的虎子。

永富劝慰倪妈一番后,就倒铺睡了,可刚躺下,又坐起来,说毛习普要牛牛和桂兰明晚去他家掐棉花。

"掐棉花?"倪妈问为什么白天不去晚上去。永富说:"大概,白天去,为伢子搭饭,毛习普舍不得,不搭饭,又怕人家骂他抠门! 毛习普算盘打得比鬼还精!"

倪妈说:"大舅说书讲,败家好比浪淘沙,兴家有如针挑土。毛习普的家财就是这样积攒起来的。"

永富说:"晚上去就晚上去,我带着,谅他也不会把伢子怎么样。"

倪妈说:"我是怕他俩熬夜不行。唉,去就去,小伢子从小吃苦是好事。不过晚上回来,你千万要带他俩一道,牛牛是胆小鬼,别吓着他。"

桂兰知道要去毛家掐棉花,没有特别的反应,牛牛却心事重重起来。他最担心的就是毛习普报复他。本来呢,在大堂上和春来一起与毛习普针尖对麦芒地干,并且还向毛习普的腿上打了一烟枪,往他肚子上撞一头,还在他头脸上撒了尿,那都是一时冲动气愤才做出来的,事过之后,牛牛也很怕。好在他家的草棚离毛习普家还有一段路,跟毛习普无瓜葛,不招闯,井水不犯河水。他大在毛家做工,也是凭苦力换饭吃,更何况那三个蒙面人向毛习普提出过严厉警告的,因此,牛牛怕毛习普报复的心理并不是很严重。可这下倒好,毛习普要他们晚上去毛家掐棉花了! 牛牛对着毛习普那边的楼房大瓦屋想:这不是赶小鱼往大网里钻,唬鸡雏往黄鼠狼洞里跑,撵青蛙往蟒蛇头上跳,把羊羔往狼嘴巴里送吗? 掐棉花为什么一定要晚上去呢? 大白天时间有的是,他和桂兰姐姐装上两筐棉桃,坐在天井边,要掐多少掐多少,要掐多干净掐多干净。从天上照下来的太阳不用借,不用赊,不用一文钱买,敞敞的,亮亮的。不像晚上点汽油灯,又要买汽油又要买灯泡,又要人打气点火,亮起来不光呼哧呼哧地难听,还散着难闻的汽油味! 可毛习普为什么不让白天去掐,偏要晚上去呢? 难不成真像大大讲的怕吃他的饭吗? 不吃不喝他的不就得啦! 想到这儿,那回在大厅上,毛习普那青一阵、紫一阵、黑一阵、白一阵的脸色,那恼羞成怒、拍案而起、充满杀机的凶相,再次浮现在牛牛面前,牛牛越发地感到毛骨悚然,不寒而栗! 是的,不论毛习普设的是什么圈套,耍的是什么阴招,暗藏的是什么玄机,牛牛都必须有所警惕,有所防备。

次日天黑前,桂兰和牛牛就怯怯地来到毛习普家门前。牛牛心里的恐惧达到了极点:毛习普的跟班中那几个歹毒的人,是不是就藏在甬道边的树后,只等他走上台阶,就一拥而上,用纸团或破布把他的嘴塞住,而后抬往后门外,轰隆一声把他投到院后的深潭里喂鱼去呢?那个姓黄的会不会根据毛习普的指示,持着棍棒,躲在大门后,单等他走过,就冲出来,从背后朝他后脑勺猛击一棍,结果了他的小命呢?毛习普是不是为了报那一烟枪、一头撞的仇,叫他大老婆钱氏拿一根事先就打好了活结的绳子,等他经过时,就像套小马驹一样,猛地往外一抛,套住他的颈子,再收紧一勒,把他送到阎王殿去陪小鬼呢?他晓得毛家的一般长工是不会助纣为虐、为虎作伥的,那次斗争中,他们有的还躲在毛习普目力不及处,暗暗为春来和牛牛打气呢。至于那三房姨太,从那回在风波中所持的态度看,她们也都是既不煳锅也不烂饭的中立者,她们是不会为毛习普向牛牛和桂兰出重拳、下毒手的。

"管他呢,"畏畏怯怯、胡思乱想的牛牛对桂兰说,"好也罢,歹也罢,死也罢,活也罢,反正来了,阎罗大门就得进!"

"哈哈哈,哈哈哈!"忽然牛牛对自己那副战战兢兢、如临深渊、如履薄冰的窘样,大声地嘲笑起来。笑声摇晃着毛家的门户轩窗,震撼着毛家的府院宅第。笑声中,牛牛和桂兰气宇轩昂地登石阶,跨户槛,过天井,步大厅,转出侧门向东,再绕过厢房,一座大大的储物库便呈现在他俩面前。

汽油灯下,好几个伙计,还有牛牛大永富,都已经在掐棉花了。见牛牛和桂兰两个孩子来了,永富把他俩招到身边,讲了掐棉花的方法和应该注意的事项。

这里必须补充交代的是:一般以种粮为主的地区,有些家庭不种棉花,有的虽种,但也只供家用。因为种得少,收捡时,直接就在地里将棉绒从棉托上钳拽下来,弄回家晒干备用。而以种棉为主的棉区,因为种的面积大,收成时,连野的棉地如一片雪海,如果也采用上述采收方法,则一轮没收完,另一轮又绽放满地了。天气晴好便罢,若遇风雨,则吹落满地。为了避免减产和影响质量,所以当棉绒绽开时,即连托子一并拽回家,留待雨天或农闲时从容钳掐。毛家大园和条子号都是棉区,收捡时即采用这种方法。

毛习普家地多,种的棉花也多,他家库房待钳掐的棉花,堆得像小山头,每年要掐到十一月,甚至腊月。

牛牛和桂兰有个特点,那就是做起事来,心不遐想,目不旁视,一件事不做完,决不放手。那天晚上,不到两个时辰,他俩就把分内的棉花掐完了。掐完自己的,两人自然就去帮大大了,而他们大的那份才完成了一半不到。难怪他们大大每天晚上回去迟了,都是棉花绒把他的脚拖了!在两个孩子的帮助下,永富那天晚上回去的时间,比平时提前了不少!以后的晚上,桂兰和牛牛都先完成自己的定量,再帮大大。

七八天后,晚上来库房掐棉花的人员中又多了一位老爷爷。那老爷爷头顶光光的,鼻梁上架着一副墨镜。他老在库房的东头坐着,不说话,看上去像哑巴。他老把眼睛朝牛牛瞅,有几回,当他发现牛牛也在瞅他时,便很快把目光收回去,低下头掐棉花。有一回,牛牛上茅厕,打他跟前过,他抓住牛牛的手,塞给他两块小糖。同牛牛和桂兰一样,老爷爷也每天晚上都去,不过后来去时,他那光光的头上加了一顶帽子。

开始的那些晚上,牛牛和桂兰帮他们大大掐完棉花就回去休息。他们回去时,老爷爷只掐了还不到分内的一半。不知是出于同情,还是对偶尔吃他几块糖粑的回报,后来牛牛帮大大掐完了,又帮老爷爷掐,叫他大大先回去。但他大说,毛习普家后门口到小棚那段路,草深树密,特别是夜里黑魆魆、阴寂寂的,人行其中,就像下到阴曹地府,大人经过,都感到瘆人可怕,更别说是两个小孩了。于是索性他也帮老爷爷掐,掐完一起走。就这样,形成了一条不成文的规定,每晚牛牛和桂兰掐完帮他大,三人都掐完了,帮老爷爷。

一开始老爷爷不让帮,可是又实在不好拒绝他们爷儿仨的热心和诚意,只好接受了。

当头那几天,各人都只顾埋头做事,但牛牛渐渐地跟老爷爷搭话了,他问爷爷有几个孙子,老奶奶在不在,孙子孝不孝敬,等等。老爷爷有些心不在焉,牛牛问的话,他不知是没听见,还是听不懂,只是嗯嗯地应付而不作具体回答。牛牛见他爱搭不理的样子,后来就不跟他说掐棉花以外的事了,转而对他掐棉花的质量横挑鼻子竖挑眼起来。譬如这托子里棉绒没钳干净啦,那把棉绒上还沾着细叶子啦,什么掐棉花把下巴放在膝盖上容易打瞌睡啦,什么棉花篮子放近了,棉虫容易爬到身上,钻到耳朵眼里啦,掐棉花吸烟容易引起火灾啦,等等,就像阅历广泛、经验丰富的老手,告诫一位新人似的,絮絮叨叨,不厌其烦,没完没了!牛牛更发现自己虽言之谆谆,但老爷爷不仅听之藐藐,而且显得对牛牛的"授课"内容一点儿不感兴趣,他甚至都打瞌睡了,每每这时,他们就叫他睡觉去,没掐完的部分,永富父子仨替他完成。

不知是怕牛牛烦他,还是什么别的原因,后来老爷爷没来掐棉花了。他不来,永富父子的劳动量就相对小了,掐完自己的部分就回棚睡觉了。但他们对老爷爷还是很想念牵挂的,希望能再见到他,不过,他要是不戴墨镜,即使见了,也认不出来呢!但是永富却讲那老头他好像在哪儿见过的。

这天晚上,父子仨棉花才掐一半,毛府新换的管家黄世义来把永富叫了出去,五六分钟的时间,永富又回来了。牛牛和桂兰都心上心下的,怕黄世义给他俩出什么难题。

永富说:"丫头、牛儿,你俩别怕,黄世义讲,毛太爷让你俩从明儿起,到他家来做小工,一日三餐,跟大长工吃一样伙食,没有工钱,到腊月底,给你俩各做一套老布褂裤。"

"大,"牛牛喜不自胜地说,"我愿意去,你让吗?"

永富说:"牛儿,你都愿意了,还问我?——丫头呢?"

桂兰说:"牛牛愿,我就愿。"

其实桂兰和牛牛都晓得给毛习普家做事吃亏,两人之所以那样乐意,一是因为有三顿吃的,尤其是中午有大米干饭吃。说真的吧,以前桂兰和牛牛中午多次从毛习普家门前路过,见长工们在吃干饭,就不由自主地放慢脚步,甚至干脆站住,弯下腰身,抠抠脚丫,或拗过胳膊往背上挠一阵痒痒,或假装眼睛眯了,抬手揉揉,总之人为地制造出各种借口,在毛家门前多停留一会儿,多看一眼长工们往嘴里大口扒饭的样子,多间接感受一会人家嚼饭的滋味,多闻一口空气中飘散的大米饭香。这样,即使不能实际进嘴一口饭,却能间接地过一回饭瘾,聊解一回嘴馋。这下可好了,他们要到毛府做小工了,能亲口吃到大米干饭了,再也不用馋巴巴地苦苦望人吃了,再也不用像春来讲的那样画饼充饥了!

第二个诱惑就是腊月底的那一套老布褂裤。来条子号有好几年了,可家里没给牛牛和桂兰做过一件新衣,春夏秋冬、一年四季挂在他们身上的都是缺襟掉扣的破衣烂衫。就连这些破衣烂衫,有的还是人家孩子穿烂了替换下来,主动送给他家的;有的是人家穿破不要的倪妈讨来的;有的则是人家当垃圾处理了,两个孩子捡回来的。总之,桂兰和牛牛在那些年没见过新衣,更没穿过新衣,这回可好了,去毛家做小工,腊月底能得到一套新的老布褂裤了。不是一件,而是一套,一套新褂裤呢!

牛牛似乎还想象着:到了正月,他穿着那套新的老布褂裤,到陆姨大家拜年,到赵姨家拜年,到明发、启亮家拜年,去给张姨、麻姑拜年,大家不夸他是多么体面,多么帅气,多么衣冠楚楚、一表人才才怪呢!牛牛更想象着:穿了那套老布新衣,拽着桂兰姐姐和赵春来到戏台底下看戏,许多年龄相仿的小伙伴,都用一种极其艳羡的目光望着他,追逐着他,但他不会去看他们,而是踮踮脚,扭扭身,耸耸肩,用这样的肢体语言,骄傲而自豪地告诉他们:他的这套新老布褂裤,穿着是多么合体,多么时髦,多么让人钦佩和羡慕!他不再是衣衫褴褛、寒碜穷酸、被人看不上眼的黄毛小子了!他甚至为了这张毛习普开的能让他一展风采、春风得意的空头支票,高兴得走路都带小唱了!桂兰虽没有牛牛那么多憧憬和联想,但毋庸置疑,那些天她生活的幸福指数,不知比平时提高了多少倍。单就那天晚上,桂兰甚至就为能吃上毛习普家长工们吃的伙食,穿上毛习普许诺的那套老布褂裤,在梦里酣笑不止!

桂兰和牛牛正式成为毛习普家的小童工了。

永富说:"牛儿、桂兰丫头,我们不怎么喜欢毛习普,毛习普也不怎么拿我们当人待,可是,我们既是去他家做事,就要把事做好好的,要对得起一天三顿吃的,对得起自己的良心。"倪妈说:"伢子,不管毛习普以前对我们怎样,现在既是让你俩去他家做事,那就是信得过你俩。人家信我们,我们就要把人家的事做好,不要把人家的东西搞糟了。虽没工钱,吃人家三顿,就比在家吃两顿还饱一顿、饿一餐,长年见不到一粒大米、闻不到一滴油香要好得多。"

牛牛说:"大、妈,放心吧,毛习普家的粮食都是地里长出来的,我们不会搞糟掉的。"桂兰说:"他家粮食都是长工兴的,中间也有大大的劳苦呢。"

倪妈说:"在毛家做事就做事,不管谁讲,讲什么,你们都装聋作哑,不要计较。"

桂兰说："大、妈,你们讲的我和牛牛都晓得。可是如果他们待我们太恶了、太过分了,我和牛牛也会受不住的。我们好好做事,哪家都乐意雇,不限定毛习普一家。"牛牛说："姐讲得对!我们认真做事,人家会抢着雇的。"

永富把牛牛拉到身边,爱怜地说："牛儿,你和姐做事认真,我和你妈晓得,我们也就是和你俩打打招呼,把事做得更好,毛习普会欢喜的;他们欢喜,就不会不雇你俩;他们年年雇你俩,我们父子仨在一块,早早晚晚都有个照应。"倪妈说："要是到别处做事,一家人搞得东一个西一个的,我和你们大大也不放心。"牛牛说："大、妈,我和姐姐晓得了。"桂兰说："你俩放心吧。"

也许是毛习普和他的老婆们都还记得蒙面人的警告,初去的那两个月,不论是对做事方面的要求,还是生活上待遇,他们对桂兰和牛牛都还说得过去。但渐渐地,在做事方面,他们拿长工的标准来要求桂兰和牛牛,但生活上又不跟长工们一个标准了。

一天,永富背后问牛牛和桂兰为什么不到桌上和长工们一块吃饭?姐弟俩相对望望,牛牛说："大,锅拐上有我和姐姐吃的。"原来姐弟俩被安排在锅拐上吃残羹剩饭了!

又到吃饭时间了,永富到灶房里望望后,便要两个孩子到桌上,跟长工们一块去吃,自己吃孩子们吃的剩饭,但两个孩子不干。永富说："你俩人小,这些馊饭馊菜吃多了,时间长了会生病。去,到桌上去,这些我来吃。"牛牛说："我和姐姐都吃这些天了,也没生病,还是我们吃,你去桌上吧。"永富问是谁让他俩吃这些馊坏的饭菜的。桂兰说："烧饭的讲,是大奶奶要我们吃的,大奶奶说馊饭菜猪狗不吃,人不吃就搞糟掉了。"从那天起,永富就和两个孩子换着吃了。后来其他长工看不下去了,派毛根强(毛习普堂侄)跟毛习普交涉,永富和两个孩子才又回到长工们的桌上一起吃饭了。

桂兰和牛牛在毛家干了两年半的童工,头年腊月二十三才下工回家。毛习普原来许诺的每人一套老布褂裤,却被折换成了一斗毛大麦,他们起始时对穿新衣的种种美好憧憬,都化成了堤外的破晓寒烟和立春后的溪头春雪!

三十四

因为天时做得好,那一年华阳地区圩里圩外都获得了不错的收成。收成好,老百姓吃穿无虞,心情就愉快。心情愉快,就会追求精神生活。从十一月中旬开始,过年的气氛就一天比一天浓厚。除了备办年货外,过年最显著的标志,就是业余文艺剧团赶排大戏,准备正月上演,给忙碌一年的人们过过戏瘾,快乐身心。

永富家没有土地,赵姨家也只有一块菜园。尽管是风调雨顺的好年成,但他们两家和一部分后期迁入户一样,只能看当地人和早期迁入户乐和,自家生活还是"太奶奶鞋——老样子不变"。然而这并不影响牛牛、桂兰和春来(春来也是腊月二十三下工回家的,他一下工就到倪妈家来了)正月里看戏的热情。毛习普许诺的新衣虽然没兑现,牛牛和桂兰也为此失落懊恼过一阵,但很快,他们就从那豪奢的企望中走出来,快快乐乐地穿着破衣过年,过了年,又快快乐乐地穿着破衣去看戏。尽管那身破衣烂了袖子,掉了纽扣,吊得老高的裤筒也长短不齐。

腊月二十,戏台就搭好了。为了让大圩里外人看戏就近方便,两座戏台分别搭在小牧场和陆姨大门前的场地上。上下毛家墩及其周边人,看戏多半都在小牧场,而上下条子号的人,又多半不出陆姨大家门前的场地。戏瘾大的人,则不论哪边唱戏,每场必到,对他们来说,看戏没有路途远近之分。

牛牛、桂兰、春来都是属戏瘾大的人,只要有戏,不论在哪边唱,台下观众中就有三个孩子相依相怜的羸瘦身影。

真的要感谢那些热心戏剧表演和甘愿为群众奉献的唱戏人,正月初一他们就在辞旧迎新的烟花爆竹声中,为戏迷们、为父老乡亲们闪亮登场了。

那时候天气特别冷,虽然已经立春,但严寒仍像恶鬼一样,牢牢地控制着华阳地区,丝毫没有懈怠和撤出的意思。大多数天里,只要太阳一下山,地上就开始结冰,一丛丛冰柱,像锋利发亮的尖刀,从土层中刺出地面,寒光闪闪地直立着。圩区里毫无遮拦的夜风,掠过空阔的平野,钻进人们单薄的破衣里,扎进肌骨深处,别说那是怎样一种冷冽的滋味了!但是,冷吓不倒春来、牛牛、桂兰三个!

开始的那些日子,春来和桂兰勉强还有破鞋套脚,而牛牛却光着脚丫。他那与自己年龄极不相称的、磨得像老松树皮一样的脚,踏在拱出地面的参差倒立的冰凌上,发出咔咔嚓嚓的清脆声响,别人听了难免心惊肉跳,而牛牛却浑然不觉一般!

春来蹲下去,抓住牛牛的脚说:"弟弟,把脚提起来。"牛牛一面目不转睛地望着戏台,一面心不在焉地分别提起两脚,任由春来摆布。他不知道春来是在往他那冻得像冰块的脚上穿鞋,更不知道往他脚上穿的鞋是春来从自己脚上脱下来的!

可是不几天,春来那双本来就只能套住脚掌前半部、像文明之邦人进卧室穿的拖鞋的鞋,也被牛牛完全蹍烂了。于是桂兰又把脚上的鞋脱给了牛牛。不几日桂兰那双原来就只能盖住脚背,而封不住脚趾的鞋,又被牛牛彻底报废了。

春来、桂兰、牛牛三个人只好都打赤脚了。赤脚冻麻木了,同穿鞋袜一样不觉得冷,可是晚上回家洗脚就不得了了。冰块一样冷的脚,忽被热水一泡,痛得跟被噬咬一样难受,三人抱着脚,哭都哭不出声来!后来永富让孩子们用冷水洗脚,洗过后反复搓擦,脚不但不痛,反而暖和了。

真的是穷极思变。为了提高生活质量,追求美好的享受,后来每回看戏前,春来三人就在门前的柴堆上各拽一大把蓼草,扎成大疙瘩,到了戏台底下,放在选定的位置上(一般是避风、视角好的高处),人站在上面,既避免了脚直接踩在地面的冰凌上,保护脚不受冻,又抬升了人的高度,方便了看戏。尽管牛牛说草疙瘩把人垫高好看戏,但多数时候,他仍然像丛林中的矮小灌木,视线被人挡着,看不见台上的一些表演。于是春来和桂兰干脆轮流把牛牛架到自己肩上,他们还解开领扣,让牛牛把脚插进自己的衣领里焐着。

看戏的时候,哪怕肚子再饿,身上再冷,牛牛都一声不吭。可一散戏回家,牛牛就像变了一个人,又哭冷又叫饿的。

倪妈就骂了:"冰冻花花地蹲在台底下看戏,怎的就不冷不饿呀?一进门就哭唧唧地啼饥号寒!冷、饿,明儿就别看戏,替我在家缩着!看戏,看戏,看戏能当衣穿当饭吃啦?"牛牛捺着肚子,一声不吭了,他最怕的就是妈妈不让他看戏。偏偏歇了一会儿,倪妈又把牛牛叫应了说:"记着,明晚别去看戏了,在家困早早的,就不晓得饿。"

春来拉着倪妈的手,替牛牛央求说:"倪妈妈,我们过一阵都要帮人做工去,想不到耍了,就让牛牛跟我们一起再耍几天吧。"桂兰也壮了胆子说:"给我妈做伢子太难了!"

倪妈说:"死丫头,怎的给我做伢子就难了?我待你们厉害了怎么着?我晓得你们跟春来都是杨树窿里乌龟——一伙的,只要我讲牛牛几句,你俩就护着。"

见春来和桂兰都站在自己一边,牛牛似乎底气足了些,他顶着他妈的权威说:"妈,其实只要荷包里有钱,就是日搭夜不回家吃饭也不会饿,那戏台底下有卖小吃的呢。"

倪妈说:"你看见有卖吃的啦?"

见倪妈像是没生气,春来也斗胆说:"戏台底下卖吃的多得很。"春来如数家珍地说,"像玉米糖、冻米糖、芝麻糖、花生糖、高粱糖、甘蔗糖、山芋……"

"够了,不用讲许多了!"倪妈一句话概括了说,"凡是带糖的,小伢子都不能吃,吃了牙齿会生蛀虫!"

趁倪妈转背时,三个孩子对望了一回,相互吐着舌头。

桂兰说:"还有饭团、糯米粑,都是现做现卖的。"

倪妈说:"那些都是糯米食,黏性太强,吃了腻肠子,不容易消化,尤其是小伢子最不宜吃的!"

三个孩子又对瞅了一下,无奈地摇着头。

春来说:"倪妈妈,其实除了各种糖、糯米食,还有茶叶煮鸡蛋、辣椒煮田螺……"

"哎哟,"春来还没说完倪妈又接过了,她说,"煮鸡蛋是作气的,辣椒煮田螺上火,这两样小伢子更是不能沾的!"

牛牛说:"妈,那烤羊串、氽猪肝,小伢子总是可以吃的吧?"

倪妈说:"那猪肝是动物内脏,小伢子——你们别说了,除非天上掉钱下来被你们捡到了,自己买吃去,不然,你们就是讲得天花乱坠,我也没钱给你们买吃。我不是舍不得,我没钱,你们大大也没钱。春来伢子,你们想吃就等长大了,自己搞钱买吧。"

牛牛说:"妈,我们不就是讲讲,解解馋吗?没讲买呢,知道你没钱!"

春来说:"不光我们买不起,除了一些富人孩子买吃外,许多像我们一样的穷酸孩子,也都只朝那些吃的东西望望,伸伸舌头舔舔嘴巴就走开了。"

桂兰接着说:"不过有的时候,好事还真的说来就来了,不知哪个晚上,我们真的吃上小吃了。"

倪妈说:"一分钱没有,你们怎么吃上小吃了?骗人!"

牛牛说:"骗你我是小狗!因为我们碰到岳西奶奶了!"

倪妈惊疑地说:"岳西奶奶?"

桂兰说:"是的。那天晚上,也在台下看戏的岳西奶奶给我们三人各买了一串烤羊肉串、一块高粱米粑。"

倪妈说:"人家要饭的老奶奶,有几个钱不容易,吃她买的东西有罪过。"

春来说:"那老奶奶叫我们三个每天晚上看戏,都在那原地等她,她给我们买吃的。"

桂兰说:"可是从那次后,她一直没去原地找我们。那老奶奶也有失信的时候呢。"

能遇上老奶奶给买点儿吃的最好,遇不上,三个孩子也不怎么指望,还是回过头来,说说看戏吧。

春来懂戏文,戏中的人物、戏词、情节等,看过后,他基本上能讲得出来。桂兰和牛牛也略懂一点儿,但他俩主要是看热闹。牛牛有个特点,就是不懂就问,甚至打破砂锅问到底。春来说:戏剧是综合的舞台艺术,它把人世间的事,缩编成戏,搬到舞台上,演给人看。小小的舞台就是个大大的世界。演员在台上走七八步,有时就代表千里万里;六七个人,有时就代表千军万马;翻几个跟头,就表示腾云驾雾;弹一下指头,道一句白,就过了好长时间……

牛牛说:"我好像有些懂了,那七仙女拿着云帚,在台上绕圆场跑,口里唱着漂漂蛋蛋(飘飘荡荡)下凡尘,就表示她从天上来到人间了。那白娘子穿一身白衣,戴的首饰上,有杏(芯)子抖动,就代表她是白蛇了。"

春来格外赞赏牛牛接受快,能举一反三、触类旁通。

在春来的点拨下,桂兰和牛牛不仅看懂了部分戏,而且还学着唱,学着做。牛牛拿两根竹竿,紧贴腰身左右,让六丫捉住竿子前端,后退几步,又前进几步,表示用车儿推六丫出嫁。把扫帚夹于胯下,一手捉扫帚前部,一手做扬鞭策打状,表示打马赴京城赶考。手撑一根竹竿,纵身一跃,从东边跳到西边,站定了,颠几颠,再用力一撑,表示出海打鱼……桂兰早上起床开门就唱:"清早起,开柴扉,乌鸦叫过。叫过来,飞过去,却是为何?"拎篮挖野菜时,她改词唱道:"小女子本姓戴,天天铲野菜,铲得多妈夸奖,铲得少妈要怪……"永富做工回来,牛牛迎上去,学唱戏的躬身作揖说:"父王驾到,孩儿这香(厢)有礼。"倪妈有事叫桂兰,桂兰也扭着身腰,移着细碎小步,尖着嗓音,答道:"来——了——"接着"嘚,嘚,嘚,咿嘚咿个呛"地学着锣鼓声,常常弄得永富夫妇好笑也不是,生气也不是。六丫说:"姐姐和牛牛看戏看疯了。"倪妈说:"搁明儿把牛牛送到梨园里跟戏班子学唱戏去。"永富说:"真要把戏唱好了,也不愁一碗饭吃呢!"

说实在话,那时经常看戏,确实让几个孩子受益匪浅。新中国成立后回老家时,正是土地改革前夕,为了配合党的政策,政府大力组织文艺小分队,开展宣传活动,春来和桂兰都成了文艺骨干了。六七十年代,每逢年节,春来都自编自导自演各种文艺节目,这些都是他在童年时代经常看戏的结果。

那时,牛牛看戏最喜欢看花旦上场,有时,老生和老旦在台上对唱久了,牛牛就要打瞌睡。而花旦一出场,牛牛就来劲了。对此,春来却不以为然,他仰面对坐在肩上的牛牛说:"看戏净喜欢看花旦,敢情长大了,也是好色之徒。"

牛牛听不明白,问春来讲什么,春来笑而不答。

桂兰说:"春来讲你好色,看戏净看花旦。"

牛牛揪着春来耳朵说:"就讲呆话,你不见花旦装得那个美呀!"

春来又笑了,他一手抓着牛牛脚,一手指台上说:"花旦是美,赶明儿给牛牛娶一个花旦做烧锅的吧。"

牛牛这回可完全听清了,他沁下头,一口就把春来耳朵咬住,口齿不清地说:"还讲不讲,讲不讲?"春来讨饶了。

牛牛放下他的耳朵说:"再呆讲,我就把你耳朵咬下来,嚼烂吞下去。我可是过年都没吃到肉的馋猫呢。"

桂兰说:"真的,别讲牛牛爱看花旦,我也爱看,不讲花旦打扮得像画里一样,单单就那袖子一甩一舞的就把人美死着!"

戏已经唱到正月二十后了,但唱戏和看戏的人都兴致不减。这天,来了个外地戏班子。开始,本地班子有些瞧不起他们,发誓要和外地班子打擂台唱对台戏,把外地班子比下去。但听说这个外来班子是阴阳班子,旦角都是由女人扮演的时,本地班子不但不跟他们较劲,反而觉得新鲜了。本地班子的演员们来劲自不待说了,连那些平时不爱看戏的老爷子们、老娘儿们,甚至正月里几乎都泡在赌场的赌徒们也来了,尤其是那些早已进入婚龄而尚未婚娶的青年,更像是被磁石吸住似的都跑来了,每唱一场,戏台底下都万头攒动,人山人海。

外来班子的演员们特精,每台戏演到节点上就戛然打住,开始打彩(也就是向观众讨彩钱)。打彩的方式,五花八门。有独坐清唱,用唱词打动观众博取爱怜与同情的;有一面唱,一面用长竹竿吊花篮向观众送吉祥而博取奖赏的。尤其是旦角用和观众进行亲密接触的打彩方式,受赏最多。一位最受观众垂青的小旦,翩翩舞到台沿,而后旋转穿着华丽的身体,边唱边舞水袖,观众够上去,把她的酥手轻捏一下,或是拉到嘴边热吻一口,而后快乐而满足地把钱放到角儿的手心。这些打彩的方式,不仅增加了演员收入,也给观众带来了喜悦与欢欣,活跃了舞台上下的新春气氛。

七天后,外来班子走了,本地班子又粉墨登场。

这天晚上,一曲《小放牛》的开场戏过后,大戏《渔网会母》就正式开演了,当剧情进入高潮,看到母亲拉着儿子,痛哭流涕地诉说血泪家史时,春来也情不自禁地跟着唏嘘落泪了。

桂兰说:"春来也是的,那是人家编的戏,又不是真的。"

牛牛说:"就当是真的,也不知出在哪朝哪代,你可真是看三国掉眼泪,替古人伤心了!"这话也是春来常讲的,被牛牛捡到了。

春来指着台左右的柱子说:"你不见那柱上对联啦。"春来给桂兰和牛牛念道,"离合悲欢,当代岂无前代事;忠奸善恶,坐中应有戏中人。"不知这副对联为什么会触动春来的情感,牛牛正要询问时,戏场东边忽然骚动起来。原来是小叫花二婶的孙子走失了,后来也没找着。自那以后,永富夫妇再也不让春来、桂兰和牛牛晚上出去看戏了。

三十五

过了一个多月的戏瘾,到了二月中旬,牛牛、桂兰、春来三个把耍的心都收起来了,二月十六,春来就帮人家放牛去了,但还经常到大园草棚里来看他的尹伯伯、倪妈妈和牛牛小弟。牛牛和桂兰也去了毛习普家,继续去年的童工生活。

四到六月间,姐弟俩除早晚为毛家打扫卫生、做杂七杂八的家事外,白天都跟大长工们一样,在地里为玉米、黄豆、高粱、棉花等农作物间苗、补棵、打杈、拔草等。永富多数时间在毛府油坊里干着榨油、搬码棉饼菜饼等活。他不下地时,牛牛姐弟俩都由长工们带着,苗怎么间,棵怎么补,棉杈怎么打,杂草怎么拔,都由长工们手把手地教。好在姐弟俩都不笨,什么活儿,一教就会。而且他俩也很勤快。有时看看活不多了,就让长工叔叔们歇歇,他俩做。因此长工们都很喜欢他俩,尤其是毛根强,差不多把他俩当自己孩子待,处处关心照顾不算,还常在他叔爷毛习普面前夸他俩能干。

然而新换的管家黄世德,对永富和两个孩子都有成见,常常把两个孩子当面粉揉,当烂柿子捏,对两个孩子做的事,总爱鸡蛋里寻骨头,明着为难他俩,给他俩小鞋穿。有一回,把孩子惹毛了,黄世德还挨过牛牛一头撞。

七月半后,棉桃正式开裂绽放了。毛习普家土地多,种棉面积也大。站在他家屋后俯视大园,白皑皑一片雪海。

每天天刚亮,长工们,以及牛牛、桂兰这两个小童工,就吃完饭,各做各事去了。除非天时不好,长工们才全部去捡棉花,否则,棉花多半是由桂兰、牛牛两个小童工包了。只要不下雨,从棉花开捡到收官,他俩天天都在地里,头棉捡完捡二棉、捡三棉尾棉,一轮接一轮地捡,中间从无间歇。每天下地前,大长工们就把能装百十斤重棉花的大箩筐子,送上七八个,依次摆在地头。从早到中,从中到晚,桂兰和牛牛把背着的篮子捡满了,就驮到地头,倒往大箩筐子里,倒满这箩倒那箩。捡到傍晚,个个大箩子筑得满满实实,堆得高高的,论重量少说也有七八百斤。接着由大长工们将大箩子或背或抬或挑,一趟趟运回毛府的库房。从七月中旬到九月上旬,除间或掰两回玉米,摘几回绿豆外,牛牛和桂兰差不多都泡在捡棉花的活儿上。

捡棉花虽是手工活,适合孩子们做,但具体对牛牛和桂兰来说,其实是个苦活儿。七八月间,正是热天,两个孩子都光着头,牛牛还打着赤背,下身也只穿件破裤兜兜。上头是毒花花的太阳照晒,下头是棉地里阵阵的热气熏蒸,胸背、肩胛、胳膊,因灼晒而生出的水泡,像排列成片的亮鱼鳔,一个挨一个,水泡泡被棉桃捶打着,被棉禾子蹭剐着,撕破了,撕开的皮在创口处披垂着、吊挂着,红粉粉的肉毫无保护地暴露在外,又被棉禾剐戳着、抽打着,被棉灰刺痛着,被汗水腌渍着,那种痛苦,没有亲身经历过的人,是无法体会到的。

牛牛坚持不住地说:"姐,这事我真做不下来了。"

桂兰说:"忍忍吧,谁叫我俩想他家三餐吃呢。"

牛牛说:"姐,我真吃不下来这碗饭了,我不想他家中餐的干饭吃了,我捡荒去。"

桂兰说:"捡完荒,冬天有事做吗?咬咬牙吧,牛牛,熬过这阵,应该会好些的。"

牛牛把胳膊和胸背展示给桂兰看。桂兰说,她不用看的,她身上跟牛牛一样,都是稀糊糟烂,找不到一块没有破的。桂兰再三要牛牛忍忍。

说话间,两人的筐不经意间又满了。桂兰心疼牛牛在棉禾里蹭来剐去,痛得受不住,帮他把小筐往大箩子里送。

就这样,日复一日,太阳起山又落山,落山又起山,桂兰和牛牛的身上剐破又长好,长好又剐破,也不知经过了多少轮的反复,终于像凤凰涅槃,浴火重生了。他们身上的皮肉被磨得跟猪皮、牛皮、象皮一般,结成厚厚的硬壳子,摸去像老松树皮一样剐手,打着像竹片一样出声。

想起捡头茬、二茬棉花时,桂兰和牛牛那个又热累、身上晒破剐烂的样子,真让人寒心。长工们带到地里的中饭,两个孩子一口也不想吃,晚上回毛习普家,只想喝凉水。捡完棉花,大大带他俩回家,刚到棚边两人就疲累得直想倒地而眠。每每这时,倪妈总是催着牛牛、桂兰,说:"丫头、牛儿,快洗澡去,脏兮兮的,怎么好困了。"

有时见叫不起牛牛,倪妈就打水帮牛牛洗。他妈擦一把,牛牛就哭叫一阵。倪妈是躁性子人,牛牛越哭她擦得越重。这也难怪,永富爷儿仨早上天不亮就到毛习普家上工,晚上才下工回棚,进出草棚两头黑,倪妈只听到他们声音,看不清他们的人。两个孩子身上皮破肉绽的惨相,倪妈根本就不晓得。牛牛和桂兰也从不在她面前诉一声苦,叫一声痛(也没机会诉苦叫痛)。

这一回见牛牛哭,倪妈不仅重擦,而且用破毛巾往他身上抽打。

永富气不过,点个草把,照给倪妈看。见牛牛身上都是血,问明情况后,倪妈又狠狠责怪永富不向她讲,她抱着牛牛哭了。

第二天,倪妈特地去毛习普家地头,见牛牛和桂兰正艰难地背着棉筐,从密集的棉禾里钻出来,抬着皮开肉绽遍处流血的胳膊,往大篓里倒棉花。倪妈的泪水唰地一下掉下来了。她叫着:"丫头,牛儿——"她走近了,摸摸桂兰胳膊,摸摸牛牛胸背,走了,走几步又回头,说,"伢子,好好给人家做事,记住小时候的苦!"

到捡三茬棉时,牛牛和桂兰的身体已经被打磨出来了,他们像穿了防护衣甲,不怕晒,不怕蹭剐了。

中午送饭给他俩吃的长工说:"伢子,如果渴了,可以就地摘西瓜解渴的。"

牛牛说:"毛太爷许我们吃吗?"

长工说:"只要不耽误捡棉花,吃西瓜他不会管。黄管家虽有些多管闲事,但天热,他很少到地里来。"

有了长工的交底,桂兰和牛牛心里有数了,他们每天一下地,就自己给自己加压。

桂兰说:"牛牛,上午热气少一点儿,也不太口渴,我俩快快摘,挤出时间来,下午吃西瓜。"

牛牛说:"姐,我也是这样想的,上午把所有大篓子都捡平口,下午多歇歇,吃西瓜解渴。"

华阳地区桐马大堤内外,处于长江北岸,气候温和,土地肥美,日照时间长,昼夜温差大,适宜粮食瓜果生长,出产的西瓜又大又甜,而且不用人工种植栽培。历史上不知是哪朝哪代发大水,把别处西瓜子冲到这儿来生根落户,其后生生不息,繁衍无穷,每到春天,宿年的瓜子就发芽生长,而锄草人又特地留着,待夏秋结瓜,供捡棉花人享用。

下午的太阳像火一样炙烤着,而满地里密不透风的棉禾又吸收着阳光的巨大热量,人劳动在其中,就像进了四五十度的火炕,灼热得喘气都困难。每当这时,所有篓子里的棉花都捡得差不多够量的牛牛和桂兰,就各摘几个大西瓜,抱到树荫下或棉禾深处,一个放屁股下当凳子坐,一个当饭吃或当水喝。当饭吃或当水喝的西瓜,须将它弄开。弄开也不是很容易,有时用牙咬,有时用手抠,咬抠都不行就用拳头捶,用脚踩,有时就像猴子吃硬壳的瓜果一样,举起来往地上磕砸。总之是一定要把它弄开,不能眼睁睁怀抱着甜美的西瓜,而把人活活饿死、渴死。

西瓜弄开后,发现没熟的或熟透变质的,就手抛掉,重新挑摘。他们将弄开的西瓜,或直接捧到嘴上大口咬,或放于膝上,用手抠着,大把地往嘴里送。

牛牛吃西瓜还不如猴子吃得利索,吃得文明,吃得能上大雅之堂!他往往一个瓜才吃到中间,腮帮、下巴、胳膊、肚子上就糊满瓜汁、瓜瓤、瓜子,吃多了,连兜胯的小裤衩都挤得下水。有时瓜吃完了,他索性抓着瓜皮,满头脸满胸背地乱擦一气,管他汁儿、瓤儿、子儿弄不弄到身上,他自己觉得凉快舒服就好。不经意间,一段时间过后,牛牛头上、身上的痱子、热疮、包儿、疖子都瘪了,消退了,桂兰也如法炮制,结果收到了同样效果。于是他俩晓得了:吃西瓜不光能饱肚子、解干渴,瓜皮还能消热疮、医包疖。

真是大米吃多了嫌质糙,塘鱼吃多了嫌味腥,猪肉吃多了嫌肥腻。牛牛西瓜吃多了,就"至今已觉不新鲜"了!但炎炎烈日下捡棉花,大量流汗,如不适时补充水分,势必会脱水、发痧、中暑,而在那广阔的棉地里,能就近、便捷补充水分的唯一途径就是吃西瓜！西瓜吃厌了，不想吃了怎么办呢？后来在牛牛的提议下，他俩只将西瓜抠个洞，将瓜瓤捏碎捏匀连同瓜子一起捞掉，单喝沥下的瓜汁。

桂兰说："牛牛，你从哪儿学来的呀，吃西瓜吃得这样，也不知要糟掉多少西瓜呢！"

牛牛说："姐，你怕糟掉，就把瓜汁挤给我一个人喝吧！"

桂兰说："就你聪明，我是呆子！"

牛牛把瓜洞抠得大大的，喝完瓜汁后，就把瓜皮往头上一叩，像花绿色的头盔，再扭一根粗长的棉禾秆，做操练刺杀状，然后又把禾秆插在地上，做立正姿势问桂兰："姐，你看我像八路军吗？"

桂兰说："就你那样瘦得一把筋，身上皮子都结了硬壳壳，还像八路军？人家八路军个个都高大雄壮、威风凛凛的，你像小日本鬼子！"

牛牛端着禾秆自操自练起来，嘴里刺啦刺啦地叫个不停，叫过后又倏地往地上一仰，一面装死，一面喊着："小日本鬼子死啰，小东洋鬼子被八路军打死啰！"

有一回，牛牛正在装死鬼子，不料黄世德突然蹿来了！

黄世德取下牛牛头上的瓜皮，往地上砸了个稀巴烂，说："看来你俩是专吃西瓜，不捡棉花了。"

牛牛一时语塞，桂兰沉着应对说："黄管家，话不能这样讲呢，我们不捡棉花，每天八大篓子都是你来捡的吗？"

听桂兰有力地反驳姓黄的，牛牛眨巴眨巴眼睛，也来了主意，说："黄大管家，你不是讲我们没捡棉花，你主要是反对我讲鬼子死了。因为你对鬼子好，人都讲你是汉奸！"

牛牛一下打中了黄世德的要害，黄世德脸色白了，他一步步向牛牛靠近，不知是要说什么还是要揪牛牛的耳朵，但见牛牛脖子僵僵的，做运气状，黄世德立即后退几步，指着他砸碎的瓜皮，放缓语气说："它能当帽子吗？遮得住太阳吗？"

牛牛见黄世德的语气和态度都和缓了不少，也趁势向黄世德提出要求说：

"黄管家,你晓得瓜皮遮不住太阳,那就给我和我姐一人买一顶草帽吧,你看我们皮子都晒焦了。"

桂兰也说:"黄管家,你就发发善心吧,你看我和我弟弟都晒出火了,鼻子天天淌血!"

黄世德推托说:"我没那权啊!"

牛牛"拎着尾巴烧干鱼——不舍不弃"地说:"你有权呢,人家都说你是毛府的大管家呢!"

黄世德挠挠头,认孬地说:"不怕你俩笑话,我号是很响,大管家的,被大家叫过来喊过去,其实我这个管家也就是'丫鬟管钥匙——当家做不了主'呢。"

在牛牛和桂兰的一再要求下,黄世德答应向毛习普请示,可是三伏过完到立秋了,两个孩子也没见一顶草帽。草帽没要到,倒是地头上又增加了两个装棉花的大篾篓子!

棉花捡到尾声,又转到收玉米上了。毛习普家种的玉米有三四亩。那年的玉米是毛根强带牛牛和桂兰收的。其他长工被分去拔棉花禾子、翻地种麦种油菜了。毛根强说牛牛和桂兰个子矮,背着箩筐掰玉米,既够不着,又走不动,没要他俩掰,只叫他俩把他掰的玉米往地头大筐里抬倒。

一天下午,一个拾荒的妇人来了,毛根强对牛牛和桂兰说:"你姐弟去地头看篮子,别叫玉米被人偷去了。"当再叫他俩回去时,就见毛根强的筐子是空的,而那妇人却驮一满筐走了。其后每回都这样,那妇人一来,毛根强就以这样那样的由头,把姐弟两个支开,等那妇人驮玉米棒走了,才把他俩叫回去。次数多了,形成条件反射了,妇人一来,姐弟俩就走,妇人一走,姐弟俩就回。

有一次不知怎么大意了,姐弟俩以为那妇人走了,没等根强叫就回来了,但见根强和妇人还在穿衣,姐弟俩急急退了回去。妇人走后,根强叫回姐弟俩,近乎乞求地说:"好伢子,我很可怜,三十多岁还没娶亲,你俩千万不要把刚才的事讲出去,更不能在毛太爷面前透风,那样他会不雇我,会把我吊起来往死里打的。"

牛牛遮掩说:"叔叔,刚才也没什么事呀!"

毛根强再次哀求说:"伢子,你别扯谎,我知道你俩刚才看见了,千万替我瞒得紧紧的,我明年正月,唱好戏给你俩看。"

那妇人家住下条子号,是个寡妇,人叫她杨二嫂,丈夫死于日本鬼子刺刀下。她原有一双儿女,但儿子不知是掉方塘里,还是被陌生人带走了,两岁半时突然无影无踪了。妇人先丧夫,后失子,一双眼睛哭得只剩几分亮了。

毛家玉米收完后,就是挖花生。毛家那年种了将近两亩花生,到九月中旬才开挖。九月上旬,有些长工就辞工回家了,剩下的毛根强和别的长工大都挖鱼塘去了,挖花生的事完全落到牛牛和桂兰身上了。

好在毛家的花生都种在江沙地上,土质非常松软,说是挖,其实就是往起拽拔,拔一双,摘一双,一双一双地清。身边放着个小篮子,人往前挨一步,篮子就跟着往前移一小截,就像捡棉花掰玉米棒一样,小篮子装满了,就往大篮子里倒。

九月间,暑气早已消尽,蓝天上白云飘荡,大雁南飞,地垄沟渠边野菊盛开,秋阳洒在地上,映着菊花,遍地流金。圩区广袤无遮拦,习习秋风吹到身上,人已颇感寒意。但被秋阳朗照的江岸沙地,却软松松、暖烘烘的。渐近傍晚,姐弟俩尽量用"缩骨法",矮化自己,使身体紧贴地面,最大限度地减少晚风对身体的吹拂,吸取沙土中散发的暖气。

在姐弟俩挖花生的时候,也有年龄相仿的孩子到毛家地里捡花生。他们拎着小篮,捉着小铲子,重翻姐弟两人挖过的畦垄。大半天掏出一颗花生来,就像寻宝人从乱石中挖出一颗蓝宝石一样欢喜得什么似的。每每这时,姐弟俩望望毛府屋后没人,就给他们装满一小筐,让他们快走。

有五六个这样的孩子每天轮着来,每次不超过两个。他们约定,来时只躲在套沟里,干咳三声,姐弟俩就把花生送过去,他们不得和姐弟俩明里接触,以免被毛家人看见。得了花生的孩子,年纪比他俩小的,就叫一声哥哥、姐姐,年纪大的,叫一声弟弟、妹妹,而后感激涕零地匆匆离去。有的走一小截路,还回过头来,摆摆手,说声"多谢"!这时姐弟俩就说:"快点儿走吧,我们是一样的人。"

一季花生挖下来,拣净晒干后,比上年少了不少。黄世德说:"同样亩数,花生比去年减少一百九十多斤。"毛根强也若有所思,自言自语地说:"今年雨水调和,按理花生应比去年多收才是,怎么反而减产了呢?"

牛牛靠近毛根强,轻轻撞撞他的膀子,又眨眨眼说:"今年玉米怕是也比去年减产了呢!"

毛根强是个极精明的人,他略略咀嚼一下牛牛的话,虽具体不知道少的花生哪儿去了,但他明白其中必有文章。他贴着牛牛耳朵,轻声问牛牛是不是弄回家了,牛牛只笑了笑。

毛根强于是马上改口说:"今年雨水可能下多了点儿,花生尽是气壳大水籽,不打秤,减产不足为奇。"

黄世德听毛根强如是说,只嘟囔了一句"大概是"的话,其他也就没讲什么了。他知道,如不顺水推舟,继续深究,惹恼牛牛,牛牛那一头撞,无论如何是他难以经受的。

三十六

第三年,桂兰和牛牛在毛习普家做工,又一直做到腊月才回家。甚至桂兰比牛牛回家更迟些。

一是有三个蒙面人警告在先,二是桂兰和牛牛都实诚,他们除了给穷孩子一些花生,没将杨二嫂弄走玉米棒子的事讲出来外,没有干过一件对不起毛习普家的事,因此毛习普信任他们,没有虐待过他们。黄世德因为领教过牛牛那一头撞的功夫,也不敢给他们两个出难为账,一般长工更是对姐弟俩爱护有加。但是,毛习普的大老婆钱氏,不知揣着什么心,总是对两个孩子做的事横挑鼻子竖挑眼的。钱氏有时怕遭谴责,不敢明目张胆地为难,就对姐弟俩"阎王打小鬼——暗下神力"。

后两年中,夏秋两季姐弟俩捡那么多棉花,连毛习普都佩服,但大奶奶钱氏却说姐弟俩捡慢了,捡得不干净,晚上两人掐棉花的数量跟大长工们是一样的,但她仍然说姐弟俩掐得少,没掐干净等等,反正姐弟俩做得再好,她都要挑剔。

要是真有什么事被她挑出毛病来了,她不仅骂,罚了重做,甚至还动手打。

毛大奶奶有个习惯,那就是每年暑季的晚上,除非刮风下雨,不然,都不在自己房里睡觉,要到院子里纳凉。而且还要毛习普和另三位姨太太陪着,直到半夜凉快的时候,才回到自己房里去。

纳凉就纳凉呗,还要熏蚊子。熏蚊子就熏蚊子呗,按说就是买上大捆蚊香,堆在院子里就像农家烧火粪一样,也耗损不掉他们家九牛一毛。可她偏不要蚊香,说蚊香虽然方便,但没有青蒿蓼草自然清香,偏偏要驱使牛牛和桂兰每天傍晚为她砍蒿子、拔蓼子熏蚊虫。可怜姐弟俩每天在地里做事,已经被炙烤得像炸干了水分的茄子,蔫巴得不能再蔫巴了,每晚回来,热得硬撑着吃一点儿饭,不洗不抹,汗渍渍的,少不得还要拎绳子拿刀出去砍熏料。

砍回熏料后,接着还要把熏料扎成草把人。草把人要用干棉壳、干牛粪、玉米芯等装在颅腔、胸腹内。草把人的胸腔、腹腔、颅腔要大大宽宽的,这样芯料才装得多,芯料装得多熏的时间就长,熏的力度就大,对蚊子的杀伤力就强。这样的草把人一共要扎五个,个个高矮、大小、胖瘦都要与真人相仿。

草把人扎好后,姐弟俩又将五张竹榻抬到院内,洗抹干净。再把草把人抬到竹榻前安置稳妥,待毛氏五口各就各榻后,由姐弟俩点燃草把人胯下拖出来的油纸捻引子。引子烧到草人内部装的芯料时,姐弟俩又拿上芭蕉扇,依次为毛氏五口轮流打扇。有时风有些大,把烟吹得偏离了钱氏的竹榻,钱氏就骂桂兰和牛牛是饭桶,屁用没有!

比起热天熏蚊子,冬天磨淀粉做腊水粑对桂兰和牛牛来说更难。那时候,上下毛家墩的富裕人家都有吃腊水粑的习惯,而毛习普又好之更甚。和其他人家一样,他们家也从十月就开始,将春熟的糯米、高粱米等黏性大的谷物,放入缸里用清水浸渍。十一月上旬,即按浸渍的先后顺序,依次捞起谷物,用清水漂洗,涤除馊臭味,然后倒入容器中,按比例加入适量清水,碾磨成淀粉。淀粉磨好后,再沥水、摊晒,晒干后,装袋待用。在这中间,瞅着天下雪时,还要把大量洁白干净的雪,备到已经空出的缸里,让其化水留待浸粑。

十一月二十前后,开始做粑、蒸粑了。粑蒸好出笼冷却后,就及时放入早就储了雪水的大缸里浸渍。做粑、蒸粑、浸粑的流程,每天要重复多次,直到腊月二十前后,把最后一块粑放入雪水缸里,才算告一段落。

因为毛府长工在收完秋季、种下午季后,除留一个冬管人员外,都回家了,所以从浸渍粑料到磨淀粉,从晒淀粉到做粑、蒸粑、取粑下缸,中间所有大小、难易事都是桂兰、牛牛姐弟承担的,而他俩感到最难胜任的就是磨淀粉这个环节。

寒冷的早晨冷风刺骨,冰凌扎脚,牛牛和桂兰姐弟就来到毛府,做完包括给毛习普倒尿壶,给四位太太倒、浣马桶诸杂事之后才吃饭,把锅、碗洗刷完毕后就匆匆进入磨坊,一进了磨坊,除畚米、加水、沥淀粉、中晚吃饭外,其余时间,磨档就像长在胳膊上卸不下来了。

牛牛和桂兰光着脚,把着磨档不放松的手,冻得红里泛紫,肿得像蒸熟的馒头,一摁一个凹,晚上焐热了,像鳖咬了一样疼痛。牛牛和桂兰个子矮、胳膊短,为了推磨,只好随着磨盘转动,而两脚跟着前后移动,不这样,磨子就推不转,磨不出粉;达不到一天的出粉量,就要做到深夜。

钱氏见桂兰和牛牛磨的效率不高,拉长着脸说:"不能磨快点儿吗?像两头懒驴,磨到三十晚上过大年也磨不完!"钱氏边骂边用拐栗子往桂兰和牛牛头上擂。除非钱氏不到磨坊来,只要她一来,不管两个孩子磨盘推得是快是慢,她那样的话,那样的举动,就总要一成不变地上演着。

"哗啦!"有一回,钱氏磕过桂兰拐栗子,又要来磕牛牛时,突然拴在柁梁上的磨档绳子断了。当时姐弟俩正把磨盘往前推着,冷不防磨档掉下,姐弟俩随之同时趴倒。牛牛胸脯压在磨档上,痛得不能出气;桂兰撞到接淀粉的大盆沿上,右眼角当即撞破出血。钱氏虽然当时愣住了,但很快就露出本性,落井下石地往两人屁股上各兜一脚,还骂他俩把她家饭吃糟了。

桂兰和牛牛忍着疼痛爬起来,钱氏已朝自己的房间那边走去。望着钱氏那可恶的背影,桂兰和牛牛怒不可遏。

"哼,早晚给你点儿厉害!"桂兰鼻子里哼哼着!

次年,毛习普另雇了两个小童工。后来据毛根强说,那两个小童工的遭遇跟桂兰和牛牛一样惨。牛牛和桂兰前两年半的时间里所做的事,都由那两个小童工全盘接手了,只有热天不做熏蚊子的事了。至于为什么把熏蚊子的事废了,还得从毛习普和他的太太们第三年伏天纳凉受了极大惊吓说起呢。

那年伏天,桂兰和牛牛就不做熏蚊子的事了。这里只说废除熏蚊子的原因:那年伏天的一个傍晚,牛牛和桂兰正在把砍回的蒿蓼扎成草把人时,突然看见院角的一铺枯麦秆草,像长了脚似的贴着地面走起来!这倒怪了,姐弟俩好奇地跑到跟前瞧,透过麦秆草的缝隙,终于看明白了——草下有几只大癞蛤蟆,是蛤蟆驮着草爬动!这下可激发牛牛的灵感了。

牛牛说:"姐,我有了!"牛牛拉着桂兰就跑。桂兰问他去哪儿,牛牛凑近桂兰耳边,如此这般说了一通,桂兰笑了。一番忙碌后,五个草人扎好了,点燃了。

毛习普和他的太太们都躺在各自的竹榻上纳凉,桂兰和牛牛也跟平时一样,挥着汗水为他们挨个打扇。扇着扇着,毛习普侧过身,对着草人突然大叫起来:"咦,草人怎么在动啊!"

三位姨太只当没听见,仍旧睡着。

钱氏一面享受着桂兰扇的凉风,一面漫不经心地搭腔说:"就鬼扯,草人怎动啊?风吹的吧,别讲着吓人!"

牛牛和桂兰却趁机撂下扇子,闪到一边,惊慌失措地大声嚷嚷开了:"哟,草人真的活了,在甩胳膊呢!"

"是哟,草人扭脖子了!"

"哎哟,敢是闹鬼吧,草人怎么动了呀!"

经桂兰和牛牛一嘶嚷、一渲染,毛习普和太太们都吓得坐起来。他们见自己竹榻前的草人不仅都在摇头、抖胳膊、扭身躯,胸腹内还发出叽叽咕咕怪声怪气的鸣叫。毛习普和太太们热天熏蚊子纳凉也很有些年了,但眼前的怪异现象从来没出现过。他们也都说院中出鬼了,是鬼魂附在草人身上,把草人遣动了。

太太们吓得魂不附体,争着往毛习普床边贴。毛习普哪里还顾得了他的太太们,他溜下竹榻,拎着短裤,连踏鞋也没穿,就往自家卧房跑!见毛习普跑了,几个太太也恨不得拽着毛习普跟在后面。

自那以后,毛习普和太太们再也没提出过要到院子里去纳凉了,而桂兰和牛牛也没去给他们砍蒿草、扎草人、搬凉床、摇芭叶扇了!

其实哪是草人活了出鬼了呀,是牛牛和桂兰把从墙角古砖里扒出的许多胖大癞蛤蟆扎进草人的胸腹中,草人腹中的熏料引着后,癞蛤蟆被烟火熏呛热烫了,发出躁动和怪叫。

毛习普和太太们进房后,桂兰和牛牛火速跑出来打开五个草把人的胸腹,及时放出困在草把人内腔里正在烟火熏烫中苦苦挣扎的那些胖大癞蛤蟆。在解救最后一只癞蛤蟆时,牛牛捧着它,亲昵而又无限感慨地说:"癞蛤蟆大姑姑啊,你的一个前辈,曾经和赤练蛇一起,自投汤锅,牺牲自己,为我们熬了一锅龙虎汤。今儿,你们这一拨后辈,在毛习普可能不会再出来纳凉、废掉熏蚊子这两件事上,为我们帮了大忙,立了大功啊!"牛牛双手捧着那大癞蛤蟆,把它放到草丛中,想想又说,"去吧,以后用得着的时候,再请你们披褂(挂)上秤(阵)!"

可惜牛牛和桂兰促成毛习普和他的太太们放弃热天纳凉熏蚊子的奇闻,他们的后任者、续雇的两个小童工一点儿也不晓得,他们要是晓得在热天,他们不用为毛习普砍草熏蚊子的原因,会对牛牛和桂兰感激涕零的!

第四年姐弟俩被毛习普辞退了。但上一年牛牛和桂兰姐弟俩给毛习普家蒸完腊水粑后,又掐棉花掐到腊月十八才结束。那位光头爷爷,在结束前半个月,又到毛府和永富爷儿仨见面了。

三十七

见到了许久都未见到的爷爷,牛牛和桂兰感到非常亲切。自然和以前一样,永富爷儿仨仍帮爷爷掐棉花。

虽然将近一年没见了,但那爷爷一点儿没变样:光头秃顶,扁平的鼻梁上依旧架着墨镜,墨镜大大的、黑黑的,眼睛及其四周都被遮住了,一点儿也看不清,给人以神秘莫测之感。

牛牛还对爷爷掐棉花指指点点,挑挑剔剔。老爷爷这回变得像和姐弟俩合得来些似的,不管他俩,尤其是牛牛怎么啰唆、怎么袭扰,他都不嫌弃、不厌烦,有时还主动找牛牛说话。

"牛牛,你看我很像爷爷吗?"爷爷带笑地问。

"什么像啊,你本来就是爷爷嘛。"牛牛凑近爷爷的脸说。

"是吗?"爷爷仍沁头掐棉花,微带笑意地说。

"不是吗？凭我的经验,你不光是老爷爷,还是有学问的老爷爷呢。"牛牛跷起拇指。

桂兰补充说:"有学问的爷爷,头上都是光光的、秃秃的,还戴眼镜。"听到姐弟俩的赞美,老爷爷笑得合不拢嘴。

不知怎的,上回帮那爷爷掐棉花时,跟他们大大永富一样,桂兰和牛牛也觉得在哪见过他,听到他刚才的笑声,他俩更觉得和他似曾相识了。眼镜上方的眉毛,眼角上的鱼尾纹,嘴巴、鼻子都像是他们记忆中的一个人,唯独眼睛被墨镜隔在后面,让人看不清他的真面目。牛牛很想叫他把墨镜取下来,让他俩看看,但始终不好开口。

那是腊月十二的晚上。和往常一样,老爷爷在上灯前就到库房来了。牛牛和桂兰也和往日一样,挨在爷爷身边掐棉花,同时找话跟他说。但说着说着,老爷爷就不和他俩搭话了。

牛牛侧眼望望,才知爷爷打瞌睡了。牛牛觉得机会来了,他故意往前一趴,顺手拽下爷爷天天晚上戴着不离的眼镜。

老爷爷被撞醒了,惊讶地四顾着。

见到老爷爷的全貌了,姐弟俩惊讶得同时叫起来:"岳西奶奶!"

"岳西奶奶,怎么是你呀?"桂兰把墨镜捡起来递给她。

牛牛拉着她的手说:"奶奶,我们一直都把你当老爷爷,你怎么都不跟我们讲真话啊!"

岳西奶奶一味哈哈地笑。

牛牛大永富丈二和尚摸不着头脑,呆呆地望着牛牛,又呆呆地望着岳西奶奶,后听桂兰把经过讲清了,永富也笑了。看清了岳西奶奶全貌后,永富更觉得和她似曾相识。

桂兰想想仍有些别扭,她嗔怪地说:"你老人家也真是的,本是好好的奶奶,偏把头发剃了,要做老爷爷,变来变去的,搞得我们天天见面都不认得!"

牛牛也语气怪怪地说:"你怎么就不讲一声,你就是岳西奶奶呢？难不成你怕我们晓得你的真身风(份)吗?"

岳西奶奶急口分辩说:"伢子,你俩想想吧,好好的一头青发,一天之内就没有了,由老奶奶变成老爷爷了,说出来不让人笑话吗? 我不是不跟你俩说,我是想等头发长起来,你俩见了,不就自然晓得了吗?"

牛牛傻乎乎地问她是不是嫌头发难梳,把它剃了。岳西奶奶叹口气,说她自前年那天傍晚从牛牛家棚前走后,就一直在人家牛棚里歇,惹了一头虱子。

桂兰颇有同感地说:"啊哟哟,头上生虱子可就痒得钻心了!"

岳西奶奶说:"可不是嘛,我讨饭,讨到哪挠到哪,头皮都挠烂了,可虱子越挠越多,头上的虱子就像白芝麻样,钳也钳不掉,晚上袭得人都没法睡,后来只好把头发剃光了。"

永富说:"剃光好啊,剃掉头发,虱子就叮不住了。"

桂兰问岳西奶奶以后会不会把头发再养起来,岳西奶奶说:"养的,女人不养头发不像话。"

桂兰说:"奶奶头发是该养起来的,不养起来,人家真以为你是老爷爷呢。"

"就是的嘛!"岳西奶奶说,"那样会给生活带来许多不便的。譬如吧,跟老奶奶在一起,人家会把你当老爷爷,事事都避着你,晚上不带你一床困,把你推到爷爷那边去。和爷爷们在一起,那就更糟了,人家脱衣洗澡,扯裤子屙尿,都不回避你,这成什么话了!"岳西奶奶说着自己也笑起来。

那年腊月十八,桂兰和牛牛就离开毛习普家了。从那天起,又有很长时间都没见岳西奶奶了,永富一家大小,尤其是牛牛和桂兰,总是惦记着忘不了她,念叨着不知她头发长起来没有。

牛牛和桂兰从毛习普那边回家后,除了清除棚边杂草、捡柴、挖野菜外,也没到外面找事做了。腊月二十一傍晚,永富给了牛牛两样东西,牛牛仔细端详着,把玩着,问那是什么。永富分别指着对牛牛说:"这个是老鼠弓,这个是老鼠夹子。这两样都是用来捕老鼠的。"

是的,大大的话提醒了牛牛,他觉得草棚里老鼠再不被剿灭,就要成精了。

其实棚里老鼠在永富从条子号搬到大园不久就有了。只是现在牛牛大大把灭老鼠作为专项提出来,牛牛才真正意识到和重视起来,才真正觉得棚里老鼠越来越多,越来越不像话。且不说暮色刚刚降临,它们就飞檐走壁、上蹿下跳,也不说通宵达旦窸窸窣窣、啮物打闹,干扰人的睡眠,就是大白天家里有人,它们也三个一伙、四个一帮地进出门户,盗粮偷盐,根本就没有把人放在眼里的意思。

去毛习普家当童工前,牛牛也曾起过要和老鼠干一仗的念头,但想起义堂讲过的日本人在中国用老鼠做细菌试验,自己亲眼见过老鼠携儿女搬家的事,牛牛就不忍心去捕杀老鼠了。

然而,从毛习普家回来后,许多深受鼠害的亲身经历,使原来老鼠在牛牛心目中的好印象被彻底颠覆了,改写了!在那当儿,老鼠们对牛牛他们不仅有过多的危害,不仅抢吃他们家的多半是人家出于同情给予的那点儿食盐,盗吃他们本来就难以填饱肚子的粗粮,咬烂他们本来就难以蔽体的衣物,干扰他们大大、妈妈本来就少得可怜的睡眠,更发展到在他们头上拉屎拉尿,啃咬他们的身体,直接对他们进行人身伤害了。在那前后,隔几天晚上,睡得好好的六丫哭了:"妈,我耳朵痛。"点灯一看,老鼠从六丫脸上爬走了,六丫耳垂被咬破了,血滴滴的。隔几天晚上,睡得呼呼的牛牛大大突然喊:"他妈,你快点灯。"牛牛妈点灯一瞧,一只大老鼠被紧紧捏在牛牛大大手心里,拿到灯边一看,手被老鼠咬破了。再隔几天,牛牛妈又叫了:"他大,你快点灯,老鼠把脚咬了……"

牛牛一共被老鼠咬过三次,第二次咬得最厉害。那时牛牛手起水痘,腥臭气很浓,老鼠对他也就特别青睐。那天晚上,牛牛似睡非睡的,忽然手心痒痒,他断定又是老鼠在舔舐水痘上的腥水。蒙眬中牛牛五指一握,捉住老鼠的后半身。老鼠悄悄地掉头一口,咬住了他的内关。牛牛一声"哎哟",他大永富被惊醒了:"牛儿,你怎么了?"

"大,老鼠又把我手咬了,我捉到老鼠了,很大的!"

"牛儿,快放掉!我点灯。"

"大,咬便咬了,我放掉,就被它白咬了,你快点灯。"

灯光下,那老鼠仍然咬着牛牛的手。永富用剪刀夹断老鼠头,早起一过秤,那老鼠有四两重!

牛牛对老鼠越想越怄。牛牛取下挂在铺头上的老算盘,胡乱摇响拨弄着说:"老鼠呀老鼠,是到了和你们算账的时候了,新账老账一起算,连那些小伢子讲我脏话的账,都要记到你们头上,算总账!"牛牛表达决心后把老算盘哗啦啦猛摇一阵,再郑重挂回原处,望着桂兰、六丫笑。

桂兰说:"老鼠欠我们的账是算不清的,入冬后有些大老鼠都死了!"

牛牛说:"那些鼠大、鼠妈死了,还有鼠儿、鼠孙呢,父债子还呢!"

牛牛终于开始行动了,他大大给他的鼠弓、鼠夹全派上了用场。

那是腊月二十二日下午,牛牛正在往弓、夹上穿诱饵,春来到了。春来那年给上条子号姓苏的人家放牛,除了冬至前几天,在苏家把老牛卖掉后、壮牛买回前,经苏老板同意,春来回来看尹伯、倪妈,给牛牛、桂兰出主意惩治毛大奶奶钱氏,在大园住了几天外,其余时间没来过。尽管大家彼此都非常牵挂,但都在给人当童工,没有自己能支配的时间。

春来的那个苏老板,是个比较有善心的人,他考虑春来在他家干一年了,过年前,给他一点儿时间,让他去他姐姐家跟母亲团聚一阵子。但春来看望他妈赵姨后,吃过中饭,赵姨就叫他来看望牛牛大、妈了。

"弟弟,你在干什么呢?"春来一边问,一边走近牛牛,将他抱住。牛牛虽很激动,但他偏偏噘着嘴说:"都年把年了,就冬至前来住几天,平时都不来,你是不想我了!"春来并没解释为何没常来,只是一个劲叫弟弟。

"你还走吗?"牛牛问。

"弟弟,你愿意我在这里吗?"

牛牛抱住春来,不住地点头。

"啊,弟弟,你这两样器械都是灭老鼠的吧?我也会用呢!"牛牛很觉意外,春来正要告诉他自己灭鼠的故事,永富和倪妈回来了。

永富夫妇听了春来讲苏老板给他放假的事,说:"伢子,既然到出元宵节才回苏老板家去,这中间的时间就在我这儿过了。"

春来自然是巴不得的,可他又吭哧说:"尹伯伯、倪妈妈,我……什么……也……也没带……"

倪妈说:"不要带东西的,我昨天向人家讨了几件破衣,今天正好洗了,你晚上洗澡就把它换了。就十几二十天,不要带换洗衣的。"

倪妈误解了春来的话，牛牛抢着说："妈，春来不是说没带换洗衣，我猜他是说没带粮食。"

春来见牛牛把他的心里话明白说出来了，于是依在倪妈身边说："倪妈妈，我就是弟弟讲的那意思，光吃你的，我……"

倪妈说："你这小伢，你不好意思吃我的是吧？"春来点点头。

倪妈说："你年纪小小的，想法还怪多的。你要不在我家过年，就回苏老板家去，横竖我家过年跟平时一样，也没东西吃。"

春来拉着倪妈的手，望着她，不说话。

永富说："春来伢子，还是去苏老板家吧。苏老板家虽比不上毛习普家大鱼大肉、花天酒地，可大米饭还是有的吃的。去他家过年吧，伢子。"

春来又扑到永富怀里，好一会儿才仰面说："伯伯，我要在你这儿过年，我要跟你和倪妈，还有牛牛弟、桂兰姐在一起。我不想大米饭吃！"

倪妈把春来拽到自己怀里，说："伢子，我没有要推你走的意思，我是不忍心你和我们在一起过大苦年！"

永富又把春来拉到自己身边，问他会不会用弓、夹子捕老鼠？春来喜出望外，说："伯伯，我会！我来时就见弟弟往弓、夹上穿诱饵，我会捉老鼠。"

永富说："那好，伢子，我们捉老鼠。我们过年没鱼吃，没有猪肉吃，我们吃老鼠肉！"

刚要打瞌睡的牛牛，蒙眬中听到过年吃老鼠肉，一下子清醒过来。捡柴回来的桂兰听到过年吃老鼠肉，也不免欣欣然起来。须知，那时肉对穷人来说，尤其是对永富家来说，像山珍海味一样啊，永富家是常年看不到耳挖大一小块肉的。

于是，从那天晚上起，一场以春来、牛牛为主，桂兰为辅，牛牛大、妈通力协助的轰轰烈烈又神神秘秘的灭杀老鼠、过年吃老鼠肉的活动，在永富家草棚内外全面展开了。当晚，四张弓、五个夹子一共捕得大小老鼠二十五只，剥掉皮，净肉五斤三两！初战告捷，对他们全家无疑是莫大鼓舞！

为了多捕老鼠，过年多吃老鼠肉，次日，牛牛大又赶制了二十多张弓、七个竹夹，除了在棚内放置，还在草棚周边十多米外投放。此外，他们还在铁丝钩上穿饵料钓鼠,往桶瓮中放饵食诱鼠,挖口小底大的陷阱捕鼠,等等。由于形式多样、方法得当,捕杀的老鼠不计其数,以致选择供过年吃的菜鼠,一般重量都是二两以上的!

不过十天,光晾干的鼠肉三斤一挂的就有八大挂,挂挂都是那么肥腻腻、红通通、油滴滴、香喷喷的,让人看了就馋得要滴口水。

一天,毛习普见了,绕着大挂的老鼠肉,看了又看,闻了又闻,鼻子吸了又吸,说:"永富啊,这些老鼠可都是吃了我地里的粮食才长这么肥的呢,现在全被你们捕了,你说该怎么谢我吧?"春来和牛牛待要爆发,永富把他俩隔到身后,说:"毛老爷,你要吃的话,就送你两挂过年喝小酒。"永富说着就从架上往下取,毛习普立即阻止说:"不不,快别取,我是说着玩的,你别当真,留着给你伢子过年吃。"

那一年是老鼠肉让永富一家过上了大肥年,是老鼠肉让他的孩子们年三十晚吃上了难得的丰盛大餐!

三十八

出元宵节后,赵春来怀着恋恋不舍的心情,告别了永富夫妇、桂兰和牛牛,又到苏家放牛去了。

上年腊月,毛习普辞退桂兰和牛牛,虽是出于什么安保原因,但与牛牛身上出了水痘也不无关系。毛习普另雇的童工不太会做事,所以新的一年他又把桂兰雇去,给那两个孩子当临时带班的。

桂兰过去后,家里烧柴、吃菜,就只有靠牛牛一人去捡、去挖了。牛牛去哪儿,就把六丫带到哪儿,把草棚的门锁起来。约莫捡够一天烧的柴、挖够一天吃的菜,牛牛就回来了,因为时间长了牛牛受不住,他身上的水痘有向疥疮发展的趋势了。

上年腊月和本年正月头几天,可能注意力都集中在和春来捕杀老鼠上,虽然身上的黄水痘已很多很痒很难受了,但牛牛尚不把它当作一种生活中的烦恼。春来在处理完每天捕杀的老鼠后,顶多也就是问牛牛几句,帮他挠挠痒,揩揩水痘渗出的腥臭黄水。而他们大大、妈妈及桂兰就更不拿它当回事了。他们基本的看法就是:癣疥之疾,无伤大体,不足为忧。

时间进入二月上旬,天气渐渐暖和了,阡陌上东一株西一株的杨柳渐渐绽放出鹅黄翠绿了。不知不觉间,牛牛身上的水痘随着天气转暖发得更多。大约惊蛰过后,仿佛一夜之间,牛牛感觉坚持不住了,他身上那些红色的斑点越来越多,开始像桑葚,像痱子,渐渐地不断发展成真正的疥疮。疥疮大小不等,有小如一枚铜钱的,有大如一块银圆的,外表结着厚厚的硬壳,硬壳里面灌满了脓血。一按,脓血就像从装潢师傅喷胶枪中挤出的白色或红黄色的胶糊。像这样大小不等、灌满脓血的疥疮,越生越多,一个挨一个,一片连一片,一圈套一圈,像鸡笼里风干的鸡屎,像鳄鱼背上的瘤包,占住了牛牛全身的每一块皮肤,连肚脐、肛门周围都挤得满满扎扎!

"妈,我身上痒得慌。"夜里,牛牛身上煸热了,痒不过,叫着。

倪妈说:"牛儿,生疮就是痒,你自己抓抓吧。"

牛牛知道妈给人上门做针线活很辛苦,所以也不嚷嚷,也不叫了,只无奈地自个儿小声吭哧着。

牛牛想念五丫了,五丫要活着会给他挠痒的,牛牛很伤心。

现在,牛牛唯一的止痒方法,就是自己用手挠了。他往往一轮没挠过来,指甲里就被脓血灌满了。

在疥疮发作得遍身都是时,他就无处下手、无法下手了,痒起来只能用热水泡烫,而泡烫时,又只能用破布片蘸热水,往疮上淋浇或敷焐,一处痒止了,再换一处。后来,疥疮都结了厚实的疮痂,水的热气渗不到里面去,再怎么焐也不止痒,就只有再改用手挠了。可一挠,疮痂就被挠翻过来。翻过一个疮痂,就现出一个肉坑,有的白渣渣、脓鼓鼓的,有的红艳艳、血淋淋的,有的夹脓夹血,透出腥臭气味。牛牛没法挠了,挠得疼痛架不住了。为了止痒,就用巴掌打,哪处痒就打哪处,掐哪处,揪哪处,用揪、掐、打疥疮周围的皮肉所产生的疼痛感,掩盖痒的感觉。

多数时候,身上某个疥疮开始发痒,牛牛总是以最大的韧劲极力克制着,忍耐着,不采取任何措施,有时实在无法抗拒,就用手轻轻地摸,不到万不得已,是决不能挠痒的。因为你把一处的痒挠止了,它周边又必然会跟着痒,你去挠周边的,周边的周边又痒了,接着就产生多米诺骨牌效应,乃至全身都不可抑止地同时痒起来。弄得你像孙猴子掉到蚂蚁窝里,挠前顾不了后,挠上顾不了下,挠手顾不了脚,挠脸顾不了腚。到那时,即使你身有百手,手有百指,也是左支右绌,顾此失彼,无法在同一时间把全身的痒平抑镇压下去的。

再后来,全身疥疮都坐大了,抓、挠也罢,揪、掐、摁、压也罢,热水浇烫也罢,统统无效了。这时,如果把疥疮的奇痒比作猛兽,那么牛牛就是被那猛兽扑倒和压制在身下的小孩。开始,小孩还使出浑身解数,企图运用各种手段来拯救自己,当他自知在猛兽面前无计可施、无能为力时,只好放弃挣扎,闭上眼睛,任猛兽撕咬啃啮肉体了。牛牛再也不去做抓、挠等止痒的尝试了,他就那样躺着,让痒这头猛兽折磨他、摧残他、吞噬他,他连一点儿呻吟声也不出!忍得厉害时他晕了过去,像死了一样。

一天早上,下毛家墩的毛七奶奶来了。她来的时候,倪妈做上门活还没出棚。七奶奶一手拄着丁字头的拐杖,一手向倪妈递去一个小茶碗,然后坐到凉床上了。

七奶奶望着靠在铺上神情木然的牛牛,说:"倪妈呀,你看看你家牛牛,一身的烂疮,可怜把伢害得那个样子,吃没的吃,照顾没人照顾,素油荤油沾不到一滴,怎的受得住啊!"

七奶奶说罢,就到铺边,往牛牛身上摸摸按按,说:"唉,伢子,一场磨难啊!"奶奶又指着那小茶碗,对倪妈说,"那点儿猪油,是我女儿带给我的。你每顿挑一点儿放糊里拌拌,给牛牛吃。唉,有伢子不晓得惜,你看毛习普,想伢子想得猴哼哪!"

倪妈望着茶碗里的猪油,噙着泪,一句话没说。

七奶奶撑着丁字头拐杖,继续说:"伢子害疮脓血淌多了,馋得很,吃点儿荤油润润心,明儿疮好了,疮痂痂会落得快些。"七奶奶没有理会倪妈推辞和客套的话,丢下茶碗,挂着丁字头拐杖走了。

倪妈把猪油拌糊给牛牛吃了,可是半杯水浇不灭连片的大火,牛牛身上的疥疮仍然在蔓延着、发展着,苦得他坐不能坐,躺不能躺,仰着后背痛,趴下胸腹痛,扭头颈子痛,抬手胳膊痛,移步腿脚痛。他唯一存身的办法就是站着,腿站酸了,脚站痛了,就撑着东西,俯倾着上身,使重心前移一点儿,让腿脚松会儿劲。牛牛成了不能自由活动的机器人了!

那些天里,白天,牛牛只能光赤条条地龟缩在棚里,衣裤不能沾身,晚上也不能盖被。因为一穿衣盖被,疥疮淌出的黄水、脓血就把衣被粘住了。粘住容易,可是揭去、脱下,就跟把皮肉从身上撕剥下来一样疼痛了!所以在那些日子里,桂兰一从毛府下工回家,第一件事就是点锅烧水。烧水除了洗抹外,就是掏火。那当儿草棚里所有破火球、破火钵、破锅、破罐,甚至毛府墙外的破瓦片都被捡回来,作为盛火器具了!一切装了火的器具,都摆放在草棚内的过道上、地铺边,借以提高棚里温度,使白天不能穿衣、晚上不能盖被的牛牛不致太冷了。

这天傍晚,桂兰回来较早。她把一个掏好火的火球放在牛牛身边。牛牛撑着腰腿,慢慢蹲下,两只小腿夹着火球,往自己胯腿边移靠。他发现火球离胯裆越近越舒服。其后,疮痂痂里头痒,抓不着,牛牛就用火球贴近痒处烫。用热烫来止痒,效果确实比以前用的那些方法要好多少倍!

后来又发现,烧烫止痒法,虽能有效止痒,但它又有很大的局限性。手指头、脚指头这些身体少数突出的地方痒起来,贴近或放入火球火钵里烧烤都行,但是其他部分,如两腿、两臂、胸腹、后背等,如何拎放到火球火钵里烧烤啊?牛牛也曾仰着趴着,要桂兰把火球拎着,用底部在他胸腹或后背上移动炙烫,但效果并不佳。而且桂兰在家时间少,她不在家时,六丫做不了这事,牛牛自己又没法独立去做,这样,痒起来还是束手无策了。

这会儿牛牛后背又痒起来了,他只有干哼哼,别的什么法子也没有。桂兰正在烧水,他让桂兰把火直接撅到他背上烧,桂兰骂他是不是不要命了。牛牛正要再次央求,突然眼睛瞟到了壁上挂的烙铁。有了!牛牛眼前霍然一亮,说:"姐,我有办法了!"他让桂兰立即帮他取下他妈给人熨衣的烙铁,放到火球里炙烧,他要用烙铁来熨烫疥疮,真是久病成良医呢!

桂兰从火中提出烧烫得不能沾手的烙铁,说:"牛牛,要我给你烫吗?"

牛牛说:"姐,你不晓得我哪儿痒,我自己来。"牛牛根据自己的需要,像妈妈给客户熨烫衣服似的,用烧红的烙铁在自己身上随意移动烙烫起来。自那以后,桂兰每天早上都给牛牛多掏一火钵火,从早到晚,烙铁都插在那里,牛牛身上哪处发痒,就取出烙铁来烙烫。炽热的烙铁烙烫到哪儿,哪儿就迸发出噼里啪啦的阵阵炸响,冒着青色烟气,散发出焦烘烘的人肉气味,焦煳中更带有浓烈的芳香。

那天中午,桂兰没回来烧锅,六丫肯定是饿了,正往嘴里塞着什么嚼,牛牛问:"你在吃什么呀?"

六丫到铺边,向牛牛递过去一样东西,说:"吃这个,咸津津的、香香的,很好吃,你也吃一个吧。"

牛牛从六丫手上拈一个放进嘴里,嚼了嚼,觉得味道不错,吞下去,又向六丫要了一个,正要放进嘴里,又放下来就着光细看了一下,哟,这不就是他身上抠下的疮痂吗?牛牛向六丫瞪一眼,说:"快丢掉,不能吃!"

这天,桂兰下工回来,见牛牛又往背上熨烙铁,说:"行吗,牛牛?不行我来帮你烙。"

牛牛说:"姐,我行,烙铁就是我伸长的手,哪儿痒就往哪儿伸。姐,烙铁烫痒,第一就是好得快,只要身上哪儿痒爆发了,烙铁一提就行,比救火车还及时呢。"

桂兰笑着说:"就你会打比方,救火车是什么样儿都没见过,就用上了。"

牛牛说:"没见过,听人讲过的呢。"

桂兰说:"那好呢,你认为烙铁像救火车一样快、一样好,那就用吧,小心别烫着了。"

可是烙铁止痒法也只是扬汤止沸,而不能釜底抽薪。后来,牛牛两手都害得脓渍渍的,就像烂番瓜,十个指头粘在一起,揸都揸不开,弯也弯不曲,像套在铁手套里一样,一双臂膀既不能甩动,也无法打弯,一天到晚只机械地垂挂着,烙铁烫的法子再好,牛牛也无法操作了!他只有忍着椎心的痛苦,眼睁睁望着躺在那儿清闲的"救火车",而任由痒火在身上炽烈燃烧。

在那些歇一天,第二天就没有生活来源的岁月里,牛牛到了濒临死亡的地步,倪妈没在家陪伴和照顾过牛牛一天,永富就更不用说了。他们并不是有意让子女独自经受这非人的折磨,他们斗大字不识一筐,不懂得玉汝于成的道理,他们是被生活逼得没有办法!在那种社会环境下,穷人的孩子都是这样,能存活下来的都是浪里淘沙、沙里淘金淘出来的!

在那生命几近消亡的日子里,除了端马大哥、带儿大姐,牛牛最常念叨的就是王义堂、常明发、孙启亮、张兴国、春来、小沙弥悟敏等学兄和好友。他多么希望能见到他们,哪怕是匆匆一面!他知道他们中的几人,包括小沙弥悟敏,不是他想见近期就能见到的,所以他只一心念着春来。因为春来就在条子号,与他近在咫尺。

这天苏老板又主动提出让春来去看牛牛。

苏老板还从厨房拿来一荷叶包盐递给春来,让他带给倪妈。

来到大园,春来把那包盐放到灶台上,转脸看见倪妈在给牛牛揩脸,急忙走进去,问牛牛好些没有。牛牛答应着,声音颤抖。春来见牛牛张开两臂,机械地瞎摸,便蹲下去,托住他的两臂,说:"弟弟,我在这儿,你摸什么呢?"

倪妈代牛牛说:"伢子,你来得正好,牛牛想你,他眼睛又害得不行了。"春来十分惊讶:"我上次来只见害疮,怎么眼睛又害了?弟弟,我能扶你到外面看看吗?"牛牛点点头。到门外场地,春来见牛牛两只眼泡肿得像两个大红壳鸡蛋压在上面,血水从上下闭合的眼睑里直往外渗滴,惊惧得一屁股坐到凉床边,半句话也说不出来。

"你眼睛能睁吗?"春来又贴近牛牛,看着他的眼睛说。

"睁不开。"牛牛颤抖着说。

"弟,能让我看看吗?"

"你试着扒开看吧,我不怕痛。"

"伢子,你试试吧,我不敢。"倪妈也鼓励春来说。

牛牛上下眼皮黏合在一起,稍微撑一下就往外冒血,春来试了试,犹豫着不敢掰了。

"你掰吧,春来,你愿让我上下眼皮长合起来,变成瞎子吗?"

春来眼泪都快下来了,但他忍着说:"弟弟,你真的不怕痛吗?"

牛牛嚅动着干裂的嘴唇,说:"妈,给我一口水喝。"牛牛咕嘟喝了几口温水,央求春来说,"快掰吧,我真的不痛。"

尽管血水渗滴不止,牛牛痛得打战,牙咬得嘎吱响,尽管春来又是多么不忍心,但还是把牛牛黏合的眼皮掰开了,并且征得牛牛同意,用舌尖在牛牛眼睛里细细舔掠,又拿苏老板给的盐化了淡淡的盐水,把牛牛的双眼仔细地清洗了一遍。

春来一直陪着牛牛,给他洗眼睛、搽疮药,直到下晚才回苏老板那边去。可是春来去后不久,牛牛的眼睛又黏合起来了,怎么使劲也睁不开。而且里面像砂子摩擦一样难受,像花针戳着一样疼痛,牛牛怕他的眼睛会瞎,他哭了。

永富边搵自己面颊,边安慰牛牛,说:"牛儿,听话,你眼睛害了,不能哭,越哭越厉害。"

牛牛越发伤心了,他说:"大、妈,我眼睛要瞎了,我要死了,我见不到大哥大姐,还有义堂哥、沙弥哥他们了。"

永富、倪妈除了心疼,也没有更好的法子来安慰他们的儿子牛牛。

第二天,春来又来了,牛牛更加伤心地说:"春来,我真的要瞎了!"

春来一面采取昨天的一套方法,为牛牛的眼睛撑、掠、洗,一面鼓励说:"弟弟别怕,你的眼睛一定会好起来的,一定能看得见大、妈,看得见大哥、大姐,看得见义堂哥、沙弥哥的,也会看得见张兴国、常明发、孙启亮等学长,看得见我的!"春来虽然嘴上这样鼓励着牛牛,但他自己也很害怕,他从没见人眼睛害得那样厉害的,能不能好起来,他心里也打着大问号。他退一步跟牛牛说:"弟弟,要真的好不起来,你就学算命,算命瞎子,人家都称呼先生呢。不怕,弟弟,算命雇不起牵子,我牵你。不怕,一个螺蛳一条路,要真瞎了,我养你一辈子,陪你一辈子,还有端马大哥也养你!"春来说得好像很轻松,很不把它当回事,可他的眼泪却往心里滴。

中午,春来从他家屋后摘来一束花,让牛牛闻。牛牛刚凑到旁边,就兴奋地说:"这是荆花,是你家屋后的荆花!"

春来惊讶地说:"你看不见,怎么晓得它是荆花,而且晓得是我家屋后的呢?"

牛牛说:"它有香气,我从香气上闻出来的!它的香气跟别的花不同,跟别的地方的也不同!"

春来感动得要抱牛牛,但又怕碰痛了满身疥疮的牛牛,他慢慢放下张开的两臂。

春来处理好牛牛的眼睛后,牛牛身上的疥疮又痒起来了。春来只好依牛牛讲的,用烧得滚烫滚烫的烙铁,一排排在牛牛身上烙烫,烙烫得噼啪连声炸响,烙烫得青烟直冒,烙烫得发出一阵阵焦糊气味……

春来多次让王爷爷给牛牛调过疮药和眼药,但都见效甚微。不是王爷爷医术不行,而是牛牛的疮和眼睛害得特严重,药力达不到体内。

这天,春来又去了王爷爷家。王爷爷没说什么,只让春来把一碗炒饭带到棚里喂牛牛吃了。没想到,晚上吃下那碗饭,下半夜牛牛身上就不痒了,两天后,全身疮痂一个不留地尽数脱落了,一身的疮疤,重重叠叠,白里透红,恍若燎原星火,又如五花联钱!眼睛也不红肿淌血了,上下眼皮开合自如,乌黑的眼球儿滴溜溜地转,闪耀着孩童的灿烂光彩和天真笑意!

牛牛严重的疥疮和眼疾让王爷爷治好了,一夜之间就好了,功在那碗油炒饭!

三十九

春来喂牛牛吃下的那碗油炒饭,为什么会有那样大的神效?原来那不是一碗普通的油炒饭,它是王爷爷根据自己的医学知识,融合了民间传说,用中草药配制而成的一碗药物饭。

据说从前有个小男孩,害了像牛牛那样的一身疥疮,虽然病毒附身,但还没到病入膏肓的地步,而他的继母却巴不得他早一天死去。趁男孩父亲外出的空儿,继母弄来一条一拃长的大蜈蚣,剁细了拌在饭里,用香油炒着给那孩子吃下去,本意就是要毒死他!但幸运的是那孩子吃下那碗饭不但没死,一身毒疮反而奇迹般地不治自愈了！王爷爷从传说中受了启发，不过在给牛牛炒的那碗饭里，除当家药蜈蚣外，他又加了半枝莲、鱼腥草、木芙蓉的花叶根茎。

赵春来是个喜欢穷根究底的孩子，他见王爷爷用那样一碗油炒饭把牛牛的病治好了，就问为什么。王爷爷先告诉了他饭里的中药配方，又说了它们的作用。王爷爷讲，上两年夏秋间，牛牛敞头裸身地在野外给毛习普做事，不仅阳光暴晒，而且连水都喝不上，晚上掐棉花又熬夜，而家里住的草棚又是那样狭窄低矮、阴暗潮湿闷热，几个方面合起来，湿气、热气与火毒在牛牛身上聚积碰撞，发散不掉。牛牛身体弱，抵抗不住，就必然导致病毒滋生，内火爆发外泄。而那碗中药调配的油炒饭，正是起着以毒攻毒的效用，牛牛吃了，火毒排出体外了，所以他很快痊愈了。王爷爷老了，又有病在身，思维不够清晰，用语不太简约，表达得也不够精准，但基本要义确是这样。

王爷爷说完后，接连咳嗽几声，又夸春来有情义、有爱心，他对春来说："伢子，牛牛虽然好了，但我担心他们家接下来可能还会有人要生病，他们的生活和居住条件都太差啊。伢子，你抽空多往他们家跑跑吧，他们像待自己伢子一样待你，你要同样把他们当亲人待呢！"王爷爷讲得春来直点头，直流泪。

果然不出王爷爷所料，牛牛眼疾和疥疮愈后没出半月，永富又被毛习普辞退了。原因是永富臀部疼痛，不能下地干活了。

永富从毛府回来后，每天只能拄着木棍在草棚前走走，在凉床上坐坐，在地铺上躺躺，一天到晚，满脸愁云，满心焦虑，这种化不掉的内心郁闷，使得他病上加病。

这天午后，倪妈带牛牛从条子号陆姨妈那边回来，刚进棚，就听见铺上哼哼声。母子俩的心一下子就被扯吊起来！

"大，你怎么了？身上痛吗？"牛牛一面问，一面挨他大大身边坐下。

永富伸过粗糙得像榆树皮般的手，拽过牛牛，亲一口，说："牛儿，不要紧，就是臀部有些痛。——陆姨妈叫你们母子去有事吗？"牛牛没回答，眼睛望着他妈。倪妈走过来，说："还是上回说的那话，给牛牛讲烧锅的。"永富说："我们家里一个桂兰童养媳都养不活了，还养第二个，那不是害人家伢子吗？况且牛牛嘴巴还做奶腥，千万回得远远的，哎哟——"

牛牛说:"大,别讲那些,我摸摸你痛的地方好吗?"

"牛儿,就这处痛,这回怕是真的要害了,唉,牛儿,真害起来,你们吃什么?"

倪妈宽慰说:"大概不会吧,你别海急。"桂兰铲野菜回来,听妈那样讲,也抱她的话圆:"大是做事做累的,歇歇就会好的,不会害。"

妻和孩子轮番安慰着,可是疼痛却让永富一声声地哼。

牛牛贴着他大的脸,说:"大,你哼哼,我们就害怕。"

永富摸着牛牛的头,说:"牛儿,我不是喜欢哼,好像哼哼痛就轻一点儿。"

倪妈和牛牛沉默着,母子俩心里特别难过。

见六丫把长根菜往嘴里塞着嚼,倪妈才想起丈夫、桂兰、六丫三人还没吃中饭,赶紧和桂兰做糊糊去了。

趁妈妈、姐姐做饭去,牛牛坐到外面棚拐角掉泪。他担心大大的臀部害起来,他们要怎么办?他想起老家对面庄上有个叫大蚱蜢的人,他大也是在相似的部位害病的,因为没钱医,半年后就死了。这个情况要是发生在他家,发生在他大身上,他们可怎么办啊!牛牛想:大哥不在这儿,他是大大身边唯一的男孩,男孩就要为家里扛担子,就要像男孩样!对,他得救大大,他决不能让大大的臀部害起来!牛牛揩去眼泪,一溜烟朝大堤那边跑去……

永富爷儿仨吃罢,还留一点儿刮锅糊叫牛牛吃,可是喊了好几声,牛牛没答应。倪妈出棚望望,没见着牛牛,又叫桂兰找了一圈,也没见牛牛的影子。倪妈叹气说:"这小牛牛啊,什么时候才懂事?他大大痛得不能做事搞饭吃了,他还有心思跑到外头耍!"

倪妈又让桂兰再出去找找,并且授意桂兰,找到后狠狠抽他几条枝。可是桂兰把牛牛常玩的几处地方几乎找遍了,也没找着。倪妈急了,要亲自去找。永富也慌得爬起来,拄着棍子,在棚前一边喊,一边自语道:"这小没出息的,耍哪儿去了?天要黑了,还不回家,急死人的。"

倪妈把丈夫扶棚里铺上靠了,叫他别急,同时找来一根树条子,塞在铺底下,准备找到牛牛后抽打他。

倪妈和桂兰去后,永富拿出条子就要甩掉,他心疼他的苦儿子,怕他禁不起他妈打,想想又说:"让他妈打吧,肥田出瘪稻,娇儿不肖,这小东西没点儿怕头不行。"永富把条子又塞到铺下。

倪妈带桂兰寻了好多地方,还是没找着牛牛,倪妈由着急变得害怕起来,她怕牛牛是不是……她真想哭了。在下毛家墩的下坡路上,倪妈又扯开喉咙大喊:"牛牛,你在哪?"她哪晓得牛牛到王义堂家找王爷爷去了。

王爷爷根据牛牛讲的症状,给永富开了五服中药,可其中一味主药他的铺子里卖完了,王爷爷只好让牛牛陪着,往地头去找。但找了不少处都没有,王爷爷走不动了,在往回走的小路上,他被一丛乱草给绊趴下了。

"就是你,就是你,把我爷爷绊倒了!"牛牛对着那丛把王爷爷绊倒的草边踢边骂,草的茎叶被踢得四散乱飞。有两片草叶蹦到王爷爷手上,王爷爷凑到眼前看看,又搁在鼻下闻闻,高兴得什么似的,说:"伢子,快别踢,我要找的药就是这个,就是它!"

王爷爷一共配了五服药,怎么煎,怎么喝,忌吃什么,愈后注意事项,都跟牛牛讲得清清楚楚,牛牛也一一记住了。牛牛知道来的时候没跟大、妈讲,找不到他,大、妈、姐肯定又海急了,于是向王爷爷道了谢,拎着药飞一般地往家跑。刚到小牧场,就听他妈在下毛家墩的下坡路上喊他。他应一声,就没听他妈再喊。牛牛把药送到家,叫声"大大"就跑出去,一声接一声地向着他妈喊他的那路上,边跑边喊。

"牛牛,妈在这儿,妈跌倒了,你快来。"桂兰边把倪妈往上扶,边叫牛牛。牛牛赶到时,桂兰已把倪妈拉起来,扶她往坡下走。见了牛牛,倪妈又欢喜又恼气。

回到棚里,刚到铺边坐下,牛牛就依偎到他妈身边,心疼地捏着他妈的小脚:"妈,你脚蹾痛了!"倪妈没有作声,她捉住牛牛的手,从铺底下抽出树条子,不问情由就骂,就抽打。

牛牛知道是因为他偷偷离家,所以不但不跑,还跪下说:"妈,我晓得错了!"

"晓得错了就不打啦?你说你这不懂事的小伢,找不到你,把人魂都急飞了!"永富边哼哼边说,并把眼睛向倪妈瞄瞄,暗示倪妈别打重了,吓吓他就行。

可倪妈躁性子人,哪管丈夫暗示,她边抽打边骂:"就像野伢子一样,到家刚站稳脚就跑。你跑,你跑,你大大可怜哼哼不歇嘴,我心都焦碎了,你还耍着不归家,还要人到处找你。打死你这不懂事的小畜生,打死你这不晓世相的畜生!看你二回海跑不海跑,海跑不海跑?你海跑,海跑,叫你海跑,叫你——"桂兰把棍子拖下甩了。

"妈、大、姐,我没有海跑,我到义堂哥家,请王爷爷给我大配消肿止痛药。"牛牛一面摸着被打的胳膊,一面指着凉床上的药包说。

桂兰捏捏药包,递给倪妈,说:"妈,你真的冤枉牛牛了。"

倪妈接过药包,也捏捏,又递给永富。

永富捏捏,放下,撑着靠起来,把牛牛拉到身边,见他胳膊、背心,好几处都被抽破了皮,没破的也泛着道道血痕。他心疼不止,说:"牛儿,我的苦儿子!"永富泪水下来了。

倪妈叫牛牛站到她身边,什么也没说,望了望,把他揽到怀里搂得紧紧的,眼泪如泉水般地往外涌。桂兰钳了破絮,往灯盏中的香油脚里蘸,要给牛牛搽。

倪妈说:"丫头,我来吧!"倪妈边给牛牛搽抹,边含泪说,"我的苦儿子,你晓得妈心里烦吗?唉,疮壳壳刚落下,新肉还没完全长好,又被我抽破了,我的苦儿,乖儿子……"

牛牛伏到她怀里,说:"妈,你别难过,我不痛。"

桂兰牵过牛牛,说:"痛就是痛,明明痛,却说不痛,妈心里更难过!"

倪妈再也克制不住了,她终于搂着牛牛哭了,牛牛也泪流不止。

服了王爷爷的五服中药,永富患处的红肿和疼痛都消失了,可是那时毛习普已经另雇长工了,永富只得赋闲在家里。赋闲在家,让身体得到更好的恢复,也很不错。可是永富家的生活来源完全是给人帮工的那点儿收入,一旦没人雇他,就等于断绝了生活来源。单靠倪妈不行,况且荒春头上也基本没针线活做。一家小儿细女,没有生活来源,没有吃的,这让永富真的是头毛都急开叉了。

这天,毛七奶奶又来唠嗑了。她见永富一家人碗里淘米水似的糊中多半是些野菜,心疼得直摇头。她忽然想起来,说毛家墩西北边有一片大湖,湖里有挖不尽的野藕,她说永富何不去试试,挖些回来,给大人伢子度度春荒,总比吃那野菜做的清水稀糊,把人饿得风都能吹倒要好得多。

得到七奶奶提供的信息,永富很高兴,他觉得这是求生存的好路子。但牛牛死活不让他大去挖藕。因为王爷爷讲过,大大就是肿毒消了,不痛了,也不能做事,特别是重活,一做重活受累就会复发。但是为了一家大小的生机,什么顾虑和禁忌都得让位!永富深知,他要保命,孩子们就要丢命!

在一个下着细雨的日子,永富终于带着牛牛去大湖挖藕了。

那大湖叫泊湖,好大好大,一眼望不到边。大湖西边那道绵延起伏的山峦,好似一道屏障,把茫茫的湖区与低垂的天幕分隔开来。灰暗的云霾,在长天与远峦之间,由西而北,缓缓飘移。偌大的湖区内,从东到西,由远及近,或动或静,点点片片,全是挖藕度命的穷人。

节气虽已是雨水过后,但是凛冽的北风裹着料峭的春寒,在宽阔空荡的湖区内呼啸着、肆虐着,不能不使人打战栗哆嗦。早上喝了些米汤似的稀糊,走了八九里路,屙了三四回尿,永富父子的肠肚中早已空空如也。站在已被人取走了藕的泥塘边,捺着叽里呼噜作响的肚子,永富父子两个感到无望和心冷。

见永富站在岸上一直不动锹,右边藕塘里一位年轻人说:"来了就挖啊,别怯火嘛!"是啊,站在岸上不动,既辜负了七奶奶的指引,也辜负了自己和儿子的这趟脚力,更辜负了守在草棚里的妻女眼巴巴的期望。既然起多大的念头来了,就不妨下去一试,或许会有收获呢!可是刚挖几锹,那年轻人又干涉他不让挖了。永富不理他,但那年轻人较真地说:"你走不走?"永富说:"你想要怎样?"青年把锹往泥上一插,就要撸衣袖。见那青年身强力壮,永富便识相地驮锹走了。

真是万事开头难。开始那几天,不但挖的藕还不够他们父子一顿吃的,而且还与人闹矛盾,起纷争,摩擦冲突。但过了那段磨合期后,在开始跟他发生冲突的那位年轻人的大力帮助下,永富基本上能应付着挖了。但他主要还是靠那位青年的帮扶。

那大湖里藕粗壮、白嫩,生着吃,脆生生、甜丝丝的;蒸熟吃,又面又香,吃下去和干饭一样抵饿。他们将搞回去的藕,多半洗净了,切成块,就像蒸山芋那样下锅蒸着吃。牛牛、桂兰、六丫不光生的喜欢吃,蒸熟的也抢着吃。开始那段日子,尤其是牛牛,越吃越觉得香,越吃越想吃,每顿都吃两大碗。每每是嘴巴里还没有吞下去,手上的又往嘴里塞,眼睛还瞟着锅里。妈妈切藕下锅时,牛牛总是站在旁边说:"妈,多切点儿,再多切点儿!"而他妈又总是说:"我的牛儿,敢不是你真有牛那样大的肚子?我已经切得不少了,我的儿!"而他大却说:"牛儿,我和你妈不吃,也要让你和你姐吃饱。"

牛牛真的是把吃藕当成赴盛宴了!每顿都吃得那么狼吞虎咽,噎得直翻白眼。有一回,吃急了,喉咙里堵得实实的,吞不下,嘴里的又舍不得吐出来,竟被堵得不能出气,手在喉咙外直挠挠,连两脚都在地上蹬蹬开了。他妈急得把手指插进他的喉咙里往外抠,抠不出来,又从咽喉外往下捋,桂兰和六丫也帮忙捶背。他大急不过,双手捧住牛牛下巴,往起一端。经过七手八脚的一阵乱捣鼓,积在牛牛咽喉里的碎藕才从食管里慢慢滑下去。可是,牛牛刚恢复过来,揩揩噎出来的眼泪,眨眨眼睛,又继续吃。

那段日子里,永富家天天是藕,顿顿是藕,粮食没一粒,全靠藕当家,大人和孩子都吃出藕膘了。自己喜欢吃的,推知人家也喜欢吃。条子号凡曾经关照过倪妈的人家,永富都让牛牛和桂兰给他们送过藕。

藕虽然好吃,但天天顿顿都是一门头,也就平常了。渐渐地,牛牛、六丫对吃藕甚至都有抵触了,有时看见锅里还是藕,就愁眉苦脸地想哭。

为了让孩子们多吃一点儿,倪妈也把藕食做得多样化,除了蒸着吃,还炒藕丝,磨成稀泥状做藕糊,沥干了做藕粑、藕圆;遇到好天时,还切藕片、剁藕丁晒干储存;还洗过一回藕粉。记得耗了二百多斤藕,才洗出十斤多的粉。闻着晒干的藕粉的清香,牛牛欢喜得直蹦跳。倪妈抖下牛牛手上沾的藕粉说:"儿啊,别跳,家里吃不到呢。"牛牛说:"我晓得,藕粉要给王爷爷。"倪妈说:"也给毛习普老爷一点儿。"桂兰说:"给王爷爷是应当的。"牛牛说:"给毛习普就可惜了。"永富说:"牛儿,怎能这样讲话呢?我们搭棚占人家熟地都好几年了,送点儿藕粉给他,也是应该的嘛。"倪妈说:"牛儿,我们与毛习普家怨归怨,恩归恩,不能记人家仇,可是得了人家恩就要永远记着,有能力时,当报答的就报答一点儿。"听了大大、妈妈的话,牛牛和桂兰似乎懂得了做人的另一方面道理。

毛习普收到桂兰给他送去的藕粉,比贾母收到刘姥姥拎到府上的荠菜还要珍爱十分。他当即捵了四升大米让桂兰带回来。四升大米在毛府不算什么,可在永富家,在牛牛和桂兰心里,那就是四升白瓜子金儿!

牛牛吃藕吃腻了,央求他妈说:"妈,用毛老爷给的大米熬点儿米汤喝,好吗?"

倪妈哄牛牛说:"牛儿,不到万不得已,那点儿米不能动啊!我的苦儿子,别想着米,就当毛老爷没给吧。"

永富心疼牛牛,替他求情说:"他妈,伢子尽吃藕一个多月了,你就熬点儿米汤给他们喝喝吧,你看牛牛又瘦成什么样了。他才那点儿大人,天天来去跑十五六里路,跟我后面捡藕、洗藕,在烂泥塘里陷进陷出,爬上滑下,也不容易,就熬点儿米汤给他们喝吧,我也想喝一口,你就当毛老爷没给吧。"

牛牛妈可怄了,她没好气地说:"我说他大,你怎么就晓得做好人,让我挂红胡子唱白脸,做恶人仇?你当那点儿米是留着我吃的呀?人家说外江水都涨多高了,今年年成笃定不好。现在还能挖到藕,他们吃得下多吃,吃不下少吃,等以后饿了没的吃,保证饿不死就好,你要他养得肥头胖脑的有么用呢?等过一阵,水把大湖淹了,挖不到藕了,那点儿米再拿出来搭野菜吃,或许还能让一家人多撑几天呢!可你,儿子要米汤喝,老子也要米汤喝,就我和桂兰、六丫不要米汤喝,真怄人的!"

六丫蹭到倪妈身边,拽拽她的衣拐,说:"妈,我也想喝米汤。"

倪妈刚才原不打算把六丫归到不想喝米汤这边来,之所以还是归过来了,就是想扩大不想喝米汤的人数,对想喝米汤的永富那一方构成压力,谁想六丫……唉,真是妈争气,儿放屁!倪妈更怄了,她坚信桂兰不是想喝米汤那边的人,于是把要补的破褂子往凉床上一撂,气咻咻地把刚才讲的话略作修正,说:"想喝想喝,你们都想喝,就我和桂兰下贱坯子不想喝米汤!"

桂兰说:"妈,我没讲我不想喝米汤!"

听到桂兰又在撤她的后脚,倪妈心里一怔,无情地白了桂兰一眼。

桂兰索性抖开包袱说:"妈,你别动怒,其实你比我们更想喝米汤。"

倪妈把破褂子捡起来一抖,瞅着桂兰说:"我不想喝!"

桂兰说:"还不想呢。那天我带米回来,你就捧起米闻闻,说:'哎哟,见着大米,就闻到米汤香了!'"

倪妈气得再次狠瞪桂兰一眼,说:"小臭货,人家女伢子在节骨眼上都站在老妈一边,你不光不卫着我,还兜我老底!"倪妈用拐栗子在桂兰胳膊上擂一下,"死丫头,我现在看出来了,你呀,断背的椅子——靠不住!"

桂兰说:"妈,靠不住也好,靠得住也罢,讲许多都是瞎子点灯——白费蜡烛。你就说许不许熬点儿米汤喝吧?"桂兰显然是仗着压倒性的多数,逼她妈亮底牌了。

最心腹的人都不跟她一条心,倪妈自觉大势已去,再固持己见,可能就自取其辱了,于是说:"死丫头,非要逼我开口子!那就抓两把米熬熬。"

永富笑了,桂兰也笑了,牛牛和六丫高兴得直拍手。

桂兰从容不迫地摆了几只小碗,接着从灶窿里拿出一个小砂罐,往几只碗里倒着椰子汁似的米汤,落底的那碗端给了倪妈,倪妈递给了永富,永富又给了牛牛,牛牛推给了桂兰,最后又由桂兰倒给了六丫。大家都喝完了,倪妈又望望桂兰,不知是恨是疼还是爱地说:"死丫头,没戏看就跟我演戏了,下次还先斩后奏,看我舍不舍得学诸葛亮挥泪斩马谡!"

那年四十多天的挖藕经历,给永富父子留下深刻记忆的,还是第一天遇到的那个青年。那天,永富带牛牛在湖泥中站了很久,后来受到一位青年的鼓励,永富才终于下湖动了锹。可他还没铲三锹泥,那青年又干涉上了,说永富挖的那地方是他圈的,不许永富挖。但耿直的永富根本不买那青年的账,闹到两人几乎动起手来。最后,知道不是那青年对手的永富父子识相地离开,去别处新开藕塘。那天永富父子俩一天到晚,只挖了两节刀把儿粗的小藕,其中的一节还折断了,藕孔里灌满了泥巴。

回家时,在上坡处,父子俩饿得腿打战,终于坐下歇着了。却不料那青年也来了,来就来呗,偏又挨在一块坐。青年从自己的小布袋里倒出几节熟藕,分别递给永富和牛牛,说:"我晓得你父子都饿了,打个尖吧。"

永富父子不理他。

青年说:"老哥哥,你还怄我是吧?"

永富摇摇头,说:"不饿!"

青年说:"你别哄我,吃吧,吃了长点儿劲回家,你看太阳擦山口了。"

见青年诚恳,又加上肚子实在饿了,永富父子俩就接着吃了。

青年又把自己篮里的藕,拣大的放到永富的篮里,说是自己挖多了,驮不动,请永富为他分担些。

上了坡顶,永富父子俩回头望那青年跟上没有,却见青年从坡下另一条小路走了……

四十

永富那年才四十出头,可视力就不怎么好了。在牛牛的反复指引下,他才看清那青年正快步走在坡下通往圩心村庄的小路上。

永富急忙喊:"喂,那哥哥,你不讲跟我同路吗?"

青年说:"我走这路近,前面过几个庄子,就到我家了。老哥哥,你带儿子走吧。"

永富说:"你等等,我把藕给你送家去。"

青年立定了,说:"你别来,那藕是给你的,回家带伢子蒸了吃吧。记着,明天在刚才那下坡处等我。"青年向永富挥挥手,走得更快了。

永富父子望望篮里的藕,又望望远去的青年,一时不知怎么办才好。

永富父子对那青年实在心存感激。为避免他再送藕,他们接连几天下湖都躲开他。

一天中午,永富父子俩饿得冒冷汗,可是藕塘里泥才取出一半,没有生藕吃。他们坐在藕塘上坎休息,想恢复一下体力,却不料又被那青年寻着了。

"老哥哥,你父子俩在这儿!"听到声音,永富父子掉头望望,正是那天要打他们,又给他们送藕的青年。

永富站起身说:"多谢哥哥,那天给我许多好藕。"

"不谢呢,老哥。"那青年摸摸牛牛的头,又按永富坐下歇歇,自己也挨着永富身边蹲下,问,"老哥,你们父子这几天都没来挖藕吗?"

永富指指西边说:"来了,大哥,我们怕打搅你,在那边挖了。"

青年边解布袋边说:"那天讲好的,在坡下等我,我们一起挖,你却有意避着我。这几天挖得怎样啊?"

永富笑笑。

牛牛说:"不怎样,我大以前没挖过藕。"

青年从袋里拿出熟藕,向牛牛递去好几节,其余交给了永富,说:"吃吧,肯定饿了。"

永富说:"又让你省给我们父子吃。"

青年说:"什么省啊,这几天我都带了很多,准备你们父子吃的,找不到你们,剩的还带回家了。"青年站起来,他叫永富父子慢慢吃,别着急,说着就下自己藕塘取藕去了,才取完,又来永富藕塘帮着挖了。

永富是真的没有挖藕的经验,他那天取藕的塘子,四边的藕都被挖走了,就剩中间一小片,取了三四节小藕,白费了那青年的一番苦力。傍晚回家,在那岔路的下坡处,青年又把自己篮里的藕,挑了些好的给永富,并要永富次日一定在那处等他,还非常严肃认真地说,如不践约,就是瞧不起他。从那天起,永富爷俩也不避他了,天天早上都在那下坡处等那青年,由他带着下湖。

青年为永富选藕塘,青年带熟藕给永富父子中午吃,青年取完自己塘里的藕就来帮永富,那四十多天如不是得了那青年的帮带,永富没法挖到那么多藕。青年把永富父子当成自己的亲人了。

在一起劳动的时间长了,青年和永富对彼此家庭情况也都有所了解。青年姓陈,叫陈荷花,家里五口人,父母、妻子、儿子和荷花自己。父亲半身不遂,常年卧病在床,母亲是哑子。妻子彭氏,到荷花家要饭,被留下与荷花成亲,她大荷花五岁,成亲第二年为荷花生下一子,取名叫丑儿。荷花那年二十九岁。家里没土地,全靠散工收入维持家计。

永富感叹说:"兄弟,我们都是苦人啊!"

荷花说:"老哥,不是苦人怎到大湖来挖藕呀!"

永富说:"兄弟,你也靠挖藕度荒,还这样帮扶我,我真太……"

荷花制止永富,说:"老哥,别又讲什么太不好意思的话,以后还讲这话,我们就生分了,你就不拿我当兄弟了。"

"兄弟,你的心跟你名字一样好啊!"

荷花说:"老哥,不怕你笑话,我大把我名字改成女伢名,是希望我能长大成人,为陈家传承香火!"荷花沉痛了,他说他头上有六个哥哥,都因为饥饿、疾病,在出生几个月到一两岁间,就夭折了。他出生时,压星压两才三斤重,他大伯父给他起名叫三斤……"

"三斤?"永富往起一站,吃惊地说,"你就是陈三斤?"

荷花也站起来,用惊异的目光打量着永富,说:"老哥,你知道我吗?"

永富没有正面回答荷花,反问说:"你也是枞阳人吗?"

荷花说:"是呀,我们是同乡呢!"

永富又问:"你晓得徐家畈的陆大义吗?"

荷花说:"大义是我母舅儿子,我和他是老表。"

永富说:"这样讲,你老家在陈家洲?"

荷花说:"是的。我三岁来华阳,没回去过,也没和我陆大义表哥见过面。"

永富把手一拍,说:"这样讲就对上斧把儿了!"

荷花问永富是否认得陆大义,永富说,何止是认得,而且有交情,就是大义托他打听荷花的,不过大义说的是陈三斤,而不是陈荷花。

荷花说:"我大讲我才三斤重,难养大,来华阳就改为荷花女伢名了。"

永富笑着说:"打听了许多人,都讲不晓得,我们又在一块这么多天了,还是不晓得,你把名改了,怎么问得到呢?"

荷花也笑了。

荷花问永富,第一天没让他在自己塘子边起藕塘,怄不怄他? 永富说:"你都叫我老哥哥了,还怄什么呢?"荷花说,其实那天他没把话讲清楚,那处并不是他圈的,他叫永富以后挖藕千万别靠别人家藕塘挖,也不要让别人家靠自己藕塘起泥挖藕,两边取泥,泥垛子极容易坍塌,发生压人事故。永富说:"兄弟,你这样讲,我不光不怄你,还要谢你。"

荷花说:"老哥,我见你刚才起来,腿有点儿跛,是怎么了?"永富就把自己前阶段帮工、发病和吃药的情况简要向荷花作了说明。知道永富的情况后,在往后的时间里,荷花只让永富和牛牛在塘上搬藕、晒藕,不让永富挖。

二十多天后的一个下午,不知第几次往山下搬藕摊晒了,当牛牛再次回到藕塘边叫"荷花叔叔"时,突然哗啦一声,泥垛子真的塌下去了,除小腿还露在外面直蹬蹬,荷花的身体都被泥巴埋了!

"不好啦,大,快来,叔叔被泥埋了。"牛牛边说边跳下去,永富闻声赶了过来。父子俩一时不知从哪儿生出来的劲,只几下就把荷花从泥中弄出来,翻了个儿。从赶来到扒泥,到做人工呼吸,到荷花喘上气,抢救过程不过二三十秒!

"老哥哥、牛牛,我是被泥巴压了吧?"荷花微微睁开眼睛问。

"叔叔,你醒过来了!"牛牛一把搂住荷花的脖子,脸贴着他的脸,惊喜地说。

牛牛脱下自己的小裤衩,细细地揩着荷花脸上、眼睛四周、耳朵眼里的泥巴,边揩边叫"叔叔"。见荷花恢复过来了,永富感到说不出的庆幸,但他自己反而像泥巴一样瘫坐不动了。他的心跳得特别厉害,刚才发生了什么,他自己是怎么到这儿来了,做了什么事,他都不知道。

"老哥哥!"荷花把手伸向坐在他左边的永富。

"兄弟,你没事吧?"永富问。

荷花说:"没事,老哥,今儿亏了你们父子。"

永富跪下合掌,呼叫陈家祖宗保佑,菩萨保佑。

"老哥,你能扶我坐起来吗?"荷花央求着,望着永富父子流泪,头两边转着,身子爬不起来。

永富父子不知是吓的,还是精力耗尽了,他们怎么也无法把荷花扶坐起来。幸好周边挖藕的三个壮年人赶来把荷花弄上了藕塘,抬到一处没泥水的沙包边。

荷花有些冷。永富把荷花的一身泥衣脱下洗了,将自己稍稍干一点儿的衣脱下给荷花穿了,自己又穿上了荷花的湿衣。

永富父子偎在荷花身边,荷花借着永富父子的体温,慢慢恢复了体温。

荷花要回家了,但他的两腿仍然撑不起来。约莫到茶饭边了,永富断然决定把荷花背回去。挖藕工具牛牛能带几件是几件,藕就丢掉了。

半路上,荷花见永富老打踢绊,东倒西歪,跟跟跄跄,坚持要永富放下他。永富生气了,说:"兄弟,你把我当什么人了? 我今儿就是只剩一口气,也要把你背回家!"荷花无奈,只好依了。

荷花终于被背回家了。永富安顿好荷花,又跟荷花妻彭氏交代了有关事宜,就带牛牛走了。

荷花在床上哭。

永富带牛牛刚出荷花家门,把荷花从藕塘抬上岸的那三个人就将永富、荷花丢掉的几件藕具和藕塘里的藕全部取着送来了。

到底是年轻人恢复得快,经过一夜休息,荷花第二天又下湖挖藕了。可他却没找到永富和牛牛。从那天起,永富和牛牛没下湖挖过藕了。原因是,那天刚把荷花弄喘了气,永富就不仅感到浑身乏力,而且臀部胀痛起来! 他是咬紧牙关把荷花背回家的。

牛牛原以为他大和上回一样,在王爷爷那儿搞点药敷敷,歇几天就会好的。可是这次却不然,他大越来越不行了,不但臀部又红肿起来,而且肿包里头像鸡啄米,又像刀绞一样痛。碗口大的红肿处,滚烫滚烫火烧火燎的。倪妈不敢看,也不忍看,她急得像呆子一样,一天到晚也不讲一句话。

经大大、妈妈许可,牛牛又到王爷爷家去了。根据牛牛叙述的症状,王爷爷又开了五服中药。王爷爷说先服下药,把体内病毒逼出来,第六天头上,如果他能走,就去草棚给永富开刀放脓,如不行,牛牛再去他家,他另有交代。

服下王爷爷开的药,永富的肿疖越发肿大起来。到第四天头上,就像大葵花碗扣在臀部,铁硬铁硬的,轻轻一摁,就痛得没法招架。又过了两天,不知不觉中那石头一般的肿包又变得像焐热的柿子,烂软烂软的,但疼痛一点儿没有减轻。

好容易熬到第六天。

"牛儿,你不是讲,第六天头上王爷爷就来给我开刀放脓吗?"永富问。

"大,我也在想这事,王爷爷还没来呢。"

牛牛又去了王爷爷家。牛牛心里很乱,他那天来抓药时,王爷爷就颤巍巍的,要是王爷爷病了,那可怎么办!

果不其然,王爷爷病得起不来了。见牛牛来了,王爷爷显得很抱愧。

听到王爷爷叫他自己给他大开刀放脓,牛牛吓蒙了!王爷爷详详细细地向牛牛教授后,又鼓励他说:"伢子,不要怕,做到胆大心细,再加你对你大大的爱,就一定能把这事做好的!"

在王爷爷面前,牛牛虽然保证他能够做好,可是回到草棚,打开药箱,取出药包,面对诸多药品和相关器械,牛牛心里又不免"十五个吊桶打水——七上八下"的。

倪妈故意轻描淡写地说:"儿啊,有何难呢,不就是把小刀往那包疖里捅一下吗?依我看,跟用铲子挖一棵野菜差不多呢。划刀吧,牛儿,别怯火!"他大也说:"划吧,牛儿,王爷爷把这事给你做,是相信你能行呢。"

是的,那是王爷爷交给牛牛的任务,他相信牛牛,牛牛决不能把王爷爷的信任辜负了。牛牛让他妈烧了开水,洗了手,洗了一应的手术器械,又给他大的患处消了毒,一切术前事项都做好了,就要动刀时,牛牛的手和腿却发起抖、打起颤来,心也怦怦地跳得厉害,就像要从嗓子里蹦出来似的。站在一旁他妈神色更加凄惶,她一声不出,双手按着胸口。

"牛儿,你过一会儿动刀,让我心定一下,妈的腿有些抖得站不住了。"

"好的,妈妈。"牛牛放下手术刀,好让妈妈的心平静点儿。其实,这也正是牛牛需要的。

稍停一会儿,倪妈稳住说:"牛儿,给你大做吧。"

"大,你心里准备好了吗?"牛牛问。

永富点点头。

牛牛把刀在酒精药棉上又抹了一下,刚要挑刺,他大又把手摆一摆。

"牛儿,你等一下,我要下来屙尿。"无奈,牛牛持刀的手又缩回来。

完了,永富见牛牛手又发抖,就有意放松地说:"牛儿,大胆些,不就是戳那么一下吗?平时讲得神神气气的,临事就像小鸡,那算什么男子汉?来吧,牛儿,戳下去,你大我不怕痛。"

牛牛再次举起刀,却又放下说:"大,你把头掉过去,面朝铺里边,别看我。"

永富说:"牛儿,关云长刮骨疗伤,眼睁睁望着郎中把胳膊上的肉割开,用刀在骨头上剐得直响,像没事的一样,我害这点肿疖子算什么？我不怕,我就是要亲眼看着我牛儿给我开刀!"

牛牛说:"大,那好呢,你看我的!"

牛牛紧握小刀,再次用药棉往刀两边抹抹,又拍拍胸口,闭上眼睛,定定神,做一次深呼吸,而后举起医刀,冷不防往下一扎,只听咔嚓一声碎响。

牛牛掉头一看,是站在灶边的倪妈吓得手一松,碗掉地上打碎了!

牛牛嗔怪地说:"妈,是我给大开刀,你吓什么?"

倪妈语焉不详地说:"牛儿,妈不吓,妈就是身上抖,站不住,手也捉不住东西。牛儿,你快动刀吧,早点儿动,你大就早好。"

"好吧,妈,你别看我。"牛牛倏地一转身,斜刺里一刀戳去,又一挑,他大疖子里的脓血嗖地往上一飙,喷了牛牛一脸,他用袖子横着一抹,接着也不顾他大痛不痛,丢下刀,双手捧住脓肿,使劲往下一摁,再往上一挤,腐化在肿毒里的脓血,像人拉肚子似的,往外飙喷不止,除了喷到牛牛脸上外,地上还淌了一大摊。望着除了眼睛在乌溜溜转动外,脸上、胸上,以及两手都沾满脓血的牛牛,人们很自然地联想到那些虽已身负重伤,但仍在血与火的战场上奋力拼杀的忠勇小战士!

牛牛顾不得洗涤身上的脓血,遵照王爷爷的嘱咐,他紧张而有序地为他大大清洗创面,消毒上药,包扎创口,然后关切地问:"大,你还痛吗?"

永富泪水涌出来了:"牛儿,我不痛了,快去把脸上和身上的脓血洗掉!"

牛牛洗好手脸,又来到地铺边,永富一遍遍抚摸着他,一肚子话说不出来。牛牛像完成了一项重大的任务,如释重负地依偎在他大身边,长长地吁了一口气,不一会儿就睡着了。

此后的那些天里,牛牛哪儿也不去,就陪在他大大身边。除了给创口清洗换药外,吃喝拉撒洗,都把他大服侍得周周到到。他大那些天老拿他和春来相比,说他做事像春来一样细心扎实。牛牛却不让他大这样比,他说春来比他强多了,春来会读书、写字、写信,还会打算盘,他一样都不会。

提到算盘,永富想起来,说:"牛儿,我们家的那把老算盘怎的不见了呀?"

牛牛说:"大,算盘在呢,是春来拿他家去了。"

永富说:"牛儿,让春来打一阵子,过一阵可别忘了拿回家。"

牛牛说:"大,不就是一把老旧算盘吗？我又不会打,搁家里也是搁了,就送给春来算了。"

永富说:"牛儿,这可不行！我们家几代祖宗都穷,我们就从他们手上继承了那把老算盘。一见老算盘,就想起我们的祖宗,想起他们是多么不容易。牛儿,什么东西都可以给春来,算盘还是要拿回来。"牛牛说他记住了,他又催着要给他大换药了⋯⋯

四十一

七天后,永富的创口已经见好了。在牛牛的陪伴下,永富每天拄着木棍,绕小牧场转一圈。永富的肿毒好了,笑容又回到了他们一家人的脸上,牛牛甚至还冀望着哪一天他大再带他挖藕去。

说起挖藕,荷花的形象就出现在永富面前。永富问荷花叔叔几天没到他们家来了？牛牛说八天了。永富也说好像他放包币后第四天荷花就没来了,前后算起来正好是八天。而在那之前,荷花差不多每天晚上来他家一趟,来时除了给永富一家精神上的安慰和温暖,还给他们送来生藕、熟藕、藕圆子、藕粑等,差不多够他们全家吃一天的。永富叫荷花只管把家里老人、孩子带好就行,不要牵挂他家。可荷花说,只要他活着,他家有吃的,就决不让永富一家饿肚子。可是,怎么说不来就不来了？永富倒不是指望荷花送藕来吃,他是怕荷花会出什么意外。牛牛说:"大,你别海急,我下午去看看好吗？"

永富说:"牛儿,我俩去,我要亲眼看看他到底是怎么了。"

说去就去,永富父子刚转过陈荷花家门前那户人家屋拐,就听见荷花家里传出哭声,永富父子俩先是一阵惊愕,接着就害怕得咚咚心跳。

永富父子担心的事终于发生了:陈荷花妻披麻戴孝,哭着出门向永富下礼。

荷花殁了！得此噩耗,永富父子如晴空霹雳当头炸响!

来到堂心,永富一把抱住荷花的白灵牌,痛哭流涕,心胆俱裂,牛牛也呜呜呜地放声悲哭……

从荷花妻彭氏的叙述中,他们才知道荷花殒殁的经过:荷花最后一次去永富家的第二天又下湖了,但晚上就没回家。荷花母亲陪荷花妻子晚上把大湖能找的地方都找遍了,最后在一块湖地找到了他的藕篮子和鞋,锹和藕钎子都不在。据此推断,荷花是因为泥垛子坍塌,被埋到藕塘子里了。婆媳二人回家找人去挖,恰好又连天大雨,所有藕塘都淤合起来,淹到水底,辨认不清了……唉,荷花怎的就逃不过这一劫呢? 难道生死真是老天注定的吗?

永富含泪来到房里,坐到半身不遂的荷花老父身边。

老爷子泣不成声。他捉住永富的手说:"永富啊,死错人了!"老人还要说什么,彭氏抱着戴马虎帽的丑儿(算命的讲丑儿四岁前不能露面见生人)进来了,老人指着丑儿对永富说:"陈家就剩这一棵小独苗了! 永富啊,看在你跟荷花的交情的分上,以后能关照的还望关照啊,我死后会保佑你们父子,保佑你们全家的!"

永富拽拽丑儿的小手,怜悯地说:"伢子,命苦啊,这点儿大就丧父!——爷爷,你老人家放心,荷花儿就是我儿!"永富抹一把眼泪,从彭氏手上把丑儿抱到自己怀里,说,"伢子,做梦都没想到啊!"

永富安慰荷花父母和彭氏一番,拉拉丑儿小手,又掉一阵眼泪,就带着牛牛回家了。他们父子一路走,一路啜泣。

福无双至,祸不单行。因为哀伤过度,就在永富父子从荷花家回去的第二天晚上,荷花父亲又咽气了! 永富代荷花把他老人家收殓安葬了。说是收殓安葬,其实也就是把人家给永富家搭铺的那几块破铺板拼成四块板,将尸体夹着埋了,只是比那些倒毙沟壑、没人收尸的要好一点儿。

几日后,永富带全家先到陈爷爷坟前烧了纸,磕了头,然后来大湖放了由倪妈自制的十三盏河灯。他们对着大湖悲哀地呼喊:荷花兄弟,荷花叔叔魂兮归来。

永富一家刚祭拜完毕,彭氏也扶着荷花的哑妈,携着不满四岁的头戴马虎帽的丑儿,呼唤着、号哭着向湖边走来。整个湖面回荡着凄厉哀婉的哭声。倪妈劝歇哑妈又劝彭氏。

分别时,倪妈怜悯地抱住丑儿,说:"爷爷殁了,大大殁了,奶奶、妈妈带你不容易,你要乖乖的。"丑儿懂事地点点头。

牛牛把丑儿的手拉着,舍不得松开。牛牛想取下丑儿戴的马虎帽,看看他的面相,但又不敢。

后来,丑儿舅舅和伯父把丑儿和他奶奶、妈妈又迁回老家了。但每年的清明、冬至,永富都率全家去湖边祭荷花,到墓地祭陈爷爷,直到他父子遗骸迁回老家安葬为止。

从湖边回来,永富的患处又淌脓了!在牛牛陪同下,永富亲自去请王爷爷看了。

王爷爷把诊断情况细细跟永富讲了,并给他配了药。永富得知自己的病是不易治好的骨髓炎,很是心灰意冷。牛牛心里也很难过,泪水在眼睛里打转转。

王爷爷十分同情,他安慰牛牛:"伢子,别难过,带大慢慢往回走。"王爷爷又转头对永富说,"你也不要灰心,我刚才言重了,其实也有患骨髓炎的人,在没钱医的情况下,自己慢慢好起来了,谁说你就不能呢?"王爷爷咳一阵,运口气,又继续鼓励永富说,"病魔也怕人,人越坚强,病就离人越远。我给你开的药,带回且吃,只要有一点点儿见效,就让牛牛来,我给你再开。"永富没有钱,不好意思答应,王爷爷说:"我们是什么关系呀,我是在救义堂的岳父!"

永富说:"王爷爷,这话你老现在还讲早了,终归还要两个孩子见面,义堂满意才行呢!"

王爷爷说:"好吧,现在不说这事。"

王爷爷把开的五服中药让牛牛拎着。

牛牛接过药,眼睛里充满感激地说:"爷爷,我来生就变小毛驴,给你背药箱,驮着你去给人诊病!"

王爷爷蹲下身,一把搂住牛牛,亲一口,激动地说:"永富啊,有这样的小儿子陪着你,什么病都会好起来的!——难怪我家义堂喜欢牛牛了!"

永富才走一截路,王爷爷又在后面大声叫他。永富转过身,王爷爷说:"辛辣食物要忌吃。最好能多吃点儿鱼,尤其是黄鳝。黄鳝是大补的,又清凉降火,越是大黄鳝效力就越大。"

牛牛把手摆摆,说:"知道了,爷爷,你回吧,你慢点。"

王爷爷又十分严肃地追加一句说:"我刚才讲忘了,永富,你千万不能做体力活,千万千万!"永富点了两下头,向王爷爷深鞠一大躬。

王爷爷配的药效果不错。五服吃完了,又连服了十多服,永富的骨髓炎得到了很好的控制。但王爷爷讲即使全好了,在相当一段时间内也是绝对不能干活的,稍微累点儿就会复发!

永富不能帮人打长工、做短工了,再加雨下得多,年成出现了明显转坏的势头,请倪妈做针线活的人也寥寥无几了,完全靠给人做工挣饭吃的贫困之家处于这样的境地,生活的艰难是不言而喻的。前期储存的干藕制品,如藕片、藕丁,以及洗藕粉后晒干的藕渣,还有晒干的当时被当作藕下脚处理的藕节等,以及毛习普回馈的硬被倪妈"挂红胡子"留下没怎么舍得吃的那几升大米,这时都发挥了大作用!但那些食物当时在永富家少之又少,除了在万不得已时大家才吃一点儿接口气,一般情况下只有年纪最小的六丫和身体不好的永富才能享用到。这项制度是倪妈"独裁专制"下的产物,该享用和不该享用者,都得无条件地不折不扣地执行!

既然倪妈的"制度"无法推翻,又要使所有家庭成员继续生活下去,那么,筹集生活资料的担子,就毫无疑问地落到桂兰和牛牛肩上了——那就是大量地挖野菜!

那个阶段,牛牛、桂兰和倪妈天天都靠吃野菜度日,永富、六丫也搭吃一些,因为光靠那点儿干藕制品和毛老爷给的那点儿米是吃不了多久的。

野菜吃多了,时间长了,倪妈和牛牛、桂兰不但腿脚都浮肿了,而且野菜难以下咽,咽到胃里,又引起肚子痛,一天到晚就跑茅厕,有时突然肚子一绞痛,跑慢了,来不及如厕,就不得不拉到身上。好在那时天已转暖,牛牛只穿着小裤兜兜,跑得快,扯下也快,虽然这样,一天也要脱下来搓洗好几次,还臭乎乎的。后来,牛牛干脆把小裤兜脱丢一边,赤条条一丝不挂了,这样虽省下一日脱洗多次的麻烦,但也因此招来了蝇虻的频繁袭扰。那段时间,苍蝇最青睐的地方,就是牛牛那骨瘦如柴、又腥又臭的屁股。牛牛走到哪里,苍蝇就团在他屁股后面,嗡嗡地轰到哪里。

野菜吃多了拉肚子还不算什么,但长根菜,虽然吃了使人头昏呕吐、身体乏力,可是也不得不吃它。很多野菜都是人畜共享的,生长期短,过了那阵子,就变成枯柴干干了,而长根菜分布地域广,生长期长,而且高产,容易铲挖。长根菜的根又长又白,又脆又嫩,挖铲时,只要顺着藤藤,就能把它从松软的沙土里慢慢牵拽出来。一般情况下,牛牛和桂兰一上午每人能挖回一小篮子。将豆荚粗的根洗净了,下锅蒸了吃,香香的,面面的,还有点儿甜,有山药的味道(长根菜的叶子藤蔓都有些像山药)。赶上晴天,将它晒干储存,以备不时之需。既然这种菜吃了让人难受,为什么还要挖它、吃它呢?这就像《苛政猛于虎》和《捕蛇者说》里讲的那样,其实就是在拿生命赌,毒死便罢;毒不死,就多活一阵子!可是越往后,就连长根菜这种野菜也难吃得上了。因为那时在荒春头上,靠吃野菜度命的人太多。

20世纪30年代搬到条子号的枞阳人,正好逢上那儿的大开发,当时,那里土地多是无主的荒滩,先到的人插草为记,谁开垦归谁所有。50年代搬去的人,又正好赶上土地改革和农业合作化,也得到了应有的土地。独有40年代去那里的人,是麦秆草拴鸭蛋——一头落,一头滑了!跟牛牛大、妈同期去的都是这类人。这些人家的主劳力除了常年给人打打长工、做做短工,或干点儿临时小工外,就别无他路。他们的家属和儿女,夏秋拾拾荒,冬季给人掐掐棉花,除了糊口吃的,几无报酬。家主帮工,儿女拾荒,所得微薄,一冬过完,也就空空如也了。所以荒春头上,这帮人就只能靠乞讨和挖野菜度日子。因为传统观念的束缚,真正放下身段讨饭的,还没有挨饿和挖野菜吃的人多。

天上星多月不明,地上牛多啃草根。因为挖野菜度春荒的人太多,再多的野菜也不够挖,再肥的土地也来不及生长。所以挖野菜挖到后来,牛牛和桂兰两人一天挖的也不够全家一顿吃的。穷则思变,没办法,只好扩大食材的种类了。

"妈,有一种叫狗尾草的采回家你吃吗?"牛牛问。

"你采回来我试试,能吃就采。"倪妈说。

"妈,不用试的,都有人采了。"桂兰说。

"有人采了？它长得像么东西哟？"倪妈问。

牛牛说:"粒子有点儿像田里稗子,有人讲穗儿像北方的粟米,但小多了。"

倪妈说:"那可能就是白茅草上抽出的穗子,往年大旱,闹饥荒,祖母弄回来吃过,籽粒硬硬的,像小铁石。伢子,弄回来吧,要是它,就可以吃。"

桂兰说:"我看人家还刮榆树皮,捋榆树叶子。"

倪妈说:"榆树皮、叶子都能吃,有,都搞回来。"

于是,野菜挖尽了,桂兰和牛牛就刮树皮,捋树叶,采狗尾草,还弄回一种糯糯黏黏的观音土。总之,只要有人采的,他们都采,不管好吃不好吃,只要吃不死人,把命保住再说。

食物的范围扩大了,就多了一分生存的希望。所谓的狗尾草,确实就是倪妈讲的,是白茅草上结的籽实。可能原来同高粱是一科的,就像人和猴子一样,原属同一祖先,在物种进化过程中又分成了两支,进化快的成了高粱,而慢的则沦为狗尾草了。

倪妈把牛牛、桂兰弄回来的狗尾草籽实搔下来,捣掉燕麦一样的硬芒,放水里浸渍,然后就像煮麦炮子一样煮给孩子们吃。榆树皮叶下碓舂匀了做粑,同狗尾草和观音土比,榆树皮和榆树叶好吃多了。

观音土其实就是一种黏性强的泥巴,用它做粑、做圆子,嚼半天,也咽不下豆瓣大的一块,只用它搞糊。用观音土搞糊,其实就是一锅泥浆。无论搞糊、做粑,看起来搞得丰丰盛盛、热热烘烘的,但其实都是在自己哄自己,骗别人。

狗尾草虽比观音土好些,但也是五十步笑一百步。本以为硬邦邦的狗尾草籽煮熟了应该好些,可是仍然磕牙,戳嘴,刮食道,在肠胃里"旅行"一遍,从出口道出来的,仍是囫囵的,漂洗后,不知情的饿汉,同样还会抓到嘴里嚼。

倪妈以为自己还和以前一样,能吃狗尾草和观音土。然而,她才喝了半碗观音土汤,吃了两匙不到的狗尾草籽,晚上就胃痛呕吐。桂兰也有胃病,她充其量只能吃榆树皮叶。可是榆树皮叶都被人搞光了,哪还寻得到呢？

贪吃的牛牛胃口却很好。他可不管什么磕牙、戳腮、刮咽喉的,饿了,就盛碗狗尾草籽嚼,吞不下去,就舀观音土糊浆过口。可是,几天过后,问题来了,牛牛只进不出了,到后来既不能进,又不能出!

倪妈问:"牛儿,你怎么了?姐姐今儿好不容易铲回来些蒿子,你吃点儿吧。"

牛牛说:"蒿子是好东西,可是我肚子又胀又痛,不能吃!"

倪妈放下碗,说:"牛儿,来,我摸摸你肚子怎么了。"

像平往一样,桂兰仍极不当回事地说:"肚子痛,无大病,屙泡屎,就不痛。"

牛牛捺着肚子,一面往倪妈身边走一面说:"我五天没屙屎了,我屙不下来,肚子胀着痛。"

"五天没屙屎胀着痛?"倪妈立刻警觉起来!她往牛牛肚子上摸摸、摁摁、敲敲,铁硬铁硬的,发出石头一样的声响,倪妈和桂兰都吓坏了。永富也惊得脸都变了色,他既害怕又懊悔地说:"他妈,别怪我讲你,那天我就讲我和你们吃一样的,偏要我吃好的(实际上也就是藕渣糊里放几粒米),你带伢子吃观音土、狗尾草。这下好了吧,肯定是泥土、草籽沉在牛牛肚里,转不动,屙不下来了!这可怎么办?"

倪妈也懊悔不尽地自责说:"都怪我没注意,只想着不管什么,只要没毒,伢子肯吃就好,哪想到会是这样。"

倪妈当机立断,说:"牛儿,走,去王爷爷家。"

桂兰说:"妈,我也去,牛牛肚子痛不能走,我背他。"

王爷爷先听了倪妈和桂兰介绍,再略作诊断,便给牛牛灌了肠子,唉,牛牛拉出来的全是狗尾草籽和黑色的泥沙!王爷爷摸着牛牛的头,说:"伢子,还算来得及时,迟了,泥沙草籽在肠胃里淤积久了,你就会中毒死亡的。命大呢,伢子!"王爷爷让王嬷嬷用陆姨大送来的玉米粉做一锅稠稠的糊,让母子仨吃了。

牛牛又阳光起来了,在回家的路上,他又说又笑,又蹦又跳。

桂兰搡一把牛牛,说:"就是你,一天拉一二十回肚子的是你,五六天一回不拉的还是你,你真是事多!"

牛牛反唇相讥说:"姐,你讲我,可别把自己忘了,你吃蒿子,不也一天要换好几回裤子!"

倪妈往牛牛头上磕一下,说:"看你嘴,不饶你姐半句!"

狗尾草和观音土不能再吃了,牛牛和桂兰又改寻野菜和山蒿子了。一天傍晚,牛牛和桂兰捋了点蒿叶子回来,在小牧场南头一块麦垄边歇下。见到地沟里长着一种形似野葱的植物,牛牛对它感兴趣了。他拔起一棵,剥开洋葱似的紫红色外皮,里面呈现出算盘珠大小的肉球,牛牛高兴得不得了,他想那东西要是能吃该多好。于是他拽下一个,正往嘴里塞,被桂兰看见了。牛牛又把拿到嘴边的那个肉球移开了,说:"姐,我试试能不能吃。"

"快放下,让我先尝!"桂兰冲过去,但牛牛已把那东西塞进嘴里咀嚼了。"快吐掉!快!"桂兰大叫。

牛牛只嚼几下,感觉又苦又涩,立即吐了,但是晚了,他舌头发麻,口腔、咽喉像被锁住一样,不能发声了,哑了,比那次喝"龙虎汤"更厉害十分!桂兰急得问他,他只摇头、点头,或打手势作答。桂兰急得把地头那边小叫花的妈叫来。

牛牛昏过去了,小叫花的妈二话不说,抱起牛牛,一肩驮到毛家大园小棚。

永富夫妇见牛牛已经昏死,不问情由,抱住就哭。

小牧场周边做事的人都赶来了。知道牛牛尝野菜中毒,都急得不得了。其中一个略懂医道的人,摸摸牛牛鼻子,扒扒眼睛,号号脉,说:"长胯子,快去请毛新如!"并随手把牛牛抱去棚内地铺上放平了。

长胯子回来了,但人们急切期待的毛新如却不知上哪出诊去了!

"拿盐来!"那人急切地把手伸向永富说。可是倪妈家的盐罐像水洗过一样!

"长胯子,快去我家拿盐!"那人又十万火急地催促着。

没过一刻,被人们当作救星的长胯子空手而来,他对那人说:"你家门锁着,没找到你老婆!"

"这等不凑巧!"那人急得直搓手。

"盐!"

"盐!"

"盐!"

紧随长胯子后跑来的好几个人,相继向那人递上了盐。

那人迅速搞了半碗盐水,要喂牛牛喝,可牛牛牙咬得铁紧,撬也撬不开!那人将牛牛的头略微放低了,用勺把儿挑水,一滴一滴从牛牛的鼻孔往里滴。

盐水滴到一半时,牛牛的情况虽未有明显好转,但也没有恶化。人们纷纷离开了,那人又观察了一会儿,估计牛牛已经扛过危险期了,便向永富讲了一些要注意的事项,也回家休息了。

那人走后,桂兰从王爷爷那边回来,她带回一包七年前的陈绿豆、五年前的木芙蓉、四年前的半枝莲、三年前的车前草。

很快,便由给牛牛滴盐水改成了滴那四样药熬的汤。

桂兰转达王爷爷的话,说牛牛尝的叫断魂草,幸亏没吞下去,要不然,神仙也没法救了。

倪妈虽从桂兰嘴里知道牛牛全吐出来了,但担心依旧有增无减。

半夜里,牛牛的手脚突然抽搐起来,像是痉挛一般,似乎比之前更严重了!倪妈越发求老祖宗、老菩萨、老天爷了!

天还未亮,出于关心,小叫花的妈来看牛牛,见牛牛忽然口吐白沫,喉咙眼里像毛习普抽水烟袋时那样哗啦哗啦响,就惊慌失措地说:"永富夫妇,快给你儿子牛牛穿衣,送他上路,伢子不行了,快快快!"她说着就走,刚出棚,又掉头说:"快给伢子穿衣,我不是不帮忙,是算命的讲我见死人会摊上杀①,对全家不利!你们快给伢穿衣,送他上路!"

永富夫妇哪里忍心给牛牛穿衣,送他上路呀!只是可怜哭得死去活来,桂兰也在声声惨叫着,说是以后打柴挖野菜再也没有牛牛陪伴了。

就在他大、妈和桂兰哀哀地哭得山寒水恸、月落星沉时,牛牛身子往上一抬,坐了起来,揩揩眼睛,如梦初醒一般地说:"大、妈、姐,你们哭什么嘞!"

一家人大喜过望!倪妈把清明用剩的一沓香纸和一挂爆竹拿到小牧场中心烧了、放了,算是兑现诺言,给老祖宗、老菩萨、老天爷三家一并还了大愿!

---

① 摊上杀,指遭遇鬼神劫难。

四十二

牛牛活过来了,不用说家里人有多么高兴。为了庆贺这一大喜事,除了在小牧场中心烧香纸、放爆竹外,那天早上,倪妈破例用藕丁、干长根菜、蒿子头,外抓了一把大米,搭在一起,熬了一锅稠稠的大杂烩粥,全家同吃了。

中午放牛回家听小叫花讲牛牛尝野菜中毒殁了,春来丢下牛绳,就号啕着向永富家小棚跑来,他跑过了毛家大园也不知道。

"春来,你去哪?"带六丫在棚前玩的牛牛,见春来边揩脸边向前跑,就朝他大喊着。

春来一回头,见牛牛正朝他飞跑过去,竟惊异得讲不出话来,认为自己是在做梦,便抬起右手,狠咬一口,痛得直打趔趄。牛牛赶紧跑过去把他扶稳了。

"春来,你去哪儿?"牛牛问。

"你是牛牛?"春来反问,眼睛瞪得老大,盯着牛牛,手背流血也不知道。

"春来,我真的是牛牛,我晓得,你听人讲我尝野菜中毒了,是吧?"牛牛说。

其实何止是讲牛牛中毒了呀,小叫花的妈听到小牧场放爆竹的声音,就到处讲牛牛死了!

春来抱住牛牛,喜极而泣,号啕不止!

春来和牛牛携手进了草棚,春来和倪妈、尹伯伯只说了几句话,就想起他的牛绳没拴。春来以与来时同样的速度,赶到苏老板家时,正遇着伙伴们结队往大牧场放牛去。他顾不得自己还没吃中饭,就去牵牛。忽然苏老板站在他面前,一脚把春来解开的牛绳踩住。

苏老板手上拿着根杨树条,他板着脸,瞪着眼睛,样子很吓人。不等春来问,苏老板便嗖地一树条向春来只穿着破单褂的上身抽来。春来本能地一闪,枝条儿抽打在拴牛的树干上。当他再次举起树条时,老板娘郑氏喊了:"树石他大,你怎么啦?他是伢子!"但老板仍气咻咻地把枝条儿举得高高的。

春来背倚着牛。大水牛望着老板,呼呼地直喘粗气。

春来不解地说:"苏伯伯,你先指出我哪儿做错了,再打不迟。"

苏老板说:"中午放牛回来就跑,招呼都不打一声,牛绳也不拴,你去哪儿了?"苏老板指着邻居家被踩踏坏的篱笆和菜园,说,"你自己看吧,都把人家菜园糟蹋成什么样子了!"

春来晓得了,说:"苏伯伯,你打我吧,是我错了,你狠狠打我吧。"春来十分歉疚地往地上一跪。苏老板说:"我不打你,也不要你跪,你起来。"苏老板背对着春来。春来站起身,掸掉膝上沙土,说:"苏伯伯,我放牛去了。"苏老板说:"今天下午你不用放牛了,你不见牛吃得鼓鼓囊囊的,肚子胀得像大河豚一样啦!"

春来再次抱歉地说:"苏伯伯,我下次一定注意了。"

苏老板余怒未息地说:"没下回了,你把东西拣拣回家,我不雇你了。"苏老板说罢,愤愤然背着两手进屋去了,边走边说,"弄坏自家的也罢了,偏是人家的,既赔人家菜,还要给人家扎篱笆,又挨人家骂,怄人的。"

春来也跟了进去,他要摸清苏老板是借此吓吓他,让他吸取教训,以后做事注意,还是真的要把他辞掉。但苏老板又气咻咻地从后门出去了,根本不给春来机会。

春来怔怔地站在那儿,见自己既遭到了老板拒绝,又没人给他台阶下,怕是事情难以转圜了,只好回到他那卧棚里(他的卧室跟牛栏只隔一层芦苇壁子),坐到铺沿上,暗暗掉着自责的眼泪。

外面无端地下起了小雨。雨点打在窗上,发出沙沙声响。春来冷静下来了。他又坐了一会儿,情绪平稳了一些。他开始收拣他的几件破衣,卷着他那一文不值的铺盖卷儿。当他拎着东西要走时,又无限依恋地坐下来。难道苏老板真的不雇他了吗?他们平时待他是很好的呀,难道一件事做得不顺通,就不原谅他了吗?要是他再去求求,能留下不走也未尝不是没有可能的呢。他想通过老板娘郑婶来打开这个结,可是又没见郑婶影儿,只有老板和儿子苏树石在凉棚里说着什么。他想直接再找一回苏老板,可是一见老板正朝自己望着,看老板那不开笑脸的样子,春来又没有勇气地退了回来。他摸着他的铺盖卷儿,犹豫着,徘徊着,最后还是打定主意说:"算了吧,辞就辞了,落到这个地步,不怨天,不尤人,只怪自己嘴巴无毛,做事不牢。如果把牛绳拴了,就不会有这事发生,这是自己酿的苦酒,只能由自己来喝!"不过他想到去见牛牛时,牛牛健健康康的,他就什么怨、什么悔、什么嗟叹都没有了。当年兴国、明发、启亮、义堂等学兄,走前都曾直接或间接地叮嘱他要帮着带好牛牛。他们和牛牛真正相处的时间只有短暂的二十天。二十天的相处尚且如此关爱他,那么和牛牛早已成为金石之友、莫逆之交,与牛牛相依为命的他,难道不更应该去照顾和关爱牛牛吗?

一时间,前几年和牛牛一起做的许多趣事、乐事、苦事、可怕的事,都次第浮现到了眼前……他想老板不要他,他正可以回到牛牛家过和那几年一样的生活去!要是一直和牛牛不分开,牛牛这次可能就不会尝野菜中毒了。是的,想到这,春来不再犹豫、眷恋了,他的心情好多了,他拭去两边脸颊的泪花,嘴角上露出了一丝欣慰但又略带苦涩的笑!

风停了,雨也歇了,透过芦苇编扎的窗棂,可以窥见外面雨后如画的风景:新绿的柳条上,闪着亮晶晶的水珠儿,几只娇莺在柔柳间跳来跳去,鸣声阵阵,好生自在;抖落的水星,满含深情地飞进窗内,沾到春来嘴唇上,他伸出舌头舔舔,凉丝丝、甜润润的,有一种令人陶醉的幸福滋味。

终于,春来背起铺盖卷,从卧室里迈步出来了,他想去和主人道个别,但苏老板不知去了哪儿,郑婶在给邻居编篱笆。他来到树边,只见与他朝夕相伴的大水牛向他摆着头,摇动着一窝圆的大角,甩着大尾巴,两只健壮有力的前蹄不断在地上踏着,鼻子里还发出哼哼的出气声,他似乎听见大水牛在说:"春来呀春来,你不能走,我需要你放养,需要你照料,你不能走,我舍不得你!"春来被大水牛那无声的语言、温驯的神情感动了,震撼了。他放下铺盖卷,贴近大水牛,拍拍它高大魁伟的身躯,理理它脖颈上的灰色硬毛,摇摇它圆圆尖尖、彰显着雄武的大角,用脸贴贴它的脸,用头抵抵它的头,然后极为依恋地说:"大水牛啊,你主人辞退我了,我就要回家了,不能陪伴你了,你要乖乖的,不要给新来的牛娃招惹麻烦……"大水牛似乎听懂了春来的话,它抬抬头又沁沁头,舔舔春的手臂,贴贴春来的额头,似乎在用这些无声而深情的行为,来表达对春来的歉意,抚慰它给春来心灵造成的创伤。大水牛和赵春来的眼睛里同时闪着晶莹的泪光。

春来再一次抱住牛头,久久不肯松手。

春来的一举一动,被在脚屋里的苏老板窥视得一清二楚。他暗自责怪自己,不该用这种自己并不驾轻就熟的激将方式,去对待一个纯朴无邪的孩子。他见春来真的要走了,赶快叫妻子去把春来的铺盖卷拦截下来,不让他走。

郑婶将丈夫狠怪了一通,并说他打出事来,要他自己去解决问题,她懒得替他做。

苏老板急了,说:"哎呀,你也这样讲,这么好的伢子,谁舍得打他?你不见我棍子落在树干上呀。"

郑婶说:"棍子是落在树干上,可那也是老虎不吃人——凶相难看呢。"

苏老板少不得向妻赔小心说:"好好,是我错了,你快去吧,慢了,他真走了——唉,这伢子——啊,你就说是我叫他别走的!"

郑婶说:"我去,我——去——!你记住了,下二回屙屎,我可不给你擦屁股!"

苏老板更急了,催促说:"哎哟,你去吧,啰啰唆唆、磨磨蹭蹭的,来这么长时间了,我待他怎么样,别人不知,你还不晓哇?臭小子!——你快点儿,他就要走了。"

春来最后亲了大水牛一口,后退几步,一转身,刚伸手拿铺盖卷,却被一只手按住了。春来抬眼一看,正是郑婶。

"伢子,你怎么真走啊?"郑婶说。

"婶,是苏伯伯叫我走的。"

"伢子,你苏伯伯是吓你的,他现在不要你走了。"郑婶一手拎着铺盖卷,一手拽着春来,向屋里走去。

大水牛踢踏着四蹄,呼着粗气,叫了两声。

郑婶回过头,借题发挥,笑着对春来说:"看看吧,伢子,大水牛见你不走,都高兴得叫了!"郑婶说着又拽了春来一把,郑婶笑了,春来也笑了。

自那以后,苏伯、郑婶更加喜欢春来了。他们把春来的卧室从牛栏隔壁移出来,跟他们儿子树石同住在一个房里了。

春来不是庸碌之辈,他知道不管苏老板夫妇怎么不拿他当小伙计待,他小童工、小伙计的身份都始终没有改变,因此,他时时、处处、事事都怀着谨慎的心理,不给人以受惯受宠的印象,他努力在放好牛的前提下,尽量为苏伯、郑婶多做些力所能及的事。好在这方面春来不做作、不勉强,他和永富家的桂兰、牛牛一样,都有着一种天生的好素质,吃得苦,耐得劳,自控能力强,不用人家压制、督促和管束,就能把事做好。就是因为有这些长处,所以春来一直被苏老板夫妇喜欢;因为得到主人喜欢,所以春来在苏家一直过得很开心。

然而春来也有无法释怀的地方,那就是他放不下、撂不开他曾经的学弟牛牛,尤其是那回牛牛中毒后,春来几乎天天晚上都梦到牛牛。前天晚上,才入睡,春来又梦见牛牛尝野菜中毒了,而且这一次举全家之力,毕医界之技,也没能挽回牛牛的生命!春来哭得好伤心,醒来发现当枕头的褂子都湿了。

本来是日有所思、夜有所梦的,可春来却把夜里的梦当真了。早上从牛栏里牵牛出来,他还啜啜泣泣掉眼泪……

四十三

见郑婶来了,春来立马转过面去,拭了泪,故作笑颜,但这没有瞒过郑婶的眼睛。

"伢子,你遇到什么难事了吧?"郑婶关切地问。春来没有回答。

郑婶说:"讲讲吧,到底是遇着什么难事了,讲出来看我能不能帮你。"在郑婶的一再催问下,春来把夜里做噩梦的事讲了。在一旁的苏树石也做证,说他夜间确实听见春来在梦里哭。

郑婶说:"伢子,你讲的牛牛就是那回送藕来的那伢子吧,他与你家的关系我晓得,是因为你雨中给他妈送蓑衣。那伢子会做一般的小事吗?"春来咀嚼出郑婶最后那句话的意思了,于是把牛牛盛赞了一番,说他和他姐桂兰在毛习普家当了两年半童工,什么苦活、脏活都干,深得主人夸赞、喜欢。

几天后,牛牛也到苏老板家去了。

牛牛到苏家后,做什么事都和春来同来同往的,他勤快灵活,善解人意,和春来一样甚得苏老板夫妇喜欢。那苏树石甚至把牛牛当小弟弟待。然而人算不如天算,当牛牛和春来一起在苏家过平稳生活时,意想不到的事发生了:苏家的牛在一个倾盆大雨的晚上,被人偷去了!查询了十多天,也没有一点儿线索。

那阵子,雨下得连日不开,苏家的土地绝大部分都被水涝了,午季没收入,也没钱买牛。苏老板夫妇心情抑郁,闷闷不乐。春来带牛牛在苏家吃十多天闲饭了,自然也很着急。这天,春来向坐在桌前的苏老板夫妇,把自己要带牛牛回家的想法说出来了。

"春来伢子,"见春来主动把想法说出来,苏老板也近乎凄然地说,"你和牛牛都是好伢子,我们都很舍不得放你们走。如果愿意,等我来年买了牛,再请你俩来。不过你俩可以耍两天再走,让婶给你俩做件衣。"苏老板的话等于间接同意了春来的想法。临了,苏老板又问春来和牛牛还有什么要求,春来摇摇头,表示他没要求。

牛牛说:"苏伯伯,我心里晓得,其实你就是怕我在家饿死,才让我来你家的,我大、妈讲没法谢你和婶!我没要求。"

苏老板摸摸牛牛的头。郑婶叹息着,对两个孩子的处境深表同情。

第四天早上,春来和牛牛十分不舍地离开了苏老板家。

郑婶捱给牛牛八升玉米粉,由春来背着,上了大堤顶。

前一天从二女儿家回来的赵姨,见春来把衣被都带回来了,知道儿子是被辞退了,心里凉了半截。

春来正要向他妈说明回来的原因,他大姐夫来了。大姐夫是来接春来妈去他家做事的。

"大女婿,"春来妈态度冷淡地说,"讲老实话,你和二丫头家里我都不想去。"

大女婿说:"不想去也要去啊。"

赵姨说:"春来回家了,我一走,他怎么办?"

大女婿说："我要讲你老人家了,真的,是他养你的时候了,你还焦心他!不行的话,叫他还去什么倪妈家过吧!"大女婿侧过面望了望春来,说,"帮人家放牛,又跑回来做么事呢?吃不了三顿饱的东西!——妈,我们走吧,家里还等着你去烧中饭呢。"

赵姨无奈,只好向春来交代了几句,勉勉强强跟她大女婿走了。

春来把他妈送到路口,说:"妈,你放心,我会照顾好自己的。你也不要太累了。"赵姨挥一下手,心疼地说:"来儿,中午自己搞糊吃。"

春来本以为能和他妈在一起过一阵子了,可刚到家,还没向妈说明回来的原因,妈又被接走了,春来心里真的很难过。春来的思绪乱飞着,他又想到他的学兄义堂、兴国、明发、启亮等人了,他们鲜活的形象又次第跃现在春来面前了。可见人之间的亲疏远近,不在血脉,而在于理念相通,情谊契合。

"笃笃笃……"有些倦怠的春来刚要打瞌睡时,耳边响起一阵敲门声。他开门一看,是苏老板。苏老板给春来送来一袋小麦和一小袋玉米粉。

送走了好心的苏老板,回到屋里,春来又满怀感激地摸摸两袋粮食。摸着摸着,他想到了尹伯伯、倪妈妈,想到了牛牛。

倪妈得知牛牛回来的原因,又看到苏老板给的粉,心情和丈夫一样:惋惜、愧疚,不能平静。永富说:"自从到条子号以来,得到许多人的恩惠,我们现在都只用一句自己骗自己的话来说'大恩不言谢'了。"

春来正在想着牛牛,睡醒过来的牛牛坐了一会儿,遵照大、妈的意思,就去了春来家。春来非常高兴。

牛牛说他妈上午在义堂家门前,看见春来大姐夫把赵姨接走了,怕春来一人在家孤单,就让他来陪伴了。

春来说:"弟弟,你来最好,我本来一人晚上懒得搞吃的,走,我俩烧锅搞糊去。"

这是从苏老板家回来的第三天了。早上晴得好好的,可是,到半晌午又下雨了。雨天气压低,不好的心情,又逢着这凄凄迷迷的天气,人格外困。春来捧着《论语》没读几章,就又昏昏然打瞌睡。他头伏在胳膊上,刚刚睡着,他妈又回来把他叫醒了。春来说:"妈,你不是去大姐家了吗?又回来啦!"

赵姨说:"来儿,我实在懒得在他们家蹲。来儿,我叫你好几声都叫不醒,睡心太重,你可真是少年不识愁滋味呢!来儿,妈今天要和你说说话儿。从你那么点点儿大,妈把你养到现在,其中辛苦,谁能晓得呀。从小到现在,我一直就把你当命根子,当宝贝,当明珠儿,含嘴里怕化了,捏手上怕坏了!我想在家陪你,他们又要我去做事,我要带你去他们家,他们又觉得碍眼,硬是不让。来儿,妈进退两难哪!家里几升粉吃不了几天了,吃完怎么办呢?妈的意见是:既然他们不容你,妈又养不活你,帮人当小伙计又当不了,吃完了余粮,你就自找活路去吧。等你长大了,如果有心,就认我是妈,不认,妈也不怪罪你了。"

春来说:"妈,我是你亲儿,你是我亲妈,我怎会不认你呢?妈,你走后,苏伯伯又给我送来了粮食,妈,妈,妈——"春来抬头四望,哪有妈妈的影子,站在他面前的是他二姐夫!他二姐夫没好气地说:"懒货,大白天睡觉还做梦!"

"你什么时候来的呀,二姐夫?"春来揉着惺忪的睡眼问。

"小孩子跟大人讲话要有礼貌,要站起来,站正了!"二姐夫首先对春来进行了批评指正,然后语气生硬地说,"既然人家不雇你,就别在家闲着睡懒觉,快把换洗衣服和铺盖卷拣拣,到我家给我放湖鸭去,我大后天要和你大姐夫到南京做生意。"

春来眼睛望着地上,不假思索地推辞说:"二姐夫,你朝外雇人吧,放湖鸭的事我干不了。"

春来二姐夫不容分辩地说:"干不了?我看你是不愿干!鸭子有多大?一只鸭子顶多五六斤重,一头牛有八百斤重!那样大的牛,你都给人家放了,我那么小的鸭子你不放,你说你是干不了,还是不愿干?"

春来也较真:"二姐夫,人家牛八百斤,可它只有一头;你一只鸭六斤,可你有七百多只,加起来是一头牛的五六倍重!"

二姐夫自知说漏了嘴让春来钻了空子,于是把脸拉下来说:"别管多重,快把东西拣拣跟我走!"

春来仍然坚持说他干不了,要二姐夫朝外雇人。

二姐夫说:"雇人?那我得付人多少工资?快拣东西,这事容不得你不干!把你那两只鸭捉着(不知哪来的鸭子,每天晚上来春来家过夜,无须喂食,也无人认领,成了春来的家鸭),一起带到我家去,你二姐快坐月子了,杀了给她补身体!"

春来压根儿不愿去,但一闪念间,他改变主意了,说:"二姐夫,实在要我去,我就去!不过今儿不行,你刚才不是讲小孩子要有礼貌吗?我有三个好友约好了,后天上午来我家玩,我们有两年没见过面,如果我今天跟你走了,后天他们来吃闭门羹,那是多么不礼貌呀!"

春来二姐夫犹豫了一下,表态说:"那就这样,小孩子讲话要守信用,误了事,你二姐不会饶你的!"

春来二姐夫跨出门,又后退一步,叮嘱春来要带上鸭。

春来说:"二姐夫,你不提,我倒忘记了,我那几只鸭前天晚上被狐仙偷去了。"

他二姐夫气得直骂春来是"饭桶",是"猪食罐",家里鸭子都看不住。

二姐夫刚走到火神庙前,天下雨了。望着他抱头离去的身影,站在自家门前的春来极为瞧不起地说:"怕付工钱,让我去给你家做事,还要我带鸭子去给你们吃,抠门,严监生①!"

进屋来,春来又一次摸摸苏老板送来的粮食,沾沾自喜地说:"我为什么不去给他家放鸭呢?我去了,这粮食不就省下了吗?"他摸摸粮袋,说,"尹伯伯、倪妈妈,用它搭着野菜吃,你们又可以度一阵啰!——哎呀,我背不动,得分开多驮几回。"春来驮着分装的粮正待出门送往毛家大园,牛牛又来了。牛牛全身淋得水滴滴,冷得牙打战。

春来说:"弟弟,我正要去你家,你就来了。中餐吃了吗?"春来边解蓑衣,边放下背袋里的粮,牛牛凑手帮春来托住袋底。

"快把破褂、破裤衩脱下,别又伤风感冒了。"春来把牛牛脱下的衣服挤干了,蒙到尚有余温的灶面上。春来又问牛牛中饭吃了没有,牛牛点点头。

下午约莫四点钟光景,春来把烤干的衣服给牛牛穿好后,背着粮食带牛牛去了毛家大园,向尹伯伯说明情况后,又带牛牛匆匆赶回来了。

---

① 严监生是吝啬鬼。

次日一早,春来罩好鸭,又赶忙弄了吃的,接着就让牛牛拎着两只鸭,自己背着昨天没背完的粮,又到尹伯伯家去了。

永富说:"伢子,我这儿出门就是毛习普的庄稼地,鸭没法养,你还是带到你二姐家去吧。"

春来一怔:"带到二姐家去?"

倪妈说:"粮食给你保管行。"

春来讶异了,说:"尹伯伯、倪妈妈,我哪是弄来让你们保管和放养的!鸭是给尹伯伯补身体的,粮食也是给你们全家吃的!都别把我的意思搞错了。"春来说着挨到永富身边坐下了。

永富半侧过身体,用额贴着春来的脸,说:"伢子,你叫伯伯怎么谢你!"

春来说:"我在你家一住就是几个月,一住就是年把年,吃你们的,受你们照顾、爱护,我该怎么谢你和倪妈呀!"

听倪妈还坚持要他把鸭带到二姐家去,春来把鸭拎到棚外,当场就剁了。

春来又挨永富边坐下,说:"尹伯伯,我没什么值得你和倪妈谢的,什么也不用你们谢,我要离开你们放鸭去了,不能常见到你们,临走前,我只想你们叫我一声……"春来没说完下半句话就打住,只望着永富和倪妈笑。

倪妈说:"看你这伢子,还是那么调皮!"

那天晚上,永富陪春来到那边歇了。姐弟相处的事,放鸭注意的事,饮食冷暖的事,水上安全的事,等等,大事小事,永富都点点滴滴、细细致致、到边到拐地跟春来交代了。每讲一个方面,春来就应允一声,说他知道了。

那是春来应承去他二姐家的下午,倪妈正往方塘边给王嬷嬷搓衣,见春来背着铺盖卷,拎着小衣包,从小圩埂那边走来,于是迎上去,又是一番千叮咛万嘱咐,到边到拐、细细致致,唯恐言之不尽地跟春来交代着。每说一个方面,春来就哼一声,点一回头,说他记住了。讲起来真的很让人好笑,因为几年来的相偎相依,许多方面都成了习惯,赵姨的儿子春来好像都成了永富夫妇的被监护人了。

一转眼,春来在他二姐家放鸭子都快一个月了。春来每天早上驾小鸭溜子船出去,擦晚回来,中午在野外吃他早上带去的大半竹筒的糊或粥。整日伴随他的就是那只小鸭溜子船(有时是腰盆),一根秒子上悬吊标草(有时是荷叶或破芭叶扇)的细竹竿子,一件蓑衣,一顶箬笠,一本破得很的《三国演义》,再就是他面对的七百多只鸭子。

除非鸭吃饱了,要上岸干干脚,晾晾翅,把头拗到背上打打盹,春来才把小溜子船撑着靠到岸边,上岸走走,伸伸臂,踢踢腿,活动活动筋骨,不然,一天到晚他就坐在鸭溜子上,随着鸭群,或向大湖,或入芦港,或去河套,或到夹江,就像渔夫舟子似的,过着浮家荡宅的水上生活。

华阳地区江河湖汊很多,水域面积很大,莲子、芡实、菰米、野生稻麦、小鱼小虾、泥鳅蟹鳝、螺蛳河蚌等,应有尽有,到处都是,鸭子要往哪去,没有定性。有时鸭引着人,有时人指挥鸭。鸭子或散或聚,或行或止,或进或退,全看春来手持的那根竹竿,以及竹竿头上悬吊的那束标志物!那竿标志物好像是号令牌,又好像是军令旗,它的一招一式、一挥一舞,都传递着春来向鸭群所释放的讯息,"鸭大军"对那讯息,完全读得懂;而鸭子的一阵振翅、一声嘎鸣,春来也完全能理解。

春来二姐家隔壁有位白发银须、一脸和善的张姓爷爷,他对小小年纪就开始人生历练的春来,成天撑着小溜子在河湖港汊里放鸭,极度同情和不放心。他一遇到春来就跟他讲那上下周边几十里水泽中的故事。譬如某某湖中有黑脸利爪的大水怪呀,某某芦荡里有身躯如斗粗的大蟒呀,某某河心里有手脚上都长着长毛的水猴子啦,某某穿江闸下有吃人的大黄鳝精啦,某某夹江里又有专门把小孩子往水里拉的水鬼啦,等等,而且讲的时候,面部还呈现出十分恐怖的神情,好像不这样声情并茂,春来就不相信是真的;好像春来不相信是真的,就不会引起重视;好像春来不重视,就会思想麻痹大意,容易发生事故;好像假如春来发生了事故,他作为邻居,作为读书的老者,就对春来没有尽到责任,做到仁至义尽……而且讲完还叮嘱春来,千万别把鸭子往那些危险的地方赶放,以免发生意外。春来德行极好,就像听他的尹伯伯、倪妈妈的教导一样,张爷爷讲一句,他哼一声,点一回头,说他晓得了,但并不以落实尹伯伯、倪妈妈教导的态度去落实张爷爷的教导,他很想见见张爷爷讲的那些水中的魑魅魍魉、鬼蜮蛇妖!

那是一个细雨淅沥的下午,春来的小鸭溜子停在通江闸的闸墩旁,借着闸面遮盖,他坐在溜子上聚精会神地看《三国演义》,他正为汉军火烧赤壁、大战曹营的壮观场面叫好时,突然所有的鸭子几乎在同一时间内,拍打着翅膀,嘎嘎大叫着,踏着水面,呼啦啦刮大风暴似的逃离了闸口及附近水面,而独有一只大麻鸭就像被什么东西拉住了脚似的,拼命嘎嘎叫着扑着两翅,但不仅挣脱不得,反而身子还时不时往水下沉坠。春来不容细想,他放下书,轻点两篙,靠近大麻鸭,伸出右手,一把逮住鸭翅,往溜子上一拖,鸭脚还带上来一个黄色的大家伙……

四十四

赵春来连同鸭一起拉到溜子上的黄色的大家伙是什么呢?这是后话,暂且不提。让我们去看看小沙弥生活得怎样吧。

在少林寺学武强身的小沙弥悟敏,忽然在一天下午,回到了他朝思暮想的寄身地雷港寺。当他看到寺前那杂花生树、群莺唧唧的仲春时节的江干图景时,别提有多喜悦和激动了。小沙弥回来了?这是真的吗?事先并未听说,怎么说回就像腾云驾雾般回来了呢?其实那不过是小沙弥对雷港寺思念太深,眼前出现的一种幻象而已,他并未回来,他还在少林寺。此时,小沙弥正在窗下写信。烛影下,只见小沙弥一会儿搦管沉思,不着一字;一会儿又搦蘸香墨,奋笔疾书。写到高兴时,他不禁思潮奔涌,兴味盎然;写到难堪处,他则泪珠与笔墨齐下,不能尽言而几欲搁笔。

深夜里,巍峨的佛寺,沉沉的屋宇,高啄的檐牙,亭亭的僧塔,以及寺院内的香亭井臼,石经花坞,回栏曲槛,高树藤萝,都在朦胧月色的映照下,着上了层层静谧而神秘的色彩。近岭松涛,已不再澎湃呼啸;高天繁星,尽在闪闪烁烁。春夜的水汽,在夜凉的作用下,全都凝结成晶亮的玉露,沾在临窗的桂叶上,沾在石台的兰草上,沾在芍药的芳枝上,沾在牡丹的花蕾上。几处青蛙的呱呱声,在散发着春草清香的池塘里此起彼伏,嫩黄如月色的柳丝间,栖息着双双花喜鹊的倩影。丝丝夜风,恍如母亲温暖而爱怜的手背,透过纱窗的帘幕,抚着小沙弥的面颊,沁入小沙弥的心脾。如此令人惬意的仲春之夜,既往小沙弥落寞的心田里灌进了一缕难得的温馨,也为他干涸而空旷的情感沙漠添加了浓浓的哀愁与凄惘。

不知什么时候,小沙弥给他干爹干娘的信已经写好了。那时早课的钟声已经敲响了几遍,众僧已在佛堂里端坐诵经了,可小沙弥的蒲团上却没人。大家都很诧异,小沙弥师父更觉不解。因为早课坐禅诵经,小沙弥从未迟到过,更别说缺课了。

师父往小沙弥禅室里去,欲探究竟。

小沙弥卧室的门是半掩的。师父推门进去,只见小沙弥一手拿着几张写满字的纸,一手伏在桌上,头搭在蜷曲的胳膊上,呼呼睡着了。笔架上的羊毫放上去似乎不久,而砚田中的翰墨还透着浓香。师父没有叫醒小沙弥,他蹑手蹑脚地来到桌边,凑近写满字的纸,只看了头一张,师父就被大大地感动了!

师父原来只当小沙弥是个天真活泼的孩童,却不承想他还有不为人知处!于是师父索性把信从小沙弥手上取下看完。师父流泪了!他压根儿没想到:这个小孩,这个乳臭未干的小孩,竟是一个孤苦无依的孤儿!而小沙弥来寺院一年多了,自己却对小沙弥的身世一无所知!他为只在习武方面对小沙弥严格要求,而从未给这个无父无母的孩子多一分关爱而深感愧疚。师父含着泪,把信放回小沙弥手上。

从深殿中吹来的风,颇带寒意。小沙弥的手冰凉冰凉,没有一点儿热气。师父毅然脱下自己的僧袍,慢慢地、轻轻地、无限爱怜地披到小沙弥身上。他退后一步,沁下头,再次看看小沙弥那满是稚气的脸。小沙弥脸上泪痕斑斑,桌面上留有风干的泪滴痕迹。

佛堂里机械而单调的敲击木鱼声,依旧笃笃笃地在响,而小沙弥仍在伏案酣睡,也许他真的进入了梦乡,梦乡里,他真的回到华阳,与他的义父母、义兄弟难得地暂时团聚了!

师父默然地走到门边,又转过身来,合掌默念着:"花槛外吹来的晨风,请不要打扰孩子吧!"

师父刚抬脚出门,耳畔又响起小沙弥的呓语:"干爹、干娘,你们就是我亲生父母,你们别叫我干儿,我其实就是你们亲儿,爹、妈……"

师父的泪水,禁不住又一次扑簌簌往下掉落。他再次望着小沙弥,合掌祈祷着:"阿弥陀佛,我佛慈悲,愿佛保佑一切苍生,赐予一切苍生福祉吧,赐予这个孩子福祉吧!"

小沙弥醒来时已经旭日临窗,他叠好信,装进信封,欲起身寄出,刚站起,感到一件偌大的僧袍,重重地压在他肩上,取下一看,是他师父的。他不用问就明白了,他感激地叨念着:"人间处处有爱心!"

说来也颇让人不解,就在小沙弥悟敏思念永富全家、眼前出现幻象的时候,牛牛那夜心里也很不平静。他问他大春来去放鸭多少天了,说春来放鸭前,把苏老板给春来吃的粮都给他们家了,要是春来不放鸭了,回家吃什么?他大反问牛牛该怎么办,牛牛挠挠头,说还让春来到他们家,和他们一块过。永富说:"牛儿,只怕等不到那时,我们就把春来送的粮吃光啰,就连累春来饿肚子啰!唉!"

倪妈说:"他大,你就别老叹气了吧,过哪算哪,想许多会把人急死。"倪妈又问桂兰和牛牛,晓不晓得春来二姐家住哪儿,她说,"到处大水漫天的,春来一个小不点儿,天天撑着小溜子,放七百多只鸭,太让人不放心。"倪妈拉过正要睡下的牛牛,说,"牛儿,我这心里,除了你、端马,就是那小沙弥悟敏干儿和小赵春来、王义堂。"

牛牛说:"妈喜欢赵春来,是因为他经常在我家住;喜欢义堂,是因为他以后是我姐夫;喜欢小沙弥悟敏,是因为他是你干儿,更因为他像我虎子二哥!啊,妈,说起沙弥哥我想起来了。"牛牛索性坐起来,"我这几天晚上尽梦见沙弥哥呢,我梦见他跟师父们学武打,什么猴船(拳)、醉船(拳)、梅花船(拳)、南船(拳)、北船(拳)、少林船(拳)等等,他都会打了。我梦见他耍起棍子来,只听见呼呼的风声,看不见棍子;他舞刀时,也不见刀动,就见一圈圈白光在面前闪。我还梦见他回来了,给我带了好多吃的。他还要拥抱我,可是刚张开两臂,就不见了！妈,说不定沙弥哥真的回雷港寺了。妈,沙弥哥要是来我家,我晚上就跟他困。"

倪妈拍一下牛牛的脸,说:"不怕丑的儿子,跟沙弥哥困,再尿尿,把他漂到大通荷叶洲去。"

牛牛嗔怪地说:"妈,我晓得怕丑了,你怎么老爱揭人短呢?"牛牛用头往他妈的胳膊上撞一下,不过他没有运气发力,只是象征性地、装乖巧地,更为讨他妈欢心地撞了一下。

倪妈亲一口牛牛,说:"孬儿子,你梦见沙弥哥,那是因为你想他了,沙弥哥要是真回到雷港寺,老方丈早就叫他来看我们了。困吧,牛儿,别多想,困好好的,明儿跟你姐多寻点儿野菜。"

牛牛央求说:"妈,我明儿去找春来好吗?"

倪妈说:"不去,你本来就是胆小鬼,大水漫天的,会把你吓坏的!你去我不放心。困吧。"倪妈叹口气说,"唉,小春来,小沙弥悟敏……"

真是不可思议,那几天,不仅小沙弥的眼前多次出现了永富一家的幻象,想着永富一家人,牛牛也念叨着春来和小沙弥,春来也在惦念着永富夫妇,惦念着牛牛,梦着牛牛……

倪妈怅然说:"这两年我们想见小沙弥悟敏,恐怕都只有在梦里了。幸亏春来伢子没走远,要不然……"

牛牛说:"要不然,又要梦大哥、大姐,又要梦义堂哥,又要梦沙弥哥,又要梦春来,妈晚上不困觉,专门做梦,都梦不过来!"

第二天早上,永富开开门就说:"啊,想起来了,不是讲让牛牛去找春来吗?"

倪妈说:"雨下得不歇,到处都是水,牛牛哪儿去找春来?要找,除非和桂兰一起去。"

永富说:"是的,两人一道有个伴,有个照应。桂兰丫头,你愿去吗?"

桂兰说:"去就去呗。大,我就怕牛牛不听话,在路上搞水。"

牛牛抢着说:"你就不相信人,我都长这样大了,我听话了,我保证不搞水。"

倪妈说:"你讲话算数,就让你俩去吧。他大,你讲呢?"

永富说:"去吧,早去早回。"

于是,草草吃了点儿菜糊,牛牛就跟桂兰一道去找春来了。

四十五

那天桂兰和牛牛没找到春来。返回的路上,他俩在大堤顶上碰到了岳西奶奶,在小牧场上碰到陆姨大。陆姨大是从牛牛家里出来的。牛牛和桂兰赶到家时天还没黑。

难得一见的夕阳从草棚外斜射进来,棚里亮堂堂的,挂在壁上的老算盘(春来放鸭前送来的),圆珠儿粒粒可数。这无意中又触发了牛牛对它的兴趣。为了让一天中剩下的时间过得慢一些,牛牛要把老算盘取下来演练演练。算盘还没取下来,踩在麻袋上的脚忽然一动,牛牛摔倒了。牛牛起身一看,麻袋还在一忽一忽地呈S形,向桂兰脚边溜。桂兰吓得直往后退,没提防被身后破椅子挡住,没站稳,往椅上一坐,重心偏移了,连人带椅子往后一仰,后脑勺磕到地上。她爬起来,仍旧好奇地盯着扭动的麻袋,惊骇不已。永富夫妇见孩子们这样害怕,都不觉好笑起来。

牛牛瞪大眼睛,惊惧地问他大、妈,袋里是什么东西。永富夫妇还是笑而不答,只叫他们自己猜。

桂兰拿棍子来挑,但棍子刚触到袋子,那东西就一蹦,把棍子打开老远。牛牛和桂兰吓得同时跑到门边。"大、妈,袋里到底是什么呀?小猫不像小猫,小狗不像小狗。"牛牛再次催他大、妈快说。他大拎着麻袋底,倒着往上一提,吧嗒一声,倒出一条黄鳝!

好大的一条黄鳝呀!

牛牛和桂兰先是惊叫着后退到灶前,不敢沾边,但见六丫朝黄鳝踢打叫骂着,便也慢慢地来到黄鳝边,再用棍子碰碰,见黄鳝并无过激反应,渐渐也就不怕它了。

那大黄鳝两尺多长，头比大人拳头还大，鳝体有一般人的胳膊粗，嘴巴张开来，足足塞得进一枚大鸡蛋。它腹部金黄，黄色的背部生有麻麻的黑点儿。因为灰土黏住腹部爬不动，只憨憨地趴在地上，眼睛闪着豌豆粒大的亮光。原来这大黄鳝就是赵春来在通江闸救鸭时，顺带着拉到鸭溜子上的那个黄色的大家伙，也可能就是张爷爷讲的那条专门吃鸭的大黄鳝精！

当时春来把鸭子拉到鸭溜子上，那黄鳝还紧咬着鸭脚不放，不一会儿，它大概也自觉离开水，就像英雄没有用武之地一样，便识相地放下鸭子，寻逃生路了。它缓缓地沿鸭溜子底的周边，慢慢爬动，并不时将举起的头，贴着船帮子往上够，直到下身的力量承受不住竖起部分的重量时，才又倒下去，再沿着底边缓缓地爬，边爬边寻找逃走的突破口。春来并不急于对它采取捕捉行动。他知道，这样大的黄鳝要是任起性子来，凭自己力气，在那漂在水中的小溜子上，他根本制服不了它。相反，倒是有可能激得它暴躁起来，加速逃脱出去。

慢慢地大黄鳝也爬累了，春来把它逼到溜子船底中间，诱进那张捞鱼的网中，收紧网纲。把大黄鳝拖上岸后，他又一次对它欣赏和品评起来。他认为这样的大黄鳝不仅仅能滋补，应该还有药用价值，他立刻想到了他的尹伯伯。是的，王爷爷不是说尹伯伯宜吃大黄鳝吗？这不是有了吗？可是怎么送去呢？这可把春来难坏了！他显得手足无措了。春来正举头四望，恰在这时，见陆姨大和一个人从堤东头边谈话边向上走，便喊住了他们。

"大黄鳝是陆姨大替春来送来的呀？"牛牛欣喜地问。

"是的，陆姨大才走一会儿，你俩刚才没碰到吗？"倪妈说。

桂兰说："碰到了，我们不晓得他是来送黄鳝的。"

十多天后，永富同倪妈一同去看王爷爷、王嬷嬷。王爷爷见永富面色红润、身体健康，欣喜不已，当他听说永富是吃了春来捉的七斤半的大黄鳝，身体才出现这样的变化时，王爷爷高兴得不得了。王爷爷说："黄鳝哪怕是六月炎热天死了，尸体曝在烈日下也不腐烂，不发臭，不叮苍蝇，不生蛆虫。为什么？据说是造物者赐给的！永富啊，第一次把你从鬼子窠救下，第二次用黄鳝彻底医好了你的骨髓炎，你的儿子救了你两次命呢！"

永富问王爷爷是不是指赵春来,王爷爷说:"是呀,我说的就是春来。讲真的,我用了十多服药,只是把你的炎症控制住了,至于会不会再发作我不敢保证。现在好了,从你的气色和精神来看,我敢说,你的病不会再发作了,是你的儿子用大黄鳝给你彻底治好的!"

永富说:"王爷爷,虽然春来救了我两次命,但你也不能讲他是我儿子。"

王嬷嬷说:"这也不要紧,老头子见到人家男伢都叫儿子,他叫惯了。"

倪妈说:"嬷嬷这样讲,就没说的了。"王爷爷欣喜地笑笑。

永富的骨髓炎虽全好了,能劳动了,可是因为雨水多,盛产野藕的大湖早已被淹在水底下,已没处挖藕了。圩区大部分土地都涝了,地主们已经雇到家的长工都被辞退了,永富想打长工也找不到主子了。

是的,这年从惊蛰到清明,从立夏到小满,到夏至,三天两头地下雨。尤其是进入立夏后,雨下得更加频繁了,那是没日没夜、连日不停地下。下得急、下得大时,天地间像挂起了白帐子,屋头飞瀑布,树下泻飞泉,平地涌乱流。方塘里的鱼争着随流水涌向高地;家禽躲在屋檐下,不敢向外伸脚,一些野雉和鸟雀,都被大雨灌得淹死在地沟里。土壤被浸透了,根须抓不住,许多树木都横倒在宅边路口。成片的豆麦被淹入水底,连垄的油菜颗粒无收,没进涝水的园蔬,都腐烂得抓不上手。好多被雨水浇透的土坯屋,都相继坍塌……尽管如此,雨,仍无丝毫怜惜人的意思,说下就下,不舍昼夜……

最难熬过那段时间的,就是永富一家。首先,棚屋已难以住人了。当年搭的草棚,除了因时间仓促、材料不足,有敷衍建造的缺陷之外,又历经多年的风吹雨打、雪虐霜侵,桁条、椽子、屋草,有些早就朽烂、脱落、被吹坏了,棚面上大洞小洞的,坐在棚里,晴天,白日里能窥见无数个太阳,晚上能望到无数轮明月。一下雨,尤其是连续下雨、下大雨,他们全家可就遭殃了!

既然雨是那么不可避免,永富一家只好退而求其次,祈求老天尽量把雨安排在白天下。因为白天他们看得见,每人自找一块哪怕只有筛子大的不漏处,或站或靠,或蹲或坐着,危机困窘,都能关注得到;即便棚屋要倒,大家相携出逃,也有个呼应照顾。就是逃出去站在雨中,任雨浇淋,也比晚上棚倒下来,被埋压在湿淋淋、烂乎乎的棚草里要好得多。

可是雨偏偏在晚上下得多！没有雷电时,棚里黑咕隆咚,伸手不见五指,只凭脚探手摸,喊叫应答,判断各人所在的大致位置。雷电交加时,从草棚大小的漏洞中投下的束束光柱,炽亮炽亮的,刺得人双目晕眩。这时候,全家人都只好蜷着腿、抱着膝,背靠背地倚坐在冷冰冰、水渍渍的地铺上,任风灌,任雨淋,任蝎子、蚯蚓、蛤蟆等和各种咬人、不咬人的虫子,在脚上、腿上、背上,甚至胳肢窝、颈项上乱爬乱拱,乱夹乱咬,尽管人怕得起鸡皮疙瘩,心里发怵,但都只得硬着头皮,咬紧牙关,像僧人入定似的默默无声地静坐坚持着而不敢稍动,因为人一动,那些有毒无毒的虫子,就会更加疯狂地咬你。身处那种境地,既然无法逃避,也无法抗拒,那就只能选择接受和忍耐！

尽管那时已是春夏之交了,但潇潇的连天雨,加之从漏洞中吹进来的夜风,却让人感到透骨的寒冷。熬到天亮,一家人又像围着的蒜瓣儿各自分开。这时,只见地上、灶上、锅瓢碗盏盆桶里、地铺上、人身上,都沾着黑黄色的屋漏水,散发的烂屋草的气味,闻着刺鼻反胃,舔着苦辣恶心。

天一亮,牛牛就像得到了彻底解脱一样,对他大说:"大,晚上要是再起风下大雨,又闪电,又打炸雷,我巴不得头一响雷就把我打死!"他说头一响雷就把他打死了,以后再怎么打雷闪电,再怎么身上被虫子爬、咬,他也不晓得了,不晓得就不害怕。讲是这么讲,可是一到晚上,隆隆的炸雷一个接一个在头顶轰着不走时,牛牛又怕得恨不能缩成一个袖珍人,藏到他大、妈的胳肢窝或耳朵眼里去。

居住条件恶劣,同缺吃断炊相比,仍然显得微不足道。连续的阴雨春涝,已使野菜叶子都难寻到一片了。永富一家人饿得走路都打战了。

不知那是个什么日子,毛七奶奶又来了。毛七奶奶也饿得大不如前了。她穿一双防滑的水鞋,裤脚筒卷到了膝盖,露出来的小腿部分,就是一把皮包的老骨头,跟苦水河汊边高脚鹭鸶的两条腿差不到哪儿去。她本来就已稀花花的衰发,如今也比流浪中的三毛多不了几根了。她暴露无遗的亮脑壳,俨然如扣在头顶上的一只光葫芦瓢。她右眼球是新近瘪下去的,而左眼角那片白内障,也比前阶段明显扩大了不少,她两只眼睛都往外渗水,坐下来就用小布片揩拭。在牛牛看来,要不是那根丁字头的拐杖把七奶奶撑着,凭她那颤巍巍的身子架儿,想独自走完半里路,来到永富家,恐怕至少得花一天半的时间!

毛七奶奶把一个小小的荷叶包放到土灶上,没跟倪妈打招呼就让牛牛把她扶出了门,扶出了园坝口。上了下毛家墩的路口,见周围没人,七奶奶便告诉了牛牛一个谁也不晓得的秘密,还嘱咐牛牛千万别忘了。

毛七奶奶走后,倪妈解开荷叶包,里面还包着两个小包,一包是一点点儿食盐,另一包是花草头揉捏成的一个饭团团,两样都是七奶奶嫁到望江山里的女儿送回来给她吃的,而七奶奶又送给牛牛了。倪妈留下花草饭,带着盐把七奶奶撵上了。可任倪妈说破嘴皮,七奶奶也不带回去。倪妈和牛牛一道,把七奶奶送到她家门口。在母子俩转身要往回走时,七奶奶用拐杖的丁字头儿,钩住了倪妈胳膊。

倪妈转过面,七奶奶也向前一步,语意恳切地说:"倪妈,我跟你讲,你牛儿都饿成什么样子了,走路都打战了,实在没法子,能不能……"七奶奶吞吞吐吐,欲语又止。

"怎么样啊,奶奶?"倪妈问。

七奶奶犹犹豫豫,她怕说出来不合倪妈心意,那就是"铁匠门口卖菜刀——驮铳"①。

"说吧,七奶奶,说出来我们斟酌着办吧。"倪妈诚恳地说。

"倪妈妈,我讲出来你别见怪。"七奶奶说,"实在无路可走,就叫牛牛和桂兰吃百家饭去。"

倪妈面上露出了难色。虽说七奶奶是好心好意,但事关重大,一要永富点头,二要孩子们愿意。

回家的路上,从妈妈的解释中,牛牛明白了"吃百家饭"的意思就是要饭,立马表示了极大反对。他说他宁可饿死也不讨饭,倪妈含泪哄他说:"牛儿,妈没说要让你和你姐去讨饭。"又讲牛牛大是一家之主,都要听他大的,他大大怎么说就怎么做。

牛牛说:"妈,如果大也叫去讨饭呢?"

---

① 铳是我国早期的火枪或轻型火炮,又称火药筒,炸响时声音爆裂。驮铳,比喻遭人狠骂,这句话是枞阳地方的歇后语。

倪妈被牛牛这句她不好回答的话,问得支支吾吾。

牛牛说:"大叫讨,我也不去!"态度显得十分坚决。

真是兔子咬人急不过了。牛牛一到家,不等他妈开口,就先发制人,以攻为守地把毛七奶奶的话跟他大说了,并且毫不含糊地亮出了自己的态度。他批评七奶奶叫他做那事,是什么"烟囱里招手——把人往黑道里引"。他大虽没附和七奶奶的说法,但也驳回了牛牛的"黑道"说,并讲讨饭不是走"黑道",而是走大道,不过没在大道前面加"光明"二字。

牛牛说反正讨饭不是什么好道,他还说小时候他大总是批评他孬,将来讨饭都不知走哪条田埂,肚子饿了,只有张嘴在树下接鸟雀屎吃。牛牛又把球踢到他大那边。

桂兰却说讨饭并不是什么丑事,她说她大讲,明朝皇帝朱元璋都是讨饭出身的。她还说她小时跟她大、妈讨饭,开始怕丑,后来丑憨了,走路还带小唱。虽然桂兰把讨饭跟皇帝攀附到一起了,但牛牛丝毫不为所动。牛牛的嘴巴鼓得像吹海螺,说:"姐,你说讨饭好,你就去讨吧,反正我不讨,不讨就是不讨!"

晚上桂兰和牛牛都睡着了,倪妈和永富又谈到吃百家饭的事,倪妈要永富快做决断,别把孩子饿死。

永富说:"他妈,我怎么做决断?你不听牛牛说得坚决呀!"

倪妈说:"小伢子还有多大拗头?多哄几句,猴子不唱戏,多打一槌锣,只要多塞几把柴,还怕有烧不滚的锅?这事就这样定了,你明早先跟牛牛讲,不行,我再哄他。"

夜里,永富翻来覆去地怎么也睡不着。在老家时,过着食不果腹的日子,有些关系不外的人,就劝永富带全家老小到江南要饭去,可他都婉拒了。后来实在没法,他老娘刘氏卖老脸在家乡四处乞讨。老娘把讨得的粥饭省下不吃,带回来给他妻儿吃了活命。老娘过世后,没人讨了。在走投无路的情况下,他们就选择了离乡背井,到华阳来谋生。而到华阳后的生活,并不像他们预想的那样理想,以致一家人弄到这山穷水尽的地步。到眼前,孩子们甚至连野菜都吃不上了。他早想让孩子们出去讨,又怕传到老家,被人笑话,所以迟迟没说出来。现在七奶奶都这样讲了,可见外头人都看出来了,吃百家饭,这是他们家无法回避的必然要走的路！如果再顾及巴掌大的面子,把孩子们箍在家里活活饿着,倘若饿出个三长两短,那就上愧于列祖列宗,下负于亲生儿女,而他们夫妇二人,又将情何以堪！

"他大,天亮了,你跟牛牛讲讲吧。"倪妈说。

"他妈,除了叫他们暂时出去讨口吃的,还有什么好法子呢？你把两个伢子叫起吧,我跟他们说。唉,我们来条子号后,已经殁掉一个五丫了！"

"当初不在老家讨饭,就是怕人笑话,没想到,到这儿来还是要讨饭,唉！"倪妈本想把牛牛和桂兰叫起来,没想到连喊几声,也没人应。看看铺上没人,倪妈心里又犯嘀咕了,担心他俩去了哪儿,可别干偷窃扒拿的事吧！

牛牛是怕他大、妈晚上商议决定要他讨饭去,所以天没亮,就拉着桂兰,蹑手蹑脚偷偷跑出去了,说是挖野菜,其实就是在小牧场那边躲着。牛牛跟桂兰说了很多话,最后说到毛七奶奶头上。他说是七奶奶起头,让他们去讨饭的。说到七奶奶,牛牛忽然想到昨天七奶奶告诉他的那个秘密。七奶奶邻居家死了一口猪,死猪被拖到小牧场东头的那棵树旁,七奶奶让牛牛瞒着别人弄回家吃。开始,牛牛把七奶奶讲的话一遍遍在头脑里想着,准备回家立即去做。可一听七奶奶让他们讨饭去,他气得把那事忘得一干二净。这时,忽然想起来,牛牛拽着桂兰,就往那树边跑。

牛牛和桂兰费了好大的劲,终于把那死猪拖回了家。

和着马兰、芦蒿等的根(那时野菜叶子都被掐了),省着吃,永富一家大小很是度了一阵子,牛牛也得以暂时化解了一场就要外出讨饭的危机！

但是当地人不是家家都有那样好德行:为了不让永富一家人饿肚子,为了不让牛牛做小叫花,而心甘情愿地弄死他们自家的猪,让牛牛和桂兰拖回家吃！过了那阵子,煎熬永富一家的,除了饥饿,还是饥饿。

望着孩子们饿得骨瘦如柴的样子,永富夫妇别提有多难受了。倪妈按按牛牛的脸,摁摁桂兰的脚背,看到两人都浮头肿脸的,愁得直摇头。倪妈想跟桂兰和牛牛说什么,但又犹豫着不开口……

四十六

在牛牛和桂兰追问下,倪妈终于把她要说的话讲出来了,那就是毛七奶奶好心提议的,永富无奈决定的,倪妈心里不情愿但又不能不勉强支持的,牛牛竭力反对的,桂兰无所谓的——让桂兰带牛牛要饭去。

可是倪妈刚说出口,牛牛就噘着嘴,跑到一边,张着两脚。他妈叫他站到自己身边去,可牛牛往后退着说:"妈,那天听七奶奶讲,我就说我情愿饿死,也不去讨饭,妈,你就别再提让姐姐带我讨饭吧,我不讨饭,我死都不讨饭!"他妈还想跟他讲,还想多敲几槌子锣,让牛牛这只小猴子,遵照她的意思"唱戏"去,可是牛牛一溜烟,跑到大园里躲起来了。

倪妈无奈,又要桂兰去找牛牛。倪妈说服牛牛失败后,深叹一口气,钻到棚里,心情特别糟糕。永富虽也焦虑,但不仅没怪牛牛,反而还像当年他老娘夸他妻子一样,说牛牛长大后,或许还有点志气、有点出息。可倪妈却怨怪说:"长大后有出息,眼前这道坎子就难爬过了,还长什么大呀!"倪妈不禁愁得落泪了。

永富把倪妈安慰一番,叫她别急,说车到山前必有路,老天不会把人活活饿死的。

一提老天,倪妈更加激愤了,她说:"老天眼睛瞎了,老天死了,等老天开恩,伢子早饿过了——你看好六丫,不要她出来,我去看牛牛跑哪儿去了。"

牛牛并没到哪去,他想去找春来,向他讲妈要自己讨饭的事,他要春来想法为他解套。但想到离家时没跟他大、妈讲,他又犯规了,就立即折转回来,与匆匆出门去找他的妈妈,撞了个正着。牛牛就势趴下,抱住他妈的腿,说:"妈,我又错了,你打我吧。"倪妈一改往日暴躁易怒的脾性,牵起牛牛,说:"我的牛儿,我儿饿了。"

牛牛哀求说:"妈,你叫陆姨大把我讲给人家放牛吧,我不讨饭。"

"牛儿,我的傻儿子,"倪妈说,"圩里圩外,大多数地都淹在水底下,不少人家都把雇的小伙计辞掉了,哪个还雇小伢子放牛啊?——唉,他大,早先要晓得这儿也没有穷人的日子过,不来也就罢了。"倪妈说着又揪起鼻子来。

"唉,都怪我没用,带累伢子们,带累你。"永富自责说。

"谁带累谁了!"倪妈推开牛牛,冲着永富说,"这话是你讲的,亏你说得出口,人都讲夫妻本是同林鸟,患难之中共扶持。我俩风风雨雨、同舟共济几十年了,谁带累谁了?都是作孽的命把我们推到一起了,带累的话以后不许讲!是这死老天带累我们!唉,死老天啦,换个日头吧!"倪妈激愤的言辞中既饱含着对丈夫的体贴,又饱含着对现实的愤恨和对社会变革的强烈期盼!

牛牛仍跪在他妈身边。他妈辛酸的泪水,打湿了牛牛的脸颊。就在这一刹那,牛牛稚嫩的心变化了。

突然,倪妈拭去泪水,牵起牛牛,像是自我解嘲,又似自我解脱地说:"烧锅!做饭给我伢子吃,给我伢子大大吃!"她边拾抹锅灶边说,"今朝有酒今朝醉,明儿无酒去他的!要死肚脐眼朝上,不死再爬起来,有么大不了!"

本来还有两小块死猪肉和一点玉米粉,但那是留着搭野菜给丈夫吃的,倪妈却破例割下一小块肉,又取两把粉。她又是炒肉,又是剁野菜搞糊,弄得棚子里香气扑鼻。

捣锅底的桂兰,两边鼻翼一振一振的;站在灶边的六丫,对着锅里的炒肉,眼睛一眨不眨;靠铺头坐着的永富,被飘散的肉香熏得直打喷嚏;牛牛倚在竹栅门边,虽不好意思正面对肉锅里望,却不时用余光瞟着,仿佛他的眼角和鼻子一样会闻香气,和嘴巴一样会品尝味道。

倪妈边做吃的,边哼小调:"正月里来正月正,家家门口闹花灯,二月里来——哟,水开了,搞糊。"倪妈一面搞糊,一面接唱:"三月里来——三月里——"牛牛提醒说:"妈,二月还没唱完呢。""啊,是的。"倪妈问刚才她唱哪儿了,桂兰提示说:"二月里来——""是的,二月里来龙抬头——"倪妈那会儿显得异乎寻常地开心,她越唱越来劲,孩子们低落的情绪都被她给提振起来了,也都附和着她唱。六丫唱不来,就捉一根小棍子,有心无心地往凳上敲打着。永富虽会唱,但他没跟着唱,虽没跟着唱,却也用手指头有意无意地叩着洋铁鼓儿,而且一面叩,一面点头应和着,以简单的动作,表示他的情感已经融入他妻子歌词的意境中了,他和他的结发荆妻,不论在什么时候,感情都是共鸣共振、琴瑟和谐的!

永富忽然放下铁鼓,手不叩,头也不点了,他叹气说:"唉,别叫花子穷快活了,还没把你们饿死呢!"

倪妈友善地顶了丈夫一句,说:"就你不快活,就你穷,我和伢子就是要唱,看你不服去!"倪妈又接唱《八月里来桂花香》,一句未了,锅里冒出死猪肉的焦煳气味,她立马揭开锅,点了点水,炒了两下,望着丈夫,笑着说:"幸亏我鼻子尖,要是你呀,肉烧成炭,都闻不出来。"

永富也友善地回敬妻说:"俗话说,饿狗闻上天,馋猫鼻子尖,你是太馋了,饿怕了!唉,半个多月来,尽省着给我吃,自己没一粒粮进肚。"

死猪肉烀烂了,糊也做好了,倪妈给丈夫孩子盛完后,自己却倒在铺上睡了,她说自己胃病犯了,不能吃,当孩子们吃完了,她的胃病又好了!她爬起来把芦蒿根用热水烫了嚼了。

牛牛跪到他妈跟前,摇着她的膝盖说:"妈,你原来不是胃痛,是省给我们吃的。"他妈说:"牛儿,顾娘娘顾不了太子,顾太子顾不了娘娘。就那点粉,还想留给你大,我只做那点,给你大多盛一点,你和桂兰只有半碗,我再吃,哪有啊!"唉,倪妈轰轰烈烈、大张旗鼓地做饭,结果自己一口没吃上!

桂兰说:"妈,依你这样下去,很快就会饿垮的。"

倪妈说她饿不要紧,吃点菜根,喝点水,三五天,死不了,只要他们大一天能有一把粮下肚就好。她说孩子们如果一直不出去讨饭,她也只好把留给他们大大吃的那点粉,搞糊给他们吃了,她不能留那点粉,眼睁睁望着孩子们饿死。

牛牛望着妈妈,泪水在眼睛里直打转,好一会儿,他伏到妈妈怀里哭了。他妈拍着他,哄着他,哄着他,拍着他。慢慢地,牛牛抬起头,说:"妈,我想好了。"

倪妈贴着脸问:"牛儿,你想好了什么呀?"

牛牛仍然流着泪,声音哽咽地说:"我明儿跟姐讨饭去,家里那点粉留着给大和六丫吃,你也吃一点。"牛牛讲这话时又伏到妈妈怀里哭了。

倪妈说:"牛儿,妈也不愿你们讨饭,可是没法子。牛儿,讨饭也是暂时的,等你们长大了,日子会好的。"

牛牛虽在他妈面前表了态,愿去讨饭,可是晚上却呓语不断,本已思绪纷乱的永富夫妇,闻听牛牛梦中的真实心声,更是相对喟叹,怨愤交集。

次日早上,倪妈把牛牛哄起来,他眼睛红红的,鼻梁两边尽是泪水。牛牛摸摸袋里一点粉,又到铺边看看他大,看看六丫,最后跟他妈说:"妈,该喊姐姐起来了。"牛牛话音才落,桂兰从棚外进来了。桂兰一手拎着两只碗,一手拿着两根棍子,桂兰先于牛牛起床,把去讨饭的准备工作都做好了。

牛牛把桂兰递给他的棍子和碗推到一边去,说他不要。他妈生气了,说:"拿着,讨饭不带碗,人家给一口,你用手捧着?拿着!"见牛牛不接,倪妈又放缓语气说:"拿着,乖儿子!"牛牛仍旧不接,他把两手拗到背后了。

倪妈把碗丢到灶边草上,气不打一处地说:"不带碗就别讨了,把那点粉吃掉,全家一坑埋。"

倪妈坐到草地上,又掉泪了。

牛牛挨着他妈,像是有话跟他妈讲又没讲,只是用手背拭着脸上的泪水。桂兰牵着牛牛,拉他走,说碗和棍子由她一人带着。

倪妈又把冲上来的气使劲压下去,再次用母亲的温柔哄牛牛。被感动的牛牛,又一次向他妈点了头。于是桂兰在前拽,倪妈跟后推,半拉半哄着把牛牛推出了棚。可牛牛又倚着门框外侧站着不走了。

牛牛当时的心情太复杂,他感到脑子在嗡嗡响着,好像都要炸裂了。以前看到讨饭的靠在人家门框上,一声声叫着大爷大娘,求人家给一口吃的,他都觉得身上起鸡皮疙瘩,丑得连讨饭人的脸,他都不敢正眼望。可现在自己也要去这样做,这是从何说起呀,他去要饭的脚怎么提得起呀,他走在路上怎么见人呀?他也靠人门框上求人家给点吃的吗?那话他怎么说得出口?可是不去讨的话,又怎么活下去呢?那不是可能会饿死,而是过几天,他就不在这个世上了!

就这样,那几天里,是要命还是要脸,牛牛大脑里不断盘旋着。在那之前,牛牛虽发誓过:宁可饿死,也不去讨饭,那也就等于说宁要脸,不要命。可当饿到快要了他的小命时,他又觉得他是多么难受,他那一口气是多么难断!而现在到了要命丢脸时,他又觉得脸是那么重要,那么让他丢不起!哎呀,牛牛脑子里真的是一团麻,剪不断,理还乱了!

牛牛再次扑到他妈的怀里哭了,桂兰也在一旁拭泪。卧在棚里铺上一直没出来的永富说:"他妈,伢子不好意思去讨,就别为难他了,不是还有点粉吗?搞点糊给他们接接气再说。"那天早上,牛牛就这样被他大大的两句话熬过关了。

真是幸运得很,上午牛牛和桂兰弄回了半篮子荬瓜草!那是一个多月来,他们家吃的唯一一顿算得上品位的野菜!

次日早上,头一天的一幕又重新在棚前上演着,最后,耐性全部耗尽的倪妈又拉又揉地要牛牛回棚,牛牛挣脱了他妈,说:"妈,我没说不去讨,你让我在门边站会吧。"

桂兰把两只碗夹在胳肢窝里,一手提着棍子,一手拉牛牛,说:"走吧,牛牛,走晏了,人家早饭就吃过了。"

牛牛好不容易离开了倚靠的门框,向前挪出了一小步。他的腿像坠着大石,贴着地面一点点拖动着,好重好重。从棚门到园坝口,不出两丈远的距离,他却走了好长时间。倪妈边望着他,边鼓励他,她的腿站酸了,眼睛也盯痛了,怕牛牛又走回头路。桂兰少不得耐着性子,牛牛移一步,她也移一步,牛牛一步移多大,她也移多大,不落后一点,也不超前一点。倪妈和桂兰虽然都急不可耐,但仍耐着性子由着牛牛,只要牛牛腿肚子朝后面向前走就好了!她们担心催急了,牛牛反而停下不走,或者干脆又转回来,那岂不是又把这几天来的许多槌子锣白打了!

然而,让人担心的事还是发生了,刚抵园坝口,牛牛又站住了,他转身望着他妈。

他妈挥手说:"去吧,牛儿,迟了就讨不到吃的了。"

牛牛含泪叮嘱说:"妈,搞菜糊给大和六丫吃,多搞点,你自己也要吃,哪怕就吃几口!"

倪妈哽着喉咙说:"去吧,牛儿,妈晓得安排,你跟姐讨去吧,晏了,人家早饭吃过了。"可是牛牛还没走两步,又转过身望着他妈。

"怎又站着不走啊,牛儿?"倪妈担心牛牛又要回来,她焦虑地问。

牛牛一脸沮丧,但又自知无退路地说:"妈,你把挖野菜的篮子和铲子都拿来。"他妈说:"有碗筷就够了,又不是挖野菜去,要铲子和篮子做什么,去吧,牛儿。"但在牛牛的一再坚持下,他妈还是拿来了。见牛牛拽几把草放在篮里,把碗藏在草下,把两把小铲子放在草上,倪妈这才晓得儿子的良苦用心,她又一次揩揩面颊上的泪。可是还没走几步,牛牛又停下了。倪妈又像前几次那样催他快走。但牛牛又要他妈拿斗笠给他。

倪妈显得很不耐烦了,说:"一会要这样,一会要那样,就你事多!你看,这大晴天,一滴雨星子都有,要斗笠有么用。"桂兰说:"妈,不管有用么用,牛牛要,就拿给他吧。"牛牛把斗笠戴上头,挪了几步又站住!按照牛牛的要求,他妈只好也给桂兰拿了一顶斗笠,桂兰不戴都不行,不戴牛牛就不走。桂兰戴上斗笠后,牛牛又要桂兰只挎篮子,把两根棍子丢掉。

所有要求都满足了,牛牛再也没有理由站着不走了。倪妈站在园坝口,目送着牛牛。牛牛停停走走,还不时回头望望他妈。

牛牛和桂兰一道上了去下毛家墩的斜坡路,可是刚到碓屋边,牛牛就不走了。牛牛说:"姐,我心里难受,不想吃,你去讨吧,我在碓屋里歇着等你。"

桂兰晓得牛牛是怕丑,不去讨,就说:"出都出来了,就不怕丑了,还是一道去讨吧。"

牛牛恳求说:"姐,你放过我吧,要我讨,真比刀杀我还难受!"牛牛在碓屋里坐下了。不管桂兰怎样极力劝说,牛牛就是置若罔闻。舍命保脸的想法,那会儿又在牛牛思想中占了上风。

桂兰见说不动牛牛,也坐下了。桂兰知道,那会儿即使去讨,也是白跑了,人家都吃过了。他俩坐着,竟又瞌睡过去了。

不知什么时候,桂兰和牛牛惊醒过来。牛牛揉揉眼睛说:"姐,你去讨吧,人家要吃中饭了。"桂兰出碓屋又回头嘱咐牛牛千万别海跑。

桂兰连着讨了六七家,一口吃的也没讨着,又饿着肚子回到碓屋。她额上直冒冷汗,贴后背的小衬褂子都湿了,两腿直打战,扶着碓桩坐下了。

牛牛有气无力地问她讨得怎么样,为了给牛牛一些信心,桂兰谎说讨到了,凡是她到的人家,都好得不得了,都给她盛了干饭。

牛牛说:"还给干饭?姐,你不是哄我的吧!"

桂兰面不改色,一本正经地说:"哄你是小狗,他们根本不拿我当讨饭的看待,有的盛了饭,搛了菜,还端小凳子让我到堂心坐着吃。"

牛牛说:"哎哟喂,都当客人啦!"

桂兰看出牛牛有些兴奋,索性一不做二不休地撒谎说:"有一家盛了一大碗饭,搛了鱼不算,还舀了鱼汤,油润润香喷喷的,可好吃了。我只讨了五六家,肚子就吃得满饱满饱的。"桂兰边讲边吸气,敲着鼓起来的肚子让牛牛看。

牛牛信以为真地说:"难怪岳西奶奶那回还把讨着没吃完的鲊肉带回来给我们吃了。"

桂兰打断牛牛,她说天不早了,要牛牛同她一道铲点野菜带回去。可牛牛说桂兰吃饱了,有劲了,他还是昨天中午吃的荬瓜菜,现在没劲去挖野菜,走不动!但在桂兰一再鼓励下,牛牛还是打起精神硬撑着跟桂兰去了。

两人好容易捋了半篮子蒿子头,在回家的路上,歇了好几回,摔了好几跤。桂兰不仅饿得走不动了,而且眼睛都看不见了。

毛家大园棚屋里。早上送走牛牛回来,两个孩子哀哀惨惨的背影,始终在倪妈眼前挥之不去。她勉勉强强撑着给永富父女做了点吃的,就钻到里间铺上睡了。中午爬起来做给丈夫吃时,永富叫她等等,候桂兰和牛牛回来,如果他俩躲在哪,没去讨,就多做点一起吃。

大半下午了,桂兰和牛牛还没回来,倪妈朝外望望,永富说:"到这会还没有回来,搞不好是在哪儿睡着了,唉!"

六丫饿得哭了。倪妈决定不等他俩了。当她开始烧吃的时,桂兰和牛牛终于把那点蒿子头搞回来了。一接下他俩掐的蒿子头,倪妈就问讨得怎么样,吃饱没吃饱。牛牛望着桂兰,但桂兰却把眼睛向牛牛眨眨。牛牛本想再让桂兰讲,但桂兰转过面去,不看牛牛,桂兰无疑要把牛牛推上第一线拦风顶浪了!为了不引起妈妈的疑心,牛牛大脑急速转动着,很快他把桂兰回答他问话的内容临时拉过来,重复了一遍。说完,牛牛也把鼓着气的肚子敲着给他妈看。倪妈按按牛牛的肚子,信以为真,说:"啊呀,是真的哟,难怪岳西奶奶讨饭经常把吃剩的鲊肉带回来给你们吃了!"

听着牛牛用她说过的话向妈妈汇报,在一旁的桂兰不太满意,心里说:"我那样讲,你也那样讲?就不能自己编点新的,捡人家口水脚子!"

"牛儿,"倪妈很有信心地说,"明儿去讨,不要人推三搡四,就像劝小姑娘上轿那样了吧?"牛牛先怔了一下,然后说:"妈,今儿不是讨着了吗?明儿就不去了吧!"倪妈笑笑说:"傻儿子,今儿吃了,管不到明儿,明儿还得去讨呢!"

桂兰骗牛牛,他们的大大、妈妈又受了牛牛骗。那一天,他们父子、婆媳、娘儿、嫂叔,都是在饥饿和欺骗中度过的。

桂兰和牛牛随心编造的谎言,使大人都蒙在大鼓里,但是他俩讨没讨,讨到没讨到,他们的大大永富心里九成有数。牛牛和桂兰刚蒙蒙眬眬睡过去,永富就和倪妈轻声说开了。

"他妈,你相信牛牛讲的话是真的吗?"永富说。

"伢子讲的话还有假吗?"倪妈说。

"不一定。你不见牛牛跟你讲那些话时,眼睛老对着地上,不敢看你呀!"

"是的,是的,他是怕我从他眼睛里看出来,他是在扯谎!"

晚上,牛牛和桂兰除了还能微微喘气外,饿得连伸脚、抬手的劲也没有了。半夜里,他俩爬起来,扶着东西,摸到水桶边,咕咚咕咚,一人喝下一大瓢冷水。

四十七

三天中就吃那点茭瓜菜,牛牛和桂兰都饿得难以入睡。虽然夜里摸起来,各喝了半瓢冷水,但仍无法叫他俩不饿。他俩一会醒过来,一会又晕过去。晕了,只觉得头昏脑涨,身体一会在空中飘忽,一会往谷底坠落;醒了,也迷迷糊糊,耳朵嗡嗡响着,眼前萤火乱飞、炉星四溅。他俩只觉得鼻孔里气息如丝,跟死亡只隔着一张薄纸了。

昨天,为了面子,怕丑,牛牛躲在碓屋里,不跟桂兰去讨,今天他还不去吗?早晨,从昏沉中醒过来的牛牛,就强烈地冀求着,谁能给他几口糊喝或者是一筷头儿野菜吃……

"桂兰、牛儿,都起来吧。"听得妈在喊,牛牛和桂兰欲答应,却发不出声音;想起来,手脚却拿不动,稍作挣扎,就全身冒汗。见他俩不起来,倪妈来到铺边,牛牛眼睛闭着,嘴巴嗫嚅着。倪妈低下头,将耳朵贴到牛牛唇边,这才断断续续、模模糊糊听到牛牛是在叫给他一口菜吃。

他们大大也来到铺边,见牛牛和桂兰满头满脸汗津津的,奄奄一息,连话都讲不出来,就让倪妈快速做了糊,分别喂两个孩子。两个孩子只吃了几口,就抿着嘴不吃了。停一小会,他们大、妈接着喂,但桂兰把碗推过一边,说是留着给六丫,她要起来,牛牛怕丑,今儿她一个人去讨。见桂兰起来,牛牛也跟着撑着下了铺。两个像大病中的孩子,相互扶持着,颤巍巍地出了园坝口。在园坝口外,牛牛又站住了,像叹气一样从唇边吐出一句:"妈,我要斗笠。"

倪妈把斗笠送给了桂兰和牛牛,又回棚把锅里剩的一点糊刮起来递给永富,说:"他大,你把这些和牛牛没吃的吃了,桂兰没吃的留给六丫,我去望望他们两个是不是又去哪躲着,颤抖抖的,别跌倒了。"

到了小牧场,牛牛回过头来,见他妈也拄着棍子跟在后头,说:"妈,你回去吧,我晓得你意思,你怕我们今儿又不……"牛牛没说完,只觉头一晕,向左一崴,被他妈抢着抱住了。倪妈更加不放心了,她要桂兰和牛牛都跟她回去,可是牛牛说:"妈,今儿你放心,我一定跟姐去讨,不哄你了。"可能是喂下的那几口糊已经在体内转化成能量了,牛牛讲话声音比刚才大了些,语言也连贯了些。

唉,确实的,人是铁,饭是钢,三顿不吃软瘫瘫。孩子们最起码的活命的吃的都没有,不知是谁之过?

牛牛再一次催他妈回家,并再次向他妈保证:今儿决不说谎。他妈说:"牛儿,妈相信你不扯谎,妈回去。"

在往回走的小路上,倪妈边揩泪边说:"不怪我牛儿,我自己为什么宁愿在家挨饿,不带伢子讨呢?"倪妈昨天就吃了两筷头马齿苋和蒿子头,而今天就只有蒿子头了,她走路脚都提不起来。

快到下毛家墩,牛牛又觉得为难了。虽然腿发软走不动也是事实,但主要还是怕丑,丑虽看不见、摸不着,比恨更不具体,比愁更加抽象,但此时此刻,他一想到马上就要靠到前面那户人家门框外,用无限乞怜的目光对人家望着,叫人家给一口吃的,他就觉得那是多么令他难为情,又是多么让他无地自容!牛牛越想越觉得两边的耳朵发烧,越想越觉得像有许多叫不出名号的小虫在他脸颊上爬咬,越想越觉得有许多双手在他前后指指画画,许多张脸在鄙夷地向他笑,许多双眼睛在向他投射着令他无法躲避的轻蔑与讥诮,而所有这些,都比骂他、打他、不给他吃更加让他难受!虽在桂兰的催促下,牛牛加快了几步,但他终于又站住不走了。

可是不去讨又怎么办呢?他已经好几次跟他大、妈表过态了,而且他也深知:如果还像昨天那样,他可能就真的不能活着回家了;即便还能撑着回家,那么次日,他一定不能活着出来了。这一点牛牛自己心里完全有数:是早上他大大喂的那几勺糊,加上求生的欲望,支撑着他走出了家门。眼下,那两勺糊的能量也耗尽了,而像烛光一样的求生欲望,随着烛油的耗竭,终归会暗淡下去。牛牛自己晓得:他脑子又嗡嗡响了,他两腿又开始颤抖了,他眼前又开始发黑了,他全身又在冒汗了,如果不继续补充能量,让自己干耗下去,很快他就会在路上倒毙!推己及人,他这样,他姐桂兰也一定不例外。自己饿死了,还要拖死姐?是该拿出勇气的时候了!

桂兰知道牛牛矛盾的心理,故意激他说:"牛牛,实在怕丑不愿去讨,就回去吃留着给大和六丫吃的那点粉吧,我一人去讨,如果讨得到,我就带回来给你吃。"桂兰说完就自个儿上前去了。

牛牛急了,说:"姐,我晓得那点粉顶多也就两升了。我没有吃那点粉的想法,你等等,我跟你一道!"

万般无奈下,牛牛终于跟着他桂兰姐,艰难地踏上了讨饭之路。前后讨了三个月,其中的辛酸悲苦,难以言表。

那天早上,可能是饿过头了,只跑几家,姐弟俩就走不动了。大概是讨到第四家,那婶子好意,给他俩一人盛了半碗玉米糊,还各搛一尾干黄姑鱼。牛牛三口两口,就把鱼吃下了。桂兰心疼牛牛,把自己的那尾鱼也搛给了牛牛。为赶讨下一家,牛牛跟在桂兰后边走边吃。可是没走多远,牛牛就哇哇吐了!桂兰后退几步,一边拍牛牛背,一边问他怎么了。

牛牛痛苦地说:"姐,我难受,我心里恶心……"一句话刚说完,牛牛又一阵恶心,啊啊吐着。牛牛站不住了,他依桂兰身边蹲下去,瘫坐地上,翻江倒海地吐得一塌糊涂,直到把讨吃下去的那点食物全部吐出来才完。

见牛牛额上冒汗,张着嘴巴,喘着粗气直哼哼,眼泪、鼻涕、口水、汗水糊了一脸一嘴,桂兰害怕了,要背牛牛回家。牛牛说:"姐,我不回家,我吐掉就好些了,我不要紧,你讨去吧,我不走远。姐,我可以去碓屋里睡一会吗?"

桂兰说:"就在这儿坐着,不要困,也不要走,我去讨着带给你吃。"

牛牛说:"姐,我吐掉才好点,我不想吃,你讨着自己吃,要有吃不掉的就带回家给大、妈和六丫吃。"

桂兰讨回来了,要带牛牛回家,牛牛建议说:"姐,上午就别回家了,出来难,这个样子回家见大、妈也难,中午再出来讨会更难,不如找个荫处坐坐,讨过中饭再回家。"桂兰依了牛牛,扶他坐到一棵树下,然后把省下的半碗糊递给牛牛。但牛牛仍摇着头,说他嘴里还有干黄姑鱼气味,他怕,他不能吃。桂兰见牛牛讲得诚恳,才自己吃了。

桂兰说:"大、妈叫我们讨过早饭就回去,他们肯定又急了。"

牛牛靠在树干上,眼睛闭着,说:"姐,说不准妈还要来找我俩。"

"牛儿,晓得我要来找,么事不回家呢?"倪妈真的拄着棍子找来了,她接过牛牛的话说。

桂兰把牛牛吐的情况讲了,不用说倪妈有多心疼,她上前摸摸、拍拍,眼睛里噙着泪。

牛牛安慰他妈,说他好多了。

妈要来早一点就好了,桂兰把那半碗糊自己吃了,懊悔得直想哭。

中午,人家给的锅巴汤和糊,他们就自己吃了,有几户给的干饭,他们倒在箩里用手巾包着,中饭讨完,整合起来,刚刚松松的一平碗,把他们全家在半个月内吃的主粮加起来,也没有那么多,因为在这些天里,除了妈妈隔三岔五地从毛习普给的那点米里抓一小撮煨点米汤给他们大和六丫喝以外,倪妈、桂兰、牛牛根本没吃过米,没尝过粮食!

对牛牛来说,头一天讨饭的经历,尤其是那干黄姑鱼的味道,在他短暂的生命中留下了不可磨灭的印象。从那以后,他一闻到那气味,就反胃要吐,就跑得远远的。

就像从岸上掉到水里的人,为了不被淹死,总是要寻一切能够拯救生命的抓手那样,牛牛虽然落到成了名副其实的小叫花的地步,但在维护他那早已丢尽了的颜面、失却了的尊严方面,仍在努力挣扎。走在路上,牛牛眼睛总是前后左右、上下高低地东抛西瞅,一旦见到熟人,他能跑就跑,能躲就躲,绝对不与其打照面。回到家里,牛牛总不忘记问他大、妈,从老家搬迁到华阳落户的人家的分布情况,以便讨饭时尽量绕过他们,避开他们。其实,牛牛和桂兰年纪尚幼,老家人离家时间之久,即使面对面,谁也认不出谁的。在这方面,牛牛确实太过担心了。

那些日子,每当临门乞讨时,为了自尊些,牛牛不单独靠一边,而是桂兰靠左他靠左,桂兰靠右他靠右,他紧贴桂兰身后,利用桂兰在前的身体把他遮住。而求人给点吃的这样哀怜的话,也总是由桂兰喊,牛牛躲在桂兰身后,不吭一声。有的人把吃的扣到桂兰碗里,见后面还有一个,反身再去盛一点。有的明明全是给桂兰的,但见后面的牛牛,便只倒一半,另一半倒给牛牛。而有的时候人家虽然发现了桂兰后面还有一个,但他既不反身再去盛一点,也不从给桂兰的那一份里留下一点,这样,那一户的门框牛牛就白靠了。牛牛只好端着空碗,跟在桂兰后面赶讨下一家了。这时候,桂兰就把自己碗里的倒给牛牛,并说:"下一回,我俩一定要一边门框靠一个,人家见了,就会盛两份,记住了吗?"这句话桂兰向牛牛讲过多次,牛牛也应允过多次,可是每到临门一靠时,牛牛又害羞地躲到桂兰身后,于是桂兰又把人家给她的倒给牛牛。后来老是这样,牛牛深感愧疚,就拒绝桂兰倒给他了。而桂兰又总是严肃地说:"接着,男伢子消化得快,饿得快!"桂兰只比牛牛大两岁,在那种有口吃的就能多延续几天生命的年代里,桂兰却能省着给牛牛吃,她没有愧当长嫂,没有辜负长嫂之称。

牛牛老躲在桂兰身后,不愿抛头露面,竭力避免人看到他,说到底,就是颜面问题、自尊心问题。而最能为他避免难堪、保住他颜面、无损他自尊心的,就是他头上戴的那顶既廉价又贵气的破斗笠了。

为了保住颜面与自尊,在戴斗笠方面,牛牛曾经大做文章的。

第一次去讨饭,走到园坝口,牛牛就让他妈把斗笠拿给他戴了。从那天起,只要出去讨饭,牛牛就要戴斗笠。雨天戴斗笠防雨,是天经地义的,但牛牛的斗笠不但雨天戴,而且阴天、晴天也戴!再说了,斗笠戴到头顶上,才是"戴得其位"的。一般来说,即便戴得有点斜,也应该是前檐略高、后檐略低,这样不影响看路。而牛牛却反其道而戴之,他戴的斗笠后檐翘起老高,前檐压得很低,在前面有人或接近村口时,他更将前檐压下来再压下来,压到斗笠碰到鼻尖、目光只能看到自己脚背为止。在别人看来,牛牛的斗笠不是为头戴的,而是为脸戴的。他就是要用斗笠来遮住他的脸,保住他的颜面,护住他的尊严!

牛牛这样一刻不离地戴着斗笠,桂兰都为他急了。她多次劝牛牛别戴,牛牛也听厌了,说:"姐,我知道不戴好,可是不戴斗笠,一见着人,我就丑得脸没处搁。"桂兰说:"讲来讲去,还是怕丑。可是像你这样戴法,把眼睛都遮住了,连路也看不见,总有一天会摔跟头。"牛牛说:"姐,我求你了,别净讲些人听了不高兴……"牛牛话还没讲完,啪的一声就趴倒了,碗撞在石头上,碎成几大块。

桂兰又好气又好笑。

牛牛脚指头、膝盖都摔破了,上嘴唇也在滴血。桂兰把他拉起来,见没什么大碍,说:"以后不戴斗笠了吧?要戴的话,还要摔。"

牛牛没好气,说:"要戴,要戴,偏要戴,就你狗嘴巴。"

桂兰也赌气说:"好好,你戴,你戴,摔倒痛你,又不痛我。"

牛牛把碎碗片甩了,只拖根棍子跟在桂兰身后。

牛牛问桂兰,碗打碎了,回家会不会被妈打?桂兰说:"挨打是笃定的,谁叫你一天到晚就把斗笠遮在脸上呢。"

牛牛说:"不管你怎样讲,斗笠我是戴定了。"

牛牛不仅自己按原来的方式戴斗笠,而且还要他的桂兰姐也照他的戴法去戴。在牛牛看来,如果姐没戴好斗笠,把要饭伢的面目暴露了,那就等于让他自己也现了原形。他和他姐原本就是长着两个脑袋的共同体。

人家用来遮雨的斗笠,却成了撑牛牛颜面、维护牛牛高贵尊严的大红伞了!

怕挨打,摔碎碗的事,牛牛并没向妈坦白交代,也没从家里再拿碗,因为家里灶后就那几只碗,他妈心里都有数。

接下来,牛牛就空着手跟在桂兰后头讨,人家给吃的,有的全倒在桂兰碗里,有的则连碗递给牛牛,也就是那么两口,牛牛立马吃掉将碗递还就走。偏偏有几次把牛牛搞得哭笑不得。

有一回,一位主妇盛一点糊倒给了桂兰,桂兰让牛牛吃。主妇说:"给你的你吃。"主妇反身又盛来给牛牛,牛牛伸手接,主妇把碗转到一侧,问牛牛:"你碗呢?"

牛牛说:"没带碗。"

主妇说:"你这小懒虫,讨饭连碗都不带,懒到家了!"

牛牛好晦气。

过了那户人家,桂兰教导牛牛说:"下回要有人问,你就老实讲碗打碎了,不要扯谎。"

果然,几天后,相同的情况又被牛牛遇上了,因为有他桂兰姐的教导在前,牛牛底气十足地讲了真话:"碗打碎了!"主妇叹惋说:"哎哟,讨饭打碎碗,是老天派定的哪。伢子,敢是你不得天缘!"

头一回,牛牛扯谎,得了"懒到家"的雅号,已是气上心来,这一回依他姐的教导,讲了真话,却得了个"不得天缘"的恶评,这不是一次不如一次了吗?牛牛几乎气得嘴唇发紫了!

没隔几天,同样的事,第三次摊到牛牛头上,又一个婶子问牛牛碗哪去了。接受头两次的教训,牛牛大脑稍微转了一下,决定最好的回答就是不予回答!那主妇见牛牛三缄其口,就像有意跟他逗着玩似的,端在手上的吃的也不给牛牛。幸好她男人发话了:"你问那么多做什么?他不是家里没碗,就是走路跌跤把碗打碎了嘛。很可能是跌倒把碗打碎了,你看他膝盖磕破了。快给点吃的,让两伢赶下一家去吧。"

主妇笑了笑把碗端回去又添了一点,搛了菜,连碗一起给了牛牛。主妇还摸摸牛牛头,叮嘱说:"伢子,以后走路要看着地面,别又摔倒把碗打碎了,我家既不是烧窑的,也不是开瓷器店的,也没人跑景德镇做碗生意,再打碎,我可就没碗给你喽。"

为了表达感谢,牛牛和桂兰同时向那婶子鞠了三个九十度的大礼。

受了牛牛和桂兰的大礼,那主妇差点受宠若惊起来,她转面对丈夫说:"别看是小讨饭伢,还怪知礼仪的呢!"

她丈夫说:"讨饭伢怎么啦,你不听人讲'牛背上爬掉多少黉门秀才,要饭箩挎掉多少翰林大学士'吗?"

主妇说:"倒是不假的!那两伢子,要是生在富人家里,把书一念,绸缎子衣裳一穿,腰带子一系扎,斗篷儿一披,敢不叫小姐、小少爷才怪呢!"

她丈夫感慨地说:"少爷、小姐,讨饭伢,中间也就只隔一条线呢。"

牛牛对那婶子给的碗特别珍惜,每每讨吃之余,坐到树底下,就仔细把玩欣赏。那是一只白底蓝釉金边彩花碗,比起自家打碎的那碗,不知要好多少倍。在欣赏把玩之余,牛牛又多少有些自惭形秽地问桂兰,他端那好碗配还是不配?不知是出于嫉妒,还是故意刺激牛牛,桂兰语词粗陋地说:"配端个屁!你那碗只有教书先生端才配,你端,把碗都端丑了!"见牛牛很不高兴,桂兰又哈哈一笑,改口说:"配端呢!"牛牛不禁又自信满满起来。

渐渐地,牛牛和桂兰胆子大些了,讨饭范围由原来的上下毛家墩及周边几个村庄,辐射到周围十几里了。牛牛怕丑也不是那么严重了。正是因为胆子大些了,也不那么怕丑了,到了一个庄上,他俩只约一下,讨完在庄口碰头,而后就各自进入庄子去讨了。这样最大的好处,就是能让牛牛克服依赖性,锻炼他的胆量。但单独讨的不足处,就是势单力薄,缺乏照应。

有一回,主人刚把饭倒在牛牛碗里,还没转身,牛牛就被一只大黑狗扑倒在地上。主人斥跑狗,拉起牛牛,但牛牛腿痛得站立不住,一摸,才晓得被狗咬了,米粑大的一块肉吊在小腿骨的外侧,创口血流如注。

牛牛痛得瘫坐地上,他一咬牙,把那块吊着的肉,塞进创口里,主人吓得手足无措。牛牛让主人刮一大捧土捻细匀了,敷到创处,外用布片包扎好。主人依据指示,把牛牛背到来时与他桂兰姐约定会合的村口路上。

那一次牛牛腿上的一个洞恶化成三个洞,摁其中的任何一洞,其他两洞都同时冒脓血,半年以后才好。当时,为了表达同情,主人煮了三枚糖水鸡蛋给牛牛吃了,又给了三升大米作为补偿。用惨痛的被狗咬伤的经历,换取了狗主人的三枚糖水鸡蛋和三升大米,牛牛觉得很值。不仅觉得值,他甚至觉得大赚了一把呢!

桂兰仍带着被狗咬伤的牛牛四处乞讨。牛牛的胆子虽然大些了,也不那么把自尊当成要命的事了,但是,只要去讨饭,那斗笠还是走到哪戴到哪,不光自己戴,也要桂兰戴。只是去远的庄子,他把斗笠驮在背上;在近处讨,他把斗笠扣在脸上。扣在脸上,像小矮人戴着大面罩的傩戏演员;驮在背上,像《白蛇传》中水漫金山寺的龟兵鳖将。

又是一天下午,讨完中饭,牛牛和桂兰正哼哼唱唱往家走,到了小牧场西头,看看离草棚只有几十步了,前后也没有人,就把遮脸的斗笠取下来,毫无顾忌地往家跑。谁知刚上园坝口,就听到棚里人说话声,再仔细听听,两人神色都慌张起来,于是赶快戴上斗笠,退出园坝口。

牛牛轻声说:"姐,这下要露馅了,要出大丑了!"

四十八

听到棚里陆姨大在说话,这是牛牛和桂兰始料未及的,所以显得非常紧张。最要紧的是不能让陆姨大晓得他俩要饭回来!他俩迅速退回小牧场,翻过园坝埂,绕到棚东头,贴着棚草细听。

"对了,"陆姨大说,"黑铁把情况跟你尹伯伯讲一下。"

"姐,听到了吧?"牛牛惊喜但声音极低地贴着桂兰耳朵说,"黑铁哥也来了!"桂兰嘘了一声,示意牛牛别讲话,听黑铁说什么。

黑铁说:"清明那天,我和我大都到虎子坟上去了。"

倪妈没等黑铁继续讲,就急切地问:"伢子,虎子坟没被雨水冲坏吧?"

黑铁说大部分都还好,就是木匣上的土被冲掉了些。"但不太严重,就是冲了一个缺口,木匣的一个角露出来了。"

倪妈和永富听了叹息咂嘴。

倪妈说:"冲的缺口,肯定就是来条子号前,我跟牛牛培的那一块新土。"

黑铁说:"露出的那个角,我和我大挑土培好了,也烧香、摆碗祭了。"

倪妈说:"伢子,虎子有灵,保佑你们父子!"

永富说:"那地方太陡,以后下大雨,怕要滑坡。黑铁伢子,还望你父子以后帮我多关照些。"

黑铁说:"尹伯伯、倪妈妈都放心好了,我们一定会尽力。"

牛牛急欲见黑铁,他把篮子里的碗筷拿出来,眨眼间跟桂兰拔满一篮野蒜,拎到棚外,故意提高声音喊:"妈,我和姐今儿拔的野蒜可好了,喷香喷香的!"

倪妈抹去满脸泪,迎出棚外,问:"牛儿,今儿没跟你姐讨饭吗?"牛牛急忙把他妈嘴捂住,并向棚里歪歪嘴,再附到他妈耳上,极小声地嘀咕一句。他妈晓得了,说:"牛儿,棚里没外人,陆姨大和黑铁哥都走了。"

"走了?"牛牛顿感失落。

"走了,牛儿,你俩迟回来一刻。"倪妈说着,就把篮里野蒜往棚里拎。

桂兰说:"妈,别拎,就上面盖的一小把是野蒜。"

心情不爽的牛牛说:"野蒜下面全是茅草!"

倪妈怪他俩不该用草哄她。

牛牛说:"妈,谁哄你了,这不是做假撑堆头,好快点回来见黑铁哥吗?谁知还是回晏了!"牛牛满怀怅惘。

得到大、妈的许可,第二天一早,牛牛就到陆姨大家看黑铁了,可是黑铁又起早到江边搭船去了。牛牛赶到时,黑铁搭乘的小船已经驶离了江岸。除了望着那滚滚东流的一江绿水和水上渐渐远去的小帆船而惆怅失落外,还有什么办法能遣去牛牛那新添的满怀愁绪呢?

没赶上见到黑铁,牛牛谨遵大、妈嘱咐,和陆姨妈打了招呼,就赶回了毛家大园。因为他姐还等着带他一道去要饭。

永富说:"牛儿、桂兰丫头,今儿就在家歇一天吧,那天狗把牛牛咬了,人家给的三升米磨成的粉还有些,上午去找点野菜,中午在一起吃一顿。"倪妈也赞同,说:"伢子讨一餐吃,也不知要跑几家几户、几个冲几个洼,可怜两个小鬼脚掌皮都跑成砧板厚了。就按你大讲的,今儿就在家里吃一顿吧。去,两人去寻些野菜回来调菜糊。"永富说:"去吧,注意别把有毒的野菜铲回来了。"

吃完中饭,桂兰说:"大、妈,我昨天看见有人割麦了,明儿带牛牛捡麦去,好吗?"

永富说:"捡麦好是好,可是你们晓得,这周围好几里,也就只剩下没涝掉的那几块小高地,能捡几把麦呢?"倪妈说:"再说了,牛牛被狗咬的伤口害成那样子,在地里被麦桩子戳来戳去,也受不住。"但牛牛充硬汉,把腿抱着往上一跷,拍一下,说:"我用破衣绑厚厚的,戳不着。"

其实牛牛大大、妈妈讲的是对的。夏收后拾荒,牛牛和桂兰拢共就捡了两天又一个上午,揉下的麦还不满两升。因为是荒年,人家收得特别精细,更何况就那么几块小高地,拾荒的人又多如牛毛。

那点有限的夏收刚结束,新一轮的雨又下起来了,而且雨势大,持续时间长,范围也广,有破坏的迹象。在陆姨大的催促下,永富从毛家大园搬到在大堤脚下搭的棚里。新棚搭建好才几天,小牧场就被涝水淹了,而且大坝内的村庄、道路,差不多都被涝水分开隔断了。大堤以北,几十里地都是方塘连着方塘,方塘北边进了水的人家,除少数像永富家那样搬到大堤脚下搭建了小棚,多半日子过得还可以的人家都没动,他们在家里修了拦水的板,怕集中到大堤脚下住不安全。

搬到堤脚新棚里安顿下来后,桂兰和牛牛又开始讨饭了。这一次讨饭就只沿着大堤东西来回跑了。虽然华阳条子号土地多、土质好,收一年要吃好几年,但在那种内涝严重的情况下,人们也大多恪守"君子顾其本"的信条,对别人的饥寒疾苦,就显得不是那么关心了。八九天了,牛牛和桂兰都没讨过一回饱饭,大多时候,能有点食物下肚,保持饿不死,就是很不错的了。尽管如此,每天桂兰和牛牛到家时,呈现给大大、妈妈的都是两张笑呵呵的面孔。

像以前老在毛家墩上下讨得被人嫌一样,天天沿大堤东西讨,不仅人家把桂兰、牛牛看厌了,他俩也把人家看烦了,尤其是那些对他俩表现吝啬的人。到后来,他俩不再依循老路讨,而是望哪户人多就到哪。他们甚至讨到了华阳镇,讨到了雷港寺。

一天,两人乞讨着,不知不觉中,忽然,一处三角洲出现在牛牛和桂兰眼前。两人非常兴奋,因为他们觉得那沙洲上气象跟别处不同。远远望去,烟雾缭绕,人头攒动,俨然是生机盎然、富庶殷实的繁华街区,商贾云集、生意兴隆的偌大集市,可是当他俩接近那所谓的街市时才知道,那里就是一座大难民营!

从几位老人的闲谈中,两人得知那片沙地上的难民有三千多。难民们无论是男人、女人还是老人、孩童,个个都衣衫褴褛,蓬首垢面,几如囚徒。他们没有组织,没有领导,各自以家庭为单位,流落到此,逃避涝灾。他们头上没有帐篷,地上没有床席,全都露天而居,席地坐卧,晴天任日晒,雨天任雨淋。

牛牛和桂兰讨到那地方时,适逢雨后乍晴、日头中天的正午,只见周围都插着竹竿,竿与竿之间,都系着绳索,绳索上都挂着东西,一圈圈地把营地围在里面。远望,像佛堂外挂的各色经幡。走到跟前,才辨清它们是搭晒的被雨水淋湿的衣被。

正是烧中饭的时候,灾民们垒沙为灶,先去占得地利的,就一家一灶,后来没处垒灶的,就几家共一个。而实际上,不论先来还是后到,只要灶是闲的,不分你我,大家烧就是。营地内,七处冒火,八处冒烟,烧锅的不断,吃饭的也不断,但即使这样,还有灾民吃不上饭。没锅做饭的人们,就吃他们从家里带出来的干粮。他们吃一口炒面,喝一口沙沟里沉淀后的水。他们也适当挑点给桂兰和牛牛吃。

难民营里的男人有的抱膀徘徊,有的屈膝而坐,有的枕股而眠,无论是沉默不语者,还是仰天长叹者,都无一例外地满腔愤懑,神情沮丧。女人们则吵吵嚷嚷者有之,摔锅掼瓢者有之,打猪骂狗者有之……她们三个一堆,四个一伙,聚在一起,此方骂罢彼方咒:"打仗,打仗,一天就晓得打仗,就是不顾老百姓死活。"然而尽管如此,也发泄不了他们心中的怨愤。

那时正是仲夏,各种细菌繁衍,疾病流行,而营地内不仅没有医疗防疫设施,而且相反,人畜粪便、瘟死的禽畜、脏水污水、生活垃圾等到处都是,雨水浸渍后,经炎日曝晒,再加上人们的拥挤踩踏,整个营地就是一座大垃圾场,臭气、臊气、汗渍气、腥气等各种气味融合、交杂,让人闻得头昏,胸闷,心中胀痛……

在这种极为恶劣的环境中生活,许多人都染上了这样那样的疾病,而老人和孩子深受其害,他们中的许多人都不能幸免于难。在大约一个时辰中,牛牛和桂兰就听到了几处传出哭声,他们或是子女为父母亡故而哀伤,或是老人为下辈送葬而悲号。

路过一棵大杨树下,牛牛和桂兰见到几位老者,他们可能是华阳周边的乡贤。也许是听到那边女人们的谩骂引起了共鸣,他们也对国民政府评说起来:

"丰年要钱要粮有国家,灾年救苦救难无政府,什么话!"

"等到国民政府全身细胞都坏死掉,重建新政权,国家才有希望。"

"关键是民众觉醒,民众觉醒之日,就是旧政府被推翻之时。"

"喂,"一位穿长大褂的老人说,"听讲条子号一帮十七八岁的小青年都参加解放军了,有这事吗?"

"可不是!"一位抽水烟袋的老人说,"据讲为首的就是郭全福的继子,叫、叫、叫什么来着?"

"叫郭金科……不是,叫张兴国!"一个长脸颊、长着山羊胡子的乡贤说。

"据说还有一个青年,今年才十八岁,也是条子号的,去解放军里不到一年,就当上连指导员了,他叫王……王什么堂来着?"

"叫王义堂!"又是那个山羊胡子老者说。

"先生好!"牛牛靠上去,恭恭敬敬向老者敬个礼。

老者望望牛牛,有些莫名其妙。

"先生不记得我了吗?"牛牛自我介绍说,"我就是条子号学堂里在你身边念书的牛牛。"

"牛牛?"老者捋捋山羊须,在大脑中搜索着,"啊,牛牛?你就是牛牛?"

牛牛点点头。

"啊,记起来了,你还是喜欢用点头回答问话呢。我还记得你写'万'字的事。"

牛牛又学着春来卖弄言辞地说:"先生见笑了,那是我不学无粥(术),自作聪明。"牛牛忸怩地笑了笑,低下头。

原来山羊胡子老者就是条子号学堂的汪先生。汪先生把牛牛写"万"字的典故跟大家讲了,大家都笑起来。

牛牛更加不好意思了。但他不甘这样在人前孬下来,他非要把他值得骄傲的方面凸显出来,不让人把他当作门缝里的扁担看窄了。但他想了想,自己确实又乏善可陈,于是想到了王义堂。对,就说王义堂!牛牛说:"先生,你刚才讲的王义堂,他现在是我亲姐夫了!"

"啊,王义堂是你亲姐夫了!"在座的乡贤都不约而同地向牛牛竖起大拇指。有的还说:"听讲那小青年文武双全,可了不得!"

牛牛更加来劲了,他总是善于把春来平时讲的词汇,拉过来用在临场发挥上,说:"我姐夫可了不得了!他带的兵,打仗冲起锋来,个个都像下山猛虎,出水蛟龙,以一当十,以十顶百,国军一听到我姐夫名字,就闻风三(丧)胆,不战自跪(溃),跪(溃)不成军,军败如山倒!"

听到牛牛的一番话(虽有几个字讲错了),乡贤们也不拿他当门缝里的扁担看了,而汪先生更有"搞撼星宿遗羲娥"之恨了,他悔恨当初不应该把牛牛这个他学生中的佼佼者,当灰暗无光的土石一般剔到一边了。然而山羊胡子汪先生在众乡贤面前也不忘往自己脸上贴金,他摸着牛牛头,夸耀说:"诸位,不是我小老儿自诩,我教的学生中就找不出孬的来,随你指出哪一个,他都是锦心绣口,出口成章,语惊四座!"汪先生说罢,从内衣里摸出一块银圆塞到牛牛手心里。

这时,不远处又响起爆竹声和号哭声。乡贤们不再议论了,他们循着哭声传来的方向走去,牛牛和桂兰也紧跟其后。

凄惨至极,死者是个只有二十来岁的男青年。他的身体躺在潮湿的沙地上,打着赤脚,背下垫着几把蒿草。他两鬓斑白的父母,他衣衫褴褛的妻子,他瘦骨嶙峋的儿子,都守在尸体边号哭不止。

灾民中的几个青壮年把死者抬到一处沙丘边,和衣埋了。牛牛见那大哥光着脚,被放进沙坑里,人们又一锹锹往他身上、脸上盖土,也不禁掩面痛哭起来。临走时,牛牛把汪先生塞给他的那块银圆又转塞到了死者儿子的手里,然后和桂兰一道,步履蹒跚地、不胜悲怆地离开了那个难民营。

爬上堤顶,回望来途,牛牛和桂兰才认出来:那三角沙洲,那个难民营,就是当年他们舅舅送他们来华阳时,最先下船上岸的沙滩。触景生情,想起与他端马大哥暮江分别时的悲伤情景,牛牛又想哭了……

"姐,你讲大哥、大姐什么时候来华阳?"牛牛揩揩眼睛问。桂兰讲她也不晓得,只是听大、妈说今年可能要来。桂兰抓一把从难民营里讨的大麦米花给牛牛,牛牛又推了回去,说他不想吃,留着回家去给大、妈和六丫吃。

因为在堤顶上俯看到雷港寺,牛牛又提议去看沙弥悟敏。经桂兰提醒,牛牛才想起沙弥仍在少林寺学武。

那当儿正是吃中饭的时候,桂兰就带牛牛下堤脚去讨饭了。可是连着靠了好几家门框,都没讨到一口。村民们不看你,不理你;不说给,也不说不给,反正就任由他们站着,他们要走就走,不走也不催他们。

牛牛好生气,说:"姐,跑了许多家,都一毛不拔,敢是我俩今儿都遇着铁公鸡了!"

桂兰也不无风趣地说:"不急,老天把今儿的好人,都安排在后头了!"

牛牛侧着头,斜着眼,幽默十足地问:"姐,老天爷打电话跟你讲啦?"牛牛见过鬼子打电话。

说说笑笑,两人又来到一户人家的门边,那年长的嬷嬷一边擩菜往嘴里送,一边瞟着桂兰和牛牛。不知是心理作用,还是饿极的肚子怂恿着人向好处想,牛牛有十成把握说那家门框是不会白靠的。可是,牛牛和桂兰把站酸的腿脚向上提起来又放下去三次了,也不见主人有所表示。桂兰觉得是该自己主动的时候了,于是用非常动人的语气,请那嬷嬷"做好事给口吃的"。

那嬷嬷搁下碗筷,不是望着桂兰两个,而是对着墙上的钟馗像,没好气地说:"做好事,做什么好事?我从年轻时就做好事,大碗地盛给叫花子吃,盛到现在,黄土都埋到脖子了,连个孙子都没有。你看那上隔壁蒋婆子,叫花子从来就想不到她一口水,唉,娶那个丑八怪媳妇,昨儿一胎给她生两个带把儿的。我那个呢?论人头还算得中上,可是左一个丫头、右一个丫头,这才是人比人,气死人吧!去,伢子,到蒋婆子家去讨!"话都讲到这份上了,这门框子还有什么靠头呢?

牛牛和桂兰经过那家后门口时,正在铲锅巴的那家媳妇向他俩招招手。他俩靠上去,那媳妇飞快地往箩里塞了两块厚锅巴,又推了一下,叫他俩快走。刚转背,牛牛觉得少做了什么事,于是又转过去,对那嫂子说:"谢谢好人!"转过屋拐,桂兰和牛牛把大麦米花分吃了,两块锅巴包好,带回家给大、妈和六丫。

那天中午,那条路段讨饭的伢子很多。正在塘边吊脚棚里吃中饭的人,看到塘对面屋那边转过两个孩子,他们都挎着箩,戴着斗笠,看来是姐弟俩。他俩在埂脚路口下了水,沿着两边都露着青蒿子头的中间水道,往方塘对面蹚。他俩很小心,每移一步都用棍子向前探一下,然后再根据探得的情况,决定前行还是后退。

到了水道中间,两边就没有露头的青蒿了,小男孩正把棍子向前插下试探,对面吊脚棚里的老爷爷慌忙叫开了:"伢子,那儿缺口水深,快回……"喊声未落,那小男孩棍子探虚了,身体向前一倾,咕咚掉入深水了。他的姐姐慌忙去救,谁知手刚伸去,又咕咚一声,也跟着掉到水中。

"有人落水啦,快救人啦,救人啦!"老大爷全家丢下碗筷,急欲赶来施救,可是他们家腰盆拴在屋后,一时来不及解索,急得团团转,指着落水的孩子,朝对面大堤脚下的一只腰盆大声呼喊救人。

堤脚下腰盆里的人顺着大爷指的方向,见水道左边深水区的水面上,两顶斗笠像两个枯黄的大荷叶在翻动。那人迅速点起一篙,腰盆像箭矢一般向斗笠驰去。那人一把抓住姐弟俩扑打挣扎的手,往腰盆里一拉,谁知腰盆歪向一边,把三人同时抛到水里,腰盆翻扣过去。那人两手一撩,又把姐弟俩抓住,踩水游抵水道边,使劲一推,把人推到岸边。

这当儿,老大爷父子已及时赶到,把三人一同拽到岸上。见施救人也是个孩子,父子俩不禁暗暗叫险。

喝饱了水的姐弟俩,揉着呛痛的鼻子、眼睛,不断打着嗝,哼哼着直吐清水。三人的湿头发披在额上,盖住眼睛,拂都拂不开。

腰盆里那孩子脱下褂子,拧干了,帮小男孩揩脸,揩着揩着,突然叫起来:"牛牛,牛牛小弟!"

那姐姐定睛一看,就朝那男孩扑去,抱住说:"春来弟!"

牛牛悲喜交集,连声叫着春来,三人抱成一团。

哎哟,腰盆里的人就是赵春来!

稍稍休息了一下,春来又游过去,把翻扣的腰盆顺过来后,又扎猛子把牛牛那白底蓝釉的金边彩花碗摸了上来。可是他在水下摸了好多个来回,他的那部走到哪、带到哪、看到哪的《三国演义》却始终没摸到⋯⋯

四十九

牛牛和桂兰一路吐水吐到家,在家睡了三天三夜都起不来,而且每天晚上都做噩梦,梦中还在铺上乱挠乱抓乱嚷嚷。尽管如此,第四天他们又出去要饭了。

所幸的是,连月的阴雨基本停歇下来了,即使讨饭他们也能穿干衣(牛牛只有裤衩)、走干路了。桂兰和牛牛的身体、精神状态也渐渐地得到了恢复,走路也把脚提得高高、走得快快的了。他俩依旧是早上出去,傍晚回来。中饭讨过后,要不就是拐头拐脑地寻点野菜回来给大、妈,要不就是拔些蓼蒿子回来晚上熏蚊子。那时到处涝水,四面八方的蚊子都集中到大堤下,不熏,人晚上就没法睡。

记不得是哪一天晚上了,牛牛尿尿后再次进入梦乡,蒙眬中觉得一双手把他的手捉着,他要把手从那手中抽出来,可是他的手仿佛千斤重,抽拿不动,只好任由对方捉着,还听到絮絮叨叨的说话声,但不一会牛牛又什么也不知道了。牛牛睡得极沉,漫说听不到人的谈话,就是打炸雷也轰不醒他的。

"牛牛,太阳都晒屁股了,还不起来吗?"听到喊声,牛牛慢慢坐起来,噘着嘴,揉揉惺忪的睡眼,抠抠脚丫。

"弟弟!"听到亲切的称呼,牛牛抬起眼,一打量,喜得倏地溜下铺,抱住叫他的人,"哥,大哥,大哥,我大哥,你到底是上来了,上来了,大哥!"牛牛欢喜得要哭了,他这才顿然记起来,昨晚絮絮说话、捉住他的手的,就是他日思夜想的端马大哥,难怪他感到那样亲切了!

久别重逢,兄弟俩的高兴激动就不用细说了。

早饭后,端马让牛牛带他去看五丫的坟。但是那当儿,五丫的坟还被涝水淹着,只有那棵已长有两米多高的荆花树还有一半露在水面上。端马性格粗犷,感情不那么细腻,可是当牛牛把五丫坟的位置和坟边那棵荆花树指给他看时,他还是禁不住流下了泪。

初来条子号的那几天,对环境不熟悉,端马大部分时间都待在家里,讨饭回来,牛牛就跟着他寸步不离。端马的情况、老家的情况、外婆家的情况,牛牛都要细细向他询问。当听到牛牛向他介绍王义堂、赵春来时,端马也表现出对他俩的浓厚兴趣。当听说短期内不可能见到时,端马颇感遗憾。其实春来因受不了他姐的虐待,在端马来华阳的同一天晚上,回到条子号他的家了,他妈也回家了,但牛牛不晓得。

端马上来的第五天晚上,春来忽然来看牛牛。昏暗的油灯下,一进门春来就抱住端马叫"弟弟",牛牛从里面出来,拉住春来的手,拍着自己的胸脯,介绍说:"春来,你抱错了,这个才是我,他是我大哥!"

春来一阵尴尬后,又转过面来,望着端马,自言自语着:"大哥?他就是牛牛常跟我讲的端马大哥?他是大哥?我们的大哥?"与此同时,端马也在心里默念着:"赵春来?他是春来?"端马和春来同时都觉得在哪儿见过对方似的,对方的形象在他们心目中是那么熟悉,但又是那么陌生。迟疑片刻,两人同时张开臂把对方抱住。

端马上来半个月后,陆姨大才介绍他到方修本家放牛。方修本是毛习普姑母的儿子,跟条子号伪保长郭全福有交情。这人为人十分吝啬、刻薄。据说苍蝇抱走他碗里一粒饭米,他哪怕撵过几座山岗,也要追下来,撂到嘴里。方修本正月雇了两个大长工,搭一个小伙计五伢。前阵子水涝,他把两个大长工辞了,只留下小伙计五伢。五伢才十三岁,只管放牛,可大长工走后,五伢是一人顶三人用了。五伢不堪役使,也在十天前不辞而别了。方修本想再雇个小伙计,放牛兼为他们夫妇替闲,于是找了端马。明知方修本是那样一种人,端马还要到他家当伙计,确也是出于无奈。因为年成不好,没人雇伙计,端马去方家,也只是想糊口。

赵姨回家还没住三天,又被女婿叫回他们家了。春来仍照从前一样,又回到倪妈这边。

端马去方家前一天,春来、桂兰、牛牛也被人介绍到长凤洲一家芦席厂里,当童工编芦席去了。春来三个是由永富送上船的。那天早上江雾很浓,三人没有钱买船票,就趁着大雾,夹在人群里混上船,后来被老板查出来了。当时船正沿着江南岸行驶,船老板要把三个孩子丢到江南去,却引起全船商旅的公愤,船老板只好让春来、牛牛、桂兰坐船头板上了事。

同那年来条子号一样,船开不久后开始刮风,风级不大,牛牛三个依桅杆坐了,还不觉得有什么可怕,但午时刚过,就见江面上风涛怒吼,白浪连山,像白象群一样的大浪,连着往船头撞,往船体上爬,把春来三个冲撞着,撕咬着。一浪翻过去,三人头脸就露出来,一浪扑上来,三人又没入水底,呛得出不了气。牛牛鼻子受过伤,几轮大浪过后,鼻腔呛得血流不止。牛牛已无力抓桅杆,全凭桂兰和春来把他连桅杆一齐抱住,春来一面自救,一面求助船老板。

船老板迫于乘客的强大压力,用一根粗麻绳像绑强盗一样把春来三个连桅杆绑在一起。桅杆冲不掉,春来三个也冲不走。但不一会,三人头都耷在肩上,不省人事了。

船老板把船靠在江南岸一处山下避风。三个孩子恢复过来后,一位好心的生意人把去长凤洲的路线告诉了他们,并从自己吃的干粮里匀出一部分给春来三个,让他们下船从江南走旱路去长凤洲。

春来三个好容易到达长凤洲,找到了那家芦席厂,可是只干了八九天,芦席厂起大火被烧了。厂主留下几个骨干重振厂业,把所有童工都辞退了,春来三人一无所获,连回家路费也没挣到。他们去时偷上了船,死里逃生,回去再也不敢冒险了。那天他们过了长凤洲,从江北返回枞阳,又去了虎子坟和牛牛老家。再赶回枞阳时,已近天黑,罗家岭后的大龙山已经吞噬了半边落日,皖南的暮色与破罡湖面的晚烟融成了一体。三人过芦洲后,在羊叉垴人家废弃的鸭棚里宿了。

第二天从鸭棚出发,经罗塘,绕大弯,过长风沙,出宜城向西,到海口,那是完全陌生的环境、陌生的道路。春来三个一会走到圩里,一会又转到圩外,一会穿过村庄，一会又爬上大堤，不知哪条路通往哪地方，更别说找便捷畅通的路走了。三人走走，停停，望望，遇到人就问，遇不到人就瞎踏一通，只是沿着朝西的方向。走着走着，眼前出现一座桥，走着走着，一道小河又挡住了去路。三人过了渡，走错了，又央求艄公再摆回去。有时艄公也搞不准，划来划去，一条小河汊往往来回折转好几次。有时走着走着，兜了个大圈子，又回到了原地。尽管时不时走错道，迷了路，但他们并不灰心，不气馁，仍然信心满满，有讲有笑。他们相信路就在脚下，不管有多艰难，有多曲折，但只要心里有一个明确的目标，通过不懈的努力，就一定能克服困难，最终到达目的地！

有个最难解决的问题，那就是没有一粒粮。春来他们沿途拔野菜、扒草根吃。沟渠路旁的野生瓜果成为他们的佳肴美味。不知是第几天，三人碰到了一个小小的好运。午后三人在一条水渠边坐着歇息，牛牛用棍子往面前的草丛里乱打，突然呱呱，一只大白鹭扑棱棱飞出来，冲空而上，又俯冲下来，在他们前面不远处落下来，伸长脖子，警觉地朝他们望着。真乃行家伸伸手，就知有没有。凭经验，春来断定那是一只孵蛋的母鹭，他往草丛里三扒两扒，果然发现一窝白鹭蛋。不多不少，刚好三对，一人两枚，当场他们就分着打开喝了。桂兰虽然饿得说话都难发出声音了，可她还是省下一枚给了牛牛，牛牛推让不过，接了，又递给春来，春来还是转给了桂兰。

越往后，三人腰杆子越是饿得直不起来，走路脚贴地拖着。为了弄吃的，他们一路走，一路瞟着人家园里、宅边的瓜果蔬菜，一旦没人，他们就潜去偷摘。一开始，牛牛和桂兰不敢动手，由春来偷给他俩吃，后来在春来鼓励下，他们才敢自己偷自己吃。

俗话说得好，贼久必犯。大概是第六天的一个下午，春来三个爬过一堵高高的园坝埂，去偷人家玉米地里早熟的西瓜。那正是日斜时分，斜阳映在套种的玉米秆上，光辉折射到地沟里，刺得人眼睛发花。春来三个爬了几条地沟，各摘个大西瓜，正要掉头往回爬时，突然一位老奶奶从地沟那头直冲他们而来。老奶奶并未发现他们，可他们自己做贼心虚。牛牛和桂兰吓得心都要从嗓子眼里跳出来了。他俩同时趴在地上望着春来拿主张，春来把手摇摇，又往下按按，再摇摇。牛牛和桂兰明白春来的意思，他是叫他俩别怕，就地趴下别动，不到万不得已别跑,跑就是自我暴露。接着春来又牵起几根瓜秧子盖在脸上,牛牛和桂兰也照着做了。

老奶奶顺着地沟继续往前走,她一会拽片玉米叶看看,一会又拂起瓜秧子往地垄上搭搭,近了,更近了。牛牛和桂兰心跳得连胸脯下的土地好像都有震感了,牛牛额上直冒汗,桂兰的褂子都湿了,可春来仍旧无事儿一般。他再一次把眼睛向牛牛和桂兰挤挤,暗示他们要稳住,千万不可自乱阵脚。

老奶奶边往前走,边自言自语着:"怎么着了?我这瓜秧子都被动了,好像刚才有人来过。"老奶奶的前脚离牛牛的手爪只有不到一拃长的距离了,她的后脚再往前走半步,牛牛手背就被她老人家踩到脚板下了。牛牛这时反而一点也不害怕了。他屏气凝神,以非常的定力和冷静,应对眼下的异常状况。他想最坏的结果,就是被发现后逮住痛打一顿,还能怎么样呢?他感到春来和姐姐都在用一种警告而又鼓励的眼神盯着他,在这千钧一发之际,他一定不能辜负他俩的希望,绝不能因为自己的胆怯和乱动而暴露目标,坏了大事。当然他也暗示姐姐和春来,朝最好的方面去想,也要做最坏的打算。

真的是好危险,又好走运。在老奶奶前移的脚板要落到牛牛手背的当儿,她的孙子来喊她回家去,老奶奶把脚缩回去了。牛牛终于化险为夷,春来和桂兰两颗快要从嗓子里蹦出来的心,又平安无恙地落下去。可是,正当春来和桂兰暗暗欢喜庆幸时,牛牛却怎么也忍不住地哈哈大笑起来。

老奶奶被突如其来的大笑吓得身子一斜,差点摔倒,但又立马镇静下来。她扭头一望,见三个小孩正抱着西瓜,从地沟往外爬!老奶奶先是看呆了,两眼愣着,但很快明白过来,大声喊着:"抓小偷啊,有人偷瓜喽,快来抓小偷啊!"

春来三个开始还想跟老奶奶讲几句好话,取得她同情,却没想到老奶奶边喊边气势汹汹地往他们身边撵,做着要动手扭打的样子。春来三个立马抱起西瓜,慌不择路地跑到园坝埂边,眼看无路跑了,而后面撵来的那祖孙俩又近在咫尺。

在形势万分危急下,春来大喊:"快,滚下去!"于是不管三七二十一,就像游击队员抱着炸药包,去执行爆破任务似的,春来三个抱着西瓜,横着身体,从园坝顶上,滚木般转辘辘,一滚到底。

就在三人刚从沟底爬起来,立足未稳之际,老奶奶和她的孙子也赶到园坝顶边。从园坝顶头到下面沟底比一方三丈高的垛子还要高,要抓春来三个,老奶奶无计可施。春来他们谅那祖孙俩无可奈何,抱着西瓜在沟底朝他们笑。可那祖孙俩却凭着居高临下的优势,向下面猛砸土坷垃。

春来在下面喊话说:"老奶奶,何必呢,不就是摘你几个西瓜吗,有这样大动干戈的必要吗?"

桂兰说:"奶奶,我们三个不是肚子饿坏了,谁爬到你那高园子里摘瓜吃呢?奶奶就发点善心吧,就算我们向你讨了。"

牛牛说:"奶奶——啊哟。"牛牛也想讲几句赔不是的话,可是一声"奶奶"才叫出口,一块土坷垃正击中他的额头。牛牛额头顿时红肿起来,桂兰和春来立马拥上去,给他揉摸。

那奶奶一面砸一面大喊:"不好啦,大猫头、二奋子、三古咧(大概是她三个儿子),快来呀,我和小尚儿被偷瓜的打了呀,快来抓那三个野伢子呀……"

听那奶奶喊人,牛牛又吓坏了,说:"姐,春来,我们走吧,那奶奶搬救兵来了。"

趁对方救兵赶来之前,春来一招手,三人各抱起自己的大西瓜,向一座村庄跑去。才跑几步,三人放下西瓜折回去,极为礼貌地向那奶奶深鞠一躬,说:"谢谢奶奶西瓜!"

在返家的路上已经走了七天。那天中午,三人穿过一座村庄,从一家后园经过,见园子里木架藤子上吊着许多红红的像小手雷的东西,还是头天傍晚吃了西瓜的春来三人,早已是饥肠辘辘、垂涎三尺了。于是桂兰两手抠住墙壁,搭成人梯,春来踩着桂兰的肩,够上墙头后,又俯下身子拉牛牛。牛牛刚搭上去,轰隆一声,墙倒了,牛牛像空中飞人似的被抛到木架的藤蔓上,春来落在坍塌的土坯上,桂兰被倒下的墙隔在外面。见大家都有惊无险,牛牛就拽着藤蔓,顺手摘下两颗"手雷",春来也踮起脚,但两颗"手雷"刚碰上手,还未摘,通向园内的门吱呀一声开了,随即出来一个青年,向春来他们走来。春来愣住了,桂兰不知如何是好,牛牛脸泛白。

"你们做什么?"青年并非气势汹汹地问。

"哪个?"青年的父母也出来问。

青年说:"大、妈,几个小伢偷葡萄。"

老夫妇见是三个面黄肌瘦的孩子,既惊讶,又心疼。春来放开没摘下的葡萄,牛牛从架上溜下来,把两颗已摘下的葡萄,双手捧着递给其中的老妇人,但她没要,让牛牛自己剥了吃。经得同意,春来三个寒碜碜、饿饥饥地走了。

"伢子们等等。"刚走出庄子,听得后面有人喊,春来三个先是一怔,怕是人家又反悔撵上来了。但回头一望,见是那位老妇人。老妇人招招手,三人回走了几步。老妇人打开手巾包,给他们三个每人递去一块小麦粑。春来三个感谢不已。这是他们七天中在路上吃的唯一一点粮食。老妇人根据春来他们的询问,把去华阳的路径和里程大致讲了,还叮嘱春来他们在路上别搞水,别调皮,别被人打了。

第八天晚上,春来三人宿在一座木桥下。经历一夜饥饿的煎熬,他们迎来了第九个日出。从老妇人讲的判断,这儿离华阳应该不远了。离开木桥,迎着晨曦,三人又出发了,不料顷刻间,晨雾大作,咫尺莫辨,三人如在海底潜行。他们头发湿了、白了,眉毛湿了、白了,衣服挤得下水。他们呼吸困难,胸口憋闷,行走乏力,每挪动一步都很困难。牛牛和桂兰为走不出魔障般的大雾,而急得直跺脚。春来双手做广播筒状,大喊:"哪个神来扫大雾,让我放眼看华阳。"

三人在雾里乱跑着,突然听到一阵轮船汽笛声,接着又顿起一阵风,弹指之间,雾气魔幻般消散了!抬眼四望,大圩在右,大江在左,而他们的脚正踩在桐马大堤宽厚坚实的脊梁上,不仅华阳镇就连华阳小闸也被他们远远抛在身后了。更令三人吃惊的是,当时并非是早晨,而是中午了!看到条子号已经不远,三人一阵欣喜后,一齐坐了下来。

约莫到了茶饭时候,春来要走了,可牛牛还要坐会儿。春来说:"别看家在眼前不远,越是接近目的地,越是要努力,行百里者半九十,如果认为快到家就松懈下来,坐歇不走,家永远到达不了。"

春来指着远处沟渠里袅袅升起的白烟,说:"姐、弟,再坚持一阵,我们到那儿坐会儿。"

牛牛把裤带勒紧了,拍拍瘪肚子说:"好!到白烟升起处歇!"

五十

  春来、牛牛、桂兰三人几乎是互相搀扶着,来到冒白烟的沟坎上站住。只见一个娃子用破褂子搭着头,坐在沟底,正往火堆中拨火、添柴。

  站在沟坎上的春来干咳一声,那正在往火堆里拨火、添柴的小子,吃了一惊。他扭过头,瞥了一眼,又去拨火,棍子刚插进火堆,顿了顿,没有拨,又回过头来看了看,这一看,他惊得目瞪口呆,他立马扯下搭在头上的褂子,站起来。

  "大哥!是大哥!"春来和牛牛几乎同时从坝顶上滚了下去,一起抱住端马。桂兰虽没下来,没叫端马大哥,但经历过这段时间的风餐露宿、出生入死后,忽然见到端马,无形中也觉得有了倚傍,有了冀望,心里踏实了许多。

  端马问:"弟弟,你们不是到长凤洲给人编芦席去了吗,什么时候又回来了呀?"可春来和牛牛没回答问话,就拥着端马哭了。

  听了春来、牛牛的诉说,端马把他俩再次打量一番,又瞥了一眼沟坎上的桂兰,说:"早先晓得那厂起火,不如不去!才十多天,你们都变得不像人了。"

  端马边扒开火堆边说:"吃,是烧芋头。"他先递两根给春来,再扒四根给牛牛,牛牛用草包好两根送给桂兰。端马望着春来和牛牛,心疼地说:"还是昨天中午吃的一块麦粑,魂都饿掉了,吃,慢慢吃,别噎着,火堆里还有,吃不完,包着带回家。"

  那天傍晚,端马陪牛牛三人一同回家。赵姨也在倪妈家。赵姨是和女儿吵嘴回来的。赵姨想念春来,到倪妈这边来散心。

  两家的妈妈正在谈各自的孩子,门外突然传来牛牛喊妈的声音。她们都疑心自己听错了,正要出门望时,三人就进屋了,后面还跟着拎芋头的端马。

  春来一进门就一头扑到他妈怀里,倪妈也把牛牛和桂兰紧紧搂着。两位妈妈听到孩子们路上的经历后,又叹息又害怕,赵姨说了跟端马一样的话:"晓得厂起火,不如不去。"倪妈说:"伢子,万一在船头上被大浪冲走,在路上偷瓜吃被人打死,我们哪儿去找人啊!"两位妈妈的眼睛都湿润了。

"妈,赵姨,他们能回来就好,吃点苦不算什么。"端马打开荷叶包,亮出芋头说,"吃,还热的。"端马拿出芋头分别递给赵姨、倪妈和六丫。这时在小闸做工的永富也带着中午没舍得吃的饭回来了。看到孩子们憔悴肮脏的样子,不用问,他就对他们这一趟的经历遭遇揣知大半了。

春来分开赵姨搂着他的手,拣一根大芋头递上去,说:"尹伯伯,吃吧,是大哥烧的,我们都吃够了。"

永富说:"大家难得聚齐,还有点藕渣粉,让你们妈做糊,晚上破例在一块加餐吧。"

端马说他不能吃过晚饭再回去,就先走了。在小牧场上,端马碰到一位老爷爷问永富家搬哪儿去了,端马指给了他。

赵姨也婉拒了永富夫妇的挽留,带春来走了。

牛牛和桂兰直打哈欠,他俩都说晚上不吃了,只想睡觉。

在陪赵姨回家的路上,春来发现他妈不太高兴。回到家,春来把从倪妈处带回的芋头,放在他妈面前,说:"妈,我去烧开水,我们晚上就吃芋头好吗?你说呢?"他妈不作声,春来的话,就像问土泥壁子一样,连灰都不撒一点。被问得烦了,赵姨气不打一处来,说:"你别叫我妈,我不是你妈!"

春来说:"妈,你怎么了,不舒服吗?"

赵姨转过面去,气鼓鼓地说:"我舒服得很,你别问我,你去孝敬倪妈去!"

春来跪下去,抱住他妈的膝盖,摇着,喊着,他妈把转过去的身子再转过来。春来也跟着他妈转过来转过去,仰着面对他妈喊。

赵姨眼泪都涌出来了,她抹一把脸颊,颇动感情地说:"妈白养你了,白疼你了! 走的这些天里,妈想你都想呆了,想得肝肠寸断,巴不得早一刻见到你回来! 可你倒好,回来不第一时间到家,却先跑到倪妈家去!"赵姨抑制不住,竟抽泣起来。

春来恍然大悟,说:"妈,是儿错了! 我没体谅妈爱儿心切,糊里糊涂就跟牛牛去他家了。妈,你就原谅儿这一回吧,儿真的是一时糊涂!"

赵姨不仅不原谅,还进一步直揭春来内心说:"你哪是一时糊涂,你是把我忘了。我要是不在倪妈那儿,今个晚上,你还要在倪妈那边歇呢。"

春来说:"妈,你讲得不错,我不跟你讲假话,如果你今儿不在那边,儿说不准是要到明天才回来。妈,我错了,你打儿子吧。"春来边说边把他妈的手拉着往自己脸上抽,往自己胳膊上揪。赵姨把手抽了回来,不料指甲把春来胳膊划破了,当场血珠儿冒出来。这可不得了了,赵姨乱了套,她又是用万金油搽,又是撕破絮蘸油敷,又是要带春来上义堂家去包扎,又是要打鸡蛋给春来进补……

任赵姨一阵忙乱折腾后,春来云淡风轻地说:"妈,我这哪儿是伤呀,蚊子叮一口都算不上,妈!"春来说着,就要把他妈给他搽的、抹的、敷的,一齐擦去,可他妈急慌慌护着说:"别,别,快别! 我的儿,千万不能擦掉,擦掉伤口会害的,妈更心痛,妈更心疼啊,我的儿哪!"

春来不以为然地摇摇头,苦笑着说:"妈,我这哪儿是伤呀,拢共还没淌两滴血!"

他妈打住说:"两滴血? 两滴血还少吗? 儿啊,你可晓得,儿身上淌一滴血,就是娘心上割四两肉啊,我的儿!"

听妈这样讲,受了感动的春来再也不忍揩掉他妈在他所谓的"伤口"上涂抹的"药物"了,他张开臂抱住他妈,热泪盈眶。

赵姨亲着春来说:"来儿,妈生你气,并不是怪你去倪妈家,妈晓得倪妈和尹伯伯都待你好,妈就是巴不得早一点见到你。"

春来说:"妈,儿晓得了,妈是太爱儿子才这样。"

赵姨说:"来儿,我刚才骂你,怄你气,小叫花妈打门前过,朝我望望,我讲的她肯定都听到了,她明儿一定会到处乱说,还很可能去倪妈家搬弄是非。啊,说到倪妈,我又想起来了……"赵姨向春来递过去一封信,春来读罢,才知道是他景德镇的表舅要接他去学绘画手艺。

赵姨说:"儿子,你回来最好,不然还要去芦席厂找你呢。"赵姨还说这事本来刚才就要跟倪妈讲的,见春来回来一高兴就忘了。"儿子,你讲我们走之前是不是要到倪妈家去讲一声,顺带向他们告别?"

春来兴奋地说:"那是一定的。我俩明儿去早点。"

因为太过疲劳,到家那天晚上,牛牛和桂兰一觉困到天大亮。早上一溜下铺沿,牛牛就报告说:"妈,昨晚上我梦见赵姨打春来!"他妈把牛牛搡开去,说:"去,去,快洗脸,大清早溜下铺就讲梦,也不怕惹祸事!"

牛牛洗过脸,倒洗脸水时,没捉住,把面盆和洗脸水一起泼了出来。门外当即"哎哟"一声,一望是小叫花妈串门唠嗑来了。只见她头上、脸上都水淋淋的,头发披到额上,眼睛直眨巴。她右手捉着半边碗,碗口上正往下滴糊,筷子也糊嗒嗒的。她的碗被牛牛脱手丢出的面盆撞碎了,半边碗飞走了。

牛牛显得很尴尬,但小叫花妈一点也不介意。她一坐下,就向倪妈说了昨天傍晚在春来家门口听到赵姨和春来闹矛盾的事。正说着,赵姨带春来向倪妈告别来了。

赵姨在门外咳两声就跟春来进屋了。

小叫花妈抓起剩下的半边碗就跑,赵姨越叫,她跑得越快,像蜂子蜇了屁股似的。

春来望着倪妈,指着他妈笑着说:"倪妈妈,我妈说小叫花妈肯定要把她昨天傍晚在我家门口听到的话,断章取义地来跟你讲了,她真是料事如神哪!"

倪妈说:"伢子,你可别把你妈看窄了,她可是个小半仙呢!——赵姨啊,你就为那向我解释来的吧?嗨,哪个听那长舌妇扯呀!"当听到赵姨主要是带春来向倪妈告别时,倪妈怔了一下,说:"告别?你们又要去哪儿?"

听到春来要去景德镇,不仅倪妈怅怅然起来,牛牛也不快乐,他把春来手紧紧捉着不肯松,好像春来就要离开了一样。

倪妈牵起衣角揩揩眼睛说:"也好,去就去!把画碗花学会了,还是个手艺人呢,将来饭碗是不愁的。不过,这几年在我家待得久,你这一走——唉,不说了,男伢子学手艺好……"

出人意料的是,牛牛居然也要跟春来去,这让春来很感为难。

倪妈哄牛牛说:"牛儿,你还小,又不识字,画碗花不光是画花,还要在瓷器上写字。"

赵姨也说春来要是在家里做这门手艺,就能带牛牛在后头学,可这次是到春来舅舅家。

桂兰说：“可不是吗，我那回就听春来讲过，他的那个舅妈厉害着呢。”

春来也哽着喉咙哄牛牛，说：“这次你就别去了，等我学会了，在景德镇站住脚，把你接去，好好教你。姐，"春来又把桂兰叫应了说，"你把牛牛带好，最要紧的就是不能让他搞水，不能尝有毒的野菜，还有就是不能让他跟陌生人后头跑。”

最后春来又取下老算盘，问他以前教的牛牛还记不记得，牛牛点点头。春来说：“记得就好！”春来说他以前教牛牛的只是简单的加法，还有减、乘、除法，还有用珠算开方，他以后都要教牛牛，还说以后等他开了店，牛牛就是店里管账先生……

时候不早了，赵姨讲假如她表哥到了，见门是锁的不好，就带春来回家了。春来说：“倪妈妈，尹伯伯和我大哥都不在家，没见到他们，我……”春来说不下去了。

五十一

送走赵姨母子，牛牛和倪妈，尤其是倪妈，说不出心里是什么滋味。倪妈自叹着，说她疼爱春来，都是因为大雨中春来把蓑衣解下给她披了。

春来走了，倪妈牵挂的心又移到端马身上了。

端马许多天没回家了。倪妈让牛牛去方修本家看看是怎么了，顺便把春来走的事告诉端马。想想不放心，她又要桂兰陪牛牛一道，两人有个照应。桂兰像老母鸡下蛋似的，唰地一下，脸从两颊红到了耳根。倪妈笑道：“死丫头，怕丑明儿别跟端马成亲了。”

"妈——"桂兰脸红得越发像泼了血。结果还是牛牛一人去了。

到了端马那里，牛牛才晓得，那天傍晚先于赵姨和春来走的他大哥，一到方家，就挨了方修本夫妇的一顿痛骂。骂就骂了，端马也没吱声，他系好牛，捡了牛粪，就去清扫猪圈。

方修本的宝贝儿子方志耀也在那时放学回家了,他撂下书包,就来找端马。端马正在挑猪粪。方志耀打了个响指,按按小腹,又指指厕所,端马晓得了,他要屙尿,叫端马把尿壶给他拿到房里去。

端马说:"少爷,你不见我正忙着吗?自己去拎吧。"

方志耀不依不饶。

端马说:"那就等我把猪粪挑走,再给你拎尿壶吧。"

那方志耀是家里说一不二的主,哪里肯依?他仗着父母都在门前望着,二话不说,抄起铲子,就把猪屎尿往端马身上泼。端马让开后,不客气地向他提出了警告。可方志耀哪儿把端马放在眼里,撵到端马跟前,用力一推,端马没有防备,仄到猪屎里,半边脸都弄脏了。而站在门前的方修本夫妇,眼睁睁见儿子恃强凌弱,欺负伙计,不但一声不吭,反而一阵好笑。

是可忍孰不可忍!端马推开压在肩上的扁担,一跃站起,捏紧沾满猪屎尿的双拳,逼到方志耀跟前,猛出一拳,将方志耀打个仰面朝天。方修本夫妇见小伙计敢犯主人,这还了得,不问三七二十一,跑过来抄起棍子就要打端马。

"住手!"篱笆那边的一位老者高叫一声。那老者此时正往园中摘菜,听这边吵闹,就立住静观,见方志耀推倒端马,他已是心头怒起,又见方修本也上来打端马,便立即喝住,并往这赶。

方修本冲着老者说:"兄弟阋于墙,外御其侮,你老人家怎么帮小伙计对付家里人了!"方修本又抄起棍子,指着端马骂:"臭小子!我看你是吃了熊心豹子胆了,敢打我的儿子,居然打狗连主人都不看!"说罢,又举棍朝端马打去。

端马像钉子钉在那儿,一动不动,他抓住打过来的棍子,猛地拽下,甩得老远,说:"我没念过书,不识字,不懂道理,可是我听人说养不教,父之过,教不严,师之惰。你儿子拿我小伙计不当人,这是你养不教的结果,养儿不教,就是养一条狗。我今儿就是要打狗给你这狗主人看,看你以后还敢不敢看着你养的狗咬人。"

已经恼羞成怒的方家父子,脖子和脸越发气得红里泛紫,尤其是方修本,气得脖子僵着,还时不时地扭曲抽动着,就像公鸡吃了鱼刺,卡在咽喉里吞不下去似的。方家父子捋起袖子,又要向端马动手。棍子刚举起,老者已赶来。

"休得无理!"那老者叱过方家父子,并向端马表示歉意。老者把方家父子带到自己家中,百般训斥,并把方志耀重责二十棍杖!原来老者是方修本二伯父,又是方志耀的塾师。

可以说,那天是端马和方修本第一次较量。

方修本父子虽遭了门内长者的责罚,一段时间内,没敢再打端马了,但在别的方面对待端马比役使五伢子还要厉害十分。除放牛,以及与放牛有关的事要端马做外,还加上了喂猪、打柴、挑水、翻菜园等等,凡是以前由大长工们做的事都要端马做了。即使端马做得很好,也要遭骂遭罚。

端马每天傍晚放牛回来,方修本夫妇就在门口"迎接"着,要不就是骂:"那大水牛背上架两个大石磙就像驮两根稻草,你就捡那么几根小柴往家驮,你怕牛驮不动吗?你怎好意思吃我三顿饭!"要不就是骂:"中午走前,水都不挑一担,水缸里连蛤蟆喝的水都没有一口,像闹了三年大旱,明早你别吃了。"要不就骂:"指望你兴菜,你把菜兴得一个鬼往上拉,七个鬼往下拉,明儿把菜种都兴绝了!"要不然就是骂:"让你喂猪,你把猪喂得饿得肚子都能穿过针,连瘦狗都不如,你看看人家圈里猪,一头头养得都像云南大象!"……反正看不到便骂,看到就这样骂,不过端马认为,反正骂不痛他,更不能把他身上骂掉一块肉。他记得他妈教他别挨骂时回应,有事骂人三分罪,无事骂人罪难当。方修本无事骂小伙计骂多了,遭罪了,后来连耳朵也被人咬掉一只。

方修本也晓得他雇的小伙计中,端马是最能干的,但他为恶的本性令他处处找端马的碴,没有小鞋,想方设法做小鞋给端马穿,他甚至好几次要辞掉端马。然而他老婆却不同意辞,她说端马傲骨神,难服管,都不假,但端马会做事。她私下跟方修本讲,易使的跛驴无绝活,难骑的烈马有奇才。像端马这样的好小伙计,就是打灯笼,驮包裹雨伞,在外面察访三年外搭六个月都难遇得到的!偏偏这方修本又是个"妻管严",怕老婆怕得猴哼。然而方修本老婆虽不同意丈夫辞端马,但在对端马不仁不义方面,却和丈夫合穿一条裤子,一个鼻孔出气。

十三四岁的男孩,正是长身体、增饭量的时候,可是差不多天天晚上,在端马放牛回家前,方家就把晚饭提前吃了,只留一点锅巴汤给端马。晚上,端马饿得五脏六腑就像被人掏空了一样难受,他爬起来吃方家橱柜里的剩饭菜,后来剩饭菜也没有了。活人不能被尿憋死,端马找了个大搪瓷缸,每天偷偷从方家弄米到野外煮着吃,先是自己吃,后来还给与他同样挨饿的几个放牛娃吃。

"哥,你在方修本家受苦了!"牛牛偎在端马身边说,"就是看你这许多天都没回去,大、妈才叫我来看看,他们要晓得你这样遭罪,会难过的。"

端马说:"弟弟,当小伙计本来就是这样的,不过方家对小伙计太过分了。但像春来以前帮的苏老板那样的人是很少的。啊,弟弟,春来他还好吗?"

牛牛说:"哥,妈要我来一是看看你怎样,二是顺便把春来去景德镇的事跟你说一下,让你知道。"

听说春来去了景德镇,端马感到非常落寞,他抱怨春来走前不跟他当面告别,他甚至眼泪都要掉下来了。

牛牛回去了,端马撵上他,要他别把自己在方家的情况跟大、妈讲,就说他在方家吃得饱,活儿也不重,别的什么都别说。

五十二

牛牛回家后,依照他大哥端马的嘱咐,把情况跟他大、妈讲了,他大、妈知道方修本待小伙计好,端马在方家吃得饱,活儿也不重,就比较放心了。他们哪儿晓得他们的两个儿子为了不让他们顾虑和担忧,向他们隐瞒了实情。

但端马在方家的酸甜苦辣,牛牛心里有一本账,所以两天后,征得大、妈同意,牛牛又去看他端马大哥了。快到中饭边了,牛牛还没离开方家,方修本可急了,他不冷不热、不温不火地说:"我雇的是端马,又不是牛牛,你也赖在这儿,谁给你吃的。"真是三句话不离本性的小气鬼!

方修本再怎么吝啬刻薄,牛牛也不管。牛牛肚子饿瘪瘪,就算跟他姐去讨饭,都无意在方修本家蹭一口吃的。他知道他哥哥在方家的境遇后,总是隔三岔五就去看一回。牛牛曾私下暗自起誓:如果方家再打他大哥,他就给方家每

346 / 风雨荆花泪

人回敬个一头撞,而后把他大哥带回家!他听春来跟他讲过,古时候有个人,给他五斗米,让他弯一回腰,他还不干,何况方修本连五升米也没给,为什么让大哥在他家又干重活脏活又挨饿挨打呢?

这天吃午饭前,牛牛又从端马处回来了,他肚子饿得连腰都顶不起来。他刚趴到他妈膝上,还没来得及装嫩卖乖,就听门外有人叫他。牛牛高兴得不得了。他像蝴蝶一样扑向前,将喊他的人迎进屋里,那人就是岳西奶奶。

岳西奶奶说外头凉快,让牛牛端个凳子,她靠门外一侧坐下。

倪妈、桂兰、六丫也都围了过来。和以前一样,牛牛和桂兰没心思听岳西奶奶和他们妈妈说话,他们看重的是岳西奶奶的小篮里,那手巾覆盖的是不是吃的。又偏偏和往常不一样,岳西奶奶光顾着说话,就是不把手巾揭开来,牛牛几次打断说话,试图把岳西奶奶的注意力引到手巾盖的东西上来,但岳西奶奶又几次把打断的话头接上了。牛牛已经闻到篮里吃的东西的香味了,他恨不得就要自己动手,去揭掉手巾,瓜分手巾覆盖下的食物了!

在牛牛要弯腰揭手巾时,桂兰及时将他搡了过去,自己却一面揭手巾,一面说:"奶奶,你的手巾太脏了,我给你去洗。"桂兰的那句话还没说到一半,手巾就拿上手了。

太令人失望了!除去一只被闷得要死的苍蝇从拿起的手巾下飞出来外,什么也没有!正心灰意冷的牛牛,突然间,热情又像一把火似的被岳西奶奶点燃了。岳西奶奶从右背后取下一个小袋递给牛牛,牛牛打开一看,是红通通的大桃子!

吃着又香又甜的大桃子,牛牛感到特美特美,从方修本家带回来的不愉快,彻底地被抛到了九霄云外。

此后,岳西奶奶差不多每天白天出去讨饭,晚上就到倪妈这小棚外来歇,只要不下雨,岳西奶奶和倪妈一家人就都在棚前那块空地上纳凉,聊天。渐渐地,岳西奶奶就把那儿当作了起航的小码头,晚泊的小港湾,来去歇脚的小客栈,聊以栖身的小窝窝了。

接触时间长了,了解自然也就深了。在生活习性方面,岳西奶奶跟一般人有许多不同之处。譬如:大热天的晚上,不在家洗热水澡。而且无论天有多热,她都穿着长褂长裤,连袖筒裤脚也不稍卷一点。其他的如不在家解手,不让人看她脖子、看她腿子啦,等等,从这些细节上都看出老奶奶确实有点儿怪。

少数晚上,岳西奶奶不去倪妈家的棚外露宿乘凉而到麻姑家去了。据陆姨妈讲,岳西奶奶和麻姑的关系是很不错的。不过在倪妈和孩子们面前,岳西奶奶和麻姑从来不提对方一个字,就像她们俩是谁也不认识谁的陌生人一样。

那是一个雨后初晴的下午,三天没到倪妈棚边来的岳西奶奶又来了。她正在和牛牛逗着玩,端马回来了。

倪妈望望端马,心疼地说:"端儿,你又很有几天没回家了。你瘦了,我的儿,事情重吧?吃得饱吗?"

端马打消他妈的忧虑,说:"妈,我很好,吃得饱,事情也不重。瘦是天热的原因,天气热,人都会瘦。"

倪妈见端马目不转睛地直瞅着岳西奶奶,就作了简要介绍。牛牛见端马仍然用疑惑的目光看着岳西奶奶,又进一步作了介绍,并说岳西奶奶就是那天在小牧场上向端马问话的老人。

端马越发疑惑了,说:"那天问我家的是老爷爷呢!"

岳西奶奶哈哈一笑,随即取下头上假发,笑着说:"伢子,就是这老爷爷吧?"

端马虽然点头表示肯定,但又更加搞不懂了。牛牛把岳西奶奶的假发拿过来,在手上转一圈,又把奶奶样貌多变的原因讲了,而后又调皮地摸摸奶奶的光头,说:"哥,你望着,取下假发岳西奶奶就是老爷爷,戴上就是老奶奶,实际上岳西爷爷是老奶奶。"

端马笑了笑,从牛牛手上拿过假发,转了个圈,调皮地摸摸奶奶的光头说:"原来岳西奶奶头上是假发,戴上,老爷爷就变成老奶奶;取下,老奶奶就是老爷爷,实际上这老奶奶就是老爷爷。"

在一旁的倪妈见岳西奶奶被两个孩子戏耍得很是尴尬,她从端马手上把假发拿过来,很严肃地批评他俩没大没小,并用扫帚在端马和牛牛头上各敲几下,请岳西奶奶莫多心。岳西奶奶说她一点儿也不介意孩子们拿她取笑,她说孩子们越是这样,就越不拿她当外人。听到岳西奶奶这样说,孩子们自然更加高兴了。

端马欣喜之余,征得岳西奶奶同意,又把她的假发取下来,翻弄着问奶奶多少钱买的。当他听说是奶奶自己编的时,又十分佩服地说:"奶奶,你编得真像哪!"岳西奶奶既不过于自诩,也无意自谦,她说:"怎么讲呢,马马虎虎吧。"

倪妈要端马把假发给奶奶戴上,但端马闪到一边。他要他妈、岳西奶奶、牛牛都把面转过去并闭上眼睛别看他。大家都不知道端马要搞什么名堂,就依他讲的做了。一会儿随着端马口令,大家又把面转过来,睁开眼睛,只见端马拧着眉,皱着额,瘪着嘴,弯着腰,曲着腿,眯着双眼,还拄着棍子,戴着假发,俨然一副乡里老奶奶形象。惹得他们一个个又笑得抖肠子,揉肚子。

牛牛说:"我大哥要是扮老奶奶,和岳西奶奶并排站在一起,人家还以为我大哥是岳西奶奶的老姐姐呢。"大家又一阵笑。

"都笑什么啊,是不是捡到元宝,发了大财啦!"从外面进来的永富说。

屋子里笑声顿时敛住。端马取下假发,戴到岳西奶奶头上,他俩都恢复了自己的本来面目。

永富瞟了岳西奶奶一眼,心里想着什么,没说出口。

端马走时,他大、妈又少不得叮咛嘱咐几句。端马跨出门又转过身,要他大别累了,他大说他自己会把握的,并再次催端马快走,说回去晏了,会被老板骂的,又说他打了二十多年的长工,晓得端人家碗的滋味。尽管牛牛每次去方修本家回来都说方家待端马好,但永富不是很相信。

牛牛把大哥端马送到牧场,就回家和他姐桂兰去砍蒿蓼子准备晚上熏蚊子了。那年因为水大,圩心里的蚊子都集中到大堤上来了。盛夏季节,一到傍晚,蚊子就像大片大片的云团,嗡鸣着,从四面八方飞到永富的棚屋前。不要说它们叮咬人、吮吸人血了,单听它们那嗡嗡轰轰的叫声,人们就从心理上精神上,先被震慑了,打倒了!

大多时候都是这样,砍回蒿蓼子后,桂兰便去烧洗澡水,而清扫门前场地和熏蚊子的事,则由牛牛做了。牛牛在打扫干净的场地外围,一堆堆地等距离地放好熏料。就像要害部门要多加岗哨布防一样,大大、妈妈,以及岳西奶奶纳凉位置的外沿,牛牛总要相对地把熏料堆头摆放得密集些。

岳西奶奶的竹席通常晚上由牛牛拿出来在地上铺好,抹净。岳西奶奶"钦定"牛牛跟她困一张席。

暮色将临,蚊子们开始蠢蠢欲动了,牛牛逐个点燃熏料。火起烟升,无风时,从远处看,那升得老高、笔直的青白色烟柱子势接云端,给人以大漠孤烟直的感觉。在近处,从烟圈里朝上看,人就像坐在一口井里,白云是井盖,繁星是天灯,四面烟帐是高不可测的井壁,而盘腿坐在烟圈内乘凉的大人小孩,则都像是坐井观天的井底之蛙。

这时,烟帐内的永富一家人,还有岳西奶奶,或摇扇子,或挠痒痒,或谈白天的经历,或聊翌日要做的家事,还算有几分惬意。

不过扇子只能轻着点摇,摇重了,被扇动的空气就会把烟帐的一角或一方冲倒,烟帐倒下或露个大口,那些早在烟帐外虎视眈眈、觊觎多时、急需补充人血作为能量的"青壮年"蚊子,就会立即乘虚而入。

岳西奶奶要牛牛晚上跟她睡,她为牛牛打扇,但牛牛也被要求替岳西奶奶捶肩胛,挠背。

牛牛也有愧对岳西奶奶的,那就是经常尿床,把奶奶裤子屙湿了。

岳西奶奶一如往常地外出讨饭,稀的孬的自己吃,干的好的带回来给牛牛和六丫吃(要是多,桂兰也有),而且饭里还经常埋着鱼和肉。牛牛终于忍不住问,他和他姐讨饭,除了人家给两条干黄姑鱼外,就没人给过鱼肉,怎么岳西奶奶就净碰到人给鱼肉了?牛牛说:"奶奶,怎么人家净把鱼肉给你吃?敢情你是人家老外婆吧!"

岳西奶奶说,牛牛要想吃鱼肉,以后可跟她去讨,但牛牛说他虽愿意,可他好朋友赵春来临走前嘱咐他,除了家里人,除了姐姐和大哥,绝对不能跟外人后头跑。岳西奶奶说:"那赵春来在景德镇,天高皇帝远,还听他的!——这样吧,不跟我讨,我就带给你吃吧。"

不知过了多少天,牛牛只吃到岳西奶奶带回的饭,而没看到鱼肉,牛牛问奶奶是不是没人给鱼肉了。岳西奶奶笑笑,说给了,她馋了,自己吃了。牛牛最终抵抗不住鱼肉的诱惑,在家人都不知情的情况下,跟岳西奶奶后头讨饭去了,但是在小牧场上被他大哥端马截了下来。

端马把牛牛带到大牧场放牛去了。

路上,端马要牛牛千万不要跟岳西奶奶去讨饭。牛牛也深知他又犯错了。

端马说:"岳西奶奶那样大年纪,只能自己管自己了,万一有人把你捉走,她能救得了你吗?等她赶回来叫大大、妈妈,不知人家把你带到哪儿去了。"

牛牛说:"哥,我听你的。"

端马再三说:"以后千万别跟岳西奶奶后头跑。虎子大弟殁了,大、妈到现在还哭,你要是再跑掉,大、妈就没法活了!"

牛牛不住点头,说他记住了。

终于到了大牧场,兄弟俩坐在牛背上,端马边说边朝四处张望,不觉带牛牛来到一个大水凼边。端马指着水凼对牛牛说:"弟弟,这凼里有鱼,只是水深,逮不着,等秋天水浅了,我们来捉。到时你吃鱼吃厌的日子都在那儿。"

说话间,水凼里呼啦一声,一条小孩长的大梭鱼蹿出水面,把鱼群追赶得四散蹦跳,其中一尾大胖头鱼,慌乱中跳到岸上。端马心里一喜,他从牛背上纵身跃下,抠住鱼鳃,拎上来,在牛牛面前晃晃,说:"哥没哄你吧?走,烧了吃去!"

日头偏西了,在牛牛的催促下,端马把牛往回赶了。

果然,在声玉家做事的倪妈回来,不见了牛牛,急得直跺小脚,她正要去找,见端马正搂着牛牛,在牛背上小哼小唱的,从坝顶上下来。与此同时,岳西奶奶也从小牧场那边向倪妈的草棚处走来。

倪妈正要怪牛牛离家不跟大人讲,端马接过话去,把责任兜了,说是他要带牛牛去大牧场的。牛牛情知大哥没向妈讲真话,但为避免被打,也就没有澄清了。

端马走后,牛牛又摆草料准备熏蚊子了。

暮色降临,一家人和岳西奶奶又躲到用熏烟做的大蚊帐中了,他们正用闲聊驱散一天的辛苦劳累。

五十三

已经入秋了,端马差不多天天都回家,牛牛也差不多天天都去找端马。端马在外头弄点给牛牛吃,吃完看看天要晚了又把牛牛送回家;走的时候,又告诉牛牛第二天到某处找他。次数多了,掌握了大哥的活动范围和活动规律,牛牛只要观望一下沃野中哪儿有袅袅升起的青烟,没有烟时,站在较高的土墩上,振振鼻翼,东西南北四面八方闻闻哪儿有扑鼻的香气,牛牛就径直朝哪儿跑去。跑到时,他大哥不是往火里加柴,就是从火堆中往外掏扒烧熟的食物。有几回,他竟吃上了大哥用搪瓷缸煮的大米饭。不过他大哥说牛牛不是方家的小伙计,吃方家的米饭只能偶尔为之,天天吃就有点讲不过去,主要让他吃些青豆子、野荽瓜、野芋头,有时也有水鸟、雀蛋、鱼、鳝之类等。端马的想法是:他在野外搞些吃的给牛牛垫垫肚子,牛牛在家就会吃得少些,省下的大、妈便可多吃几口。

那天傍晚,端马照例把牛牛送回家了。恰好牛牛到家时,永富、倪妈也分别从小闸和陆姨妈那边回来了。永富把牛牛带回来的二十多个毛鸡蛋吃下后,又懊悔,说讲不定是端马使坏弄来的。

倪妈怪永富说:"你呀,一见了毛鸡蛋就恨不得囫囵吞,吃下去,又说是端马使坏搞来的。端马使坏怎么啦?你吐出来,让死鸡还魂,给方家送去呀?真的,马后炮没放头!牛牛,给,看看去。"

牛牛捧着他妈递给的东西,说:"妈,这不是信吗?"

倪妈说:"是信,是你的好朋友赵春来写给我们的信呢。"

牛牛高兴得直跳。

原来是春来舅父殁了,他舅妈认为春来母子还住在他家不合适,而别的店家又不收学绘画的小徒,春来和他妈又要回条子号了。

几个月后,春来和他妈赵姨真的回家了。

家里没有一粒存粮供他们母子生活,赵姨只好去她女儿家。可春来说他宁愿饿死,也不去两个姐姐家蹭饭吃。赵姨晓得春来个性,勉强要他去做不愿做的事是不行的。何况她两个女儿也确实不容春来。但无论如何生活总得有个着落,于是赵姨又带春来到倪妈家商量。

春来又回到倪妈家了。

唉,家里本来就日无度鸡米,夜无鼠耗粮,可春来这小子偏偏要过倪妈家的苦日子。接受过往的教训,什么狗尾草猫尾草,什么观音土如来土,什么带毒性的野菜,无论如何都不能让孩子们吃了!大湖里藕虽有,但一方面,永富的身体不允许他再做重体力活了,另一方面,他的好兄弟陈荷花还被埋在大湖的泥水里,他去挖藕,触景生情,也会伤心坏的。

车到山前自有路,这句话有时是不假的。人处于绝境时,往往眼前会出现柳暗花明又一村的新境界。

正当永富一家考虑寻找新的生活资源时,毛七奶奶来了。从毛家大园搬到大堤脚下,毛七奶奶来永富家还是第一次。毛七奶奶一般不去人家唠嗑,记得在大园时,牛牛生疥疮,毛七奶奶给他们送猪油,后来指点永富到大湖挖藕,又给他们家送去一点盐,并建议牛牛和桂兰去"吃百家饭",拢共她也就来了三次,最后一次还告诉了牛牛死猪的事。不知这次来,会给他们带来什么福音。

真的是想什么来什么,毛七奶奶几句题外话过后,就告诉牛牛他们:她家隔壁人家又有一头老母猪病得要死了!本来都应该为毛七奶奶隔壁那家祈祷才对,可是春来、牛牛、桂兰却欢呼雀跃了,他们又有死猪肉吃了,好消息来得太及时了!毛七奶奶告诉三个孩子不要高兴得太早,人家猪要是不死,他们又难免太失望。想要不失望,就先别冀望太高,凡事以平常心待之。听了七奶奶的话,永富家大人孩子都不禁肃然起敬了,尤其是赵春来,他压根就没想到一个村野老妪,还能从生活的琐碎中采摘出耀眼的哲理之花来!

七奶奶要几个孩子这几天勤到她家去,以便及时掌握情况,并要求孩子们去她家讲到关键时,要用暗语,不要直接讲什么"死猪,死猪"的话。

当天傍晚,春来、牛牛、桂兰三人就迫不及待地去了七奶奶家。一进门,牛牛就问七奶奶那猪死了没有。

牛牛话刚出口,春来忙把他嘴捂住,改问:"七奶奶,你讲的'那个'怎么样了啊?"

七奶奶明白春来问的"那个"是什么意思,说:"春来伢子,你讲的'那个'还没有'那个',你们且回去,不过这两天要多来我家望望,一旦'那个''那个'了,就弄回家'那个'。"

在回家的路上,牛牛满怀憧憬地跟春来和桂兰说:"七奶奶讲的'那个'要是真'那个'了,我们可就有'那个''那个'了!"

桂兰碰一下牛牛,说:"你别早早地就想得'那个'美,七奶奶讲的'那个'不一定会'那个'。"

春来说:"牛牛弟,七奶奶讲的'那个',到时不'那个',你现在就'那个''那个'地想,到时才让你'那个'呢!"

牛牛说:"七奶奶讲的'那个',要是不'那个',到时不光我'那个',你和姐也会'那个'的。"

春来三人都用暗号打哑谜,一个跟在他们后面的人听了,很是莫名其妙,不知道孩子们讲的"那个",到底是哪个。

春来和牛牛他们接连跑了三天,七奶奶隔壁家的"那个"还没有"那个",春来他们跑厌了,就不想"那个"。

第四天,七奶奶处又传来一条振奋人心的大好消息:七奶奶隔壁家的"那个",吃早饭后"那个"了!不过那户人家要把他家的"那个"拖到地里埋掉,好在七奶奶把埋"那个"的大致地方告诉了春来。春来三人扮作拾柴火的人,火速赶到那地方埋伏起来。可等了半天,也不见有人拖"那个"来,三人准备打道回府了,忽见远处有两个人,抬着"那个",从七奶奶家左边的巷道口出来,向小牧场东边的地头走来。春来三人又重新隐蔽好,暗中窥视。

抬"那个"来埋的是父子二人,大概怕走漏风声,父子俩也把抬来的死猪以暗号"那个"称之,与春来他们的暗号不谋而合。那父亲对儿子说:"坑要挖深些,上回四平家的'那个''那个'了,没有埋,头天下午拖来,第二天就被永富家的几个鬼伢子拖回家吃了。"那儿子说:"上回是七奶奶向永富家告的密,这回据讲七奶奶不在家,谁也不晓得我们把'那个'抬来'那个'了。"藏在草丛深处的春来三人听了父子俩的对话,对视了一眼,抿着嘴笑。他们亲眼望着那父子俩将死猪埋了隆起一个坟。

那父子俩才走不远,春来三人就猫着身子往死猪坟边爬了。可是那父子俩忽然又驮着锹回来,春来三人又立即躲好。那父子俩好像发现什么可疑迹象似的,立在坟边向四周望望,又在坟上踩踩。

见父子俩真的远去了,春来三人就像三只饿极了的狼仔,迅速爬回来赤手空拳地把死猪扒出来,拖回了家。

全家动手,刮干净后,所有硬肋都腌了,头头脚脚、骨头骨脑、肚肠心肺,一大锅煮熟炆烂了,三四天都没吃完。

但是刨死猪吃的事,后来还是被那家父子晓得了,不过他们也没深究。真的是坏事有时能变成好事,后来知道永富家不忌吃瘟病死的禽畜,有人家的禽畜死了,就主动拖上门来,也有的叫永富上门去拖。那时,永富家大人小孩能吃上瘟死的禽畜,就是上天的恩赐了,哪儿还顾得什么细菌传染、生病死人呀,根本想不到那上面去!

死猪肉快吃完了,永富家里大人小孩又面临断炊的窘境了。为了生计,永富曾带着春来、牛牛、桂兰(为了活命,桂兰没法谨遵不下冷水的医嘱),到河港沟渠里去寻找新的食物了。河港沟渠里能吃的无非是动植物两类。植物那时才长出来,远未到采摘期。动物能搞得到的就是贝类,如河蚌、螺蛳等。他们把河蚌、螺蛳搞回家,洗净泥垢,煮熟了,挑出肉,和着野菜,一锅烀了当饭吃,大多时是淡的,没盐。哪像富人们吃这类食物时,拌油盐酱醋葱蒜姜辣啊!

河蚌、螺蛳也不是容易搞的,但有一种叫米螺的却不难搞到。所谓米螺,就是像枣核儿大的小螺蛳。米螺性喜群居,爱活水,多在沟沟汊汊的流水处生活,所以春来三人专挑这种地方寻找,寻找到一处,至少就能舀一篾箩。弄回家烀熟了,戳到筲箕里,一家大小围着用手抓了吃。如果忙,那就抓到口袋里,边做事边吃。吃这种米螺,如果怀着一口就要吃下个胖子的急躁心理可不行,要慢慢来,先钳掉顶盖,或咬去尾壳,送到唇边,尖着嘴一嗍,螺肉就到嘴了。吃米螺有点像现在人们吃瓜子、松子那样。不过后者是品尝生活中的香甜美,前者纯粹是为了活命。比如吃米螺,只要嗍几个就能凑足一口,咽下就可以填肚子,给人提供能量,可是瓜子、松子呢,嗑一碟盘,还不够填几条牙缝,更别说饱肚子,供能量了,充其量也就是让口齿暂时有点芳香。唉,人都饿死了,香给鬼闻吧,饥馁的人要实惠!

由于和他妈沿路乞讨了三个月才到家,春来从景德镇回来时跟个瘦猴子似的。河蚌、螺蛳搭野菜吃一阵子后,春来就养好了,精气神就上来了,永富夫妇特别高兴。

就像印染过的布匹,不管调用什么好颜料进行二次改染都难以盖过或改变初始的底色一样,后来搭上小康快车的春来,生活虽然改善了,但对儿时吃过的食物的味道,印象总是根深蒂固,再好的佳肴美味都替代不了。当别人吃鱼、吃肉、嗑瓜子、松仁时,春来还是爱从河汊沟渠里摸河蚌、螺蛳吃,河蚌、螺蛳那种淡淡的田泥湖草的气味里,有他回味不尽的艰辛童年,闻到,吃到,就像回到了那个年代,就想起当时那些既无法复制也唤不回来的人和事!

那个阶段,河蚌、螺蛳等贝类,是永富一家大小赖以活命生存的主食。

好在熬过了那段时期,午季就开镰收割了。那年夏收的形势比头年要好得多。夏日里,圩里圩外,风翻麦浪,一片金黄。那些拥有土地的人们,见到如此丰收在望的景象,心里无不像灌了蜜那样甜,他们似乎都闻到了新麦馍的清香,尝到了新麦面汤的滋味。

"无田似我犹欣舞"[①],春来三人一如有土地的人家那样高兴。因为年成好,拾荒者就有荒可拾呢。

同沿江各地一样,条子号的地势也是西高东低,越是濒临江边越明显。为了充分利用土地,不知从哪一代开始(也许是逐年进行的),人们在大牧场北边与条子号小圩南堤之间,又圈成了面积可观的子圩。子圩因地势比小圩更低,极易水涝。子圩内的土地被划分成了大致相等的几个区块,区块内沟渠纵横,发水时,站在桐马大堤朝南望去,子圩内并列着许多个用白水写的空心大"回"字,共用着横和竖。空心"回"字内不是"非"字,就是"井"字,它们也是用白水写成的,与"回"的外框相连,起排水作用。而各区块的大渠又连着横在同马大堤脚下的总干渠,总干渠又与华阳小闸相通,汛期到来,只要江水不漫过外圩矮

---

① 南宋诗人曾几作品《苏秀道中》句。

堤,子圩内的夏粮就能保收无虞。

因为子圩濒江,只种夏季,条子号每年夏收也就是从这儿开始,而后逐步拓展到小圩和桐马大堤北边的大圩。

子圩排涝渠也是各区块的主人耕种收割时的往来渡漕。收割时,他们从家里用牛车载着腰盆,来到干渠边,卸下腰盆,从干渠划到自己土地所在的区块,再将捆好的庄稼装盆,渡运到大堤脚下,再装上牛车。从运输角度讲,大小沟渠为土地主人往来交通提供了极大方便,但是对春来他们到区块中拾荒的孩子们来说,却又成了一道道难以逾越的天堑!

夏收正式开始了,头一天去拾荒,春来三人虽然从大堤脚下一处较浅的干渠上蹚过去了,但被各区块外的水渠给挡住了。他们求了好几拨腰盆,但都遭到了拒绝。无奈,他们只好选了几处窄而浅的渠段试着蹚过去,但又一次次退回来,最后都坐在渠坝上,望着渠水兴叹,望着渠对面地里丢散的麦穗空自羡慕。

人在逆境中总是要思变的,春来说:"姐、弟弟,你俩就在这儿,我一人划水过去,能捡多少是多少,总比一天坐到晚,空手回家的好。"桂兰知道春来水性好,只说:"你划水要小心!"春来说声晓得,便跳下水渠。

春来一上岸,就拾得不抬头,每拾满一把麦穗,就扎起来,举在手上,向对岸的桂兰和牛牛晃一晃,以显示他的成就感和内心的喜悦。不一会儿,春来就把拾到的麦穗集中起来一捆。

桂兰和牛牛再也坐不住了,他俩各扳了根长长的杨树棍子,再次试着蹚,虽然试了好几条水道,但都退了回来,他们仍不死心。终于有一次他们蹚到渠中间了,水都只淹到上嘴唇和鼻孔之间,如果吸气稍重一点,水就会被吸到鼻孔里。牛牛和桂兰拄着棍子,像芭蕾舞演员那样踮着脚尖,仰着头,鼻孔朝天,借着棍子的撑劲和水的浮力,一点一点,一小步一小步向对岸蹚。

蹚水时,由于脚趾是垂直地点在稀烂的泥上,无法受力,要不是借着插入泥中的杨树棍子的支撑劲,人的整个身体就会像无根的水草一样,即使一点轻浪,也会被冲得左右摇动,甚至被推倒漂走或沉下!

蹚水时,由于头后仰得和背几乎形成了九十度的直角,两边脸颊与水面齐平,灌满渠水的耳朵嗡嗡地响着,只有鼻孔露在外面出气,眼睛直直地望着高天,除了时不时有几只江鸥在天上来去扇动着翅膀外,根本看不见周围事物。牛牛和桂兰无法相互照应,只有时不时地把头后仰再后仰,以求翘起下巴,露出嘴巴,空喊几声,告诉对方自己还活着,没有沉入水底。谁想到,那时为了能捡到几把麦穗回家度命,牛牛和桂兰竟然敢于这样冒险,这样置生死于度外,这在现在的人看来,是难以置信的!

见到牛牛、桂兰也过来了,春来又是欢喜,又是惊讶,又是怨怪。

在子圩里捡荒的那些日子里,每到中午,春来就把三人捡的麦子捆起来,放到渠水里,再让牛牛骑在麦捆上,春来游着把他推过去。推过去后两人合力把麦捆弄到渠坝顶上翻晒(不晒干无法背回家)。完了,春来再游过去,把麦子和桂兰一齐推过来,这样一天的拾荒就基本结束了。

中午在等麦穗晒干的当儿,牛牛坐着看麦,而春来和桂兰则分头去找吃的,什么菱瓜的嫩茎,新发的芦芽、芦蒿根,还有渠边摸的大虾、子蟹等,只要寻到,就收起来,弄到牛牛看麦处,不论是长根的、长脚的,三人坐着抓起来就吃。饿得慌慌颤的孩子,不论是熟的还是生的,是苦的还是腥的,吃起来都总是那么有滋有味。吃到不想再吃时,麦也晒干了,三人捆着回家了。子圩里虽然能拾得到荒,但因盘运翻晒,耗时费力又有危险,所以一天拾不了多少,而且人太吃亏。

几天后,牛牛和桂兰蹚的水道被一场中雨彻底地阻断了,为了不让这为期不长的捡荒机会遗憾地从眼前溜过去,牛牛和桂兰每天都改由让春来从水渠上游着背过来,背过去。

好像是来子圩拾荒的第五天,小叫花、大毛毛、球蛋儿、铁叉、黄大狗等牛牛和春来住地周边的伙伴们也蹚过干渠,跑到春来拾麦的那个区块对面的渠坝上,要求春来背他们,春来说危险,没答应。可是当春来背过桂兰,回来背牛牛时,小叫花把牛牛扣为人质,说春来要不答应把他们背过去,他们也不让春来背牛牛。球蛋儿还说春来不顾交情,不讲义气,当年他们在孙启亮的发动下,趁着黑夜替春来和牛牛向王大嘴家报仇,铁叉还说他怕春来装火神菩萨露了真相遭毒手,特地到王大嘴家的柴棚中暗中保护,可现在……

"别说了,哥们,当年替我和牛牛报仇……"

没等春来讲完,铁叉说:"春来弟,当年的事早已过去,现在提起它,并不是要向你卖什么人情,我们只想你也把我们背过去,捡几把麦回去搞碗糊喝。"

春来上前抱住铁叉,说:"大家要过去捡麦,填肚子,我也不好拒绝,要晓得,这跟你们替我向王大嘴报仇不同,它危险性更大,我体力不够。"春来很为难,他犹豫着。这时恰好岸边有一截断树干映到春来眼里,他让小叫花帮忙,把断树干推下水。春来让小叫花他们趴在他背上,紧紧抱住他的身腰,春来又抱住树干,利用树干的浮力和脚的蹬力,一趟趟把他们送了过去。到捡得差不多了,春来又把他们一趟趟背过来。就这样,在子圩捡麦的那些日子,春来成了一只小腰盆、一条小蚱蜢舟、一只流沙河的小神龟。

因为天天湿衣,外加吃生冷的野食,桂兰的胃又犯病了,只是还没有那么严重。而春来也因为每天许多时间都要在水里背人、运麦,穿着湿衣,他的肌肤也像刮净毛垢后又放到水里浸渍几天才捞起来的猪皮,皱巴巴、白惨惨的没有一点儿血色。只有牛牛,除了得了水毒,身上发红发痒以及被狗咬的疮疤处皮肤嫩薄,被麦桩子扫破了外,别的方面都还正常。大家都说牛牛年纪最小,但意志很顽强,也有韧劲,铁叉笑称牛牛是一顶小小的破毡帽,打不碎,也砸不烂。

五十四

子圩内的荒刚拾完,春来三人立即就转到内圩来了。内圩不像子圩那样,它少有沟渠,一马平川,来去方便,因此拾荒的人特别多。

内圩收割进度非常快,留给拾荒者们的油水自然也是少之又少。几天后,春来他们再想从地里拾到一根麦穗或一颗豆子都很难了。

越是拾不到荒,人就越没信心。这天,他们在几块地里转了转,没有收获,最后干脆在地头上坐下了。在他们都懒洋洋地要打瞌睡时,背后矮埂那边传来一阵喧闹,把他们的瞌睡虫给闹跑了。站起来看看才晓得,喧闹者是在子圩拾荒时,让春来背着从渠水上渡来渡去的小叫花一帮伙伴。

春来故意朝那边咳了咳,被铁叉听见了,他们把春来三人招过去。他们在合伙烧豆子、烧麦穗吃,自然也让春来三人吃了。桂兰胃不舒服,不能吃,她撑着到旁边地里去了。

春来他们吃得正欢,突然看见桂兰在那边吐血!大家毫不犹豫,轮流背着桂兰直奔王义堂家。那天,恰逢倪妈也在义堂家,她立即放下药罐,从大毛毛背上接下桂兰,平放到自己腿上。

桂兰微微睁开眼,说她还要吐,一句未了,就又吐出来,一股血腥气味冲得倪妈直恶心。倪妈边给桂兰揩嘴边说:"丫头,我叫你今儿在家歇着,你不听,这下吐血了,好了吧。"牛牛急忙用灰把血盖了,春来依桂兰身边蹲下,一声声叫姐姐。众伙伴们急得前后打转。

靠在床上的王爷爷把小叫花叫到跟前,上气不接下气地说:"伢子,多谢你们把桂兰背到我这儿来,现在桂兰最要紧的就是安静地休息。"喘两口气,王爷爷又说,"伢子,让春来和牛牛留下,等会儿送桂兰回家,你带个头,让大家都散了,各自回家,桂兰就交给我了。"小叫花说:"爷爷,听你的,我们走了,你老人家多保重!"

倪妈把孩子们送出门,左一声谢,右一声谢。估计他们走远了,王爷爷向里间轻声叫着:"出来吧,堂儿,出来给桂兰看看,究竟是怎么搞的。"王爷爷话音刚落,王义堂从里间走出来。

义堂的突然出现,让春来和牛牛惊喜不已。义堂满面带笑地把他俩搂在一起,说:"好弟弟,大哥一会儿再和你们说话儿,让我先给桂兰妹妹瞧病去。"

义堂很快就诊断出桂兰是慢性胃炎引起胃血管破裂出血。义堂根据他大开的处方,抓了七服中药。他还告诉倪妈,桂兰以后要忌吃生冷,注意胃部保暖,饮食要均衡,不能暴饮暴食,等等。可倪妈叹气,说义堂讲的那几项,桂兰一样都做不到,他们家的日子就是那样,没法过正常生活。义堂把桂兰托抱到王嬷嬷床上睡下。

倪妈到灶房烧饭去了。义堂把倪妈忘记递给王爷爷喝的药端给他大后,也到灶房里去了。但倪妈说搞点糊糊,不用人帮忙,让义堂和春来两个说话去。

义堂把春来和牛牛带到自己房里,端详了又端详,眼睛里闪着泪光,说:

"你俩比我在家时长高了点,但更瘦了。"

就像那年在玉米地里碰到兴国一样,春来和牛牛也向义堂问这问那的。问到兴国、明发、启亮的情况,义堂也只做了大概的回答。听到兴国、启亮、明发都当了军官时,春来和牛牛都特别高兴。当听到义堂在一次战斗中荣立二等功,现已升任连指导员时,两人拽着义堂直跳。

"妈,我还要喝水。"听到桂兰在喊,义堂便跑了出来,轻声说:"桂兰妹,别叫妈,妈在烧锅,我来倒水。"春来和牛牛同时跟出去,把义堂按住,说他俩是弟弟,理当他俩倒。但是,义堂又将他俩推回房里。义堂把水递给桂兰,说:"桂兰妹妹,你的气色比刚才好多了,别怕,记住把那药都吃下去,就会好的。桂兰妹妹,多亏你和妈妈来照顾我父母,我会记你情的。你休息,我去陪春来和牛牛俩聊聊。"桂兰把手向义堂摆摆。

义堂再次回到房里,他捉住春来和牛牛的手,说:"好弟弟,我离家两年多了,我病中的父母多是由桂兰妹妹来照顾的,今天桂兰妹妹生病,正好赶上我回来,让我给她瞧一回病,递一回水喝,是上天的安排呢!弟弟,还有你俩对我父母的好,我父母都跟我讲了,我现在没法疼你俩,等革命胜利了,我要好好谢你俩!"

"大哥!"春来和牛牛同时把手从义堂手里抽出来,再次抱住他。

义堂坐到铺上,忽又起身从条几上的老式花瓶里取出虽已枯萎但犹有馨香的荆花,问春来和牛牛还记不记得它的来历。春来说那荆花是义堂走的前一天,他和牛牛一道送来的。牛牛说义堂走的时候正是荆花盛开时,春来本来是要义堂到他家赏花作文的,可是义堂却急匆匆要走,没去成。春来说:"就是因为没去成,所以我和牛牛就摘一束送来了。"

义堂说他原来也不太关注荆花,但见是春来和牛牛给他送去的,不但喜欢上了,还把荆花看得特别金贵了。义堂说:"我当时分一半插到瓶里,另一半随身带走了,是吧?"

牛牛说:"是的。第二天晚上,我们送你走,虽然黑魆魆的看不分明,但模模糊糊望你举着那束荆花向我们挥着。"

春来说:"义堂哥,你走后,我和牛牛还有桂兰姐来打扫卫生时,总是先到你这房里来,而来你房里又总是先抹花瓶,掸掉荆花上的灰尘。"

牛牛说:"有一次我要把这枯萎的荆花丢掉,但想想是你留下的,就掸掸吹吹,又插到瓶里。"

春来说:"义堂哥,我和牛牛每次来看爷爷、嬷嬷,到你房间见到瓶里插的荆花,就想到你,想到当时送你走的情形。"

义堂搂着春来和牛牛说:"好弟弟,也不知是怎么了,我们的心灵总是这样相通。自从那次得了你俩送的荆花,后来每当在外头见了荆花,看到它们那团团束束、历久弥艳、越开越有精神的样子,我就想到你俩,想到桂兰妹妹,想到尚未谋面的端马大弟和带儿妹妹,甚至连兴国、明发、启亮他们的样子都浮现在我面前了!"

义堂还问春来家门口的那棵荆花树还开不开花,春来说:"开呢,这两年从春到夏,从夏到秋,都开得特别热烈繁盛。"

牛牛说:"今年发的新枝上,第一茬花开过了,第二茬又都绽出了绿豆大、豌豆大的花苞苞,一球球,一束束,枝丫儿都压垂下了。"

春来说:"大哥要是迟回来几天,或者能在家多住几天,就可以赏到荆花了。"

义堂说:"赶不上赏荆花也没什么可惜的,等全国解放了,我们要在我们的家乡、我们的国家,到处栽上鲜花,栽上荆花,我们一天到晚,一年三百六十五日,都徜徉在鲜花的海洋里、荆花的乐园里! ——弟弟,这次,一是营领导考虑我离家不远,父母又生病,让我回来看看;二是了解一下这边的情况,明早天亮前就要赶回部队,不能多陪你们,你们要好好听大、妈的话,照顾好自己,还要互相照应。"

春来说:"大哥,尹伯伯、倪妈妈经常念叨你。"

牛牛讲得更直白些,他说:"大哥,你要走,我大大还没有见到你呢!"

这时,倪妈在喊吃饭了,义堂答应一声,但未出去,他对春来和牛牛说:"弟弟,你俩别讲了,我晓得你们的意思,晚上的安排我都跟倪妈讲好了,我们吃饭去吧。"

餐中,王爷爷再次当义堂面,对倪妈一家人对他们老两口的照顾表示感谢,但倪妈说,照顾两位老人,是他们的承诺,照顾不周处,请二老谅解。倪妈说:"当年我们来条子号,第一盆火是你们给我们烤的,第一餐饭是你们给我们做的,那不是一般的一盆火、一餐饭,那是救命的火、救命的饭啊。不是当年你们把我们一家从饥饿寒冷中救活过来,我们可能都走不到条子号陆姨大家去。"倪妈要王爷爷以后不要讲那些见外的话,只讲照顾不周的方面,只提要求。

倪妈真诚的话语,把两位老人的眼泪都讲下来了。

望着风烛残年的父母泪流满面的样子,义堂也流下了泪水。王嬷嬷用袖子为义堂擦着,说:"别掉泪,儿子!"

王爷爷也说:"大男伢子,都当指导员了,不该这样!"

望着眼前情景,春来放下筷子,情不自禁地伏到倪妈怀里。倪妈拽起他,问是怎么了,春来也热泪盈眶,哽咽着说:"我也有妈妈,可是我不能跟在我妈身边。我妈伤心时,我不晓得,我伤心时,我妈也不能为我揩泪,我大大也永远不来爱我、疼我了。"春来终于呜呜地哭出了声。

"春来弟弟,今天我们好不容易聚到一起,不要哭,不能哭!"义堂破涕为笑说。

倪妈让春来转过头来,扶到身边坐下,揩干他脸上的泪,说:"春来伢子,你义堂大哥的话都听见了吗?快别哭了!"春来抬眼望望倪妈,又侧过面望望义堂,两边嘴角微微上翘了一下,但没有笑得起来。

见到春来那样子,王爷爷比谁都难受……

王爷爷早就放下筷子,他和王嬷嬷实际上也就是陪陪孩子们。看大家都快吃完了,王爷爷叫义堂把耳朵贴到他嘴边,他说些什么,别人听不清,义堂边听边笑。

略停一下,义堂轻轻揩了一下王爷爷嘴唇边沾的糊,然后很郑重地说:"大、妈,我和带儿的亲事,在走前我和陆姨大就跟你们讲了。我今天再向二老交个底,除了带儿,我谁也不娶!"义堂更重申,不管带儿生得怎样,他都不介意,他看重的是尹伯伯、倪妈妈的为人,他喜欢牛牛!

春来搡了义堂一把,似有嗔怪之意,但也不乏笑意地说:"还有我呢!"

义堂把春来拉到身边,说:"是的,我没有把你忘记,我的好学弟,我也喜欢你。"

沉默许久的牛牛也搭话了,他说:"大哥是讲他和我家的事,所以才没把春来带上,是吧? 其实大哥更喜欢春来呢!"

见春来和牛牛也在"争风吃醋",义堂和他大、妈,倪妈都笑了。

义堂张开他的手臂,把春来和牛牛一起搂在怀里,说:"都喜欢,我的两个好弟弟、亲弟弟,连端马一起,我有三个好弟弟、亲弟弟。嗨,端马长得什么样,我还没见过呢! 可惜他在方修本家做小伙计,这次回家又见不到他的面了。"

吃过晚饭,料理完相关的事,倪妈就带桂兰往家去了。根据事先的安排,大约一更天后,义堂才和春来、牛牛一同悄悄地往永富家这边来了。永富和倪妈都黑灯瞎火地在草棚里坐等义堂他们三个。

听到脚步声,永富夫妇迎了出去。义堂轻叫一声"尹伯伯",就被引到棚屋中隔间的铺上坐了。春来留在门外没进来。

永富点亮菜油灯,对着义堂的脸和全身细细照看。

"伢子,队伍里苦吧?"永富轻声说。

"尹伯伯,"义堂也轻声说,"苦是肯定的!"他说他们参加革命,经历艰苦,就是为了绝大多数人的不苦!

义堂边说边从破旧的布袋里,取出一个纸包,说:"伯伯,我知道你烟瘾大,就给你带上一点儿了。"义堂说他没有钱,买不起东西孝敬尹伯伯和倪妈妈,也没有买东西给桂兰妹妹、牛牛和春来。

春来听到义堂提到自己的名字,以为是叫他有事,从外面跑了进来。倪妈说:"伢子,快到门边站着,有响动,就咳一声,去,让你义堂哥和你尹伯伯说说话。"

永富目送春来到门外去了,又声音颤颤地对义堂说:"伢子,你都两年没到家里踩脚印子了,一点儿东西都没有给你,我真的心里不是滋味。还有春来,在我家饱一顿、饿一餐,有时连野菜都吃不上,活活地饿肚子。唉,伢子,我对不起你们啊!"

义堂说:"尹伯伯,不要挂念我们,现在部队生活虽然还很苦,但比起革命前辈来,要好很多了。地方上老百姓还要苦一阵子才能熬到天亮。熬到天亮,好日子就一天天在向我们靠近了。至于春来,尹伯伯、倪妈妈,他不肯随他妈去他姐家过,你们就养着,他私下跟我讲过两回的,驻驾篾匠店里,宜城的中药铺子里,他不仅可以待下去,而且人家压根儿就不让他走。他说他也讲不清,从那年在风雨中把蓑衣取下给倪妈妈披上时起,他就打心底里向着你们,念着你们,走到哪都惦记着你们,心里放不下你们。跟你们在一块,他心里就踏实。伯伯,你和倪妈妈就把他当牛牛一样养着。"

永富说:"伢子,养是养着,就是苦了那伢子,我们于心不忍啊。"

倪妈也说:"义堂伢子,人家赵姨就春来一个小男丁,把他苦坏了,日后如何担当家业啊!"永富说他要是有一点儿法子,都不会让春来时不时地饿肚子。

义堂说:"我刚才讲了,春来如果是图生活好,他就不会执意从驻驾、从宜城回来了,家里这个样子,他是不会计较的——啊,尹伯伯、倪妈妈,我原打算睡会儿,鸡叫再走,现在忽然觉得心里阵阵不安,我准备马上就离开你们这儿了。"义堂一说离开,腿脚就移动了。永富晓得军人的脾性,没说什么,只是和倪妈同时捉着义堂的手,显得异常依依不舍。

出门前,义堂又提到端马,说他没能和端马见面,感到非常遗憾,并要尹伯伯、倪妈妈代他向端马问好。

牛牛和桂兰回来没一会儿就睡着了。义堂和尹伯伯说话的当儿,春来一直机警地守在门边。听义堂说要走了,春来也撤回到中隔间,昏昏的油灯下,他抱住义堂,目不转睛地凝视着他的脸。义堂拍拍春来的肩头,说:"弟弟,放心吧,我走了。尹伯伯、倪妈妈,你们多保重!"义堂想了想,又到后隔间看了看牛牛和桂兰,见他俩都睡得很熟,便没去叫醒他们,只叮嘱倪妈要让桂兰把那五服中药按时吃下去。

在永富夫妇和春来的陪同下,义堂正挪步要出门时,门外左侧突然伸出一支乌黑锃亮的手枪,对准义堂的胸口,说:"别动!你被捕了!"

五十五

义堂大吃一惊,但马上镇定下来,对着那把抵着他胸膛的手枪,极为轻蔑地说:"哼,我被捕了?回头看看吧,你背后是谁?"趁对方回头时,义堂迅速夺下那把手枪,并用自己的短枪顶住对方后脑勺,说:"你被俘虏了!"

永富急忙抽出门拐的绳子,与倪妈、春来一起绕过义堂,正要动手绑那人,那人回过头,拿下面罩,说:"大、妈,你们不认得我啦?"听声音,看面相,永富夫妇和春来惊得向后直退。

永富忙对义堂说:"伢子,快把枪放下,他是端马!"

听说是端马,义堂可高兴了,他一把将端马拽进棚内中隔间,按在铺上坐好,自己拣大灯芯,往端马脸上照着瞧着:好个端马!面目跟牛牛、春来一样俊秀,一样让人看了喜欢、舒服!

倪妈指着义堂要向端马介绍,端马说:"妈,不用介绍,我知道,他就是王义堂,是我姐夫。"端马说着就站起来,拉着义堂的手,亲切地叫"姐夫"。

义堂格外激动,说:"大弟!"

永富犯疑地问:"端儿,你怎么夜里往家跑?"

端马说他回来有一会儿了,听见屋里有人讲话,他没进来。知道讲话的是王义堂,他就在屋后加了一道岗哨,他要和春来一起,保证义堂的安全。

义堂抓住端马的手,急切地问他黑夜回来,是不是有什么急事。

端马快速来到门边,朝外望望,又侧耳听听,转到屋里,声音急促而低沉地说:"晚饭后,有两个人到方修本家,说是解放军有一拨队伍开到了县城西边的山坳里,队伍中有个连指导员,上午化装成农民模样潜到条子号王郎中家了。他们计议着晚上进行抓捕,要方修本从中配合!"端马猜他们说的指导员一定是他姐夫,所以就偷着跑回来送个信儿,没想到义堂到他家了。

义堂惊讶地说:"这帮家伙情报还挺厉害的嘛!"

端马说:"大哥,我估计方修本他们已经开始行动了。"

永富和倪妈吃惊不小,倪妈手都有些发抖了,说:"这可怎么办啊!"

春来说:"他们在王爷爷家抓不到人,可能要来这儿,义堂大哥必须马上离开这里,回部队去!"

端马说:"大哥一人不安全,我送!"

端马和春来同时握紧双拳,摆出一副马上就要投入战斗的架势。

义堂却显得极其沉着冷静,他把手枪亮了亮,扳了几下枪栓,说:"来吧,我的枪口已有十几天没开荤了!"

永富焦急地说:"伢子,快回部队吧,这儿太危险!"

义堂往门外望望,又安慰永富和倪妈一番,转身对端马和春来说:"弟弟,我归队去了,只是那帮狗日的抓不着我,肯定要为难我父母的。咳,自古忠孝难两全!"义堂朝自家那边深鞠一躬,迈开大步就走。

端马将义堂一把拽住,说:"大哥,我送你,走小路又快又安全。"

义堂不许,但永富夫妇坚持要端马送,说是两个人好互相照应。义堂应允了,将移步,又回头望望永富夫妇和春来。

义堂放不下心地说:"春来,我大、妈那儿……"后半句没说了,义堂指着灶台上的枪对端马说,"大弟,把你的手枪拿着。"

端马望了望义堂,说:"大哥,你有枪就行,我的就不带了。"

义堂命令似的说:"拿着!哪有执行任务不带枪的,拿好了!"

端马拿起手枪,掂了掂,说:"姐夫,搁明儿,你给我弄一把好手枪吧。"

义堂说:"大弟,你这手枪好得很,且用着。"

端马把手枪往地上一砸,义堂看着笑了。原来端马用来顶住义堂胸口的竟是一把自己捏制晒干的泥巴枪!

义堂敲敲端马脑袋,不无爱怜地说:"大弟,你怎么比春来、牛牛更调皮呀!"

送走义堂、端马后,永富夫妇转身就熄了灯,心怦怦地跳个不止。他们并不担心义堂和端马会出什么意外,他们对他俩的机警沉稳是心里有数的,他们担心的是义堂大、妈,他们年纪大了,又有病在身,在毫无思想准备的情况下,面对突然闯进家里搜捕义堂的家伙们,会不会被吓蒙了,把义堂的去处招了出来?永富夫妇心急如焚,站在一旁的春来也非常担心。

春来说:"尹伯伯,我去义堂哥家看看好吗?"

牛牛说:"我也去!"牛牛已经溜下小铺,来到中隔间。

听到牛牛说话,春来一震。

永富说:"牛儿,你晓得什么事啊,也去?"

牛牛说:"大、妈,我晓得。"原来端马回家,端马和义堂说话,以及他俩出门,牛牛都晓得,只是头昏昏的,眼睛睁不开,爬不起来,不过经过一次次努力后,他现在完全醒了,牛牛再次要求和春来一道去义堂家。

春来望着永富夫妇,希望他俩能答应牛牛陪他去。

永富说:"牛儿,你一定要听春来话,春来叫你怎么着,你就怎么着!"

牛牛拍着胸,斩钉截铁地说:"大、妈,我一定!"

半路上,春来向牛牛递去一只小瓶,牛牛不接。春来凑上他耳朵嘀咕两句,牛牛窃喜,说,毛习普大老婆那年被它害了个半死。

春来说:"就是嘛。"牛牛笑了。

春来带着牛牛从小道一路疾行。

潜到王爷爷屋边,静听一会,并无异常动响,他们便判断那帮家伙的行动还未开始,于是轻声叫开了王爷爷家的门,把消息简要通报完,就急匆匆撤出来。

两位老人已经心里有数了。

春来和牛牛刚转过王爷爷家的屋拐,就听见大圩前面传来踢踢踏踏的脚步声。

春来说:"果然来了!"便拽着牛牛迅速地躲到路边的草丛里。

那帮人一进王爷爷家,就对两位老人唬牛吓马的,只听一人吼着:"你儿子王义堂呢?老家伙,快把他交出来!"

王爷爷不慌不忙、从容不迫地说:"我儿子参加解放军了,你们要抓他,就自己去找吧,我已经几年没见我儿子面了。"

对方叫喊:"老东西,人家看见你儿子回家了,快交出来!"

王爷爷说:"哪个看见我儿子回来了,叫他来捉啊,横竖我是没见到我儿的影子。"

又一人凶狠地说："不交出来,拉出去毙了!"

王嬷嬷说："你们要把我老两口拉出去毙了,那就太谢谢了,这年头,迟死不如早死呢。看着狼狗们到处横行,我们怄啊!"

对方叫嚷："呃,这老东西不光不怕死,还敢骂我们,怕真的是活得不耐烦了!"

又听见另一个声音在嚷："可我现在还不要你们老东西去死,把你俩毙了,你儿子就不回家看你们了,我到哪去抓他呀。"

手电光中,只见说话的那家伙把手一挥,说："给我搜,掘地三尺,也要把王义堂给我搜出来!"

可是那帮家伙里里外外都找遍了,也没搜出王义堂一根毫毛。

那家伙把手一挥,说："走!他妈的,连共产党的家属都这么难对付!老东西!"那家伙边走边回头骂。

躲在草丛里的春来见七个黑影从王爷爷家的大门出来,向着草路走来,便轻声对牛牛说："注意隐蔽,看我行动。"他俩把前面六人都放了过去,当最后一个人打跟前经过时,春来伸出手,冷不防把那家伙抬起的后脚向后一拽,毫无防备的那家伙往前一扑,跌了个狗吃屎!

趁那人还未反应过来时,春来已把他背上的枪拿到手,对着那家伙耳朵轻声说："别出声,出声我毙了你!"牛牛把春来给的辣椒粉(这回是当地土辣椒),迅速抹进那人眼睛里的同时,又狠狠咬住那人一只耳朵。

当前面几个家伙知道后面有情况,回撤增援时,春来已抱着枪,牛牛衔着那人的耳朵,一同跑到方塘边蓼子堆里隐藏起来了。撤出时,牛牛还迅速用头往那人胸脯上狠撞了几下。

那帮家伙扑了个空,便虚张声势地嚷嚷几声,无目的地乱放几枪,趁着夜色的掩护,匆匆溜走了。

春来和牛牛毫发未损!春来留意了一下,郭全福那晚没来,也没看见方修本,那个被牛牛咬下一只耳朵的家伙不知是谁。

枪声撕破了静寂的夜空,向四面扩散着。义堂十分敏锐地辨清了枪声的方向,是来自他家的住处,他断定那就是所谓的保安队和地方维持会所为,并且从枪声的杂乱中听出了他们内心的恐慌和行动的一无所获。他一面为他大、妈和牛牛一家的平安无事庆幸,一面和端马加快了向部队驻地匆匆奔去的脚步……

听到枪声,倪妈急得在屋里打转。永富十分淡定地对妻子说:"放心呢,春来和牛牛不会有事的,他俩一定是给那伙人弄出什么麻烦来了,不然他们不敢放枪的。我估摸着两个伢子正往家走了。"

确如永富所分析的那样,保安队刚刚离去,春来和牛牛就把夺来的枪沉到了水里。

沿着漆黑的塘边小路往家摸,着实让春来和牛牛都很紧张。见春来和牛牛都平安到家,倪妈那颗悬着的心终于落下了,放平了。听了王爷爷视死如归、勇斗保安队的事,永富夫妇打心眼里佩服。至于枪和耳朵的事,春来和牛牛都守口如瓶,瞒得铁紧。

端马送义堂走后,在方家一直没回家。永富夫妇虽然绝对相信义堂和端马那天晚上不会出事,但迟迟不见端马回家,心里到底还是踏实不下来。

风声渐渐平息后,保安队也不像那些天抓人抓得厉害了,永富夫妇的心情放松了不少。这天下午,永富让春来和牛牛去打听端马的情况。

看着袅袅上升的沟渠野烟,春来和牛牛很快找到了端马。

端马先爬到埂上,望见四周无人,便又下来把春来和牛牛招到身边,向他俩叙述着那天晚上把义堂送到部队的情形,然后神神秘秘地问春来和牛牛晓不晓得螳螂捕蝉、黄雀在后的故事。

春来不解地说:"大哥,你问这个干什么呀?这故事……"

牛牛抢答说:"这故事春来跟我讲过三遍了。"

端马说晓得就好,他先笑了笑,接着就绘声绘色地向两个弟弟兜售新闻:那天晚上,那帮家伙以为十拿九稳会逮到义堂大哥回去邀功请赏了,却没想到,他们不仅没抓到义堂大哥,还遭到了一支解放军小分队的伏击,被打得落花流水,弃甲丢灰(盔),趁黑逃跑了。

春来和牛牛吃惊不小。

春来说,他们当时都躲在家里不敢出门,是听到枪声了,却不晓得那帮家伙败得那样惨,逃跑得那样狼狈。

端马更加难抑兴奋地说:"狼狈?那天晚上最最狼狈的就算方修本了!"

"方修本!"春来和牛牛吃惊地问,"那晚方修本也去啦?"

端马说:"何止是去了,他还充好汉,去时冲在头里,撤时却又殿后。"

春来说:"方修本是想立大功呢!"

端马说:"他立个屁大功,他遭到伏急(击)了!"

牛牛说:"他遭到伏急(击)了?"

端马说:"可不是嘛。据方修本自己回来讲,伏急(击)他的还是两个小兵呢!"

"还是小兵?"春来和牛牛同时惊问。春来还加问了一句:"那小兵也能伏击大坏蛋?"

端马说:"据方修本讲,那两个小兵可厉害了。他们放过前面的六个保安队队员,当殿后的方修本经过时,一个小兵把方修本的后脚轻轻往后一拉,方修本就趴下了!"

春来说:"趴倒了爬起来跑啊。"

端马瞟了一下春来,说:"你讲得轻巧!方修本还没反应过来,一个小兵就已经把他的枪拿到手上,枪口就对着他的耳门了。"

春来说:"动作够快!"

牛牛说:"他不会喊救命吗?"

端马说:"哪是不会喊,是不敢喊啊。"

牛牛"啊"了一声。

端马说:"那小兵凑近方修本耳边说:'敢喊,我就一枪崩了你!'"

牛牛说:"那小兵是够厉害!"

端马说:"厉害?还有更厉害的!"

春来和牛牛又同时"啊"了一声。

端马说:"另一个小兵不知临时从哪弄来了辣椒粉子。"

春来问:"辣椒粉子有何用?"

"有何用？它可是比枪子儿还厉害！"端马说，"那小兵把辣椒粉子糊到方修本眼睛里了！"

春来替方修本焦心地说："啊哟哟，这可不得了，了不得了，那可是比用酷刑还难受的了！"

端马说："可不是嘛！这还不算完，那小兵又把方修本耳朵咬下一只！"

春来拍手说："好啊，要是把两只耳朵都咬下来，方修本就像丑八怪了。"

端马说："这还不算完，临了，那小兵又把头往方修本胸脯上连着撞了数下！"

春来说："那小兵是够不简单的，参加一次小小的夜战，把辣椒粉、自己牙齿和头都当作武器，全用上了！"

牛牛只是笑，不说话。

端马望着牛牛说："怎么那小兵跟我牛牛小弟差不多，也喜欢拿头撞人胸脯啊？"

春来说："那小兵是牛牛小弟的徒弟，或者是牛牛的师父吧。"

牛牛淡定而幽默地说："我们可能是同行吧！"又关心地问，"那方修本现在怎么样啊？"

端马说："他家有钱，眼睛算是治得七成好了，可他那只耳朵是永远也不能再生了！他扑倒时撞掉的那几颗牙齿虽然装上了新的假牙，但因为嘴被撞变形了，所以装上的那几颗假牙始终向外伸着。"

春来说："敢情就是缺了一只耳朵，牙齿朝外伸着，眼睛又弄得肿泡泡的，形象丑陋，所以现在才很少出门了。"

端马说："大概就是这些原因呢。"

牛牛说："不是大概，我认为肯定就是这些原因。大哥你想想吧，一个人耳朵被人齐耳根咬掉一只，丑得还能出门见人吗？"

春来望着牛牛不动声色、一本正经的样子，故意搡他一把说："这个小兵咬人也真咬得新鲜，怎么就咬人耳朵了！"

牛牛也搡春来一把，向他瞅一眼，为那小兵辩解说："你讲的是平时一般的吵架，可那天晚上是打仗！打仗时那么紧张，谁还顾得一定要咬哪个地方，能咬下一个耳朵就是很不错的了,大哥你讲是吧?"

端马也挺认真挺庄重地说:"那当然,那当然,打仗时哪个地方好咬,就咬哪个!"

春来和牛牛一阵笑,端马也笑,端马为他俩笑而笑,他俩是为好笑的事而笑。他俩笑得开心,而端马还被蒙在鼓里。

一个多时辰后,春来吃完端马烧的水鸭,就带着藕心菜和牛牛一道回家了。听着春来关于义堂和端马都平安的汇报,永富夫妇的心才放下了。关于端马讲的方修本遭惩罚的经过,尤其是枪和耳朵的事,两人只字未提,他们怕提了,大、妈会往他俩头上怀疑。

义堂归队了,端马还在方修本家当小伙计。保安队在地方上骚扰一阵后,也平静下来。王爷爷和永富两家也不再像前些日子那样受人"关注"了,至少从表面上看是这样。

永富夫妇的主要精力又转移到照顾义堂父母,以及如何让家里孩子,尤其是春来每天能有点儿吃的这些生计问题上来了。大圩里捡荒的麦子虽然还有些,但不要多长时间,就会消耗殆尽的。看着大、妈终日面带焦虑的神情,服完中药胃痛已消除的桂兰又进言了:她要带牛牛和春来讨饭去。开始,倪妈拒绝了,但在桂兰一再坚持下,倪妈答应了,但只许桂兰带牛牛去,春来要留在家里。这下可就让春来意见大了。本就不愿与牛牛分开的春来,现在听说桂兰带牛牛讨饭去,而让他在家,春来怎么可能接受?

春来说:"倪妈妈,当初你在我妈面前讲过,就算我是你多养的一个儿。现在,你让桂兰姐带牛牛讨饭去,却让我在家吃现成的,这是把我当你儿看吗?分明就是把我当客,当外人家的孩子看待的嘛。"

听了春来的话,倪妈不晓得说什么好,她拿着扫帚,一会儿走到春来跟前,一会儿又走开去,一会儿又转回来,把扫帚在春来面前晃着,说:"这、这这,啊哟,看你这伢子,一军把我——哎哟,一军把我将——唉!"

倪妈是讲春来一军把她将得死死的,她把扫帚往手心上磕一把,说:"好好,我讲不过你,你去,讨饭又不是到哪家赴宴,争得红脖赤脸的,你这伢子!"

于是春来也去讨饭了。如果说以前是桂兰带牛牛讨,那么这次就是春来带牛牛和桂兰讨了,以前讨饭是桂兰领军,这次就由春来挂帅了。这次讨饭历时两个多月……

五十六

两个来月的时间很快过去,一转眼,秋收又开始了。既然秋收也可以拾荒,为什么还要讨饭呢?为什么还要去继续与狗作对呢?

秋季在大圩里拾荒,能经常和端马接触,这不仅使他们在"抗击外侮"方面有倚恃,而且能经常吃到端马烧的野味。地里的如玉米棒棒、黄豆、花生等,水里的如茭瓜、菱角、鸡头米、藕等,长脚的如水鸡子、苦哥鸟、野小鸭等,没脚的如鱼、鳝等。春来他们拾荒到肚子饿的时候,就去找端马大哥,找到他就有吃的,无论植物,还是动物,经端马烧制出来都好吃。

这天,春来又望着袅袅炊烟找到了端马。但端马不在烟火处,而是在芦荡里,他让春来、牛牛帮他从水里把一袋河蚌拉上岸后,又咣啷哗啦地抬到沟渠的火堆处。

刚放下袋子,春来几人就被一股浓烈的烤物香气吸引住了。春来翕动着鼻翼,说:"大哥烧什么好吃的,把人鼻子都香歪了。"春来咂着嘴巴,舌尖往两边嘴角直舔。

牛牛捡起棍子就要往火堆里掏,端马拦下棍子,说:"多焖会儿,味道会更好。"

春来和牛牛真的忍不住了。他俩又吸气又舔嘴,围着火堆转圈圈。而端马却手执拨火棍,一味向他俩笑。春来说:"大哥,你是故意吊人胃口的?"

端马笑而不语。

突然,牛牛往起一站,眼珠子骨碌一转,说:"我们回家吧,天不早了。"

春来晓得牛牛的意思,也不屑一顾地指着火堆说:"走,那里根本就没烧吃的!"

牛牛对着火堆说:"要是真有好吃的,大哥早就一人私吞了,还轮到我们来吃呢,我们走啰,走啰。"

"天要黑了,走啰!"他俩嘴上说走,却迈不开脚步。

端马一眼就看出春来和牛牛是在跟他玩以退为进的策略,不但不挽留他俩,反而借坡下驴地说:"是该早点回家了,晏了,大、妈在家会急的,你俩走快点吧!"端马说着,就推春来、牛牛快走。

火堆里烤物浓香的诱惑力,像许多只无形的大手在拽着春来和牛牛的腿脚,他俩走了十步也没离开火堆半尺。他俩原本就是以此激端马,让他快掏出火堆中的烤物出来吃,却给端马制造了催他俩快回家的借口。真是关公帐下耍大刀,鲁班门前弄砍斧,耍点子方面,春来和牛牛本来就不如端马,却偏又不肯出丑。面对他们大哥的准确判断,驾轻就熟、顺水推舟的技能,春来和牛牛不禁自矮三分,连坐在渠坝顶上的桂兰也忍不住沁头偷笑。她笑春来和牛牛自作聪明,弄巧成拙,她希望春来和牛牛造成的被动局面,能很快得到体面的收场。

什么体面收场呀,肚子饿了,春来和牛牛要撕下一切人类文明的华丽面具,和他大哥端马耍无赖了!他俩对视了一下,立马转过身,抱住端马的腰和腿,同声说:"大哥,我们要吃!"

端马呵呵一笑,说:"两个小鬼还在哥面前耍点子!好嘞,我来搞给你俩吃!"

端马抄起棍子,拂去火堆最顶层的灰烬,再用棍子贴地往里一捅,一挑,一翻,好几只烧得焦黄滴油的大乌龟被拨了出来!

牛牛一见乐坏了,他不管烫不烫手,抓一只拽着就往嘴里塞。

就像牛牛那一次不敢吃他大哥烧的毛鸡蛋一样,春来也不敢吃烧乌龟。但经不住牛牛吃法的诱惑,以及端马的反复鼓励,还有烧乌龟香气的吸引,不一会儿,春来不仅吃了,而且吃得特别快,特别在行!

端马拍着春来背心(快别拍了,拍一下,春来背上就被按下五个黑黑的手指印子)说:"这下不说大哥哄了吧!"春来笑着看了端马一眼。

牛牛吃得不抬头,也不说话,直到吃得腻了,才放慢下来,说:"谁讲我大哥哄来着,我就晓得大哥要给我烧好吃的。"牛牛想想又说,"大哥,我一来,就觉得这香气是我早就闻过的。"

端马说："噢,你有什么讲法呢?"端马望着牛牛,牛牛又仿佛回到了老家,回到了老家每年稻熟的季节。

那时,人家都忙着割稻,永富家里没田,无稻可割,端马就提着一根带有铁钩的棍子,到河汊,到塘后埂,到田下坎,到一切近水依田、外有柴草遮掩着的大洞小窿处捉乌龟。牛牛则驮一条麻袋,紧随端马身后,遇到洞里有乌龟,端马就用带钩的棍子朝里乱戳乱捣一通,乌龟被捣痛了,缩着头脚不动了,牛牛就牵开袋口,端马把乌龟从洞里掏出来,一个个捡入袋中,掏得少了,牛牛驮着,多了,牛牛驮不动了,就由端马驮着,牛牛空手跟在后头跑。端马去哪,牛牛跟到哪,牛牛给端马做伴。那时每个稻熟季节,他们要寻好几次乌龟,每次至少要捉上半袋,捉得多的时候足有三四十斤,连端马都驮不动!

每次捉回的乌龟,剥出来的净肉都要焖大半锅,周边几个庄子的人,凡嗅觉灵敏的都能闻到焖乌龟肉飘散在空气中的香气。但他们都不吃乌龟肉,嫌乌龟不像鱼、肉,算不上正品,上不了正席,还说乌龟跟鳖一样,都是王八蛋,登不了大雅之堂。(幸亏他们不吃,要是吃的话,端马和牛牛还能那样不付代价地吃到吗?)可端马大、妈、弟妹们都将焖熟的乌龟肉大碗大碗地盛着当饭吃!那时永富有肝炎,一天到晚,尤其是夏秋交替时就浮头肿脸的,脚腿肌肉肿起多高,一按一个坑,可是只要吃了乌龟肉,一晚过去,全身的浮肿就消尽了。

端马说："在老家时,我们家确实是这样,除了稻黄时节前后,能吃几次乌龟肉外,平时是吃不上一块肉的。"

端马还说："偶尔捉的一两只,我们都不吃了,丢到灶窿里烧着给大大吃。"

听到给大大吃,春来一惊,说："大哥、弟弟,我们还没留乌龟给尹伯伯吃呢!"

端马说："你吃吧,春来弟,我给他留着呢。"

听春来说没给尹伯伯留,牛牛突然想起坐在渠上埂的桂兰姐了。端马从火堆里扒出四个,由牛牛和春来抱着送到桂兰处。牛牛歉疚地说："姐,我们只晓得自己吃,把你给忘了。"春来说："姐,快点趁热吃吧,火堆里还有,吃完我给你送来。"

说起来也真让人挺好笑的,20世纪40年代,牛牛和他大、妈及兄弟姐妹连咸盐都吃不上,米汤都喝不上,却能把乌龟肉当饭吃。进入21世纪后,春来家的生活已真正达到小康水平了,但对市场上卖的、从前富贵人家嗤之以鼻而他家当饭吃的乌龟肉,却望而却步!时代变了,人们对事物的认知也改变了。

望着春来和牛牛吃乌龟肉弄得满脸满嘴巴都黑乎乎、油腻腻的样子,端马又好笑,又爱怜。吃着吃着,春来再一次提醒说:"大哥,还没留给尹伯伯呢。"牛牛也放下手里的乌龟肉,望着他大哥。端马又往春来和牛牛面前各推一个,说:"吃吧,喜欢吃就多吃,袋里乌龟带回去给大、妈、六丫。"

"袋里也是乌龟呀?"春来和牛牛同时惊讶了。春来说:"听袋里哐里哐当的,我还当是河蚌呢。"春来和牛牛又各送两个给桂兰,桂兰说她只要一个,多了吃不掉。

男孩子的食量确实比女孩子要大很多,送给桂兰回来,牛牛和春来坐下又吃。究竟他俩每人吃了几个,谁也没记数。

那天傍晚,端马把一麻袋乌龟送到家里,恰逢大、妈都不在家。端马在袋口加扎了几道,和春来、牛牛交代了几句,而后骑牛往小叫花、大毛毛两家转了转,就回方家去了。

秋季拾荒虽然已到了扫尾阶段,但为了能吃到端马大哥烧制的野味,春来和牛牛仍然每天拽着桂兰出去。出去就出去呗,见天多少有点收获,比完全在家闲着好。

每个阶段都有要做的事。夏秋两季拾荒所得,除去维持每天最起码的生活必须外,还略有余头,春来他们暂时也不去讨饭了。在冬季到来前,永富要多往小闸出工,倪妈要多做人家的针线活,桂兰和春来要抓紧捡柴。这样做都是想把严冬的日子过得暖和一点。大人都出去了,家里就只留下牛牛和六丫看门了。六丫每天下午就睡觉,睡到傍晚大大、妈妈下工回家才醒过来。每天下午就牛牛一人在门前守望着。

牛牛很乐得这样,因为他可以在无人干扰时,在地上画画写字,在凉床上拨算盘。不过也有不好,那就是一个人容易打瞌睡。打瞌睡容易出事,有几回牛牛把头摔了。但牛牛睡性重,怎么摔都不能使他接受教训。

这天下午,拨了几下算盘,牛牛又睡着了,当他乍醒过来,一时竟不知自己置身何处。

因为白天都在外做事,晚上回家都要一阵好忙,谁也不会想到牛牛。上铺睡觉时,春来喊牛牛洗脚,连叫几声没人应,大家这才想起来,他们傍晚回家就没看到牛牛。牛牛哪儿去了呢?

永富夫妇屋里屋外地找,在大堤上下叫喊。寻找的范围不断扩大,小叫花家里、球蛋儿、铁叉、大毛毛家里,凡是牛牛常去的伙伴们家里,全找遍了,都不在!永富夫妇找到哪,桂兰、春来就跟到哪,陪着找,陪着喊,陪着急。

帮忙寻找的人越来越多了,大家都打着电筒到处照,一时间,堤上堤下,圩里圩外,"牛牛在哪里""牛牛快回家"的喊声此起彼伏。甚至连条子号那边的陆姨大夫妇,明发、启亮大也都闻讯赶过来了。然而找了大半夜,连牛牛影子也没找着。人们只好劝永富夫妇带春来、桂兰回家,待天亮再说。

陆姨大夫妇陪永富、倪妈到鸡叫才走,陆姨大第二天清早又赶过来了。

永富晚上哪里坐得住,他每隔一小会儿就出去绕着屋喊一阵,喊到后来声音特别哀伤低沉。倪妈更是坐立不安,哭喊不止。她说老鹰把鸡叼走,还要落几根毛,她的儿子怎么无影无踪呢?春来和桂兰既要宽慰和照顾倪妈,自己又害怕得要命,难过得要命,他们担心牛牛要是真的殁了,他们可怎么办,尹伯伯、倪妈妈又怎么活?

春来又想起牛牛那年在学堂里失踪的事,他怀着侥幸的心理,和桂兰在屋前屋后的柴草里扒寻,他想要是像当年张兴国那样把牛牛从草里扒出来了,他们是多么高兴,尹伯伯、倪妈妈会是多么高兴。然而这种令大家都高兴的事,到底没有发生!春来和桂兰也认为牛牛生还的希望极为渺茫了,他俩只能陪着大人坐等天亮再作计议了。

永富坐在矮凳上一声不吭,只是一袋接一袋地抽烟。其实他抽烟根本就心不在"烟",昏暗的油灯下,他左手把着长烟袋,只一味衔在嘴里,既不吧嗒,也不晓得往烟袋里装烟,只是眼睛一眨不眨地朝门外望着。

倪妈心胆俱碎,她把牛牛常用来写字的小棍子,用来算数的老算盘拿在手上,抱在怀里,满屋地走来走去,嘴里喋喋不休地叫牛牛写字给她看,打算盘给她听。倪妈讲几句,又叫几声菩萨,趴地上磕一阵头。她目光呆滞,眼中无泪,就干号着,号她的牛牛已经掉到方塘里了,找不到了,找到的也就是牛牛尸体了!总之,在春来的眼里,他的倪妈妈已经到了失子崩溃的状态了。

春来一会儿依在永富身边,为他往烟袋里装烟,点火,把烟嘴子往永富嘴巴上送,一会儿又来劝慰倪妈别急。他说他相信,牛牛胆小,怕水,没大人在家,牛牛是不会离开门口,独自下方塘搞水的。他说牛牛要是搞水的话,就不会把算盘取下来打了。他极力安慰尹伯伯和倪妈妈:说不定天一亮,牛牛就从哪儿钻出来了!

永富夫妇虽是绝望了,心死了,但还是希望春来讲的事能发生。

终于熬到天亮了,一夜没合眼的永富夫妇,拿着根长竿子出去了。春来和桂兰分别跟在永富和倪妈身后。他们人分两路,心想一事,沿方塘南北两侧,由东向西逐塘排找。

找到第四口塘了,都未发现任何蛛丝马迹。快要到第五口塘时,在北埂排查的永富站住了,他手脚颤抖,拽拽春来衣角,说:"伢子,你看那儿漂着什么东西?"

春来看了看,没作声。其实春来在他尹伯伯说话之前,就看见那水面漂着人,但怯于永富夫妇承受不住重大打击,所以没说。既然尹伯伯向他提出来了,也就只好面对现实了。

春来含着满眼泪水,哽着喉咙,抑制着悲痛,对他尹伯伯说:"好伯伯,你别难过,那儿漂的恐怕就是我牛牛弟!"春来把脸掉过去,拭去涌泉般的泪水,又转过面说,"伯伯,你到南岸去,和桂兰姐一道照顾倪妈妈,我下去把弟弟遗体捞上来。"

永富以异常复杂的目光望着春来,说:"我的伢子,你千万要注意安全!"永富捉着春来的手,两人四目对望着,泪水扑簌簌往下掉。

春来把脱下的破褂子交给永富。见永富已到倪妈跟前,春来才伤心地下了水。

南岸的桂兰也早已看见了漂在水面上的人,她同春来一样,为了不让倪妈知道,行走中,尽力挡住倪妈的视线。见春来下水了,桂兰把倪妈的衣角紧紧绞在手上。直到永富临近,她才略略放心点。

春来哭着,痛苦地、极不情愿地向漂在前面的人游去。春来边游边啜泣,泪水和塘水混合在一起,他的眼睛模糊了,头昏昏的,他已悲痛到对身边事物失去辨别力和认知力的程度了。春来连看都不忍心看,是和牛牛兄弟般的情谊支撑着,才让他有勇气钻到水里,把牛牛的"遗体"架到他下沉的背上,驮着向南岸游。

到了南岸,永富夫妇和桂兰,他们只顾呼天抢地地哭,赶来帮忙的陆姨大也泪眼模糊,他拽着"遗体"的两只胳膊往起一提,这才发现,横架在春来背上的根本不是牛牛,而是牛牛那件补丁套补丁的褂子!

牛牛呢?难道牛牛把破褂子挣脱了,尸体沉到水里了吗?

倪妈不再哭了,她把牛牛的小褂子抖开看看,那上面的补丁是她最熟悉的!她手上提着褂子,眼睛望着水里,说:"牛牛,我可怜的儿子,你把妈的心拉走了!牛儿,你走慢点,候妈一道。"倪妈冷不防纵身往塘里一跳!反应灵敏的春来随即跳下去钻到倪妈身下,又利用自身浮力,把倪妈顶出水面。

岸边的永富及时递去长竿,但挣扎着把头往水里埋的倪妈执意不接,弄得春来连连呛水。

已是不胜悲痛的永富,又担心起春来,说:"牛牛他妈,你快点抓住竿子,把春来带上来吧!"

陆姨大向水面探着身体说:"永富妇人,你快抓住竿子,把春来带上来。"

桂兰说:"妈,你平时不是像喜欢小沙弥一样喜欢春来吗?快把他带上来,他呛了许多水了。"

挣扎着往水里爬的倪妈说:"春来,快放开我,让我沉下去,殁了牛牛,我活不下去啊!"

春来断断续续抬一回头,就讲一句:"倪妈妈,我——啊,我今儿叫你一声妈了,你不上岸,呕——我就跟你——呕——一道死,死了——呕——我也要跟你在一块,跟牛牛在——呕——在一块,还有——呕——呕——还有你常说的虎子二哥——呕——我们——呕——我们都、都到一块去——呕……"

见春来这样铁了心,倪妈少不得一手抓住长竿,一手抓住春来胳膊,被拽上了岸。但倪妈却赖在水边哭,她哭她的虎子、牛牛都走了,她活着不如死了。

春来伏在倪妈腿上直吐清水。

已经缓过劲来的春来,再次展开牛牛的小褂子,好像从中看出什么来了,说:"倪妈妈,我牛牛小弟不会死的,他不会一个人跑到离门口这么远的塘里来搞水的!你起来回去换衣,你有胃病,受寒会犯的。好妈妈,你就听你春来儿子一次话吧。"

倪妈还有什么好说的呢?她抱住春来痛哭一阵后,不得不在永富、春来、桂兰、陆姨大和邻居们的搀扶与陪同下,往家走去。可才走几步,倪妈又瘫坐地上哭。

春来揩着不断线的泪水说:"倪妈妈,见不到弟弟尸体,我们就应朝他还活着那方面去想。到现在我都认为:牛牛是不是被人诱骗走了?骗子故意把牛牛褂子脱下丢到水里来误导我们,如果是这样,凭弟弟的机灵,他一定会……"

"大大,妈妈——"春来话未说完,突然听见像是牛牛喊妈声,大家都为之一振!但侧耳细听,又听不见了。正当大家不抱幻想时,又传来喊声,不仅喊大大、妈妈,还喊"春来"喊"姐姐"。

"我在这儿哪,大大,妈妈,春来,姐姐,你们快来,我在这儿……"

"哎哟喂,是我牛牛啊,我牛牛就在大堤顶上喊哪,我的儿啦,我的心肝宝贝……"倪妈像中了邪似的,一面跑一面哼哼着,"我的儿哪,我的小命哪……"倪妈连跑连摔跤。而已经来到堤顶的春来和桂兰,转身向堤下的倪妈妈、尹伯伯喊着,说果然是牛牛回来了,叫他们别慌、别急,慢慢走。

牛牛昂着头喊着。临近牛牛身边,春来和桂兰才看清了,牛牛在地上趴着,他两手被拗在背后,用绳索绑着,两脚在地上蹬着。

见到家里人都来了,牛牛伏下头,半边脸贴着地面,他哭了。

第四天早饭后,牛牛醒过来了。但在此后日子里,牛牛却不像被绑架之前那样活泼开朗,阳光四射,而是萎靡忧郁,懒洋洋的,这使永富夫妇和牛牛的兄弟们都颇感焦虑。

五十七

　　这是陆姨大夫妇第四次来看牛牛了。牛牛虽然仍爱睡,不太讲话,精神不太振作,但饮食正常,生命体征平稳。陆姨大不担心这些方面,他关注的焦点,是牛牛被什么人绑了,绑牛牛的意图是什么。条子号人都猜这又是一起拐卖儿童的案子,并且认定与那回戏台底下小叫花婶子的孙儿失踪的事有关系,这几年条子号周边几起儿童失踪的案子,很可能系同一伙人所为,破了牛牛被绑的案子,其他案子就能迎刃而解。果真这样,在华阳周边隐藏得很深的那个人贩子,也就有可能被挖出来了!但鉴于牛牛的精神状态一直恢复得不是很好,所以陆姨大每次来,也就是看看,带点吃的给牛牛而已,关于那方面的事,就都不便细问了。

　　半个多月后,牛牛精神面貌方面不但没有起色,而且晚上睡觉呓语又多了,还怕见生人。无奈,倪妈又想去求王爷爷了。但她见王爷爷病恹恹的,泥菩萨过河——自身难保的样子,就不忍心问他了。

　　在王爷爷偶尔精神好点时,王嬷嬷把倪妈的话转达给他了。王爷爷说牛牛受了惊吓,要心理调治,他让王嬷嬷转告倪妈,不用急,随着时间推移,牛牛把那事淡忘了,就会慢慢好起来的。遵照王爷爷嘱咐,永富一家人对牛牛被绑的事,只字不提,白天,桂兰多带牛牛和春来一起,在野外挖野菜、捡柴,回家后,春来又给牛牛讲故事,教他认认写写,打打算盘什么的,有时还特邀小叫花、铁叉等伙伴来陪他玩。一段时间后,牛牛各方面状况果然正常了!全家人包括春来,皆大欢喜。

　　虽然家里人都极想弄清牛牛被绑的经过,极想弄清绑牛牛的人是谁,但又都绝口不问牛牛。问了,怕让牛牛的生活再次蒙上可怕的阴影。不仅仅家里人不问,还打招呼让他的伙伴们也不要问。过去的事就让它过去,让它烂掉,只要人平平安安的就是最大的幸事、旺事。除非有一天,牛牛自己主动把它讲出来,否则永远不提它！一个宗旨,就是绝不能让那样的事在牛牛身上再发生了！

牛牛精神虽然恢复常态了,家人对他也不再忧心郁闷了,可是凡事多用心想的春来,反倒心事重重起来。

又过了不知多少天,春来背着牛牛对桂兰说:"姐,牛牛被人绑架的事,如果不搞个水落石出、真相大白的话,搞不好那个绑牛牛的人,以后瞅准机会还要对牛牛下手呢。"桂兰说她跟倪妈也这样讲过,可倪妈说,牛牛自己不讲,家人又不好问他,怎么搞得清呢。桂兰说以后只有和春来一起对牛牛多加保护了。春来说,多加保护是不用讲的,可是老虎也有打盹的时候,总不能把牛牛拴在裤带上。

桂兰说:"哪个讲不是这样呢？可我妈讲绑牛牛的人头上又没刻字,就是站在面前,我们也不认得。"

春来说:"倪妈讲得没错。不过——"

桂兰说:"不过绑牛牛的人就是头上刻了字,我也认不出来,我不认得字。"桂兰笑了。

春来的意思是虽然绑牛牛的人头上没有标记,但可以对过往接触的人进行排查分析,透过现象看本质,慢慢总会查出来的,不想被桂兰把话那样接过去,春来也有点儿想笑。

春来脑海中的怀疑对象是岳西奶奶,但桂兰说,她虽不怎么喜欢岳西奶奶,但也不认为岳西奶奶怎么坏,更不认为她是会绑架拐骗小孩的老人。桂兰还说岳西奶奶对牛牛非常好,平时讨的干饭,甚至是鲊肉,自己舍不得吃,都带回来给牛牛吃,有的亲奶奶都做不到！

春来说:"姐,听说有一回,岳西奶奶背着家里人,把牛牛带出去讨饭,是大哥在小牧场上碰到了,把他截下来带去大牧场的是吧？"

桂兰说:"有那回事,不过后来据牛牛说,那是他自己要跟岳西奶奶去的,他想吃干饭,想吃肉。"

春来说:"还有岳西奶奶头上戴假发呢。"

桂兰说:"那是不假！"桂兰接着把岳西奶奶戴假发的缘由详细跟春来讲了,并怪春来无端怀疑一位善良的老奶奶很不应该。

春来说他就是随便问问。从后来的事情发展来看，"随便问问"并不是春来内心的真话。因为过了一些时候，春来又把在桂兰面前讲的这些话，在他的尹伯伯、倪妈妈面前讲了，而且讲得更直白。

听了春来的话，永富不但没有怪罪，反而夸他，说像春来那样细心，那样肯动脑筋，在社会上就可以少上当受骗。不过一贯爱憎分明、疾恶如仇、同情心强的倪妈却大不以为然了。

倪妈说从那年和牛牛一起，在老龙潭岸边和岳西奶奶初次相见到现在，岳西奶奶和他们家往来次数也不少了，她对岳西奶奶的为人是十分清楚的。她和桂兰的看法十分相近，她说人家那样大年纪了，讨饭本身就不容易了，可是偶尔讨点干饭、鲊肉还带回来给牛牛吃，那是很少有别的老人能做得到的，从这一点，就能看出那老奶奶是多么善良，是多么重仁义！怀疑这样的老人是有罪过的，也是她不能容忍的！

那些天里，为了纠正春来对岳西奶奶的偏颇看法，倪妈多次向春来直说了自己对岳西奶奶的正面评价，并对春来小小年纪就犯疑心病进行了严肃批评，还说是司马懿那个老白脸把春来带坏的，她要春来以后再也不要看《三国演义》了。每次批评虽未遭春来反驳，却也没见春来有虚心接受、认真改过的意思，甚至还见春来有抵触情绪呢。这让倪妈不免产生了隐忧。

"世事洞明皆学问，人情练达即文章"，这两句牛牛大舅经常说书讲的话，对倪妈教育很深。倪妈担心春来这么好的孩子，一旦变得好歹不分，就是糊涂人，糊涂人长大后就不晓得为人处世了，而要晓得为人处世，就要先通达人情、洞明世事呢。倪妈觉得是到了应该讲讲春来的时候了，光在生活上关心他，不在做人方面教导他，那也不是对他真正的爱！

那天早饭后，倪妈准备去王义堂家，因为王爷爷身体情况不太好，要人去护理和照料。可是还没出门，就下大雨，大雨把倪妈封堵在家，这真是撂石头砸不到天——怄也无用了，就在家歇着吧。

倪妈往棚里环顾了一圈，丈夫、孩子，包括春来都在家里闲坐，倪妈觉得教导春来的机会来了，于是就把春来拉到自己面前，不苟言笑地说："春来伢子，今儿下雨，我去王爷爷家不行，你们也不能出去做事，趁这机会，我有些话想跟你讲,你听吗?"

春来见倪妈挺认真的,便很自然地拘谨起来,说:"倪妈妈,我既然在你家蹲,你就别把我当外人,我有不是处,你就讲吧,只要是有益的话,我会听的,也会依着做的。"

倪妈说:"春来伢子,我既不是你亲妈,也不是你干娘,按说我没有理由,也没有必要讲你这儿那儿的,就像戏文中唱的那样:教训了人家子弟,枉费了为娘的一片心机。可是,我念你雨中解蓑衣给我披的恩德,念你深入虎穴狼窝救我丈夫,念你舍生忘死跳入深塘里救我伢子的仁义,有些话我还是要跟你讲讲的,因为它关乎你的成长,关乎你长大后为人处世。"倪妈继续绷着脸说,"春来伢子,我刚才都听出来了,对你有'益'你就听,这就很难说了,假如我认为是有益的,你却认为是有害的,你就不听了吗?你现在只表个态,我讲的话你听还是不听都可以,不听,就省得我讲;听,我就演一回《三娘教子》。"

听倪妈这样讲,春来心里觉得怪怪的,他觉得倪妈对他从来没有这样严肃过,虽然感情上一下接受不了,但还是极力克制着。春来说:"倪妈妈,我虽然出于无奈,暂时寄住你家,但我并不是一个人就没处生活,我之所以几次要到你家来,一是因为我舍不得离开牛牛……"

牛牛在一旁接口说:"我也舍不得离开春来,人都说我和春来一帮来,一帮去。"

春来接着自己没讲完的继续说:"二是因为我爱尹伯伯,爱倪妈妈,虽然你们叫小沙弥'干儿'叫得那样亲切,却始终不这样叫我,但我心里一直把你们当我亲爹亲妈,你们在我心里所占的位置,甚至超过生我养我的父母,既然这样,我有什么不是处,你们为什么不能讲呢?难不成父母讲儿女的不是处,都要先问听不听,而后才决定讲不讲吗?倪妈妈,请讲吧,你的孩子我听!"春来不卑不亢、情深意切地讲完这些话后,挨到倪妈身边,拉着她的手。

永富说:"你看看,春来伢子对你还是比对我更亲呢!"

倪妈借由永富的话说:"对我亲的人,就应该有良心。"

春来觉得倪妈这话不冷不热,像是心里聚集着怒气了,但仍心平气和,很有涵养地说:"倪妈妈,我哪儿没有良心了,你指出来,我改正。"

倪妈说:"牛牛大舅常在说书时跟人讲:受人滴水之恩,当涌泉相报。就说岳西奶奶吧,她待牛牛胜于待亲孙子,这个我就不说了,她在哪儿见到一棵野菜、一根蒿子柴都要捡回来,她说桂兰难寻。哪怕是下雨天或黑夜里,她都要到外面解手,不在家里上马桶,她说都在家上马桶,桂兰难倒,难洗……别的我不说了,凭这些小事,就可以看出她是一位多么能替别人着想的老奶奶了。对这样一位老奶奶,我们怎么尊重她都不为过。"倪妈越说越动感情,"岳西奶奶非比旁的奶奶,她是个无儿无女、又孤又寡、无依无靠的老妇人,这样的老妇人,就是不对牛牛好,不对我们家好,我们也该同情她,可怜她,可你赵春来在我面前都说了岳西奶奶什么?你虽然没有直接说她是拐子,是骗子,是人贩子,可是你那些话就是这意思!这怎么可以啊,春来,人不分好歹,恩将仇报,将来长大了在社会上怎样和人相处,怎样待人接物、立身处世呀?"

这春来是个犟小孩,他不管倪妈平时待他如何好,站起来就直话直说:"倪妈妈,你说别的我都听了,你叫我不对岳西奶奶有看法,我不能依你。是的,岳西奶奶对我也不错,那年在戏台底下看戏,还买吃的给我了。我当时肚子正饿,饿得连牛牛坐在我肩头上,我都挺不住,吃了她买给我的那块高粱粑,我有劲多了,可是我并没有因为她给我买了吃的,就打消对她的怀疑了。倪妈妈,讲真的,她头上的假发有时取下,有时戴上,她究竟是老爷爷还是老奶奶我们都搞不清!"

倪妈腾地往起一站,气得直盯着永富说:"你听听,你听听,你们都听到了吧?这小赵春来,越讲越离谱了,离大谱了!真像戏文中讲的那样,驴(孺)子不可教了,这怎么好呀,啊?"

永富说:"伢子嘛,他妈,他就是讲得有些离谱,我们听听也不是什么坏事,哪怕是传到岳西奶奶耳朵里,她顶多就是笑笑,不会找我们理论、讨说法的。你别怄,伢子嘛,童言无罪(忌)!好了,雨歇了,你到王爷爷那去,看看他老人家怎么样,去,去!"

倪妈一气之下跑出门去,又回头望着永富说:"伢子嘛,伢子嘛,伢子就能乱讲?没想到你和小赵春来穿一条裤子,人家那么好的老奶奶,讲人家这里那里的,真是屙屎把心屙掉下来着,天理不容,天理不容!"上到大堤半腰了,倪妈还把春来叫应了,说,"做人不长良心不好啊!我也看出来了,你是个驴(孺)子不可教的伢子,我无须跟你讲了。过一响,我去跟你妈讲,你还是去你姐家,或者去条子号吧,我家小棚里不住没良心的人!"

上了大堤顶,倪妈还自言自语着:"这小赵春来,我原先还准备等他和六丫都成人了,就把六丫嫁给他,现在想想,招没良心人为女婿,害了女儿,犯不着!"

倪妈走后,家里静悄悄的,就像一个人都没有一样,大家你望着我,我望着你。过了一会儿,春来再也忍不住了,他往永富膝上一伏,哇地哭起来。永富拍着、哄着他。牛牛坐在春来身边,捉着他手,无声地陪伴着他。桂兰对着手上择的野菜自言自语着:"妈今儿过火了,不管春来讲得有没有根据,听听又不会使耳朵害疮的。"

平心而论,牛牛是向着岳西奶奶的,但他妈让春来回条子号去,这又是牛牛无法接受的。说真的,如果让岳西奶奶和春来同在牛牛面前站着,问牛牛选择哪一个,牛牛会不假思索地跑到春来面前的。岳西奶奶虽对牛牛有恩,但无论如何也抵不上这些年来他和春来朝夕相处、相依为命。

见春来哭得很伤心,牛牛除了拉拉春来衣,捉捉春来手,也不晓得怎样安慰他。

桂兰放下没择完的菜,过来哄春来几句,看见他哭时把原来就破的鞋踩得更坏了,便拿来针线为他绞好了又给他穿上。

终于,春来从永富膝上爬起来,拣了两件破衣。

见春来要回条子号去,桂兰扑簌簌直往下掉泪,牛牛往地上一赖,拽住春来裤筒,哭着不放。

永富见留不住,只好让牛牛放手。考虑到那边的老屋有些时间没有住人,永富和春来一道过去了。永富舀了点粉,抓了些野菜,让春来拎着。春来出门时还含泪要桂兰把牛牛带好,特别提醒牛牛,不要跟岳西奶奶接近。其实春来也可能是多疑了,岳西奶奶很久没来了。

永富把春来家里整理了一番,交代了一些注意事项,揪揪鼻子就出来了。出门时趁着春来送的机会,永富说岳西奶奶确实是老奶奶,热天纳凉时裤筒都不往上拉一点,她说她一生都不把身体肌肤示人。

春来说:"伯伯,我也就是凭自己的感觉说说而已,但愿她是好人,但愿牛牛弟平平安安的。伯伯,你晚上来陪我吗?"

永富摸摸春来头,说:"伢子,儿子,我晚上来陪你,你先搞点糊吃,灶台和锅我给你洗净擦好了。"

春来送走尹伯伯,回身关上门,走进房里,就伏到桌上,抽抽噎噎地哭了。

"春来,春来,春来呢?"永富从春来那边回来才一小会儿,倪妈也从义堂家回来了。因为雨后泥滑,难得从堤顶上下来,倪妈喊春来去把她扶一把。春来不应。回到棚里,知道春来回条子号那边去了,倪妈又把永富和孩子们数落得头往肚子里缩。

永富反驳倪妈说:"是你自己叫春来回条子号的,反怪人家,人家怪鬼去!"

倪妈暴跳了:"我叫的,我叫他走,你们就忍心放他走哇,啊?你们都没长头脑啊?他家那破屋许长时间都没住人了,霉味都能把人冲死,你们就放心让他回去呀,啊?还有,还有什么了?呵,还有那梁柱子都歪了,你们就不怕起风吹倒打着他呀,啊?你们爷仨心都被狗吃了呀,啊?啊?"倪妈边质问边把扫帚儿往永富和牛牛、桂兰头上直戳。

永富又反驳倪妈一句,骂倪妈心被狗咬吃了。

倪妈把凉床拍得砰砰响,说:"还我的心被狗咬吃了?你,你,还有你,不是春来把你们从死亡路上拉回来,你们还有人?一百个都不够死,晓得吧,晓得吧,可晓得呢!啊?他要走,你们都不留,他一个小伢,回去怎么过呀,啊?"

牛牛也直言不讳说:"妈,别净讲我们,那年要不是春来点子多,及时把砒霜包调了,你早就不在世上了!"

桂兰说:"妈,远的就不讲了,上次要不是春来从水底下把你托住,没让你沉下去,我们哪儿还有妈妈?"

永富说:"有伢子们讲就够了。牛牛妈,你想想,为着一个不知根不知底的老奶奶,你用得着对春来伢子发那么大脾气,动那么大肝火吗?"永富把烟袋往地上磕得直响,好像要把对妻子的气愤都喷到烟筒里,又从烟碗口磕出去。

倪妈的气像消了不少,她平和地说:"唉,我也就想讲春来几句,要他做人晓得好歹,要心疼穷人、苦人,要体谅弱势的人,赌气讲他几句,哪晓得他,他,他他他——唉。"倪妈居然哭起来了,"我的儿哇,儿哪,是妈害了我的儿哪……"

在永富和孩子们的劝慰下,倪妈哭歇了,她揩揩泪水,说:"常言道:家鸡打得围人转,野鸡不打也自飞。要是我虎子儿在,别讲我说他几句,我就是用棍子把他打得头破血流,他也不会拿脚就走的!唉。"凡是人都有自己脾性,一想起雨中送蓑衣的事,倪妈对春来的什么气都消了。倪妈说:"什么岳西奶奶呀,我们还不晓得她家门朝哪边开呢,以后她来别理睬了,天下苦人心疼不过来,也没能力心疼,尽力把一个春来伢子和小沙弥关照好、带好。桂兰呢?"

"有事吗,妈?"

"快把锅洗洗搞糊,春来中饭肯定还没吃,把糊搞稠些,我送去!"

牛牛也格外体贴地说:"妈,我跟姐送去吧,你在家歇着,两头跑,脚痛,路又滑。"

倪妈说:"牛儿,我送去,让他吃了,我带他回来,他那屋不能住,万一起风吹倒屋子把他砸伤,我要悔一辈子!"

永富冲着倪妈说:"你别狗嘴巴海讲好不好?刚才讲,我就要罚你了,又讲,人不老就先庸了,讲话一点儿忌讳也不论。"

倪妈搡搡嘴巴,连着呸呸几声,自责嘴巴乱讲。

倪妈拎起盛满糊的饭盒子,刚出门又犹豫起来,说:"我就这样去,春来要是戗着,我怎么办呢?"

永富说:"这会儿又想起春来不理你了?好好的伢子,把他骂走!——牛牛,跟你妈一起到春来那儿去,起个缓冲作用,晓得吧?"

牛牛笑着说:"就是妈叫春来开门,春来不开,妈叫春来吃,春来不吃,我就替妈叫,替妈哄;妈叫春来回家,春来犟,我就一把把春来拽了跑。不就是这个作用吗?什么换(缓)冲换(缓)撞的!"

永富说:"就是就是,我牛儿长大了,能听懂大人话了。跟你妈去,路滑,注意着你妈点儿,别让她摔着了。"

牛牛说:"晓得呢,大,刚才骂妈,这会儿又担心妈摔了,你们大人就是这样的。"

桂兰也教牛牛说："春来要是不回来,你就在地上打滚耍赖晓得吧?"牛牛望着桂兰,笑笑说："姐,你这是教我跟春来耍无赖吧!"永富又笑了。

上到大堤上,牛牛从他妈手上拿过饭盒子,揭开看看,说他妈盛的糊不多。他妈在他后脑勺上轻轻磕一下,说："小狗命都是春来救的,到现在连一声哥哥都不叫,开口就'春来''春来'的。"牛牛只是笑。

才移几步,倪妈又折回来,探着身子朝埂下叫永富,说她刚才急急慌慌的,忘记把王爷爷生命垂危的事告诉他们。

永富一听,赶快锁了门,带着桂兰、六丫快步向王爷爷家那边跑去……

五十八

很快,永富就带着两个孩子跑到了王爷爷家。

王嬷嬷正在给王爷爷揉胸口。王爷爷喉咙里咳咳地响着,站在门外都能听见。他的胸口一起一伏,鼻孔里喘着粗气。他眼睛睁得圆圆的,望着永富和桂兰,嘴巴嗫嚅着,想说什么,可是又发不出声音。

稍后,倪妈、春来和牛牛也同时从那边赶来了。

王爷爷转动着板滞的目光,看着站在床前的永富夫妇和几个孩子。他放在被上的手费力地抬了一下,但又落下了,沉重地压在原处,无法再挪动一点儿。

永富揣测王爷爷刚才那一瞬间抬手的意思,便俯下身子,耳朵贴在他嘴边,只听他断断续续、声音低沉地吐出"义——堂——带儿——你们讲——话——要——算数——"等虽不连贯但能表达意思的字词。永富不断哼着,又把耳朵从王爷爷嘴边移过来,把嘴贴到王爷爷耳朵上去,说着让王爷爷听了放心高兴的话。

王爷爷喉咙里虽然咳得厉害,但看不出立马就要气绝的迹象。永富把把他的脉,感觉脉动虽不那么有力,但也不是太弱。他之所以呼吸困难,可能就是因为痰堵在喉咙里。永富爬上床,把王爷爷的身体放平了,让他张大嘴,自己慢慢伏下身,沁下头,把嘴向王爷爷嘴上贴去。倪妈知道丈夫要用嘴为王爷爷吸痰,立即上床要替代丈夫,但被永富推开了。王爷爷也把嘴抵住,不让永富挨近他,但他毕竟无力摆脱,最终还是被永富感动了,依从了。

永富的嘴接在王爷爷嘴上,就像拔子接在被堵塞的排水管上。他运足气力,猛吸一口,王爷爷咽喉里咯哒一响,痰吸出来了,通了!

在永富和孩子的帮助下,王爷爷靠了起来。他贴着被面慢慢移动手,永富把他的手捉着,他又反捉住永富的手,说:"永富啊,我患的是老肺结核病,传染性大,以后遇到像今天这样,你千万不能用嘴吸啊。你一家大小都靠你生活,你要是为救我染上病,我不忍心,我义堂听了,也是不愿意的!"王爷爷非常虚弱地接着说,他晓得他的病,这次永富把他救活过来,但他也挨不了多少时日了。他说他已经六十多岁了,按说也是高寿了,油尽灯灭,老杆让新枝,是自然规律,死不足惜了。他牵挂的就是义元大儿还没回家,义堂和带儿的事还没真正落实。他和义堂妈都想在闭眼睛前,能见一眼带儿,也不晓得还能不能等到那一天。

倪妈安慰王爷爷说:"等得到的,你老人家一定能等得到的!"

永富也说,前不久枞阳来人,说下个月汤沟有人来华阳,届时把带儿一道带来,说不准带儿已经在来的路上了呢。

王嬷嬷还想说什么,王爷爷又一口浓痰涌上来堵住了喉咙,无奈永富又用嘴吸。永富吸到嘴里痰还没吐,外面敲门声响起来了。

桂兰、牛牛、春来三个同时跑到堂心,春来拉开门,见一位中年妇女带着个小姑娘站在门外。从外表看,那两人都显得极度疲惫。那小姑娘十三四岁的样子,虽然疲惫,但无碍于她皮肤的白皙和眉宇间的秀气。小姑娘一条粗长的大辫子,从右边肩胛搭过来,拖到胸肋上。春来和牛牛傻乎乎地望着她。

中年妇女问:"请问小哥哥,条子号离这儿还有多远?"

春来说:"这就是到条子号去的当头一家,请问你俩到条子号找谁呢?"

小姑娘说:"我去找我大、妈。我大叫尹永富,住在条子号一位姓陆的伯伯家里。"在房里陪王爷爷的永富夫妇听了,立即双双跑出来,不待打量,小姑娘就扑进门,抱住倪妈,长叫一声:"妈——"倪妈眼泪夺眶而出,不断声地叫着:"女儿,女——儿……"小姑娘就是带儿!

带儿拥抱了妈妈又拥抱大大,娘俩、父女,涕泪交流,感慨唏嘘不已。

桂兰、春来、牛牛三个也觉感伤。

那中年妇人被只顾亲人团聚的永富一家忘在了一旁,咳了两声,说:"我把带儿交给你们,我走了。"永富这才想起外面还站着个人,于是连声"怠慢""怠慢"地说着,请她进屋坐。带儿说那妇人是她三婶,倪妈要烧饭给三婶吃,可三婶说她要赶八宝洲的最后一趟渡船,永富他们便没再挽留。

永富夫妇还没有给孩子们互相介绍,就带带儿去房里看王爷爷、王嬷嬷。永富一年前回枞阳时讲过带儿和义堂的事,所以这回见面,带儿并不感到突然。两位老人听说是他们的准儿媳妇来了,早想出去看看,怎奈王爷爷难以抬脚下床。他见带儿来到房里,激动得手脚颤抖,嘴巴直嘟噜。

王爷爷声音极低地说:"伢子,几分钟前,还在同你大、妈讲你,说不知你么时间上来。"

王嬷嬷说:"我们话音才落一小会儿,你就在外敲门了!"

王爷爷兴奋地说:"可真是料想不到呢。"

王嬷嬷紧紧抓住带儿的手,左右端详,上下打量,喜不自胜地说:"好伢子,好伢子!"

王爷爷望见带儿端庄质朴、腼腆含羞的样子,也满心欢喜地说:"百闻不如一见,是我堂儿前世修的福报啊!"

王嬷嬷把带儿拉到怀里,拍拍她的后背,理理她的刘海,捋捋她乌黑的大辫子。带儿温顺地依在她怀里,任由嬷嬷爱怜地抚弄。

倪妈说:"带儿,你陪两位老人坐坐,我和桂兰去烧锅,我们都还没吃中饭呢。"王嬷嬷问带儿吃中饭没有,带儿没有正面回答,只说她不饿。两位老人轮着向带儿问这问那,见带儿都能回答得那样清晰,两位老人越发心里美滋滋、甜蜜蜜。

为了迁就王爷爷、王嬷嬷,大家中饭都在王嬷嬷房里吃了。王嬷嬷边端碗吃,边看带儿,她的眼睛都舍不得从带儿身上移开了。

饭罢,见带儿老把眼睛瞟着桂兰、春来、牛牛三个,倪妈笑着给他们做了简要介绍。带儿离家时,牛牛才出世;桂兰是带儿离家几年后才给端马定下的,她和带儿虽没见过面,但倪妈到老家去看带儿时跟带儿讲过;至于春来在带儿头脑里就是一片空白。

带儿和桂兰一道去了厨房。透过开向厨房的窗子,王爷爷老夫妇俩见带儿捡扫洗抹时,那爽爽快快、干净利索的样子,又是说不出的欢喜。他们只希望义堂儿早点回家,把这门亲事落实下来。

午饭后的时间,永富夫妇以及孩子们都是陪着两位老人度过的。看看天色不早了,王爷爷也有些倦怠,倪妈才提出带带儿回去。

走前,倪妈指着带儿,对两位老人说,如不嫌弃,以后主要就让带儿来照顾他们了。王嬷嬷说:"带儿来,我们高兴都来不及,哪还嫌呀!"王爷爷说:"只是这两年,把你们一家大人、伢子都劳够了,劳苦了,我们过意不去啊!"

永富再次要王爷爷不要讲这些见外的话。他说带儿年纪小,不懂事,要两位老人多调教她,照顾不到之处,要及时讲出来。他还说,他们夫妻和孩子们也会常来看两位老人,就是怕孩子们不懂事,吵闹。

王爷爷说:"永富啊,你讲哪儿去了,你的伢子个个都懂事,他们来陪我,是我的福分啊!"

王爷爷、王嬷嬷晚上可能需要的东西,带儿都为他们准备好了。火桶茶壶里装的是开水,砂罐里是细粉糊,连喝水的小碗、吃糊的小勺子放在哪,她都跟王嬷嬷交代得清清楚楚。

两位老人通过这些生活细节,看出带儿考虑问题的周到与缜密,对带儿是是赞许有加。他们巴不得义堂即刻就能回家,免得夜长梦多,让这只金凤凰飞到别人家的梧桐树上了!

回家的路上,春来和牛牛一边一个牵着带儿的手,姐姐长、姐姐短地叫个不迭,都争着问带儿喜不喜欢自己。带儿笑着说:"喜欢,喜欢,都喜欢!"春来踮起脚,往带儿脸上亲一口,接着又抱起牛牛,牛牛也在带儿脸上亲一口。

带儿说:"妈,看样子,春来挺喜欢牛牛呢。"倪妈说:"好得就像亲兄弟一样!"

到家收收拣拣,洗洗抹抹,把六丫哄睡了,桂兰就点上灯。那晚灯芯拨得很大,屋子里比平时要明亮得多。按说,他们要向带儿问长问短了,可桂兰却问起春来了。她问春来,中午要不要送糊去,他烧不烧锅？春来只是依在倪妈身边笑,并不回答桂兰的话。倪妈说:"你问他吧,我要是不和牛牛送去给他吃,他三顿都不会烧锅的!"牛牛说:"我推开门,春来还伏在书桌边哭!""哭"字刚说出口,春来就把牛牛嘴捂住,不让他说。

永富笑着说:"怎么啦,牛牛讲你哭,你怕丑了？"永富拍拍春来的头说,"小屁伢子就气大,你倪妈讲两句就听着呗,拿脚就跑!"

春来仰着面,搂着永富脖子,就是笑,忽然一松手,倚到倪妈怀里说:"倪妈妈,我晓得你讲的那些话,都是望我能做存好心、有良心的人。你以后就是拿棍子赶我,我都不走了,我就依着伯伯和你,我就是要跟姐姐、弟弟、哥哥在一块!"春来说完还往倪妈脸上亲一口。倪妈瞅春来一眼说:"小屁伢子,就会花人!"

春来认真纠正说:"倪妈妈,我是真爱你,没有花哄你的意思。"倪妈笑着说:"好好好,不是花哄我,是真爱我,好了吧！真爱我,就要做我的好伢子,听我话!"春来冷不防又亲倪妈一口,说:"听——你——话!"笑着跑开去。永富见春来往倪妈脸上左一口右一口地亲,高兴地说:"拌了一次嘴,没有疏远,还更亲热了。"

桂兰和牛牛也觉得很开心。他们最怕一家人关系搞僵了,闹得一嘴巴朝东、一嘴巴向西,一天到晚,三句话讲不到一块去。

关于春来的情况,带儿就是在吃饭后,听她妈向她做的那点介绍,现在看大大、妈妈那样喜欢他,他和家里弟、妹之间关系那样融洽,想对他有进一步了解。倪妈知道带儿的心思,就把春来跟自己家往来的始末,择其主要地讲了。带儿听后,自然对春来的喜欢又增加了一层,并要家里人以后都善待春来。说了春来的事后,倪妈又把话题转到带儿身上。

带儿说她自己没什么可讲的,虽是六岁离家,当了八年童养媳,实际上,大娘儿子八岁就夭了,当时她只有七岁,大姑妈是拿她当女儿养的。倒是大姑爷见她聪慧,教她学了文化,与一般同龄人相比,这是她最大的幸运,只是大娘死后,大姑爷又得病、病故,她和大姑妈劳累、吃苦不少。至于老家情况,带儿知之甚少,因为亲人都不在家,她不忍心回去面对空空的老屋。说到那年回家,没见到家里人,独自钻到破絮里哭了一夜的事,带儿还哽咽不成声。

和端马来后一样,第二天上午,带儿也在她妈、桂兰,以及春来、牛牛的陪伴下,到五丫坟上去看了一回。当时没钱买纸烛,只拔拔坟上蒿草,培培土,就算是大姐对大妹的追思缅怀了。

下午,春来和牛牛去了端马那儿。端马听到大姐带儿来了,高兴得一蹦三尺高。但因为呛死并烧吃了毛新如家里羊的事,方修本对端马监管得很严,根本不让他往小牧场这边来放牛,因此他也就无法回家看他姐带儿了。

带儿在路上受了风寒,患了感冒,为了不让王爷爷、王嬷嬷被感染了,所以开始几天仍由倪妈和桂兰到王爷爷那边去照料,带儿在家带六丫看门。打柴、挖野菜的牛牛和春来一到家,两个人就在带儿身边争宠。见他俩争宠,六丫也不甘落后,三人都围在带儿前后,大姐长、大姐短地叫个不休,搞得带儿不知先回答谁好。后来,带儿就干脆"呃呃呃"地答个不歇,至于哪一声"呃"是回答哪个人叫的,让他们三个自己配对去,配对错了也无关紧要,反正带儿回答的次数,比他们叫喊的次数还多多有余。为了满足弟妹们向姊姊争宠的感情,就是多回答几个"呃",带儿又有什么好吝啬的呢?

带儿感冒好了,作为照料护理王爷爷、王嬷嬷的"专人",她又到王爷爷那边去了。但晚上,倪妈和桂兰仍然陪带儿在那边歇。后来,每天晚上陪带儿在王爷爷那边歇的是桂兰,只有王爷爷情况很不好的时候,倪妈才陪在那边,因为她的小脚行走太不方便。

带儿来条子号将近一个月了,但没有和端马见过面,后来端马终于突破了方修本的严管,晚上偷着回来看大姐,但那时带儿大姐已在王爷爷那边歇了。在牛牛和春来的陪伴下,看过带儿回来,端马就在永富家歇了,鸡叫两遍后起来,匆匆赶回方家牛棚里。跑了几天后,端马觉得回来跟大、妈及弟妹们在一起融洽多了,舒心多了,于是差不多天天晚上都这样。终于有一天这事被方家知道了,因而让端马在生活的小路上经历了一次新的转折……

五十九

俗话说:要想人不知,除非己莫为。端马晚上回家,早上又赶到方家牛棚的事,终于被方修本知道了。

那是白露节的晚上,方修本到他姨夫兼老表毛习普家吃饭,十点多钟了,才喝得醉醺醺地跑回家。可是刚进门,就哇哇吐出来。方修本老婆喊端马去打扫,但不见端马答应,她跑到牛棚,用手电筒照照,端马铺上空空的!方修本老婆带着疑问自己扫了。早上天未亮,方修本老婆又去牛棚外看看,透过窗子,她看见端马正穿衣下铺。她纳闷儿了,但她没有声张,只悄悄告诉了方修本。

隔天晚上,约莫二更天的样子,方修本夫妇又去了牛棚。情况和头天一样,晚上铺是空的,早上去,端马又穿衣从铺棚出来。接连几天情况都一样。为了把事情弄清,方修本夫妇决定暗中窥探。

又是一个晚上,端马听见方家关大门的响声,估计他们睡觉去了,于是轻轻带上棚门,撂开脚步就往永富家去,还没转过篱笆,就被方修本当路拦住。

"老板,你还没睡呀?"端马关心地说,"晚上都下冷露了,当心伤风着凉。"

方修本没理会端马的好意,近乎逼问地说:"这大黑夜,你还去哪?"

端马随机应变,指着茅厕说:"不去哪,你不见我正要上茅厕吗?"

方修本目送端马走近茅厕。夫妻俩站在冷风中,等端马如厕出来。

其实端马根本没进茅厕,他机灵地在茅厕门外闪了一下,就回永富家了。

端马边走边自语着:"方老板你们愿在茅厕外就站着吧,我可是要回家了。自打从老家上来,我还没有和大、妈、姐、弟在一块住过十整天!晚上回家跟他们说说话儿,清早就来,不误你家事的!"

端马回家了,可方修本夫妇还远远地在茅厕外站着。见端马老半天不出来,方修本夫妇有些不耐烦了。方修本打电筒往茅厕看看,端马影儿也没有,这才晓得,端马不知什么时候溜了!

第二天将近四更时分,端马就回来了。见方修本在牛棚前的隐蔽处守候着,端马并不闪躲,而是迎着他走去。他拿定了主意:方家能谅解,他就在方家干下去,不能谅解,就还是以前讲的那话——此处不养爷,自有养爷处。

快到牛棚边,方修本像一头野狼一样,猛地往前一蹿,一把抓住端马衣襟,怒问他从哪儿来。端马并不紧张害怕,他从容不迫、淡定自若地说:"老板,我料定你会这样的。"端马边说边抠开方老板那冷若冰霜的僵尸一般的手,不卑不亢地说出了这些天晚上来来去去的行踪。

听完端马的叙说,方修本摸摸那只被人咬掉耳郭的耳朵,不吭一声。因为没有惹祸,也没有耽误他家的事,方修本没有深究,但明告端马:到此为止,下不为例。

弄明白了"下不为例"的意思后,端马思考再三,决定放弃方家这份"高尚"的工作了。天亮后,他把牛棚内外、房前屋后清理打扫一番,又给大水牛饮了水,添了草料,并把后几天的事情安排一五一十向方家做了说明,然后不等方修本开口,就拣了两件破衣衫,向老板夫妇道了别,头也不回往家去了。(何长旺受不了方家的劳累,在一个月前就走了。)

方老板夫妇撵上去,要挽留端马。方修本说:"小子,留下别走吧!就算我待你不怎么的,你老板娘待你总该还有恩义的吧!你就这样一点也不留念吗?"

"是吗,老板娘待我有恩义吗?"端马咀嚼着老板的话,她除了无情利用端马的勤快能干,而没许可她老公辞退自己外,端马品评不出老板娘待他有丝毫"恩义"情味来。

方修本老婆和毛习普大老婆钱氏是同胞姐妹,在为人方面,尤其是在对待长工小伙计方面,方修本老婆比她姐姐更加尖酸刻薄。

以前的就不讲了,就拿挑水来说吧,端马挑水回来,方修本老婆就像验收员似的,在水缸边守着。有点儿不如她意,就得挑到外头倒掉重挑。但即使是清洁干净的水,她也只让端马把前桶倒入缸里,而后桶必须提到外面倒掉。她说后桶在屁股后边,放屁时臭气熏到水里了。这样,她的水缸明明只要挑三担就能挑满,但端马就要挑六担,另三担硬是倒在外面地上,白挑了。

端马说:"老板,老板娘对我的'恩义'我记住了,我以后慢慢报答吧。我现在要回家了。"端马不为方修本挽留的软语所动。

端马转身就走,才走几步又转过身来向仍朝他望着的方修本夫妇施了个躬身大礼,说:"老板,请回吧!"而后转过面,唱着牧歌,蹦蹦跳跳向永富家走去。

望着端马离去时那副玩世不恭的样子,方修本夫妇哭笑不得。

六十

端马突然回家,毫无思想准备的永富夫妇很是怨怪。

端马心气坦然地说:"大、妈,你俩不要为我丢掉那放牛小伙计的饭碗可惜,那份有吃无工的差事我不稀罕,它顶多就是糊我一个人的口。"端马甩动两臂,踮踮脚,自信满满地说,"大、妈,你们看,我已经长大了,我要搞给你俩吃,搞给弟妹们吃了。"永富夫妇听了,虽很满意,但总觉得他是个孩子,根本没到顶力做事、为父母分挑生活担子的年纪。

端马知道大大、妈妈的心思,他摊开两手,解开胸襟,露出肩头,给他大、妈看。永富夫妇见端马两手疮痂似的肉茧,肩头上牛轭包似的硬壳,不觉阵阵心酸。也是至此,永富夫妇才真正知道端马在方修本家做工的真实情况。

带儿说:"大、妈,大弟回来也好,别让他在人家做伤了,害他一生!"谁知姊姊那句话,后来真的成为现实了。端马因少年时给人做工积下伤了,尾椎瘀血癌变,四十岁英年就怆然离开了人世,令人惜哉、痛哉!

春来是极懂事的孩子,他见本来就没有存粮的倪妈家先后添了两口人,生活自然更难维持了,于是他把好几次想提但又咽下去的话,借着一家人都在吃早饭的当儿,终于说了出来:他要回条子号去了。

倪妈说:"春来伢子,当初让你到我家来过,是我们当你妈面答应的,现在你要回条子号去,你妈会是怎么想法?"

永富说:"他妈怎么想法是其次,关键是我们不忍心。伢子,你一个小男呀,回去怎么过啊!"

春来说:"这不是家里猛添两口人,吃饭困难吗?"

倪妈说:"当初就讲,我们吃什么,你吃什么。难不成我们从此不动烟火吗?"

春来说:"倪妈妈,讲是那么讲,可是常常在接近断炊的时候,你就以这样不舒服,那样胃病要犯为借口,不端碗,省下给我吃。我虽咬牙把你省下的吃了,可是我心里难受!"春来说这话时,眼泪直往下掉。

带儿说:"春来弟弟,如果你去你姐家和你妈妈一块过,我们是巴不得的,如果是去条子号一人单过,那是绝对不可能的!"

端马说:"春来弟,我是不可能放你走的!"端马说他从方修本家回来,很大一部分原因,就是不愿和姐、弟分开。他说他那几年和大大、妈妈、弟弟、妹妹们分隔离散怕了,至今想到那些事,晚上还在梦里哭。

永富接着端马话说:"春来伢子,听你大哥讲的吧。"

春来说:"大哥,我也不想走,可是大哥,尹伯伯身体才好,可不能让他挨饿啊!"

永富说:"你一个小伢子,不用操心,糊头耷脑往前过!"

端马说:"春来弟,你真的不用操心,我回来了,如果还让你们饿肚子,你们还叫我大哥做什么?春来弟,我虽比你只大两岁,可是,大哥就是大哥,如果还要你们饿肚子,大哥就白当了。弟弟,我除了不能上天,其他只要地上、水里、泥里有吃的,我都能搞回家来给你们吃!"

牛牛问端马眼下到哪搞吃的,端马不假思索说:"挖藕!"

"挖藕?"一听端马要挖藕,永富夫妇以及春来、牛牛几乎同时发问。

"是的。"端马说秋天没怎么下雨,湖泊没积什么水,那天他放牛打那经过,见湖里有许多人在挖藕了。

倪妈说:"端儿,你大的骨髓炎就是那年挖藕生的,他绝不能去挖藕了。"

端马说:"妈,我没说让大去挖藕,我是说……"

端马没说完,永富就把话打断,说:"你讲你和春来去挖藕是吧?"

端马说:"大,我都这么大了,还不能带春来去挖藕吗?"

永富说:"端儿,你是没挖过藕,才不晓得挖藕有多难,那是要好大的力气的呀!首先,你一板锹泥就端不起来,就是端得起来,也抬不上坎;就是抬上坎子,也抬不到远处。抬不到远处,堆在坎头上,仍然会滑下来,滑下来又得往上抬,反反复复,一天到晚也取不出一个藕塘子,你怎么挖藕?其次,一个藕塘子要挖一丈多深才能见到藕,你不行!"

永富之所以把挖藕的难处讲那么多,就是有陈荷花的事在先,他是想把端马吓住,让他知难而退,断绝他挖藕的念头。可是春来偏又替端马说话:"尹伯伯,你就放手让大哥去搏一回吧,我去帮助大哥!"牛牛也推波助澜地说:"大,我跟你去挖过藕的,我觉得挖藕难是难,可是也不完全像你讲得那样难。我大哥那么能,挖藕还不行吗?我也去帮大哥呢!"

永富见孩子们没被他说的吓住,就干脆挑白了说:"牛儿,你记得陈荷花叔叔挖藕的事吧?"

牛牛说:"大,我记得!荷花叔叔现在还不知道埋在大湖的什么地方,他都离开我们好几年了!"

春来说:"尹伯伯,荷花叔叔的事,你都跟我们讲过好多遍了,我认为那也只是个别情况,不能因为有人吃饭吃噎了,其他人就不吃了!"

端马见春来和牛牛都支持他,挖藕的决心更坚定了。他说:"大,我一定要去!"

永富坚决说:"不能去就不能去,没有我开口,哪个也别想去!"

见大大的决心这么大,端马他们只好后退一步,他带春来和牛牛捡了好几天柴,但对挖藕的事仍然念念不忘。

几天后,陆姨大又把永富安排去修补小闸了,端马认为这是机会,可以趁大大不在家时,偷偷去挖。可是永富天天临走前都嘱咐倪妈要把端马几个孩子看好了,别让他们去挖藕。

倪妈本来就反对端马他们挖藕,加之丈夫每天走前都那样严肃认真地打招呼,对他们就看得更紧了。倪妈除了自己紧盯着端马他们外,还把桂兰作为耳目,派到他们三人中去监视。因为监督苛严,端马三个怯于形势对他们不利,所以一直按兵不动。十几天后,倪妈的戒严虽未解除,但不像之前那样防备森严了。

这天春来从条子号那边回来,一副忧愁恼闷的样子,端马就趁机借话了,他说春来那边屋的一根撑柱歪了,如不及时撑上,有倒塌的危险。倪妈想了想,撑屋柱子保安全,确实也是不可轻视的大事,便郑重地叫端马带头去办这件事。

吃过早饭,永富又去了小闸,桂兰带六丫挖野菜去了外圩。倪妈端着衣盆往那头方塘去洗。为了迷惑倪妈,端马故意走在她旁边,而同时又让春来和牛牛驮着篮子和一应藕具先走了。

见春来和牛牛已到小牧场西头了,端马说:"妈,你洗衣吧,我到条子号去给春来换屋柱子。"

倪妈边洗衣边说:"去吧,把他的屋柱子撑牢固点。"

端马说:"是呢,妈,你放心吧。"

端马刚刚走到大堤半腰,倪妈忽然把他叫住,说:"回来,回来。"

端马向下走了两步,问:"妈,有事吗?"

倪妈拉下脸说:"你们不是去换柱子,是去挖藕的!"

端马先是一怔,接着把两手一摊,哈哈笑着,说:"妈,我空着两手去挖藕吗?"

倪妈说:"你把挖藕工具给春来两个驮着上前走了!"

端马又是心头一震,但很快稳住,说:"妈真会诈,春来和牛牛怕都已到条子号等我等得发急了。"端马边说边往他妈身边走,说,"妈,你连自己儿子也信不过,你要怕我挖藕去,我就蹲在你身边,哪儿也不去了。春来和牛牛在那边急坏了,溜到方塘搞水可别怪我!"

端马抱膝在他妈身边坐下了。

倪妈笑着说:"去吧,端儿,妈确实是诈你的。"

端马陡地站起,也笑着说:"谢妈相信儿子。"端马拿脚就跑。

倪妈叮嘱说:"端儿,换好柱子,就带春来两个及时回家,千方不要让他俩搞水啊!"

端马满口应承着,他跑到大堤顶,见他妈仍在洗衣埠上专心致志地搓衣,便绕了一个圈子,避开他妈的视线,从小牧场边溜过去,撑上了春来和牛牛。

端马三个说着笑着,不经意间,就来到了大湖。端马择地画了个大圈,在圈子的中心部位,开始挥锹取泥了。

虽然节候已是中秋,凉意很重了,但不一会儿,牛牛就见他大哥端马额上冒大汗了,破褂子裹住的背心,也白气升腾着。

趁端马脱褂的当儿,春来拿过锹就要铲泥,端马夺过去,说:"牛屎不是堆的,好汉不是吹的,你要铲动一锹泥,怕再吃三年饭还不一定行!"

牛牛说:"春来,你可记住了,我大哥讲的是吃三年饭,大米干饭!像我家一天就是野菜糊糊,还只有两餐,没有吃的时候,还要去讨饭,那还不知要过多少年呢!"

春来瞅着牛牛说:"不晓得从什么时候起,你也变得嘴贫了,大哥讲两句,你就讲许多。"

端马叫他两个都别讲话,好好歇着养劲,等自己把泥铲掉,他俩下去帮自己抠藕。

端马一锹锹铲泥,一刻也不松劲……

明显地,端马铲泥的速度越来越慢,额上汗珠越来越多了。他张大的嘴巴在努力帮助鼻子,共同把肺部的浊气排出来,氧气吸进去。想象得出,在同一时间,端马周身的血液循环,呼吸的频率,还有心跳的次数,都要比平时快很多!

春来说:"不行,这样会把大哥累垮的!"春来立马卷起袖子,以手代锹,和端马并肩铲起泥来。见春来用手铲泥,牛牛也加进来了。

由于牛牛和春来的投入,对挖泥取藕的成功,端马更加充满了信心。尽管端马铲泥的速度慢下来了,但春来和牛牛的四只手铲的泥,与端马减速少铲的泥相比,仍然绰绰有余。

成年人容易觉得累,他们每歇息一次,差不多要耗去半个时辰,而端马三个虽然手酸,腿胀,背痛,但他们只要直直腰,甩甩臂,扭扭手关节,踢踢腿,喘几口粗气,一切症状便消失了,人的精神就又恢复了。所以同一个强劳力相比,相同时间里,端马三个铲泥的总量绝不少!有一个信念在鼓舞着他们,有一个目标在激励着他们,那就是大人们能做到的事,他们凝聚起力量来,用众人移泰山的精神、精卫填大海的毅力,也一定能干成!大人们每天能挖那么多藕,他们拼起命来就绝不比大人们挖得少!

端马三个铁了心要多挖藕,挖大藕,让湖内挖藕的人,更让他们的大、妈对他们刮目相看,向他们跷起大拇指,说他们"行"!

端马三个如此拼命地干,体力消耗大是自不待说的,可他们一点也不松劲,不泄气,不叫苦,不说累,不言放弃!饿了,就洗生藕吃,渴了,就捧藕凼里的冷水喝。几十年后,春来带几个侄孙在城里读书,把他们非鱼肉荤腥不餐,非果汁、安慕希不饮的生活,同他和他的兄弟们那个时期的童年、少年生活相比,不禁感慨万千!没有艰辛的经历,便不知道什么是幸福,更说不上对幸福的珍惜。童年、少年时的磨难,是人一生中的宝贵财富!

那天,修好了华阳小闸的漏洞,没到中午,永富就回家了。他发现端马三个不在家,立即警觉起来。

倪妈说:"别那么惊慌惊张的,他们三个到条子号给春来换屋柱子去了。"

"换屋柱子?"永富更加紧张了,说,"哪是换柱子,你被他们三个哄了!"永富说他刚从那边来,春来家的门锁着,哪有端马他们三个?

倪妈急了,她一查,发现锹以及其他挖藕工具都不在,她两手往腿上一拍,说:"哎呀,端马这小鬼!我们家几代人都是老实巴交、阿弥陀佛的,不晓得怎的养了这么个刁伢子,把我哄得像陀螺转,我还夸……唉,真拿他没法!"

桂兰说:"妈,昨儿下晚,他们三人就开会,说今儿去挖藕的!"

倪妈说:"啊哟,你这丫头!你昨儿就晓得,怎不跟我讲呀,那我要你这耳目何用?死丫头!"

桂兰言之凿凿、煞有介事地说:"妈,春来讲,我已经暴漏(露)了,他们都晓得我是你派放到他们中间的耳目,春来都叫我汉奸小特务了。妈,你就让他们去试试吧。"

倪妈用指头在桂兰额上点一下,说:"死丫头,怪道知情不报了,你倒锅(戈)了,站到他们一边去了!"倪妈说着说着,又要来磕桂兰拐栗子。

永富说:"那拐栗子应该磕你自己,是你自己呆信端马哄,还怪丫头。你娘俩都别说了,我去把他们找回来。"

永富转身就走,倪妈拽住他,说:"你不像别人,饿了就发慌,吃了再去,相信他们三个也不是痴子呆子,不是容易出事的。"

永富匆匆吃完饭,才拿脚出门,带儿回来了。听到王爷爷危险得很,永富又掉过头,改去了王爷爷家。发现王爷爷跟上次一样咳痰,永富也采取了和上次一样的方法进行急救。王爷爷稳定下来后,永富留下倪妈和带儿照顾王爷爷,自己又火急火燎往大湖那边找端马三个去了。

在上下毛家墩交界处的土道前,永富遇到了端马三个。永富忐忑不安的心虽平静下来了,但还是准备用巴掌给他们每个人警告一次。然而见他们背上驮的,手上拎的全是藕,身上泥糊糊的,一个个都像小泥巴人,永富的心又软下来。

永富绷着脸说:"我来驮。"永富要接下端马背上的篮子,但端马执意不肯。

端马说:"大,我驮得动。大,像你总是处处心疼儿子,不要儿子背重,不要儿子冒险,儿子还长得大吗?"

牛牛说:"大,就像今儿挖藕,大、妈总是担心这里,担心那里的,我们把藕挖家来了,不也没事吗!"

春来说:"就是的!历史书上讲,各朝开明的皇帝,总是把选定了继承皇位的皇子,放到情况最复杂、生活最艰苦的地方去摔打磨炼,那就是要磨他的意志,长他的才干。"

端马说:"意志磨强,才干增大,他继承王位后,才能把国家的事搞好!"

牛牛说:"大,你就也像皇帝老儿那样,放手让你的皇子们干吧!你看,我们不是挖回藕了吗?"牛牛没大志气,三句话不离挖藕。但他的风趣幽默,却把大家都引笑了。

永富从家里撵来,目的是要教训几个孩子,向他们晓以利害,以便也来个"下不为例",没想到反被几个孩子给"教训"了。虽说孩子们讲的都是童言稚语,永富却心悦诚服。

见永富父子在小牧场说话,毛习普从园坝口下来了说:"你们父子去挖藕啊?"

永富说:"毛老爷,是三个伢子挖的,我没去。"

毛习普羡慕地说:"好啊,永富,你的伢子都能搞吃了,你苦日子快熬到头了!"毛习普离开时,永富送给他三节大白藕。

从毛习普背影上把目光收回来的永富,又疑惑地望着端马和他挖的藕,说:"端儿,这些藕真的是你挖的吗?"

端马说:"大,应该讲是我和春来、牛牛三人挖的。"

永富说:"是的,他俩帮你捡捡、搬搬也是必要的。"

端马让春来、牛牛把双手都伸出来,说:"大大,你看吧!"

永富见春来、牛牛的指甲都磨秃了,有的抓翻过来了,有的全掉下了,猩红的肉向外鼓凸着,不觉内心大感震撼。

端马说:"大,你不在场,不晓得,两个弟弟就是用手当锹,掘着泥,帮我往上铲、往开处铲的,他俩的两双肉手,比我一把铁锹铲的泥还多!"

永富捧着春来和牛牛的手,默默看着,好久好久,把他俩往怀里一搂,一声"我的好儿子"刚刚喊出,晶莹的泪珠大滴大滴滚落下来,打在脚背上。

其后三个孩子每天都在他们大大的陪伴保护下去挖藕。三个孩子累得又黑又瘦,连头发都变黄了,变硬了,根根竖着,像经霜的枯松针。手结了硬壳壳,像穿山甲的爪子一般,挖泥触到石头时,虽然擦不出火花,却真的能发出响声了。

将近立冬,湖里都结冰了,绝大部分人已经收锹了,但端马三个却挖藕不歇。那是立冬后的第五天,他们还冒着风雪下了湖。那天,除了永富爷儿几个人外,大湖里一个人也没有。春来和牛牛穿着人家给的小破袄,铲泥不好卷袖子,他俩就把胳膊从袖筒里缩回去,光着臂,把空袖子连衣一起绑着,护住胸口。他们扒去冰封的表泥,和往常一样,闷头闷脑地掘泥。虽然寒风凛冽,大雪飘飘,面如刀割,身若水浇,但他们的劲头却有增不减!他们扒呀,铲呀,快到中午了,牛牛正在抠着一节半露在泥外的藕,突然大声惊叫着:"脚,人脚,人脚!"

六十一

牛牛一面说"人脚",一面吓得往藕塘的泥壁上爬。端马以为是他铲泥没注意,锹剐了牛牛脚,便忙放下锹,抱下正往泥壁上爬的牛牛。春来连忙把牛牛脚抱起来,问是哪只脚被剐了。牛牛仍犟着要往上爬,他脸吓得煞白,只是"脚脚脚"地嘟囔着。

端马生气了,他再次把牛牛拉下来,说:"你脚好好的,又没破又没淌血,喊什么啊!"

牛牛一挣脱,闪到端马身后,拽着他手,指向一方泥垛子下边,说:"大哥,我在那儿抓到一只脚了,人脚!"

端马说:"就瞎扯,这大泥水里哪有什么人脚!"

春来让端马牵好牛牛,自己朝牛牛指的那地方扒扒,果然露出了一只人脚!

听说泥里有一只人脚,坐在岸上的永富也急忙赶过来。他紧张得顿时心跳加快。只几下,永富把另一只脚也扒出来了,洗净污泥,发现左脚小拇指上有一长一短两个脚趾!

牛牛不假思索说:"大,是荷花叔,叔左脚有两个小脚趾!"

永富说:"牛儿,长六个脚趾的人很多,你记得荷花叔叔还有什么跟人不同处吗?"牛牛说荷花叔是惯养的,左边耳垂上还戴着银耳环。

永富说:"是了,我也记得他戴着银耳环。只要有这两样,就肯定是你荷花叔!"

永富亲自扒起来,可他刚伸手扒几下,孩子们就团着把他拉过来。

端马说:"大,不管是谁,我们三个有足够力气把他扒出来,你要是担心我们安全,就在一旁看好了。"

端马三个一齐动手,每扒出一样东西,就捡放到永富面前,从铧锹、藕纤子等藕具以及死者身上的衣都能认出是陈荷花了。接着两臂、胸脯都露出来了,颈部也出来了,扒出头部,抹去左耳泥巴,银耳环还白灿灿的!

永富扑通跪下,说:"荷花兄弟,你睡在泥里两三年了,你好苦啊,兄弟!"想起荷花生前对他们的爱护关怀,每天晚上往他家送吃的,永富和儿子悲痛欲绝,他们挨着荷花的脸,放声大哭。

永富与孩子们费了好大劲,把荷花的遗体抬出了藕塘,抬到湖岸边的山脚下放平了。不知谁挖藕时把瓢落在这儿,端马从就近的水凼里舀水把荷花从头到脚洗得干干净净，永富把自己的褂子脱下，将荷花脸盖了。孩子们又从山上搬来松枝盖在荷花身上。当时北风呜呜地呼叫着，雪也越下越大了，一忽儿，覆盖在荷花身上的松枝全白了，仿佛铺了一身素花。

在陆姨大的经办下，陈荷花的遗体很快就收殓了，葬在他父亲墓旁，葬后二十来天，荷花妻专程上来凭吊祭扫了荷花坟。倪妈当时还向荷花妻问到丑儿的情况，荷花妻说，她本来要带丑儿来祭他父亲坟，但因为丑儿是陈家独苗，堂伯父怕吓着他，不让带。丑儿现由堂伯父抚养。但她说堂伯父也重病在身，没法把丑儿养大成人。言及此事，荷花妻难免深以为忧！第二年正月，堂伯父经手，把荷花连同荷花父亲的遗骸，一起迁回了老家，葬于荷花妈的墓旁。

安葬好陈荷花的遗体后，端马三个任是怎么再要去挖藕，永富夫妇也不让了。于是端马就和春来、牛牛趁着晴暖的冬日去打柴。他们先拔豆桩、蒿桩。春来嫌费时多，收效微，一天拔到晚，还烧不熟两顿锅，提议不如天黑到圩里驮人家堆放的玉米秸秆。端马也完全同意。

端马说，每晚去偷一次，每次只偷一家。春来笑端马用词不当，不该用偷字，讲得那么难听。他说玉米秸秆，各家地里都有一大堆，当柴火根本烧不完，到春上全烂在地里，没烂掉的就放火烧掉，不过，要是明目张胆到他们堆上去拉，去驮，他们好像又舍不得。而晚上去驮，即使他们白天看到堆上秸秆少了，也不拿它当回事。鉴于人的这种心理特点，所以春来提出晚上去驮，而端马不了解情况，由"晚上"演化出了"偷"字，让人听了格外不舒服。

开始行动的那天晚上，牛牛也要去。可他一小捆秸秆也驮不动，去有什么用呢？端马不让他去。可牛牛说，他晓得他驮不动，但他可以站岗放哨。

春来笑了。他说："哎哟喂，大哥说我们去偷，你又讲站岗放哨，往打仗上扯了。大哥，就让牛牛去吧，让他体会一下晚上把秸秆往家驮的滋味。"去了两个晚上，拢共驮了四小捆，都靠在北头芦苇壁子外障北风。

第三天晚上，人家都上灯了，三人才出门。摸到一堆秸秆边，刚伸出手，还没拽，忽听秸秆堆里有说话声，端马吓得急忙缩回手，拉着牛牛和春来，踮着脚尖儿，一声不吭地抽身就走。走一小截路，三人又不甘心地返回去，想再探个究竟。他们看见秸秆的缝隙中透出一缕亮光，借着光，端马发现那秸秆堆里是空的,就像一间小屋似的,还铺着地铺,地铺上坐着两个人,但那只是从四只脚上推测的,没看清他们身体和头脸,也不知道他们的性别。

牛牛和春来也挨到端马跟前看。

牛牛被草藤儿绊了一下,趴到秸秆堆上,撞出一声动响,里面的灯马上熄了,接着咔咔像是一阵拉枪栓声。端马三个立即离开了现场,跑到陆姨大那边,恰逢陆姨大不在家。第二天他们找到了陆姨大,说了晚上见到的情况。陆姨大问,秸秆里面的人见没见到他们?端马说,他们三个在暗中,应该没有见到。陆姨大说没见到就好。他要端马三个,一是千万不要把见到的情况说到外头去;二是从此后,无论是白天还是晚上,都别去驮玉米秸秆。端马再问,陆姨大叫他们别多管闲事。至此,端马三个才晓得兹事体大,不觉身上都冒出汗来。

陆姨大说:"解放军快来了,快打过长江去了,国民党快要全面失败了,各种坏人都在挣扎活动,你们要注意安全。"

遵照陆姨大嘱咐,自那晚以后,端马三个再也没去"偷"玉米秸秆了。他们把捡柴场地改到了外江大牧场上。外江大牧场上有枯死的芦荻。芦荻比秸秆堆头少,但它更好烧,更熬火,不像秸秆那样看起来一堆,塞到锅洞里一下就烧光了。不过他们的大大可又担心了,他说大牧场那边沼泽里多陷泥泡,陷泥泡里还藏有一种鱼不像鱼、蛇不像蛇的怪物,时不时出来伤害人畜,尤其是小孩子们。但端马让他把心放在肚子里,他们有三个人还怕什么怪物来着。

开始几天,端马三个只在牧场外围捡砍。外围枯死的芦荻不像事先想象那样半耍半砍着一天就能搞几大捆。那里的芦荻只是一小丛一小丛,东一处西一处地散生着,多的一丛能砍到一小堆,少的只砍到一大把,有的甚至只有几根。

跑了几天,端马他们对大牧场的地形地貌才有了更进一步的认识。那儿大块、小块的芦苇丛中间,确实都间隔着面积不等的沼泽。沼泽上面多半都生着一种叫塔头的水草,稍不留神,脚踏上去,人就会掉下去,浅的要陷到大胯,深的要没到腰部以上。虽不像红军过草地的沼泽,人一掉下去,就爬不起来,但也十分怕人,因为不仅沼泽中的泥水冰冷刺骨,一些水蛇、泥蛇之类遇到人身上的热气,就在你脚下拱动,往你腰腿上盘绕,还有腰带一般长宽的大水蛭,只要闻到人的气味,不经意间,就叮得你全身都是。当你发现时,它们却把你的肌肤咬得紧紧的,拽也拽不下来。有的虽被硬拉下来,但被它叮咬的创口却血流不止!何况还有他们大大讲的那个特别喜欢伤害小孩的鱼非鱼、蛇非蛇的怪物,就潜藏在沼泽中,这就更使得他们面临沼泽时不寒而栗了。作为兄长,端马一面砍柴,一面不时提醒春来和牛牛要注意脚下,同样,春来和牛牛在捡柴抱柴时,也不时提醒他们大哥端马要留神脚下。

牧场中心部分,差不多有几百亩,那里芦苇成片,又高又粗,如果能在那儿砍一个时辰,端马三个恐怕两天也运不回去。但据说那里的芦苇都是有主的,端马不想带牛牛和春来去找麻烦,冒风险。何况每天出门,他大、妈都千叮咛万嘱咐的,让他带好两个弟弟,要保证他们的安全。那不像在大湖里挖野生的藕,若砍人一把芦柴,被人打伤了,一百个划不来!

太阳偏西前,他们便把端马砍的、由春来和牛牛共同收集在一起的柴捆起来,端马背的那捆当然最大最重,春来背的次之,而牛牛背的那捆,充其量只有他后来搞文娱时打的腰鼓那么粗。傍晚,西山的晚霞映照到江面上,红艳艳的江波把它那迷人的华彩反照到大堤上,端马三个在血红的晚霞与江波华彩的交相辉映下,哼哼唱唱地走在大堤上。尤其是牛牛,吊在背上腰鼓粗的那捆小柴,走一步往背上撞一下,显得格外自由轻松,节奏明快,滑稽而浪漫至极!

天天寻柴砍芦荻,日子过得太平淡、枯燥,太不刺激。越到后来,这样的感觉越强。端马三个思量着进行"改革"。上午一到大牧场就努力做事,不稍歇息,下午,看看柴砍得差不多足够三人运的了,就捆起来,送到通往出口的路边去,然后找个避风朝阳处,做做各种游戏,一方面让单调的生活得到稍许调剂,使其多样化一点,另一方面,也避免回去早了,让妈差东遣西,唠唠叨叨,嚼得人耳厌心烦!

这天,春来他们要到芦场中心去,探探那里面究竟有多大乾坤。其实他们进了中心才知道,那些所谓的大片芦场,也就是在外沿看的印象,深入进去,并不是那种情况。中心地带的芦苇,并没有外围高大、密集,也是东一处西一处的水凼,把疏矮的芦苇分割成许多小片区块。

那时正是寒潭水浅芦花放白的季节,芦荡里的泥水最多也就是盖过脚背没齐脚踝而已。有些水凼都近乎干涸了,只有凼中的泥眼里,还残存着少量浊水,比糨糊稀不了多少。一些水蚌把它带壳的身躯,一半裸在泥水外,一半偎在泥水中。裸在外面的那一半,向着斜阳,张大着嘴巴,贪婪地吸收着冬日的暖晖,为来年春天孕育明珠积累精华。除了河蚌外,泥面上还有螺蛳、龟鳖、鸥、鹭,以及其他不知名的水族动物留下的道道印痕、串串趾迹。这些爪痕趾印,构成的各式花纹图案,恬淡素雅,古朴无华,仿佛是顶级画苑大师的巅峰之作。

偶有几只鱼鹭把自己的一条麻秆般细长的腿撑在泥水里,高高地顶着身躯,而把另一条腿蜷缩起来,藏在胸脯下厚厚的绒毛里。它们那长得十分夸张的颈子,两边嵌着红宝石般眼睛的头,以及头前那黑色的又长又尖的喙,连同长颈子一律拗到背上,插在翾羽中,乍一看去,仿佛是一朵朵绕着潭岸迎风绽放的白莲花。从鱼鹭们安闲自得、高枕无忧的情态看,此地环境静谧,鲜有纷扰,它们的小日子过得衣食无虞。

芦场中有几处较高的土墩子,爬上其中任何一座,都可以鸟瞰芦场全景。那时一般人还不知道环境好坏与人的生活质量有着紧密的关系,端马他们常来,只是爱这里的冬日暖和,爱这里的无拘无束。他们在高墩上或坐或仰着晒太阳,在平地上跑跳斗打,到芦苇丛里捉迷藏,嚼嚼芦根吮吸它的甜汁,卷卷芦叶吹首小曲,拔拔芦花编成帽圈……总之,偌大的芦场,赋予了他们无穷的乐趣,而他们也给芦场增添了勃勃生机。

一个日斜的下午,砍足了柴的端马三个,斜倚在一处土墩旁,享受着冬日的可爱和温暖。那土墩下是一口大水凼,水凼形如烙春卷的平底锅,水已经落到了锅底。水是浑浊的,有点像金荞麦糊。大概还未发现倚在土墩旁的端马三个,几只鹭鸶绕"平底锅"上空飞旋了一圈,缓缓向水凼的一隅落下。其中一只鹭鸶刚站稳,就像打小网的用三角戳子向网口里赶鱼似的,开始两脚交替着,一戳一戳地向前探试,突然,那长喙闪电般向前一啄,急速提起一条鱼向上一甩,跑前半步,一仰头,一张嘴,把抛向空中头朝下掉落的鱼,精准地一口接住,再把头昂起来,上下两片嘴壳微微动了一下,颈脖子一扭动,一条银刀般的活鱼,就这样被它啄起、抛上、接住、吞下,从始到末,整个捕食过程,只在眨眼之间,显得那样干净利索,精熟老练!

依在土墩旁的端马三个,把那只鹭鸶所做的一切看得真真切切。端马经常靠靶儿练手准,他抠下一块土坷垃,嗖地向那鹭鸶砸去,却因胳膊肘儿被一根芦荻掣了一下,土坷垃偏离目标,落到了凼底。鹭鸶儿惊吓得四散乱飞,而落下的那块土坷垃,可真是一石激起千重浪!只见呼啦哗啦,蹦蹦跳跳,上蹿的,横飞的,掉到岸上的,落到水里的,在凼面上打水漂漂的,整个儿原是波澜不惊的"平底锅",一下子像百鸟出窝,米花爆炸,乱成了一大锅粥!端马三个望着那热爆的场面,呆呆发愣。

"鱼!"号称"鱼老鸹"的端马最先喊起来。接着春来、牛牛相继欢呼起来:"鱼!""一凼的鱼!"三人边喊边捋袖子、卷裤筒,像饥饿嗜食的鸬鹚那样,张着两臂,向水凼扑去。

天哪,那哪是水凼,那简直就是个大鱼窝。三人一下去,就被鱼绊裹得不能拿脚,一拿脚就被鱼撞得直打崴崴,牛牛两次被绊得趴下去,身体被鱼挤压着,推都推不开。面对一凼游来忽去、万头攒动的鱼儿,端马三个面面相觑,相对傻笑。他们不知道如何下手捕捉。

不一会儿,端马摘来一把豆荚粗的柔长的柳条,春来明白过来,他一下就要了四根。牛牛也要了三根,剩下的一大半全归了端马。他们捡了各色鱼穿到柳条上。看看穿得不少了,端马决定回家。

说来又巧了,平时砍柴只带绳索,那天出门,端马顺手拿根扁担,他说挑比驮轻快,好走。驮柴时绳索在肩胛上勒着,柴捆儿又在背上刮磨打压,他的背上的皮都弄破了。

端马的挑子上一头是柴,一头是鱼。

端马挑担在前,春来和牛牛背着鱼紧跟其后,半途中,牛牛就落下了。他脚痛,肚子饿,鱼又拿多了,背不动。端马把柴去掉一些,加上从牛牛穿的串上取下的鱼。

才走一小段路,春来又龇牙咧嘴地叫着驮不动,端马又去掉些柴,把春来的鱼匀过来。端马就这样取鱼,丢柴,丢柴,取鱼,渐渐地,牛牛手上只拎着两斤重的一条鱼,春来背上的鱼也不到原来一半的一半了。而端马把柴全丢了,都换成了鱼。

端马从牛牛背上取鱼时,牛牛愁着眉、苦着脸说:"大哥,我捉鱼时,总觉得越多越好,到背不动时,又觉得越少越好。"春来说:"谁个不是呢?这种心理是人人都有的。"

端马挑得也很吃力,扁担嘎吱嘎吱的,走一步,叫一声。春来和牛牛追着叫声,紧随其后,不敢落下半步,幸好,在离家不到半里的路上,他们的大大出现在面前。

从那天以后,端马三个就半天打柴半天捉鱼。打柴只要不玩火,不烧芦场就没危险,但是,捉鱼即使在半干涸的水凼里,也危机四伏……

六十二

可能是那口水凼地势低洼,秋天退水时,芦场里的鱼多半集中到那里,所以鱼才那么多。后来别的水凼里虽然也有鱼,但最多也不过捉起半篮一篮的,有的凼里捉的鱼,也就是供他们全家煮着一天吃的。

那个冬天的最后几天,端马三人转移到濒临江边的水凼里寻鱼了。

这天下午,端马三人捆好柴,又去找鱼。刚下水凼,春来就见岸边的泥巴上面有一只河蚌张着壳在晒太阳,他正要捡起来丢到水里,端马说:"别动!"端马跨前一步,一手插进蚌壳裂缝里,往上一提。春来笑了,那不是河蚌,是一只大乌鱼!

端马说:"大弟,你记住了,天冷了,河蚌不像前一阵子晒太阳了,以后看到像河蚌一样把两片壳壳露在泥外晒太阳的就是乌鱼,只有乌鱼才干这事。"

端马三人绕水凼转一圈,一共捡了四只大乌鱼,他们把乌鱼穿起来,挂在杨树枝上,又下凼了。春来把鱼篮放在泥凼中央的一道泥埂上,三人捉的鱼都集中放到篮子里。

端马往篮里放第二条鱼后,刚移脚,篮子动了一下,歪斜过来,滚到泥埂下了,幸好鱼没跑掉。春来又送鱼过来,他扶正篮子,把泥埂扒平了些,将篮子放回原处。刚搁稳,篮子又歪了。第二次扶正后,没有再歪了。牛牛又送来一条鱼,奇怪了,刚放进篮,就见那泥埂背着篮子哧溜溜跑起来!随着牛牛的一声惊叫,端马和春来的目光也被那跑动的泥埂吸引过去。三人都被这不可思议的景象惊得目瞪口呆。

泥埂绕了一个小弯,又直接向牛牛奔来,牛牛说:"大哥,快跑,出鬼了!"牛牛被吓得退到岸边,春来和端马也让到了一旁,呆呆地望着泥埂。

泥埂怎么会跑动呢?三人同时紧张地疑惑着。

突然端马指着泥埂说:"鱼,我断定那是一条大鱼!"

春来也惊喜地说:"是的,是篮子放到鱼背上,鱼跑驮着篮跑,好大的一条鱼!"

不管三七二十一,端马把小褂子脱下往地上一丢,跑向"泥埂",提起篮子,两手往下一抱。"啊哟,这条鱼好大哟!"端马望着春来和牛牛,指着"泥埂"说,"你俩快下来,我们把它抬上去。"

春来和牛牛异常兴奋!他俩同时冲下水凼。端马两腿把大鱼夹在胯下,弯腰要抱鱼头,春来和牛牛分别在鱼腰和鱼尾处运气做合抱势。端马喊着"一、二、三",三人刚触到鱼身,那大鱼尾巴一摆,就像铁扫帚一般,左右一扫,只一下,就把春来和牛牛扫到丈余开外,接着又竖起头,呈半直立状,把端马凌空抛出,甩到了春来后面。

这可是奇闻了,鱼有这么大劲!

不服输的端马三人又从泥水中一跃而起,再次呼喊着"一、二、三",同时冲上去,扑到大鱼背上,把它狠狠压住。谁知那大鱼身子一旋,又把端马三人从背上掀下来,摔得人仰马翻。

端马还未反应过来,那滑行到前面的大鱼,猛地一掉头,张着大嘴巴,向牛牛冲去,一口就把牛牛腿咬住,只一拖,就把牛牛拖到水凼中央!

春来撑上去,就像武松打虎一样,一腿跪在大鱼颈部,照着鱼头就打。端马也抱着钵儿大的土坷垃,纵身跃上,轰隆一声,对准大鱼头猛砸下去。大鱼禁不住春来和端马同时轰打,放开牛牛腿,急速溜到水凼另一边。

逮一条大鱼这样难,这是端马他们始料未及的!

见一时无法把大鱼逮住,端马三人只好暂回岸边,稍作休息,再作计议。

趴在水凼中的大鱼,昂着头,朝端马三人望着,它那小眼睛滴溜溜地直转动。

"咦!"端马忽然惊愕了,"那不是大鱼!你们看,它头那么大、那么扁,嘴巴那么长。"

春来也吃惊地说:"大哥,你看它嘴巴里排满了像锯齿一样的牙,好尖利好尖利哟!"

牛牛说:"大哥,春来,你们看哪,它背上、头上还长着许多包呢!哎呀,还有脚。"

端马总结似的说:"这就不是鱼了。鱼没有脚,身上也不长包!"

春来说:"也不是蛇,蛇没有那么凶!"

牛牛说:"不是鱼又不是蛇,那该是什么呢?"牛牛捡起土坷垃,向它砸去,那家伙对牛牛不屑一顾,一动也不动。

端马三个在岸上,那家伙在凼中央,双方对峙着,互不相让。

端马说他跟几位舅父在江河湖汊里跑过多少地方,大鱼见得多了,可从来没见过那大家伙。

春来一拍腿说:"肯定是人们说的那个常从江里上来咬人的怪物。"

牛牛说:"是的,肯定就是那家伙,我们第一天来打柴,大大就提醒我们注意它的!"

春来说:"是了,大哥,没想到我们在这儿遇上它了!"

端马说:"不错,就是它!"

双方仍旧那样僵持着,对峙着。那家伙偶尔搅动一两下尾巴,泥水在它尾巴两边分开又合上。

耐不住性子的端马摸摸手中的扁担,问春来和牛牛怕不怕?

"不怕!"春来和牛牛回答得铿锵有力、斩钉截铁。

端马说:"不怕就好。"端马抄起扁担上前,让春来和牛牛紧随其后,从背后向那家伙尾部慢慢接近。那家伙狡猾得很,它渐渐移动身躯,转动着尾巴,始终把头对着端马三个。端马三个合计了一下,把纵队改成横队,分别从头、尾、腰部对它击打袭扰。那家伙护头顾不了尾,护尾又顾不了头,处处挨打,穷于应对,显出了力不从心的疲态,又一次爬到水凼中央。春来和牛牛同时冲上去,合力逮住尾巴往上拖,可是还没拖回几步,那家伙一扫尾,又把春来和牛牛扫开老远。

那家伙这一回好像下决心要干掉牛牛了！只见它像运动员起跑似的,先把身躯往后弓缩了一下,接着奋力一跃,冲起老高,斜着往下一落,扑向牛牛,幸而春来先于那家伙把牛牛拽到一边了。那家伙见势就要扑咬春来。在它正要转身的当儿,端马照头一扁担猛击下去,那家伙闪电般一摆头,将扁担一口咬住！

"咬吧！"端马趁那家伙咬扁担之机,向春来、牛牛一招手,三人齐扑上去,再次压住那家伙的头,攥得铁紧、运足气力的六只小拳头,像捶木瓜似的,雨点般落到那家伙头上。

那家伙松开扁担,霍地举起头,端马三个仿佛是垒在巨兽头上的乱石块,同时滚落下来！春来以为那家伙要重新反扑,一翻身,把牛牛拉到自己身边,端马急忙打出去的扁担还未落下,那家伙又驰到水凼中央,张着比狼嘴还要大的嘴巴,对着端马他们。

这一回端马三个虽略占上风,但体力消耗确实不小。他们已不想同那家伙继续纠缠打斗了,只是鱼篮子还在那家伙身边的水凼里,篮里的鱼是他们半下午的收获,丢了太可惜！端马三个运运气,做了几个深呼吸,简单做了下四肢运动,然后,端马提着扁担,往那家伙后面迂回过去,准备取篮子。春来和牛牛正面挑逗,吸引那家伙注意力,对它进行牵制。却不道已经走到篮边的端马,正要伸手取篮,那家伙就像背后长了眼睛似的,呼啦一转身,甩头把端马摁压在泥里,扁担又被抛到了一边。那家伙张着大嘴,就要对端马下口。

"大哥！"赶上来的牛牛和春来为他们的大哥豁出去了,双双抱着土坷垃,又向那家伙头上砸去。看样子那家伙也是要做最后一搏了,吃了两人的几记重砸,仍不思败退,它放弃端马,掉头又要咬牛牛和春来。得以脱身的端马,纵身跃起,一步踏到那家伙头上,把它当作了坐骑,可是只捶了几下,端马又被抛到丈外,落下去,把泥水砸了个大坑。

那家伙战红眼了,它撇开春来、牛牛,又来咬端马。牛牛急中生智,他抄起扁担,往那马勺般的大嘴巴里一捣,端马和春来又抓住牛牛捣进去的扁担,拼力一抵,那家伙头一摆,一声惨叫,带着滴血的大嘴,爬上了水凼的斜坡,向江里逃去。

春来拾起扁担,还要撑打,端马拽住春来,说:"弟弟,别撑着打了,让它走吧,它也没占着便宜。"

他们后来才听人说,那大家伙是鳄鱼,不知是哪年发大水从什么地方游到这儿住下来,一直没有走。

端马三个稍作喘息后,就准备回家了。可是筋疲力尽的端马刚洗手穿褂子时,却听见芦港那边传来说话声。一场惊心动魄的大搏斗刚结束,又听到这人迹罕至处有人声,让端马三人感到毛骨悚然。他们拨开最后一片芦苇丛,看见一条小船正从华阳小闸那边,向着入江口划去。船上有四个人,除掌舵撑篙的外,另两人都在船头坐着。

因在与那大家伙搏斗时,泥水吸到气管里了,端马忍不住咳了两声,掌舵人侧头看了看后,立即扳过舵把,掉转船头,径直向端马站着的岸边驶来。掌舵人下船上岸,摘下帽子,端马三个这才看出来人是王义堂!

义堂张开猿臂,把端马三个一起揽在身边,端马激动不已。芦场邂逅,大家都有乍见疑梦寐的感慨。

时间仓促,不容长叙。义堂与端马三个小作亲昵后,立即询问他父母的近况。当听到他的父母眼下主要由牛牛姐带儿照料时,义堂惊讶得以为是自己听错了,问道:"是你带儿姐?"

端马说:"是的,我姐上个月就来华阳了。"

义堂直瞪瞪望着端马:"你姐上个月就来华阳了?带儿来华阳了,她来了,她在我家里照料我父母了!带儿,好妹妹!"义堂喜不自胜,他朝着他家的方向,再次连声地念着带儿,思绪像奔涌激荡的江水。

半个月后,华阳保安队被剿灭了,端马这才知道:义堂那次划船从小闸出来,就是带几个侦察员,去摸查保安队的兵员配备、火力点设置等情况的,要不是那次情况摸得精准,加上突击时义堂指挥得当,侦察员很难在半个多小时内干净彻底地消灭华阳镇伪保安队!

六十三

遵照王义堂的嘱咐,那次在夹江岸上芦场边邂逅的事,端马三个回家后没向任何人透一点儿风。不过从那回起,除了大、妈、桂兰、带儿姐对义堂父母的精心照料一如既往外,端马三个去看望王爷爷、王嬷嬷的次数也更多了。

由于大家的细心照顾,王爷爷、王嬷嬷的健康状况比原来有所好转。王爷爷是通情达理的人,他对带儿一来华阳就到他家,成天围着他们老两口转,很少有时间跟自己父母在一起说说心里话儿,感到很愧疚。所以,趁他们稍微好一点儿,就让带儿往家多跑跑,和自己父母多点儿亲近。但带儿并不是天天都回家,她和她弟妹一样,总是做一件事就把心放在那件事上,生怕因为自己没尽到责任而把事做得不尽如人意。但为了成全王爷爷的好意,带儿和她父母相聚的时间确实比原来多了些。

这天上午,带儿又回来了。但她这次不是回来和她父母亲近的,而是拿她御寒的衣服。她妈要她吃了中饭再走,但她说她必须及时赶回去,因为王爷爷这几天病情又向让人不乐观的方面转化了。鉴于这种情况,倪妈便没有留她,并说自己下午也会去看望王爷爷。

带儿刚上大堤半腰,有个长相与年龄跟春来差不多的小男孩从堤顶上下来,与她擦肩而过。带儿回过头来望望,见那小男孩到了自己家里。带儿心头一震:她仿佛在哪见过那小男孩。

那个到倪妈家去的小男孩不是别人,正是雷港寺小沙弥悟敏!小沙弥悟敏已经在少林寺习武强身两年了,因为师父应邀去南洋传授中华武术了,小沙弥也离开了少林寺。经过十多天的长途奔波,于前天傍晚回到雷港寺。今天一早,刚坐罢禅,诵完早课,小沙弥就向二当家告假,要来看倪妈。二当家没怎么考虑,就满口答应了。正好大师兄和几个僧徒要到下毛家墩去给一户人家超度亡灵,小沙弥就跟他们一道来了。

小沙弥径直去了毛家大园,一问才知道永富一家早已搬到大堤脚下搭棚了,又问了几处,最后才找到了倪妈家。

带儿见小沙弥进了自己家,本想回去看看,但又放心不下病情日笃的王爷爷,还是速速向王义堂家赶去。

小沙弥突然出现在倪妈面前,这无疑让倪妈感到突然,但她很快就认出了小沙弥。倪妈两手把着小沙弥的肩头,推开一点,仔细端详着:"悟敏,是悟敏干儿,我可把你给盼来了!"倪妈喜极落泪。

听到小沙弥说自己是前天傍晚回到雷港寺,今天告假来看干爷、干娘的,倪妈十分感动。

正说着,去本家声玉那儿驮木料给春来整屋的永富和牛牛也回来了,小沙弥和他们见了面,自然又少不了互相亲热拥抱,激动高兴了。

倪妈说:"悟敏儿,你现在不光有桂兰姐、牛牛弟,你还有带儿大姐、端马大哥了!"

小沙弥欣喜地问道:"他们人呢?啊,干娘,我才来时,有个姐姐从家里出来,梳着一条大辫子,敢情她就是大姐?"

永富说:"伢子,你讲得没有错,她就是我大女儿,她叫带儿。"

倪妈说:"带儿这几个月都在王义堂家——就是那次和你、春来一起表演打算盘的王义堂家——照顾义堂父母,义堂参军去了。"

小沙弥说那个叫春来的真聪明,字写得好,算盘又打得好!永富说春来傲骨脾性,犟,他宁可住永富家,也不跟他妈到他姐家去。

小沙弥颇有体会地说:"干娘、干爷,那赵春来也就是因为你们待他好,他才爱在你们家住的。"

牛牛说:"沙弥哥,春来见你叫我妈干娘,他也要叫,我妈不让他叫。"小沙弥说:"干娘,你就让他叫嘛!"倪妈笑笑说:"伢子,我的儿,春来不像你,他有妈,还有两个姐姐、姐夫,你是孤儿,可怜无亲无故,无依无靠。——啊,干儿,你那次生病,我和牛牛去雷港寺看你,给你晒衣物时,看见你箱子里有个避邪袋,我当时就想问你,见你闭着眼睛要睡,就没问;走前想问,又见你没醒,伢子,你那袋还在吗?"

小沙弥解开两道领扣,亮出避邪袋,指着它对倪妈说:"干娘,在这儿呢,我把它挂在脖子上了。"小沙弥把避邪袋取下来,双手捧着郑重地递给倪妈看。

倪妈接上手,掂了掂,说:"是这个,就是这个!"

小沙弥声音有些颤抖地说:"干娘,我想这避邪袋一定是我妈缝的!"他说他小时候,一定和春来、牛牛一样,是个惯宝宝。

倪妈摸着小沙弥的头说:"儿子是娘身上掉下的肉,哪个娘不把她的儿当宝宝惯啊!"

小沙弥眼睛里噙着泪,说:"干娘,牛牛、春来现在都还是惯宝宝,虽然生活上苦,可他们有亲人惯着疼着爱着,心里是暖和的、甜美的。"沙弥悲哀地说,他从来都不知道大大、妈妈是什么模样,兄弟姐妹就更别问了。他说他常常夜里躺在床上,希望自己能做一回梦,哪怕是在梦里和他大、妈见一回面,只要一分钟,叫一声大、妈便散了都行!小沙弥说,他听老方丈讲,他在三岁多时,他大、妈把他卖给江南一家财主。他不愿在财主家,财主让一位郎中把他带走了,郎中就把他带到雷港寺了。他说他不知道他大、妈为什么要把他卖掉……小沙弥说着说着,眼泪像飞雨一样飘落下来。

永富安慰小沙弥说:"伢子,当年你大、妈把你卖到富人家,肯定也是生活所迫,出于无奈,你应当原谅他们!"

小沙弥说,他并不怪他大、妈,更不恨他们,他只想有朝一日能和他们见一面,当然最好是能回到他们身边,这样,一方面解了思亲苦,另一方面他大、妈也免了卖子之痛。"干爷、干娘,我讲出来你们别怪,我有时蒙蒙眬眬,真当你们是我父母呢,真的!"小沙弥说,他常常觉得他就是永富夫妇的虎子!他说,要不然,怎么在雷港寺第一次见面,他就对永富夫妇那样亲,而永富夫妇也对他那样爱呢?

小沙弥说:"干爷、干娘,我请你俩多加打听我的身世,再搞清虎子当年怎么死的,是不是真死了。如果我不是虎子,我就彻底抛开幻想,一心一意做你们的干儿子,假如我是虎子,是你们亲儿,只要你们还接受我,我会立马回到你们身边,回到我兄弟姐妹中间来。"

唉,小沙弥这席话,把永富夫妇的思绪搅得纷纷乱!小沙弥讲的何尝不是呢？至于小沙弥的身世,倪妈已在那年探小沙弥病时,从老方丈的叙谈中初步了解了,再打听,也不过使一些细枝末节更具体化一点,大的事实估计是不会有什么出入的了。至于虎子的死因,到哪儿去查啊？徐人杰一家早就化为泥土了,他那个还幸存的祖父,只知道毁约赖账逼债,至于虎子死的情况,撬都别想从他嘴里撬出一点儿风来。当年的知情人刘老万、小李头、朱爱兰、侯白仁,他们一直打听到今儿,也都是石沉大海、杳无音讯,哪儿还查得到影子呀！查不到那四人的下落,想搞清虎子的死因,那是绝无可能的。唉,从小沙弥对永富夫妇的亲热、依恋程度来看；从小沙弥各个方面都像虎子,尤其是小沙弥出生地在枞阳,出生年月日也都和虎子一样来看；从算命先生给倪妈算命,说虎子没死,虎子还活着,而且近在眼前这些来看,倪妈早就认为虎子就是小沙弥,小沙弥就是虎子了。倪妈甚至常常自语着,如果她的虎子不是死了,而是被人拐了,而且流落到雷港寺了,她就毫不犹豫地把小沙弥当虎子认领回来！然而始终迈不过的一道坎是：她的虎子是真真实实地死了,就埋在徐家山中峰的坡上,她来华阳前,和牛牛亲自给虎子祭坟的,这是没有假的,铁定的！倪妈想,除非有朝一日,有人来跟她讲,她的虎子没有死,是被人卖了,徐家山埋的不是虎子。唉,这是不可能的啰！

倪妈拉拉小沙弥的手,说:"伢子,我的干儿,你的身世不难搞清的,关于你的身世,据说是老方丈交代给一个可靠人了,到必要时,那个人会出来公开的；至于我虎子死因那是无法搞清的了,我已经死心了。伢子,这么些年,我眼水已经淌干了,不提他了,且当你就是我虎子吧！"

倪妈边把避邪袋往小沙弥脖子上挂边问:"伢子,你这袋里原来就是空的吗？"

小沙弥认真地说:"干娘,原来袋里装的是艾叶、甘草、玉石锁。"

倪妈惊讶地说:"还有玉石锁？"

小沙弥说:"是的,干娘,是半边玉石锁。"

"半边玉石锁？"永富夫妇同时捉住小沙弥的手,大为震惊。

小沙弥仍然平静地说:"干爷、干娘,是半边玉石锁。"

永富夫妇再次陷入沉思中。

牛牛把自己那半边玉石锁取出来,递给小沙弥,说:"哥,你看像我的这个吗?"

小沙弥还没接上手,就大喜过望地说:"是是是,就是就是,我的那半边也是青绿颜色。"

永富夫妇不禁激动得两手都抖起来。倪妈说:"儿子,你那半边玉石锁就像这半边吗?颜色、大小、断缺的部位都是一样的吗?"

小沙弥把握十足地说:"都像,颜色、大小完全一样,只是……"

永富急问道:"只是什么?伢子,快讲来听!"

小沙弥再次把牛牛那半边玉石锁细细看一遍,摸着断缺部分,审慎地说:"只是断缺部分——我那半边的断缺部分跟这个半边好像差不多吧,啊,就这一点儿,我记得不太清了。"

倪妈让小沙弥下次来一定不要忘了把那半边玉石锁带来。小沙弥还要说什么,带儿又急匆匆一步跨进门……

六十四

带儿急匆匆要说什么,见她走的时候碰到的那个小男孩还在家里,就咽回要说的话,用特别讶异的目光凝视着他。

倪妈向带儿介绍说:"这伢子就是我常跟你讲的小沙弥悟敏。"

带儿一改刚才那惊异的神情,抓住悟敏的手,激动而欢喜地说:"你就是悟敏?"

小沙弥说:"是的,你是大姐!"

带儿又拉拉悟敏的手,说:"妈,他真的像我虎子二弟,声音样貌都像!"带儿把眼光收转来,再次端详着面前的小沙弥悟敏说,"这位小弟弟,难怪在大堤半腰擦身而过时,我就觉得在哪儿见过你,想不到你这样像我虎子二弟!——啊!"带儿突然放下悟敏的手,急急慌慌地说,"妈,我不讲这个了,快,大大呢?

王爷爷咳得接不上气,可能不行了,我们快去!"

刚从外面进来的永富紧张起来:"王爷爷要走了,那可怎么办?"

倪妈转向小沙弥,问:"伢子,我们就要去王爷爷家了,你去吗?"小沙弥说:"干娘,我就不去了,你们快去吧。"小沙弥讲他这次就是顺便来看看,他师叔在毛家墩给人家超度亡灵,要他也去做帮手,过一晌他再抽空来玩。

永富夫妇拉着小沙弥手,说只好这样了。

几个人同时出门时,倪妈还嘱咐小沙弥说:"儿子,可一定要再来哟,我还等着看你那半边玉石锁呢!"

分手时,带儿再次望着小沙弥说:"好像我虎子二弟呀!"

永富夫妇、带儿、牛牛赶到义堂家时,出门打柴的端马、铲野菜的桂兰和跟在她后面的六丫,不知怎么都早知道消息,已经在王爷爷家了。见王爷爷和上两回症状是一样的,永富也便采取了和上两次一样的急救方法,王爷爷又恢复过来了。王爷爷很是怪了永富一番。

端马说:"爷爷,人命关天,我是没见过我大那样救你,晓得的话,我也会那样做的。"王爷爷捉着端马的手,喘着气说:"伢子,你们父子一门仁义啊,可是,伢子,你千万不可以用嘴跟我的嘴接触的!"

王爷爷又拉着永富的手说:"永富啊,我死不足惜,只是没见到义元、义堂两儿,闭不上眼睛喽,唉!"

这时,买扎丝的春来也回来了。端马安慰王爷爷,说他明儿和春来一道去找义堂,但王爷爷慢慢摇着头,说:"别去,伢子,义堂打仗,到东到西的,你们往哪去找他呀?伢子,别去,千万别海跑。"

但是端马和春来还是合议着要找王义堂。可是正如王爷爷讲的,王义堂打东打西的,哪儿去找啊!那几天合议来合议去,也没合议出结果。两人(有时牛牛也去)依旧是晚上去条子号歇,早上从条子号回到家来,吃了早饭还是捡柴。

这天晚上,他们去条子号有些迟,刚下大堤中腰,就见一长队人影趁着黑魆魆的夜色,从大堤西头沿着南埂脚下的小路向东(华阳小闸方向)移动。端马和春来立即钻到路边的蒿丛里藏起来,他们看清了:那是兵,背着长枪的兵!只是因为天黑,辨不清他们是国民党军还是解放军,只见他们一个个都悄无声息地疾走。

殿后的一个大个子突然停下来,只见他转过身,看得出他要小解了。可他哪儿知道,他面前的蒿丛里,正躲着端马和春来。春来正考虑着要不要躲开避让,他上身的破夹袄、破套褂子,被那一泡尿浇得透湿。那人尿完转身要走时,条子号那边江面上突然射过来一束巨大的光柱(那是国民党军长江上的巡逻船射出的),光柱把那人头脸照得一清二楚:啊,王义堂!

端马就要站起来拽王义堂,被春来拉住。待义堂去了,端马和春来钻出草丛。

端马责怪春来说:"我们天天要找大哥,刚才大哥就在面前,你为何不让我跟他讲话呀!"

春来说:"我判断,大哥今晚是要执行重要任务,这时我们跟他讲王爷爷重病的情况,会分散他注意力的。一个注意力不集中的指战员能带队伍打漂亮仗?那是很难的。"

黑地里频频点头的端马说:"你讲得在理。春来弟,还是喝墨水的好,我这黑脚肚子,就想不到这些!"

春来说:"哥,你虽然——谁?哥,你听到没有,有扒草响。"

端马说他也听到了。

春来接着没讲完的继续说:"你虽不识字,但比那些识字的同龄人干练多了,有办法多了。哥,我俩今晚还去——哥,你听到扒草响了吗?"

端马说:"听到了——哪个吗,扒草,扒草?"端马警惕地喝问,"够种的出来比试比试,鬼鬼祟祟的算什么好汉!——春来,你刚才讲我俩今晚干什么?"

春来听听没有扒草响了,说:"哥,我是讲,我俩今晚还去条子号吗?"

端马肯定地说:"不去!既然义堂大哥带队伍下来了,肯定与拔掉国民党军设在华阳镇的据点有关,他完成任务一定会连夜回来,我们也去,在小闸那儿等大哥。不去,错过机会,我们就真的不知到哪里去找他了。"

春来说:"是的,我俩到小闸那儿等他。"

端马和春来两人夜猫子似的,火急火燎地往小闸那边赶。不知怎的,每跑一小段路,端马和春来就回头看看,总觉得好像有人跟在后头,但望望又没有。很快他俩就到华阳小闸,坐在闸西头地上。

天上没有月亮,只有几盏夜灯,东一处西一处地从居民窗棂中透出的光,被江边的夜气包裹着,就像凝固在树叶和草丛中的萤火,昏黄而且清冷;除了闸隙的漏水声,入海的江声,稀疏的镇郊犬吠声外,整个华阳镇寂静得令人害怕。

端马和春来预感到,王义堂的队伍已经到了镇内,并对他们要清除的伪军据点,作围攻之势了。

端马和春来站起来,两人依在小闸石柱子边,面向镇内,紧张而密切地注视着将要发生的事。

突然,三颗红色信号弹在镇北边腾空而上,紧接着嗒嗒嘀嘀的冲锋号骤然响起,接着,"冲呀——杀呀——",突突的机枪声,手榴弹、炸药包的爆炸声,轰隆隆地响成一片,原来真是解放军今晚要拔除华阳地区伪保安队这颗毒钉子。

嗵!嗵嗵!保安队枪支弹药库爆炸了。嗵!嗵嗵!保安队的住宿楼又爆炸着火了。只见解放军战士闪闪的刺刀在火光里,左挑右捅,横搠竖劈,伪军们有的应声倒地,有的缴械投降,一些负隅顽抗者,不是被就地镇压,就是被生擒活捉了。

火光中看得见,西边那一股伪军占着地利优势,凭借强大的火力,仍在进行顽强抵抗。解放军一面加强火力攻势,一面展开战地宣传,运用攻心战术,一时"缴枪投降者不杀""解放军优待俘虏""负隅顽抗者格杀勿论"等口号,此起彼伏,震天响地……

端马再也站不住了,他让春来依石柱坐下别动,自己把衣袖一捋,甩着胳膊说:"奶奶的,老子也去撂倒几个!"说着就冲到闸东头,春来也紧跟上来。春来当时就热血沸腾了,他说:"大哥,消灭保安队,不能没有我!好男儿就当效命疆场,斩杀顽凶!"

"真拿你没法子!"端马自知阻止春来不住,只好说,"别跑,不是去抢彩头的,跟我一道!"两人经过一户人家门口,见廊檐上靠着一把铧锹和一把铁叉,拿起就跑。端马不时回头要求春来紧贴他身后,不要离开他,还说春来是赵姨唯一的男丁,不能有闪失。可春来说打仗管不了那些。

战斗进行得更加激烈了。嘹亮而激动人心的号角声,密集的枪弹声、喊杀声,震耳欲聋。曳光弹纵横交错,把华阳镇上下照得如同白昼。

　　一队伪军从东边跑了过来,端马和春来舞着锹和铁叉呼喊着,从路边猛冲出来,乱砍乱戳,伪军不知虚实,四散奔逃。其中有个伪军扭头看看,见是两个小孩,端起步枪就射,子弹落在端马、春来面前丈余处地上,打得尘土乱蹦乱飞。有一颗子弹落在端马脚前,飞起的石头,把端马脚背砸破了。见春来跨到自己前面,端马狠拽一把他的破夹袄,把他拉到身后,自己像一方盾牌似的护在春来面前。

　　在那朝他俩开枪的家伙往枪膛上子弹时,端马一跃上前,猛掷一锹,那人还未瞄准射击,拖着长尾巴、在空气中呼啸震响的铧锹,哐当一声,铲在那家伙扣扳机的指头上。那家伙的步枪应声落地。在他嗷叫着弯腰捡枪时,端马和春来已冲到身边,春来嗖地一铁叉,扎在那家伙右膀肘上,那家伙丢下枪,像一只被打痛的狗,号叫着狼狈逃去。端马抢前捡起枪,枪边还有一根被铲断的手指。端马和春来就要去追,却不料火光下,左边巷道口又传来"抓住他,别让他跑了"的急促的呼喊声。

　　端马循声望去,见是一个小矮人,他手里舞着棍棒,追着一个伪军向自己这边跑来。端马迅速横插过去,猛一伸腿,把那伪军绊得翻了个大跟头,头撞在地上,身体重重砸向地面,动弹不得。端马、春来猛扑上去,死死将他压住。那家伙想作困兽之斗,追上来的小矮人握着手枪对准那家伙的头颅,厉声说:"别动,动一下本司令送你去见阎王,解放军优待俘虏!"

　　那家伙瞟一眼小矮人,暗想:"十个矮子九个怪,矮人当司令,肯定不简单,可得小心了!"小矮人踢了那家伙一脚,喝令他闭上眼。

　　火光下,端马和春来抬眼一看,不觉惊得目瞪口呆,什么小矮人、本司令呀,他是牛牛,尹牛牛! 至此,端马和春来明白为什么之前老听到扒蒿草声,为什么一路上老觉得有人跟他们身后跑了,原来是牛牛!

　　端马要叫牛牛,春来狠拐一下,端马立即改口,顺着牛牛自封的官衔叫道:"报告司令,这家伙……"牛牛把手枪一挥:"不用多问,绑起来!"春来急忙叫牛牛把系在腰上的绳索解下。三人将那家伙翻了个个儿,五花大绑起来,那家伙手上的金戒指、胸前吊的百宝箱都取下了由春来保管。

那家伙趴在地上直骂娘,什么"虎落平阳被犬欺,龙游浅水遭虾戏"的话都讲出来了。春来往他嘴上揪一把,说:"休啰唆,你才是虾子、狗呢!"那家伙反诬春来违反解放军不打俘虏的纪律。端马搡他一把:"少废话!"

那家伙边走边东张西望的,春来索性把被义堂尿湿的裰子脱下来,扎成口袋状,套在那家伙头上。端马又把系腰的绳子弄下一截,把那家伙的脚拴住,令他只可小步快走,无法大步开跑。

最狼狈不堪的就是牛牛,因系腰的绳子解下绑了那家伙,那条小破裤子在他那小瘪肚子上怎么挂也挂不住,走一步往下掉一回,掉一回往起提一下,实在麻烦。最后牛牛干脆把那小破裤子脱下拎在手上,光着屁股跑。跑着跑着,不知不觉中,破裤子又丢了。

春来忍俊不禁,说:"司令,你怎么不穿裤子跑呀?"

牛牛说:"本司令是黑旋风李逵投胎,打仗时赤身落(裸)体,一丝不挂,才打得过瘾!"

端马和春来对望着笑。

"走快点!慢慢腾腾!"见那家伙故意走得像原地踏步一样,端马用枪托子往他屁股上撞一下。

那家伙站住要求说:"你们把我捆得太紧了,痛得慌,请三位兄弟给我松一松绑吧!"

春来怒斥说:"谁是你兄弟!"

端马说:"你们绑老百姓时,可曾想过他们痛了?"

那家伙说:"我跟老百姓不同,我是队长。"

牛牛说:"本司令有令,队长应该绑得更紧些!"

端马说:"是,司令!春来,把你系腰绳子再弄一截下来,给这家伙加绑!"

那家伙吓得直讨饶:"别!别!别!千万不能加了,我走,我走,我快走!"

大火还在继续燃烧,各种曳光弹、照明弹还在间或升起,但枪声和各种爆炸声已渐渐稀疏了。端马三人押着那家伙正不知往哪儿去,只听广播筒里传来通知声:请解放军战士押着俘虏,带着战利品到小闸西头集合。

队伍到了闸西头。那儿早已亮起几堆篝火,把野地周边照得明明亮亮、红红火火、热气腾腾。

清点人员时,除了两个轻伤员外,解放军一个减员都没有。但在清点战俘时,发现伪保安队长不在。一个俘虏说他亲眼看见伪保安队长从一条窄窄的巷道里向南溜走了。指导员王义堂同连长合议了一下,立即点了几名精干的战士,由他带队去追捕。

不一会儿,端马三个也押着伪队长来了,他们把他往空地中间猛地一推,那家伙腿脚被绳索拉扯着迈不开步子,打了几个趔趄,仄身栽倒地上,左膀重重着了地,痛得哇哇大叫。

一个俘虏取下套在倒地大叫的俘虏头上的破褂子,凑近脸看了看,对连长说:"报告长官,他就是队长。"

连长又大声问其他俘虏:"你们队长是他吗?"

"是他!"俘虏们齐声回答。

那个俘虏重新把破褂子套在伪队长头上。

这时,指导员王义堂已经从报话机里收到了连长的消息,他正带着几位战士火速往回赶。

连长当着全体战士的面,请逮住伪队长的战士,站到前面来亮相给大家看看,但喊了好几遍,也没人站出来。一个战士出列,说他刚才看见是三个小男孩把伪队长押来的。

连长说:"三个小男孩?我们连哪有小男孩?嗯,谁呀?站出来让大家见见!"连长再次催促着。

站在战士们后面的春来拽拽端马衣拐,轻声说:"哥,我们认了吧,还有这些东西要上交呢!"

端马点点头,于是带着春来和牛牛,拨开人群,往前一站,说:"报告连长,是我们三个。"

连长亮着手电,跨前两步,一照,果然是三个小男孩。只见他们三人,大的背着步枪;小的一手提着木棍,一手握着手枪;中等高的手里提着白晃晃的砍刀,怀里抱着个精致的木匣儿。连长奇怪极了!

春来上前一步，托着珠宝箱递上去，说："连长，这匣子是伪队长的，重重的，里面肯定有金银细软。"

春来又从破夹袄荷包里摸出一只嵌着绿宝石的金戒指，交给连长，说："这也是那家伙的。"

连长刚让文书登记收下这些东西，牛牛又上来了，他递上手枪说："连长，这也是那家伙的！"

连长问牛牛："是你缴获的？"

牛牛说："是的，我撵着捉他时，他拔出手枪要打我，我一脚把他的枪踢飞了，他抢着捡上手，刚站起，就让我一头给撞倒了！我把他的枪又抢上手，他爬起来要夺，我用手枪对着他，说：'敢上前半步，本司令立刻枪毙了你！'他吓得拔腿就跑，才跑一小截路，就被我大哥一伸腿绊倒逮住了！"

连长俯下身子问牛牛："你是司令吗？"

牛牛摇摇头，说："不是。"

连长又问："你会开枪吗？"

牛牛摇摇头，说："不会。"

连长仍旧俯着身子问牛牛："不是司令，又不会开枪，还把枪对着人家何用？"

牛牛指着春来说："是他常跟我讲，以弱示之强，以强示之弱，以能示之不能，以不能示之能，都叫兵不厌诈，我这不也在诈他吗！"

趴在地上的伪队长一听牛牛说是诈他的，悔得两脚在地上直磕打。

战士和俘虏们大笑。

"报告连长，这长枪是另一个伪军逃跑时丢下的。"端马接着把自己与春来合战那伪军的经过大致讲了后，又向连长递上去一根带血的手指。俘虏中有个伪军哭着出列，说那枪和断指都是他的，是被端马、春来打落的，铲断的。战士们又是一阵哄笑。

连长让卫生员给那受伤的俘虏包扎了，不过因受医疗条件限制，那根断指没法接上去了。

刚把俘虏的断指包扎好，趴在地上的伪队长又在鬼叫，说自己被绑紧了，痛得受不住,但连长没理会。连长再次来到端马三个面前,拍着他们肩头,夸他们是好样的。连长看到他们都穿着单衣,打着赤脚,尤其是牛牛,除了上身一件破单褂,其余部分都裸露在霜风中,冻得两腿直打哆嗦。

不一会儿,连长拎着一条棉裤来到牛牛跟前,帮牛牛穿上。棉裤太长,裤筒卷到膝盖上,下面还有点拖地。棉裤是连长从自己身上脱下来的,怪不得牛牛一穿上身就说暖暖和和的,因为棉絮绒里还有连长的体温。

给牛牛穿好棉裤后,连长又让文书当众打开伪队长的那个百宝匣子,展示给众人看。匣子里黄金白银、珍珠玛瑙,炫人眼目。

连长叹息说:"一个小小的伪保安队长,官儿都上不了品级,却拥有这些财富,国民党那些高官大吏占有的财富之多就可想而知了。而我们的穷苦百姓们,我们穷苦百姓的孩子们,大家看看,这个,这个,还有这个!"连长把穿着单衣、打着赤脚的端马三人拉到篝火边,一个一个牵给战士和俘虏们看。

俘虏中有两个都哭出声了,说他们在被抓来当伪军之前,过的就是端马他们的那种生活,而他们的父母、兄弟、姐妹仍在家过那样的生活。

弄清端马三个来的目的后,连长甚为同情,他随即把王义堂的大哥战死沙场,大嫂被日寇蹂躏毒害至死,侄儿周岁时被日寇枪挑而亡等血泪家史,向战士们做了介绍,引起战士们同仇敌忾的声讨。

义堂回来了,见了端马三个并听了他们的事迹后,他既欣喜又惊讶。

三天之后,团部给王义堂批了一天半探亲假……

六十五

下午,倪妈正在给牛牛补衣,见一个头戴草帽、身着农民衣服的人走进家来,很是吃惊。那人取下草帽,亲切地叫"倪妈妈",倪妈转惊为喜。那人是王义堂。倪妈急忙让王义堂进了草棚内中隔间,说外面不安全,但义堂说,不要紧,地方维持会和镇保安队前两次受了惩罚,已经不敢动了,他要倪妈尽管放心。

见倪妈一人在家,义堂便问端马三个去哪儿了,倪妈说他们都去了八宝洲。刚说到丈夫时,永富就带着六丫、桂兰从条子号那边回来了。大家见义堂来了,自然都高兴不已。义堂和他的尹伯伯、倪妈妈一直谈到日头西斜。义堂也没忘记问桂兰胃病情况,并对桂兰照料他父母表示感谢。

听义堂说只有一天半的假,永富夫妇便催他快回家去看他大、妈。可义堂明明是归心似箭,偏又犹豫起来,更提出要永富夫妇陪他回家。问为什么,他却笑而不语。再问,平时阳刚气十足的他,像个小姑娘似的忸怩含羞,说带儿妹妹在家,他一人回去,见了面,会很不好意思。

"你这伢子,"永富说,"讲起来都在部队当军官了,见过世面的了,还这样小气巴巴的。"倪妈说:"那有什么不好意思呢?你要是不嫌她,喜欢她,就找点儿话跟她套套近乎呗。"永富说:"要是没有缘分,就以结义兄妹相称,不就得了,有什么好意思不好意思的呀!"

义堂侧过面微笑地问永富说:"尹伯伯,请允许我冒失问一句,你当年第一次跟倪妈妈见面,就这么简单吗?"

永富没来得及回答,就被倪妈接过去了,倪妈说:"唉,伢子呀,你尹伯伯和我哪有什么第一次见面、第二次见面的哟,我四岁到尹家当童养媳,你尹伯伯才六岁,我们在一起盘泥巴、过家家长大的,晓得什么呀。"

永富说:"伢子,别讲许多了,抓紧时间,要我们陪你回家就走吧。"

永富夫妇也并不是不愿陪义堂回去,他们是怕陪义堂回家了,不但会使自己在一对燃烧着青春圣火的少年面前成为多余的人,还会成为他们眼前的障碍物,使他们不能大胆地放手放脚地自由发挥。可是这王义堂偏偏是瞎子牵牛——硬拽着不放,永富夫妇不陪他回家,他就不走,永富夫妇只好答应了。

抵达屋边时,大门是半掩着的。义堂回望了一下跟在身后的永富夫妇,推开门,没有举步进去,只探头朝里望望。一个身材苗条的女孩的身影,立刻映进义堂清明而深邃的眸子。只见那女孩一手端着碗,一手持着调羹,向他大、妈房里走去。

倪妈轻声说:"她就是带儿。"

"她就是带儿！她就是我的带儿！"不知是激动，是高兴，还是害怕，义堂只觉得心怦怦跳得厉害，浑身颤得不行，人有些招架不住，仿佛打皮寒（打摆子）。义堂好像忘了自己的存在，回头直对永富夫妇望着。

永富说："她就是带儿，跟进去！"永富边说边把嘴向义堂噘噘，要他也到房里去，但义堂来到房门外又靠一边站住了。他望着带儿给他靠在破躺椅上的父亲喂吃的。

永富在外面敲了一下门框，门框的响声让义堂掉头朝他望去，永富夫妇立即把手向他挥着，要他快进房去，与带儿见面说话，可义堂朝房里望了望，又把头转向永富夫妇。

永富夫妇急得双双跺脚，而义堂不仅跺脚，还摇动脑袋，拍着胸脯，表示他心跳得讲不出来话，请他俩来为他支着儿。

无奈，永富夫妇只好应了义堂要求，在房门外站住，双双瞅了义堂一眼。义堂捂着嘴想笑，但他的心跳得让他有些儿发慌，终究没笑得出来。

倪妈咩咳一声，带儿探头一望："是大、妈来了，我当是谁。"

永富进门说："我们送义堂回来，义堂得了一天半探亲假，回来看你们。"

王爷爷、王嬷嬷听说义堂回来了，喜欢得直叫喊："堂儿回来了？堂儿呢？堂儿在哪里？堂儿？"

永富探头朝义堂望望，义堂靠在壁边，仍旧以手扪胸。

永富一脚跨出房门，抓住义堂手往房里一拉，义堂少不得跟进来。

义堂一进房就扑在他大、妈跟前，痛哭流涕，长跪不起。

带儿退让在一边。

王爷爷颤巍巍地拽起义堂，说："堂儿，别哭，带儿来了，跟带儿见见面，说说话儿。"

义堂一侧面，就见带儿端着碗，站在自己身边。

义堂要说话，可他一张口，完了，全完了，路上心里想好的要说的话，以及说话时应该具有的神态、语气什么的，都被这一刻间怎么也不听话的心给怦怦地跳忘了！

一时不知所措、不晓得手往哪儿放的义堂只好苦着脸，把两手往裤子上揩揩,让带儿把碗给他,说:"带儿妹妹,你歇会儿,让我喂我大吃。"

带儿边递碗边说:"义堂大哥,王爷爷一口只能挑一点,挑多了他会呛。——大、妈,你们陪王爷爷、嬷嬷和义堂大哥坐会儿,我去烧锅。"带儿到厨房去了。

义堂手端着碗喂他大,但心也不知想哪儿去了,从带儿手上接过碗第一口就把王爷爷喂呛了。

倪妈从义堂手上端过碗,拿过勺子,说:"伢子,让我来喂,你去陪带儿烧锅。"

义堂刚走到门边,王嬷嬷又把他叫回来问:"堂儿,你中意吗?"

义堂笑笑地跪到他妈膝前,拉着他妈的手,说:"妈,谢谢你和大给我引来一只金凤凰!"义堂站起身又分别拥抱了他的尹伯伯和倪妈妈,义堂的心就像浸在蜜罐里那样甜润。

"去吧,到灶房陪带儿烧锅。"王嬷嬷说。

此时的义堂不像刚才那样紧张了,他像个孩子似的蹦跳着来到灶房,快活地往带儿身边一蹲,说:"妹妹,你有事让我做吗?"

正在考虑问题的带儿,吃了一惊,但很快镇静下来,边往灶膛内塞柴边说:"义堂大哥,灶房里没有你的事,你去陪王爷爷和嬷嬷吧,两位老人都需要你陪他们说说话呢。"

义堂亲切而又体贴地说:"妹妹,我大、妈有尹伯伯、倪妈妈在陪,你成天服侍我父母,很辛苦,我回来了,就让我烧一回锅,你歇会吧。"

义堂边说边拿带儿手上的火钳,不知是有意还有无意,他的手挨到了带儿的手,带儿认真地说:"义堂大哥,你是读过孔孟书的人,可知男女授受不亲啊!"

义堂有些尴尬了,急忙说:"是啊,是啊,我大意了。"义堂脸红了,耳朵根子都发烫。

义堂嘴说大意了,身体却又有意往带儿身边贴着说:"妹妹,下回注意了。"

带儿说:"义堂大哥,请你站开一点儿吧。你就叫我名字好了,别妹妹的叫得生动,人家听了会有误解,你去陪爷爷、嬷嬷吧,我这儿真没有你的事。"

义堂好像挨了一记重拳,他回到房里,强打精神,陪他大、妈和永富夫妇闲聊着,却心不在焉,意兴索然。

晚饭后,带儿进进出出,来来去去,把该做的事都做好了。

永富夫妇正要告辞回家,带儿却让他们稍等会儿,这才告诉义堂,夜里应该做的事,应注意的事项,特别强调不能让两位老人起来摔着了。交代完这些事后,带儿拿脚跟大、妈走。两位老人和王义堂苦留不住。

带儿说:"义堂大哥好不容易回家一趟,就让他晚上单独陪爷爷、嬷嬷说说话吧!"带儿说"单独"一词时加重了语气,提高了音量。

无奈,义堂只好送永富夫妇和带儿回家。

走了一小段路后,带儿站住转过面告诉义堂,王嬷嬷床边的小铺是她自己睡的,被子有些脏了,叫王义堂把他自己房里床上的干净被子抱过来换了。还讲这事本来是她该做的,但她忘了。

带儿说这些话时,义堂不住地"嗯嗯",并说:"妹妹,我晓得了,你明天还来吗,妹妹?"

带儿说:"来!照料两位老人,是我应该做的事。不过,义堂大哥,我再说一遍,你就叫我名字吧,妹妹、妹妹地叫,不好听呢。"

义堂不吱声。他认为带儿对他无感,他甚至心灰意冷了。

永富夫妇也对带儿不在义堂家歇,不让义堂叫她妹妹心生疑惑,并问带儿是不是看不上王义堂,但带儿只是说:"大、妈,不急呢!"

带儿叫她大、妈不急,并不是婉转拒绝的意思,她对自己和王义堂的事,自有盘算。从义堂到家初次见面到刚刚离开,她虽不要义堂碰她手,不要义堂叫她妹妹,跟义堂说话时,她也似乎不正视义堂,但义堂的身材、面相甚至那穿四十三码鞋的大脚,都被带儿那闪光快照似的眼角摄到心里了。义堂那一米八八,矫如玉树迎风立的身姿,看上去怎样让人钦慕就不说了,单就那双大大的光彩照人的双眼皮的眼睛就把带儿吸引住了。带儿觉得义堂的眼睛有着秋水般的清亮和灵动、冬日般的温馨和煦暖,传递着情谊与友爱,折射出心中的光明与纯净。再有一点,也是最重要的一点,就是义堂是中国人民解放军,是为中国穷苦老百姓翻身解放而流血打仗的人,就凭这一点,足以使带儿愿把终生托付给义堂了。

但是，带儿曾听她妈说，人世间痴情女子负心汉不在少数，女子欲嫁好汉，要用三个霉天四个夏对男方进行考察。带儿记得来华阳那天姑妈送她出门时，还用元好问的诗句告诫她，在个人问题上，一定要"爱惜芳心莫轻吐"。带儿想，这些虽不是人生箴言，但至少是她妈和姑妈作为女人在生活中的体验。她自己就不能因为王义堂生得仪表堂堂，而轻意向他敞开心扉！虽不用像她妈讲的要对他考察"三个霉天四个夏"，但在他的一天半探亲假中，她对他的人品、是否真心爱她，是能考察出个大概的。而在这些都尚不明朗前，她是不会向义堂敞开心扉的。

然而，急于要把带儿当成自己媳妇的义堂，却不晓得带儿心里的深层想法。他送走永富一家，一回到家就闩上门，坐到他大、妈铺边，一声不吭，先前那种火热心情一点儿也没有了。

王嬷嬷说："堂儿，你说话啊！"

义堂没精打采地说："大、妈，看来我这次回家，就只看你两人了。"

王爷爷说："堂儿，话怎能这样讲呢？你不是和带儿见面了吗？"

义堂说："大，见面有什么用，带儿见我回家就走了。"

王爷爷、王嬷嬷沉默了。

义堂说："大、妈，自到家后，我就没见带儿对我笑过，说话时她眼睛都看着别处，她是对我不屑一顾呢！她还两次要我不要叫她妹妹，她叫我哥，前面还加个'大'字，'大'字前又还加个我的号，这不都说明她对我没有好感，才这样的吗？妈、大，也都怪我太激动，肚子里许多能打动她心、能叩开她心扉的话语，我在一开口时就全忘记了，临时硬拿些词不达意的话来跟带儿应付，从那会儿起，我就晓得我把我和带儿的事搞砸了。大、妈，如果带儿不是那么善良、仁厚，又长得那么可人，我就干脆收起这门心思，只去疼爱牛牛、春来、端马，和他们一辈子做荆花兄弟算了，可偏偏不是这样。大、妈，这真的让人好纠结啊！"

王嬷嬷问义堂送带儿他们走时，带儿可讲些什么话了。义堂把带儿的话重复了一遍。

王嬷嬷说："堂儿，照你这样讲，带儿就是个最贤惠的姑娘了，她不光孝敬老人,还体爱丈夫。"

义堂说:"妈,我也是这样想,可是——妈,不说了吧,你俩好好休息,我也困了。"义堂把他大、妈被子盖好,自己就在带儿小铺上睡了。

王嬷嬷想想不甘心,她再次问义堂捉到带儿手没有。

义堂说:"妈,就像我手长满了柘树刺一样,我刚伸过去,带儿就把手拗到背后了,想碰一下都不行!"

王嬷嬷开导儿子说:"堂儿,人家女孩子见你回来就家去歇,这正是她的稳重处,她是怕人家讲她闲话呢。像有些胸无城府、散泥散渣的丫头,一见着小青年男伢,就往身边贴,就跟人家闹闹打打,动手动脚还不够,还巴不得一下子就坐到男伢怀里,跟人摸摸捏捏,疼嘴亲腮的。这样的丫头,暂时虽让男伢高兴了,可是日子一长,就是坏了锁的钱柜子——不保险了!带儿就不同,从你回家到你送她走,从你跟她讲话到她跟你讲话,我都注意到了,她的举止目光都是那样大大方方、端庄方正的,根本就没什么打情骂俏、眉来眼去的不雅举动,这就说明那伢子稳重、规矩。她不让你拉她手叫她妹妹,她也不和你亲近亲热,或许都是在试你心呢。"

尽管得了王嬷嬷开导,但义堂还是情绪低落。他说:"妈,那些都只是你自己认为,你晓得带儿心里是怎样想的呢?我认为她可能就是看不上我。"

王爷爷说:"堂儿,不会的。带儿生得虽是出类齐整,可我堂儿也是在千人中间比不下去的人才。"王嬷嬷又说:"堂儿,你别多想,我认为你和带儿就是天造的一对、地设的一双,你俩结合,那就是莲花并蒂,彩凤双飞,你俩姻缘是前生定的,天生的鸾凤拆不散!"

尽管大、妈给了义堂许多宽慰和鼓励,但直到大半夜,义堂还是清儿白醒地睡不着。他把他和带儿这桩婚事,从始到末,以及中间的细节过程,都回忆了一遍,他觉得从开始到眼下,一路走来,多么不容易,眼看即将水到渠成,生米要煮成熟饭了,可就因为自己不擅表达,极有可能使煮熟的鸭子还要展翅飞掉!唉,关键时刻偏要溜环子,这个打击对义堂来说,是多么无情和残酷。"我该如何面对这事啊,上天!"义堂问自己。

一夜里,王义堂就这样辗转反侧,正想反想,天亮前,迷糊了一小会儿。但他一睁开眼就说:"带儿妹妹,我爱你,你愿意我把心掏出来给你看吗?真的,妹妹,我爱你,你不仅是我意中人,你更是牛牛、春来、端马的姐姐,我爱他们,就更爱你!"带儿站在义堂铺前很有一会儿了,听着义堂自言自语,带儿没有搭接半句。

待义堂冷静下来不说话了,带儿淡淡地叫着:"义堂大哥,我让你把脏被推到一边,盖那边的干净被,你……"

义堂一听是带儿说话,扭过头来,见带儿就站在铺前,不禁又激动得心头鹿撞,他真心实意地说:"妹妹,我爱睡你睡过的被。"

带儿说:"义堂大哥,都日高三竿了,快起来洗脸刷牙吧。昨晚上留给你的糊一口也没吃,你肯定饿了!"

义堂穿好衣服,来到堂心,低声地说:"妹妹,今天你如果还不让我碰你手,我还不吃!"带儿当时并没说话,她倒完垃圾回屋,脸上不带任何表情地说:"义堂大哥,不吃饭,饿坏了身体可不好。"

义堂拿杯子舀水刷牙,带儿指指洗脸架边的凳子,义堂见刷牙水倒好了,牙刷上的牙膏也挤好了。义堂刚刷好牙,带儿又把洗脸水端来了。义堂拿搭在架上的毛巾,带儿说那毛巾是她洗的,说着就向面盆里放进一条新毛巾,义堂说他偏要洗带儿洗的毛巾,带儿拿过毛巾,正眼望着义堂说:"农村人大多有沙眼,你用了我的毛巾容易被染上,部队打仗要好眼睛呢!"

义堂洗漱罢,就盛了糊糊要喂他大吃,王爷爷叫义堂自己吃,说带儿已经喂他吃过了。义堂又暗自嘀咕了:对父母处处都好,对他自己也考虑得无微不至,为什么就不能给他开两回笑脸,让他碰一回她的手呢?带儿是真在有意考验他,测试他,折磨他,还是真的对他无感呢?

吃罢饭,义堂问正在给他父母洗衣的带儿说:"妹妹,今晚还回家吗?"带儿点点头,说:"义堂大哥,我不是讲好几遍让你只叫我带儿吗,为什么还要加上妹妹这种亲昵的称呼呢?怕不合适吧!"

义堂却不听带儿的话,横竖豁出去我行我素地说:"妹妹,你今晚要是还回家,明天早上,任你怎么劝,我也不吃糊了。"

可带儿一点儿也不为义堂的威胁所动,她也横竖豁出去我行我素地说:

"那多不好,义堂大哥,我晚上回去不回去与你吃饭不吃饭有关系吗?其实今儿早上,我只是喊你起来吃,并没劝你,是你自己要吃的呢!"

带儿这句冷漠的回话,仿佛是一根电棒往义堂头上猛击了一下,他再次觉得自己和带儿之间没戏了!

见义堂顿时一脸沮丧,带儿怕把他伤害重了,又略作些挽回,带点儿抚慰地说:"义堂大哥,回家探亲,见见家里亲人,本意就是要解除后顾之忧,回部队后,一心一意带兵打仗,要是为了我晚上不在你家歇,你就绝食,把好好的身体饿坏,那不是得不偿失吗?"

从道理上讲,义堂觉得带儿说得天衣无缝,无懈可击,可他义堂此刻最需要的不是"理",而是"情"啊,难道倪妈没跟带儿沟通吗?不可能。难道带儿真的没看出他王义堂对她的心思吗?如果是,他该如何竭尽所能地向她敞开心扉、表达爱意呢?他该如何用自己心中炽热的爱的熔岩去化开她腑内的冰块呢?

傍晚,和昨天一样,安排好了晚上的事,带儿又回家了。

这一天,义堂除了护理父母,尽尽儿子的孝心外,其余时间,都陪在带儿的身前身后。如果说昨天傍晚带儿做完事就回家了,仓促之间,他对她的观察还不够细致,那么经过一整天的相处,带儿的形象就完全印在义堂脑子里了,他一闭上眼睛,带儿就站在他面前。

带儿虽是农家女孩,但皮肤细腻白皙,面貌清秀可人,五官周正,一双晶亮的会说话的大眼睛,在粗长的睫毛后面忽闪忽闪的,折射出她心灵的纯净和美丽。那宛若春山般的黛眉,稍一微笑,就飘动飞扬起来,而那生得恰到好处的鼻子,就如良工雕琢后精心安装上的一般,不塌不挺,温润如玉。好看的鼻梁配以两边的修眉,宛如晴朗秋空的大雁在翩翩飞翔,给人以无限遐想的动态美感。她没有敷施脂粉,也没有好的衣着,然而就是那种清水出芙蓉、天然去雕饰的容貌,和她那亭亭玉立的身姿所构成的端庄秀美的形象,就远远胜过莲池里浴着朝阳的荷箭,幽岩畔带着晨露的春兰!作为一名投身革命的青年,在选择配偶方面,义堂从来就没有企望去追求什么所谓的沉鱼落雁之容、闭花羞月之貌的美人,然而今日遇到带儿,见她那质朴中透着明艳,俏丽中又别具端庄的外表与气质,义堂是真正为之倾倒、为之折服了。义堂觉得,只有带儿这种集善良、质朴、雅丽、庄敬、勤劳于一身的典型的农家女儿,才是他理想中的配偶形象,能够娶到带儿,是上天对他的最大眷顾。然而自昨天接触以来,除了在生活上带儿为他考虑得细致入微外,情感方面,他却总是剃头挑子一头热。不管他对她百般殷勤、千般献媚,却总得不到她的一点儿回报,不管他怎样向她弹尽心曲,撬断情杠,在她心上都产生不了一点共鸣。她紧闭的情窦之门,不对他有些微的松动与开放!义堂甚至都想到找陆姨大,找永富夫妇,找端马、春来、桂兰、牛牛等来为他做说客了。但三思过后,义堂又把这一想法放弃了。他想,他是那样喜欢带儿,如果带儿真的不爱他,那么,又怎能用游说和施压的方式,让带儿改变主张,去嫁给一个她不爱和无感的人呢?这样做不仅不道德,也对不起带儿,对不起长年累月精心服侍、照料他父母的尹伯伯一家。义堂考虑再三,最终决定把失恋的滋味留下来,自己吞咽,让带儿去追求真正属于她的那片充满温馨、洒满阳光的生活吧!为心爱的人去承受刻骨铭心的煎熬和苦痛,应该是另外一种幸福啊!

上灯有一会儿了,正当义堂的心和油灯的芯一样经受煎熬时,傍晚从八宝洲回家的端马、春来、牛牛三人,匆匆赶来看义堂了。兄弟们相聚,自是高兴不已。谈笑欢洽之间,关于不被带儿接受的事,义堂只字不提,虽然他的心尖像刀子划着那样痛,但他眼窝里仍流露出兄弟们相见时应有的那种灿烂的笑意。只是在送三人出门时,义堂才流露出一丝苍凉的意绪。

义堂声音有些不甚清亮地说:"弟弟们,哥哥我这几年身在行伍,很少回家,只有弟弟们对我家的奉献,我对弟弟们却没有丝毫报答,惭愧啊。"

听到义堂的感叹,端马三个觉得有点儿怪怪的。

义堂继续说:"弟弟们,人情冷暖,世局如棋,征途漫漫,你们三个逐年长大了,终将劳燕分飞,各自谋食,我既投身军旅,经年戎马倥偬,未知所止,此番握别,再聚首,知是何年何处?我们均为一代穷少年、穷娃子,无以相赠,倘日后不能见面,又无物寄托相思,大家岂不是枉为兄弟一场而徒有揪心牵挂了?"

端马说:"大哥要我们怎样啊?"

义堂说:"我想你们明年打春前,合力从春来家门前移一棵荆花树植到我家宅边。栽植时,你们还要合力代我多培几畚箕土,浇几瓢水,算是我们集体的精魂之所在了。将来不管分散到哪里,去多远,最后哪怕只有一个人回来,在荆花树下徘徊一阵,凭吊一番,也算是我们大家都见面了!"

春来说:"大哥,你讲得是不是太悲壮了啊,不知你这次回来,怎么会有这种心情?"

泪水在义堂眼睛里快蓄不住了。他不再说别的,只催端马他们快到条子号那边歇息去。目送一小截路,义堂哽着嗓子补充说:"弟弟们,晚上睡觉把门闩好,注意安全!"

端马三个再次回过头,但已不见义堂。春来说:"大哥今天怎么了,情绪这样不好!"

是的,义堂的情绪岂止不好,简直是坏透了,究其原因,还不就是带儿晚上回自己家那边去歇了。带儿不正眼看他,不向他开笑脸,不让他碰她的手,不让他叫她妹妹,别的方面,如生活方面,连义堂自己也认为带儿为他考虑得细致入微呢。

可是今天傍晚回家,临走时,带儿没跟义堂打招呼,内中真的怕有蹊跷呢!

探亲假终于结束了,义堂含泪拜别了父母,并怀着极为复杂的心情和极大的感激之情,告别了带儿。虽说为心爱的人去经受煎熬和痛苦也是一种幸福,但此时出门上路的义堂确实想哭了。

义堂踽踽独行,内心感到从来没有过的孤零落寞。

六十六

"大哥!你等一下!"

自以为失了爱情而心灰意冷的王义堂听到后面有人叫他,掉头看看,见是带儿,一时竟不知是前行还是后退,原地呆立着。

"大哥,你等会儿。"带儿手上托着个小布包,一面说,一面向义堂这边走来,"大哥,你怎就不能也向这边走几步呀!"带儿沁下头,撒娇似的站住不走了。

听到从带儿嘴里叫出的省去了许多附加成分的那声"大哥",义堂的心怦怦跳,他不仅全身颤抖,而且心里发慌了,仿佛连呼吸都一下子困难起来!他的两脚仿佛踩在云头上,飘飘然不着实处。在走到距带儿六七步之遥处,义堂也站住了,他深情地凝视着带儿,不敢再向她继续靠近,以免冒犯她,引起她的反感。

"带儿妹妹,我还可以向你走近点吗?"

带儿没讲可以也没讲不可以,她站立原地,双手托着那个小布包递向义堂。

义堂的心扑通扑通地跳得越发厉害了,不知是明知故问,还是真的心里没底,他声音颤颤地问道:"带儿妹妹,你那包是给我的吗?"

"是的,你接着吧,大哥。"带儿仍旧托着包站立原处,沁头望着地面。

义堂的心像打榔头一般,眼睛直勾勾地望着带儿,不知是真的失了足,还是有意试带儿心,他才向前移动三四步便打个踢绊,崴脚了。带儿顾不了多想,她抢上几步,伸手就要牵拉。仿佛义堂就是个烫手山芋,一触着就会把手烫出大水泡似的,刚碰到义堂衣袖,带儿立即把手往回一缩,还抖几抖,退回原地,说:"大哥,你起来吧。"带儿满面赧颜地沁头说。

义堂爬起来,顺手捡起身边的布包,捏了捏,知道里面是一双布鞋。

"妹妹,是你做给我的吗?"义堂明知故问。

背对着义堂,带儿羞涩地点点头,眼睛仍望着脚前地面,说:"晚上洗完脚穿,老穿解放鞋,不换,气味重,既影响战友,自己也不舒服。"

义堂再次捏着包里的鞋,眼睛却不离带儿后背,说:"妹妹,你想得真周到。"

带儿慢慢转过身,略微抬一下眼,指着包说:"大哥,我是估摸着你脚的大小,在这两天晚上赶做的,不晓得合不合脚。"怪不得前天带儿老是望着义堂那穿四十三码鞋的大脚。

听带儿这么说,义堂立即就要拆包试穿。

"别,别,快别拆!"见义堂就要拆包,带儿连忙上前,一手托住包,一手把义堂的手往回拉。可她刚触着义堂的手,就又下意识地立即松开,她又两颊绯红,心跳异常起来。带儿后怕不已。自懂事以来,她从未和任何一个少年搭过话,更别说私下触碰一位少年的手了。不知是何原因,竟使她今天做出这种忘情的举动来,太有失女儿家的体面了!她不觉愈加面红耳赤,就像偷了东西被当成贼,让人当场逮住了似的。

"大哥,你快走吧!"带儿沁着头,红着脸,催促义堂说。

"我想你捉我手,妹妹。"

带儿不好意思地摇摇头。

"妹妹,你不好意思捉我手,就让我捉你手吧,哪怕只轻轻碰一下呢!"义堂声音颤颤地说。他把手向前伸着,但在未得带儿颔首前,他决不冒失行动。

义堂虽然已经到了难以控制感情的当儿了,却不肯向他心爱的人带儿再贴近半步,他怕他激动得颤颤抖抖的手,在贸然失措之际,把他和带儿中间那根无形的、铿锵振响的琴弦碰断了;义堂虽然已经到了难以控制情感的边缘了,但他仍不肯向带儿靠前咫尺,他怕从他洞开的情窦中,訇然喷发出来的炽热的爱的烈焰,一不小心把带儿灼伤烫坏了;义堂虽然已经到了渴望立马品尝异性唇齿馨香的时刻了,但他却甘愿和带儿保持适度距离,庄重直立着而不稍稍贴近亲呢,他怕在他青春激情催动下的孟浪失检,把带儿纯净清洁的处女肌体玷污了!

带儿心里也想义堂在她前面多站会儿,哪怕多看他一眼,多听他叫自己一声"妹妹",那也是千金难买的,但她不仅不愿把自己真实心理表露出来,反而还再次催义堂快走。义堂犹豫徘徊着,最后只得站在开处,向带儿摆摆手,慢慢离开。

义堂才走几步,终于忍不住地把布包打开了,布包里除了一双布鞋外,鞋窦里还有一双袜子,抖开袜子,又掉下个红红的东西。

"天哪,蝴蝶结!"义堂惊喜地叫着。

蝴蝶结是用金丝彩线编织成的,捧在手心,欲飞欲舞,栩栩如生。那分明是带儿献给义堂的最可贵的爱,也是带儿向义堂展露的纯净的少女芳心!王义堂真的欢喜得要疯狂了,他的神魂几乎被这天赐的喜事给颠倒了。他双手捧着蝴蝶结,热泪盈眶地叫着:"大——妈——,儿子想要的终于得到了!"王义堂又默念着永富夫妇,默念着端马、春来、桂兰、牛牛,说:"自今而后,你们都是我真正的亲人了!"义堂喜极而泣。

激动兴奋之际,义堂抱着蝴蝶结,紧紧地贴到自己心口上,突然碰到贴胸衣包里有块硬物。他想起来了,那是一块玉佩,是他妈前天晚上给他的,要他亲手交给带儿,因见带儿好像对他没有那种意思,他就没有冒失相赠了。这下可好了,既然带儿都以蝴蝶结相送与他了,他怎能不趁热打铁!

义堂转过面,见带儿并没走,就在原地站着望他。义堂疯狂地向带儿跑去,立在带儿面前,掸了掸身上灰尘,郑重地跪下右膝,双手捧着玉佩,举过前额,说:"妹妹,我爱你,我也知道你爱我,请你接受我的玉佩,它是我家三代祖传的信物,只有你才配拥有它!"

带儿并没有立即用手去接,她羞羞答答地把面转向一边。

义堂重复了一次刚才的话语。带儿慢慢转过面,她用温玉般的手,抚去两颊喜极而泣的泪水。

义堂第三次用颤抖的声音央求着:"妹妹,我要娶你,请你接受我的玉佩!"

带儿没有用手去接,她慢慢弯下腰,沁下头。义堂竭力控制着颤抖的双手,把玉佩戴到了带儿脖子上。

"哥,你起来吧!"带儿牵起义堂,温柔体贴地掸去他膝上的尘土。

义堂的心扑通通跳得慌,他周身的血液在沸腾奔涌!

义堂终于忍不住激情的冲动,声音颤颤地说:"妹妹,我可以亲你吗?"没等带儿表态,义堂拽着带儿手,就势往身边一贴,狂热地就要吻带儿。

在义堂温厚的双唇将触而未触到带儿腮帮时,带儿把脸让过一边,退后两步,情意脉脉地说:"哥,你走吧,人家见了不好!"

虽然带儿没让义堂亲着,但她感到脸上格外滚烫,股股热流直灌到心里;虽然义堂还说不上真正地亲吻了带儿,但他感受到了满嘴异香,满心甜润,他已经毫无疑问地获得了属于他的爱情,他激动得两腿颤抖,站立不住……

一转眼,王义堂离家回部队快三个月了。义堂探亲前,王爷爷的病好一阵子歹一阵子,而义堂探亲在家,也给王爷爷的病带来了转机。那两天乃至义堂走后的十多天里,王爷爷都很好,大家对他能够再活几年抱有很大信心。可是义堂离家二十几天后,王爷爷的病就一天比一天重,甚至完全卧床不起了。

全心服侍王爷爷的带儿当然也有劳累、疲倦、力不从心的时候,但是,只要摸摸紧贴胸前的玉佩,一切消极的东西就被抛到九霄云外了。带儿觉得代义堂守好家,照顾好病中的老人,就是既为自己也为义堂尽孝。义堂不顾虑家,不牵挂老人,把全部心思都放在部队里,那就是既为他自己也是代她尽了忠。基于这种考虑,带儿也把辛苦劳累当作另外一种幸福和快乐。

永富夫妇一个完全不能到外面揽小工活干了,一个也不再去给人做针线活了,虽然带儿很替他们大、妈失去了微薄的收入而可惜,但大、妈告诉带儿,小工、针线活年年都有的做,只在做多做少,可是今年他们服侍王爷爷,到明年,王爷爷就不一定还活着了!

不知何故,即使处在半昏迷状态,端马几个男孩一来身边,王爷爷就清醒了。鉴于这种情况,永富夫妇差不多天天要带三个男孩中的两个来王爷爷这里。他们除了喂药喂水,拿这递那,保持家里清洁卫生外,还帮助带儿给王爷爷洗抹身子,帮王爷爷翻身,为王爷爷推拿按摩。不这样,王爷爷就痛苦呻吟得慌,他的身上就会生褥疮,他的床上、房里,乃至整个屋里都会散发着异样的气味。

王嬷嬷和倪妈只让春来和牛牛在王爷爷醒来时陪陪他,其他时候,要他们离开一点儿,因为王爷爷讲他的病传染性强。可春来说,给王爷爷做事,是各尽各的孝心,谁也替代不了谁,牛牛说王爷爷当年带病寻药草,给他大治骨髓炎,他就讲为了报爷爷大恩,他来生变牛马给王爷爷背药箱子,现在爷爷病得这样,他不为爷爷做点事,还等到来生,那不是哄爷爷吗?

有好几次,王爷爷竟要春来和牛牛扶他起来,牵他到园里看看他孙儿的小坟。为了满足爷爷的要求,春来和牛牛真的帮爷爷穿了衣,扶他下了床,可爷爷脚挪不开步了。于是春来只好叫来尹伯伯。永富把王爷爷背到菜园里。趴在永富背上的王爷爷,望着他孙儿早已被蒿草覆盖的小坟老泪纵横。

爷爷对站在永富身边的春来和牛牛,上气不接下气地说:"伢子,我孙子要不是被日本鬼子杀死,应该也像你们这样惹人喜爱了。唉,伢子们,你们一定要牢记小日本鬼子在我中国犯下的滔天罪行啊!"

春来说:"爷爷,我们永远不会忘记的,我大大也是被日本鬼子杀害的,这是天大的家仇国恨呢!"

被驮回家躺在床上后,王爷爷仍旧泪水涟涟,他边啜泣边说:"永富夫妇啊,我死后,等我义元回来,你们代我转告他,来年把我和我孙子的尸骨都迁回老家,放到一个墓穴里安葬了,在外乡终究是浮萍飘叶,野鬼游魂,于心不安啊。记住啊,一定向义元讲到!"倪妈满口答应后,立即掩面快步走出去,反复拭去脸上泪水。她晓得她不该骗王爷爷,可她实在没法子向他讲真话啊!

王爷爷已进入病危状态了。趁着有点清醒时,他问王嬷嬷要上次他找的那件东西。当王嬷嬷告诉他那件东西交给了义堂时,他又懊悔上次义堂回家,忘了叫他拿出来,交给永富保管。当永富问是什么东西,能不能跟他讲时,王爷爷又气喘得不能出声了。春来立即给爷爷喂了半匙温水,王爷爷又轻松了点。

王爷爷只是望着永富夫妇和春来,就是讲不出话。过了一小会儿,王爷爷又觉得呼吸困难了,他费力地把他那干枯的汗津津的手往胸前拿,永富知道了,连忙靠上去,替他抚胸口,倪妈也赶紧为他号脉。

王爷爷好像又恢复了些生气,他板滞的目光落在春来脸上,春来凑上去问是不是有什么话要跟自己讲,但王爷爷却把头摆一下,又停一下。他断断续续地问春来,永富夫妇待他好不好?可平时一提到六丫就脸红的春来,今儿不知是忘了,还是过于冲动,说:"爷爷,我尹伯伯、倪妈妈都待我好。他们还说等我和六丫都长大了,就把六丫嫁给我。"

王爷爷仍然断断续续地说着话,意思是说春来和六丫生辰八字不配,千万要打消这种想法。永富夫妇还想再问,王爷爷又是一阵急速地气喘,说他累了,要歇息会儿。

三天后的早晨,王爷爷进入了弥留之际。永富夫妇和孩子们一个不缺地守在王爷爷铺前。听到孩子们讲话,王爷爷又回光返照似的微微睁开眼睛。他不断地喘着粗气,豌豆大的汗珠儿从额上往下滚。他鱼目似的眼睛望着永富夫妇,他们向他挪近了些,永富把手放在王爷爷摊开的掌心上。王爷爷蜷起指头,断断续续地嗫嚅着,大意是说春来伢子命运悲惨,永富夫妇要像对待自己孩子一样善待他。讲了这些以后,他又把眼睛盯着春来,好像有许多话要跟春来说,春来凑近去问:"爷爷,你有话要跟我讲吗?"但王爷爷终究什么话也没说,只是不断流泪。

王爷爷又迷糊过去了。他气喘得特别厉害,盖在身上的被子上下起伏,喘息的频率比平时要快好多。

这天早饭后,启亮、明发父母又来看王爷爷,但王爷爷完全处于昏迷中,一点儿也不晓得。一会儿端马又跟陆姨大,还有上条子号的苏伯伯都来了。陆姨大观察后,判断王爷爷的大限就在一两天之内了。他说,无论从医术、医德来讲,王爷爷都是华阳一带名医,而且两个儿子,一个为国牺牲,一个正在为革命奉献青春,他去世,不论是一般群众,还是社会贤达,前来奔丧吊唁的一定不少,他的后事一定要办得体面风光些。永富说他身份卑微,在当地没面子,筹办后事由陆姨大负责,至于整理室内外环境、打扫卫生以及收殓、安葬方面的一些粗活,永富都包下来了。

下午,陆姨大夫妇、明发、启亮父母又来看王爷爷,同来的还有许爷爷、宣传妈、张姨(兴国妈)等,一共有二三十人。张姨身体也很不好了,她是拄着棍子来的。

大约三点钟光景,上毛家墩的毛习普,还记着王爷爷给他治病的恩,也携大老婆钱氏来了。尽管毛家生活优裕,但总也抗拒不了自然规律,毛习普的腰背也弯了很多。唉,真的是人生易老,那些上了年纪的人,就像风霜中的树木,隔两日不见,枝干儿就失去了滋润,叶片儿就变黄变焦了。

太阳偏西了,约莫申时将过,王爷爷突然醒过来,他第一句就叫带儿,带儿含泪答应着:"爷爷,我在你身边呢!"

王爷爷嘴巴嗫嚅着:"带儿、义堂……你,你俩事……"

带儿深情而果决地说:"爷爷,你别讲了,你的意思我明白,你放心,我是义堂媳妇,永远是!"

王爷爷病重的脸上,居然泛起了罕有的微笑,接着他又不忘记嘱咐端马几个要把春来当兄弟待,又叮嘱永富要打消春来和六丫那件事的想法。最后,他一一打量铺前的陆克新等一行来探视他的乡邻,这才慢慢闭上眼睛。

过了一小会儿,王爷爷又突然睁开眼,大嚷着:"义元,义元,我的义元儿……"之后,王爷爷闭上的双眼就再也没有睁开了。

王爷爷,一个医德高尚、医术精良、一生救死扶伤的老人,一个饱受压迫,失子媳、丧长孙的老人,一个顾全大局、把身边唯一的幼子交给革命的老人,就这样停止了脉搏的跳动,走完了既平凡又伟大的人生历程。

六十七

王爷爷去世后,就是带儿陪王嬷嬷苦苦撑持着往下过日子了。王嬷嬷除了思念老伴外,还牵挂着义元夫妇和义堂,因此整天唉声叹气,郁郁不乐。

为了让王嬷嬷从忧伤和终日思念中解脱出来,永富让带儿把她带到自己这边来,让孩子们多陪伴她、亲近她,宽宽她的心。尤其是牛牛,常常在王嬷嬷怀里装嫩打滚,唱歌,猜谜语,讲故事等。有孩子们在她身边打打闹闹,说说笑笑,王嬷嬷精神状态好多了。

这天,孩子们没事,齐聚在家,永富又提议让他们讲讲亲身经历的故事给王嬷嬷听,逗她乐。春来开头,他讲的是逮大黄鳝的经过;端马讲的是怎样把方修本家要出壳的冬巴佬小鸡弄死烧吃了;桂兰讲她和春来、牛牛偷西瓜大战祖孙二人的事。王嬷嬷听得特别高兴,有时还插一两句话,提出自己的看法。

端马三个都讲了,带儿望着牛牛,说:"小弟,你也讲一个吧。"

牛牛选了几个话题,大家都说不新鲜,牛牛要讲在芦苇荡里大战鳄鱼的事,端马说:"不好,讲那事王嬷嬷听着会害怕。"

见牛牛讲不出来,王嬷嬷说:"你们就别难为牛牛了。"

牛牛望着王嬷嬷那关爱的眼神,心想,不讲一个,对不起王嬷嬷呢,于是说:"嬷嬷,我会讲,我讲一个好的给你听。"

屋棚里响起一片掌声。

牛牛环顾一下四周,耸耸肩头,清清嗓子,说:"我就讲那回被人绑的事吧。"

"好嘞!"棚屋里鼓掌声、叫好声不迭,因为这正是大家期待已久的。

"那天,"牛牛开讲了,"大、妈都出去给人做事了,姐姐、春来也捡柴去了,六丫在棚里睡觉,就我一人在看门,我把算盘取下来学着打,打着打着,就趴在算盘上打瞌睡了。迷迷糊糊中,后脑勺被人敲了一下,我惊醒一看,见一个长着黑胡须的老头站在我面前。我疑心他是坏老头,就要爬到大堤顶上喊人,可他把我拽住,说不用怕,不用跑,他是好人。他向我问这问那的,最后摸摸我的头,捏一下我的鼻尖子,就走了。他才走几步,我就觉得鼻子前有一股香气,用劲吸了一口,接着我就趴到地上,什么也不晓得了……"

棚屋里气氛凝重,大家都为牛牛捏一把汗。

"不晓得什么时候,一泡尿把我胀醒了,我这才发现自己是困在一张床上,身边还挨着那个老头,他正怪叫怪叫地打呼噜。我晓得他不是好老头了,我爬起来要逃走,这才发现,我胳膊被绑到背后了,我晓得我是被那老头拐了!"

"接下来呢,牛牛?"倪妈急不可耐地问。

"接下来,"牛牛说,"我慢慢移动身子,溜下来,四处看看,见屋西头有扇窗子,窗下有一条凳子,我好高兴!我从两根坏了的窗栏空隙中钻了出去。我怕那老头发现后要撵我,又用嘴衔一根棍子,穿在门环上,把门反扣了。

"我跑离那屋一段路后,回头望望才辨清了:那是华阳街!

"我估计那老头一时醒不来,就是醒了,从窗子里他是爬不出来的,要搞开那反扣的门还够他弄的,我很放心了。谁知我正在高兴时,忽然听到后头有人追上来,还说:'跑,我叫你跑,逮到往死里打!'我急忙钻进蒿丛里。"

"钻进蒿子里就好。"永富说,"后来呢?"

牛牛说:"后来那老头就擦着我身边的蒿丛跑到前面去了。"

春来说:"好险哪,好险!"

"后来呢?"永富不放心地问。

"不一会儿,那老头又嘟嘟囔囔跑回来了。"

"你还是快钻到蒿丛中躲好啊!"端马说。

牛牛说:"我还在蒿丛里躲着没出来呢!"

春来说:"那就好,那就好。"

牛牛说:"后来什么动静都没有了,我认定那老头是真走了,这才从蒿丛中钻出来,沿着草路,过了华阳小闸。这时,我心里就定多了。我借着昏昏的月光照着大堤顶,拼命往上跑……"

"再后来呢?"春来犹未放心地问。

"再后来,我就是往家跑呗。我摔了许多跤,膝盖磕破了,红猩猩的肉都露出来了。"

永富说:"确是不假的,那些天,我天天给牛牛搽长皮肉的药。"

"再后来呢?"带儿、桂兰几乎是同时问。

"姐,再后来,我不就跑回来了吗!"牛牛颇带自负地说。

牛牛讲到这里,大家紧绷的神经才放松下来,棚屋里凝固的空气才得以舒缓。听着牛牛讲述的被绑后又逃出来的过程,王嬷嬷既害怕又庆幸,她说要不是牛牛精明,那天可能就被那老头拐走了。

春来问牛牛那天穿裈子没有,牛牛说他穿了,可他醒来却是打赤膊,回来第三天,才听妈说裈子被人丢在棚屋上首第五口方塘里,是春来把它捞起来的。

牛牛望着春来说:"妈讲你当时哭得天昏地暗,把裈子当成我的尸首,背到岸边都不晓得,还是陆姨大伸手拉时,才发现不是尸首,是我的裈子。"

春来说:"弟弟,你还讲呢,我当时头脑一轰,就差没有爆炸,什么都不晓得,哪还分得清是裈子还是尸体了。"春来说着,眼泪又大颗大颗迸出来了。牛牛一下扑到春来怀里,紧紧抱住他。

端马说:"拐子明明把牛牛背着向东边走了,却把牛牛裈子丢到西边方塘里,造成牛牛掉水淹死的假象,真是狡猾呢!"春来说:"可不是吗!"

通过牛牛讲述,家人总算把牛牛被人拐卖的经过搞清楚了,可是那个拐骗牛牛的老头到底是谁呢? 人们说的在华阳周边有个隐藏得很深的拐子,是不是就是那老头呢? 要想人不知,除非己莫为,总有一天,人们会把那狡猾的拐子从阴暗角落里揪出来,放到阳光下晒晒的,不过那不是这里要说的事,还是回到王嬷嬷和永富两家的情况上面来吧。

在永富夫妇和孩子们的照料陪伴下,王嬷嬷终于从忧伤的阴影里和念儿思孙的圈子里走出来了。渐渐地,她多数时间都只由带儿陪伴着,在她自己那边生活,而很少到倪妈棚屋这边来了,因为即使来了,也没有孩子在家陪她,伴她,讲故事给她老人家听了。因为那段时间,端马、牛牛、春来三个男孩又都给人家当小伙计去了。

端马是被毛习普介绍到县城郊区他另一位姨老表家打小工了。毛习普那个姨老表家开面坊,端马去他家赶驴儿磨面粉兼打箩筛。春来和牛牛分别被苏、韩二老板雇去放牛了。苏、韩两家门对门,牛也拴在同一场地上。

春来是给苏老板放过牛的,虽然有大水牛糟蹋菜园的事在前,但丝毫不影响苏老板夫妇对春来的好印象。牛牛虽然只在苏老板家待了几天,后因牛被盗,又因大水没事做,同春来一同回家了,但苏老板夫妇对牛牛一样印象极好,牛牛能到韩家放牛,就是苏老板极力推荐的。韩老板不了解牛牛,仅凭苏老板介绍就接收了牛牛。几天后,从实际考察中,韩老板夫妇认为苏老板的话没有假,牛牛虽小,但确实表现不错(当然不错,毛习普家那样的苦活累活都做了),韩家夫妇也对牛牛喜欢有加。韩老板夸牛牛,不用说也给苏老板长了脸!

在那段日子里,每天不论是赶牛出去,还是放牛归来,春来总是和牛牛相随相伴,形影不离。不光在骑牛、放牛、挽牛索、割牛草等方面,春来都不厌其烦地教牛牛,甚至骑牛走什么路安全,与什么样的牛娃交往有益,他都跟牛牛讲。

雨天,春来让牛牛与自己同骑一头牛,他把牛牛搂在胸前,用蓑衣拥着。春来宁可自己被淋湿,也不让牛牛沾一滴雨。晴天,春来摘来柳条,编成环状的帽箍,给牛牛当太阳帽。乐时,他教牛牛卷芦叶,当作牧笛吹奏,无拘无束地表达牛娃的心声。倦了,春来带牛牛卧在江边的细沙上或青草地里,听江水声贴着耳边轰鸣,看白云在蓝天上飘荡。

牛牛的牛走远了,春来为他赶回来;不见了,春来为他寻找。有时,春来还讲有趣的故事或吟诵切合当时环境的诗词,帮牛牛陶冶情操,像什么"剥条盘作银环样,卷叶吹为玉笛声""潮平两岸阔,风正一帆悬""眠分黄犊草,坐占白鸥沙""坐看江豚蹴浪花"等优美形象的古典诗句,都是那个时候,在那个环境里,春来教给牛牛的。牛牛虽然没有文化,但经过春来的点拨,也能部分地领略与欣赏诗句所表现的意境和美感,有时甚至还学着当年汪先生的样子,扭动脖子,摇头晃脑地像唱歌似的吟咏着。不过牛牛的吟咏同汪先生相比,在韵味上却有着天壤之别,牛牛也常为此好笑。

眨眼间,沿江一带的高柳由嫩黄变成了淡青,又由淡青变成了深绿,夏天挟着逐步升高的气温,从千里莺啼绿映红的江南,踏着汹涌激荡的江浪,来到了风光旖旎的北国江岸。春来依旧每天带着牛牛骑在平阔的牛背上,就像坐在小船上,颠颠簸簸、悠悠晃晃地沿着江岸沙土路去去来来,看江帆上下飞翔,赏水鸥翻覆翔集,颇为怡情悦性!他们在牛背上或盘坐,或仰卧,或趴睡,或站立,变换着各种姿势,以显示骑牛技术的娴熟。春来还曾多次尝试着学端马在牛背上翻筋斗、倒立蜻蜓,但终因自己技艺和膂力不够,未获成功。

这一轮,春来和牛牛在苏、韩二位老板家放了一年多牛,其间也遭遇了很多不愉快的事,如牛牛脊椎骨摔坏了,又掉水里呛得不轻,被人从牛背上拉下来准备带走,等等,幸亏有春来的帮带,才得以化险为夷。

六十八

时间过得就像跨过一条小小的沟坎子那样快,一转眼,牛牛跟他大、妈来条子号已经整整七年了。七年中,他们亲历了几次严重的内涝和一次破坏。像永富家这样田无半亩、地无半分,只靠大人帮人打长短工,小孩有荒拾荒,无荒拾就要饭过日子的赤贫人家,一遇饥馑之年,日子如何难过,是可以想象的。

和前几年严重内涝时一样,1948年也从春天的第三个月即季春月就开始下雨了。入夏以后,天就更像烂了似的,雨说下就下,有时十几天都不见天日。仲夏十天的雨量,比正常年间一年下的都多。江水日夜要涨一尺多到两尺,有些较低的堤坝的顶部,白天还有两尺高露在外面,一夜过来,江水就从坝顶上往圩里漫了。

因为大水,苏、韩两家的牛都已赶到江南托朋友放了,从三月初,春来和牛牛就回家了。春来仍在倪妈家生活。

雨,继续下……

永富夫妇和孩子们每天都锁着眉头,愁苦着脸,心里焦灼着,关注着江水的涨势,一听到哪处的堤坝又漫水塌方,哪处的小圩又要破了,他们就吓得心神不宁,寝食难安。

和圩心里大多数住户一样,四月中旬,永富也把堤脚边的棚屋拆了,搬到堤顶上搭了窝棚。大堤顶上,四面空旷,毫无遮拦,特别招风雨。就像为躲避鹰隼袭击而争着往老鸡翼下钻的小鸡那样,每每起大风、下大雨、电闪雷鸣时,牛牛、春来、六丫、桂兰就都急急慌慌、屏气息声地偎依到永富和倪妈怀里,而他俩也极力把孩子们紧紧搂在张大的羽翼下保护着。这时,倪妈少不了又把老天、老菩萨恶狠狠地咒骂一顿,而后又虔诚地真心实意地向他们祈祷一番。

五月中旬以后,大圩心里低洼处的住户差不多都搬上大堤顶了。从华阳小闸西上三十多里的堤段上,除永富居处的西边有一段间隔外,尽是户连户,棚挨棚。

条子号小堤上绝大多数人家都未拆搬。他们都依往年破圩时最高水位的标记,在自家宅树上建起了吊棚。陆姨大家的吊棚是永富为他搭建的。搭棚那天,春来、牛牛、桂兰都去了。他们虽出不了什么大力,但也能各派用场。吊棚搭好后,陆姨大靠上梯子,让陆姨妈上下试爬了两回,她说稳稳当当的好极了。陆姨妈还在永富和孩子们给他们加搭的简易卧铺上躺了一下,大加赞赏,诙谐地称她的卧铺就像慈禧老佛爷睡的龙床。

见陆姨大家的棚吊得好,尚麻姑也要求永富给她吊一个。麻姑家的棚吊得比陆姨大家的还要好,因为她家材料足,陆姨大家的材料先前给永富家搭棚用掉了一些。

吊好了两家的棚后,永富又带几个孩子到春来家屋前屋后转了一圈。只是转一圈而已,对朽坏部分,已经无力修缮了。春来从他家后门口移出一棵荆花树,带到大堤上的永富家的窝棚外栽了,后来终于也活了。而先前在义堂宅边栽的那棵荆花树由于大家的精心培养呵护,都已经开花了。果如义堂讲的那样,虽然大家和义堂见不着面,但来来去去看到他家门前的荆花,心里确也有一种慰藉。

终于,人们日夜担心、害怕的事发生了,六月某日子夜,条子号小圩破了。

那是一个没有风雨的夜晚,遥远的天际,几片淡青色云朵从略带缺损的月亮边缓缓飘过,星月下,条子号小圩内大片玉米禾秆及其中套种的被水浸涝的黄豆秆,散发出来的水腥气味,被夜风裹带着,漫上了大堤。约莫四更时分,春来带牛牛出棚小便。突然听到老龙潭那边锣声骤响,上下条子号沿路都响起锣声,接着是全条子号的呼叫呐喊,凡是能用来发光照明的各种灯具火把都亮起来了。静止的、摇晃的、飞绕的,星星点点,簇簇片片,整个条子号灯火通明,树影迷离,人影绰绰。

男人们的叫骂声,女人们的哭喊声,孩子们的惊叫声,器物的搬动碰撞声,土坯房屋浸水的坍塌倾覆声,各种禽畜的嘶叫声,江水内灌时巨大的轰鸣声,等等,搅扰着条子号黎明前的那段最黑暗的宁静。

牛牛紧张、害怕地拉着春来正要转身回棚告诉大、妈时,却不知他们大、妈还有桂兰姐已经站在他俩身后了。

永富一面骂着"天要灭人"的话,一面拉着春来和牛牛,紧往自己身边靠,仿佛他俩离开了自己就没了倚傍。而倪妈则又叫菩萨又叫天,希望天地菩萨保佑平安,消弭灾祸。每次有了不顺或灾祸倪妈都把这惯用的一套搬出来演绎一遍,因为它方便、廉价,而且在她看来,也最为灵验。

春来和牛牛紧紧相偎着,牛牛牢牢抱着春来右胳膊,春来则用左手不断拍着牛牛胸口。天灾面前,两个孩子就这样互相鼓励、互相慰藉着。

天亮了,除了偶尔的房屋倒塌声,腰盆、木筏上的篙、桡击水声和人语声外,其他各种纷乱杂沓声都渐渐听不见了。冲灌到内圩的水已与大江基本持平,因为没有了巨大的水位落差,也没有了巨大的水声轰鸣。只是满圩的洪水,还像一张巨大的不规则的唱盘,呈顺时针方向旋转流动,一些冲进圩内的浪花、屋草和枯枝败叶旋转、挤压而堆积在水中心,形成水面的蓬岛。

圩破了,日头出来了,朝阳映照下的条子号内圩成了名副其实的水乡泽国,往日里郁郁葱葱的农作物都淹没在水底,只有东一处西一处、地势较高而又自身高大的地头柳树,还把青绿的树冠撑在水面上,挣扎摇晃着,远远望去,宛如漂浮在湖面上的水藻与莲叶。

中午,上条子号骤起一阵紧急呼救和哭声,原来是潘奶奶划腰盆捞南瓜掉水里了,孙女潘小兰舍命去救,结果祖孙两人都没出来。

绵延两里多长的小圩堤全都被白水埋在下面,只能从一带黑影上凭想象推知状况。一些上盘仍露在水面的茅屋,就像系在树荫下的稀疏的鱼篷,而那些搭建在树干中腰的吊棚楼,远远望去,又酷似筑在树上的蜂箱或鸟巢。圩风起处,潮生浪涌,宅树摇晃,用铁丝或绳索绞绑在树干间的吊棚楼体也跟着拉扯扭动,一圩区都发出叽嘎吱呀的叫声,风不止,浪不息,叫声不歇。

圩心里那片隆出地表埋葬着死人的坟地又完全被洪水埋葬了。春来、桂兰、牛牛那些天常到棚外堤边,对着下面大致是那片坟场的白水凭吊,因为那里埋着五丫的遗骸,还有王爷爷和陈荷花叔叔。仅仅是大致的凭吊而已,他们无法判定风翻白浪下坟茔的准确位置。值得欣慰的是,那年水退后的十月,王爷爷、陈荷花叔叔以及陈荷花的父亲还有五丫的遗骸都先后被送回老家安葬了。五丫坟前遭到灭顶之灾的荆花树被水淹死了。

条子号人家养的大牲畜如牛等都在破圩前运到江南请人托养了,猪也在圩破前售与了镇上屠户,少数没来得及售出的一律被大水卷走。家禽类如鸡鸭鹅等,都关在笼里,吊于树上,逐日处理。狗既无法豢养和处理,那就只有让它们自寻生路,自生自灭了。凭着强烈的求生欲望,一些体魄健壮的狗,游过了风高浪激的内圩水面,抖着满身水渍爬上了桐马大堤。那些求生欲望虽强烈、但体能较弱的狗,则有的没游完一半航程就沉到水底,有的虽快抵岸边了,但终因体力不支,无法完成最后一段路,也同样不可避免地呛溺而死。那些爬上堤顶的狗,虽然幸运地得了生路,但都成了名副其实的丧家之犬,它们在堤顶上这儿坐坐,那儿趴趴,大多背北面南,朝条子号凄然地望着,有的像哭一样悲哀地叫着,呼唤着它的主人。

那些被呛溺而死的狗,其尸体最后也都浮上来了。它们有的被风浪推到大堤边,抛尸圩野,有的则漂回条子号,还尸故土。开始,岸上的活狗望着水里的死狗,还流露出一种同类的悲悯,但饿到了极点后,也顾不上什么斯文,即使是同类遗骸,也睁着眼睛大口撕食了。

那时正是三伏天,加之居住条件特别恶劣,且又毫无卫生防疫保障,差不多每隔两三天,或是条子号吊棚楼里或是桐马大堤上就有灾民发生不幸。只要有人发生不幸了,就被运到永富家西头那人户空缺的地段来。有棺木的就在地上撒点石灰,尸体放上面,但更多的是裹一床被单或上下放一张芦席,尸体置于其中了事。更有甚者只是上下几把蒿草搭盖着。尸体不到两天就开始腐烂了,前来争食的不仅有条子号游过来的流浪狗,还有饥鼠、饿雀、蛀蝇、蛆虫等,一具尸体往往不用两天,就被啃得干干净净。

那时,凡是经过那路段的行人,老远就捂住鼻子,紧闭嘴巴,憋足气起步快跑了。

永富一家人被腐尸的臭气熏冲得几乎无法生活。

不知是条子号破圩的第几天傍晚,大堤顶上的棚户们又被急促的锣声惊动了,原来桐马大堤上去九十里的西段又被江水冲破了,据说那里的决口有几十丈宽,四五丈高的水头喷射着,翻卷着,以排山倒海之势,轰轰隆隆地向大圩内倒压过来,决口处的人们据说是无一幸免地被突如其来的洪水冲走。离决口远的,但又来不及往大堤上跑的人们,有的爬上屋顶,有的爬上了高树(有些爬上树的人又被毒蛇咬死),有的坐在柴草垛上或大型木制家具上,借由洪水漂浮起来,等待救援。

大圩区域面积大,一夜过去,但水还没淹到小牧场。次日早上,春来和牛牛怀着既恐惧又好奇的心情,同所有棚户里的人一样,都站在大堤顶朝北圩里望着,但并未见西边有洪水下来。有些人还产生了是否是讹传的怀疑。

"呵呀,水来了,水来了!"不经意间,牛牛忽然大声叫起来,春来、桂兰、六丫,还有他们的大、妈都出来了。大堤顶上朝北一线都站满了人。只见那从西边涌下来的洪水,喷着雪一样的白浪,以超出地面数尺的高度,以大致如人慢跑的速度,在约一华里宽的小牧场上,顺着西高东低的地势,向着同一方向喷涌。不知不觉间,大堤脚下原是互不相连的方塘、沟汊、渠坝就连成一片了,露出水面的连片的秸秆、小块的芦苇、矮树不见了。再往后,连疏疏朗朗、脊顶露出水面的茅屋也消失了。才到中午,整个大圩就成了一片汪洋大海。那些早在几百年,甚至上千年前,就被土著占据的古老村落,如上、下毛家墩等处的高地,都成了汪洋大海中互不相连的座座孤岛。

下午,一些被淹死的禽畜,混着人的尸体,从西边陆续漂移下来,触目惊心,惨不忍睹！

直到傍晚，内外圩两边的水面才相对持平。迤逦趴卧水面呈东西走向的桐马大堤，仿若上不见头，下不见尾，横卧在天穹之下、水面之上的硕大巨龙，巨龙用它自己的身体，将广阔的水域分隔成两半。入夜，堤顶各棚户门上吊挂的马灯、手电筒、汽油灯明明灭灭，闪闪烁烁，仿佛是巨龙身上的鳞甲放射的辉光。

在望江山里帮毛习普老表磨麦粉做挂面的端马，听说濒江大小圩都相继破了，而且隔三岔五有溺死人、毒蛇咬死人的坏消息传到他耳朵里。端马更加心神不定了，他极为担心大、妈、弟、妹以及春来的安全。焦躁不安的端马，终于搭着毛习普往城里买菜的腰盆，回到了毛家墩。

毛习普知道端马调皮，花花肠子多，但他更知道端马勤快、能干，做事干净利索，不用人督促操心，想留下他，进进出出为自己做些事，因此有意不用腰盆送他回大堤上。但端马非常想知道家里情况，他心急如焚，归心似箭，一刻也待不住了。

从望江转到毛家的第三天早上，端马把随身带的两件破褂裤都穿上，借上茅厕之机，独自到毛家后门外临水处，甩掉脚上破鞋，扑通跳入水中。端马决心游泳回家了。

从毛家墩到桐马大堤边，直线距离大概两华里，游过这点水路，对端马来说不过是小菜一碟，端马时而仰泳，时而蛙泳，时而蝶泳，时而踩水。十几分钟后，他就游出了毛家大园，刚到小牧场边缘，他突然左腿一阵痉挛，疼痛得直往后蜷缩，没法游了。一下子失去了动力的身体，竟不由自主地直往下坠沉，情况万分危急。幸运的是，恰好近边有棵钵盂粗的大桐花树，他拼力猛蹬几下，一把抱住了树干。由于用力过猛，摇动了树身，两条大赤练蛇，从树上被抖落下来，不偏不倚地落到端马头上，一条蛇头搭在端马肩上，端马一口咬住蛇头，任凭那红红火火的几尺长的蛇身滚翻扭打，端马不仅不松口，而且一横心，咔嚓咬断了蛇头。

也是求生心切，另一条从端马后背滑到水里的蛇，又竖起身子，嗖地一下，越过端马头顶，一蹿蹿到树上，爬到离水面一丈余处的树干上后，又转过身来，将尾巴缠住树杈，向下吊着头，畏畏缩缩地盯着端马。端马盘起那条被咬死的蛇,就要朝那盯着他的蛇狠狠砸去,哎呀,他本能地一松手,准备砸出去的蛇掉到水里了。

原来那满树枝杈上栖息着的,不光有好多条大赤练蛇,还有水龙蛇、乌梢蛇、土公蛇(蝮蛇),还有大麻花蛇、大菜花蛇等,不光有名号繁多的蛇,还有老鼠、青蛙、癞蛤蟆,不光有蛙鼠之类,树冠上还栖着云雀、猫头鹰、麻雀、水鸡、野雉等鸟类,一棵兀立在水中的树,杂栖着长翅飞的,长脚跑的,地上爬的,水中游的,简直是动物的世界了!更令人匪夷所思的是,这些动物们,平时可能都是水火不相容的冤家宿敌,而这会儿却能同栖一树,互不侵犯,相安无事。看来,灾难改变了动物之间的相互仇视、相互杀戮吞噬的本性。此时,端马显得很是懊悔,他不该贸然杀死那条避难求生的大赤练蛇。端马暗自忏悔着:童子无知,大蛇见谅!

端马无可奈何地摇摇头,交换着甩了甩胳膊,蹬了蹬腿,他觉得痉挛已经消失,于是继续向大堤那边游去,游过一小段后,突然听到左侧扑棱棱几声水响,他以为是鱼跃出水面摔打的声音,扭头一看,是两只大花翅膀野鸡,而且距离自己仅有十几步之遥,该不该逮住它们呢?因有杀蛇的忏悔在先了,端马脑子里小斗争了一下,最后他给自己解套说:"逮住它们吧,说不定就是老天爷送给我带回家给大、妈、弟妹们的礼物呢!"端马朝野鸡游去。

那两只野鸡见端马接近身边,翅膀扇动拍打着,激起点点水花,可无论怎么拼命挣扎,就是飞不起来,仿佛脚下坠了大石头。端马解下系腰的绳子,将野鸡牢牢拴好,绑在了背上。端马又自我解嘲道:"这人哪,什么时候都能找出好理由来替自己说话!"

可是游到离大堤大约还有两百米处,端马的两腿又痉挛了,蜷曲着不能动,他虽然紧张至极,但人趴在水面上,身体却没有要往下掉沉的感觉。是背上大野鸡的浮力使他沉不下去,果然是老天不让他死呢!

下沉是不会了,但其时风向突变,由原来的西北风改作了东南风,端马被吹得离大堤越来越远了。正在这时,来水边钓鱼的春来和牛牛,见端马在远处水面上向他们大喊,惊骇至极!

春来立即丢下鱼竿跳到水里,像鸭子一般,飞速向端马扑去,刚贴身边,春来便不管三七二十一,咬住端马的腰带,拽着端马向岸边游去。此时,他们的大大、妈妈,以及刚回来的带儿,都带着救人的长竿、抛索,在岸边等候着了。

大家刚上堤顶,陆姨大正好从南边的堤坡上来。陆姨大除了给永富送来了两袋粗粮,还顺带着跟永富讲两件事,一是破圩后没柴烧锅,让端马和条子号到江南放牛的人一道,去江南砍几天柴;二是十几天后,尹氏本家声玉要到宿松帮人割早稻,届时让他带端马去糊糊嘴,桂兰、春来、牛牛也可跟他们去要饭。这两件事,永富夫妇都乐见其成。不过在这两件事没做之前,孩子们还得临时找事做,在家赋闲不得的。

陆姨大临走时,倪妈拎一只大野鸡送给了他,陆姨大欢喜不已,他说破圩后这些天,自己就是用两根毛竹笋子喝点小酒,把他们夫妇苦得滴清水。

另一只野鸡让带儿拎回去给王嬷嬷炖汤了。

六十九

端马和条子号那帮人一道去了江南砍柴,春来和牛牛也跟着一起去了。来回他们只花了四整天时间,第五天傍晚,端马就带春来和牛牛,跟着条子号的顺风船回来了。因为端马砍柴遭遇大野猪了,回来是为了安全考虑。

第五天下午在江南,春来带牛牛去讨饭还没回来,端马等他们不及,就一个人上山砍柴了。他在一处土坎下砍着砍着,好像听到猪哼声,便停下刀听听,确实是猪哼。端马把柴刀插到腰里,抱起靠在树边的矛担①,慢慢向发出哼声的陡坎前走去。端马刚要拔刀细看,冷不防呼啦一下,一个大家伙从柴堆里往前一蹿,直向端马冲撞过来。

"野猪!"端马惊叫着,还未来得及用矛担向它刺去,就被那家伙撞倒在地上了。端马正要爬起,冲到身边的野猪对准端马腰部,一嘴巴把他拱起来,抛向

---

① 矛担,两头包着铁矛的扁担。

空中。端马抱着矛担,蹬着两腿,嚷嚷着,像一段木头,在空中连打了好几个转,仰着落下来。端马想,完了,死定了!生死关头,他仍祈祷着:春来和牛牛千万别赶在这时上山!

落下后,端马又听到野猪哼哼着向他冲来了。"好的,"他自言自语着,"与其躺着等野猪来咬死,不如起来跟它拼了,跟它拼,或者还可以死里求生。"他摸摸怀里的矛担,睁开眼睛,倏地往起一坐,顿时身体晃动起来。咦,这是在哪?他环顾一下,摸摸屁股,又晃一阵,整个身子好像是在一张大网上。他再次摸摸看看,啊,他晓得了,他是落在树林间纵横交织的网状的藤蔓上!好啊,端马兴奋得又在藤蔓大网上摇几下,站起来走几下,这些编织成网状的吊床般的藤蔓,像钢绳铁索,根根粗壮结实,牢不可破,是端马的救命藤蔓!藤蔓床距地一丈多高,野猪任是怎么蹦跳,也别想伤着床上的人,而上面的端马,趴在床沿上,伸伸胳膊,则可以用矛担戳打野猪,好极了!

吊床底下,野猪在跑动蹦跳着,嚎叫着,四脚把地面扒得乱七八糟,端马毫不理它。端马说:"你闹吧,无劲少闹,有劲多闹,你尹大爷我可要躺着睡会儿了,这上面可是高枕无忧的呢!"

端马双手枕着后脑勺,放平身子,眯着眼养会儿神,又坐了起来,藤蔓床摇晃了几下。端马见野猪就趴在床底下,四脚趴地,眼睛直溜溜朝藤床上瞅着,似乎又想休息,又怕端马跑了,总之是对端马十二分的不放心。端马哪儿肯让它如此闲着的同时还对自己无端猜忌,连着叫嚷几声,野猪果然被挑动起来,蹦跳嚎叫了。见野猪闹得起劲,端马又仰身躺下。几轮过后,端马只是躺在藤床上,击击掌,呵斥呵斥,拾起落在床上的枯枝朝野猪身上砸几下,人连坐都不用坐起来,就能招惹野猪,激怒野猪,让它转得更快,跳得更高,闹得更凶,达到消耗野猪、累死野猪的目的。

野猪似乎把端马的意图看破了,后来不管端马怎样刺激它,它都像乖孙子似的趴在地上不理端马了。

"好吧,"端马说,"看你理不理,大爷我给你点痛的受受。"端马趴在藤蔓床上,头伏在边缘,双手握紧矛担,猛地朝猪头上刺去,果然那家伙纵身爬起,一阵发疯似的冲撞嚎叫后,居然并着两只粗壮短小的后腿,把笨重异常又肥胖无比的身躯竖着举了起来,曲着两只前蹄,张大着狼狗般的大嘴巴,向藤蔓床上的端马歇斯底里地隔空大叫着,那势头欲把端马撕碎了一口吞下而后快。而以四两撬动千金的端马却一点儿也不激愤和暴躁,只在野猪稍有疲惫懈息时,就用矛担朝下晃一下,捣一下,把稍冷下来的气氛再次升温加热,让野猪一刻不得消停。一切主动权都在端马手上,而野猪却拿端马毫无办法。

但是随着时间的流逝,端马深感优势不会永远在他这边,如果自己和野猪这样耗着不采取主动尽快脱身,挨到入夜,树林中各种毒蛇野兽都出来了,到时十个端马都不够给它们撕咬当夜餐的。再说,春来和牛牛很可能就要来了,碰上野猪怎么办?对哟,十万火急,决不能和这位"相扑冠军"这样无谓地相持下去!端马坐起来,甩甩两臂,运运气力,移到床沿,谨慎地把着矛担,在野猪头颅左右碰打掏撩,让它够得着又咬不住,弃之不甘,逮之又不可,野猪撑到左,矛担就转到右;它撑到右,矛担就转到左,那家伙累得爬起来又趴下去,趴下去又爬起来,鼻子里直喘粗气,肚子一瘪一鼓的,像铁匠铺里的拉风箱。

端马见火候已到,坐到床边,双手把着矛担,那家伙见端马悬垂在床边的两腿直踢打,哼两声,把前蹄往上一竖,张嘴就要咬端马脚。端马就势把矛担头往野猪张大的嘴里一插,随即像撑竿跳运动员那样,抱着矛担上头,双腿往上一甩,头朝下,脚朝上,把身体倒竖起来,借着自身的惯性和气力,把矛担直戳到野猪肚里,就这样,肥胖的大野猪,顷刻之间,连叫也没叫一声,就当场毙命了。

跳下藤蔓床的端马迅速拔出矛担,匆匆离开了现场,刚转身走几步,春来和牛牛就找来了。

春来两个见端马脸上、腰上、手上都是血,矛担头上也血淋淋的,不禁大惊失色。端马把杀死野猪的经过跟他俩讲了。

春来关切地问:"大哥,你腰还痛吗?"端马说当时拱的时候一点儿也没有感觉,现在像是有点酸酸的,还说不要紧,只是拱破点儿皮,要是被咬一口,可就禁不住了。端马说:"弟弟,我们明天回去,这儿太危险!"

牛牛很觉可惜似的说:"大哥,我们要是来早些就好了,让你一人受惊吓。"

端马说:"幸亏你俩没早来,要是早来,还不定是什么结果呢!"

那天傍晚,端马三个就搭条子号的顺风船回去了。

端马几个刚刚到家,碰巧陆姨大也在棚里。端马向陆姨大说了回来的原因,陆姨大讲回来就好。

　　当时小叫花一帮伙伴也在永富家的棚前,商议去望江要饭的事。端马就要带春来几个去,但陆姨大要端马去他家,因为他和陆姨妈两个人的脚都染了水毒,上下楼梯都困难,他让端马去照顾他们一些天。

　　最后桂兰、牛牛和春来去望江了。

　　第二天临上腰盆,端马叮嘱他们十天左右就要回来,再跟声玉叔同到宿松去。春来说他们记得,叫端马不用担心。

　　到了望江山里,春来三个同小叫花他们当天中午就走散了。春来三个随便讨了点儿吃的,就在一户老农家的屋檐下歇下了,晚上也就宿在了那儿,接连几天,就在那庄子周边乞讨。

　　那山里虽说村庄很多,田野里也呈现出一片禾黍丰盈的景象,但肯施舍两口给讨饭吃的并不多。讨了两天,春来三个连半饱也没吃上。

　　牛牛膝盖跌破了,一坐下来,就得抓灰土往创口上撒,不然伤口就腥臭的,招苍蝇和牛虻。

　　中午,才讨了几家,牛牛突然感到发冷,全身都抖了,牙齿叩得直崩响,嘴唇紫黑紫黑的,像乌桑果子一样。接着就发烧,烧得脸红扑扑的,像涂了胭脂,还打摆子了。

　　春来让桂兰继续讨饭,自己背牛牛回屋檐下。但桂兰不同意,他俩轮着把牛牛背了回去。牛牛刚被放下,就靠在檐壁边迷迷糊糊睡了。春来和桂兰把牛牛护在中间,不一会儿,他俩也睡着了。

　　一条像老虎一样壮硕的大花狗,正伸着肥厚的大舌头,舔着从牛牛膝盖创口上淌出来的腥臭的黄水。可能是那一下舔重了,舔痛了,牛牛迷糊地"哎哟"一声,春来和桂兰同时惊醒了。

　　这时过来一位老伯伯(屋子的主人),把狗赶走了。老伯伯用脚移过屋拐角的小板凳,在春来他们面前坐下。老伯伯摇头叹息说:"伢子们,作孽啊,讨不饱吧?"

桂兰点点头,春来指着自己像马勺一样的瘪肚子,没有任何表情地望着老伯伯。

那老伯伯六十开外的年纪,两眼深陷,粗细不一的皱纹像一张布在脸上的大网,好像只要拎拎鼻尖上的那根网纲,再稍稍抖动一下,大网马上就可以收拢起来,挂到篙子上晾晒了。

老伯伯向屋里叫着:"五福他妈,你把锅里的盛些来,这有几个伢子饿。"

老奶奶端来一瓢煮熟的菱角。

牛牛高烧已经退了,但他软瘫瘫的,连剥菱角的劲也没有。春来和桂兰把菱角米剥出来往他嘴里塞。

那几天,三人都住在那老伯伯家的屋檐下,早中两餐,春来和桂兰各拿碗筷出去讨,牛牛就在那屋檐下躺着,顺便看着破箩、破衣什么的,春来两个讨着带回来给他吃。

牛牛的病是被那老伯伯用青蒿子汁水给治好的。

第五天头上,三人谢了老伯伯,向北边的村庄讨饭去了,住在一个大庄子中心的祠堂走廊上。那大庄子没有杂姓,全姓马,由一位族长管辖。庄子虽大,但没什么兴旺气象。

中午,春来三个讨到庄后一座大院子里。大院东西两侧的石墩上各架着一长块光洁如玉的石条,左侧石条上挨个摆晒着式样各异的皮鞋,右侧石条上依次摆着皮箱,皮箱的盖一律向着太阳打开着,箱内全是绫罗绸缎制作的各式成衣。锃亮的皮鞋与绸缎衣裳在阳光映照下,闪着炫目的光彩,散发着带有樟脑丸气味的芬芳。望着那些锃亮的皮鞋和华美的衣裳,再看看自己磨得像猪皮牛皮样的小赤脚,破得连屁股都兜不住的烂裤衩,牛牛叹息不已。

春来附上牛牛耳朵说:"羡慕吧?去给他家做儿子算了。"牛牛也附在春来耳朵边说:"亏你还常常教我贫贱不移呢。"没想到牛牛的鄙薄神情倒换取了春来在他脸上褒奖似的一吻。

正在春来和牛牛相互逗乐时,桂兰用胳膊拐了春来一把,并用嘴向那人家的堂心噘噘。原来那家正准备开饭了。堂心的正桌四边,有序地围着一家人。桌上首坐着一双老年男女,估计是这家长辈。左右两边和下首分别是二老头、三老头,以及他们的女人。

那上首的老老头,头上只有花斑斑的几小撮毛,直撅撅地朝天竖着。后来才晓得,外面一般人在背后都叫他花大爷。二老头是个扯花眼,望人老是眼白吊上去,再吊上去,而且抻得老长的上嘴唇把缩在后面的下唇盖得严严的,不蹲下看,还以为他只有一片上唇呢。这种奇特的嘴巴与他上阔下窄的脸形相搭配,长相简直跟狗獾子没有区别。三老头一脸的大黑麻子。望着他那黑黢黢、皱巴巴的脸,春来用棍子戳一下牛牛,牛牛也会意地笑笑,意思是乌龟莫笑鳖,都在泥里歇;鳖不笑乌龟,都在泥中偎,他俩彼此彼此。那二老头、三老头都是老老头的公子。

女眷们的穿戴都是珠光宝气的,个个脸上都浓妆艳抹着,有两位老些的妇人稍微一笑,鱼尾纹里的脂粉就被挤得纷纷扬扬地往下飘落。一大家子都是大人,一个孩子都没有。

那天中午,他们家吃的是白糖调拌烀豌豆。他们每个人面前都摆着一个金边小瓷碗、一个白色小碟子,碟子里放着很精致的小调羹儿,碟边还有个打湿的折叠得方方正正的小白餐巾,那是供吃完揩嘴擦手用的。

经过消毒的餐具都摆好后,女佣把烀好的豌豆、拆包的白糖分装到精美的器皿里,用栗褐色的圆盘托上来,平放在桌上,然后按尊卑年齿顺序,往每个人的金边小瓷碗里盛豆子,挑白糖,调匀了,递到各个主人手边,主人亦按年齿顺序启动调羹。

除三个老头吃得草包相外,女眷们只用匙尖儿一次挑一丁点儿往嘴边送。往嘴里抿吃时,那两片抹着口红的小嘴唇只开一丝丝小缝,牙齿不外露一毫毫。别说餐具的精美、食物的精致了,就是这种高贵文雅的吃法,差不多就要把人馋死了。望着牛牛不住咂嘴的饿猫相,春来抿嘴偷笑。

老老头吃几口后,就把碗推到一边,拿起小方巾揩嘴巴,揩眼屎,揩了眼屎后,又拿下来揩嘴巴,好像做事没有什么顺序。

突然,老老头像哥伦布发现了新大陆似的,霍地往起一站,疾步到门边,弓下腰,凑近春来和牛牛的脸,细细端详后,不禁赞叹着:"啊哟,真是好样的!"他接着摸摸他俩的头,用亲切而试探的语气说:"你俩愿留下来做我的孙子吗?"

春来和牛牛相互望望,扑哧一笑。

桂兰见状,知道犯不着往下站了,可刚要走,老老头把五指一揸,说:"慢,我这院子里从来不许叫花子进来的,我也从来不喜欢给叫花子吃的,今儿破例了!"他让女佣把他吃剩的端过来,给春来和牛牛分了。

俗话说,拿人家的手短,吃人家的嘴软。老老头以为给了点吃的(其实春来和牛牛还没吃),春来和牛牛一准会满口答应留下来给他做孙子了,谁知再一问,两人头摇得像拨浪鼓。

春来戏弄说:"小惠未遍,民弗从也!"

老老头一怔,他根本想不到小叫花还会引用《曹刿论战》中的名句!他退回到座位,但想想又上前来问春来和牛牛家住何所,姓甚名谁。春来郑重地回答了前一个问题,老老头沉吟片刻,回望桌边的人,说:"难怪侄女儿尚麻姑,说她那儿的小男孩个个都长得像牡丹花一样鲜艳可爱,敢情条子号那一带水土养人哪!"老老头又摸摸牛牛的头,说,"麻姑要给我买的那个叫牛牛的小男伢要是像这小孩该多好!"

妈耶,听老老头如是说,春来几个吓出一身冷汗,牛牛也顿时变了脸色。老老头一把抓住牛牛,问他认不认得尚麻姑,问牛牛叫什么名字。牛牛正要回答,春来唯恐牛牛实话实讲,立即把他拽过一边,自己上前代答说:"我们不认得什么尚麻姑。"但牛牛又抢上来说他姓李(你),叫李(你)滚开。老老头笑了,说:"呃、呃、呃呃,叫这么个名字,有意思。"

春来生怕露出什么破绽,让老老头认出面前的牛牛就是麻姑做中介,卖给他家的孩子,便速速拽着桂兰、牛牛走出院门,循着迷宫一般的巷子,转出庄外,跑到一口清水塘边方才站定。

从惴惴不安的状态中恢复过来的春来三个,正要议论什么,却听到庄口有人喊:"喂,三个讨饭伢听了,下次讨饭一定要来我家。我姓马,人叫我父亲花大爷,其实那是外号,他的正号叫马善公,家谱上的号,你们别忘了!"

春来三个离开马庄,在一座大土岗上坐下来,土岗下面有条子号内圩那样大的一块圩地。稍歇一会儿,三人又向圩地走去。圩地中间有一条可以并推三乘独轮车的土路,土路两边是齐刷刷的玉米禾秆,禾秆下是齐颈子(至少对春来三个是这样)深的黄豆秆,重重遮蔽,密不透风,进去还没走一小截路,三人身上汗湿得就像从水里捞起来的一般。

不少病弱的,以及受不住暑热和饥饿双重煎熬的老人与孩子坐在路边,借玉米禾秆遮阴歇息,他们深陷的双眼,猴眼般地望着打从面前经过前去行乞的人。望着他们病苦无助、奄奄一息的惨状,春来三个虽无限怜悯,但除了经过时向他们靠近点,或停下向他们摇摇头,叹息几声,表达些同情之意外,却无法向他们伸出援手。

有个侧身卧着的老大爷,见春来三个要打他前面过,吃力地伸出几个指头,艰难地动了动,三人上前去,在他面前蹲下。从他极其微弱的吐字声中听出来,他是要把箩和箩里的碗筷送给春来他们。春来他们要扶他起来,搀他走,可是老人只蹬了一下脚,就咽气了。依据老人遗嘱,春来他们收了老人的箩和碗筷,同时,拔了些蒿草盖在老人遗体上。由一大群蚂蚁从老人耳朵里进进出出的情况来看,老人倒在这里不能动已经有些天了。

才向前走一小截路,老人死去的惨状还在春来几个眼前晃动,前面沟坎边又有一人向他们招手喊叫了。走近才看清,那是一个只有六七岁的小男孩,他趴在沟边,一面用棍子往地上打,一面拼力喊着哥哥、姐姐救他的话。小男孩骨瘦如柴,一根根肋骨隆起老高,身上除了穿一条小破裤衩外什么也没有。

春来、桂兰、牛牛蹲了下去,但摸摸他,摇了摇头,叹息几声,爱莫能助地离开了。

小男孩哭得更厉害,求救声更急切凄惨,春来三个又停下回头朝男孩望望。这时,有几个乞丐从春来他们身边擦过,说:"伢子们,走吧,我们是泥菩萨过河——自身难保,怎能救人?走吧,别把自己拖累了。"

但是,在一种无法言表的情感驱动下,春来三个还是折回去,来到小男孩身边。小男孩又伤心又激动,他抓住春来他们的手,一声声地求哥哥、姐姐救他,他要饿死了。

春来说:"别哭,这不是来救你了吗?"

桂兰说:"快别哭,别讲话,哭、讲话都消耗力气。"

牛牛把小男孩要掉下的裤衩往上拉拉,小男孩肚子饿得像瘪皂角,根本挂不住裤衩,再拉都是白搭。

三人合力把小男孩扶起来,可他脚刚着地得劲,就又痛得往下一坠,豆大的汗珠从小男孩额上往下滚。

小男孩望着春来、桂兰和牛牛,无可奈何地说:"姐姐、哥哥,我走不了了,你们走吧。"小男孩再次伤心大哭。

原来小男孩两只脚的脚板心都破了、烂了,血糊糊的,他怎能下地走路?

七十

春来、桂兰把小男孩背出了那片圩区,背上了东北边的大堤。牛牛也试着背过一回,但因膝盖未好,负重走路痛得受不住,所以其后几天,仍然是春来和桂兰轮着背他,讨到哪背到哪,一步不离。

牛牛像跟在春来和桂兰身边的一条小狗,他一会儿朝前跑去,回头望见春来他们还在后头,就又跑回来,望望小男孩,摸摸他滴着血的脚,问问他痛不痛。一会儿又落在后面,这儿钻钻,那儿站站,看着落得太远,春来和桂兰又少不得叫几声,招呼他快点赶上。有时候,牛牛又像狗一样,撑着双手趴在岸沿上把头伸到河里喝水,每每这时,春来或桂兰见了,都要跑过去,搡他几下,捉腿往后一拖。而牛牛又总是哭丧着脸,说肚子饿得发慌,喝点水凉凉。这时桂兰或春来就鼓励说,熬熬吧,前面有人家了,或许能讨口吃的。牛牛却看不见前面有人家。他俩显然就是用春来常讲的望梅止渴的老法儿骗牛牛。

那天中午,他们把小男孩背上圩堤,往沿堤人家讨饭时,绝大多数人家都吃过了。不过人家见是几个瘦得皮包骨头的孩子,尤其对脚上滴血的小男孩,都特别同情,把盛到碗中的剩食端出来分给他们吃。

那几天,凡是人家给的饭食,都首先让小男孩吃,小男孩饱了,再给牛牛,最后才是桂兰和春来的。牛牛懂事了,头几回把桂兰和春来省给他的吃了,但之后,除了人家给他的他吃下了,春来和桂兰省的他怎么也不吃。

讨过饭后,他们就在大堤树荫下休息,晚上也在树底下歇。大堤右边有一条很宽的河,湍急的几乎跟堤齐平的河水不知从哪儿淌来,也不知要流到哪儿去。大堤绵延一里多长的路段的树荫下,全是叫花子,他们中有老人,有孩子,也有青壮年,个个都囚首垢面,羸弱不堪。牛牛妈常讲"叫花子下摊"的话,到这儿见到这样的惨景,牛牛对那五个字所包含的意思才有了真正的理解。

那天傍晚,有个衣衫褴褛的寡妇到堤边舀水,给她饿得吵闹不止的五六岁的孩子喝,水未舀回来,寡妇自己因饿得头发晕栽到河里,被水卷走了,留下的那孩子,望着河水哭叫着要妈妈……不知那孩子有没有被人收养。很长时间,春来他们都忘不了那孩子的哭声。

春来他们一坐下来,牛牛就不忘抓地上的土,捻成粉末,撒在男孩脚板淌着脓血的创口上。尽管这样,腥臭气味还是容易招苍蝇。但两天后,一则不用下地走路受力,二则肚子基本吃饱了,小男孩的脚比第一天见到时好多了。小男孩并没有病,之前他说他要死了,完全是因为脚害得他不能走路,不能讨饭,饿得受不了。

小男孩身体和精神状况已经恢复得很好了。那是春来几个把小男孩带出来的第四天傍晚,他突然对春来和桂兰说:"姐、哥,你们能背我去条子号吗?"

春来问:"你要去条子号?"

"是的,"小男孩说,"我去找亲戚,他们叫永富和倪妈。"

"永富和倪妈跟你们家是亲戚?"春来三个惊讶得几乎是异口同声地问。

小男孩说:"是的,我还有个小哥叫牛牛,姐叫桂兰,我没见过他们,他们也没见过我。"

牛牛惊得往上一站,问:"你小哥叫牛牛?他姓什么?"

男孩说小哥哥姓什么他忘了,但他会想起来的。他说他家原来也住在条子号对面的大圩里,他大死后,他妈就把他们一家带回老家了。

春来又问男孩大是怎么死的,男孩含泪,说他大在大湖里挖藕时被倒下的藕塘泥垛子埋进泥里了。

桂兰问:"你姓陈?"

男孩说:"是的,我大大绰号叫陈三斤,大名叫陈荷花。"

"你大叫陈荷花?"春来三个又瞪大眼睛抓住男孩手同时问。

"是的。"小男孩说,"我大尸体在湖里埋了好几年都找不到,去年腊月被我那端马大哥、牛牛小哥,还有个叫……"

"叫赵春来的……"春来抢着没说完,小男孩又接上说:"是的,叫春来哥哥,他们三人挖藕,把我大大尸体从泥巴里挖出来了。"

春来三个拉着男孩手问他号,男孩说:"哥、姐,我叫陈丑儿!你们是……"

牛牛抢着说:"我就是你讲的那个小哥,叫牛牛,我到你家去过几次,虽然见过你,但你戴着马虎帽,看不清脸。当时你妈讲你是惯养的,四岁前不见生人。"

丑儿说:"我那时太小,不记得了。"丑儿又转望春来。

春来说:"我就是你讲的那个春来哥哥。"

丑儿连忙抓住春来和牛牛手,叫他俩哥哥,接着又捉住桂兰手问:"姐,你是桂兰姐吧?"桂兰点点头。

丑儿激动得两手直颤,两片嘴唇直哆嗦,说:"姐、二哥、小哥,我可找到你们了,找到永富伯伯和倪妈了!"丑儿哭了,他哭得好伤心。春来三个又激动又悲哀。

从丑儿断断续续的叙述中,春来三个才知道了丑儿的遭遇:

丑儿的伯父死了。

去年腊月,丑儿妈来祭荷花坟,因过于伤痛,路上又受了风寒,回家后一病不起,也于今年五月离开了人世。他妈病危期间,正好有个先于荷花迁到华阳落户的同乡人回家探亲,顺道去看丑儿妈。丑儿妈知道自己不行了,就把丑儿托付给了他,请他把丑儿带到华阳来,帮他找到永富夫妇。谁知刚到华阳郊区,不知怎的,丑儿与那人就走散了。丑儿想独自去找永富夫妇,但由于人小,又到处大水漫天的,辨不清方向,开始了流浪生活,到处瞎闯瞎蹋的,脚中了热毒,开始发痒,起水泡,水泡破了就溃烂。起初他还坚持着乞讨,但后来丑儿就只能用膝盖跪着在地上爬,以致膝盖破了,手心也破了,连爬都不行了。最后他就成了春来三个看到时那个濒临死亡的样子。

听到丑儿悲惨的遭遇,春来他们又一次把丑儿拥在中间,抚慰着。突然,桂兰松开手问春来,他们出门几天了?

春来略想一下,说:"姐,两头算,是第八天!"牛牛着急地说:"姐、春来,我们该带丑儿回家了,别让大哥把我们丢下,不带我们去宿松吧!"春来和桂兰打定回去的主意了。

春来几个好不容易轮流把丑儿背到了华阳,背过了华阳小闸。刚到王义堂家下几户时,就见牛牛家着火了,后来知道是厝尸区人烧纸钱引起的。当时正是西南风,那火苗像许多魔鬼的大舌头,一条条从棚顶上伸吐出来,翻卷着,抖动着向东南舔舐过来,席卷着下首毗邻的草棚,一转眼,下首几家棚户都着火了,接着上百家的棚户都被火引着了,长长的堤段上,简直就像孙刘联军在赤壁江岸火烧曹营一般。

幸亏王义堂屋上首的十多户人家顾全大局,在火头到达前提早把草棚拆了,截断了火路,要不然,棚连到哪,火就要烧到哪。

牛牛几个赶到家时,草棚早已烧光,家里已经成了一片焦土。因火势来得快,去得也快,除棚里破衣被和陆姨大送的粮烧焦了外,锅碗都还在。当牛牛大、妈以及大哥端马赶到家时,春来三个已经把一些残存的东西归类收拾好了,连地上的草灰都已经打扫干净了。

端马见杂物堆上坐着丑儿,便指着他问春来是哪家小孩,这时,牛牛才突然想起来介绍。

倪妈一把抱过丑儿,站到永富面前,端详了一会儿,两人同时摇头叹息。永富说:"伢子,短短几年没见,怎么瘦得我们一点儿也不认得呀!"其实永富夫妇也就是那年送丑儿回枞阳见过他,以前丑儿都戴着马虎帽不露头脸。

没等永富问,春来便把丑儿的遭遇向他们略述了一遍。倪妈十分怜悯,她庆幸地说:"伢子啊,也该你命大造化大,不是春来和你桂兰姐把你带回来,你到哪儿找我们,我们到哪儿去遇你啊!唉,伢子,想必人生的机缘巧合都是前生注定的呢!"

永富从倪妈怀里抱过丑儿,想起丑儿爷爷死前跟他讲的话,便用他干裂的嘴唇在丑儿积满尘垢的脸蛋上苦涩地亲一口,说:"丑儿,伢子,从今儿起,你就是我多养的一个儿!"永富指着家里成员,给丑儿一一介绍(其实不用介绍,丑儿已经知道了)。每介绍一个,丑儿就非常懂事地按永富说的称谓叫一声。当天下午,倪妈烧开水给孩子们洗了澡,倪妈亲自给丑儿搓洗。

在倪妈给丑儿洗澡时,陆姨大托明发大送来一顶帐篷。

丑儿的脚虽比那几天好多了,但还没有完全好,吃喝拉撒都由永富夫妇和孩子们服侍照料,他们不要丑儿下地,以免受力疼痛。六丫生怕在照料丑儿这方面被哥哥姐姐比下去了,就每天抢着给丑儿倒洗便盆。

知道永富家遭了火灾,族叔声玉当天下午就赶来了。他带来几件大人和孩子穿的旧衣,还有几升玉米粉和小麦粉。临走时又再三叮嘱端马几个,三天之内都不要外出,他要带他们去宿松。

端马、春来等要到宿松去的前一天上午,小沙弥来了。破圩后,小沙弥时时担心着永富一家人的安全,可就是找不到机会来看望。二师伯见沙弥对永富一家人思念太甚,今儿就用腰盆把沙弥专程送来了。知道二师伯还在腰盆里等着,并且不能停留过长,要回去做佛事,倪妈立马切入上次没讲完的话题,问小沙弥避邪袋里那半边玉石锁的事,小沙弥深深叹惋地说他那半块玉石锁丢了。

"丢了?"倪妈眼睛睁得老大地问。

"是的,干娘,我的那半块玉石锁丢了!"小沙弥说。

"丢了,你的丢了!"倪妈失望到了极点,但想想又心有不甘地问,"你记得是什么时候、在什么地方丢的吗?"

小沙弥说具体什么时候,他也记不清了,他只朦胧记得可能是五岁时候,有一天,他跟一位师父从外回来,在江边和师父走散了。师父都上船过江了,他还一人在江边盲目地瞎跑,遇到几个孩子从后面追上来,把他团团围住,打他。

倪妈眼睛里盈着泪光说:"可怜的小人,难道就没一个大人在场吗?"

小沙弥说:"没有。他们把我的小褂子撕破了,小裤兜儿也扒下甩了。最后把我脖上的避邪袋拽下来,抖下里面的甘草、艾叶,拿走了半边玉石锁。"

"你没有找他们要吗?"春来急切地问。

"要了。"小沙弥继续说,"我跟他们后头撵着哭着,要他们把裤兜和半边玉石锁给我。"

"他们给你了吗?"牛牛担心地问。

小沙弥说:"给了!"

端马说:"给了就好啊!"

永富夫妇,尤其是倪妈提到嗓子眼的心又放下了。

桂兰问:"既给你了,那半边玉石锁呢?"

"是呀是呀,那半边玉石锁呢?"倪妈、永富、端马、春来都急着问。

"又抢回去了!"

"哎哟,怎么又抢回去了啊!"倪妈摇头说,"唉,唉!"她把自己的腿直拍打。

小沙弥说:"那个比我高出一个头的大伢子,把半边玉石锁从我手上抢回去,我去夺,他用力一甩……"

大家都担心地问:"甩哪儿了?"

小沙弥说:"那男伢见我夺,咕咚——甩江里了!"

"哎哟哟,这就糟了!"围着听的永富夫妇和孩子们都大感失望,一个个像泄了气的皮球似的,坐到地上。

小沙弥说:"干娘,我现在只有这空空的小袋了,我要永远把它挂在脖子上,它肯定是我妈给我缝的,等我长大了,我就带着它去找我妈、我大!干娘,我实在太想我大、我妈了!"小沙弥的眼眶又湿了。

永富夫妇还想问什么,二师伯来了,二师伯和永富寒暄几句后,就急急忙忙要带小沙弥回去。他刚出门又转过身,说小沙弥过几天要到普陀山老方丈那儿去,这次来也是向倪妈一家告别的。

目送乘载小沙弥的腰盆去了很远很远,端马、春来、牛牛、桂兰才把倪妈拥回帐篷里。倪妈像掉了魂儿似的,她说小沙弥的那半边玉石锁要是还在,跟她奁匣中的另外半边一拼,唉……

永富说:"他妈,小沙弥那半边玉石锁在不在都无所谓,小沙弥上次就讲了,他的那半边不论大小、颜色、缺损的形状,都和你匣中的那半块是一模一样的,那不就说明那两个半块原本就是一块吗?"

受了永富的启发,倪妈和孩子们也顿时开了悟。倪妈说:"对呀,对呀,两个半块,原本就是一块的!"牛牛说:"那不就是讲,沙弥哥就是我虎子二哥了吗?"倪妈说:"对呀,小沙弥,我的虎子!"

永富提醒说:"他妈,无巧不成书呢,世上奇事、巧事多得很,要不然也就没有人说书了。我还是那句话,你不要忘了一个铁定的事实,我们的虎子从小就夭折了!"听到这话,倪妈又像遭到晴天霹雳一样身体一歪,被端马、春来、牛牛几个抢前扶住。

永富说:"他妈,你就不要瞎想了吧,还是那话,除非有一天,人家讲我虎子还活着,并且落在雷港寺。"

倪妈说:"真有人讲我虎子还活着,就在雷港寺,就是小沙弥,你肯认吗?"

永富不假思索地说:"他妈,你这是多余的话呢!我怎么不认?这伢子长相、神情、音容笑貌,哪一样都像我虎子,还有那避邪袋和袋里的半边玉石锁,而且他出生年月日跟我虎子都完全一样,世上哪有这样巧的事呀!可是,谁个会跑来跟我们讲:喂,倪妈,你家的虎子还活着,他没有死,他就是雷港寺的小沙弥。这有可能吗?"永富的一席话像一盆冷水,把大家尤其是倪妈的希望又彻底浇灭了。

倪妈总算把小沙弥就是虎子的这门心思放下了。

可是春来的情绪又来了,他说小沙弥从小就不知他妈是什么样子,还能讲长大后要带着避邪袋去找他妈,而他自己的妈就在他姐家,他却不去看她,他枉做了他妈的儿子。

倪妈说:"春来伢子,明儿让你端马大哥送你去看你妈吧!"

春来一口答应了,情绪一下子又活跃了起来。

正当春来破涕为笑时,声玉叔又来了。声玉叔说,次日早上鸡叫两遍时开船来带端马几个过江到宿松去。这个突如其来的消息让春来陷入了进退两难的境地,明儿究竟是看他妈去,还是跟他端马大哥去宿松呢?考虑再三,春来还是采纳了永富夫妇的意见,去看他妈,尹伯伯送他去。

次日早晨,声玉叔的小船如约泊在了永富家棚外的埂边。当端马、牛牛要和春来拥抱告别时,春来却说他也要到宿松去。春来看妈的事,只好推迟到从宿松回来再落实了。

端马、春来、牛牛、桂兰和大人们打招呼后,又分别抱了抱丑儿、六丫,就上了船。

小船驶抵江南岸时,水里还晃动着苍白的残月碎片。

七十一

拂晓,声玉叔雇的小木船像一条灰色的大梭鱼,平滑地驰过小圩水面,驰过宽阔涌动的扬子大江,泊在了跟条子号遥遥相望的江南一处的山嘴边。下了船,声玉像领头羊一样,带着几个同去割稻糊口的邻居劳力以及端马、春来、桂兰、牛牛四个,向宿松方向一路西行而上。

渐入山间,流泉汩汩,鸟语花香,山花如火,林木青苍,路边偶或出现三两户人家,茅檐低矮,竹篱瓜架。林子里间或飘出一阵山歌,小溪边不时响起几串欢笑声。山涧里缕缕青烟像温驯的青色小龙,循着狭长的稻田,蹭着金黄的稻穗,弯弯曲曲,扭头摆尾地游动。别却桐马大堤两边日夜浪鸣涛吼,堤顶上腐尸熏臭、人声嘈杂的居处,一下子转入这山明谷静、鸟语花香、清幽朗润、人语不喧的美好环境中,春来和牛牛感到特别怡情悦性。每到一处特别优美可爱的地方,他们都要流连驻足一番,而后在声玉叔的呼唤下,又不得不快步撵上。可是随着山路越来越崎岖坎坷,人的精神、体力不断消耗,春来和牛牛的新鲜感与好奇心也不那样强烈了。后来他们的注意力完全不在沿途景色上,而集中到拿稳脚步上了。他们走不动了,每挪一小截路就想坐下歇会儿,他们与声玉叔的距离越来越大,以致每到转弯或岔路口,走在前头的声玉等几个大人就不得不站着等。春来他们赶到了,大人们又挪脚。春来几个只好就这样跟在大人们后面赶路。声玉虽觉得累赘,却也不能把他们丢掉。

春来虽是个很经得起摔打的孩子,但他生活在圩区,松软的沙土路走惯了,走石头嶙嶙的山路本来就是他的短板,更何况是第一次走,又是打赤脚走,所以这一天,他走得比桂兰和牛牛还辛苦。

越往大山里,狭窄的山路两边越见不到人家。有的路简直就像两边山石留下的缝隙,人行其中,如穿越漫长的时空隧道,抬头仰望,只能见到一线高天,既分辨不出方向,也不知身在何处,只有汹涌的波涛在耳边轰鸣澎湃时,你才判断得出,你的前边隔着山的是奔腾不羁的扬子大江。

春来和牛牛越来越吃不消了。春来除了像端马三个那样口干舌燥,饥渴难耐,两腿胀痛,全身乏力外,他的脚丫、脚掌心都磨出了紫里泛红的大水泡了,有的部位还被尖石头戳破了。

中午时分,好不容易走出了峡谷,把高山抛在了身后,来到一片坡地上。那片坡地下面是一座濒江的村庄,坡坎边横生着一棵主干粗壮、枝丫盘屈、叶荫繁茂的苍皮老榆树,树旁是一座荒凉破败的石头亭子。从亭旁几根半竖半倒但雕镂精美、图案古朴的石柱子来看,这儿好像是古时候的一处驿站,石亭内四边置有长条形的石凳,石亭中心有一方大石桌。石桌上摆着一把泥壶,还有几个质地粗糙的大茶碗,靠边较低的那块平石上,有大半木桶茶水,茶水是用当地山上的山楂干熬煮而成的。从桶内还在飘升的白烟来看,茶是新煮的,送茶水的人应该是端马他们来这儿前不久离开的。茶桶边的石柱上刻着"江水煮粗茶,要喝请自取"十个字。这十个字,两句短语,虽浅白没什么文采,却浑朴诚挚,表现出行此义举之人的善良与仁厚。

端马他们边喝山楂茶边说话。春来见桂兰在一旁反复搓揉腿脚,这才条件反射似的感到自己腿脚也酸胀疼痛。他把脚抱起来看看,原来那些紫里泛红的水泡大多数已经破了。失去皮肤保护的嫩肉,露在外面,红通通的,越看越觉得痛。学着牛牛处理创口的方法,春来也把地上的土抠来一块,搓匀了,像粉剂的药品一样,撒到脚上,把创口盖起来,一则吸去渍渍的血水,二则省得看了心痛。

离亭子不远处的树荫下,声玉等几个大人正用麦秆草编制的勺子往嘴里挑着自带的炒面。见到人家吃东西,肚子饿得挺不起腰的牛牛越发觉得饥肠辘辘,垂涎欲滴。见牛牛的可怜相,端马两手抱住牛牛的头,往后一扭,不让他望声玉他们吃。

牛牛饥饿难耐地附到端马耳边说:"哥,我肚子饿死了!"

端马也贴牛牛耳边说:"我晓得你饿了,春来也饿了,可再饿也不能望人吃。"端马拍拍牛牛,又摸摸春来,叫他们好好歇会儿,他去去就来。声玉以为端马要去方便,叫他快点,歇会儿就走了。

大约吃一碗滚粥的时间,端马就回来了,他把包得鼓鼓囊囊的褂子放到石桌上,春来打开一看乐了:包里尽是山楂果子!那山楂果子虽都长成形了,但还未成熟,吃起来苦涩味浓重,但饥不择食的端马几人,却一口一个,丢到嘴里,稍嚼两下就咽下去,谁还去品评滋味。桂兰虽然饿得慌,可总是坐在一边不好意思拿。春来和牛牛争着送过去,把她的两个荷包塞得满满的,要她吃。

见端马几个吃得狼吞虎咽的样子,声玉等几个大人也借着过来喝水,顺带着每人抓一大把,津津有味地嚼着。

喝足了,也歇得差不多了,大家打起精神继续赶路。临走时,端马把没吃完的山楂包好了,吊在扁担头上。

下了高坡回望庄口,一株参天大枣树上挂满了成熟的枣子,枣子在烈日照耀下熠熠发亮,要不是怕声玉叔责骂,那树下就是系着两只大老虎,端马也要爬上去摘下一衣兜,他可不管什么陌生处不陌生处呢!

那天下午比上午更热得让人招架不住,离开石亭后,大家很快又走进了重峦叠嶂的大山里。火热的太阳向层岭间释放着的巨大热浪,从两边陡峭的山上冲压下来,在山沟里交汇,使山沟的温度比山腰、山顶高出一倍还不止。吸着草丛中散发出来的热气,鼻孔都觉得热烫。光脚丫走在被炙烤得滚烫的乱石上,就如踩着烧红的烙铁,它逼得你即使再怎么走不动,也少不得把刚刚咬牙放下的脚又速速提起来,加快脚步缓解脚下的灼烫。行走在那层峰高起的两山之间,人就像置身于沸水锅上,焖热难当。

声玉等几个大人有经验,他们都穿了草鞋,虽然也热烫,但比起端马四个打赤脚要好得多;端马、牛牛、桂兰虽打赤脚,但比起同样打赤脚的春来又好很多。最痛苦的就是春来。上午脚趾已经起泡磨破的春来,这时双脚都血肉模糊了。他每走一步,石头上就印出一串殷红的小花瓣。端马和牛牛挨着春来身边走,端马好几次要背春来,可都被他谢绝了。忽然,春来打个趔趄,跌倒了,小腿戳在一块尖石头上,淌血不止。端马丢下扁担,拉起春来,背上就跑。春来在端马背上嚷着、捶着、拽他耳朵,要端马放下他,让他自己走,他实在不忍心把端马拖累坏了!

声玉等几个大人又在前边树下歇着了,赶到时,端马才放下春来。端马汗流浃背,直喘粗气,就像刚从水里挣扎着爬上来一般,才站不到一分钟,脚下就汗湿了一片。

春来的小腿直往下滴血,桂兰抠地上的细土,往春来创口上撒。牛牛半句话也懒得讲,他脸色煞白,一坐下就要往后仰,但端马唬他,怎么也不让他睡。

桂兰见身边有一双路人穿烂丢弃的草鞋,顺手拿起来,磕掉干结的泥土,重新编扎一回,套在春来脚上。春来扶住端马的肩膀,站起来试了试,觉得比光脚好多了。

稍微休息了一会儿,众人又开始赶路了。春来穿了破草鞋,脚掌烙烫虽好些,但每走一小截路鞋就掉脱一次,每掉脱一次就又要穿系,这样和声玉等几个大人的距离就越拉越大。端马急了,他拽来一大把葛藤,连同破烂的草鞋一起,紧紧地绑在春来脚上,又扳了根棍子让春来拄着,这样,春来才一直坚持着往前走。

山中不禁晚,薄暮忽冥冥。声玉带端马几个在山沟中一户人家的院子里投了宿。声玉几个宿在院北头,端马他们宿在院南头。桂兰、牛牛、春来日行百里,两腿肿胀得就像木头杵子,一坐下来,就支持不住地倒下了,却无法入睡,一个个全身都火烧火燎的,他们只想喝水。春来坐起来又仰下去,仰下去又坐起来,他的两腿抽搐,脚趾灼痛难忍。

一会儿,端马把出门时妈妈给的麦粉调了两个疙瘩头端来了。疙瘩头调得铁硬的,就像石头一样,连筷子都戳不进去。春来他们只看了一眼,一口也没吃。见他们不吃,端马把疙瘩头留起来第二天早上切成小块,分着三人吃了。那天晚上,端马吃了从石亭那边带过来的山楂果子。

桂兰终于睡着了,可春来和牛牛还是醒的。春来一直在抱着脚呻吟。抱了左脚抱右脚,轮换着一遍遍抱着,摸着,用脸挨着,用嘴贴着。

黑暗里牛牛问:"春来,你脚痛吧?"

"痛呢。"春来一脸痛苦,但牛牛看不见。

牛牛说:"我大、妈叫你别来,叫你去看你妈,你不听,这下懊悔了吧。"牛牛讲这话时,眼睛望着春来,目光充满着同情和爱怜,但春来也看不见。

春来说:"弟弟——哎哟——弟弟,能和大哥在一起,和你在一起,遇到什么困难,我都不懊悔。"

牛牛把春来的腿轻轻捶着,捏着。沉默了好一会儿,春来撑着把腿放下,情不自禁地搂住牛牛脖子,亲切地吻着叫着,说:"牛牛,你要是我亲弟该有多好……"春来把对牛牛无限感激、无限疼爱的情谊,化作了点点热泪,洒落在了他乡夜晚的陌生院落里……

声玉那边的几个人,早就发出了沉闷而可怕的鼾声,端马也由开始的烦躁而转入平静的沉睡中,疲累过度而难以入眠的春来和牛牛终于也禁不住瞌睡虫的袭扰,开始打哈欠了。

正当春来和牛牛昏昏欲睡时,万籁俱寂的山涧里突然响起嚷嚷声,那嚷嚷声像是往一泓清澈、平静的池水里甩下一块大石头溅起的万点水珠、激起的千层波浪,把一个安宁静谧的大山涧磕砸得四分五裂、支离破碎。

将要睡着的春来和牛牛,赶快又相互扶持着坐起来。仔细一听,原来是一位农妇在大声叫骂。众人尽管不能完全听懂她叫骂的每句话、每个词,但大致能揣摸出她叫骂的中心内容。她是骂她辛辛苦苦种的南瓜正要采摘时,却被哪个不劳而获的人偷去了。人家偷那妇人的瓜,固然是十二分无礼,所谓种豆得豆,种瓜得瓜,你不种自然就不能得吗,是吧?然而那农妇咒骂得是不是也过头了点儿啊!她咒骂那偷瓜的人晚上脱鞋上床睡觉,早上就没命下床穿鞋!哎哟,即使摘人一担南瓜,挨这样的恶咒也不值得。

咒骂声还在继续,然而对春来和牛牛来说,它又像催眠曲似的,听着听着,不知什么时候,两人竟熟睡过去了。熟睡得假如人家把他俩抬放到井里,他们可能还会在井底下水里打鼾!熟睡过去是极其幸福的,什么痛苦也不知道。牛牛和春来都有磨牙的习惯,磨起来就像吃蚕豆一样,嘎嘣嘎嘣的,那架势,就像不把一口牙嚼空了吞下去不罢休。好在大家因为白天都走累了,个个都睡得烂熟,没有一个人受干扰。

"谁?"约莫三更时分,蒙眬中听到墙头上有破瓦片掉下来打碎的声响,声玉叔警惕地问了一声,没有回应,接着又听到喵喵的猫叫声,声玉唾几声就睡了。过一会儿,墙外又有嚓嚓的动响,好像是人轻轻移动的脚步声。熟睡的人谁也不知道,声玉虽有觉察,但因为有猫叫在前,也就没有多注意了。但声玉毕竟是带队的,论责任心自然是比别人要多一分。声玉又睁开眼睛,向墙头上瞭了一眼:咦?昏暗的夜色里,真的有个像人一样的黑影子,从墙头上往里爬。声玉想:是小偷吗?他们出来打工糊口,身无分文,不用防范的。是偷情的吗?他们是过路投宿之人,不用多管闲事。基于这些想法,声玉又佯装睡去,谁知片刻后,他真的又睡着了。在声玉睡过去的那个不太长的空当里,天下了一场不大不小的阵雨。雨歇后,昏昏的月光从云层里露出来,院落里恢复了雨前的景状。

声玉的睡意完全消失了,在他向外翻身的那一刹那,又见到一个人从院内搭上墙头往外爬。闪念之间,他想到跟他一道来患有夜游症的那个邻居,一摸,那人就睡在自己身边。他又速速过来望望端马四个,摸摸,好像少了春来。

端马在迷糊中隐约听说春来不在了,惊得四处乱摸,边摸边喊春来。恰在这时,只听墙外大喊救命,端马不假思索便断定是春来,高声回应说:"弟弟,我们来啦!你别跑,我们来啦!"

声玉和那几个大人也助威嚷着:"伢子,别怕,我们来了!"声玉等四个大人翻过墙头,四把手电筒把墙外照得雪亮。

"哥、姐、大伯、大叔,我在这里,你们快来,快来啊!我好怕,我被人绑了,你们快来救我!"那边山脚下春来大声喊着,这边四把手电筒的光柱一起朝喊声照去,庄上好几户人家也起来了,喊打喊捉声,同时向呼救的春来那边飞快地传送过去。

众人终于找到春来了,他被麻袋装着,被丢在山脚下的草堆里。

端马速速解开袋子,一抱住就"春来,春来"地连声叫着哭着。

"大哥,我是牛牛。"就像刚探出头,脚和翅还在蛋壳里揣着的小鸡一样,牛牛身体在麻袋里边挣扎着边说,"大哥,我是牛牛。"

"你是牛牛?"端马愈加惊慌失措,说,"那春来呢,春——来——"

惊吓得头脑昏昏的春来说:"大哥,我就一直在你身边。"春来一手扶着坐在麻袋里的牛牛,一手捉住端马的手。端马又不放心地加了一句:"都在吗?"春来说:"大哥,都在,姐姐也在,牛牛也在,一个不缺!"春来早把脚痛忘得一干二净了。

原来声玉大叔把春来当成牛牛了。

桂兰也不讲话,她捉着麻袋的底一拎,牛牛从袋里滚了出来。

声玉几个把手电筒再次向四周照了一遍,而后又集中着往牛牛身上照照,这才发现,牛牛两臂被反绑了,两脚也用绳索拴着。从松解的过程看,这次的绑法与那次牛牛被绑到华阳郊区的绑法如出一辙。

端马惊吓得两腿瘫软地坐在地上说不出话来。多半时,春来才把他拉站起来,他的裤子已经被潮湿的地面打湿了。

端马和春来同时琢磨着:是谁这样如影随形地跟着他们,瞅准机会,就对牛牛下手呢?这回与上回绑牛牛的是不是同一人呢?……

端马问牛牛看没看清绑他的是什么人,牛牛说:"哥,我睡得像死狗一样,连他是怎么把我装进麻袋,怎么运过墙头的,我都不晓得,听到你喊,我才吓醒了。我伸手摸春来,才晓得手脚又被绑了,才晓得人在袋里,我就喊救命了,我哪看清是什么样人啊。"

春来问:"弟弟,你晓得那人是男的是女的吗?"

牛牛说:"我喊救命,他吓唬要勒死我,我从声音听出来,他是男的,是年纪大的人,不是年轻的,因为他的声音沙沙的,不清亮。"

"男的,不是年轻的?"端马和春来同时惊愕地重复着牛牛的话。

牛牛点着头,表示他的判断是准确的。桂兰也想要问什么,可天已经麻麻亮,声玉又在催着赶路了……

七十二

第二天的路程虽然只有七十多里,但到达目的地的时间并不是很早。

昨天桂兰给春来绑的草鞋走到晚上借宿的那个山沟时就已经穿烂丢了,春来昨天磨破的脚,这会儿更是稀巴糟烂、血肉模糊了,但惯于挑战自我的春来,并不叫苦叫痛,也不皱一下眉头,他坚持一瘸一拐地咬紧牙关提放脚步。

"坐下!"桂兰上前,把春来拦住,说,"坐下,让我把你的脚包一下。"桂兰拿出自己备用的破褂子,心一横,对折一撕,扯成两半,像倪妈裹小脚一样,把春来两脚包得严严实实。

"起来走走,看行不?"桂兰扶春来站起身。

春来踩了踩,又走几步,脸上露出喜色,说:"行!行行!大哥、姐、弟弟,我可以走了,看!"春来又试走几步。见春来轻松高兴的样子,端马几个脸上也阳光了很多。

出了头天晚上牛牛被绑的事,声玉和那几个大人对端马他们关照爱护多了。狭窄的山路上,声玉带头,三个大人殿后,把端马四个夹在中间,中午吃炒面时,他们每个人匀了点,凑起来给端马四个。这对端马他们而言无疑是非常及时、最为宝贵的食物!

大半下午,声玉带着端马他们,才非常艰难地走出了层峦叠嶂的大山,眼前呈现出一片不太开阔的丘陵地带。方圆几里之内,虽散落着一些小土包、大土堆,但水田和旱地却是它的主体。大约又走了一里路,一条东西走向的大沙河出现在眼前。横跨沙河南北的是一座大石桥,桥长一百多米,宽约三米,桥面距河床二十几米,其时河床已经干涸,遍铺河底的是流沙与鹅卵石。桥面两边每隔一小段距离,就对称地竖有一根高出桥面的石头立柱。立柱、桥面一律是青灰色石料。端马他们那天就是从那座桥上过的。

沙河南边的土地高低不平,多沼泽沟洼,似未开垦。沙河北面多是良田熟地、村落方塘。地头上、宅屋边杂生着嫁接的柿子树和野生的紫荆花。当时,那青柿子都像透明的玉球一样,满树垂挂着,显示出那地方的充实和丰盈。那些绽放的野生荆花,如云霞,似喷火,向人们展示着它们的红艳繁华与热情炽烈。田野里到处都是象征着成熟的橙黄,微风起处,金波荡漾,芳香醉人。面对这般禾黍即将开镰收割的喜人景象,声玉对他们能够不虚此行而充满信心。

太阳快要擦到西山口了,声玉才带着一行人到达他女婿家。

声玉女婿家的稻比同庄人家的迟了三天才开镰。割稻前声玉他们都被安排做着整理稻场、翻修谷仓、清除垃圾、备办柴草等与收割相关的准备工作。

说实在的,在做上述的那些事时,春来、桂兰、牛牛三个,充其量就是个小搭头,只是沾了声玉叔的光,而吃他女婿家的,对此,春来三个深感不好意思。不过,可能是看在亲家公声玉的情分上,女婿家人还看不出有不悦之色。

住到第四天头上,大家才下田为声玉女婿家割稻。开镰前声玉女婿先在田埂上烧大表纸、燃香、鸣爆、祭祀谷神,里外大人磕完头后,春来三个也依样做了,接着就跟声玉等人下了田。

因为是二坂田,没有泥巴陷腿,一块两斗种(一亩多)的田一鼓作气就割完了。春来三个从下田到割稻结束,就没有抬过头,直过腰。端马割稻就更是谁也比不过他了,他两手像机械一般快捷。他经过的行趄,只听到沙啦啦响声,只看见稻禾摧枯拉朽般地应声而倒。比起端马来,春来三个也毫不逊色。他们把声玉带的几个大人远远地甩在身后。主人和声玉他们不得不对几个孩子刮目相看。

趁女婿回家方便时,声玉把端马四个叫到一边,要他们割慢点,别把大人拖坏了,并明确地叫他们只能落大人后半截,不能超大人前一步,不然会让他以及他带来的那几个大人折面子。

端马几个不得不把速度慢下来。割得快,得到主人夸赞几句固然有面子,但不使同来的叔伯们因追赶他们而过分受累的里子更为重要啊!

坂田收完后,女婿家所有短工都转到冲田了,因地势和土壤原因,冲田那儿泥脚深,大人下去泥都齐膝盖上,何况端马、春来几个呢?端马腿长一点,将就着还行,可春来、桂兰、牛牛在那泥田中可就是"孙猴子卡到树杈里——无法大显身手"了。桂兰刚下田就陷到泥淖里不能自拔。她拽住田埂边的草够了上来。春来大胯被泥淖吞下三分之二。春来和牛牛每向前移动一步都要抓着稻秆子,才能把腿从泥淖中拔出来。在坂田中割稻那种既快速又省力的优势完全不在了。大人们把春来和牛牛远远地抛在身后了。

桂兰站在田埂上手足无措,她为中午的那顿饭怎么去吃而心焦如火。好在声玉叔看出来了,他总是找些力所能及的小事给她做,如拿缦子呀、拎开水呀、送矛担呀等,就是让她在田埂上走动起来,不让她站着闲着,给人以派不上用场的印象。其实,端马、春来、牛牛以及桂兰心里都有数,声玉叔的安排,完全是让桂兰中午的那顿饭吃得名正言顺些。多少年后,春来回过头来想想,当时声玉叔要他们割慢点别把大人拖累坏了,以及他对无法下泥淖割稻的桂兰所做的临时性的安排,还是很人性化的。唉,可惜这样一位心底无私的叔叔在割稻回去两个月后就死了!几十年后,春来到华阳去搞入谱登记,声玉叔的后代也杳无音信。

声玉女婿喊吃午饭时,大家都及时上了田埂,而鼓着一股拼劲的春来和牛牛却一屁股坐到泥淖里,不想动弹了,他们一上午铆足了劲地干,随着主人的吆喊,就像打足气的皮球,嗵的一声爆裂了,没法再蹦了。两人连把腿从泥淖中拔出来的力气也没有了,他俩宁可在泥里睡一个中午,也没劲回去吃那顿饭了。

端马过来了,他帮春来和牛牛把腿从泥田中拔出来。桂兰用水把他俩的头脸、腿脚洗净了。在给春来洗去脚上泥污时,发现他那打满了水泡害得淌脓血的脚,被一上午的田泥踹好了!初下田他还是一瘸一拐的,这会儿脚不出血、不疼痛,他能和别人一样正常走了,真是不可思议。

从那天起,春来三个觉得去冲田割稻,就等于变相地蹭声玉女婿饭吃。无端蹭人饭吃,他们不干。于是也是自那天起,那周边的庄子上,早、中两餐吃饭的时候,人家门前就多了三个乞哀告怜的讨饭娃子的身影。

那地区虽比较富庶殷实,但在抠门吝啬方面,比太湖山里的一些人有过之而无不及。用锅铲挑一点儿吃的给叫花子,就算是天大的出手了。在那些天里,春来三个肚子饿得没法形容。

有一天,春来三个讨到端马打短工的那户人家。因为事先不晓得,乍和端马抵了相,春来三个显得格外尴尬。当时春来三个刚刚靠到那户门框边,一句"把一口吃的"刚出口,就见堂心桌旁的长工中坐着端马。春来他们顿时把头沁下去。想躲闪,但端马已经看见他们了。处在这样的窘境,春来他们站也不是,走也不是,不知如何是好。

望着站在门外的春来三个,端马吃也不是,不吃也不是。他把饭碗贴在左胸前,右手捉着筷子,一直保持着正往嘴里送饭的姿势,既不放下来,也不把饭往嘴里挑。他把眼皮垂下来,只看着手上端的碗,看着碗里的饭。他的咽喉像被石头堵着,无论如何是没法吞下去的,但要是把饭倒给春来三个,他怎样向老板解释?

"管他的,不用解释!"端马正端饭向门边走去时,垂头不语的春来三个好像有了高度的默契,蓦地抽身就跑,端马端碗追去,望着三个骨瘦如柴的背影,叫了一声"牛牛",端马鼻子一酸,泪水像溪泉一般没法控制地涌出来……

饥不择食。在宿松的那些天里,春来三个常常早饭讨过后,就到湖塘边摘莲蓬、采菱角、抠藕心菜,到渠沟里拔野芹菜(有微毒)、蒿瓜草什么的。他们三人把野菜拔起来,往水里摆洗摆洗,塞进嘴里,嚼几口就囫囵吞下去。

有时候饿得走不动了,春来三个就在人家院宅后的岗上睡睡。有一天睡过了头,人家中饭都吃过了,三人又只好无奈地在原处坐下。牛牛捡起一颗石子,漫无目的地朝前甩去。石子刚脱手,头就像被什么东西磕了一下,原来是柿子砸到头上了,他们是坐在柿子树下。那个柿子掉到脚前,跳两下,蹦到一摊牛屎边,春来跑过去,捡起来揩揩递给牛牛,牛牛推让一回,就接了吃了。

树上有一群灰喜鹊在打闹啄食,把柿子啄下来了。牛牛吃的时候树上又掉下几个,尽管大多掉到牛屎里,但春来三个还是捡起来,揩擦一下就分着吃。三个正吃得津津有味时,多一个心眼的春来说:"'瓜田不纳履,李下不整冠',我们在树下吃柿子,被人看见了,会误以为我们从树上摘的呢,我们走吧。"

"走,没那么便宜!"春来三个正往起爬,背后有人厉声说。

春来、牛牛、桂兰吓一大跳,不约而同地掉过头去,见一个中年男子凶巴巴地朝他们走来。春来一下子意识到来者不善,肯定是像预想的那样,那人误会他们偷柿子了,牛牛吓得把手上柿子扔了。

那人临近了。还没等春来解释,"啪啪"两个耳光子,就热烈而响亮地扇到了春来的脸上,春来顿感眼冒金星,心慌头晕,直打后坐。

"哪里来的,敢从我树上偷柿子吃!"那人不问青红皂白,一边骂,一边往牛牛跟前走。见他伸出钉耙大的巴掌,牛牛急忙闪过一边,急口申辩他们没有偷柿子。那人哪里肯信,将牛牛一把抓住。春来冲上来,拉过牛牛,护在自己身后,并要跟那人理论。那人伸出一只脚,轻轻一挑,春来被挑趴到稀牛屎里。

桂兰和牛牛赶上去,拉春来起来,春来昂着头,两手撑在牛屎里,他弓着身子,慢慢站起来。

"姐、弟,你们让开!"桂兰和牛牛闪到一旁。万丈的无名怒火,从春来两眼里直喷到那人身上,那人似乎感觉到了被烧灼的疼痛。他向后退让着,谁知脚踩到一块不稳的石头上,一崴,栽到牛屎里,但很快又爬起来。趁那人立足未稳之际,春来一挥手,三人齐向那人冲去,合力把他扳倒。

那人到底是强壮大汉,他分开牛牛和春来,一弓身又站起来,一手一个,就像丢小鸡小鸭一样,把春来和牛牛丢到牛屎里,抽身就要跑,可又被春来和牛牛把他两腿死死抱住。

还未玩过毒招的桂兰,抓一大把牛屎从背后往那人脸上一糊,那人直揉眼睛。

春来以为和那人一来一去,扯平了,便和牛牛一起松开手,可那人不但不走,反而揩揩脸,眨眨眼,抓住牛牛胳膊,向上一提,另一只手又把牛牛两只小腿并捉着,做抛掷之势。

桂兰和春来双双来夺,牛牛已被那人抛出了手。只见牛牛肚子朝上,背向下,在空中画了个半圆,重重地落下去,把那堆稀牛屎砸出一个大坑,溅起的牛屎纷纷扬扬地向四面飞溅。

桂兰和春来大叫着跑向牛牛,这时被牛牛落下时溅到两边的牛屎,像稀泥糨糊一样盖过了牛牛的腿脚、两臂,盖过了牛牛的胸腹,只因为牛牛尽力往上够着,昂着的头脸还勉强露在外面。

是可忍,孰不可忍!被拉起来的牛牛,一抖身上的牛屎,摆着头朝那人腹部凶狠地撞去。那人根本没料到牛牛会有这一招,慌忙向后闪去。说时迟,那时快,他还没挪脚,牛牛即以迅雷不及掩耳之势,把他撞倒了。

既然身上都被牛屎糊满了,还怕糊得更厚?春来向牛牛一招手,两人又拼命扑上去,把那人压住,桂兰也是一不做,二不休,她直将那些稠牛屎往那人脸上猛砸,弄得那人睁不开眼,喘不过气,站不起身,只是两手乱挠,两脚乱蹬,嘴里乱叫着,好像是在叫一个女人的名字,让她快来,他遇上狼群了!

在院子里收衣的那人的女人,听到墙外有呼救之声,立即打开院门,冲上坡来,一看正是她的男人被三个陌生的孩子压在牛屎里打!那女人一声大喊,庄上人纷纷从各巷道里拥出来,但他们只围着看热闹,并不上来解围。

那女人虽在场外不迭声地叫,可正在气头上的春来三个一句也没听到。女人无奈,只好亲自上阵,叱过春来三个,拉起丈夫。见丈夫如此这般狼狈,女人抓住春来就要打,春来嘴脸都被牛屎糊满了,不便张嘴说话,桂兰和牛牛挺身而出,边哭边陈述真相,女人听罢,怒目盯着丈夫,骂他三岁小孩不如。

那人见自己女人当着野孩子面骂他,便一声不吭地跑出牛屎场,像疯了一样,朝着坡下的清水塘狂奔去。

七十三

那人狂奔到塘边,转身对着坡上的妻子和围观的邻人大声说:"老婆伙着野伢子欺负我,众亲邻也不主持公道,老子从今儿起不活了!"那人说完,纵身一跃,蹿到空中,像世界顶级跳水运动员那样身体横着在空中翻转三周半,然后头朝下,并着双臂双脚,咕咚一声,一头扎进塘里,连水花也没溅起一片,老半天也没露头,殁了……

见那人恼羞成怒,投水自溺,坡上围观的人七嘴八舌地对春来三个说开了:野伢子,不得了了,要吃官司了,要坐大牢了,要偿命了等等。可能是那人在乡里一带作恶太多,人们巴不得他死了,所以除了讲讲春来三个,竟没有一人去救他,连他的尸体也没人去打捞。

春来三个见没有人扣留他们,犹豫了一会儿,走到塘边,对着满塘清水,春来说:"大叔,你真的不该这样轻生,你会让我们三个忏悔一辈子的。俗话说,不打不成交,你要是不这样仓促结束自己生命的话,也许我们以后还能成为好朋友呢!"

春来三个凭吊了一会儿,然后站齐了,恭恭敬敬地向水塘鞠了三个大躬。

虽然庄上族长说那人投水死的责任不在春来三个身上,放他们走了,但春来三个却非常抱愧。从那天起,接连好几天,春来三个都没到各庄上去讨吃了,饿了,就到沟沟汊汊寻野菜、水草嚼。可是人到底不是野猪、猴子,光吃那些东西,生命难以维持,况且那些食材也不容易找到。在端马的劝哄下,几天后,春来三个又无奈地去讨饭了,只是再也没去过那人庄上。

这天早上,端马把春来叫醒后,自己就到邻庄做事了。可春来三个拿着碗刚出门,就被哗哗大雨阻回来了。雨接连下了两天又一整夜。这下好了,不光别想出去讨口吃的,就连野菜和水草的根、茎、叶都吃不上了,三人只好缩在声玉叔亲家的脚屋里。

多蒙声玉亲家恩典,第一天早、中两餐都把春来三个叫过去吃了。早餐吃得平顺无事,但中餐时,春来三个就明显觉得是在吃无聊的蹭饭了。那种无聊无趣,不光来自主人的冷漠,更来自声玉叔的暗示。声玉叔一瞅准机会就白春来三个一眼,这还不算,还用脚在桌底下踩压孩子们的脚背,踢他们小腿。声玉叔是用眼神和动作暗示孩子们,不该餐餐来吃他亲家的,既来了,就该尽量少吃,免得抹他面子。孩子们晓得声玉叔用意,但他们肚子饿,顾不了这些,装着不知道,只专心看自己手上端的碗,连菜也不搛一筷子,这让声玉叔很无奈。

天要黑了,春来三个正在为晚餐犯愁时,声玉叔主动来脚屋了。声玉叔一坐到铺上,就轻声地、明白无误地告诉春来三个:无论他亲家怎么看在他面上,晚上过来叫吃,他们也不能去了。并且要求,明儿就是下石头,下刺刀,他们也要出去讨,不能讨就到别家屋檐下靠着蹲着,别缩在亲家脚屋里。缩在脚屋里,亲家叫吃不叫吃都不好。不叫吃,对不住他;叫吃,三张半钵子嘴巴,吃得亲家心疼。声玉叔说:"退一步讲,就是亲家不心疼,欠的人情债,以后都还要我来还呢,伢子们晓得吧?"

听了声玉叔的一番话,春来说:"叔,你讲明白,我们就晓得了,我们不过去吃就是了。"

牛牛说:"叔,你以后要还亲家情也别还多了,我们三个早上拢共只吃了他家三小碗菜粥,中餐拢共就是三小茶盏饭还没满,这是你亲眼看见的。要是让我们充量吃,一人三碗都不够呢!"

果然,看在声玉叔的面上,晚餐亲家又来叫吃了,春来他们没去,理由就是中午吃多了,肚子都胀得慌,吃不下去。

可恶的鬼天,仿佛有意跟三个孩子作对。

比起头一天来,第二天雨下得更大。周边的山峦、土丘、村庄、树木都看不见,到处白茫茫一片,别说出去讨吃的,或者到别人家屋檐下蹲着靠着,就是缩在亲家脚屋里不向外伸头,也让人胆战心惊。春来三个心急如焚。

为了使声玉叔不丢面子,声玉叔亲家不折里子,春来三个不遭人白眼和保有最低限度的尊严,几个人合议了一下,决定即使声玉叔亲家还请吃,他们也不去了。

第二天早上,来脚屋里叫吃的是声玉女婿,一推开门,他就见牛牛趴在装稻睡觉两用的木框上,眼睛闭着喘气。桂兰坐在牛牛身边,一手给牛牛捶背,一手抹自己心窝。春来蜷着两膝,跪在铺上,头挨着柜面,屁股撅得老高。三人都愁眉苦脸地呻吟着。

"你们都出去吃饭吧。"声玉女婿说。

春来说:"谢姐夫,我们三个昨天中午都把干饭吃多了(哪多吗,连填肚角都不够),夜里又受了凉(那晚正热呢),全都肚子痛,一口也不能吃。谢了,姐夫吃去吧。"

中午和晚上,声玉女婿都来叫了,情况都是一样,只是春来他们回答的声音更低,因为他们除了多天没吃饱肚子外,又连着整整四餐没进食了。声玉女婿虽然有些犯疑,但他并不去较真,反正他来叫了,做得情到礼周了,他老丈人是无可怨怪的。

声玉女婿走后,春来、桂兰、牛牛撑着爬起来在屋檐下各接一碗檐溜水喝了。还好他家是瓦屋,檐溜水不脏。

真是饿气难断呢,即使喝了檐溜水,春来三个仍觉肚子里火烧火燎地难受。

爬到铺上,春来捉住牛牛手,用叹气般的声音问:"弟弟,你还受得住吗?"

牛牛吃力地掉过头,眯着眼睛反问春来:"你呢?"

见牛牛额上冒汗,春来鼓励说:"弟弟,坚持住,雨总会歇的,我们不会饿死,弟弟……"春来又要问桂兰,由堂心通往脚屋的门嘎吱一声,开了一半,是声玉叔来了。

声玉叔晓得春来三个装肚子痛,见春来三个按着肚子,蜷着腿,身子躬得像大虾,鼻子微微喘着气,额上直冒冷汗,心里不觉懊悔起来。

声玉贴着春来耳边轻声说:"实在不行,明早要过来叫,你们三人就过去吃一点儿,接接气再说。"

桂兰说:"叔,你出去吧,听到你絮叨,我们身上更冒汗。"

牛牛说:"叔,我不想过去吃,吃了亲家的,以后你要还情。"

声玉摸一把牛牛的头,说:"伢子,你还记着我的话呢。"

唉,何苦来着,受永富夫妇委托,好意带几个孩子来宿松,大雨不能出去讨饭,蹭亲家两餐饭吃,他又白他们眼睛,又踩他们脚、踢他们腿,要他们别去吃,把孩子们饿成这样,这是何苦来着?想想自己这种有悖情理、不伦不类的做法,声玉觉得太不应该,他站起身边往外走边捶自己的头。

春来三人整整四餐没吃了,他们的大大、妈妈晓得吗?不晓得还好呢,要是晓得,他们会哭的。

那天晚上,约莫二更天的光景,在邻村做事的端马回到声玉女婿家来了。端马一进脚屋,就按按春来和牛牛肚子,装着真不知道的样子(其实下午见到端马时,声玉就把春来几个装肚子痛的事告诉他了)问:"你们肚子还痛吗?"听到哥哥问话,春来几个又激动又心酸。

"吃吧,我晓得你们肚子痛是装的。"端马边往他们嘴里塞吃的边心痛地轻声说。原来端马从邻村树上偷摘了一衣兜青柿子。

春来抓起柿子,又想起那天吃柿子惹的祸,但很快就从那令人难堪的思绪中挣脱出,狼吞虎咽起来。卧在铺边、奄奄一息的桂兰,听到春来和牛牛嚼吃的声响,饿极的胃越发难受,她要进食的欲念,一刻也没法抑制了,然而就因为柿子是端马摘回来的,她却羞得没法主动去拿。偏偏在这极为艰难的时刻,饿得特别难受的春来和牛牛又只顾自己吃,完全忘记了桂兰!端马几次想给春来和牛牛提个醒,提醒他俩身边还有个人正在受着饥饿的折磨,但由于羞涩像一座越不过去的高山横亘在他面前,他几次张口都没敢说出来。再也忍受不了饥饿折磨的桂兰终于没事找事地咳咳两声。咳嗽声让桂兰强烈的进食欲望及时得到了满足,也让坐在一旁干着急的端马消除了内心的不安,因为春来和牛牛想起桂兰来了。

一开始,春来他们三个可是把青柿子当作仙桃、当作人参果吃下去的呢,什么味儿也不去品,只觉得它们能填饱肚子,能救命,能叫他们不死,能让他们活下去。可是慢慢地就觉得越吃越苦涩了,吃到后来两边腮帮子和舌头都苦涩得无法开合张动,喉咙滞黏得连口水都吞不下去,整个嘴巴就像被锈蚀了好几百年、从未有人开过的大铁锁牢牢地锁住了一样,沉重沉重的,说话都发不出声音。终于,春来他们三个吃青柿子的速度同时放慢了下来。

"吃吧,弟弟,使劲往下吞,使劲,吞到肚子里就是好的!"端马说,"吃饱饱的,明儿要是不下雨,我们回家!"

"回家?"春来问。

"是的。"端马肯定地说,"横竖别人家的稻都割完了,声玉亲家迟熟的稻还不能割,就是晴天,咱们在这儿也讨不到吃的,不如回家!"

牛牛说:"大哥,家里只有陆姨大给的那点粮还被烧焦了,回去不够几次吃的。"

春来说:"牛牛小弟,大哥讲得对,这儿讨不到吃的,相比较,望江、太湖还好一些。"

端马说:"不一定要讨饭,要是水开始退了,我们可以搞鱼吃。"

屋里,兄弟们你一言我一语地商议着,而屋外的雨仍旧在使劲地敲打着屋瓦,敲打着窗棂和宅边的树叶,把端马他们的说话声、吃柿子声统统淹没了。

吃过了柿子,春来他们几个肚子里被饥饿所激起的一阵阵咕咕噜噜声总算暂时被压了下去。四人都安安静静地睡了过去。

天亮了,端马最先惊醒过来,他拉开后门一看,山口照进的朝阳把整个山村都敷上了绚烂的色彩,抬眼望去,万里无云万里天。端马兴奋极了,他速速叫醒春来几个人,匆匆告别了声玉亲家和声玉几人,挑着扁担,拎着竹篮,跨出了声玉女婿家的后门。

七十四

从声玉亲家到来时经过的大沙河约一里半,去的时候因春来脚痛,大家走得特别艰难。但回去时,端马四个说说笑笑,很快就到了与大沙河堤坝连接的那条田埂。那些在田里捞水淹稻的老农们都歇下镰刀,直起腰望着,不知端马他们要往何处去。

这时,牛牛一脚踩滑了,崴到田里,一个老农随手把他拉起来。端马拽住牛牛手说:"脚踩稳了,上坝顶,就过大石桥了。"

可是,一上坝顶,端马他们四个被眼前的情景吓呆了,来时,那干涸见底、覆盖着鹅卵石的河床不见了。这会儿,那差不多要漫过两边堤坝、混浊不清的大沙河洪水,像一条巨大的弯曲盘绕的黄龙,转着弯弯,打着旋涡,喷着水珠,涌着浪花,怒吼着,咆哮着,从上游转弯处突转而来,奔泻而去。那座横跨沙河两岸的大石桥的桥身已经没入了水中,仔细辨认,才能看见一道沉浸在水中的不甚清晰的巨大的黑影在隐隐晃动,要不是等距离排列在桥身两边的、半露在水面的石柱儿,人们还真以为那在水中晃动的黑影是一条巨蟒。

端马让春来他们三个在桥头坐着歇会儿,自己上下走着看了一会儿。回到原地,端马问春来和牛牛,敢不敢蹚水过桥?春来回答得很干脆,但牛牛没有作声,从神态上看,他显然很害怕。

"牛牛,不过桥的话,难不成还回到声玉叔亲家那去吗?"桂兰的话既表明了自己的态度,也是对牛牛的激将。她边说边卷裤脚。

牛牛终于亮出了自己的想法,他说:"哥,我不想回他亲家那去,也怕过河。"面对滔滔滚滚、令人心悸目眩的洪水,谁会怪牛牛怕呢,春来、桂兰,甚至端马自己难道真的不害怕吗?

"牛牛,不愿回亲家那去,就要从桥上蹚过去呢!"端马说。

"弟弟,摆在我们面前的就这两条路呢!"春来说。

端马蹲下,拍拍牛牛的肩膀,拉拉牛牛的手,鼓励他说:"别怕。"

春来搂着牛牛说:"弟弟,别怕,跟着大哥走,没有蹚不过的桥!"春来指着桂兰说,"你看,姐姐还是女呀,裤脚儿都卷好了,我们还不如姐吗?"

顿了一下,端马又补一句说:"牛牛,你怕蹚,我背你好吗?"

牛牛往上一站,拍一下胸口,说:"大哥、姐、春来,我行!我不用大哥背!"

牛牛的勇气被鼓上来了,大家蹚水过桥的信心更足了。做好心理准备后,端马领头下了水,几个爬上堤坝的老农注视着端马他们四个,其中一个说:"伢子们,回来吧,不能过,水太急,头晕。"

注意力高度集中的端马耳朵里只有水浪激声,并未听到那老农的话。春来回头看了看,用充满敬意的目光对那老农表示了最真诚的感谢。

然而离岸还没十米,牛牛被冲着他屁股而来撞着他屁股而去的湍急的、发出喧嚣怪叫声的洪水流势吓哭了,无奈,端马只好传令后队变前队,由桂兰领着蹚回北岸。

大家坐在岸边,默不作声,端马更是有些垂头丧气了。

坐了一会儿,牛牛主动到端马面前,好像经过深思熟虑后宣布一项重大决定似的,只见他表情严肃、郑重其事地说:"大哥,再蹚吧,我不哭,也不怕了!"

端马一改阴云不开的低落情绪,霍地站起身,抱住牛牛,拍着他的后背,高兴地说:"小弟弟,大哥就晓得你是好样的!"

他们开始了第二次蹚涉。这一次,春来和牛牛的顺序稍做了调整,春来排在了第三,牛牛紧跟着端马,桂兰仍然坚持要殿后。和第一次蹚涉一样,后者紧紧抠着前者的裤带或系腰的绳索。

下水前,几个老农伯伯向端马他们四个认真传授了蹚涉激流的要领。端马不仅自己严格遵循,还不时提醒他身后三个要依样而行。蹚到第五根桥柱时,端马忽然头晕目眩。端马的一大特点就是临事沉稳,处变不惊。他立马叫后头三个就地打住,自己闭上双眼入定似的站住不动,什么也不去看,不去听,不去想,不去揣测。过一会儿,端马慢慢睁开眼睛,他觉得自己已经恢复常态了,继续蹚涉。

端马不时提醒春来和牛牛,反复叮嘱,脚要紧贴桥面前移,千万别提起来,手要抓牢前头人的衣带,等等。沉默片刻,好像还意犹未尽似的,向后偏一下头,意有所指地说:"你也要把春来腰上的绳子抓得紧紧的,脚要放稳。"

端马这句看似极其平淡,实则包含着无限关爱的话语中的"你"指的是谁,不是不言而喻吗?那是对他的童养媳桂兰说的呀!

在牛牛的记忆中,自从桂兰姐姐进门到他家当童养媳那天起,一直到在这之前的很长时间里,端马大哥和桂兰姐之间,不仅没讲过一句话,甚至连走路碰巧擦身过,都互相把面掉过去,不看对方,偶尔面对面,来不及或无法避开,也都唰地一下脸红到耳朵根!可是在那天,在那个蹚水过沙河的大石桥上,在那个生死攸关的当儿,他终于第一次听到大哥对桂兰姐讲话了。是的,"你也要把春来腰上的绳子抓得紧紧的,脚要放稳",这句话是最平淡不过的了,但它体现了端马对桂兰纯朴真挚的爱,这才是真正的患难见真情啊!可以推想,在异乡,在生死关头,桂兰听到端马那句话,心里怎不会像面前大沙河中漫溢激荡的洪水那样,湍起一个个旋涡,激起一簇簇浪花?不会从心灵深处意识到:原来端马哥对她也是关心爱护的,而平时,就像她对他一样,两人把对对方的感情深藏于心底,不到最要表达的时刻,不会轻易外露。

桂兰把春来腰上的绳子抠得更紧了,同时也叫春来把牛牛的、牛牛把前面人的腰带都抠紧了。患难之际,生死关头,端马、春来、牛牛、桂兰就这样相互慰勉,相互砥砺着前行。

沙河北边堤坝上的人越聚越多。

"伢子们,千万别把腿脚拿起来,脚板心要贴着桥面移。"

"伢子们,头晕就闭眼站会儿。"

"心要放定,别慌!"

说的大都是一些关照提醒的话。端马他们四个每前移一步,都牵动着北岸坝上人的神经!

在到达大石桥中点时,北岸人突然喊声大作:

"伢子们,快往后退,危险!"

"伢子们,不得了啦,快回,快!"

"来不及啦,伢子们,快抱桥柱,快快!"

北岸的人跑动着、呐喊着,显得十万火急!

听到北岸父老的呐喊,端马他们四个就地立住,惊恐万状地抬眼四望:不好,上游一大片带枝杈的乱树木,联排着以山体坍塌的态势向端马他们横压过来。眨眼间,端马他们被冲散了,卷到激流中全不见了。

七十五

端马和春来被乱树杈压到了水底。他们两人头脑清醒,毫不慌乱,很快从树杈底下翻了上来,但是牛牛和桂兰都不见了。端马和春来的目光在紧张地搜索着。

顷刻,桂兰从乱树杈左边的水面浮上来了。

在端马纵身抓住桂兰头发把她拉上树的当儿,牛牛也在前面百十米远的地方浮出水面。

端马刚要去救牛牛,春来已经把身体抛掷出去。

春来像一只迅飞的水鸟,又像一块打水漂的瓦片,蹭着水皮,掠着浪花,弹跳着,疾驰着,一眨眼追上了牛牛。

春来一伸手,就把翻滚着飞速往下游漂去的牛牛抓住了。

春来把牛牛架在自己的肚上,正要仰泳上岸,突然一个黑洞洞的大旋涡像怪兽张大的嘴巴,搅转着,尖啸着,贪婪地把春来和牛牛连头带脚一起吞了下去!

把桂兰送上岸的端马,回身来救春来和牛牛,却不见了他俩的踪影。

北岸跳下水的四人,三个站在桥中心,干望着束手无策,而那个先跳进沙河的人也不知去向。北岸所有人的目光一齐朝下游追去。

端马、桂兰吓蒙了,他们沿着河岸往下游边跑边喊。他们没有看到春来和牛牛的身影,端马似乎不抱希望了,他认为春来和牛牛八成是沉到水底了。

端马、桂兰望着水面哭。

端马几乎精神崩溃了,他捶胸跺脚,边哭边说:"春来、牛牛,我的好弟弟,你俩不能死啊,你俩还是昨晚吃的青柿子,都还饿着肚子呢!快漂起来吧,弟弟,漂起来我带你们到庄上讨口吃的。弟弟——呜——呜——快漂起来吧……"

从大石桥上过来的那三人,也跟端马一同往下游找。三人见春来和牛牛两条鲜活的小生命在他们眼皮底下瞬间被洪水无情地吞噬了,见小小年纪的端马、桂兰对失去兄弟那样悲哀伤痛,都不禁热泪滚滚起来。

三人对着河面喊:"两个伢子漂起来吧,我们无力把你们尸体运回自己家,可就地埋了也比在水里浸泡强呢。俩伢子,漂起来吧。"

一直哭得不歇的端马和桂兰喉咙都快哑了,哭不出声了。

端马哭喊着说:"春来、牛牛,我的好弟弟,你俩漂起来吧,大大、妈妈还在家里望着我们回家呢。好弟弟,我们兄弟一同出来,也要一同回家啊。弟弟,呜——呜——呜——,春——来——,牛——牛——"端马声音提得好高,拖得好长,喊叫得山谷响应,水面涌波澜……

"大——哥——"

"咦,好像有人答应!"端马又连呼几声,回答声又起:"大——哥——我是春来,我和牛牛在这儿,我俩都好着呢,你和姐快来!"端马和桂兰听清了,是春来在回答。他们欢喜得跳着蹦着不够,竟忘乎所以地拥抱起来,但很快松开手,双双转过背去,各用两手捂着自己脸。

"快去看春来、牛牛!"端马最先打破尴尬,说着就和桂兰一起,连同那三人一道向下游春来和牛牛那边跑去。

见到春来和牛牛,四人又一阵拥抱、大哭。

春来揩揩眼泪,指着站在他前面的人介绍说:"大哥、姐,你们不知,我和牛牛这回大难不死,全托这位大叔的福,是他救了我们的命。"端马和桂兰二话没说,趴地跪下,向那位大叔磕头,感谢他对两个弟弟的救命之恩。

桂兰磕头时吃了一惊,她认出了那位大叔。

大叔名叫唐二奋,外号水鸭子,就是那天和春来他们三个在牛屎堆里打架,然后跳到村前的清水塘寻死的那人!他没有死,他是吓唬春来他们的。当春来他们三个在塘边对他凭吊,向他鞠躬时,他都在家洗澡换衣了。难怪庄上人不去捞尸,又难怪他们族长对春来他们三个不起诉、不予追究了,原来是这么回事,白让春来他们三个愧疚后悔了这么多天。

今儿早上,唐二奋捞水淹稻搞迟了,他一见到堤上的人,就认出春来他们三个了。

　　唐二奋是这一带出了名的游泳好手,他对大沙河水情特别熟悉,发大山洪时,上游漂浮物从哪个旋涡卷进去,到下游哪个旋涡口卷出来,他都一清二楚,所以当看见抱着牛牛的春来从一个旋涡卷进去时,他就像一只鱼鹰直扑下游那个旋涡的出口处了。

　　二奋到达出口处,正好抱着牛牛的春来从旋涡出口被卷出来。二奋一手抓去,但由于水流过急,手刚触到春来的背又被冲脱了。春来和牛牛像两片贴在一起的菜叶,在原地翻转五六次,最后二奋抓住春来的一条腿将他俩拎了上来。二奋用他拿手的救溺方法,只几个拉扯,就让春来和牛牛吐光了腹水,恢复了意识。端马喊春来时,为了根除呛水后遗症,二奋正在给春来他们两人按摩穴位。

　　端马又向二奋连磕三个头,二奋并没表示什么,他只是拍拍牛牛和春来肩头,说:"俩小子,那天我讲你们几个人偷我柿子吃,打了你们,我错了,今儿我们扯平了,不亏欠你们了!"说完,二奋直起身子,同那天跳塘一样,举起双臂,两脚猛一蹬地,身体往上一蹿,在空中转了一下,扑通一声,一头扎进湍急的大沙河。端马他们正在为他担心时,一个猛子扎下去的二奋就从河对面爬上岸了。

　　二奋抹抹脸上的水滴,朝端马这边高喊:"野伢子们,到哪儿去,快赶路吧,我们这儿一断日光,就有狼群出来伤人。快走吧,晚上要找个安全的地方过夜!"

　　端马他们四个再次一同跪下向二奋磕头感谢。

　　春来高着嗓门喊:"大叔,你是我们的救命恩人,我们永远是好朋友!"

　　为了避免遭遇狼群,那天晚上,端马他们四个歇在一口窑洞里。那窑门很大很宽,比别处窑门大一倍还不止。

　　那口窑可能很久没有烧了,洞里尽是断砖碎瓦,还有浓烈的屎尿臊臭气味。端马在窑四周看了一遍,除了拐角吊着个破炭篓子,其他什么也没有。

　　春来不小心把炭篓子碰掉了,发现炭里有一个小破包,抖开破包,里面赫然亮出两包洋火(火柴)。端马擦一支,哧的一声燃着了。春来高兴地说:"这个可能会派上用场的。"他把洋火包好了,塞进牛牛的短裤衩的补巴里,叮嘱他别弄丢了,别搞湿了。

细心的桂兰把倒出的炭又铲回篓子,并把牛牛的洋火拿出一盒包好了,放回篓子中用炭盖好,然后让春来把篓子挂回原处。

牛牛不解其意地望着桂兰姐。

春来说:"姐是对的!"

牛牛微微笑了笑,说他也晓得了。

牛牛说:"这东西可能就是前面人为我们后来的人准备的呢!"

端马说:"我们如果把它用光了,或是糟蹋了,再后来的人就没有的用了。"

为了防止夜里狼群来袭,端马他们几个把窑后面的柴草捆儿搬到前面,把窑门堵了起来,而桂兰和牛牛则在堵窑门前,就搬进好多碗钵大的石头,码在门后。

睡前,端马解开几捆多余的柴草,铺在地上。桂兰和牛牛靠里面西头睡了,春来和端马比肩挨着,守在东边近门口处。

端马抱着扁担,身体紧贴草垛子。他时而侧着耳朵听外面的响动,时而趴在上面预留的小洞口上,窥视窑门外的情况,他多少次点头磕脑地要打瞌睡,但又多少次自我警醒了。端马自知,大大、妈妈远离身边,他不能因为自己也未成年,而不对另外三人承担起长兄的职责来。他绝对要保护好三人的安全!

一天的惊吓、困倦、饥饿,使春来、桂兰、牛牛一安顿下来就睡过去了,但端马却像一口钟似的坐着不动。

果然,不大一会儿,窑门外传来狼的嗥叫,端马贴着预留的洞口朝外看,见几束浅蓝色的光亮,在窑门前慢慢悠悠地徘徊,十分瘆人!端马把石头都已拿在了手上,只差没有砸出去。但是很幸运,柴垛外的几只狼走了,这让端马松了一口气。

端马终于抗拒不了瞌睡虫的猛烈袭扰,狼离开后,坚持了一阵的他,到底还是坐着睡过去了。二更多一点的时候,沉睡中的端马,被扒拉柴草的杂乱声惊醒了。毛骨悚然中,他不自觉地摇醒了偎依在他身边的春来。

嗷——嗷——嗷嗷——狼嗥叫一阵又停下来。

春来听见,除了扒草声,还有来来去去的脚爪踏地声。

端马再次从预留的洞口探出头,他看见一对对幽冷的绿光纵横交织着,从不同角度聚焦到封堵窑门的柴垛子上,还间或伴有大声的嗥叫。端马和春来同时感到不寒而栗。

端马把春来紧紧搂在怀里,不无忧虑地说:"弟弟,我们真的遇上狼群了!"就在端马跟春来说话时,他听得出狼正往窑内打洞。

"大哥,是不是把姐姐和弟弟都叫醒了,共同抗击狼群啊?"虽然看不见,但春来仍然面对着端马说,他希望从端马的眼神里获得战胜狼群的信心和力量。

端马说:"弟弟,让他俩睡吧,不到万不得已,不要叫醒他们。她是女孩,牛牛又胆小,叫醒了两人都会害怕的。"端马摸摸春来头,继续说,"昨儿过沙河没淹死,是老天可怜我们,我们能得天可怜,就不会被狼吃掉的,别怕,弟弟。"

端马把扁担往地上捣得当当响:"弟弟,狼要是把柴垛打通了,我们就背靠窑洞壁子跟狼打。"

春来把手上两块石头相对一击,迸出的火花在黑暗的窑洞壁上映出了一道眨眼即逝的美丽彩虹。春来说:"大哥,狼要打洞进来,这石头不是吃素的!"春来又把两块石头对击了一下,又一道彩虹映出来,比刚才那道更美丽。

端马说:"弟弟,你可晓得,狼凶恶得很!"端马的意思是要春来做好与狼打硬仗的思想准备,但他表达不出来。

春来抓住端马的手,态度坚决地说:"大哥,狼凶恶,难道我们还对狼慈悲不成?"

"慈悲?你看我的吧!"端马把扁担往柴垛上一靠,随即摸到一块带棱角的石头,在春来的帮助下,穿过预留的洞口,咚的一声,顺手推滚下去。估计是砸中一只狼的头部了,狼叫着跑开了。从杂乱的脚步声能听出,跟着跑开去的狼怕有好几只。

狼跑了,端马和春来显得精神振奋!

但是狼并不就此罢休,黑地里磷火似的幽光星星点点,闪烁晃动,没过一会儿,柴垛外边沿一排,都是狼贴地往窑内打洞的声响。春来催端马快砸石头,迟了来不及。端马说他手劲大些,他让春来把石头递给他,由他端着从洞口往外砸。

因为黑暗中看不见狼身,端马和春来只能朝抓扒柴草的声音处砸去,没法次次都能砸中。有的狼虽被砸中了,嗥叫着离开了门边,但从急促的抓扒柴草声丝毫不减的情况来看,狼运用的是车轮战术,它们数量多,被砸中的狼撤下去,很快就有新的来替补。而窑内能战的只有端马和春来。

面对危急的形势,端马表面上虽仍淡定镇静,一副临危不惧的样子,但他内心确实很紧张,他深知一旦有一只狼打通柴垛钻进来,其余的就会像决堤的洪水一冲而入,无法挡住,一旦这情况出现,他们就全完了!

端马对春来安排后事般地说:"弟弟,如果今晚我们都被狼吃了,那就没得可说了,那牛牛的死活我们也管不着了;如果仅仅是我一人被狼吃了,你们三个还能幸运活下来,到时你一定要把他们两个带回家。"

春来说:"大哥,群狼当前,我们只应奋勇杀狼,不该讲败兴丧气的话。我们四个都要活着回家,大、妈生养我们,我们还没有孝敬他们呢!"

端马噙着泪说:"大弟,我尽力吧,其实我也不想被狼吃掉,更希望我们都能活着回家,我这不是朝好处打算,从坏处着想吗?听,狼扒得更凶了。来,我的好弟弟,你递石头,我来砸!"

"大哥,你看!"沁头搬石头的春来看到外面有绿光透进洞内,赶忙拽端马蹲下看。

端马看罢,大吃一惊,说:"不好,洞快要打通了!"

端马让春来端石头猛朝外砸,自己把住扁担跪在一侧,扼守快要被狼打通的洞口。端马凝神注视着从洞中透进来的绿光。那一对绿光隔着还没有完全打通的柴草,时而向后退去,时而推向前来。绿光越来越亮,估计狼头都快要伸进窑洞了。端马屏气凝神,紧握扁担对准左边猛地一捣,噼啪一声响,那狼一声嗥叫。端马迅速抽回扁担,又是一声噼啪,右边的"探照灯"也炸灭了。那只被捣瞎了双眼的狼嗥叫着退出了洞道。从它在外面场地上那忽东忽西、忽左忽右的乱叫中可以推测出,它的眼睛已经完全失明了,它在瞎闯瞎撞,完全丧失战斗力了。

间歇了一会儿,端马和春来还没来得及庆祝胜利,在被捣瞎了双眼的那只狼打的洞道里,另一只狼补充上来了。那狼好像吸取了前狼教训,紧紧闭着双眼,端马只好握住扁担朝洞里乱戳。戳一阵狼就后退一点儿,在扁担够不着处停下。

在上面砸石头的春来感觉情况似乎有些不对劲。

春来说:"大哥,我怎么明显看见绿光从草垛里往外照射呢?"

端马一下子警觉起来:"光亮往外照射?这就怪了!"端马紧握扁担盯着洞口处。

"大哥,大大跟我讲过,狼是最狡猾的,怕不是那狼怕人捣它头,戳它眼睛,用屁股往洞里抵呢!"牛牛在窑门左侧说。

端马惊问:"牛牛,你没睡呀?"

牛牛说:"哥,我和姐早就在这边砸石头了呢。你说我胆小,不让春来叫醒我和姐,我们都听见了。只是你和春来都在集中打狼,没注意。"

"啊,难怪我听见你那边也有砸石声……"端马话没说完,忽然觉得有个毛乎乎的东西像扫帚一样,在他抵着洞边的脚背上扫来扫去。他警惕地用手摸摸,咦,是狼尾巴!春来也摸摸,说:"咦,想不到真让牛牛讲对了,狼果然是怕人捣它头,用屁股抵进来了!"春来说罢就叫牛牛把火柴递给他,他要用火烧,桂兰立即阻止。

春来往自己头上拍一巴掌,说:"大哥、姐,看我又犯糊涂了,一点火烧,我们四个全别想活了啊!"

牛牛说:"你还讲呢,要不是姐提醒,我们四个都要被烧成焦炭呢!"

草垛外的狼被砸得嗷嗷叫,洞道内的狼还在用屁股往里挤,甚至还有好几只狼往上蹿着,抓封门的柴垛子,形势十分危急。

牛牛摸石头时被绊倒了,两手抓住一根长条棍子,捡起来交给了端马。端马掂掂,沉沉的,又让春来试试,两人顿时大喜,原来那是一根通窑内膛的铁条!

"这个有大用!"端马兴奋地说。

春来脑子也滴溜溜一转,说:"大哥,这个马上就用得着了!"

端马附春来耳上嘀咕了两句,对于这铁条的用途,端马和春来想到一块去了。

春来说:"大哥,真好,我们想什么就来什么,而且来得特别及时,这可让我们从石器时代一步跨到铁器时代了,想是老天原本就想不让狼吃掉我们呢!"

他们把桂兰和牛牛叫到一起,做了周密交代。一个置那只快要用屁股抵进窑内的狼于死地的办法,立刻就要付诸实施了。

插进狼打的洞道内的扁担被挤得向窑内直退,说明那只自作聪明的狼就要倒着用屁股抵进来了,它的尾巴再次扫着端马的脚背。

看看是时候了,端马把铁棍子给了春来,春来把住铁棍蹲下。

冷不防,端马像屠夫抓猪一样,两手撩起在他脚背上左右扫的狼尾巴,用力向上一提,与此同时,桂兰和牛牛迅速抓住已经被提起来离开了地面的狼的两条后腿,用力向左右一扳,拎着狼尾巴的端马,拼尽全力将狼的后身死死地压在地上。

狼大声嗥叫着,前爪使劲抓挠着,头颈扭摆着,但在仅容一狼直身爬行通过的洞道内,任它使出浑身解数,也无法转身掉头来咬端马他们,更没有半点挣脱逃出的伎俩可施。而端马他们则可以从容不迫、不慌不忙地根据预先设定的方案将狼置于万劫不复的境地。

狼的后半身被固定好后,春来从容地摸到了狼的屁眼,将铁棍的尖头插进去。端马腾出一只手捉住铁棍,使铁棍固定不移位。一切妥当后,春来退后几步,双手抱住铁棍的尾端,使出全身气力,往前一抵,差一点儿连手都捅进狼的屁眼里!

狼"呜嗷"一声大叫。端马几个认定狼就地毙命无疑,同时庆幸地松开手,喘着粗气。

稍事恢复后,春来去取狼屁眼中的铁棍,可是伸手摸去,狼跑了。

"狼跑了!"端马懊丧极了,"狼跑了没什么,它活不了,只可惜那根铁棍子没取下,它可是我们的撒手锏啊!"

是啊,那狼已经爬出洞道!从那嗥叫声中可以推知,它一定是在窑前场地上翻来滚去,摇摆甩动,试图摆脱那根被捅进肚内的铁棍。

渐渐地,那狼的嗥叫声小了、没了,狼死了。

坡地上许多绿色光束向那死狼处汇合聚拢,惨叫声一片,那是群狼对死去同伴的悲伤和哀悼，也是在吹响向端马们发起最后总攻的集结号，号令中充满着复仇的悲壮和嗜血的残忍！

窑洞内端马和春来在加固柴垛，堵塞洞道，桂兰在搜寻和堆码石头，牛牛在不声不响地扎草把儿。大家都在为与群狼做最后的殊死拼杀准备着。

果不其然，在黎明来临的前一刻，所有的狼又嗥叫着，潮水般向窑门前冲来，无数绿色光束，像射灯一样把窑门前的柴垛子照亮。

看着群狼孤注一掷向柴垛冲来了，牛牛突然划着一根火柴，点燃了自己编扎的火把。

"危险！"桂兰要拖火把，但牛牛一转身，推倒一方柴垛，站在窑门外大喊："大哥、姐、春来，我去把狼引开，你们快跑吧，回家告诉大大、妈妈，我不是胆小鬼！"

牛牛举着火把，奋不顾身地向狼群冲去。

牛牛本意是自己把狼引开，好让端马、姐姐、春来三人脱身逃跑，却犯了致命大错。为了救他，端马他们三个也一齐追撵出去，结果全都陷入了狼的包围。

看着仅有的两束火把就要烧完了，端马无奈地说："春来、牛牛，两个小弟弟，我们昨天没掉沙河淹死，这回是要被狼吃掉了。"

端马拉着春来几人的手，朝家的方向齐躬一大躬，说："大大、妈妈，我们回不去了，你们多……""保重"二字没说出口，火把已经燃尽！

不知怎的，身后的柴垛又鬼使神差地全部燃烧起来，四人既无险可凭，也无路可退，与此同时，大群的饿狼张着大嘴，嗥叫着，一齐朝赤手空拳的端马他们四个凶猛扑来……

七十六

可能是亲人间的心灵感应吧，几天来，处在水灾中的条子号的永富夫妇对去宿松的端马几个格外牵肠挂肚。

已经是下半夜了,倪妈才勉强入睡。可刚睡着,她又大喊着坐起来:"别打牛牛,春来快跑,别打我的伢子,别打!"

永富知道妻子又做噩梦了,他把熟睡中的丑儿抱到一边,速将仅剩一点油的灯盏点亮,凑近妻子的脸照了照,豆大的汗珠从倪妈额上渗出来,嘴里还在念念有词。

永富心痛地问:"他妈,你一定又是在乱想了吧?"永富一边问,一边把倪妈散披在额上的乱发拂上去。

倪妈说:"他大,我怕。我梦见端马他们四个都被人打了,回家路上又遇到危险了。"

永富安慰妻子说:"放心吧,他妈,你是惊心了,有端马、春来一道,他们不会有事的。"

"他大,我不是惊心,是活灵活现的,我梦见端马、春来他们四个都遇到危险了!"倪妈边说边顺手拿过两件破衣,分别搭到六丫和丑儿肚子上,然后一个人走出了帐篷。

月光下,大堤两边的水像河海,夜风荡起的轻浪敲打着堤坝,发出哗哗的声响,鬼蜮般啃啮着大堤身腰,也啃啮着倪妈焦灼的心。

"伢子们啊,我的桂兰媳儿,我的端儿、牛儿、春来,你们千万别出什么事啊。回来吧,伢子们,快点回来,我和你们大大心都急碎了!"倪妈独自坐在堤边,对着宿松方向默默自语着,为她的孩子们担心着,祈祷着。

几只贪婪的蚊子叮在倪妈干瘪的小腿上,吸饱了血又飞走了,把痒和红肿留在倪妈皮肤上,但她自己一点儿也没有感觉到。她呆呆地对着江南月下那座座朦胧的、淡青色的峰峦发愣,仿佛它们都是远离她身边的孩子们的化身。

"进棚吧,这地方气味太难闻了。"永富说。

倪妈侧过面,这才晓得丈夫也陪坐在自己身边。

"回吧,气味恶心!"永富再次催着说。直到这时倪妈才感觉到,一阵阵腐尸的臭气直冲脑门,原来她的身后,厝着因暑热、饥饿、疾病而故去的三个人的尸体,其中有两具是只用麦草包裹的裸尸,要是白天,还看得见黄黑色的腐尸水从板缝或草秆里往外渗淌。

天麻亮了,刚回到帐篷里,倪妈又叹息着说,不知小沙弥悟敏去普陀山没有,虎子小坟是不是好好的,会不会被雨水冲掉。

永富说:"你呀,牵挂着活的,又忘不了死的,和我一样,操不尽的心。"

倪妈漱洗、打扫一阵,跟丈夫交代了几句,就要到声玉那边去,尽管她不知道声玉回没回来,她急欲打听她的几个孩子在宿松那边的情况。可她才出帐篷,陆姨大夫妇就从腰盆里上来了。倪妈把他俩引进棚里。陆姨妈受不了外面吹进棚内的气味,她一进来就捏住鼻子。

倪妈把小沙弥上次带来的檀香点了两支。到香燃掉半截时,陆姨妈才把捏鼻子的手放下来,做了一次深呼吸。

倪妈怪陆姨妈不该撑到大堤上来呼吸尸臭味。

陆姨妈说她在那边吊棚里住着,上不挨天,下不着地,就像鸟雀被关在笼子里,一天到晚见不到一张新面孔,找不到一个人说说话儿,把人都闷死、急死了。她原想到倪妈这边来伸伸脚,透透气,没想到臭气把人都冲晕了。"唉,你们在这儿怎蹲得住啊!"陆姨妈说。

陆姨大把陆姨妈的话打断了,问永富还有没有吃的。永富说陆姨大带明发、启亮大送来的粮还有,就是人心焦得慌。陆姨大说,心焦无非是担心端马他们几个孩子在宿松的安全,他叫永富夫妇别急,端马、春来几个不是别人能欺负得了的,况且还有声玉等几个大人一道。永富说,他们主要是牵挂活的,但也可怜死的。

陆姨大很不以为然了,他怪永富过于操心。他说:"整个条子号有几十座坟被淹在水底下,就你家五丫吗?"

倪妈说:"姨大、姨妈,我们主要是可怜虎子啊。"

永富说:"五六月间连天的大雨,我虎子的坟就是没完全被冲掉,十有八九小木匣子也被冲出来了!"

永富眼角湿润了,倪妈也用袖子一次次地揩脸。

陆姨大要永富尽管放宽心。但永富还是说,只要一想到虎子坟的事,一想到端马他们四个在宿松的安全,他们就急得晚上睡不着觉。

陆姨大见永富夫妇又担心又焦心的,本想多坐会儿,劝劝他俩,但常明发父亲常福胜又在条子号那边腰盆里喊他回去有事,他只好略安慰几句,就要带陆姨妈回去。可刚起身,陆姨妈突然想起来,她说她前天到雷港寺请菩萨,离开寺庙时,是小沙弥把她送到腰盆的。倪妈问小沙弥讲什么没有,陆姨妈说小沙弥讲他第二天就到普陀山去了,说是学一年后,老方丈就带他回雷港寺,一回雷港寺,方丈就把小沙弥的身世公开出来。

听到陆姨妈传达的话,倪妈说:"老方丈就把小沙弥的身世当成一个包袱,说抖开不抖开,不知里面包的是什么,把人急死了!"

陆姨大说:"好了,不说小沙弥了。我估计端马他们最近几天就要回来了,到时我再划腰盆过来,把他和春来都接过去,帮我把吊棚再加固一下。"

倪妈说:"好啊,端马和春来就乐意给你做事。把你的棚加固好了,让他俩把麻姑的棚也加扎一下,她一个妇道人家,也怪可怜的。"

"可怜?她讲你可怜!"陆姨妈不以为然地说。

陆姨大也淡淡地说:"她走了,到江南去了,与端马几个是同一天走的。"

永富吃惊地问:"她也去江南了?是一个人去的吗?"

陆姨妈瞪着永富说:"哎哟哟,她肯一个人去吗?她跟那岳西婆子一道去的!"

倪妈惊讶了,说:"跟岳西奶奶一道去的?岳西奶奶在她家吗?我们很长时间都没见过她了,还以为她老人家回岳西去了呢!"

永富夫妇将他们送出了帐篷,陆姨大跨上腰盆,桡子刚拿上手,永富又叫住他,问有没有义堂的消息。陆姨大先是摆摆手,叫永富别问,但又怕永富夫妇急,便笑笑说:"义堂很好,你们不用担心他。"但陆姨大觉得说到这份上,还是不能让永富夫妇放心,见堤坝上下都没有人,就又从腰盆里下来,附在永富耳边,极为轻声地说了几句什么,连站在永富左边的倪妈也没听清。不过从永富脸上顿时露出的笑容来看,一定是好消息。原来陆姨大说义堂新近提升为营教导员了,还说解放大军要来了,要过长江解放全国了。义堂、明发、启亮几个不久前的一个晚上,渡江到江南做敌后侦察又立了功!

在腰盆里划了几桡子,陆姨大回过头向目送他们的永富夫妇摆手说:"回吧,别急,尤其不用把心思放在虎子坟上。端马他们四个也不会有事的,许多好事都赶着向你们跑来了,你们家的苦日子快要熬到头了!"陆姨大的意思是说条子号不久就要解放了,但他没有明说出来。

回到帐篷,倪妈把家里安排了一下就急急地向声玉家走去。

倪妈一连跑了七天也没看见声玉,声玉还在宿松。第八天上午,倪妈又要去声玉家,可是刚出门,声玉就来了。

见声玉来了,后面并未跟着端马他们四个,永富夫妇心里犯疑了,但又不敢问。他们把声玉引进棚里,连句坐的话也紧张得不晓得讲。

声玉很平淡地问端马他们几个哪儿去了。永富夫妇紧张了,永富说:"端马他们?还没回来呀!"

"没回来?"声玉惊愕了,说,"没回来?他们比我们早十一天就离开宿松了呢!"声玉望着永富夫妇,眼睛瞪得老大,一眨不眨。

"早十一天就离开宿松了?人到哪儿去了呀?"永富夫妇同时惊问,他们害怕极了。倪妈两腿抖得站不住,永富紧贴她身边,把她胳膊挽着,说:"没事,没事,可能是一路讨吃耽误了,没事。"

永富表面装得淡定,心里比倪妈还怕,他想到倪妈做噩梦的事。

声玉也忐忑不安了,他本来是为没把端马他们四个带好来向永富夫妇致歉的,没想到端马他们——唉,声玉感到事情严重了!声玉决定和永富夫妇去问与他同去同回的那三人晓不晓得端马他们四个离开他女婿家以后的情况。

声玉他们哪里晓得,端马他们四个正在路上经历着种种生死大磨难啊!

七十七

当端马他们正在泣告大大、妈妈多加保重,然后准备和群狼做最后拼死搏杀时,左边山坳里突然响起嘭嘭嘭的开门炮加雷管爆炸似的轰鸣声,继而十几条高大的猎犬,汪汪地引着端着猎枪的猎人,沿着坡下小路向废窑前赶来。

原来是废窑后边山坳的猎人,当时正赶在拂晓前出猎,恰好听到这边狼群嗥叫,又见火光冲天,便鸣枪放犬赶了过来。狼群听到密集的枪声、众犬的吠叫声,纷纷作鸟兽散。扑了空的猎人们由众犬引路,火速朝群狼逃匿的方向追去。端马他们得救了。

白天沙河遇险,夜间与群狼拼杀,那一昼夜用出生入死来形容端马他们四个的遭遇,一点儿也不为过。

狼逃走了,猎人也去了,晨风吹来,即使才是初秋的早晨,端马他们仍感到了阵阵凉意。他们四个全都卧在柴火堆旁睡着了,睡梦中,牛牛还喊狼来了,快砸狼。

端马他们惊醒时,太阳已经从东边山口升起两丈多高了。他们揉揉惺忪的睡眼,商量着到山坳那边讨口吃的。谁知才移几步,就又吓得站住,不敢向前挪动半步。原来一只大灰狼(幸好就一只)趴在路边。端马警惕地拿起扁担,春来三个也捡起石头,大家抖擞精神,准备再战。

狼静卧不动,端马他们要讨吃,要赶路回家,耗不过狼。为了赶走拦路的狼,他们向狼跺脚、叫骂、扔石头,主动进行挑衅,可狼仍旧伏地不动。端马犯疑了,四人并排着慢慢向狼接近。最后发现,狼头前有一大摊血,屁股上有根铁棍子。端马他们明白了,是昨晚在洞道里被他们捅着屁眼的那只狼死在这儿。

"自作聪明,活该!"春来在那狼肚子上狠踢一脚。

疲惫不堪的端马不再害怕了。他让春来他们三个在死狼边坐下歇会儿,自己到塘边弄水喝。没走两步,端马脚被尖石头戳了,他痛得往地上一坐,春来和牛牛赶过去为端马拔取戳进肉里的石头。牛牛抓灰为端马敷创口时,手又触到一个似儿童玩耍的玻璃球似的东西。端马接过看看,说:"像眼球,会不会是昨晚那只狼的眼珠呢?"

端马几个正围着面前的狼说着,愁着不知如何处理,那帮猎人携着猎犬、背着猎枪猎物从山坡下来,绕到端马他们跟前。

猎人们听了端马的遭遇后,深表同情。

"伢子们,先到我们家搞吃的吧,不把肚子撑起来,没法赶路啊!"其中一个猎人说。

端马说:"谢谢了,伯伯,请把这只狼带回去吧。"一位猎人背起狼,把端马几个带回家,临时安排在棚里休息。

四人吃过猎人给的早饭,正要赶路,端马却把吃下的全吐了。

端马吐罢,全身发抖,汗珠儿从额上往外直冒,站也站不住。春来和牛牛生怕他跌倒了,紧挨端马身边,为他保驾。桂兰主动拿过端马手上的扁担,想问他是怎么了,但支支吾吾,欲言又止。桂兰心里十分害怕:端马倒下,大家就没了主张!尽管春来也十分能干,但他到底还不是主帅。

"弟弟,你俩扶我到棚里坐会儿,我站不住。"在春来和牛牛的搀扶下,端马才挪两小步,就两腿一软,瘫坐在棚外的一块糙石上。

"大哥,你额头烫人!"春来摸摸端马前额,吃惊地说。

端马说:"弟弟,我也觉得烧,头痛。弟弟,我想喝水。"端马显得很痛苦。

牛牛搂住端马脖子,仰面望着端马脸,急得要哭。牛牛说:"大哥,你不能生病,你要好好的。"

桂兰把讨来的温开水递给牛牛,一句话没说就走了。当牛牛再叫桂兰时,她又回来了。她拔来一些稻草铺到棚左边地上,春来晓得了,他和牛牛一道把端马从糙石上扶起来,搀进棚里,躺到铺草上。

端马烧得眉眼不开,春来他们三个陪在他身边,春来和牛牛不时给他喂水,揩汗。

端马直喘粗气,面颊像浮上了红云一般。除了给端马冷敷散热,春来和牛牛束手无策。

春来他们心急如焚,巴望端马早一天好起来,他们忧心的不是延误回家的时间,而是他们大哥能不能好起来。

端马已经病到第四天了。每天就是迷迷糊糊地睡,不吃饭,间或喝几口春来和牛牛喂的温开水。

在家里,每当孩子们头痛脑热,倪妈就跪下磕头求菩萨保佑,桂兰也学倪妈,当春来带牛牛出去时,她就跪下为端马求菩萨保佑。但不管念多少次,也不见端马有丝毫好转。

牛牛每天都哭,但春来总是装得很淡定,他把牛牛搂在怀里哄着。自从端马病倒,春来就是牛牛的精神支柱。牛牛须臾不能离开春来了。

猎人据说是到东流大理山那边打猎去了。猎人的妻子和母亲差不多每天都要到棚里来两三次看端马和送给春来他们三个吃喝,只是春来他们三个都急得慌,送来的粥饭还吃不到一半,就又被送回去了。

第四天傍晚,猎人和他的兄弟们回来了。猎人见端马病了,很是心焦,他对春来他们说:"伢子们,真难办啊,我们这里没医没药,生了病就只有靠硬扛,碰运气!"猎人摸摸端马额头,咂着嘴叹气走了。

第五天早上猎人又来了,见端马仍无好转,就自言自语着:"看今明两天了,好就好,不好就没有指望了。唉,多好的伢子,恁大年纪就带弟妹到外来谋生!"

猎人老娘也望着烧得不省人事的端马对儿子说:"伢子要能好过来,我代他家人买一千响大爆竹炸炸庆贺,要是一两天好不起来,那个了,你找个好些地方把他埋了,候他大大以后来把尸骨取回去。伤心啊,伢子!"那奶奶叹息着,又分别抚摸着桂兰、春来、牛牛。

猎人母子的话像锥子一样,戳得春来三个心里直滴血!

尽管春来充硬汉,桂兰害羞,怕表露,但到这个时候,他们也跟着牛牛往下掉泪了!

又快过去两天了,猎人送来的食物,桂兰没沾牙,撇开她是端马童养媳不说,她只觉得端马就是她大哥,过沙河大石桥时他对她讲的那句话,已经融在她血液里了。

天凉爽了些,但端马的烧一丝没有退。第六天上午,猎人又来看端马,走时重复了头天讲的那句话。他说,别讲高烧会把伢子内脏烧坏,六七天没吃东西,也会把他饿死的。猎人走后,牛牛又坐在端马身边哭了,春来和桂兰也跟着擤鼻涕揩眼水。

突然,牛牛挣脱了春来的手,跑到雨中摘来一根竹枝,嗖地刺穿自己胳膊,用手指蘸着血往端马嘴唇上抹,说要用自己的血把哥救活。

春来赶忙捂住牛牛的创口止血,说:"弟弟,你傻呀,上古时有人刺血救饿虎,那是因为老虎掉到崖下找不到吃的,而现在大哥是病得不能吃,你刺血有何用啊!只有把大哥病治好了,才能救大哥呢,你……"

突然牛牛摘竹枝的那片在雨中滴水的竹子,又在春来眼前摇动起来,春来默念着:"竹子,竹油,油。"春来两手一拍,说:"姐、弟弟,大哥或许有救了!"

春来把秘方告诉了牛牛和桂兰,他俩都说可以试试。

于是三人同去找猎人。猎人说:"伢子,只要那方子能救活你们大哥,哪怕把我一园竹子都砍光了,我也不心疼。走,我去帮你们砍!"

春来他们三个把猎人砍的新鲜竹子架到火上炙烤,烤出的竹汁用温水调好给端马喂下半碗,端马迷糊中居然口口都喝了。奇迹发生了,当晚,端马大汗淋漓,四更前后,端马高烧全退了,到天麻亮时端马竟然问春来有什么吃的,他饿了。这可把春来三个高兴坏了,但也把他们难倒了,哪儿有吃的呀?

春来叫开了猎户的门,猎户听说端马好了,想吃东西了,一家人高兴无比,当即热了粥,让端马他们四个吃了。

原来新砍的竹子用火炙烤后,竹竿上渗出的水珠儿叫竹油。竹油是清热解毒、化瘀下火的良药。没想到当年在驻驾当学徒时,篾匠师傅无意中讲的偏方,春来竟记住了,而且在端马身上验证了,这可真是处处留心皆学问呀!

端马终于挺过来了。两天后猎人又出猎了,端马他们四个辞别了猎户母亲、妻子,往家赶路了。这回他们是依着猎人妻子的指引,从猎人家的屋后山头翻过去的,这条路同样可以到达马当,与来时走的那条路是殊途同归。这路虽难走,但它是捷径。

这是端马他们四个离开声玉女婿家的第十天。

端马大病初愈,当然走得比春来三个更加吃力,又加连雨初晴,天热得厉害,山路陡峭狭窄,路两边的柴草高出人的头顶,一点儿小风都从柴梢上驰过去了。他们闷热得恨不能跳到柴草顶上去跑、去飞、去吐一口气!有的路勉强能过去,但更多的路被柴草堵住了,要把柴草拨到两边去,而后才可以往前挤。端马累得气喘吁吁,汗流浃背,脸色苍白,他每拨开一段路上的柴草,就拄着扁担站会儿,喘喘气。尽管他极力撑持着,但他无法管住他的两腿不颤抖,无法叫他心里不发慌。

春来、牛牛、桂兰三人跟在端马身后。因为柴草的遮挡,汗水的腌渍,眼睛根本看不清路,脚瞎踩一通后被割得没有一块是好的,就像来的时候春来的脚那样,人走到哪,花朵般的红艳艳的血脚印就延伸到哪。端马上前为春来他们开路,分拨过去又弹回来的柴草,把他的眉额、脸腮等处抽打出许多紫红色的伤痕,有的痕上还出血。

有几次,端马无奈地瘫坐下去,但又很快站起来,硬撑着履行着兄长职责。春来再也不忍心由大病初愈、身体极度虚脱的端马一人披荆斩棘带头开路了!他央求说:"大哥,你让我上前开一截路吧,一截,就一截!"可是端马就像没有听见一样。

春来坚持要求说:"大哥,你不让我开路,我就不走了!"春来边说边坐下了。

牛牛也靠近春来身边说:"大哥,你不依春来,我也不走了!"牛牛也蹲下了。

桂兰没说话,她紧挨牛牛站着,两脚像钉在那里,一丝也不挪动。

僵持了一会儿,端马只得少数服从多数,退到了后头。春来冲到了最前面,桂兰和牛牛也主动协助,帮着春来把长到路中心的柴草向两边分拨踩压。端马虽然殿后了,但他还不时为前面春来他们三个指点,这不仅让大家少走弯路,少吃苦头,更重要的是为他们一行人壮了胆子,提振了士气。

"慢!"翻过一道山脊,继续开路爬坡时,春来突然左手撑住扁担,右手做了个向下一按的动作,眼睛一眨不眨地盯着前面的柴堆,显出极为紧张害怕的样子。

春来侧过面,向下倾着身体,右手掩着上唇,极其轻声地说:"有狼趴在路上!"春来用急切、期待的目光望着端马,希望他能拿出办法来。

端马自言自语着:"不是冤家不聚首。"端马的大脑在急速地转动着。牛牛和桂兰有些慌了,他俩怕窑洞里与狼搏杀的事会在这里重新上演。桂兰直往牛牛跟前靠拢,牛牛直往端马跟前贴靠。

端马鼓励他们说:"都大胆些,狼挡着去路,怕也躲不掉!"

端马挤上前去,将春来拽到一边,蹲下细看了看,狼的前半身隐在柴堆里看不清,两条后腿蹬在狭窄的石道上,尾巴轻轻扫动着,但幅度不大,速度也很慢。端马回过头,要求各人做好与狼决斗的准备,自己端着从猎户家带出来的那根铁棍,用那天晚上在窑前洞道里捅狼的方法,对准狼的屁眼狠命地戳去。狼只稍微蹬踏了一下后腿,连叫也没叫一声,就不动了。端马仍不放心,又用铁棍子在狼肚里捅捣几下,见狼仍毫无反应,这才和春来一起大着胆子把狼拖到路中心。扒过狼头时,他们才看清,那狼的头破烂不堪,左眼珠儿没了,只有一个凹下去的小洞,右眼球挂在外面,由一条褐色的筋连着,吊在脸颊上,两只眼洞里都有蛆虫在爬动翻滚着。端马他们明白了,这很可能就是那天晚上在窑洞道里被捣瞎了双眼而后逃出去的那只狼,那天早上,在窑场前的坡地上拾到的那颗玻璃球似的肉珠子,就是这只狼的左眼球。

端马他们定定神,做了短暂的休整后,拖着死狼继续攀坡了。

渐近中午,他们除了饿得慌,更渴得要命。可是山路上连个野柿子、山楂果也没有。水找不到一滴,他们好容易忍饥挨饿爬上又一道山梁,原以为已经到了山顶,接下去就是下山了。可是上去才晓得那根本不是山顶,而是大山中隆起的一道山埂。像那样的山埂,在接下来的攀登中,他们遇到了好多道,而且一道比一道难越!

端马忽而上前开路,并不时回头拽拉身后几个,忽而又转到后面,把他们一个个向上顶。有时好容易爬上一道陡坡,呼啦一下,四人推挤着同时滚下来,压成一堆,像堆树段,又像叠罗汉。

带的死狼不仅有气味,而且成了一大累赘。春来他们三个建议丢掉,可端马说如果迷路走不出大山,又找不到吃的,还可以用它救急。在春来的提议下,大家把狼肢解了,端马背了两条后腿(两条后腿也只有不到十斤重了),桂兰和春来各背一条前腿,其余都丢了。端马的负重一下减轻了好多。

从爬第二道山埂起,一直到傍晚登上山巅,中间所攀经的山路,林深、树密、坡陡,有的地方真的是山从人面起,一不小心,山面的石头就碰到人的鼻子。而且一路上嘎嘎咯咯、咕咕噜噜、窸窸窣窣、呜呜咽咽各种形容不出来的怪叫声,在人的前后左右不时响起,听得人根根头发都竖起来了。走着走着,忽然一个毛乎乎的东西,呼啦一下,猛地从身边蹿过;走着走着,又是一个看不清的怪物,从面前横着冲去,柴草被冲压得向两边纷纷倒伏。最可怕的就是听到那些好像人们传说的虎啸龙吟鬼唱歌的声音,每当这种声音响起来,四个人都毛骨悚然。

为了赶在天黑之前走出这可怕的大山,不论环境怎样瘆人,不论怎样渴、怎样饿、怎样累,他们都只好拼死前行。

太阳已经偏西了,四人每攀爬一步,都变得十分困难。不经意间,左边一座高出山梁的土地庙赫然耸立在面前,端马决定绕弯儿去庙里取火烧狼肉吃。到了才知道,那是一座破败的荒庙,庙门都被荆棘柴草堵塞起来了,哪儿有火呀!

实在饿得走不动的牛牛说:"那天,要不是洗裤衩时把洋火洗了该多好呀!大哥,砸石头取火吧,不烧狼肉吃,我一步都走不动了。"端马心疼地摸摸牛牛头,说讲话耗劲,叫他别讲话,省点儿劲。

好容易砸出了火,狼腿放到燃着的柴上才烧一小会儿,他们突然听到庙后有说话声,他们警觉地抬眼望去,从庙后转出四个五大三粗的汉子来。汉子们个个眼睛凹陷,鼻子扁平,颧骨突起,皮肤黝黑,长发披肩,看上去就像传说中的野人,更令人惊讶的是,四人中除一个下身围着树叶连缀成的围子,另三个竟都赤身裸体,一丝不挂。他们手里提着铁叉短棒,肩上搭着獐麂蛇蟒,在庙前立着,望着端马几个烧狼肉。

"春来,我们走吧,怪怕人的。"桂兰催促着,眼睛都不敢朝那四人望。

"走吧,春来。"端马拽着牛牛,原路走了。

走不太远,其中一个汉子飞跑着从后面撵上来,嘴里嗯哼着不知说些什么。殿后的端马回头望望,那人把他们没烧好而丢弃的狼腿拎来搁在地上,转身就走。端马他们知道对他误会了。

那天晚上,听北山一家主人讲,端马他们才知道,那四人是外地的难民,他们常年在大山里以捕食大蛇野兽为生,夜里宿在树上。

渐近峰顶,柴草稀少了,前行的阻力也相对变小了。

终于到达了峰顶,峰顶上有一块三四间屋大的平地,立在上面,向北望去,远山莽莽,落日迟迟,山下空阔无际,炊烟迷蒙中,几处村落依稀可见。终于看到了走出大山的希望,他们好生高兴!

端马他们再也走不动了,决定就地休息会儿。

一阵晚风吹来,空气中就像掺了迷魂汤一般,四人同时坐下,打一阵哈欠,都睡了过去。端马手上扁担咣当一声,倒在一块岩石上,惊得背后松树上准备栖息的两只猫头鹰扑棱棱腾空飞起,几片蹭下来的羽毛,在夕阳的映衬下,飞转着,飘舞着,轻盈无声地落到地上,在散卧的端马他们几个中间,漂亮而又惨淡地点缀着……

七十八

端马他们四人虽然归心似箭,巴不得顿时刮起一阵大风,顷刻间把他们吹送回家。可是盼归的急切,却怎么也敌不过几日来的奔波跋涉、饥饿干渴、疲劳与痛苦的折磨,一坐下他们就倒地睡着了。但是,不一会儿,做兄长的责任心就驱醒了端马。端马惊起一看,春来、桂兰、牛牛都不见了,只觉身边一片漆黑,蒙眬中仿佛自己是坐在一口大黑棺材里,他下意识地自语着:"完了,完了,都完了!"

"咕呜——咕呜——"大概是那两只飞走的猫头鹰没有找到合适的栖身处又飞回来了,在端马背后的树上哼哼着,端马心里犯怵。他仰头望望,星月俱无,只有黑色的厚厚的云片,大阵大阵地漫过头顶上空。远处纷乱的磷火像鬼火一样,忽明忽暗地穿过阴森森的树林,向自己移来,如同梦游般的端马,随意扔出一颗小石头,砸到树上。石头遇到树干阻挡,又弹射回来,打到他胸口上,他一痛,清醒了。端马紧张地再次摸摸身边,还好,春来他们三个都散卧在他前后,牛牛胳膊就搭在他腿上,在端马摇醒春来和牛牛的同时,桂兰也坐起来了。

"大哥,"春来揉揉惺忪的睡眼,忧心忡忡地说,"大哥,我刚才梦见尹伯伯、倪妈妈到处找我们,喊我们回家呢,我们……"春来话没讲完,被一阵可怕的叫声打断了。

"快!"端马一面摸扁担,一面急急慌慌地说:"现在不是讲梦的时候,我们快下山,快!"

端马辨准了下山的方向,按照过沙河的顺序,后人拽前人扎腰的绳子,摸索前行。下山找不到路了,就照傍晚看的大方向瞎闯,好在下山树少,柴草也比较稀矮,不过坡度很陡,有的地方他们简直就是连滚带爬。

牛牛满心害怕,脑子里全是妖魔鬼怪、毒蛇猛兽。桂兰脸撞在树干上,痛得眼冒金花,刚伸手摸,就和春来离散了,端马他们三人只好又循声往回找。

好不容易走出柴林,来到一片野火焚烧后的山坡上,在牛牛可怜巴巴的要求下,他们依在一起,小坐了一会儿。当四个站起来挪脚走时,就像是茫茫无月的大海里亮起一座灯塔,就像是漆黑深邃的夜空中现出一颗明星,不经意间,黑魆魆的山下不远处,竟然举起一束通明的火把来!端马惊喜地说:"春来、牛牛,我们有指望了,山下有火,有火就有人家!"春来、牛牛、桂兰不由得都想欢呼起来。

才走几步,又一束火把闪现出来,接着东一处、西一处,三三两两地升起火把,接着四面八方、远远近近、高高低低处,都火把四起,几十束、几百束、上千束,仿佛繁星竞出,星河落地。火把排成各种图形,组合成各种方阵向山脚推进,把山面映照得通明豁亮,稍近山边的火把下,人的大致轮廓都隐约可见。

伴随火把向山边推进的是各种叱咤声、敲锣打鼓声和击打各种铁、木器皿声……众声共发,声震坡谷,势动山阿。趁着山下敲击呐喊的浩大声势,就着飞焰照山的通明光亮,端马他们四个前拉后搡,连滚带爬呼啦啦一气跑下了山。

说也新鲜,刚到山脚,海浪般的遍地火把,如潮似的鼎沸人声都歇了、熄了,一切归于宁静,眼前又还原了黑洞洞的夜色。

向着一处像是从腐草中透出来的磷火似的灯光,端马带着春来几个跌跌撞撞摸到一个庄上,在一户人家的屋檐下坐下了。

听到外面有响动,屋主人开了门,见端马几个依壁根蜷缩着,便把他们叫到屋里。屋主人了解了端马几个的遭遇后,庆幸地说:"伢子们哪,算你们走运,要是碰到野猪、狼群,你们就都没命啰!"

经屋主人讲述,端马他们才晓得大山脚下一带,每到天黑,就有狼群、野猪下山伤害人畜,糟蹋庄稼,刚才众人举火把呐喊就是恐吓和驱赶野兽的。

好险啊!

好心的屋主人为端马四个做了一餐大麦糊糊,并在堂心地上铺了麦秆草让他们宿了一夜。这样的食宿,对于这些天受尽磨难的端马四个来说,就像住上了21世纪上海或北京的五星级宾馆!

　　第二天一大早,端马他们四个诚谢了屋主人,就踏上回家的路了。算来这是端马他们离开声玉女婿家的第十一天了,中午,当端马四个刚刚抵近他们远航归来的小港湾——桐马大堤上那座帐篷,恰逢声玉带着永富夫妇正往外挪脚。他们正要去问端马他们四个的情况,不想端马他们就赫然出现在声玉等人眼前了。声玉庆幸不已!

　　濒临绝望的永富夫妇见端马他们四个活着回到家了,欣喜若狂。

　　丑儿和六丫也像隔了好几年才得见这么一回似的,双双扑上前迎接。

　　端马、牛牛、春来、桂兰尽管都疲惫得要命,但还是轮着抱了丑儿亲六丫,亲了六丫抱丑儿。不怪孩子们见了面都这样乐和,端马他们几个这次能活着回家,简直就是劫后余生!

　　永富夫妇特想知道端马他们在宿松以及回家路上的有关情况,但孩子们只说一切很好,其他方面都只字不提,唯有兴奋地掉泪⋯⋯

七十九

　　去宿松前,春来是决定去看他妈的,但又临时改变主意跟端马走了,所以今儿回来才歇息一会儿,弄点儿吃了,永富夫妇便借腰盆让端马把春来送到他二姐家看他妈赵姨去了。考虑到母子见面叙谈,外人抵在跟前多有不便,端马遂蹲在春来二姐家的庄前树下等春来。

　　春来跟他妈很是叙了一阵子没出来,疲惫不堪的端马靠着树干睡着了,约莫一个时辰后,春来从他二姐家出来了,后面跟着他妈。

　　"来儿,"赵姨淡淡地说,"我的身体情况,你千万不要跟你端马哥哥讲,也不要让你尹伯伯、倪妈妈晓得。"春来揩揩脸,点点头,刚转身要走,又折回去,抱住他妈的脖子,母子俩泣不成声。最后赵姨推开春来,转身回屋里。

　　春来怅望许久,才向端马走去。

见端马靠在树干上,呼噜呼噜地睡得烂熟,春来竟不忍心把他叫醒,默默依偎在他身边,陪着他。春来心里有事,因而一点儿困意也没有。见西边的太阳已经把大柳树的影子从庄东人家的墙脚下搬到屋顶上了,而来时那阵阵吹号似的蝉鸣也已沉寂下来,春来这才开始有些着急了。

"大哥,醒醒吧!哥,时候不早了!"同样的叫唤春来重复了几遍,端马浑然不觉,以至于春来不得不把端马推醒了。十多天来,端马那根绷得紧紧的神经,到家才得以放松下来,也难怪他睡得那样沉!

"弟弟,我让你候急了。"端马抱歉地说了一句,接着就把春来拽到腰盆里。

春来颇为抱歉地说:"大哥,对不起,我是怕天黑了,水面上辨不清方向,才把你叫醒了。"

端马嗔怪地说:"还讲呢,早该把我叫醒了!"端马指着西边山口说,"看看,太阳都快下山了。"

划了几桡,端马回头望望春来,忽然发现春来眼睛红红的,问他是怎么了,是不是哭了?春来微微笑了笑,说:"大哥,我多会儿哭了吗?是风把草灰吹眼睛里迷的。"春来说罢,便转过面去,用手在腰盆另一侧拨水,为端马助一臂之力,但端马一声喝,春来只得把臂收回来。

那天晚上,端马和春来到家时,月亮已爬到东山顶上一丈多高了,内外圩的水被月光斜照着,波光粼粼,像是撒了一湖碎银子。

春来和端马在圩边洗洗澡,就在帐篷外的麻袋上睡了。当晚大家并未看出春来的情绪与去看他妈前相比有什么变化,可是越往后大家越发现,以前那种快乐甜润的笑,从春来脸上消失了,就像那些天华阳的天气一样,春来脸上成天薄雾浓云,不见阳光。

终日避雨、龟缩在帐篷里的永富一家大小,对春来愁眉不展、忧郁的脸色,看在眼里,急在心里,但谁也不好主动问他是怎么了,只当作没那回事,浑着往后过。

春来的情绪似乎越发糟糕了。这天中餐,他只喝了几口稀糊,就把碗放下,闷声闷气地到铺上睡了。端马像被春来传染了似的,也无端地放下碗。对春来和端马的异常举动,一家大小都面面相觑,一声不吭。

倪妈终于耐不住地坐到春来身边,问:"伢子,你怎么了,这几天都忧忧愁愁的,是不是心里不舒服?"

见倪妈问春来,原以为家里人变得对春来冷漠不关心的端马气消了,也挨到春来身边。

春来没回答问话,倪妈摸摸春来前额,又问:"伢子,是不是那天去看你妈,挨你姐骂了?"

春来仍未回答,只是眼中水汪汪的。

永富也来了,他说:"我的伢子,你倒是讲啊,是不是弟妹们说你什么了?"

春来说:"伯伯,哥哥、姐姐对我都好,弟妹们都小,他们更是把我当亲哥哥待的。"

"那你究竟为么事不快活呀?"倪妈问。

春来倚到倪妈怀里,像是有什么伤感的事要诉说给她听,但很快又变换语气,说:"倪妈妈,我是心里不大舒服,睡会儿就好了。"春来说话时虽微带笑意,但他沉郁的眼神却折射出内心的隐忧。

端马很不相信地说:"弟弟,你一定是在撒谎,你心里一定有不快活的事瞒着我们。那天坐腰盆回来时,我就见你眼睛红红的,我问你是不是哭了,你说是灰把眼迷了。你一定是有事不向我们讲!"

"哥,没有事你偏讲有事,我吃好吧。"春来虽把他只吃几口就放下的糊端着喝下去了,但仍没有消除大家的疑虑。

那几天雨下得不歇。雨把永富一家大小,包括春来、丑儿都箍在家里,不能出去,这使他们有机会在一起多交流,多沟通。那天他们说了丑儿家的情况后,端马忽然又提起虎子,趁倪妈还没听上耳朵,永富往端马脚上踩一下,并朝他眨眨眼,端马会意地把到嘴边的话咽了下去。

永富把春来拉到身边,捏着他的大耳垂问:"伢子,那天从你姐家回来,我们没问,你妈在你姐家过得还好吗?"

春来拉下永富捏着他耳垂的手,站起来,淡淡地却很恳切地央求说:"尹伯伯,你不问这个好吗?"

永富笑笑,说:"好,不问就不问,只要好就好,不问。"

春来没有正面看永富,而是将脸侧过一边。但牛牛偏要看春来的脸,见春来眼睛又红了,牛牛猜测说:"敢不是那天春来去看赵姨驮骂了呢!"

"就你会猜!"春来揉了牛牛一把,掉转身站到永富跟前,但仍沁着头,把面转向一边,不让人看他的眼睛。

永富瞪牛牛一眼,说:"就你会猜,春来从来就是赵姨的心肝宝贝,她怎舍得骂他?你瞎猜猜,小心你春来哥磕你拐栗子。"

没想到永富的话刚落音,春来就扑到他怀里,两手抱头啜泣了。

桂兰边补裤子边说:"牛牛怕是没猜错呢。要是我妈还活着,就在华阳附近,我日里不去看她,晚上也去看她了。这破圩都一个多月了,春来才去看他妈,他妈不骂他才怪呢!"

"姐姐讲得对!"牛牛和丑儿几乎同时说。

春来已经哭出声了。

牛牛又补一句,说:"看春来那伤心样子,怕是不光驮骂了,还驮打了呢。"牛牛也挨到他大身边,想劝慰春来几句,但倪妈把牛牛拽到一边,说:"滚滚,滚开点!"

倪妈把春来拉到自己跟前,一面拍他背,一面说:"伢子,就是妈妈骂你两句,打你几下,你也别怄她,她是你亲娘啊!"

坐在地上没吭声的端马也拉拉春来手说:"弟弟,人家讲大大骂了不羞,妈妈打了不痛,我可是难想得到我大大、妈妈骂几句、打两下呢。"

"小砍头的!"倪妈敲一下端马头说,"春来在怄气,你还在讲俏皮话。"

永富又把春来拉到自己身边,抚慰地说:"伢子,你大哥没讲错,人家都讲大大骂是疼,妈妈打是爱,别气呢!"

春来一面轻声哭,一面捶自己胸口,好像是自己委屈了自己一样。

牛牛、桂兰,甚至丑儿都说话了,他们轮番安慰春来,并不嫌重复地引用他们大大、妈妈的话,要春来不怄他妈气。

春来拭去脸上泪水,环顾倪妈一家大小,满怀伤感地说:"尹伯伯、倪妈妈、哥哥、姐姐、弟妹们,我小时父亲就被日本鬼子杀害了,是妈妈一泡屎一泡尿把我拉扯大,一口糊一口菜把我喂养大的,我谢她、爱她、孝敬她都来不及,又怎能怄她气啊！"春来滚热的泪水又从迷糊的眼睛里,山泉般地直往外涌。

不错,春来幼时受苦太多,身体、大脑都发育慢,懂事也晏,三岁以前的事都只凭妈妈讲,他才零零星星地晓得一点儿。他对他妈妈的清晰记忆是从三岁后的一天开始的,那天,不知自己怎么在一座庙里了,好像是他妈带他到庙里请菩萨吧。他妈抱他出庙门时,一边走,一边跟他说话儿,叫他好好长大成人,将来给他娶烧锅的,为她添孙子,等等。来到镇里一条小街上,妈给他买了许多好吃的、好玩的和好衣裳。妈当场就把那些娃娃衣抖开了给他试穿。每试穿一件,就问在场围观的人,她儿漂亮不漂亮。这就是春来最初的对他妈妈的清晰记忆。越到后来,这段记忆越像出土的和田玉石,其光泽,就越发铿亮耀眼,让人铭记不忘。

春来的这段简短的回忆,让围坐在旁边的人听了好生感动和羡慕。可惜丑儿、六丫、牛牛没听到,因为他俩歪在铺上睡着了。牛牛居然还在说梦话呢,他叫春来教他认字,教他打算盘。

春来噙着泪水,移到铺边,用脸贴着牛牛脸,叫一声好弟弟,然后回到原位,又发出一些悲辛的感慨。

春来说要不是他妈坚持给他念了两年半书,他现在还不如牛牛,哪还说得上教牛牛认字、打算盘了！春来说,那年他上学的头一天,他大姐、二姐都回家了。

端马说:"是该回家呢,胞弟上学念书,姐姐笃定要回家祝贺的！"

春来说:"大哥,她们哪儿是回家祝贺,她们都是回家扯后腿,设障堵路,不让我妈给我念书的！"

永富说:"那就很不应该,怎么说也是自己胞弟呢！"

春来说,他大姐讲给他念书就是竹篮打水一场空,二姐讲给他念书是燕子垒窝空费力,她们都叫妈妈把给春来念书的钱省下来,为她们补办嫁妆！

桂兰说:"世上姐姐多得是,谁像你两个姐那样绝情绝义了！"

春来说,好在他妈不听姐姐的,他妈说:"'要兴家,先教娃',只有让娃娃知书达理,受到教化,才能摆脱愚昧,振兴家业,光耀门户。"

永富说:"伢子,你妈妈应当和孟母一样受到称赞呢！"

春来说,依家境,他妈根本没能力供他念书。那几年,连吃的都是他妈在夏秋两季拾荒拾的。可是为了春来能有书念,他妈开源节流,省吃俭用。春来说他初上学时,才六岁多一点儿,一点儿也不懂事,尽管妈妈忍饥挨饿的,可他还是今天向妈要这样,明天向妈要那样。只要是必需的,只要能想到法子,妈都尽量满足春来的要求,不使他失望。为了春来念书,他妈越来越像一根就要榨干油脂的松树干了!

因为日子实在熬不下去了,春来舅舅、舅妈多次劝春来妈改嫁,但都她被断然拒绝。有一回,春来外婆捉来一对雌雄鹌鹑,暗示要他妈重新组建新家,不要笃守妇志,苦了自己,可他妈一怒之下,拿起菜刀,当头一下,把雄鹌鹑剁了。他妈说,只要能把春来抚养教化成人,她受再多的苦都值!

春来控制不住自己感情,他再次哽咽着。

倪妈说:"春来伢子,你妈贤德,我晓得,可是你今儿讲的这些,我还是第一次听到呢!伢子,既是这样,前次你妈骂你几句,打你几下,你就更不该怄她、记恨她了!"

"倪妈妈!"春来又一次扑到倪妈怀里哭了,他边哭边说,"我妈没有骂我,更没有打我,我妈她……她……"春来悲悲咽咽,欲言又止。

八十

永富夫妇同时急了,倪妈问:"春来伢子,你妈怎么了?"

桂兰也停下补衣的针线,望着春来。

端马也急了,他怕春来会说出令人不快活的事来。

春来仍然在啜泣。

"伢子,你倒是讲啊,你妈她到底是怎么了呀?"倪妈焦急地催着。

"倪妈妈,"春来不知是第几次扑到倪妈怀里,边掉泪边说,"我妈……我妈她……她得重病了。"春来放声哭出来,泪流满面。

倪妈和永富同时惊愕了,永富说:"你妈得重病了?什么病啊?"

春来只是呜呜咽咽着,端马捉着他的手,说:"弟弟,你快讲,你妈得了什么病呀?"

这时,牛牛、丑儿也都像被人叫醒了似的,连同桂兰一起都以既同情又害怕的目光望着春来。

春来揩揩泪,说:"尹伯伯、倪妈妈、哥、姐,我妈得膈食病了!"

"膈食病?"倪妈和永富同时不解地问膈食病是什么怪病。得知春来说膈食病就是食道癌时,永富夫妇忧虑起来。端马、牛牛、桂兰都为春来叹息。

倪妈把春来拽到自己跟前,反复为他揩泪水,永富只是不断摇头、咂嘴。

桂兰挤一把手巾递给春来,说:"春来弟弟,揩揩吧,老是淌眼水。"想想自己妈妈也是得了膈食病死的,桂兰眼睛湿润了。

春来掉过头又劝桂兰,说:"姐姐,你妈都死几年了,你就别心里难过了。"本来桂兰的眼眶虽湿润了,但眼泪还没有掉下来,被春来的两句话一劝,泪水反而簌簌落下了。

倪妈说:"伢子,我俩明儿去看看你妈好吗?"

春来说:"倪妈妈,不去吧。"春来还说那天他去看他妈,走时他妈送他出门,一再叮嘱他别把她生病的事跟倪妈讲。他妈不想她生病的事让人知道。永富不以为然,说他们两家本来就是一乐都乐、一愁都愁的,又不是外人。

端马问春来妈病得厉不厉害,春来说据他妈自己讲,她得病快四个月了,现在一餐还能吃一小碗稀饭,但多数时候吃下去就吐出来了。他妈比原来瘦多了。

永富让春来明儿带倪妈去看赵姨,可春来坚持不让,他说本来他要留在二姐家陪他妈,可他妈不要他陪。他妈说就让她有病当没病地过,春来陪在她身边,一会儿问这,一会儿问那,让她把心思都放在病上,那样会使她更加心烦。春来认为他妈想法也对,不陪她,不问她,也不去看她,就让她有病当没病地过,不知不觉中,她可能就把病忘了;忘了,也可能在不知不觉中病就好了。基于这种想法,春来坚持暂不去看他妈,或者候水退了,他一人去看他妈,不提病的事,看看就回来。

永富说:"伢子,既然你这样讲,我们也就不好再说了。"

春来讲得也不无道理,可是具体到他妈这个病,采取这种"淡化疗法",怕也无济于事呢。

春来说:"尹伯伯、倪妈妈、哥、姐,我觉得看我妈不是眼前主要事,我们从宿松回来都这些天了,这样在家绑在一起……"

春来话刚出口,桂兰就接上了,说:"春来弟弟,我晓得你要讲什么,家里生活的事,轮不到你操心呢,我大、妈都讲好了,明儿就让我和牛牛沿大堤讨饭去了。"

春来说:"就只让你和牛牛去讨吗?"桂兰点点头。

牛牛说:"我大、妈讲,无论如何,不能让春来去讨了!"

端马和春来都想要说什么,陆姨大从条子号那边过来了。

因为雨多风大,陆姨大家的吊脚棚的扎丝又松动了,一天到晚被摇得晃来晃去、吱里嘎啦的,吵得人晚上都睡不着觉。外加陆姨大这一向外头事多(不知他忙什么),跑得顾不到家,陆姨妈上下悬梯不行,几事放一起,她就过来把端马接去了。

第二天,桂兰就领着牛牛去讨饭了。出棚才走一小截路,春来就把桂兰和牛牛给撵上了。永富夫妇阻止春来不住,也就只好多叮嘱几声,让他去了。春来主要是放心不下牛牛,这孩子也不知怎么这样跟牛牛有缘,到哪儿都一道。

一转眼,春来他们三个讨半个多月了,因为四处是水,这次讨饭的范围大抵就是上达江心洲渡口,下到华阳闸之间的堤段。反正就是早上出去,下午回家。因为大水,外地叫花子进不来,而小叫花几个人破圩后结伴到太湖山里去了,至今还未回来。本地"出产"的叫花子,在家的暂时就是春来、桂兰、牛牛三个。

那些日子讨得好些、饱些,是得益于渔民的施舍。八月中下旬,江水已逐渐下退,鱼汛期到来,沿江地区如陈家湾、罗塘洲等地渔民,都纷纷去华阳一带捕鱼捞虾。从华阳闸到八宝洲渡口之间,几十里大堤南岸的树荫下,都距离不等地系泊着各式各样的渔船。渔民们一般都在傍晚出船,第二天早上渔归,白天多半是卖鱼、修补渔具,再就是做饭、吃饭、睡觉。

开始,桂兰带春来、牛牛只在大堤顶上棚户门口讨,不晓得到泊在水岸边的渔船边讨。一天中午,三人沿着堤顶往小闸方向走,忽然听到堤下有人喊:"伢子们,下来。"春来三个朝堤下望望,不晓得声音是从哪条船上喊出来的,也不晓得是喊他们还是喊别人,所以没有下去,仍自走路。

"三个讨饭伢子下来吧,我这还有饭。"船上又喊,春来三个立马站住,目光向水岸边的一排船上扫去。只见系在三棵杨树中间的那条船上,一位婶子边喊边向春来三个招手:"下来吧,伢子们,我这还有饭。"

春来三个迟疑着相互看看,没敢去。因在此前他们曾听人说过,有拐卖小孩的拐子冒充打鱼的,单把小孩骗到船边,就往船上一拽,用布袋蒙住头,迅速运往别处贩卖。

"下来吧,不哄你们呢,我锅里有饭,还有鱼。"那婶子喊得很真诚。

桂兰望望春来和牛牛,说:"去吧,人家婶子不会哄我们的,她也不像是拐子。"

春来三人来到船头前站住,那婶子叫他们上船。他们见船头吊罐里确实有饭,耳朵锅里还有鱼,香喷喷的,引得他们三个都要滴口水了,可就是不敢到船上,只在船头前徘徊转悠。那种情态哟,就像几条小饿狗,它们是那么想吃鸡食槽里的饭,又怕被槽子夹住了头;就像几只小馋猫,它们是那样想吃钩子上挂的鱼,又怕被钩子钩住嘴。他们想离开又舍不得离开,想上船又没有胆量上船,去留总不是,左右都为难!牛牛不断吸鼻子,深呼吸,朝船上锅里的饭和鱼做踮脚引颈伸头状。

"伢子们,上来吧,"婶子说,"快上来,我们都吃完了,锅里饭和鱼都是你们三个的,上来,怕我们把你们装跑了不成?"一听把他们装跑的话,三人心里一震,转背就跑,那婶子越发喊叫了。

牛牛终于抵抗不住诱惑,挣脱了春来的手,跑了回去。春来和桂兰见叫不回牛牛,也只好转身陪着。但走到船头前,牛牛又犹豫着不敢上船。

"上来吧,伢子,这些饭够你们吃半饱的。"婶子说得诚心诚意。

牛牛说:"婶子,我就不上来了,你盛点给我吃吧。"牛牛说着就把碗递上去。

"盛?"那婶子望望牛牛递去的碗,犹豫一下,说,"也好,来,我给你盛。"婶子接过牛牛的碗,盛了一碗饭,又夹了鱼堆在饭头上,还舀了两勺鱼汤。因为太满,鱼汤漫到碗外,碗边形成一道道褐黄色汤柱子。婶子牵起围腰,揩干净后,倾着身体,两手捧着递给了牛牛,牛牛接上手就要分给桂兰和春来。

婶子说:"这小伢,你自己吃,不要分,来,锅里还有,来,把碗递上来盛给你们两个。"婶子弯腰伸手向春来要碗,可是,春来让桂兰先递,桂兰又要春来先递,拉拉扯扯、推推让让的。婶子不耐烦了,说:"讨饭伢还有那么多礼,两个都把碗递上来。"婶子把锅里的饭和鱼给桂兰和春来分了。牛牛虽然肚子饿得不行,但他一直等着桂兰和春来都把碗接上手,才开始吃。牛牛边吃边瞟着船上的婶子。

婶子说:"吃完了,快讨下一家去,我锅里没了。"

春来吃下后,嘴上虽说谢谢,可还是揉揉肚子,静静等着是否会发生什么意外的事情。牛牛揉春来一把,说:"就你疑神疑鬼的,就像你自己讲的那样,红同(洪洞)县里无好人!"

因为得了这次彩头,后来春来三个除了早上在大堤顶上的棚户讨饭外,中午都沿着船讨,虽比挨棚户讨好些,但像那婶子那样肯给叫花子吃的人却为数不多。虽然他们还留心寻找那婶子的船,想让肚子再充实一回,但那婶子的船却从他们视线中消失了。又过去好几天了,春来他们已放弃寻找那婶子的船了。可是不经意间,在一棵枝叶茂盛的大杨树下,那婶子的船又出现了!那婶子居然又在船头上叫他们了。

春来几个对这种无望中出现的希望感到满心欢喜。他们来到船边,婶子跟她丈夫已经把吊罐里的饭、耳朵锅里的鱼端到船头上了。像上回一样,牛牛又率先把碗递上去,可那婶子叫他们都上去,坐在船头上从从容容地吃。牛牛回头望望春来、桂兰,他俩都把眼睛眨眨。牛牛虽懂得他俩的意思,可心里总想上去,春来和桂兰虽然心里都有戒备,但因为得了前一回好处,从内心来说,也不认为那婶子就是什么母夜叉之类的坏人了,因此也站立不动,一点儿没有离开的意思。也就是说,他俩也有到船上去坐着吃的想法。

婶子边拖船板边说:"上来吧,上来坐着吃,今儿饭多,鱼也多,够你三个填饱肚子的。"春来三个望望婶子微微笑。牛牛又蹭到船舷边,端碗的那只手,已经搭到船头板上了。

"哎呀,你们这几个鬼伢子,叫你们上船来吃,怎就比请客还难了?上来,上来!"婶子拽着牛牛手,往船上一拉,说,"小伢,你来吃,他们两个不上来拉倒!"婶子给牛牛盛一碗饭,让他自己搛鱼。牛牛边扒饭吃鱼,边把眼睛往春来、桂兰那边瞟,他用目光告诉他俩,饭和鱼都没有异味,是安全的。见牛牛吃着没事,老板也没有要把船开走的意思,春来和桂兰也慢慢往船边贴去,但都不好意思上船。

"上来吧,伢子,饭和鱼都够你们吃的。"婶子说。

春来和桂兰终于上了船,和牛牛一起吃起来。

又过了几天,婶子的船又系在那棵杨树下,吃中饭时见牛牛三个又直冲她而来,那婶子第三次叫他们上船自己盛吃。春来说:"婶,刚才下了阵雨,我们脚上都沾着泥巴。"那婶子说泥巴不要紧,在草上擦擦。

春来仍有顾虑地说:"怕是擦不干净呢,婶子。"

婶子有些不耐烦了,她说:"哎哟,你这伢子真啰唆,擦不干净就擦不干净呗,我这破渔船,又不是隋炀帝下江南的水殿龙舟。"婶子边说边把后舱的饭和鱼端到了船头板上,说:"伢子们,船头上有杨树荫,上来在树荫下坐着慢慢吃。今儿鱼刺多,不要吃卡着了。看看哪,一个个头毛都淋湿了。"婶子说着,又给他们递去一条毛巾,让他们先把身上雨水揩掉。婶子说:"怎么作孽的伢子都跑到一块了呀——揩揩,揩干了慢慢吃,放开肚皮吃,作孽的伢子们!"听了那婶子的话,春来他们心里格外暖和。

春来一上船,就看见中舱里挂着一顶帐子,帐子里还睡着人,脚趾从帐子下面伸了出来。但春来没有细看,他就是掠了一眼而已,因为他太饿,他的目光和全部注意力很快转移到吃上去了。

春来三个放肚放量地吃着,那婶子在一旁絮絮叨叨,还不时往三人碗里搛鱼舀汤。就在这时,婶子的丈夫,也就是船叔解开树上的缆绳,拔锚撑船了。春来立马放下碗阻止,可是船叔的船离岸有两丈多远了!

"完了,完了!"桂兰和牛牛这才反应过来,脸唰地一下变了色!春来情急之下就要跳水,但很快又打消了这个想法——他能跳水逃走,还有桂兰姐呢?

还有牛牛弟呢？他跟在他俩后讨饭,主要就是保护他们,而现在正是他们需要保护的时候,他却要一个人跳水逃走,这能算人吗？他决不能走,想都不能想,他要和船家理论！

"你要干吗？"春来一把抠住船叔的腰带,圆瞪着的两眼怒不可遏。

船叔说:"伢子,不干什么,把船开那边去等一个人。你吃去吧,吃完了我送你们走。"那婶子也操起双桨,向着那边更远的杨树丛里划去,在春来的眼里,这时的婶子可就真的成了《水浒传》中的母大虫顾大嫂了。牛牛和桂兰又气恼、又懊悔、又害怕,早就讲要谨防拐子船、谨防拐子船了,可搞到现在,还是上了拐子船,这天下的人啊,真的有上不尽的当、受不尽骗的啊！三个孩子悔得直跺脚,桂兰、春来除了跺脚,还捶打自己。

到了那棵杨树下了,船叔把缆绳系在那棵树冠像大伞盖一样的树上,船舳对着绿杨外的大江心,远在江南的人都看得清楚。

春来在船上急得乱转,他沁着头,紧张地思索着脱身之计,突然听到背后咕咚一声,春来倏地掉头一看,是船叔仰在江面上,出于人的善性本能,春来向船叔伸出了援手。谁知船叔把手一挥,示意春来让到一边去。只见船叔两只脚后跟向水面一按,身子霍地往上一站,两手抓住船舷,只轻轻一够,就纵上船了。看来在会水方面,船叔与宿松那位唐二奋叔不分伯仲呢。

纵身上船的船叔,摸摸牛牛头,又摸摸自己肚子,说:"你这小子一头撞,还真有上好的功夫呢。——伢子们,快吃去,你们还没有吃饱呢,吃饱了,我送你们走。"原来船叔是被牛牛一头撞到江里的。牛牛抱定主意,他即使跑不出去,也要和船叔拼命,谁知船叔也是个淹不死的浪里白条。

桂兰急得要哭了。

那婶子可不管那些,她一门心思朝江心望着,说:"怎么还没有来呢,你跟他是怎么约定的呀？"

船叔说:"我跟他约定在这片水域接头的。"

桂兰真的哭了,她懊悔没有抵抗住鱼饭的诱惑,把春来和牛牛误带到船上。她当时要是态度坚决一点点,也就不至于三人都被拐了⋯⋯

"姐,你就别哭了,哭也没用。"春来劝慰桂兰说,"也不是你一个要上来的,我们都要吃,都有责任。"

牛牛说:"姐,你就听春来一句劝吧,哭没用,我看我们还是吃去吧,我还没饱呢。吃饱了,要是跑也有劲些。"牛牛一面轻声劝桂兰,一面端碗扒饭又吃鱼。他轻声对春来说,他不能太吃亏,又被人拐了,又吃不饱,他不干。

于是,春来和桂兰又都吃起来了,他们将眼泪与恼恨拌在鱼和饭中,大口大口地往嘴里扒。

突然,牛牛觉得颈子后痒痒的,好像有小虫子在爬,就把筷子伸去挠挠。一会儿,春来也觉得有东西在背上爬,一摸,果然是一条米黄色的小虫。接着桂兰的胳膊上、腿脚上也发现有那样的虫,爬得让人痒丝丝的。再细些一看,船头板上、船桨上甚至吊罐耳锅里都有,那婶子还以为是她吃的米生虫,气温高了虫子到处乱爬。可他们看见虫子并不是从米里爬出来的,而是从空中掉落下来的,再细看,面前就像下着蒙蒙细雨一样,一阵微风后,船头板上就盖了厚厚一层。

起初,船叔没太注意,见他妻子也惊骇不已,才从后舱过来。他沁头看看船板,再仰头看看上面,哎哟喂,不看则已,一看可就更吓人了。只见浓密的杨树叶和枝条上,无数小虫子在蠕爬着,翻动着,往下掉落着。怎么回事呢?船叔蒙得直抓头。

正当大家都面面相觑、疑惑不解时,不知什么东西,吧嗒一声,从树上掉下来,砸到牛牛背上,冷冰冰的,牛牛吓得霍地往上一蹦,那东西掉到船板上。原来是一条白肚皮、黑背心的大鳝鱼,也就是通常所称的鳗鱼。大家还未来得及细看,树上又吧嗒吧嗒地一连掉下三条,落到船头上、船舱里,活蹦乱跳的。这就更奇怪了,人家用缘木求鱼来比喻无法得到,怎么这树上真的掉下鱼来了?

牛牛和春来也不怨怪船叔船婶了,桂兰也不哭了,船叔船婶也沉默了。

船叔拿来一根带铁钩的篙子,钩住那爬满小虫子的杨树杈,用力一阵摇拽,先是米虫儿扬沙似的往下落,接着咣当一声,一个烂葫芦样的东西掉到船头板上,弹跳着滚到舱里,牛牛好奇地捧起一看,吓得立马丢下,那是一颗人的骷髅盖!

船叔一点儿害怕的意思也没有,他又钩住树枝,狠摇一阵,但除了又掉下一个骷髅和几件破衣外,就再也没落下其他什么了。

船叔船婶都表情平淡,他俩捡起破衣,摆洗干净,而后翻了所有荷包,结果掉下一挂钥匙,钥匙坠的核桃上刻着"潘复生"三字。春来明白了,潘复生是上条子号潘奶奶家老头子,四年前就去世了。潘奶奶在破圩时划腰盆捞南瓜掉到水里,孙女潘小兰去救奶奶也没有爬起来,后来大家费了好多劲也没找到祖孙俩的尸体,没想漂到这儿兜在树头上了!想到那年祖孙俩给永富家里送去一升米和几尺花布,桂兰几个立马跪下,向祖孙俩的骸骨磕了头。

船叔船婶郑重地把骷髅包在洗干净的衣里,用篾篓子装着,后送给了潘奶奶侄子。

见船叔又一次解开缆绳,要把船开到离岸更远的树丛中去,春来三个更加紧张害怕了。春来的语气比之前缓和很多,他说:"叔叔,请你把船靠岸,让我们回家吧!"

牛牛更是借用春来平时给他讲的故事内容,荒唐滑稽地说:"叔叔,你放了我们吧,我家里还有九十多岁的老母!"

船叔船婶一听,笑得前仰后合。

牛牛加补一句,认真地说:"笑什么,我家里就是有九十多岁老母呢。"

见牛牛讲得一本正经,船婶揩揩笑出的眼泪,说:"你这小伢,我看你最多不过十一二岁,你老母都九十多岁了,难不成你老母八十多岁才生养你吗?"

牛牛知道讲漏了嘴,向春来和桂兰直伸舌头,搞得春来和桂兰也啼笑皆非。

船叔说:"伢子们,别急,一会儿就送你们回家养老母!"

船叔仍把船向江中撑,他每提一回篙子,水就从指缝里往外流,仿佛是三个孩子脸颊上挂的泪。

这时,船婶没头没脑地说:"怎么还没见到他的船呀,你跟他约好了吗?"

船叔说:"刚才不是跟你讲约好了吗?就在这片接头。"

船婶眼睛瞟着春来三个问:"三个都要吗?"

船叔指着江心的小船说:"三个都要!——船来了,船来了,你快把绳子找好,等船来了就把三个都绑好,捆在一起,别让它们跑了。"

"这明摆着是要捆绑我们呀。"春来附在桂兰耳朵上说。

桂兰也附在春来耳朵上说:"到时就见机行事吧。"

船婶在理绳子，桂兰又悔得哭了。

"哭哭哭，黄毛丫头就晓得哭，敢不是你家爷爷奶奶都葬到哭哭山上了？讨厌，说等人家船来，就送你们走，偏要哭！"船婶没好气地说。

牛牛没哭，他在打着主意呢：等船婶来绑他时，他要如何站稳脚跟，运用气力，硬着铁头，把她撞落水去，淹死她！只要春来跟桂兰姐能走，他就不可惜！他想到了在家看门、在去宿松路上几次被绑被拐的事，他就对拐子恨之入骨，这一回，他下了决心要拼掉一个拐子，两个更好！

春来仍在观察着事态的发展，他对能脱险回家尚抱着一线希望，他还在一遍遍向船叔要求着，送他们上岸回家。

船身碰得一声响，春来三个同时震动了一下，身子一俯一仰，但很快就恢复了原状。那条船上随即往这条船跳上来一个人。那人问："货呢？"

船叔把手朝船头上的春来站处一指，说："那！"

船叔随即来到了船头，从船婶手上接过绳子，他们再往前半步就临近春来身了。

桂兰站在船婶身边，她打定主意，一旦船叔动手，她就拽船婶跳江，同归于尽。

牛牛把系在腰上的草绳用劲一勒，扭扭脖子，瞪向船叔的两只大眼睛，血红血红的。

到了这会儿，春来也完全抛开幻想了，他把右手朝破褂子里摸摸，对自己说："稳住，别慌，成败在此一举！"

船叔贴近春来身边，甩动绳索说："三个伢子都站起来！"唉，他果然向春来三个动手了！

桂兰一闪身，贴到船婶左边死死抱住她，往船舷边推，一时蒙了的船叔，还不晓得是什么事，自己也被绕到身后的春来跳起来用左胳膊锁住他的脖子往后一扳，船叔反抗，春来亮出白亮亮的菜刀（趁船叔船婶包骷髅时春来闪到后舱拿的），往船叔脖子上一架，厉声说："敢动一下，马上叫你去见水龙王！"

那船上的人要来解救，牛牛又像一头会抵人致死的小公牛，把守在船舷上，赤红着大眼睛，说："敢过来，我立马撞通你狗肚子！"

那船叔觉得春来臂力不大,一摆身,挣脱春来的胳膊。春来情急之下,狠劈一刀,可惜船叔身手敏捷,一闪躲,只削下他一小片指甲。船叔踢落的菜刀又被春来抢上手,他忘命地扑向船叔,节节退让的船叔大呼救命。

睡在帐中的人翻身一跃,纵上船头,以迅雷不及掩耳之势,夺下春来的菜刀,就要还击,又猛地收回手,一声惊叫:

"春来!"那人丢下菜刀,做张臂拥抱春来势。

春来抬眼一望,惊得目瞪口呆。春来张开两臂,把那人抱住。

牛牛掉头瞟那人一眼,也立马收起与那船上人决斗的架势,和春来一同扑上去,惊喜地大喊道:"大——哥——"

八十一

牛牛喊的那大哥就是黑铁!

黑铁一边胳膊夹一个,把春来和牛牛抱起来,激动得直叫他俩名字。桂兰也放开船婶,跑到跟前叫黑铁大哥。船叔、船婶见黑铁、春来等这般熟稔亲热,一时都傻了眼。

突然,春来推开黑铁,拉过牛牛,站到一边,怒视黑铁说:"你太卑鄙了,几年不见,想不到竟变成这样,干出这种伤天害理事来!"

黑铁说:"春来学弟,我怎么一点儿也听不懂你的话了,怕不是你和牛牛几个都变坏了吧?"黑铁上前一步,抓住春来手,也语气生硬地问,"我倒忘记问你,你刚才手持菜刀砍什么?"

春来猛地一挥手,摆脱了黑铁,侧过面来,不理黑铁。

"我们太不该叫你哥哥了!"牛牛推一把黑铁说,"你们合伙把我们骗到船上,假意给我们吃鱼吃饭,其实是要拐我们,哼!"

"你们要把我们装到哪儿去,快说!"桂兰冷不防拽下黑铁从春来手上夺去的菜刀。

春来和牛牛也快速抱住黑铁两只胳膊,往背后一拗,死死抓住。

桂兰把刀架在黑铁脖上。

船叔见势头不对,招呼船婶快来救黑铁。

桂兰把架在黑铁脖上的菜刀,做拉锯状,威胁说:"别动,谁敢上前半步,我割下黑铁脑袋!"

春来仗着黑铁在手,对船叔喝道:"快把我们送回岸上,慢了,就把黑铁头割下,看谁敢拐卖我们!"

船叔、船婶一下子全愣住,傻眼对望着。

桂兰也做动刀状威胁:"快,把船开到大堤边!想拐我们,没门!"

船叔明白过来了,急忙制止说:"伢子们,可千万别胡来!"

船婶说:"伢子们,你们快把刀放下,快,你们应该是误会了,谁要拐卖你们啊?"

"就是你们要拐卖我们!"牛牛义愤填膺地说。

春来说:"还讲我们三个人家都要,还叫船婶用绳子把我们都绑了,绳索还拿在你手上呢!"

"哈哈哈……"船叔大笑,说,"伢子们,闹了半天才晓得,你们都误会了,你们站开。"

春来几个拽着黑铁,退后两步,高度关注着船叔的举动。船叔把手上的绳子交给船婶,揭开春来几个刚才让出的船头板,从舱里拎出一只篾篓子,再把篓子里三只鸬鹚的翅膀分别用绳子系住,拴在一起,交给那船上的人,那人付了钱,拎着鸬鹚跳上自己的船开走了……

春来三个面面相觑,瞠目结舌。

哎哟喂,搞了半天才弄清,原来船叔卖的是三只鸬鹚!春来他们三个虚惊一场不算,还连带削掉船叔一块指甲,黑铁无辜当了一回人质!

卖了鸬鹚后,船叔把船划回来靠了岸。

下船上了大堤,黑铁和春来几个边走边叙。黑铁说那船叔是他姑父,船婶是他姑母。他从枞阳搭船上来,今早下船到华阳,就碰到姑父在镇上卖鱼,姑父就把他带到船上了。

春来问黑铁,他们上船的事,他知不知道？黑铁说他坐了两天船,好困好困,一上姑父船就睡着了。春来他们和他姑父之间发生的事、说的话,他一点儿也不知道,黑铁还怪春来为什么不叫醒他。春来说:"黑铁哥,你睡在帐子里,只有脚伸在帐外,看不清头脸,晓得你是谁呢。"

黑铁说:"那倒是真的。"

牛牛问:"黑铁哥,你是去看陆姨大的吧？"

黑铁说:"是的,可是我今天要先到你家去。"

春来问:"到牛牛家有事吧？"

黑铁说:"有事呢。"黑铁揉了揉眼睛,继续说,"不光有事,还是一件特别重要的事呢。"

"还是特别重要的事？"春来、桂兰、牛牛同时惊讶地问。

"是的,是关于虎子的事,必须当面跟尹伯伯、倪妈妈讲。——啊哟,我眼睛怎么——啊哟哟,不能睁了,不能睁了,快,快扶我回船上去,我眼睛不能睁了,快……"

黑铁痛得直喊啊哟,至于什么重要事,春来他们就没好意思再问了。黑铁让春来带桂兰、牛牛先回家,说他眼睛如果没事,隔天再去牛牛家,把虎子的事当面告诉尹伯伯、倪妈妈。

一回到家,春来就把黑铁来华阳的事跟永富夫妇讲了。听到春来他们带回的情况,永富夫妇非常着急。他们既着急黑铁的眼睛,又不知黑铁要讲关于虎子的什么重要事。

可是四天过去了,还没见到黑铁影儿,春来他们三个几乎把那一带渔船都找遍了,也没见到黑铁姑父的船。永富在镇上一家诊所倒是问到了点儿线索,那家诊所说几天前确实有一位小青年去诊眼睛,不过问题不大,他眼睛治好了。永富说,只要黑铁眼睛没事他就放心了。至于虎子,人都死许多年了,还能有什么大事？无非就是坟上土又被大雨冲了。永富显得不是特别焦躁。

但倪妈不然,她天天坐在帐篷门边,一面给人纳鞋底,一面朝外看,她巴不得黑铁快快出现在她面前,她要知道到底是不是虎子的坟又被雨水冲了。

这天凄风苦雨的,春来他们三个都没出去讨饭。倪妈继续纳鞋底,桂兰又在补她的破衣,永富和端马半卧在小铺上。听到倪妈又在叨念虎子,丑儿和六丫快快站开去,靠到永富铺边,但春来和牛牛不嫌倪妈烦,仍然依在她跟前。春来甚至还伏到倪妈膝上,抬眼望着她。每每这时,倪妈就断定春来要问她话。

"伢子,别那样望着我,有什么事想问,你就问吧。"倪妈把鞋底放到一边,把春来牵起来,靠到自己怀里,捏着他的大耳垂。捏着捏着,又贴上看看,倪妈惊讶了,又把春来的耳垂拽着让永富和孩子们看。原来春来和永富的几个孩子一样,耳垂上都长有一颗粟米大的跟皮肤颜色差不多的肉痣。

永富说:"怪不得这伢子和牛牛、端马他们这样好了,敢是兄弟投胎来了。"

春来问:"倪妈妈,虎子耳垂上也长了肉痣吗?"

"有啊,伢子,大小、颜色都一样。"倪妈叹息着,又流泪了,说,"唉,不知虎子的小坟……"

"倪妈妈,你老是担心虎子哥的坟被雨水冲掉,可你当初为什么要把他的坟选在那陡坡上呢?"春来仰着面问倪妈。倪妈没有回答,只是痛苦地摇着头,流眼泪。

桂兰连忙对春来说:"这个你就别问我妈了。"

倪妈说:"丫头,你就让春来问吧,他不问,我的心也是碎的。——伢子,你问的这事,我也一直想跟你说,可又一直怕说。"

春来说:"倪妈妈,怕讲你就别讲了,我看你回回一提到虎子就泪流满面,这除母亲失了儿子的悲痛外,怕是还另有原因!"春来用自己的手揾去倪妈双颊上的泪水。

"伢子,你过来,到我这儿来。"永富让春来坐到他跟前,说,"别烦你倪妈妈,要想晓得虎子坟为什么选在那儿,就到铺边来,我跟你讲。"

春来朝挂满泪珠的倪妈脸上望着。

倪妈说:"去吧,伢子,到铺边让你尹伯伯讲。我心里难过,讲不出来。"

春来慢慢移向铺边,贴尹伯伯身边坐下,仰着面,期待尹伯伯的讲述。其实永富也是未开口先流泪。他曾拒绝过向春来讲虎子死那件事,因为那是他们家最悲惨的一段往事。

唉,要知道虎子坟为什么会在那儿,还要先从永富的家境说起。

永富自出娘胎家里就一贫如洗。开始,永富是徐人杰家的佃户,因无生产资料,后来就把租田退了,当了他家的伙计。永富给徐人杰家打长工十二年之久,头几年,还能靠帮工的收入,勉勉强强维持日子,后来子女渐渐多了,为了养活孩子,就不得不向徐家借贷了。债越借越多,越多越还不起,年复一年,永富陷到徐人杰家的债坑里爬不起来了。当初那些年徐家也不怎么催讨,后来虽有催讨,也不是那么急如星火。有时来讨债,永富夫妇讲几句好话,也就轻轻松松缓过了。可是这一年的秋收过后,情况就大不一样了,徐人杰父亲徐天锡,几乎每隔一两天就带家丁往永富家催债。尽管永富早已是家徒四壁、一贫如洗了,孩子们也到了衣不蔽体、食不果腹的地步,可徐家仍像催命鬼似的催讨欠债。

一天,徐天锡又让他的胞侄,外号"鹅包鼻子"的徐至善捎话给永富:今年连本带利,要是再欠他一粒不还,他就把永富告到官府!永富夫妇那时胆子极小,平时就生怕树叶子落下来打破头,一听要把他们告到官府,他们立刻吓得六神无主,坐立不安。他们日夜祈祷徐天锡千万别上门来催债。

真是活见鬼,什么事你越怕它来,它偏来得比你预想的还要快。可不,捎话后不到两个时辰,徐天锡就带一帮催债的来了。徐天锡还未下轿,永富夫妇就在门前跪着了。

徐天锡凶神恶煞地说:"下跪就免了吧!"徐天锡的脸拉得比驴子的还长,"你们夫妇是聪明人,我今天的来意已由我侄儿提前跟你们讲了。杀人抵命,欠债还钱,是天经地义的,今天究竟是还债,还是见官坐牢,你们自己权衡吧。"徐天锡说罢,将文明棍在门前糙石上直捣。文明棍捣在糙石上发出的声音,令永富夫妇害怕得全身直哆嗦。

永富夫妇越发跪地不起,磕头求饶。徐天锡向鹅包鼻子使个眼色,自己背过身去,把着文明棍的手指轻点着,嘴里哼着小曲儿。

倪妈拽着徐天锡大褂子的下摆,跪求他继续宽限,徐天锡不耐烦地用脚后跟向倪妈的脸蹬了一下,眼快的永富伸头一挡,下巴被打了一下,他牙齿一磕,舌尖儿被咬破了,鲜血直流。倪妈就要发作,被永富制止了。

鹅包鼻子见状,装出慈善家的样子,将永富夫妇拽起来,皮笑肉不笑地变着腔调说:"我看你夫妻头磕破了,舌头也讲出血了,怪让人同情的,可是总不能因为人家同情,就赖账不还啊!"

"可不是吗?"站在一旁的管账员也指着打开的账簿说,"这些年,你们家欠我们老爷的租子和借的粮食,利打利,利滚利,总共二十七担五斗,可是我们老爷对你们还是这样宽厚仁慈,搁到别家,早叫你们拆屋卖锅,坐通牢底了!"

"其实呢,叫你们还债也是替你们自己着想。"鹅包鼻子说,"想想吧,二十七担五斗,就算收你们五成利息,到明年这时,本利加在一起,就四十多担了,那时你们全家大小把骨头刮下卖了搭在一起也还不清的,况且谁要你们的穷骨头呢!"

站在一旁的永富夫妇只是怔怔地发怵,什么话也说不出来。虽然时节才刚刚立秋,可他们夫妇双双手脚冰凉。徐天锡的严威,鹅包鼻子绵里裹针的话语,管账的账簿上的数字,分明都是催命鬼套向永富夫妇脖子上的根根绞索,勒得他们想出一口气都很困难!

见着永富夫妇绝望的神情,鹅包鼻子徐至善干咳两声。

"怎么都不说话啦?"徐天锡转过身,撑着文明棍说。

徐至善揉揉红红的大鹅包鼻子看了看徐天锡,徐天锡的目光无疑向鹅包鼻子传递了这样的旨意:必须趁热打铁!

心领神会的鹅包鼻子向永富靠近一步,假献殷勤地说:"不过呢,事情应该还有转圜的余地,你们不要绝望,变通法子总是会有的嘛。"

听鹅包鼻子这样讲,倒像是事情真的出现转机了,永富顿时觉得眼前亮了起来。"老爷,你倒是讲讲,有什么变通法子呀?"永富满怀希望地问。

鹅包鼻子故意卖关子似的说:"变通法子我倒是有一个,而且是两全其美,不过……"他又摸一下鼻子说,"不过我说出来就不知你们夫妇肯不肯采纳呢。"

"啊哟,二少爷,只要是好法子,不管变通变不通,我们都听你的,你就快说出来吧!"

"这……"鹅包鼻子挠挠头,显出碍于开口的样子。

"哎呀,什么这呀那的,你就快点讲出来吧,二少爷!"永富催着说。

"我说出来就怕你们夫妇不热心啊!"鹅包鼻子仍旧犹犹豫豫不干脆。

"啊哟,什么热心不热心,只要对我们好,我们都热心!唉,二少爷说讲又不讲,你看这可真是养个孙子坐下病——急坏爷爷奶奶呢!"

鹅包鼻子打断倪妈的话,说:"哎哟喂,你这个说法可给自己长了大辈分了,你还真会说话嘛,看不出穷骨头也想捞人家巧呢。"

永富向鹅包鼻子赔了小心,并再次向他讨教两全其美的变通法子。鹅包鼻子要求进屋借一步说话。

进了屋,鹅包鼻子挪过短凳坐下了,管账的夹着账本站在他左边。鹅包鼻子向屋里扫视了一遍,端马、虎子、带儿见生人来了,都紧紧地贴在永富和倪妈身边,牛牛出生才几个月,睡在摇床上,蹬着两只小脚,把小拳头搁在嘴边当小糖,津津有味地嘬着。

"二少爷,请讲吧。"永富催促着。

"不急,不急!"鹅包鼻子边说,边拽过依在倪妈身边的虎子,故作关爱地摸摸他头,拽拽他耳朵,抚抚他小脸蛋,又望望端马和摇床里的牛牛,"一家的好小男呀,长得都像海棠花样,可惜投胎投到穷光蛋家,都跑错了门啰!"鹅包鼻子又摸一下红红的鼻子,继续说,"真的是苍蝇叮臭肉,儿女跟穷人,穷的多得养不活,富的想要要不到,这老天做得不公啊。"鹅包鼻子边说边看着永富夫妇。

见永富夫妇对望着,显出一些不安的样子,鹅包鼻子这才抖包袱似的不紧不慢地说:"永富啊,你们家穷得连猫都没得卖,却育有三男,我家伯父富可敌国,却没有一个第三代,你们来个有无互补可好呢?"

"有无互补?"永富打住鹅包鼻子的话,说,"二少爷,你是要我把一男呀给你伯父?"

鹅包鼻子说:"你把一男呀给我伯父做嗣孙,我伯父把你欠他的债一笔勾销,这难道不是两全其美的变通法子吗?"

永富怒了:"什么变通法子!什么两全其美!原来你们算计好了,是来要我把儿子抵债的!"

站在一旁的倪妈拳头都捏起来了。

鹅包鼻子索性掀开来说:"除了把儿子抵债,你还有更好的法子吗?"

倪妈怒不可遏地说:"好个变通法！你们徐家是乘人之危。我们不接受你的狗屁变通法！"倪妈顿时大胆起来。

听到这里,春来立马站起来,捏起小拳头,挥打着:"对！徐家就是乘人之危,决不答应！"端马、牛牛、桂兰都吼起来了:"不答应,决不答应！"仿佛时空又倒回到了那时那地。

永富说:"伢子们,那都是当年的事了,现在你们还这样义愤,没用了啊,伢子们！"

永富和倪妈不断揾着面颊,泣不成声。

听倪妈讲决不把儿子抵债,那管账的把账本子一扬,说:"那就要坐大牢！"

鹅包鼻子说:"大牢坐过了还要还债！"

一听坐了大牢还要还债,倪妈可就又孬半截了。

"里面谈出结果了吗？再给三分钟,三分钟后无结果,带永富去见官！"徐天锡坐在轿门前,扬起大嗓门,冲着屋里喊,还把文明棍在轿杠上敲得当当响。那仿佛不是敲在轿杠上,而是敲在永富夫妇两颗破碎的心上！

屋里沉寂了片刻,管账的从鹅包鼻子手里拿出随身带的绳子。

鹅包说:"还有一分钟！是公讼还是私了,你夫妇快拿决断。"

管账的把手上绳索甩得直打转,发出的呜呜响声,像是从屋角边掠过来的冷风声。

"先生,你们且慢动手,我和伢子他大再商议一下。"倪妈把永富拉到后面的院子里。唉,要在二三十秒的时间里做出决定,太难了！

永富说:"他妈,我宁可坐牢！"

倪妈说:"坐牢出来还要还债。凭你的身体,走着进去,抬着出来,你殁了,儿女都活不成！不如把一儿给徐家,一是免你牢狱之灾,二是放儿子一条生路。日后如果都能活下来,儿子一定会认祖归宗,你们父子也一定能团聚。就这样了,他大！"还有什么话说呢？永富只好以剜却心头肉的痛苦,将儿子给徐家抵债了。

倪妈泣不成声,永富再也说不下去了,端马、春来、牛牛,甚至连丑儿、六丫都揪鼻子,揉眼睛。

春来抹去泪水,问:"尹伯伯,不知到徐家抵债的是哪个儿?"

永富拉过春来,说:"伢子,你忘啦,我们不是在说虎子吗?"春来微微点头。

"徐家说端马大了,养不熟,牛牛太小,不好养,他们选中了虎子。第二天,徐天锡唯一的儿子徐人杰坐着八抬大轿在家丁们的前呼后拥下,把虎子接走了。"永富哽咽着说。

"春来伢子,那天上轿前,虎子拽着我衣拐,哭着喊着,说什么也不走,连出来送他的六奶奶、瞎子小奶奶都哭了。——我的儿哇,我的虎子,是妈妈害了你……"

倪妈揩揩泪水,继续说:"轿子刚出村口,我又撵了上去,把装着半边玉石锁的小避邪袋挂到虎子颈上。虎子紧紧抱着我,我也抱着他,我们娘俩哭作一团……"

倪妈无法继续讲下去。偎在倪妈身边的春来也不忍再往下问了。

沉寂了片刻,永富把倪妈没讲完的接着向孩子们叙说着——

头几个月,徐家人很是喜欢虎子,五个月后,结婚十年没解过怀的徐人杰老婆朱爱香怀孕了,第二年生下个大胖小子。

徐人杰有了亲生儿子后,干脆把虎子交给了他家的老伙计刘老万代养。从那时起,虎子就与老万一铺睡、一锅吃了。

春来问:"是刘老万把虎子折磨死的吗?"

"不是!"倪妈含泪说,"老万爷爷待虎子就像待亲孙子一样,同时待虎子好的还有个徐家打杂的工人小李头。朱爱香同父异母的妹妹、在徐家做女佣的朱爱兰,据说也很喜欢虎子。"

牛牛问:"妈,那虎子二哥到底是怎么死的呢?"

永富说:"虎子究竟是怎么死的,我们也搞不清,据后来与徐家人一同死去的一个伙计生前背着主人吐露,九月三十日,徐人杰老娘叫老万爷送一双绣花鞋给她姨妈,老万走后,徐母就把虎子带到自己房里。老万爷送鞋回来后,徐母和徐人杰老婆朱爱香说虎子病了,要老万到铺子里抓药,可是待老万抓药回来,虎子就咽气了。当时老万爷和买鳜鱼刚回来的小李头哭着想到徐母房里和虎子见最后一面,但都被徐母挡在门外。当晚没过午夜,装殓虎子的小木匣就由朱爱兰、侯白仁督着刘老万、小李头扛到徐家山二道峰的陡坡处埋葬了。"

听到这里,春来才知道虎子为什么埋到那里了。

永富说:"据那伙计说,埋了虎子后,侯白仁、朱爱兰、刘老万、小李头四人同时离开了徐人杰家。他们到哪儿去了,到今儿都搞不清。"

端马说:"幸亏四人都走了,要不然,徐家闹瘟疫,他们一定都跟着死了。"

倪妈痛苦地说:"伢子们,过往的事只要一提起,我的心就像刀子绞了一样痛!"

几个孩子见他们大、妈伤痛成那样,都叫别提虎子事了,可是倪妈说不提闷在心里更憋痛得慌……

八十二

"唉,不晓得黑铁的眼睛好了没有,这大水漫天的,特地跑上来,笃定是为虎子坟被雨水冲坏了的事。"内心痛苦的倪妈又自言自语着。

永富叹息说:"我也猜是为那事。可怜啊,干急也枉然,就慢慢等吧,黑铁总会来的。"

端马几个孩子也为黑铁迟迟不来而心神不宁。春来忽又埋怨尹伯伯当初就不该让朱爱兰、侯白仁四个把虎子葬在那陡峭的山坡上,那儿一下雨,水就往下冲。

春来讲得何尝不在理上,可是春来哪里知道当年虎子夭折后,徐家不仅不让刘老万、小李头沾边,就连永富家也被瞒得紧紧的。

春来捉着永富的手问:"伯伯,虎子殁时,徐家没有向你和倪妈讲吗?"永富摇摇头。倪妈说:"没有啊,伢子,他们瞒得铁紧的。"

春来说:"徐家太没人性了!后来你们怎么知道的呢?"

倪妈叹息说:"唉,伢子,后来还是黑铁大陆大义讲的啊!"

十月十一日,永富在卖柴路上闻听虎子殁了的噩耗,就像遭了晴天霹雳,当场瘫倒路边,人事不省。是黑铁大陆大义把永富背着送回家的。

春来说:"尹伯伯,搁谁都受不了这个打击的!"

是啊,当时永富被大义背回家后,躺在床上,亲戚六眷、左邻右舍都来相劝,可永富就是不起来,不吃不喝也不说话,终日泪水不干,连破被、枕头都泪湿了,再多的悔恨也补偿不了他对虎子的愧疚,早晚死了到另一个世界去陪虎子是他唯一的念想。

虎子的老外婆和老祖母一同跪在踏板上,求永富起来,求他不要轻生。倪妈当时又有了身孕,她同样跪着求永富起来,哪怕是喝一口水。

老祖母刘氏说:"永富儿哇,娘三岁进尹家门,十七岁完婚,二十岁解怀有了你,二十三岁我母子俩又披麻戴孝哭着为你父招魂(永富父亲打工死在外乡,尸骨无存)。从那时到眼下,五十余年,娘受尽苦,作尽孽,不为待旌,只为守志,只为尹家香火不灭,终于熬到你成家立业,结婚生子,觉得也算对得起你父,对得起尹家祖宗了。可是你又为失了虎子不吃不喝,一心要陪他去,儿哇,像这样下去,你叫娘怎么活呀……"

陪在一旁的老外婆,和老祖母一样老泪纵横。

倪妈哽咽着说:"他大,妈的话你听到了吧? 她老人年纪大了,经不起太多的哀痛,你就听妈一句话,起来喝口水吧,家里老老小小还要靠你带着过日子呢!"

老外婆说:"姑爷,你忍心让我和你妈这样在你铺前跪着吗? 不看鱼情看水情,你的端马、带儿、牛牛这两儿一女才这点儿大,你内人也这样大肚巴巴的,你忍心让他们这样一直跪着哭着喊着吗? 起来吧,姑爷,起来坐坐,喝点水,化化心里苦。"

牛牛跟带儿爬到铺上,拽着、摇着、喊着他们大,尤其是牛牛,他只是受了当时气氛影响,才那样做的。他当时一岁刚出头,不知道失去虎子二哥的哀痛,然而永富听牛牛叫"大大起来喝"的喊声,不知有怎样的椎心之痛!

端马也爬到铺上叫着:"大大,你好几天没吸烟了,吸袋烟吧!"端马把烟袋放到他大手心上,扳曲他的手指,帮他把烟袋捏着。

"儿啊,你就可怜可怜几个伢子吧。我家三代独传,第四代眼前就端马和牛牛两个小男丁了,还都是小伢子,全靠你抚养他们。你要是饿出个三长两短,上对不起列祖列宗,下对不起伢子啊!儿哇,起来,起来喝点水,抽袋烟。"老祖母哀哀苦劝着。

永富慢慢转过面,涌着泪水,望着端马、带儿、牛牛,鼻翼直翕动,嘴巴嗫嚅着。他摸摸三个孩子,无声的泪水直往下滴落。

见大大一手撑着铺沿,一手搭着端马肩要往上够,反应敏捷的端马立即把稚嫩的胳膊插进他大背下,用力往上托。

"妈、他外婆,都起来吧,在铺沿上坐。"永富颤颤地说,微弱的声音几乎让人听不见。他无力地把三个孩子搂到怀里,泪水滚到自己胸上,洒到孩子们头脸上。孩子们舔着大大滴到脸上的苦涩泪水,幼小的心灵同样经受着说不出的忧伤和痛苦。

望着孩子们蜡黄的面孔、嶙峋的瘦骨,联想到虎子的猝然夭亡,永富终于忍不住往他妈刘氏怀里一扑,放声大哭了,他哭得那样悲伤!

老祖母拍着永富背说:"儿哇,哭吧,大声哭,哭出来比压闷在心里好,大声哭吧!"祖母一语未了,倪妈也往她膝上一趴,哭了,祖母自己也哭了。见大大、妈妈、祖母号哭,受了感染的孩子们都哭起来,一家大小哭作一团。

老外婆揩揩面颊说:"姑爷,都别哭了,留着慢慢想吧。这几天,你娘、你内人都米水没沾牙,你歇歇带她们喝口水。"外婆把淡淡的、温温的半碗盐水递给了永富。

喝下那半碗盐水,永富在铺沿上坐一会儿,就慢慢下了地。三个孩子簇拥在他左右,屋子里流动起一些活气。

从那以后,老祖母、永富、倪妈三人表面上都装得很淡定,好像虎子夭折的事都从他们心里被抹去了,但其实三人转背都躲着哭。

那时永富家拢共只有半亩田,可是除了下雨天不出去,永富几乎天天都泡在田里,名义上是做活,实际就是背着他老娘、他妻子,在田头哭。永富还经常在夜深人静的时候,一人跑到空旷寂寥的大山脚下。黑漆漆的伸手不见五指,只有永富那往复低回、如泣如诉、凄苦哀伤的歌声在田野上空回荡。每每这时,夜里睡不着觉的瞎子小奶奶就喊了:"你们哪个快到田里把永富拉回来哟,他哪是在唱歌,他是在哭虎子啊!"

听着悲哀的往事,春来的眼睛也红了、湿了。

"伢子,春来,"永富捉着春来手,极其愧疚、后悔地说,"我一生做的最大错事,就是万万不该让虎子到徐人杰家抵债!"

春来边揩自己眼泪,边揾着永富脸颊,说:"尹伯伯,你也不要太自责,当时不也是没法子的法子吗?再说了,你和倪妈不也是想给虎子一条活路吗?谁会想到结果是那样的呢!尹伯伯、倪妈妈,你们千万不要为这事时时抱愧,虎子如果有知,他对你们只会有深深的谅解和同情,而绝不会有半点怨恨的。尹伯伯、倪妈妈,如果你们是我的父母,我不仅不怨恨你们,还要加倍孝敬你们!"

永富再次紧捉春来手,说:"伢子,难得有你对我们这样好啊!"

倪妈说:"春来伢子,当初要晓得是那样的结果,徐家就是打死我们,我们也不放虎子去抵债的!"

很显然,当年虎子的溘然夭去,给永富一家人造成的心理创伤是他们这辈子都无法抹平的。

端马搂着春来说:"大、妈,先头就讲不提虎子事了,你们还提。从今以后,都别提虎子事。我明儿到小闸一带去,看看能不能找到黑铁,问他究竟要来向大、妈讲哪方面的事。"

春来说,端马大哥还是小时见过黑铁的,现在黑铁变了,就是见了面也根本不认识了,他提议由他陪端马去。倪妈说:"这是不假的。春来,明儿你就陪你大哥去。"春来一口应允。

端马挤了把手巾,给大大、妈妈、春来揩了把脸,而后自己揩了。牛牛、桂兰,还有丑儿揩过后,把洗脸水倒了。

惨淡的气氛还未消散,倪妈就又捡起人家的鞋底纳了。纳着纳着,她忽一抬头,见帐篷外一位小青年在朝里探望。

永富问:"伢子,你找人吗?"

那青年笑笑。

春来和牛牛一眼就认出来了,他俩向门前一撵:"黑铁,黑铁哥来了!"春来和牛牛拥上去,把黑铁迎进棚里。

"尹伯伯、倪妈妈,你们好!"进得棚来,黑铁极有礼貌地向永富夫妇打着招呼。

"你就是黑铁?"永富夫妇捉着黑铁的手,端详着,大有陌生之感。

黑铁笑笑:"是呢!"黑铁抓住永富夫妇的手,再次亲切地问候着。

永富说:"是黑铁呢,两年不见,个子飙高了,也长壮美了!"

春来说:"黑铁哥俨然就是英俊的青年了!"

大家的夸赞倒让黑铁不好意思起来。

"伢子,快坐!"倪妈让出唯一一只没被烧掉的小凳子。

黑铁谦让地坐到地上的破麻袋上。

永富也蹲下问:"伢子,你眼睛好了吗?"永富掀起黑铁的眼皮仔细看看。

黑铁说,大夫讲他眼睛打进了游丝,游丝刮掉后,就渐渐好了,只是开始那两天不能睁,不然前天就来了,让尹伯伯、倪妈妈等急了。

倪妈说:"你诊眼睛是大事,不急呢。"

永富说:"春来他们三个回来都讲了,说你要来跟我们讲有关虎子的情况,是吧?"

黑铁说:"是呢,我大大特地让我上来向尹伯伯、倪妈妈汇报虎子情况。虎子坟……"

永富说:"六七月下几场大雨,虎子坟上的土一定又被雨水冲了,木匣的那一角又露出来了,是吧?"

永富讲上述两句话时,黑铁就要插话,但考虑打断长辈的话不礼貌就没说。永富刚讲完,黑铁就立马站起身,郑重其事地说:"尹伯伯、倪妈妈,岂止是坟上土被冲了啊,我要告诉你们的事特别重大!"

"啊,还特别重大呀,那是什么事啊,伢子,快说!"永富夫妇和孩子们也都惊讶得站起来,急切期待黑铁要讲的重大事。

黑铁神情肃穆地说:"尹伯伯、倪妈妈,上十年来,你们都想虎子,念虎子,哭虎子,我们也都为虎子的不幸感到悲哀,可是我们都被骗了!"

"被骗了?"永富夫妇和孩子们又一阵惊愕。

"是的!"黑铁说,"我们都被骗了,虎子没死!"

"虎子没死?"永富一家由惊愕变得震撼了,大家都一脸惊讶。

"虎子没死!"黑铁以异常肯定的语气说,"尹伯伯、倪妈妈,我大大让我专程上来,就是要告诉你们,虎子根本没有死!"

"虎子根本没死!虎子根本没死!"永富夫妇默念着。端马、春来、牛牛、桂兰同声默念着:"虎子没死,虎子根本没死,根本没死……"

多年来,永富夫妇就想人家跟他们讲这样一句话,可今天,黑铁真的把这话送来了!送来了!这是真的吗?他们又不相信自己耳朵,不相信这话是真的。永富夫妇的心跳得特别厉害,他们全身都在发抖,一时间都没法支撑身体。永富用发抖的双臂,把倪妈直往下瘫的身体搀着。他们想问黑铁话,但嘴巴嘟哝着却讲不出来。

春来抑制着无比的激动,问:"黑铁哥,你是从哪一方面判断出虎子还活着,没死的呢?"

"是啊,从哪方面知道虎子没死呢?"端马、桂兰、牛牛同样急急地问。

黑铁先请永富夫妇都坐下,拉着他俩手说:"月初的那场连夜大雨,徐家山的中峰山体滑坡了,所谓的装着虎子骸骨的木匣子也被冲到了坡下的泥土里。"

"啊,冲下来了?"永富瞪着眼说。

"是啊!"黑铁说是他和他大把木匣子从泥土中挖出来的,幸好匣子盖钉得紧,板缝一点儿没有松裂。他们怕滚动之下,匣子里的骸骨搞乱了,需重新整理一下,谁知撬开匣盖一看,哪有什么虎子的骸骨呀!

"啊!匣里装着什么?"大家齐声问。

黑铁说:"里面填得满满实实的,全是短木料!"

"短木料!"倪妈眼睛瞪得老大说。

"短木料?"全家大惊。

黑铁说:"是短木料,不是虎子!"

端马几个又惊诧又欣喜,相拥庆贺:"虎子还活着,虎子没死,匣子里是短木料!"

永富和倪妈不知是惊是喜,只是轻轻念叨"是短木料,不是虎子""是短木料,不是虎子"……

端马趋前一步,义愤填膺地说:"他们用木头充人,肯定是把虎子卖了!"

春来说:"他们徐家肯定是用偷梁换柱的骗人把戏把虎子卖了!"

黑铁说:"骗局是明摆着了!"他建议永富夫妇立即搞清真相,寻到虎子的下落!

端马说:"寻到虎子下落很难呢,因为事件发生后刚半个月,除了徐人杰的祖父,徐家人都在一场瘟疫中死了,没人可问了。"

永富说:"徐老不死的祖父,除了勾结一帮打手,反悔向我们重新逼债外,有关虎子情况,半句也不说。"

春来说:"当年亲近虎子的刘老万、小李头、朱爱兰、侯白仁又都同时失踪了,这也为揭穿骗局带来了巨大困难。"

桂兰说,依她的想法,刘、李、朱、侯都跟徐家搞的骗局有关。牛牛也同意桂兰的看法,说不然那四人为什么在埋木匣的当天晚上就全跑掉了呢?

春来认真地说:"看来,朱、侯、刘、李四个人是虎子事件中的关键人物,要找到虎子,必要先找到他们!"

黑铁建议尹伯伯、倪妈妈先回枞阳看看木匣子,然后顺藤摸瓜,找到虎子。黑铁还提供线索,说他们那儿有在外做小生意的人,在九江那边见过长得像朱爱兰、侯白仁的两个人,只要找到四人中的一个,就对破获这宗案子大有帮助。

黑铁的建议和他提供的线索对找虎子确实有大作用,不过,一阵惊异错愕后,倪妈此时好像已胸有成竹了,她老早就说雷港寺的小沙弥悟敏是她的虎子,还说只要有人跟她讲,她的虎子没有死,而且就流落在雷港寺,她和她的丈夫就毫不犹豫地把小沙弥当亲生儿虎子认领回家。现在许多条件都成真了,只缺虎子是不是流落在雷港寺这一个条件了,还有什么可犹豫不决、舍近求远的呢?倪妈这时反而不急于求成了,一方面是因为小沙弥悟敏目下在普陀山学佛,不在附近,另一方面倪妈认为黑铁的建议是对的,她还要顺藤摸瓜,搞清当年徐家是怎样把她的虎子偷出来的,卖到何处,虎子又是如何落到雷港寺的……

黑铁去后,永富夫妇心里怎么也平静不下来。他们思绪翻腾,一夜无眠。晚上,倪妈又想到当年算命先生的话,她虎子儿没有死,而且就近在眼前。好灵的算命先生啊！雷港寺不就近在眼前吗？

在春来的陪同下,倪妈速速回了老家,去了徐家畈,看过了木匣子,谢过了陆大义后,就又去了娘家,并且把当年静然方丈说的关于小沙弥悟敏的遭遇告诉了孩子舅舅。

两个舅舅得了倪妈带去的消息,又惊又喜,当年在黄鳝矶将一个郎中和一个三岁多一点的小孩送往江北的往事,很快又浮现在他们面前。他们连夜驾船赶到黄鳝矶,没费多大事就找到了郭九田兄弟。郭九田记得郎中和小男伢,还具体说了小男伢是给富人抵债的,一年后,富人家喜得贵子,男孩失宠后,被富人伙同家丁,以二百八十块大洋的身价,转卖给江南另一家财主。小男孩不服主,财主一怒之下,让一位行医的郎中给带走了。

春来边记边问:"请问郭伯伯,知道那老郎中姓什么、叫什么吗?"

郭九田说:"这个我们就不晓得了。俗话说,话不长两脚,能传千百里。既是这样纷传,那一定是有的。不过那老郎中和小男孩确是我送到江边,上了倪伯伯的渔船的。"

倪成勇舅舅说:"那天下着雨,我和兄弟正在江边打鱼,就把郎中和小男孩送到江北岸下船了。唉,这事我记得非常清楚,就像昨天发生的一样。"

倪妈极为担心地问:"带到江北后,在哪儿落脚了呢?"

郭九田说:"据说半个月后被雷港寺静然老方丈收留了。"

"被雷港寺静然老方丈收留了!"倪妈把郭九田的话重复了一遍,同时又想到那年来探小沙弥病时静然方丈说的话,她心里更有数了,小沙弥是她的亲儿虎子这事是板上钉钉、不容半点怀疑的了!

春来说:"倪妈妈,郭伯伯说的和老方丈的口径一样呢。"

倪妈说:"春来伢子,可见小沙弥就是我的亲儿虎子啊!"

春来欢喜不尽地说:"倪妈妈,你多一个儿,我又多一个兄弟了!"

成勇大舅说:"我们又多一个外甥啦!"

郭九田听了事情原委后,也大为倪妈高兴。

倪妈带春来从江南回来,还未来得及报喜,永富就把静然方丈的来信给了倪妈,倪妈又给了春来。信里只说了一件事:小沙弥悟敏是永富的二儿虎子。

倪妈和春来的高兴劲儿就别提了!

确定了小沙弥就是虎子后,不仅永富夫妇和孩子们欣喜若狂,作为准亲家的王嬷嬷,作为亲戚的陆姨大夫妇,作为好邻居的常明发、孙启亮两家人听了,也都为永富家的大喜事而道贺不迭,甚至全条子号的人都知道了。

永富夫妇和他家的孩子们都沉浸在对小沙弥虎子即将回来的极为急切、欣喜的期盼中。与此同时,从后山区向沿江一带大兵团挺进的解放军也逐渐多了,说是大军要过江了!

好哇,要不了多少日子,解放军就要解放全国了;要不了多少日子,永富一家人就要化解心中的纠结,与他们"劫后重生"的虎子欢乐地团聚啦!家庭气象和国家形势都好到一块啦!

八十三

新的一年,也就是1949年又过去一个多月了。

转眼间,柳絮又飞了,桃花又红了,可小沙弥悟敏——永富家的虎子——还没有从普陀山回来。虎子一天不回家,永富夫妇的心神就一天不得安宁,他们的孩子也就少不得要每天念叨。虎子一天不回来,去年腌制的鱼虾,以及用鱼虾换回的那几十斤大米都得留着。为了减轻家里缺粮吃的困难,从二月起,桂兰和春来、牛牛又出去要饭了,有时也带上丑儿。

刚刚进入农历二月,长江两岸就时不时地响起隆隆的炮声。从二月尾到三月初,由太湖、望江山里拥到桐马大堤南北两侧的解放军越来越多。他们都在农户的篱笆边、谷场边垒的土灶上,放上大锅,烧水做饭。

开始,牛牛不敢到连队里去讨,也不要桂兰、春来去。后来见解放军不仅不凶恶可怕,还很亲切,很喜欢他们,于是见解放军吃饭时,他们就在稍远的地方站着看。解放军战士见了,就用大的盛饭器皿装些,送去分给三个孩子。有时饭吃完了,就铲锅巴给三人。他们的锅巴厚厚的,又黄亮又香脆。春来他们一般都把锅巴留着带回家给大、妈、丑儿、六丫,自己舍不得吃。

再往后,见他们远远地站着,战士们就伸手向他们招招,要三人到他们中间去。三人去了,战士们就大碗地盛给他们吃。不光给他们吃,还跟他们聊,跟他们玩,有的战士叫他们小兄弟,有的叫他们孩子,有几个年纪大的,把和在芥菜里的几丁点儿肉挑出来撩到春来几个人的碗里,还要春来几个叫他们爸爸。他们十几岁就出来当了兵,打仗打到三四十岁了,连老婆也没娶,他们说不知自己能不能活着打过长江去,要是不能,这辈子连个儿子也没留下。说着说着,大颗大颗的泪就从眼睛里滚下来。

当时,春来几个并不能理解解放军老战士话语中和泪水里所包含的辛酸与悲壮。60年代,当了中学语文教师的春来,在给学生讲授"醉卧沙场君莫笑,古来征战几人回"的诗句时,再联想到渡江前夕那几位老战士的话,和他们说话时的悲壮神情,不由得自己的泪水也扑簌簌落下了。春来十分动情地问他的学生,谁不想家庭的温暖、妻室的温馨、儿女的情意?谁不想在人生短暂的光阴里去追求和享受温情与幸福?然而,那些投身革命的先辈,尽管他们中的一些人没有什么高深的文化,他们中的一些人当年甚至就是从泥田里爬上来的小伙计,从牛背上跳下来的放牛娃子,从马厩里偷跑出来的奴仆,从沟壑里挣扎着爬起来的叫花子,但是他们一旦进入革命队伍,经过革命思想的洗礼、革命大熔炉的冶炼,他们的人生境界就得了莫大的淬炼与升华,他们便有着比只眷顾小家小我更为高尚的情操和阔大的胸怀。为了拯救我们灾难深重的祖国,拯救我们水深火热中的民族和人民,为了使我们的下一代、下下代免遭苦难,他们舍了家庭,牺牲了一切。但他们同样不是神而是人,是人就有七情六欲,正因如此,当革命的战旗就要渡过长江、红遍祖国的千山万水,中国即将欢庆解放、庆祝胜利、沐浴朝阳时,他们却还要赴汤蹈火、浴血奋战,且死生未卜。在此之际,他们回首往事,面对现实,又怎能不情动于中,感慨系之,戎衣泪湿?然而在生与义、个人情感与国家命运的抉择关头,他们毅然选择了后者,这就是他们的高尚之处、伟大之处、可歌可泣之处,令后来人永远敬仰之处!春来抹去泪水,再次对他的学生说:"设若每一个当代青年都以我们的前辈为榜样,去为国奋斗,我们的国家何愁不指日振兴,我们的民族何愁不永远强大!"

隔几天,春来几个又被旁边的连队叫了去,一位貌似军官的年轻解放军,先盛了一碗饭,搛了芥菜,刚要往春来碗里倒时,突然激动地叫起来:"春来,你是春来!啊,还有牛牛、桂兰!"

毫无思想准备的春来、牛牛和桂兰听军官叫他们的名字,一时竟愣住了,不应声也不说话,只是歪着头,向他傻望着。

"不认识我了吗?"军官蹲下去,摘下帽子,让春来和牛牛看。

"启亮!"

"启亮,是启亮哥!"

纯朴的称谓从春来和牛牛嘴里冲了出来。他俩顾不得衣衫褴褛的窘相,顾不得要饭娃身份的尴尬,竟来不及弯下身便站着丢下碗筷,双双张臂把启亮抱住。

启亮把两臂从牛牛和春来的合抱中抽出来,又张开去,把他俩的脖子往胸前搂着。他们不再说话,只有怦怦的心跳声,在诉说着他们怅别后喜得重逢的那五味杂陈的心事。望着个头略有长高但更加羸弱清瘦的春来、牛牛几个,启亮不胜感慨唏嘘,泪流满面。

启亮说:"自那次从外江边走后,我既没见过我父母,也没有写过一封家书,春来、牛牛,我的好兄弟,我太想念我父母了,我父母他们还好吗?"启亮说话声音颤抖。

春来说:"启亮哥,我们常见你父母,他们过得一般,就是孙妈妈头发都白了。"牛牛说:"启亮大哥,孙妈妈的头发都是想你想白的。"

启亮问:"我大、妈晓得我现在所做的事吗?"

春来说:"晓得,不过只知道大概,那是陆姨大向他们暗示的。"

启亮还问到了兴国妈,义堂妈,明发大、妈的情况,春来和牛牛都做了介绍,遗漏的方面,桂兰又做了补充。

春来又问了明发,牛牛又问了兴国和义堂的情况。当听到兴国在一次战斗中受伤被俘,自尽而死时,牛牛和春来同时扑到启亮怀里,抽泣不止。待他俩情绪稍稍平静后,启亮向篱笆西边招招手,一个腰挎驳壳枪的解放军过来了。那是常明发,大家又是一阵热烈而又亲密的拥抱!

明发说:"牛牛、春来,我们好想你俩!算起来,从在毛习普家的大堂上最后一次见面,至今已经将近五年了。五年中,你们个头虽略有长高,但更瘦了。"

牛牛说:"明发哥,你记错了,我们最后一次见面是在玉米地里。"

明发笑了。

牛牛说:"那天傍晚,你和我义堂姐夫骗我们,说是去掰玉米棒,实际是和兴国哥接头,兴国哥当晚完成任务后,就把你带部队去了,是不是?"

明发、启亮、春来都笑了。

牛牛说:"当时我姐夫义堂也准备跟兴国哥一道去,因为王爷爷病得厉害,家里没人照顾,就回来了。回来的那天晚上,义堂和春来共同代兴国哥给张姨写了封信,是的吧?明发哥,你记错了,我们最后一次见面不是在毛习普家的大堂里。"

见牛牛一再讲记错了,明发索性把那年毛习普一手搞的保姆事件、三个蒙面人鸣枪警告的事讲了出来。

牛牛大惊,说:"那年从毛习普家的屋顶上跳到天井的蒙面人就是你们呀?"

明发和启亮又笑了。明发说:"可不是嘛!那拿着明晃晃大片刀向毛习普警告的高个子,就是你姐夫王义堂,把守东西大门的分别是我和启亮呢。这事春来没跟你讲吗?"

"春来?春来晓得是你们吗?"牛牛瞪大眼睛盯着春来。春来微笑着说:"是陆姨大叫我别讲的!"

桂兰说:"陆姨大和春来都晓得,就瞒着我们一家呢!"

春来说事发前的头天上午,陆姨大就让人把他从毛家大园叫回去,然后秘密去了小闸,在南边的芦苇丛里找到了明发、启亮和义堂。

春来说:"牛牛,你到条子号找我时,我从芦苇荡找明发几个哥哥刚回来呢。"

牛牛说:"难怪你一到毛府大堂就把目光往阁楼上瞅,你都把明发、启亮哥找好了。"

启亮说:"我们三个连夜赶到毛府外,从后墙爬到大堂对面的屋顶上潜伏下来。"明发说:"你们和毛习普斗争的经过,我们看得清清楚楚,都差点儿为你们鼓掌了。最后,看到毛习普指挥家丁要向你们全家动手了,义堂一招手,我们就开枪从阁楼上跳下来。"

牛牛打了春来一拳头,说他真能瞒。春来笑了笑,说,过去的事不讲了,只问明发、启亮能不能回家看看大、妈。明发说不仅不能回去,还要春来几个不要向他们父母讲见到他们的事。启亮掏出纸来正要写什么,营部吹集合号了,于是他俩向春来几个挥挥手,春来他们三个就会意地离开了。

三天后的下午,春来又带牛牛到驻军那儿把启亮找到了。当时明发正和启亮在一起,见春来和牛牛各抱着荆花向他们走去,便马上迎上去接了。有几个战士也围了上去,见到新折的荆花那么鲜艳明丽,都称赞不已。明发二人当即分了花束,他俩各留一束,其余的都分给了战士们。

不像上次见面向春来几个问这问那的,这次只仓促讲了几句,明发就把一个小布包交给了春来,并明白告诉他,只有到第二天下午,才能把包拆开,将里面东西交给他们的父母。

春来和牛牛要找那几个老战士。明发、启亮把他们送到第一次接触的那个连队。因为不知道老战士姓名,两人只好抱着剩余的两束荆花在谷场中央站着四面张望。

那几位老战士来了,春来两个把荆花分送给了他们。老战士激动不已,他们举着荆花,抱起牛牛和春来,一声声唤着春来和牛牛儿子。春来和牛牛也齐声叫爸爸。许多青年战士都拥过来看,老战士热泪盈眶,他们拉住春来和牛牛的手,格外动情地说:"为了儿子不受穷,为了儿子能过好日子,爸爸什么都舍得!"老战士一面说,一面挥洒着泪水。连指导员也参与进来了,他将老战士的那句话当作战前誓师口号,带领全连战士一遍遍高呼着。战士们群情激奋:"为了儿子不受穷,为了儿子能过好日子,爸爸什么都舍得!"

离开时,明发、启亮又从那边过来了,他俩也举着荆花,向春来和牛牛挥动着。

春来和牛牛也向他们挥手祝福:"祝哥哥们平安胜利!祝爸爸们平安

胜利!"

明发、启亮和那些老战士再次挥动荆花:"再见,我们的好学弟!""再见,我们的好儿子!"老战士热泪涟涟……

斯须小聚,又匆匆挥别。春来和牛牛原只想再次来看看明发、启亮,看看那几位"爸爸",没想到他们竟把这次的相见和分别搞得那样不寻常,搞得那样缠绵悱恻、慷慨悲壮!

春来和牛牛一回到帐篷,永富夫妇就把他们分别搂在怀里,嘱咐他们再也不能外出,更不能到驻军那儿去了。

当倪妈在叨念端马时,陆姨大正好就把端马带回来了。陆姨大又说他这几天事多,多在外头少在家,陆姨妈胆小,端马在那儿给她做伴壮壮胆,要永富夫妇放心,他不会让端马乱跑的。永富说他不怕,就是听说解放军征了许多船过江,船夫不够,他怕端马不知轻重,也去逞能当船夫划船。

听永富这样讲,陆姨大和端马心里同时震动了一下。陆姨大震动就是怕端马瞒着他,擅自去当船夫。端马心里震动,是因为他本来就要瞒着他大去替大军划船,怎么被他大看出来了?他还能去吗?

端马说:"大、妈,你们放心,真要去给大军划船,我也不会碰上枪子的!"永富说:"端儿,我也不是不许你去划船,我就是说你还没长力气,划不动船,怕误了大事。——大姨大,你要是晓得哪只船上还缺船夫,就跟我讲一声,我去!"永富的态度很坚决。

永富的要求,陆姨大一口答应了。临走时,陆姨大反复叮嘱永富一家大小,晚上千万不要到大堤头上去(坝顶上的棚户三月初就全搬到坝北脚下了)。他特别拽了拽春来耳朵,叫他晚上不要带牛牛去条子号那边歇了,要他把牛牛和丑儿带好。

端马在他大、妈的反复叮嘱下,又跟陆姨大到那边给陆姨妈做伴去了。

陆姨大带端马去条子号后,不到一个时辰,端马就失踪了,和他同时失踪的还有小叫花、大毛毛、铁叉、球蛋儿等五六个半大小子。

半下午,长江南北的炮火又对开起来了,轰隆隆声震得大地颤动。傍晚时却又都停下来了,长江两岸静得出奇。可是刚入子夜,更猛烈的炮火又轰起来,各式炮弹像大红火球般在华阳区域的长江两岸上空对袭着、交织炸裂着,被撕割成无数道裂缝的夜空,赤红赤红、白亮白亮的,地面的蒿草都看得清清楚楚。江南岸的号角声、枪弹的爆炸声、喊杀声混成一片。人们知道:解放军的渡江战役正式打响了。约莫两个小时后,战斗的厮杀声渐渐停歇了。

天刚亮,晨曦中桐马大堤北圩内所有人都拥到大堤顶上。旭日从东山升起来了,解放军渡江后续部队依次抵达江边,长江江面上,战船云集,桡橹声声,军号嘹亮,战马嘶鸣……

心里时刻放心不下虎子的永富夫妇,此刻既为失踪的端马焦虑,又为渡江作战的义堂祈祷。

牛牛和春来除了担心永富夫妇所担心的人外,更为明发、启亮和那几位"爸爸"揪心。十小时前那几位"爸爸",还有明发、启亮送他俩出连队时,那挥手的姿势、那告别的话语、那慷慨悲壮的神情,越发鲜明地映现在他们眼前,回荡在两人脑际。他们都胜利过江没有啊?春来和牛牛两人的心,同那些战船一样,在江面上南北飞驰着。他们衷心希望那几位"爸爸",还有他们的学兄明发和启亮,和其他千千万万解放军战士一样,都能胜利打过长江去,解放全中国!他们衷心希望他们的"爸爸"、他们的学兄,都能和祖国千千万万人民一样,同享革命胜利的喜悦,同沐新中国的雨露阳光,和祖国千千万万人民一样,有自己的家庭,有自己的儿女,有自己的自由和幸福……

春来安慰牛牛说:"弟弟,不怕,他们都是好人,他们不会有事的!"

早饭前,中条子号传来哭声,一打听,才知是常明发牺牲了。得此噩耗,春来和牛牛如雷霆轰顶,箭镞穿心!他们为自己失去一位慈祥的学兄,为解放军痛失一位年轻的军官不胜悲怆!

明发是第一批渡江的,他乘坐的正是他父亲常福胜的战船。因为天黑,明发又有意把帽檐拉低了遮住前额,不让他父亲看见,所以他父亲并没有认出明发。战船快抵南岸时,为掩护其他战士,明发不幸胸部中弹落水,被福胜一把拽上船,连一句父亲都没来得及叫,明发就闭上了眼。是陆姨大派人把明发遗体运回家的,明发妈怎么痛不欲生就别提了。春来和牛牛跟大人招呼都没打,就一口气跑到明发家。

明发是被流弹击中的。望着他脸上坚毅勇敢的表情,联想起头天下午,他和启亮一同把他俩送出连队时那悲壮神情,春来和牛牛的心像是被撕裂捣碎了!他俩紧紧握住明发的左右手,一声声呼唤着明发哥哥……

上午约莫九点钟光景,陆姨大让永富上船把明发大福胜换下来。福胜一到家,就蹲到明发遗体旁,从头摸到脚,眼泪扑簌簌洒到明发身上。他说:"发儿,我没白养你,你替我们常家为穷人翻身解放尽了一份力!——春来、牛牛,我的好儿子,你俩也别哭了,要向你明发哥学习!"

牛牛揩揩眼泪后,触了一下春来的衣袋,春来这才想起,他把小布包交给了明发父亲。拆开了才知道,包里除明发、启亮、义堂的近照,还有他们在大战前夕写给家里的遗书。义堂和明发、启亮原来同在一个营里!义堂昨天之所以避而不见春来和牛牛,就是怕两人回家讲了,给两家人和带儿心理造成巨大压力。

明发的追悼会是陆姨大主持的。1951年春,明发的遗骸迁葬到县烈士陵园。

三天后,陆姨大把王义堂、孙启亮从南京合拍回的电报分别跟各家讲了,这时人们才知道,义堂、启亮也是第一批渡江的,发电报时,他们已经胜利抵达南京伪总统府大门外。也是接到电报后,人们才知道端马、小叫花、大毛毛、球蛋子、铁叉等失踪的真相,原来他们也参加解放军跟着义堂一起走了。电报里还说,他们虽未经过军训,但作战都非常勇敢,尤其是端马,入伍才三天就荣立一次三等功,并当上了侦察排一班班长!

从大军渡江前夕到渡江结束的那段日子里,陆姨大忙得恨不能使出分身术来。后来才晓得他是条子号唯一一名地下共产党员。而在那之前,在许多人的心目中,陆姨大就是个十足的游手好闲的不务正业者。原来陆姨大是用他的放浪形骸来掩饰他对革命事业的极大忠贞!

春来和牛牛虽为在解放战争中失去了兴国、明发两位好学兄而时感悲哀,但总的说来,沐浴着新中国的灿烂阳光,呼吸着新中国的新鲜空气,还是很感快乐的。永富夫妇虽有了翻身做主人的自豪感,也有了对来年美好日月的无限憧憬,但怎么也摆脱不了切身的近忧。他们把挂在端马、义堂身上的心刚刚放下,就又改悬到二儿小沙弥悟敏,也就是虎子身上了。原说过了年,大当家就带虎子从普陀山回来,可是新的一年又过去三个多月了,还不见小沙弥悟敏的影子。越往后,永富对小沙弥越牵肠挂肚、望眼欲穿。他们每天夜里都梦见小沙弥回家团聚了,可醒来又是一场空!

不用说,永富夫妇的心绪对牛牛、桂兰是有影响的,当然,同样受到感染的还有春来和丑儿。所以,越往后,越见不到小沙弥回来,永富一家大小就越揪心。

八十四

尽管小沙弥悟敏迟迟不归,以致永富夫妇和孩子们日夜揪心、望眼欲穿,但日子还是要往下过的。因为有陆姨大等人的资助,吃的一日两餐稀稀的,尚能往下度,当时迫在眉睫的就是要解决住的问题,因为陆姨大给的那顶帐篷早已破败不堪,无法遮风挡雨了。

那时条子号虽然解放了,炮火连天的战争日子已经过去了,但地方政府机构的建立与完善尚需时日,而且那时连年兵燹加大灾,国家从上到下,百废待兴,暂时没有财力物力投到扶贫济困上来,指望人民政府马上解决困难户的住房问题,根本就是不切实际的。最终又是在陆姨大的奔走协调下,永富全家搬到与上条子号相连的圩心中刘姓人家的屋里住下了。

刘姓人家的兄弟及家属在去年夏季破圩时就搬到江南落户去了。他们丢弃的屋虽然很大(不说两头的房间,单是一个堂心,就能容得下两个班的士兵开铺),但因接连两年破圩淹在水里,上盘的盖草,下盘芦苇扎的壁子,大多被浪涛卷走或摧毁了。除西头的一大间还有点儿像屋的样子,其余都跟露天大棚差不到哪去。东头那间顶草也被水卷走了,但还有两方半壁子,梁柱子也还在,梁柱中间有一条宽体短身的舢板。船是底朝上、口朝下反扣着的,船尾和船头都用粗铁丝绞绑在木桩上固定着,可以推知,这个工作是在上年洪水到来之前,就由刘姓兄弟提前做好了的。

"这个很好!"永富指着反扣的舢板说,"下雨天可以在船底下躲雨,晚上睡在下面淋不着露水。"永富一家就这样在这里安顿下来了。晚上全家就睡在反扣的舢板下。永富又在船的内帮上打一颗铁钉,让牛牛把老算盘挂在上面。

刘姓大屋距王嬷嬷家远了点儿,但距春来和陆姨大家很近。春来每天晚上都带牛牛到他那边去歇,刮风下雨的晚上,为孩子们安全起见,永富也去那边陪两个孩子。

大概是搬到刘家大屋的第六天晚上,半夜里一阵呻吟嘶叫声把永富夫妇闹醒了。夫妻俩坐起来听听,声音是从西头的破屋里传来的。

"怎么那边有人呀?"永富胆怯地自语着。夫妇俩犹犹豫豫的,既担心呻吟的人又不敢去看。叫痛声一阵紧似一阵,夫妇俩硬着头皮摸到那边,循着声音摸到一个人。从声音听出那是个男人,他直叫肚子痛,任永富怎么按,倪妈怎么推,都不能为他减轻一点儿痛苦。无奈,两人只好陪在他身边,希望用陪伴的方式,从他身上分担一些痛苦。快到鸡叫时,永富突然想到了陆姨大,摸黑找他去了。

那人的叫痛声特别凄惨,特别让人揪心!被惊醒的丑儿和桂兰也摸到倪妈这块来了。

不一会儿,陆姨大赶来了,永富紧随陆姨大后。春来和牛牛仿佛谁喊了似的,也出人意料地跟来了。春来说那人可能是患了急性阑尾炎,可大家不知道如何对症下药,除了干着急,还是干着急。不一会儿,那人惨叫声渐渐低了下来,天未亮,就咽气了。既不知那人姓甚名谁,也不知他家住哪儿。早饭后,陆姨大驮来一卷芦席,外加一床半新的被单,让几个村民和永富一道,把那人收殓埋了。陪葬的就是他的一双筷子、一只碗。

在那些日子里,一想到那人的死,春来就联想到他妈。一想到他妈不久就要离开人世,春来就掉眼泪。倪妈让桂兰、牛牛、丑儿没事就跟着春来,一发现他躲着流泪,就把他拉回来。

这天,刚被永富哄歇的春来突然又提出要跟桂兰去讨饭,桂兰和牛牛也有同样想法,他们一致认为陆姨大给的粮快吃完了,如果到完全吃完再去讨,就来不及了,不如趁早出去为好。但永富夫妇说,现在解放了,他家儿子女婿都是解放军,再去讨饭,就不体面了,并说这是陆姨大的意见。

春来正跟永富夫妇说着,陆姨大来了。陆姨大后头是常福胜的小儿子,也就是明发弟弟常明才。明才挑着鼓鼓的两个袋子。到了,陆姨大说:"你们父子刚才议论吃的是吧,我也估摸着前次粮要吃完了。这个,"陆姨大指着明才搁在地上的两只袋子,说,"这里是玉米,这里是小麦,两袋粮都是村集体给常福胜家的,福胜分取一些给你家了。"永富夫妇觉得过意不去,不说收,也不说不收,眼睛直向陆姨大望着。

永富说:"大姨大,这太那个了,福胜大伯是烈属,应该享受的,怎能分给我家呀,这个……"

陆姨大说:"别这个那个的,其实破圩后,我两次送给你和王孅孅的粮都是福胜和启亮大从他们家吃的粮中省出来的,只是他们不让我讲出来罢了。"

永富说:"太那个了,太那个了!"

"尹伯伯、倪妈妈,我大、妈都讲了,这些让你们且吃,多吃点儿。"明才说,"倪妈妈,你把糊糊做稠些,别把弟妹们饿坏了,饿得不长个子。"

永富拉着明才手,感激涕零,说:"伢子,叫我们怎么谢你大、妈啊!"

陆姨大说:"不要谢呀谢的,要记住,以后千万不要让伢子们再去讨了。过一段,政府还有少量救济粮,你们军属困难户能得到一些的,可以不要讨饭了。——春来,你听到没有?以后不要和桂兰、牛牛去讨饭了,别人家讨得,你家讨不得!"

春来说:"姨大,我们记住了,我们以后不去讨了。——明才哥,谢谢你!"春来抱住明才。春来的眼睛里盈着泪光。牛牛和丑儿也靠在明才身边,分别拉着明才一只手,孩子们没说什么,但此时无声胜有声。

陆姨大带明才刚走几步,倪妈撵上去,问尚麻姑很长时间没见,她去江南哪儿了,回家没有?陆姨大望着永富夫妇,笑了笑,说:"你们夫妇带伢子们过自己日子吧,还关心她?她和你们心疼的岳西奶奶一起,都住到县城里去了,你们不用操心她们。你们带伢子们好好过,要给他们吃饭。等到土地改革,分了土地,你们就好了。我们走了。——啊,还有一封信。"陆姨大随即把摸出来的信递给春来。

信是小沙弥悟敏从普陀山寄来的。信上说他要到腊月才回来,让永富夫妇不用急,反正他是他们的儿子,他们是他的大大、妈妈,老方丈都明明白白跟小沙弥说了。陆姨大也依着小沙弥的意思,劝永富夫妇说:"是这话呢!是你们的儿子推不掉,不是你们的儿子要不回!"陆姨大拍一下春来肩头,问春来是不是这道理。春来说陆姨大讲话从来就不错。陆姨大又拍一下春来肩头,说:"会讲话的小伢子……"

从那以后,永富家的孩子再也没有去讨过饭了。

永富家的孩子不去讨饭了,倒是隔三岔五的有叫花子到他们家讨。虽然村里和政府不断赈济,但永富家仍吃两餐,倪妈过日子仍是称薪数米,每顿只做那么多,要是盛一碗给要饭的,她就得少吃一碗。

那天,全家人正在没顶盖的堂心吃饭,不经意间,见门边靠着两个要饭的。就像牛牛当初要饭怕丑,用斗笠遮住脸一样,那两个要饭的也把帽檐压得很低,只看到鼻尖和嘴巴。从身段上看,并不陌生。牛牛上前蹲下,歪头斜眼一看,惊叫着:"哎呀,怎么是你啊,毛老爷?啊,还有大奶奶!"

听说是毛习普,永富一家人大感讶异。倪妈立即放下刚端上的碗,上前去,把毛习普和他大老婆钱氏让进屋里。春来和牛牛把已盛好的两碗糊端到破凉床上。

春来问:"毛老爷,你两人吃这糊吗?"

毛习普说:"吃呢,伢子,寒不择衣,饥不择食,讨饭的还有什么不吃呀!"

永富说:"老爷,你和大娘就吃吧。"永富把两碗糊分别移到毛习普和钱氏面前。

毛习普听永富那样称呼他,就说:"坑死人了,怎么还能称呼我老爷啊,就叫我号,就叫毛习普,哪还能用那样高的称谓呀!"

倪妈说:"叫老爷高了,那就随便叫吧。你两个吃了。"

见毛习普和钱氏饿巴巴的,喝得一口等不得一口,永富叫他们吃慢点,别呛到气管里了。倪妈也说吃完再让孩子们给他们盛。

吃罢,毛习普揩揩嘴,望望永富和孩子们,发现少了端马,永富告诉了他。

毛习普说:"我讲呢,当初在大园里看见你棚前气象,我就说'多少朱门生稗草,几多白屋出蛟龙',你们还嫌我多话,现在相信我讲的了吧。端马调皮,脑子转得快,适合当兵呢。当解放军好,要不是解放军,小日本鬼子还打不走呢!"

"毛老爷,"永富说,"我才几个月没去毛家墩,没见过你,你怎么变成这样了?你另外三房太太没出来讨吧?"

毛习普听永富这般问他,感慨地说:"哎呀,永富喂,哪还有什么太太哟!"

钱氏接着说:"人讲树倒猢狲散,我家老头子还没倒,猢狲们就先散了,各自找主儿去了。除了我这棵老黄花菜,还有哪个肯留在身边陪伴他呀。"

倪妈说:"照大娘讲,那三个姨太都散伙走了?"

毛习普说:"刚刚传来点儿要解放的风声,她们就一个个都溜了!"

钱氏指着毛习普说:"想当初,那三个进了门,我的门他就没上过了,没想到现在陪在他身边的,还是我这老婆子。"钱氏又瞅了毛习普一眼。

毛习普深深叹息说:"人情似纸张张薄,世事如棋局局新。永富啊,还是四年前我在你茅棚外讲的那话,三十年河东,三十年河西呢。如今解放了,我人也老了,不中用了,都怪年轻时生活不检点,得了许多讲不出口的病,现在越发严重了,一点儿事都不能做,只有靠老婆子陪我讨口吃的。唉,自己造孽自己受罢了,还带累老婆子。"

永富说:"衣服是新的好,老婆是旧的好,古话讲得一点不错呢!毛老爷老了,大娘就多担当些吧。——毛老爷,你大园里那些好地呢?"

钱氏说:"哪还有什么地呀,一寸子土地也没有了,都被以前的长工们抢着种去了,秋季破圩淹了不说,午季收了不少粮食,可是没有一家给我们一瓢麦子。唉,不提哕,多谢你们给我俩老不死吃的,我们走了。"

毛习普站起来,掸了掸衣裳,甩了两下袖子,都以为他要和钱氏离开走了,哪晓得他拉着钱氏,双双跪在地上,说:"永富夫妇啊,还有伢子们,我隐约听说,人民政府过一段要开斗争大会,你们可要高抬贵手,可怜可怜我们两个老不死的,别把我们往死里斗啊,我这就向你们磕头赔罪了。"说罢,毛习普和钱氏头磕得鸡啄米似的。

永富一家被毛习普的这一举动弄得不知所措。永富把毛习普和钱氏扶起来,说了几句让两人听了比较宽心的话,就让他们走了。

毛习普走到门边又站住,永富问他是不是还有什么话讲。毛习普把右脚拿进门里,凑近永富,神神秘秘地说:"据讲那年晚上到我家掐棉花的那个岳西奶奶已经被政府捉起来了,你们听说了吗?"永富哈哈一笑,说:"你快别听人谣言,前天我问陆姨大,陆姨大还说她生活得很好,现在都已经住到县城里了。"毛习普说:"啊,都住到县城里了,原来是谣传。"

春来说:"你传播谣言,小心政府把你捉起来。"

"那是,那是!"毛习普立马出去,挪着蹒跚的步子,追钱氏去了。

见到毛习普大老婆钱氏,想起在毛家当童工时受的虐待,桂兰和牛牛特别怄。

倪妈说:"伢子们,落毛的凤凰不如鸡,还不到一年,毛习普老两口子就成了那个样,看了叫人寒心!以前就是有些缺点,只要不是罪大恶极,我们就打些马虎眼,放他一马了,反正他已经黄土埋到颈子了,别讲他、斗他了!"

其实桂兰几个孩子,包括春来,同永富夫妇一样,他们最为关心的不是什么在斗争会上斗争毛习普,而是希望时间过得再快些,早点迎接小沙弥回家,他们姊妹兄弟快乐团聚。

是的,解放了,同以前相比,日子确实过得快多了,快得像顺风的下水江船,一眨眼,重阳节又到了。倪妈又想到不久前春来跟她讲的话:赵姨让春来在重阳节那天带倪妈去他二姐家,她有话要跟倪妈讲。

八十五

农历九月初九早上,倪妈郑重地对春来说:"伢子,我们两人今儿去看你妈妈。"春来说他晓得,但他同时又提出了新的想法。

春来认为,那次他妈讲有话跟倪妈讲,但后来他去了几次,他妈又没提了。或者那件事没有跟倪妈讲的必要了,或者她根本就没事跟倪妈讲。既然是这样,为什么要让走路不方便的倪妈白跑一趟呢？况且他姐又是那样缺乏理性的人,搞得倪妈尴尬反而不好。基于这种想法,春来说他自己一人先去问问,要是真有事,而且非让倪妈去不可,隔天再带倪妈去也不晏。倪妈说赵姨即使没事跟她讲,赵姨生病,她去看看也是应该的。但因为春来的一再坚持,最终,倪妈还是服从了春来的安排。

春来一个人去了他二姐家,连犟着要跟他同去的牛牛也没带。中饭后,春来就回到倪妈这边来了。

见春来的情绪不怎么低落,倪妈估摸着问:"伢子,你妈她还好吧?"

春来说:"倪妈妈,我妈她还好,跟我前几次去看没什么不同。"

牛牛没等他妈再问,就抢着说:"你二姐瞪你了吗?"桂兰搡牛牛一把,说:"别打岔,妈还有事问春来。"倪妈也瞅着牛牛说:"大人讲话,小伢子别总是插嘴插舌的,站一边去,教丑儿认字去。——春来,你妈真有事要跟我讲吗?"

春来说:"真有,不过我妈讲她不到真活不下去时,还不跟你讲。我估计,倪妈妈,我妈一旦晓得自己不行了,她一定就要你去了。"

倪妈惋叹着,说:"也不知到底有什么事跟我讲啊!"

春来说:"倪妈妈,我估计也没什么别的话要跟你讲,无非就是心疼我,她死后,我没有亲人,让你和尹伯伯多疼我爱我可怜我……"

牛牛又讨厌地插嘴说:"赵姨要把你托给我大、我妈养是吧?"春来含着泪水说:"弟弟,我估摸着就是这事。"

这时,到雷港寺打听小沙弥情况的永富也回来了。春来眼泪汪汪地问永富夫妇,假如他妈在临终前真的这样托付,他们接受不？永富夫妇被春来问住了。但想想风雨中送蓑衣的事,想想这些年里春来对他们的点点滴滴,永富表态说:"春来伢子,如果你妈临终前真的把你托付给我们,到时候,就像丑儿一样,就算我和你倪妈多养个儿!"

听到永富的这句话,春来的眼泪又唰唰掉落着。好像这些年来,他对他尹伯伯、倪妈妈发自内心的爱,直到这一刻才真正被他们两人接受了。春来跪着,抱住永富夫妇左右腿,诚恳地央求说:"尹伯伯、倪妈妈,不要'到时候',我现在就想你们叫我一声儿子!"可是,还是以前那话,鉴于春来是赵姨的独子、爱子,现在就称春来"儿子",赵姨听到了,情何以堪?况且她正在重病中!对于春来的这一真诚的要求,永富夫妇再次予以婉拒,虽然他们双双觉得这对春来太过残忍。

无奈,春来只好放弃。

说真的,端马大哥、桂兰姐姐、带儿姐姐,不管他们叫他什么,春来从来都不计较,因为他们从来都把春来和牛牛看作弟弟,从不厚此薄彼。至于义堂,他叫春来"弟弟"也好,"学弟"也好,"内弟"也好,抑或直呼春来之名也好,都行。虎子回来后,怎么称呼他,春来还没有想过。春来真正在乎的就是他的尹伯伯、倪妈妈的那声"干儿"或"儿子",还有牛牛小弟的那声"二哥"。牛牛也曾向春来许诺过,要按胞兄弟排行叫春来"二哥"的,不过他也像倪妈妈讲的那样,要"到时候"。看来,想永富夫妇叫春来"儿子",想牛牛叫春来"二哥",春来真的不知要等到什么时候了!

不过近来,春来越来越感觉到,尽管他那么恋着永富夫妇,没事都围着他们转,但除了桂兰、牛牛、丑儿、六丫和他越来越亲热外,尹伯伯、倪妈妈多数时候和他亲热好像是出于一种应付。当然,他们对亲生子女也是这样。这可能与他们的心思、情感都专注到对小沙弥的挂念上有关。如果真是这样,春来百分之百地表示理解和谅解。

那是肯定的!自从老方丈明白地说小沙弥悟敏就是虎子,自从小沙弥寄来了信,永富夫妇没有哪一天哪一夜不为之兴奋不已,又没有哪一天哪一夜不为小沙弥的平安归来、早日回到他们身边而祈祷!

从两位舅父、郭氏兄弟、雷港寺僧人的介绍中,特别是从老方丈的信中得知小沙弥就是虎子时起,永富夫妇就真的是欢喜得要发狂了!他们无时无刻不在盼着、等着,扳着指头数着小沙弥回来的日子。可是每一次说好的日期到了,又要往后推移,这种让他俩(当然还有孩子们)屡屡失望的事,要是发生在一般神经衰弱的人身上,他们不患精神病才怪呢!但永富和孩子们总是以最大的耐心等待着,不过倪妈确实有些经受不住一次又一次失望的折磨了。但折磨也会使她变得坚强起来。尽管她天天感到头痛、耳鸣、失眠,有时还产生莫名的恐惧感,但她决不让自己情绪失控,弄到糊涂、疯癫的地步。一个坚强的连雷也轰不散的信念在支撑着她,那就是小沙弥就是虎子,她的虎子还活着,她的虎子不久就要回到她身边!她要用虎子回家团聚的莫大欢乐,去抚慰因为自己的过错,而给丈夫永富内心造成的极大创伤;她要用虎子回归的天大喜悦,去驱散因为自己的过错,而给家里孩子们造成的兄弟离散的极大痛苦!

当然永富夫妇并不是只想着自己,只想着这个小家的自私的人。春来的忧苦在他们心里仍然占据着重要位置,那些日子里,只要情绪稍好一点儿,他们就要春来去看他妈。而春来对尹伯伯和倪妈妈,也总是百依百顺。在那些日子里,差不多每隔两三天,春来就要去看一回他妈,也不管他二姐是热脸还是冷脸,只要能看到他妈,别的春来什么也不在乎。

同以前相比,春来也许变麻木了。每次看他妈回来,除了往永富身边靠靠,把牛牛和丑儿拉着往自己身边贴贴,春来什么话也不说。为了不触碰春来内心的隐痛,永富夫妇和孩子们也尽量不去问他。

那是冬至后的第二天,春来又去看了他妈。不过这一回可就例外了,他一回到倪妈家,就靠到永富身边哭了。牛牛和丑儿也贴到春来身边,捉着他的手,默默陪着。桂兰站在春来身后,想问他是怎么了,但终究没说出口。

倪妈坐到永富右侧,把春来拉到自己身边,用指头梳理着他的头发,捏捏他的大耳垂,好一会才开口问:"伢子,是不是你妈病重了呀?"春来没说话,但点点头。

永富问:"伢子,你妈叫你倪妈去了吗?"

春来抬眼望着永富,说:"尹伯伯,我妈叫了。"春来又转对倪妈说,"倪妈妈,这回我问了好几遍,我妈都说要你去,她要跟你讲一件事。"

倪妈把春来的脸颊揸揸,叹气说:"从六月十五后,春来去看她四次,她都闭口不提,这回要我去,搞不好她是真的难挺过腊月底了。那就去吧,伢子!唉,人生苦短哪!"看得出,倪妈泛红的眼圈内也闪着泪光。

那天下午,天灰灰的,飘着小雪,很冷,春来没让倪妈去,改到了天色放晴的第二天上午才去。去的前一刻,牛牛又提出要跟着去,但被春来拒绝了。

才走一小截路,永富又撑上去。永富让春来上前走,叫倪妈回走了两步,凑近她耳边嘀咕一阵后,就又大声地说:"好了,就这事,你跟春来去吧。——春来伢子,走慢点儿,候一下你倪妈。"

春来见倪妈小脚直打战,又折回来,贴身保护着她,生怕她摔着了。

春来极力想晓得他尹伯伯把他支开去,私下里到底跟倪妈讲什么话,可又极力克制着不向倪妈打听。其实永富也没讲什么别的,就是说万一赵姨再提春来和六丫的事,叫倪妈不能答应,因为那是王爷爷咽气前讲的。永富讲的这事,春来事先也想到了,他不让牛牛跟着去,就是怕万一他妈真的向倪妈提那事,牛牛回来势必又要给他大肆做广告。

到了,二姐家门半掩着,有吵嘴声从里间传出来。为了避免难堪,春来让倪妈在村口坐坐,回避一下,他一个人先进去看看,探听一下究竟出了什么事。

春来进堂屋才听清了,是他二姐在右边脚屋里数落他妈。春来迅速躲进牛栏,他要听听他二姐是怎样骂他重病垂危的妈妈的。

春来二姐声音很大地嚷着:"一天到晚就春来儿长、春来儿短,也不怕左邻右舍听了把大牙笑掉!"

春来想继续往下听,但他二姐沉默了,只有他妈妈的痛苦呻吟声。

躲在暗处的春来从唇边轻轻吐出一句:"哪家妈不叫儿子,为什么会笑掉人大牙?话不多,新鲜!用那样态度对待重病的妈妈,太不通人性了!"

春来正想过去和他二姐理论,他二姐骂声又起:"自己没儿,孤老婆子命,把人家养的野种往家领,养不熟的,我早就看出春来那小野种不是个东西!"

春来正气得发蒙时,只听屋子里咣当一声,那是痰盂被他二姐踢了。痰盂从房东头滚到房西头。

春来二姐继续骂着:"那年领养时,我和大姐都打短,死活不让,可你就是不听!不光养着,还花钱给他念书,可这会儿得利了吗?不是我喂吃喂喝,扶上扶下,倒屎倒尿,你早就床上打眼,地上掏沟,臭得几间屋都没人问了!一天就春来儿、春来宝的,春来早就死了、臭了!三岁多一点儿就抱来,养了这么大了,你生病他都不伸头,那小野种的心被狗吃了、狼扒了!"

不论是骂她妈还是骂春来,她都一句比一句狠毒,在牛栏里听着的春来,真的要把肺都气炸了。

春来妈说:"二女儿呀,春来不是隔一两天就来看我一回吗?他不天天在你家服侍我,那不是你们容不下他吗？他是个知事的伢子,他在这儿,你们就对他指桑骂槐,叱猪喝狗的,走过来白他一眼,走过去瞪他一眼,吃你家一点儿,你们都嘟哝,他怎么受得了呀！你们不许他来,又说他不来服侍我,搞得他进退不是,左右为难。你们的话真难讲哪,你们的舌头底下压死人哪！不管你们怎样讲,哑巴吃汤圆,我心里有数,我的春来儿是孝子！"

"好好好,他是孝子,他孝敬你这个七里隔八畈的娘,我可不认他这个野种兄弟！"屋里嘭的一声,听得出来,春来妈的痰盂又从房西头滚到房东头。春来二姐气呼呼一闪身出了门。春来急速转到门拐,见他二姐拎着箩筐,朝着通往他大姐家的路径直而去。

太震撼了！春来见他二姐去了,立即转过门拐,冲出牛栏,一步跨进他妈住的脚屋,扑通跪到他妈铺边,一声"妈妈"才出口,泪水就像白窗帘儿一样,从脸上垂挂下来。春来妈一见,不禁大吃一惊,呻吟着把手伸到铺沿。

春来捉着他妈的手爬起来,贴着他妈的脸说:"妈,我分明就是你亲儿,决不许二姐瞎说！"

他妈颤颤地说:"来儿,我和你二姐刚才争吵的话,你都听到了？"

"都听到了,妈妈。"春来把他妈放在被外的一只手放回被里,气不打一处地说:"妈,你别怄,二姐是故意用那些话来气你的,她嫌你劳累她,想让你走快点儿,她好早解脱。妈,我们今天就回家,我叫人来抬你,回家我服侍你,我行！我们不听二姐胡说八道,我们回家。"

他妈捉着春来手,泪水涟涟地望着春来,多一会儿才说:"来儿,你二姐她没瞎讲,你本不是,不是……唉,儿啊,你本不是我亲生的！"

春来惊愕了,霍地一站,说:"我不是你亲生的？妈,难道你糊涂了？妈,妈妈！"春来伏下去,脸挨着他妈的手,哭了！

"是的,你是我抱的养子,来儿！"他妈气喘着说。

"不！妈妈,你病糊涂了,我是你亲生儿赵春来！我是……"

"来儿,相信妈妈的话吧,妈不会哄你的,你真是我抱养的儿,真是！"

"妈妈……"春来摇头跺脚哭着,他决不信妈的话。

他妈流着泪继续有气无力地说:"你想想吧,来儿,想想你两个姐姐为什么一直都不喜欢你,你就晓得了……"见他妈讲得非常吃力,春来力劝她打住,可赵姨还是挣扎着往下说,"来儿,这些年了,唉,我常想把真相告诉你,可是我又怕失去你,更要紧的是,我、我也……唉,我也不晓得你亲生父母在哪里、叫什么名,所以就一直没说。我想……"

"妈,你别说话。你再说多少我也不信,我是你亲儿,你是我亲妈!妈——妈——呜——呜——妈——"

见豆大的汗珠从他妈额上往外直冒,春来再次要他妈别作声,可他妈仍坚持说:"儿哇,我原想等我老了、死了,你长大了,社会上接触的人多了,总会弄清自己身世,总会找到亲生父母的。可这些天想想,我要死了,这样的大事还一直瞒着不对你讲,我不忍心,所以,唉,我就让你把倪妈带来,趁我这口气还没断,把抱养你的事跟倪妈讲清,我死后,请他们帮你找到亲生父母。伢子,果真让他们把你亲生父母找到了,九泉之下,我也就安心瞑目了。没想到刚才你二姐骂的话,你都听到了。唉,听到也好,省得我讲……"他妈越讲越接不上气,黏黏的汗水顺着额角太阳穴涓涓细流似的一道道往下淌,春来直感到心痛。

"唉,伢子,来儿,这件事今儿才跟你讲,是不能原谅的。来儿,你怪我恨我吧,从今儿起,你就别认我,别叫我妈。来儿,妈对不起你!"

被震惊、痛苦和沉思搅扰着的春来,听他妈如此自责,又立马跪到铺前,抓住她的手说:"妈妈,不管你怎么讲,我都不信,我只晓得我是你亲儿!"春来又哭了,哭得越发伤心。

但经他妈一再说明后,春来拭泪说:"妈,你讲的是真的吗?"

他妈说:"来儿,事到如今,妈不哄你,妈讲的句句是实,你是我抱养的儿!"

春来痛苦地静坐一会儿,又含泪说:"妈,即便我真是你抱养的,我也无所谓,我只当你就是我亲妈,我就是你亲儿。儿年纪小,涉世太浅,可儿也听人讲过:生身母在一边,养身母大如天。如果我真不是你亲生的,那也是因为我亲生父母或许有难言之苦,迫于无奈,将我给你抱养。如果不是你收养了我,我不会长到今天这样大,将来,果真找到了我亲生父母,妈妈,我也会永远记住你抚养我、让我念书识字的大恩大德!"说了这些后,春来又趴地上向他妈连连磕头。

他妈撑着一只胳膊,把春来拽起,愧疚地说:"来儿,原谅妈不能养你到成年了！在找到你亲生父母前，衣食冷暖、头痛脑热都靠你自己了。来儿，永富夫妇和他们的几个伢子都不错，我死后，你就叫他们夫妇干爹干娘吧。我晓得，他们都疼你，之前他们不让你叫，那是因为有我在前，怕我难受。"

春来边啜泣边抹眼泪，说："妈妈，你当初是从我父母身边抱养我的吗？"

他妈说："来儿，我哪是从你亲生父母身边领养的你呀，你是我从雷港寺静然方丈手里抱来的。"

春来又问："妈，静然方丈是亲手从我亲生父母身边把我抱到庙里来的吗？"

他妈说："也不是啊！来儿，静然方丈也不晓得你亲生父母是谁。据他说，那是一个天寒地冻、风雪交加的夜晚，他去关庙门，刚转背，听到外面有孩子的哭声，他转身开门一摸，摸到一个破絮包，他抱回房里解开一看，是个小男孩。"

"小男孩？"春来惊问。

"是的，就是你！"他妈说，"三天后，我去求领养，老方丈就让我抱回来了。老方丈也不知你父母和家乡啊！"

春来越发伏在他妈枕边哭了。哭着哭着，他霍地站起来，说："妈妈，我不哭了，你以后也别跟我讲什么我是你抱养的话，我就是你亲儿，你就是我亲妈！——妈，这屋里太脏乱了，我整理打扫一下。"

春来做完打扫整理的事后，又沏了壶开水，洗了茶碗，倒了半碗开水放在铺前，然后又坐在他妈铺边。

他妈说："来儿，我把这件事讲出来，心里舒服多了。你走吧，来儿，时间待长了，你尹伯伯、倪妈妈会急的。"

春来说："妈，我走了，你一人能行吗？"

他妈说："行，儿子，去吧，过几天再来。"

春来刚跨过脚屋门槛，他妈又叫住他，春来折了回去。

他妈说："来儿，上回不是让你带倪妈来吗？"

春来猛然想起，说："妈，我怎么把这事给忘了呀！倪妈妈跟我一道来的，她就在村口坐着呢。"

"儿子，快让倪妈进来！我要亲口把事情向她讲清，把你托付给她。"

趁着二姐没回来,春来把坐在村口打瞌睡、梦里又见到虎子的倪妈引到脚屋里。听到赵姨关于春来身世的叙述,倪妈先是大为震惊,继而绝不相信。

赵姨说:"要是不信,可以问……"

可以问什么,她没说出来,赵姨二女儿,也就是春来二姐回来了。

八十六

赵姨要倪妈问什么呢?话没讲完,春来二姐就回来了,倪妈不好再往下问,便安慰了赵姨一番,同她二女儿客套了几句,就带着春来回家了。

回到刘家大屋,倪妈把春来的事跟全家大小通了气,永富和孩子们也都大为震惊。

永富夫妇又同时琢磨起赵姨"要是不信,可以问"的那句话来。见他们都一头雾水、费神苦思的样子,春来一句话让倪妈茅塞顿开:"问静然方丈。"

"是的,春来讲得对,赵姨一定是叫我去问静然方丈!"倪妈说那次小沙弥生病,她去看他,静然方丈就跟她讲了雪夜救小男孩,以及小男孩被妇人领养的事。难道那小男孩就是春来,而领养春来的妇人就是赵姨吗?

春来说:"倪妈妈,这是确凿的、不用怀疑的,因为你去我妈的脚屋前,我妈就把那话跟我讲了,她是从方丈手上抱养了我!"

永富说:"应该是这样。如果不是事出有因,为什么记事晏的春来,独独对赵姨把他抱出寺庙的事记得那样清楚呢!"

"对哟,赵姨的话不是假的,春来是赵姨的养子。"经过前后一想,倪妈肯定地说。可是,他们又到哪儿为春来找到家,找到亲生父母呢?

见永富夫妇显出十分为难的样子,懂事的、会体谅人的春来说:"尹伯伯、倪妈妈,我晓得你们这些天都急抓抓地巴望着虎子回家,在虎子回家前,你们就不要为我的事焦虑忧心了。况且我妈正在重病中,这个时候也不宜为我找亲生父母,以后慢慢遇慢慢碰吧。"

"不错,春来讲得对!"在大家注意力都聚焦到为春来找家、找亲生父母时,陆姨大突然来到面前。陆姨大说:"不要刻意为春来找亲生父母,大千世界,人海茫茫,哪儿去找呀?以后碰碰遇遇,说不准就找着了。"从陆姨大平淡的态度上看,好像他早就晓得春来是赵姨抱的养子了。

陆姨大说罢,向春来递过一封信。听说信又是小沙弥寄来的,倪妈别提多高兴了。可是和前几次一样,等春来把信念完,不仅倪妈沮丧了,就连牛牛、桂兰、丑儿、春来也都大失所望!小沙弥原来的师父在东南亚传授中华武术,届满回国,路过普陀山时,又把小沙弥带到少林寺了,也许要过了年才能回家认祖归宗。唉,永富夫妇和孩子们日夜思念的虎子,不但又要逾期不回家,还与他们渐行渐远了!

在春来念信时,陆姨大不断挠着头。

陆姨大来主要是跟永富说一件事的,可听着春来念信,不知不觉就把那件事给忘了,尽管他一个劲地挠头也没想起来。他望望孩子们,笑着说:"不行啦,上年纪的人,脑子里装的东西留不住啦!"

陆姨大临走时,又把刚来时说的有关寻找春来亲生父母的话重复了一遍。但陆姨大看出永富他们对自己的说法不以为然,似乎觉得他对春来的事漠不关心,于是又笑着说:"你们不同意我的说法是吧?其实世上事本来就是这样,不属于你的,踏破铁鞋无觅处;属于你的,得来全不费工夫。人世间的离合聚散,说没有定数也不好讲,许多事都是机缘巧合,时机一到,一切都会向你跑来,想推都推不掉的。——啊,对了,我想起来了,你们看我这记性……"永富说:"哪个有你记性好,不过就是这一段乡政府事情多,脑子装不下,有的事被挤出去了。"倪妈提醒永富说:"你快别打岔,再打岔,又把陆姨大想起来的事打跑了。"牛牛说:"再打跑了,陆姨大就想不起来了。"

陆姨大揪一把牛牛的耳朵说:"这回跑不了了。其实也不是什么大事,不过对你家来说,也不是小事。"

永富说陆姨大把话讲一半留一半,让人急得慌。

陆姨大望着永富,眯眯笑着,说:"大后天上午,全条子号都到江边小轮码头开会,你们全家和春来都要去参加。"

永富一家原以为真的是他家什么事,一个个都心潮涌动起来,一听说是开大会,也就转为平常心了。倪妈说:"到时参加就是。"

开会那天,永富夫妇带孩子们去迟了一点,挤不到前面去,只好站在会场边,连台上人的面孔也看不清。陆姨大从台上下来,把永富一家带到离台前近一些的地方站定后,自己又到台上去了。

台上左边靠台口稍后一点儿的地方,跪着两个人,他们的胳膊都被拗到背后,用绳子绑着,头垂在胸前,看不清面部,但可以断定,那两人不是毛习普老两口。

牛牛挤到台口下,歪着脑袋,才看出他们是伪保长郭全福、土财主方修本。

一个大高个民兵跑到陆姨大跟前,声如洪钟地说:"报告陆乡长,那两个要犯已经押解到!"陆姨大与上面派来的一位干部耳语几句后,也声如洪钟地对那民兵说:"押上来!"

全会场顿时安静下来,所有人的目光一齐向会台入口投去。永富夫妇以为是毛习普老两口,便快速地把春来、牛牛、桂兰几个拽了拽,示意他们不要给毛习普上杠杠。

"哎呀,"一面听大、妈小声教导,一面眼睛瞟着台上的牛牛突然惊叫起来,"那不是毛习普,是岳西奶奶!"

桂兰也惊讶说:"哎哟喂,后面是麻姑,是麻姑呢!"

群众见麻姑和岳西奶奶被押上台来,都错愕地纷纷议论开了。永富夫妇也十分疑惑地自语着:"这是怎么回事呢?"

春来虽也搞不清,但他表情平淡,因为在这以前,他对那两人的看法就很不好。因为他对岳西奶奶的怀疑,他还曾经与倪妈闹过矛盾。春来认为,既然政府把两人捉来公审,就必然有公审的理由。

永富又在台下自语着:"是不是抓错了呀?不久前,陆姨大还说尚麻姑和岳西奶奶都住到县城里了呢!"

永富身边的一个民兵说:"那是讲她们住到县城看守所了!"

倪妈恍然大悟:"啊,原来是这样!"

永富说:"这就差不多了,我原来还以为她们两人对人民政府有什么特别的贡献,像兴国妈张姨那样住到县城享受优抚去了。"

春来问那民兵说:"叔叔,你晓得那两个犯什么罪吗?"那民兵正要跟春来说什么,只见陆姨大用大广播筒朝会场喊着,叫人们安静。

会场里鸦雀无声。岳西奶奶、尚麻姑和另外两人都齐齐整整,面向台下群众,木头雕的一样挨着跪着,一动不动。四人身后都站着荷枪实弹的民兵。除郭、方二犯引起民愤外,岳、尚二人所犯何罪,群众都一概不知,因此,台下的议论中也掺杂着许多不解和猜疑。

"请父老乡亲们安静,现在,县公安局周局长跟大家讲话。"陆姨大的大广播筒响过后,一位身着中山装、理着板刷头、高鼻梁大眼睛的中年男子走到台前,他就是县公安局周局长。周局长先对前一阶段县委在条子号所做的工作做了简要小结,接着指出当前的中心工作,突出社会治安方面存在的重大问题,例如不法分子、国民党残余势力、暗藏特务等纠结起来,放火投毒,杀害无辜群众,破坏工厂等,而具体到条子号的问题就是打拐!

县公安局周局长声如洪钟地说:"父老乡亲们,几年来,你们中的几户丢失的孩子虽然都找到了,可是拐骗孩子的家伙还没有被揪出来,是不是?"

听了周局长这话,小叫花二婶、许爷爷儿子、潘奶奶大女儿、寡妇杨二嫂都霍地从群众中站起来,挤到台口,说周局长没搞清情况,他们几家丢失的孩子,至今都未找到。

周局长笑了。

陆姨大先把丢失孩子的四家人请到台上,然后向台后招呼一声,四家孩子在民兵小左、共产党员常福胜的引领和护持下,走到台前。

四家的大人孩子拥抱大哭,欢喜不尽。

原来乡里没有提前告诉丢失孩子的家长,是要给他们一个惊喜!

周局长向全体到会群众说,几家孩子被拐卖,全是尚麻姑、岳西婆子所为!

台下群众震怒起来,打拐声喊成一片。春来、永富夫妇和他们的孩子都惊诧不已。

四家人各自领走自己的孩子,陆姨大的大广播筒又喊了:"请大家安静!下面,赵春来小子到台上来。"

春来听到叫他上去,不禁心头一震,和他站在一起的牛牛、桂兰、丑儿都面面相觑,大感讶异。

"赵春来?叫赵春来上去做什么?"永富夫妇同时心里打鼓儿。永富心里没底地问春来:"伢子,你没避着我们,在外面闯什么祸吧?"倪妈吓得说不出话来,心扑通扑通地跳,她自言自语着:"伢子在我家住,要是摊上大事,我和永富怎么也脱不了箍的!"

陆姨大又在催促了。

春来望望永富夫妇。

倪妈说:"去吧,伢子,真要做了什么犯法事,雷打来瓮缸也罩不住的,好好认错!"

春来刚移步,永富又把他的手拽住,像是有话要说,但又没说出口。

春来淡定平和地说:"尹伯伯、倪妈妈,我没有避着你们做过坏事,你们放心,我心里不惊不怕。"

陆姨大第四次叫春来时,牛牛把手从春来手心里抽出来,说:"快去!"

春来拿开两步,又回头望望永富一家,永富点点头。春来一转身,就近从台沿往上爬,周局长一伸手,把他拽了上去。

陆姨大引着春来,从跪着的四犯前晃一遭,在尚麻姑和岳西奶奶前停下,问麻姑:"这伢子你认得吗?"

麻姑抬眼看看,说:"他不就是赵姨儿子赵春来吗?"

岳西奶奶不等问她,也抢着说:"赵春来经常住在永富家里。"

陆姨大说:"这伢子的身世你们不晓得吗?他到底是哪家的孩子,又是怎么成为赵家养子的,他原名叫什么,他的亲生父母是谁,这些你们都不晓得吗?坦白从宽,抗拒从严,快老老实实说来,求得人民政府的宽大处理!"

啊,政府都晓得春来是赵姨的养子了!

知道不是因为春来做错事被叫上台的,永富夫妇放心了。但听陆姨大向麻姑和岳西奶奶问春来那些情况,永富夫妇的心又提到嗓子眼里了!

春来的心也顿时扑通扑通跳起来。

难道麻姑知道春来身世,晓得春来的亲生父母?难道春来还有别的名字?

难道春来和前面四个孩子一样,都是尚麻姑和岳西奶奶拐卖的?难道人民政府知道春来的身世,知道春来的家庭住处和他的亲生父母?这一连串的问题,就像巨大的浪头,一排排同时朝春来、朝永富夫妇撞过来,弄得他们晕头转向,不知所措。

尚麻姑和岳西奶奶面不改色心不跳,麻姑说:"陆乡长,你怎么把我都问糊涂了?我真的只晓得这伢子叫赵春来,是赵姨唯一的男丁,至于你问的那些,我从来没听人讲过,你叫我怎么坦白呀?"麻姑讲得一本正经,不动声色。同开始一样,不待人问,岳西奶奶也赶紧撇清。

永富夫妇的心跳得像打榔头。

春来的大脑在嗡嗡响。

牛牛挤到台前,急欲听到尚麻姑和岳西奶奶讲些什么,但无论周局长和陆姨大怎样问,她俩就像嘴巴被老虎钳子夹住了一样,死活不开口。

周局长和陆姨大到台后略作商议后,又到台前。

陆姨大面对尚麻姑和岳西奶奶,说:"既然政府给机会你们不要,那就等着别人揭发吧。现在,你们把刚才被家长们领走的四个孩子的拐卖犯罪事实,向群众老老实实地交代!"

尚麻姑支支吾吾,吞吞吐吐,遮遮掩掩,最后在身后民兵和台前群众共同的威压下,才不得不把拐卖四个孩子的犯罪事实和盘托出。群众听了无不愤慨。早先只说华阳周边有隐藏得很深的拐子,没想到拐子竟是和人们天天见面的老熟人、老邻居!与会群众群情激奋,怒不可遏,四个孩子的家长联手冲到台上,要拖打二犯,被民兵制止了。

"我要揭发!"就在台下高喊打拐的呼声里,人群中突然有人叫嚷着。大家一看,是罗高年老婆,就是后改叫王跛子的王大嘴。王跛子上台去,先是对尚麻姑好一顿臭骂,接着把尚麻姑如何设套让她钻,去诬陷倪妈和陆克新的事,陷害倪妈偷鸡偷菜,以及打牛牛,准备晚上撒碎玻璃戳春来、牛牛两个孩子的脚等事,竹筒倒豆子似的全部兜了出来!说完了这些,最后又揭发了一桩人命案:五丫是吃了麻姑给的包着砒霜的饭团中毒而死的!说完这些后,王跛子又当众捶胸说:"哎哟喂,哪个叫我跑了大半生江湖,客人也接得多了,还这样不长见识,这样的痴狗信人唆,睁着眼睛往尚麻姑设的套里钻哪。"

王跛子在台上丑角似的表演和说辞,引得台下的哄笑声一浪高过一浪,独有永富夫妇心里阵阵绞痛。他们压根儿就没想到,沾了亲戚边的麻姑,不知出于何种原因,竟那样处心积虑、不择手段地陷害他们!

在群众的哄笑声中,王跛子转背就要下去,但才移两步,又转回来,从荷包里掏出五丫当年吃一半丢了的饭团,作为麻姑毒死五丫的物证交给了陆姨大,请他务必拿到法务部门去化验鉴定,将毒害人命的尚麻姑绳之以法!

听到五丫是被麻姑毒死的,群众中再次响起怒吼声和喊打声。桂兰和牛牛几次冲到麻姑前都被民兵隔开了。永富夫妇伤心地哭泣着。

因为王跛子所列罪行,尚麻姑已在公审前就供认不讳了。接下来还是继续审理春来案,但尚、岳二犯仍然拒不认罪。陆姨大一怒之下,拍案而起:"好!我看你们两个不撞南墙不回头,不见棺材不掉泪,带证人上来!"

于是两个民兵牵着一位瞎子,扶着一位拄着拐棍的瘫子走上台。倪妈一见,大为震惊。

牛牛急急地喊着:"妈,妈,快看,那两个到我家算过命的,就是那瞎子讲虎子二哥没死,虎子二哥还活着。"

桂兰也说:"是的,就是他们两个!"

倪妈揩揩眼睛,再次凝视着,说:"对哟,是他们两个!"

永富莫名其妙了:"怎么?他们两个晓得春来身世吗?这可是越来越让人搞不懂了!"

这时的春来,头脑中更是一团乱了。

瞎子被引到尚麻姑和岳西婆子跟前,他摸摸岳西婆子长满灰发的头,又摸摸尚麻姑麻癞癞的脸,笑了笑,站过一边,往瘫子背上搡一下。瘫子会意,上前一步,让那两个报上了姓名。瞎子和瘫子听了不觉大笑。

瞎子向公众郑重宣布:"乡亲们,别信他俩撒谎,他们不是尚麻姑和岳西奶奶,他们叫朱爱兰、侯白仁!"

"朱爱兰、侯白仁?"永富夫妇同时一怔,这不正是他们这些年来苦苦找寻的人吗?怎么到这儿来了呀!但接着倪妈轻声对永富说:"不对啊,他大!朱爱兰脸上没有麻子,侯白仁是男的,可那跪着的分明就是老婆婆,是岳西奶奶呀?"

永富也如坠云雾。

瞎子让瘫子把二犯情况向群众做了进一步介绍。瘫子走到岳西婆子跟前,冷不丁抓下她头上的灰白假发和鼻梁上的墨镜,啊哟,他原来就是地道的老头!

瘫子说:"侯白仁本来就是个谢顶光秃子。她,朱爱兰因为拐卖儿童的事干多了,怕暴露,把脸伸到滚油锅里被炸成麻子脸。他们两人都是十年前就毁了容、化了装,窜到这儿落户和假装要饭的!"

会场群众一片哗然。倪妈也相信了,说:"这么讲就像了。"

永富也说:"像了,像了,当年我在徐人杰家打长工见到的朱爱兰、侯白仁就是这样。"永富还说,他平时见到这两人总觉得像他记忆中的两个人,可就是想不起来。难怪呢,因为他们化装、毁容了,怎么认得!

想起在毛习普家的库房里掐棉花时,侯白仁编出许多假经历进行诓骗,牛牛和桂兰好怄。牛牛气得向侯白仁投去一块土坷垃。倪妈也说她来条子号还不到一个月时,第一次见尚麻姑就感觉她是朱爱兰,但被她七扯八诓地骗过去了。

站在朱爱兰前面的瞎子,指着朱、侯二犯继续说:"你们两个自作聪明,以为只要自己不讲,就可以瞒天过海,侥幸过关,逃避惩罚了。妄想!白日做梦!我问你俩还认得我们两个吗?"

不知是有意不讲,还是真不认得,朱、侯二犯望望瞎子和瘫子,同时摇摇头。

瞎子又推推瘫子,瘫子郑重其事地说:"告诉你俩,老人姓刘,是刘老万;我呢,姓李,自小人都叫我小李头!"

"刘老万?小李头?哎呀,这不也是十几年来我们苦苦打听寻找的人吗?我们早已不指望找到了,怎么竟同时出现在这儿呀!"永富夫妇真的不敢相信自己的耳朵了。

"春来伢子呢?"刘老万叫了好几声,陷入沉思中的春来才答应着,站到他身边。

前来的群众全部凝心聚神,等着听听刘老万要跟赵春来说什么。只见刘老万扶着春来右肩,亲一口春来脸腮,两行热泪从瘪陷的眼睛里像断线的珠子滚出来。他极为感伤地向群众介绍说:"乡亲们,这伢子不叫赵春来!"

"不叫赵春来?"场下群众情绪涌动,"那是谁家的孩子呢?"

"是的,他不叫赵春来,他是二虎子!"

"二虎子?"永富夫妇极为惊诧,"跟我虎子同号吗?"

"二虎子?"台下群众一阵质疑,"二虎子是谁家的?"

"是的,他是二虎子,永富家的二儿虎子!"瞎子说。

瞎子的话不啻一石激起千重浪!

春来一怔,倒打几个趔趄,倒在陆姨大怀里。

"虎子,我的二儿虎子!"倪妈向前一扑,"我的虎子!"

老万说:"是的,你的虎子,他就是当年被徐家畈大恶霸徐人杰以抵债为借口抢走,后来又被徐人杰与朱爱兰、侯白仁合伙卖到江南大富豪孙家做养孙的二虎子!"

"是虎子,我的虎子,春来,我的虎子儿。春来,我的……"倪妈念着,喊着,顿时晕倒,不省人事。

八十七

见倪妈晕倒在地上,永富和孩子们顾不了会场规矩,全都拥了过去。在周局长的指示下,陆姨大派几个民兵将倪妈抬回刘家大屋。永富和孩子们,包括春来都跟了回去。

小轮码头这边的公审大会继续进行着。在强大的法律攻势面前,尚麻姑、岳西奶奶,也就是朱爱兰、侯白仁,对与徐家合谋贩卖虎子也就是春来的罪恶事实,供认不讳。

斗争会开到下午一点多钟才结束,本来要去看望倪妈的周局长,临时接到通知赴省里开会去了。一干人犯仍由民兵押往县看守所。陆姨大速速去了永富家住的刘家大屋。

大约半个小时后,乡公所通讯员小吴匆匆赶到刘家大屋,向陆姨大报告:在被押往县看守所途中,朱爱兰、侯白仁二犯同时逃跑了!

陆姨大一怔,立即向永富和孩子们嘱咐些注意安全的话,然后斩钉截铁地对小吴说:"两犯逃跑后,必然更加作恶为害,马上回乡公所,组织追捕!"

三天过去了,倪妈仍在昏迷中。

在逃的朱爱兰、侯白仁,尚未被抓捕归案。

除基干民兵日夜搜寻朱、侯二犯外,乡里稍大的男孩都组成了儿童团,被分派到各主要路口、交通要道站岗放哨,严查过往人员中的可疑分子。在儿童团员中,春来被任命为儿童团团长,每天带牛牛和另外几个年龄较大些的伙伴,把守老龙潭中路,因为那儿是上下条子号的交通要道。

昏迷中的倪妈由桂兰、丑儿和六丫在家陪伴着。

在倪妈昏过去的第二天,春来养母赵姨也进入了生命垂危的状态。弥留之际的赵姨,隐约听到春来已经找到了亲生父母,并且就是永富夫妇,几年来的心愿终于了结,她含笑说:"来儿,我可以放心地走了!"赵姨仅仅留下这句话,便在欣慰中安详地离开了人世。

四天后,春来在永富的陪同下,和牛牛一道,找到了赵姨墓。春来哀恸哭泣不止,直到午后,他们才回到刘家大屋。刚抵屋边就听到屋里人说话声。

"大妹子,十多年了,都说死了的伢子又活蹦乱跳地回到你身边,这是天意呀,我要再三恭喜你啊!"这是陆姨妈的声音。

倪妈说:"托姨妈、姨大福,也托华阳条子号人的福呢!我做梦也没有想到啊,也不知是什么菩萨保佑着,老姐姐。"

陆姨妈说:"我听春来和牛牛讲,你们父子、母子还没相认呢。"

倪妈说:"我就今儿上午才缓过来,这几天人事不省,不晓得春来在不在我身边,说不上认不认的事。他们父子的事我更不晓得。不过,老姐姐,在许多事还没有搞清前,我们还是不急于相认为好,虽然岳西婆子、尚麻姑已经承认了自己就是朱爱兰、侯白仁,我们也觉得不假,政府也掌握了春来就是虎子的材料,可是……"陆姨妈说:"没法相信瞎子就是刘老万,瘫子就是小李头是吧?"

倪妈说:"老姐姐,我并不是一点儿都不信,他们的样貌、身材、神态、讲话音腔都像,最重要的就是……"

陆姨妈说:"永富都跟我们讲了,最重要的就是他俩原来都是健康的人,十年不见都成残疾人了,是吧?"

倪妈说:"是呢。老姐姐,这人哪,随着岁数逐年增大,日月风霜的吹打消磨,形貌没有不变的,可是变来变去,也不会好好的双眼变瞎,四肢齐全的小伙子,变成只有一条腿的瘫子吧?这样重要的事都没搞清,我们怎能相信他们讲的就是真的呢?再说了,徐人杰家和朱爱兰、侯白仁是怎样把我的虎子卖到江南的,他们又是怎么晓得、怎样把我的虎子救出来的,这些过程我们都不晓得。在许多事还没有核实的情况下,就冒冒失失地相认,要是把人家伢子领回来,那不是又弄成大错吗?"

陆姨妈说:"大妹子,照你这样讲,是还得等一等才能相认呢!"

倪妈重申说:"老姐姐,是这话呢。仓促相认,把人家伢子认了,会造成大错啊!况且,静然方丈明白地讲小沙弥悟敏就是我们的二虎子呢!"

听到陆姨妈和倪妈在说话,永富和两个孩子见倪妈好起来了,一阵惊喜。

陆姨妈走了,春来他们才回屋坐到倪妈身边。

永富内心激动,但表面平静地说:"他妈,你醒过来了!"

倪妈说:"没死掉啊,他大。"

春来伏到倪妈怀里,说:"妈妈,你不会死,我和大哥、牛牛还没有孝敬你和大大呢。"倪妈用手一遍遍梳理春来的头发,说:"伢子,还是暂时叫我倪妈妈吧,要不要我跟你讲讲为什么呀?"春来说:"妈妈,不用,你刚才跟陆姨妈讲的我都听见了,在一些情况没搞清前,我愿沿用以前称谓。不过我坚信,我是你亲儿,你们是我亲大、亲妈,这个信念从那年我在风雨中把蓑衣解给你披的时候起,就确立起来了,无法改变!"

倪妈把春来揽得更紧,酸楚的泪珠滴到春来头上、脸上。在春来眼里,他就是一株久旱的禾苗,第一次得到了甘霖的滋润!

倪妈又问春来,祭墓回来时碰到通讯员小吴没有?春来和牛牛摇摇头,表示没碰到。

桂兰说:"吴通讯员讲过年要搞文娱活动,叫春来明儿带牛牛到乡里报名,参加儿童剧团。"春来和牛牛高兴得不得了。倪妈问叫没叫桂兰,桂兰说也叫了,就怕倪妈不让去。

倪妈说:"傻丫头,怎会不让你去啊?人家想参加都参加不上呢!去,跟春来、牛牛一道去。啊,春来和牛牛不是讲要站岗放哨吗?"春来说站岗放哨的事已全改由乡民兵做了。倪妈说:"改了好,小孩站岗,遇到坏人,吃不住的!"

已经是农历十一月下旬了,春来他们三个从乡夜校赶排节目回家,路上遇到陆姨大。陆姨大得知春来仍然没有认祖归宗,就叫春来别急,说等他把朱、侯二犯抓捕归案后,再把刘爷爷、小李头请到永富那边去,把事情进一步,讲清楚。

在岔路口分手时,陆姨大再次向春来和牛牛强调,在朱爱兰、侯白仁二犯未抓到前,一定要提高警惕,注意安全。

老万爷和小李头听到春来还没有与永富夫妇相认,非常可惜,他们两个不等陆姨大约,就主动到刘家大屋找永富夫妇来了。刘老万一到,就开门见山地说:"永富夫妇呀,你们何故放着亲生儿不认啊,那不是让大人和伢子都受折磨吗?"

倪妈也没有绕弯子,说:"老万爷,我虎子失散这么多年了,如果真的找到了,我们抢着认都来不及,哪还不认啊,只是……"

"只是什么呀?"老万问。

倪妈说:"只是,只是……唉,只是一些方面让人怀疑啊。"

"怀疑?"老万爷揩揩眼睛说。

永富说:"且不讲朱爱兰、侯白仁伙同徐家把我虎子卖到江南去了,你们是怎么晓得的,就你们两人本身来说,变化也实在太大了,如果这些都不讲清,我们能相信你们就是当年在徐家帮工的刘爷爷和小李头哥吗?"

听了永富这话,小李头撑着拐棍站起来,生气了。老万爷叫他冷静。

老万爷说:"永富啊,你讲的这些,政府都有存档的,陆乡长也早就晓得了,只是没有跟你们讲。"

倪妈说:"如果你们真是老万爷、小李头哥,那就把你们知道的情况和自己的变化原因讲给我们听听吧。如果合情合理,我们父子、母子、伢子之间会马上相认的。"

在一旁的孩子们也向老万爷请求着。

牛牛从他大背后绕到前头来,说:"前几天,我们都说大、妈不认春来不对,可听他们一解释,觉得不急于认是对的。因为儿子认亲父母,父母认亲儿,这是大事,大事就不能含糊,应该完全搞清、有凭有据才是,就请爷爷讲讲吧。"听牛牛数语,大家都认为平时屁颠屁颠的牛牛,仿佛一夜间成熟了好多。

"唉!"老万爷爷长叹说,"永富夫妇啊,伢子们,不是我和小李头不愿讲,而是讲起来让人心酸啊!"老万爷和小李头同时喟叹着。

那是1937年农历九月三十日的傍晚,虎子,也就是眼前的春来,在事先毫无病象的情况下,突然殁了!那天上午徐人杰母亲以送绣花鞋给姨娘、到永安闸买鳜鱼等差事,把刘老万和小李头差了出去,从来不待见虎子的徐母,却把虎子带到她房里关起来。刘、李二人回来,徐母说虎子病了,头痛发烧,又差老万去铺子抓药。药抓回来,徐母就说虎子殁了。当时天色已晚,刘、李二人要求进屋与虎子见一面,却被徐母挡在门外。无奈刘老万、小李头只好进柴房上了卧铺。

当时房内只有徐母、朱爱香、朱爱兰、侯白仁为虎子办后事,房里哭声不绝,还有叮叮当当、磕磕打打制木匣子声。不一会儿,装着虎子的木匣儿就由侯白仁、朱爱兰从房里弄出来。

侯白仁、朱爱兰监督着刘老万、小李头把木匣子运到徐家山中峰二道坡坎上埋了。

回来时二更多,侯白仁、朱爱兰又回到徐母房里,刘老万、小李头仍上了柴房卧铺,但没睡。他俩透过木窗看见徐母房内人影摇晃,朱爱兰、侯白仁、朱爱香几个在房里进进出出,叽叽喳喳,鬼鬼祟祟,还不断做手势打哑语。刘老万、小李头有些莫名其妙,他俩一下子警觉起来。

不一会儿,侯白仁蹑手蹑脚从阴暗处朝柴房窗外走来。

刘、李二人迅速回到铺上装睡。侯白仁在窗外听听,又朝里看看,见刘、李二人睡了,又回徐母房里。

又一会儿,朱、侯二人从徐母房里出来,侯白仁背着半撑不鼓的大口袋上前,他走到门边停下,往左右两边看看后,一步跨出门槛,朱爱兰紧随其后。两人蹑手蹑脚,向着半掩半开的院内后门径直走去。

这一切都被刘老万和小李头看在眼里。他俩心里扑通扑通直打鼓儿。

刘老万对小李头说:"八成是有事儿。"刘老万当机立断,轻声对小李头说,"走,我们跟上去!"

暗淡的星光下,刘老万和小李头尾随着朱、侯二人,走了一段路后,没有异常发现。可正当刘、李二人从紧张中放松下来时,只听朱爱兰用并不大的声音对侯说:"会不会醒过来呀?"

侯白仁说:"放心吧,蒙汗药下得很重,怕是到天亮还醒不过来呢。"

至此,刘老万和小李头已经确信无疑了:他们埋到山上的木匣里装的是假虎子,麻袋里装的才是虎子!

疑心生暗鬼,贼人心胆虚。朱爱兰催侯白仁说:"走快点儿,我怎么老觉得有人跟在后头呢。"

侯白仁说:"别自己吓自己,这深更半夜的,神不知鬼不觉,哪个会揣着熊心豹子胆跟我们跑啊。别作声,大路上讲话,草窠里有耳!"

朱爱兰说:"确实大意不得,小心使得万年船。"

侯白仁又给朱爱兰壮胆说:"你就把心放肚里吧,别咸吃萝卜淡操心了。"

朱爱兰说:"我的心可不是那么容易放得下的,只有过了渡到江南山里把货交与买主,银子揣到衣袋里,才算吃了定心丸。"

至此,刘老万和小李头不仅晓得朱、侯二人伙同主人把虎子卖掉了,而且还晓得是卖到江南山里。他们又急又怕又恨,一时乱了方寸。

老万揉揉瘪陷的瞎眼,说:"永富啊,我当时想让小李头回去把情况告诉你们,让你们来解救虎子,但……"

永富说:"为什么小李头不回来告诉我们呢?"

小李头说:"一是考虑虎子是给徐家抵债的,就是把虎子搞回来,徐家还会要了去;二是怕老万爷一人把朱、侯跟丢了,以后想找虎子下落都找不到。"

老万说:"所以权衡再三,我俩决定一同跟了去,看看他们到底把虎子卖到哪里,以后能告诉你们虎子的下落。"

牛牛说:"老万爷爷、小李头大伯,你们两个当时为什么不把虎子抢下来呢?"

老万说:"伢子,你是不晓得徐家势力有多大,他们弄死我们两个比碾死两只小蚂蚁还容易。"

小李头说:"搭上我和老万爷的命不算什么,要紧的是那样也解救不了虎子了。"

春来建议说:"那就继续跟踪,见机行事。"

牛牛也说:"顶好是既能救虎子,又能让老万爷爷、小李头大伯安全。"

可不是!心酸的刘老万的脑海中又映现出那时那地尾随朱、侯二犯的情景:

天亮了,刘老万和小李头担心朱、侯二犯看出来,刘老万就把人家弃在路边的破草帽捡起来戴到自己头上,而小李头则把地头草中别人丢弃的破褂子穿了。

刘老万、小李头继续跟踪。

走了一段路后,他们就上了渡船。那天早上轮渡上的人特别多,刘、李二人和朱、侯二犯中间只隔几个人。偏偏这时老万喉咙发痒忍不住咳了两声,侯白仁掉头朝咳声望去,幸好一位高个的人身子歪过来,无意中把老万遮住,老万才未被发现。

过轮渡不久,装在麻袋里的虎子醒了,哭闹着。

朱、侯二犯自认为已经进入安全区,在离买主家大约半里远处停下来。见周围没人,朱爱兰扒下麻袋。稍歇会,朱爱兰领头,侯白仁背着虎子紧随其后,径直往买家去。

虎子哭闹不止,朱、侯二犯恐吓他、威胁他,但丝毫不起作用。虎子两只小脚在侯白仁的背上蹭着、踢着,声嘶力竭地喊着要老万爷和小李头,喊着要回家去。

一到买主家,双方进行了简要交接,朱爱兰收了银子,就和侯白仁匆匆往回赶路了。藏在距离买主家百十多米处草丛中的刘老万和小李头,见朱、侯二犯正朝自己这边走来,吓得连呼吸也不敢放开。快到跟前,朱、侯二人偏又突然停下来朝路边和草丛里望望,见前后只有他们两个,侯白仁放心地铺开麻袋,哗啦啦倒下布包里的银圆,很仔细地数了一遍,便又速速打包上路了。

倪妈悲哀地问:"老万爷,我的虎子难不成就这样被他们卖了吗?"

刘老万说:"别急,我喉咙燥得慌。"桂兰立即端来半碗开水,老万爷呷一口,但随即吐出来,水太烫了。

见老万爷不说话,直伸舌头,牛牛急了,他小拳头攥得紧紧的,眼睛都涨红了,说:"他们敢卖虎子,要是朱、侯两犯抓到了,我不一拳砸死他们,也要一头把他们撞死!"

春来站起来问:"老万爷爷,那虎子后来怎样呢?"

"唉,伢子,这不是一两句话能讲清的啰!"刘老万把碗推到一边,揩揩嘴,仰着头,面朝远处。

买虎子的那家姓孙,据说和以前的大军阀孙传芳有来往,势力好生了得!可虎子却不管那些。朱、侯二人才走一会儿,虎子就跑出来了,可他才那么小,哪里冲得出孙家的森严壁垒?还没跑下门坡,就被逮回去了。那天下午,虎子跑出来四次,都没逃脱。

躲在孙家门前草丛里的刘老万和小李头,硬是守了三天三夜,饿了,就扒地上草根嚼;渴了,等到晚上人静了,两人就潜到塘边咕咚咕咚喝冷水。三天中只听虎子哭声,不见他人影,熬到第四天午后,终于见虎子一人出来了,他机灵地左右张望一番后,便沿着门前石板路,快速向刘、李二人躲藏的方向跑来。

"这儿,这儿,往这儿跑!"老万爷和小李头从草丛里钻出来。虎子一见他们两个招呼,急速扑上来。小李头像老鹰抓小鸡似的,挟起虎子就跑。

牛牛禁不住高兴,拍手说:"这就好,这就好!虎子得救了!"

大家同时松了一口气,脸上都绽放出笑容!

老万爷哀叹说:"伢子们,别高兴太早啊!我们挟着虎子没跑多远,孙家一帮人就追上来了。"

啊哟,这就糟了!大家纷纷惋叹着,担心着,牛牛更是急得问:"他们又把虎子捉回去啦?"

老万说:"何止是把虎子捉回去了,我和小李头都被绑着押到孙家了。"

啊哟,这可怎么办？刹那间,在场人的脸上又布满焦虑和无奈、沮丧与愤懑。

小李头非常难过地说:"孙家把老万爷和我绑回去,各打一顿后,分别关到两间小屋里,每天只给一顿吃。虎子每天哭闹不止。孙家开始还忍着,但一连多天,虎子哭闹不停,搅得孙家不安宁。孙家太母发怒说:'罢！罢！罢！这小畜生不服主,性子太烈,养着也不能为孙家赓续香火,趁早放走了事！'"

倪妈担心说:"那点儿大的小人,放哪去呀！"

刘老万说:"那几天,恰好有个被孙家叫去为我和小李头医伤的土郎中,他知道虎子的情况后,表示愿意把虎子带走。我当即避着孙家,向郎中要了一张开处方的纸,咬破指头,用血写下虎子的出生地、姓名,以及父母名号,交给了郎中。"

小李头说:"郎中遵照老万爷嘱咐,避免徐家找你们麻烦,没有把虎子送到你们身边。"

永富问:"不知那位郎中是哪里人？他把我的虎子儿带哪儿去了？"

小李头说:"我和老万爷从国外回来,明察暗访了两年,最后才搞清了你问的问题:虎子是被雷港寺静然老方丈收留了。"

"被静然方丈收留了？"永富夫妇惊问。

"是的,静然方丈收留了。"小李头说,"不几日,又被一位赵姓妇人领去做养子了。那位把虎子从孙家带走的郎中,你们不光熟悉,而且和你们是亲家,他的幼子王义堂,就是你们的乘龙快婿！"

"是王爷爷？"永富一家大小全站起来,惊讶地说。

"是呀！"老万爷说,"当时要是晓得十几天后,徐人杰一家人除祖父和侄儿外,都在瘟疫中死光了,他就直接把虎子送给你们家了,也省得你们苦想这么多年！"

永富立刻想到王爷爷临终前嘱咐要把春来当儿子养,春来和六丫不能婚配的那些话,他明白了,叹息说:"你们这样讲就对上符号了。"

倪妈说:"对上符号是对上符号了,如果老万爷和小李头大哥不把自己残疾的原因讲出来,春来还是不能认祖归宗啊！"

老万爷拗不过,正要和小李头讲两人身残的经过,乡通讯员小吴又来把刘、李二人接走了。

为了彻底搞清真相,永富一家大小,只好揣着疑问,耐着性子,继续忍受着刻骨铭心的等待。

八十八

不知什么原因,在疑点未完全解开之前,小沙弥悟敏仍然在永富夫妇心里占据着重要位置,他们总觉得小沙弥就是他们的虎子,作为亲儿的春来却难得挤进他们心里去。不过这几天,他们对小沙弥悟敏也不那么叨念了,因为王义堂来信说,腊月中旬到家,腊月底要把他和带儿的婚事办了。所以这几天永富夫妇把全部精力都集中到筹办喜事方面去了。

最棘手的就是房子的事。因为年久失修,王嬷嬷家的那几间屋早已破败不堪,连嬷嬷和带儿都难住了,还怎能做义堂的新房呢?刘家大屋这边的房子就更不用讲了,永富一家实际是在那条反扣的舢板下过日子。

修缮刘家大屋的事迫在眉睫。好在又是陆姨大牵头解决了这个难题,筹划的事都归陆姨大,永富夫妇只要出力动手就行。

春来每天都和牛牛、桂兰去乡里排练文娱节目,也无暇想到刘老万和小李头的事。即或偶尔想到了,也就是一念间,稍纵即逝。人就是这样,情感心理总被生活处境左右着。

到了腊月中旬,春来对自己所参加的文艺节目已经基本掌握,除帮助桂兰、牛牛背台词外,原来思想上那根绷得很紧的弦也放松了。所谓的刘、李二人"疑点"又挤进他那小脑袋瓜里了。他觉得他的尹伯伯、倪妈妈的说法是对的。从逻辑上讲,要确认他春来是虎子,就必须先确认已经残疾的刘、李二人就是当年在徐人杰家做伙计的刘老万和小李头。如果这个前提不存在,那他们所讲的营救虎子的经过,就是瞎编胡诌的!可是刘、李二人自那天被吴通讯员叫走后,一直没来。如果他们一直不回来,他春来的身份也就一直不能确认了。大大、妈妈不认他,他们身边还有带儿、桂兰姐、牛牛弟、六丫妹,而他不能认大大、妈妈,那他可就是个茕茕孑立、伶仃孤苦的孤儿了。春来很犯愁,很伤心。

因为家里有事,下午从文艺队出来,桂兰提前跑回家了。落在后面的春来和牛牛,边走路,边踢踏,边说话。春来问:"弟弟,如果我就是虎子,你叫我二哥吗?"和以前一样,牛牛眯缝着眼睛,笑着说:"我真的叫春来叫惯了,改不过口来了。"

春来说:"那有何难,不就是换两个字的事!"

牛牛说:"真到那天,我要是还改不过来,你就揪我耳朵,多揪几回,说不准就有耳性,就改过来了。"牛牛边讲边望着春来笑,春来也笑。

牛牛说:"春来,你想吧,解放了,我们盼望的新社会来了,不要给人当童工了,也不讨饭了,要是大哥也在家里,我们天天都在一块,那该多好!"

春来说:"弟弟,你想大哥啦?"

牛牛点着头,面色有些凄凉。

春来说:"大哥参军了,哪能天天在家陪我们呀。再说,我们小时在一起相依相守,长大后,为了生活,为了理想事业,就都要像吊影的大雁、辞根的蓬草,不知会纷飞飘转到哪儿,怎能一辈子在一起长相厮守呀!"

牛牛忽然侧过身,抱住春来说:"春来,我真的很想大哥,也真的怕和你分开呢。"牛牛眼睛里闪着泪光,一脸悲伤的样子,仿佛就要和春来分开似的。

不知不觉间,两人就到陆姨大屋边的场地上了。牛牛说:"讲不定陆姨大在家呢,我们可不可以去问他,刘爷爷、小李头大伯到底去哪儿了?"春来很赞成。

刚到陆姨大家的门边,陆姨大就从家里出来了。

陆姨大说:"你们两个小鬼,不排文艺节目,来我这儿么事呀?你大姨妈还等着你们正月演戏给她看呢!"

春来抢着说:"大姨大放心,我们保证正月有戏拿出去!"

牛牛说:"我们排的戏,会让大姨大、大姨妈看个够的!"

陆姨大亲切地拍拍牛牛脸蛋,说:"好样的!"

牛牛说:"大姨大,我正月和春来演戏给你们看,你可要带头给我鼓掌啊!"

陆姨大快活至极,他拉过牛牛,重重亲他一口,说:"一定,一定!我的好侄儿!"陆姨大又拍拍春来稚嫩的肩胛,说,"伢子,你俩来有事吗?"

春来直切正题说:"刘爷爷和小李头大伯都去好几日了,还回不回来呀?"

陆姨大说:"急着要他俩回来给你释疑是吧?其实他俩回不回来都一样。"陆姨大拉开抽屉,取出一份材料,递给春来,说,"这是刘爷爷、小李头大伯为救你致残的经过,你认真看看。"

春来捧着材料全神贯注地看着、看着,不知不觉中泪水就一道道从脸上挂下来。牛牛几次问他,他都哽咽不能回答。春来明白刘爷爷、小李头大伯是怎样由健康人变成残疾人了,都是为了他。

原来虎子被王爷爷带走的第五天夜里,孙家也用蒙汗药把刘老万、小李头迷倒,他们把老万爷、小李头卖给了蛇头,而蛇头又用大海船把他们运到了南洋,卖给了一家香蕉园农场主。两人在农场里干了两年,无报酬不算,还遭场主和工头的打骂。一次粉刷洗手间,不慎弄泼了半桶石灰水,工头二话不说,撮起一铁锹尚未完全烧成的石灰,朝老万脸上扬去,老万猝不及防,滚烫的石灰迸到眼睛里,烧得双眼当场出血,眼角膜和视觉神经全烧坏了。从那一刻起,老万爷便进入了无光的世界!

老万爷双目失明,失去了饭碗,无法独立生活。为了老万爷不致饿死,小李头离开了香蕉园,带老万爷四处游走乞讨。一家日本工厂经理见小李头身强力壮,是干重活的坯子,收留了他,报酬就是供他和老万两人吃的。小李头的每天工作就是扛箱子到火车站去。这天,他背负一大箱重物,刚要过铁路,被一列横冲过来的火车连人带箱子撞飞了。

小李头成了只有一条腿的瘫子。

材料的后一部分是讲一位老华侨怎样把刘、李二人送回国的,回国后,刘、李二人为了生活又怎样相互扶持学算命,怎样找到了虎子,找到了永富一家人……

看完材料,春来越发泪流不止。他说:"刘爷爷、小李头大伯,你俩完全是为了我,才变成严重残疾的……"春来禁不住哭出了声。牛牛不晓得怎样安慰人,只是不声不响地为春来捶背。

陆姨大安慰春来说:"伢子,别哭,也别抱愧,并不是你有意造成他俩残疾的。你那时太小,也是受害者。"

陆姨大带着那份材料,和牛牛、春来一同去了刘家大屋。

永富夫妇听了春来读的那份盖有县公安局大印的材料后,十分难过、抱愧。他们对已经严重残疾的刘老万、小李头不再有丝毫怀疑了,也要与春来相认了。

陆姨大怀着极其兴奋的心情为他们祝贺。

但就在这时,永富却提出一个关键问题,那就是静然老方丈早就讲小沙弥悟敏是王爷爷从江南财主家带出来的,春来是风雪夜方丈从庙门外捡回去,后由赵姨领养的,那也就是说,现在仍在少林寺的小沙弥悟敏才是虎子。

倪妈也顿时被永富提醒了,说:"是啊,是啊,大家都搞错了,我也搞错了。"倪妈说她当年和牛牛去庙里探小沙弥的病,方丈就亲口讲小沙弥是拐子卖到江南财主家,后又由王爷爷带到庙里的,还说这与从郭九田兄弟那儿了解到的情况一样。倪妈讲方丈风雪夜捡的孩子,后被赵姨领去做养子的才是春来。

倪妈说:"陆姨大,搞到九九归一,我们的虎子还是雷港寺小弥沙悟敏呢!搞来搞去,还是都搞错了!"倪妈说着还向陆姨大递上静然方丈上回寄的信,说,"看喏,方丈说得清楚呢,小沙弥悟敏才是虎子啊!"

春来又顿觉冷水浇头,万般失落。

"都错了吗?虎子是小沙弥悟敏,不是春来吗?"陆姨大在堂心边踱步,边挠头,边思考着。

正在大家都陷入了沉思时,明发弟弟明才匆匆从乡里送来一份篇幅很长的加急电报。春来看是静然方丈发来的,立即念读。

春来读罢,热泪涟涟,一头扑到尹伯伯、倪妈妈怀里,一声声大大、妈妈叫不歇嘴。

原来一开始就是静然老方丈讲错了:当年风雪夜被丢在庙门外的孩子,才是方丈带在身边学佛、现又被师父带到少林寺学武的小沙弥悟敏,而由王郎中从江南财主家带出来、静然方丈收留的,几天后又被赵姨领作养子的才是现在叫春来的孩子!老方丈这回讲得比什么都清楚了。除了说清这事之外,他还为自己误导了倪妈一家而向永富夫妇致歉。电报中还顺带说了在人民政府的关怀下,小沙弥悟敏也快要找到自己的父母了。

老方丈的电报,解开了永富夫妇心中的重大疑点。陆姨夫自然兴奋得不得了,他正提议要春来正式拜认父母时,却见刘老万、小李头来了。

小李头两手把着胳肢窝的拐杖,将身体往前撑移。刘老万一手牵着连在小李头腰后的竹竿,一手捏着棍子,探点着路前行。永富一家大小立马迎上前去,把刘、李二人接进屋里。

刚坐定的刘老万、小李头就要讲他们两个致残的事,永富说:"不用讲了,老万爷爷、小李头大哥,你们是我们全家的大恩人!"永富说罢,便率领全家,齐刷刷一排跪下,向刘老万和小李头致谢。

春来膝行向前,捉着刘、李两人的手,垂着泪说:"爷爷、大伯,没有你们的努力和牺牲,就没有我今天与父母团聚,认祖归宗!你俩是为我致残的,大恩大德,终身不忘!"春来言毕,又向刘、李二人各拜三拜。

小李头撑着棍子站起身,代表老万爷让永富一家快快请起。春来转过身,见倪妈仍手撑着地面吃力地往前爬,便立即将她搀起。

被搀扶起来的倪妈,抱住春来放声大哭。倪妈十多年来的自责、悔恨、思念、悲哀与痛苦,全在这一恸之中尽泻而出。

春来也抱住永富、倪妈大哭不止。

刘老万和小李头说,伢子能活着回到家,回到身边,是天大的喜事,都竭力劝倪妈、春来不要哭了。

倪妈揩揩眼泪说:"老万爷、小李大哥,你们为救我们家虎子致残,我们既抱愧又感激,可是也要怨你俩!"

老万爷说:"啊,还有怨呀?"

倪妈说:"你俩回国后,既然把虎子的下落和我们在条子号的住处都查清了,为什么不把情况跟我们讲讲,让我们可怜苦想这么多年啊。"

老万爷说:"我们查清虎子情况时,赵姨已经视虎子如己出,而虎子也已把赵姨当成了亲母,虽是螟蛉关系,可母子相依为命,如果说破了,对赵姨就太残忍了!"

小李头说:"况且春来那时已跟你家大人、小孩非常亲热,即使不挑明,随着时间推移,慢慢也自然会晓得的。"

老万爷说:"我们虽没有挑明,可还是通过算命的方式,间接向你们做了暗示的。"

刹那间,当年小李头、刘老万雨天到棚里算命的情景,又浮现在倪妈眼前,当年老万爷讲的话,一下子又全都在倪妈耳边响起来了。

倪妈恍然大悟,她又一次把春来拉到跟前,就像头一回见到他一样,端详了又端详,捏捏他大耳垂后粟米大的肉痣,说:"儿哇,这些年来,你不是差不多天天在我眼前吗?妈怎么就没想到呢?其实这颗肉痣就能说明你是我亲儿啊!"

老万爷说:"归根结底,老方丈的误导是重要原因啊!"

倪妈和永富频频点头。

桂兰说:"老方丈真是老庸了,移花接木,张冠李戴,害得大、妈和春来要认又不能认。"

牛牛说:"不怪方丈庸了舞到(误导)呢,刘爷爷那回算命时就讲过了,凡是都有机缘吃喝(契合),机缘到了,春来就会站到面前,大、妈不认都不行。以前生出许多疑惑,不能相认,都是机缘没到呢。"

老万爷认为牛牛把话讲到点子上了,高兴地亲了他一口。

倪妈仍止不住啜泣流泪。春来一遍遍为她揾着。

春来说:"妈,别难过,我不是又回到你和大身边了吗?"

老万爷说:"永富夫妇、伢子们,经历了漫长的痛苦别离,来之不易的团聚,就更要倍加珍惜,让我们都高兴起来吧!"

春来抱抱他妈、他大,又抱抱他桂兰姐姐,又亲亲丑儿、六丫和他的胞弟牛牛,最后还亲亲陆姨大、老万爷和小李头。

老万爷似有美中不足地说:"可惜呀,王郎中要是今天仍然在世就好了,他殁了,把我当年用血写的字条,还有里面装了半边玉石锁的避邪袋也丢了。那袋是当年虎子挂在脖上的呢!"

永富一家大小又是一阵惊讶:装有半边玉石锁的避邪袋在王爷爷那?难怪王爷爷病重时一直在找一样东西了!

老万爷说:"可惜丢啦!"

"谁说丢啦,我这就送来了!"

大家抬眼看去,说话的是王义堂。永富夫妇喜出望外,牛牛、春来拥上前将义堂抱住。

义堂说,他刚到家,就听带儿说了这边的事,他赶快取出五年前他大大交给他的布包,其中包着老万爷用鲜血写的字条和装有半边玉石锁的避邪袋,同带儿一道急匆匆赶来了,碰巧刘爷爷正在说这事。

刘爷爷当即展开义堂递给他的字条,条上写的内容同老万爷讲的一点不差,落款"刘老万小李头"六个字,仍像当年写上去的那样,只是颜色变得暗淡了!

永富说:"义堂,这样看来,你父子早晓得春来是我家虎子了!"

义堂说:"把虎子交给静然方丈收养后,我大大就根据刘爷爷字条上的地址,到枞阳去找你们,但问了四个与尹伯伯同名的人都不是,后来大大生病回家了。隔段时间后准备再去找你们时,就在那年春天你们来华阳了。你们在我家避雨烤火,闲谈之间,我大大就疑心你们是春来的亲生父母了,但为了慎重起见,我大大还是以行医为名,去枞阳找到了你们老家,经过反复明察暗访,证实了春来就是你们的亲儿子。但此时,春来不仅在赵姨身边生活得很好,赵姨视他如命,而且春来和你们相处得也极为融洽。"

义堂说他知道春来和尹伯伯的关系是在老万爷给倪妈算命之后,陆姨大比义堂知道得更早。义堂还说陆姨大在背地里跟他讲过多次,要他一定要保护好牛牛和春来。

陆姨大望着永富夫妇说:"我们与刘爷爷、王爷爷和义堂都出于同一个原因,没有把真实情况跟你们讲,请你们夫妇和伢子们都谅解。"

永富说:"大家都是为了一个'义'字,才把我们蒙在鼓里过了这么多年,好苦哇!"

"不怪啊,大姨大,你晓得我们有多高兴!"倪妈揩揩泪水,说,"我们全家谢大家恩义!"

永富全家怀着极为感激的心情送走了老万爷、小李头和陆姨大。

陆姨大出门后又回过头来,再三招呼春来、牛牛和丑儿,在朱、侯二犯被抓捕归案前,一家都要提高警惕,注意安全。

义堂把避邪袋交给了倪妈,倪妈把两片玉石锁拼在一起,严丝合缝!

春来搂着义堂和带儿脖子,无限深情叫着姐夫、姐姐。

至此,春来感慨不已。他万万没想到,这些年来的寄身处,竟然就是他的家;连一声干爹干娘也不让叫的人,竟是他的亲生父母;只当作金石之友朝夕相处、相依为命的牛牛等,竟又是他的一奶同胞,他的亲兄弟亲姐妹!春来不禁热泪潸然!

义堂提议,是不是把春来的号改过来,仍叫虎子,多数都说应该的,必需的,但牛牛说,春来名字是赵姨取的,留着是个纪念。牛牛还说:"春来两字叫起来好听,听起来驯(顺)耳。毛主席领导,国家春天来了,春来回家了,我家的春天来了!"

大家都说牛牛讲得好,义堂更是夸牛牛,说:"几年没在一起,没想到我牛牛小弟,真的变得'牛'了!"

感慨激动之际,春来情不自禁地带着大家唱起歌来。

歌罢,义堂习惯性地挟起春来和牛牛满旋一圈。站在一旁的永富夫妇笑了,他们搂着丑儿、六丫,搂着牛牛、春来,拼命亲着。

新中国建立起来了,玉锁圆了,人团聚了,永富一家大小的心愿全部实现了,紧接着就是要欢欢喜喜为义堂和带儿操办喜事了。

八十九

刘家大屋已经部分修缮完毕(修多也没材料)。王嬷嬷和带儿也已从那边搬过来,与永富两家合成一家了。

义堂和带儿的婚期,定在腊月十六日。

十五日上午,陆姨妈来了。陆姨妈带来一大卷红纸,和倪妈、带儿一道,剪了一上午窗花、喜字。

吃过中饭,陆姨妈回去给家里的鸡放窝。真是喜事赶到一块来了,陆姨妈家的老母鸡一大早就开始咯嗒咯嗒地吵着要春孵了。

陆姨妈才走一会儿,义堂就从城里回来了。他还没上门坡,春来、牛牛、丑儿、六丫几个就迎上去,永富夫妇也笑嘻嘻出门接着。

义堂说:"惭愧啊,弟妹们,怪姐夫吝啬,没给你们买什么。"春来几个一面说不用姐夫破费,一面却把眼睛往义堂的挎包上直溜溜,丑儿和六丫居然还动手捏挎包。事实上义堂还是给他们每人买了件新褂子。他们穿上义堂买的新衣,左牵牵,右拽拽,自己看看,又相互看看,一个个都笑得合不拢嘴。

过了一把新衣瘾后,桂兰就小心翼翼脱下叠好,两手捧着递给了带儿,说:"姐,你没有,我的给你。"倪妈一把拽过桂兰,说:"你的归你,傻丫头,你姐夫能不给你带儿姐买吗?"

义堂看看带儿,幸福地说:"妹妹,你想新衣吗?"带儿没作声,只是忸怩地侧过面,抿着嘴笑。

义堂给带儿买了一套大红缎子褂裤,连包一起递给了倪妈,叫给带儿试试,但倪妈说:"带儿的就不试穿了,明儿穿着拜堂。"

没给王嬷嬷、永富夫妇买件新衣,义堂深感愧疚,说他下次回家探亲一定补买。永富夫妇说,下次也不用买,他们穿破旧衣服穿惯了,穿新衣坐也不是,站也不是,劳动也不方便,又怕搞脏了,又怕弄破了,别别扭扭的,不过一定要给王嬷嬷买一套。

王嬷嬷在里间听了,说:"堂儿,我老了,一天到晚缩在家里不出门,要个么新衣呀!以后手头有宽余,别忘记给你岳父母买点儿衣,他俩穿得光鲜点儿,也是你做女婿面子!唉,可怜来条子号几年了,我没看见他俩穿过一件新衣,都是破襟掉纽的,寒酸啊,堂儿!"

义堂大声说:"妈,你放心,等手头稍有宽余,三位长辈,我都要尽力孝敬。"

腊月十六,这个王、尹两家期待已久的日子,在冉冉升起的朝阳下,灿烂如花地来到了。一大早倪妈就带桂兰、带儿洒扫房间,整理铺盖,洗抹家什。永富也带领义堂、春来、牛牛忙着清理打扫住宅四周,以及门前土路。

吃过早饭,倪妈和桂兰进厨房,准备下午婚宴饭食。虽然除一道油炸鱼丸外,大多是园里菜蔬,但倪妈做得热气腾腾、浓香四溢。

打扫好后,春来现写门联,义堂带牛牛、丑儿贴窗花,贴喜字,挂中堂画,布置洞房。大门联是"天增岁月人增寿,春满乾坤福满门",中堂画是喜鹊登梅,洞房正面墙上贴着麒麟送子的年画,那是陆姨大、启亮、明发大合送的。窗上贴着老鼠娶亲的窗花。所有联语、年画、窗花,都显露出万象更新、吉祥如意的新春气象,蕴含着多子多福、家兴人旺的美好意蕴。

春来写完最后一副门联,突然想起还要到乡民校排演文娱节目的事。因为家里办喜事,桂兰要给倪妈做帮手,不得分身,只好由春来和牛牛两个人去了。

牛牛今天特别多礼,出门前分别与大大、妈妈、王嬷嬷打招呼,接着还向义堂、带儿、桂兰、丑儿、六丫道别。

在向桂兰道别时,桂兰说:"你快和春来走呢,什么时候也这样礼多了!"

牛牛笑着揉桂兰一把,说:"姐,人家向你道别,你还说人礼多,我看你是狗咬吕洞宾——不识好人心了!"

打了招呼后,春来又一次在催牛牛了。牛牛向春来笑了笑,叫他再等一下。

牛牛跑到厨房,望着油锅里翻滚飘香的鱼丸,馋得直吞口水。牛牛似乎忍不住了,在他妈身边蹭一下,说:"妈,可以给我一个鱼丸吃吗?"

倪妈捡起一个,牛牛吹了吹,正张嘴接,倪妈想想又放进锅里,说:"牛儿,料子不多,晚上吧,晚上祭了祖,到桌上和客人一道吃吧。"

牛牛望着放到油锅里的鱼丸,点点头,又分别抱住大大、妈妈,各亲一口,说:"大、妈,我走了,你俩别累了。"

春来带牛牛走后,在灶门口烧锅的永富怪倪妈说:"你也是的,牛儿讨个鱼丸吃,你捡起来,还放进锅里,你真是!"

倪妈也懊悔说:"唉,我是有些过分了。他大,你记着,牛牛晚上回来让他多吃两个。唉,来条子号七年了,伢子们没尝过鱼丸味!"

真是人逢喜事精神爽,今天,牛牛不仅多礼,而且特别高兴。在去乡民校的路上,尽找春来说话,讲他特别想端马大哥。春来再次颇有怨怪地说:"弟弟,这几天你多次提大哥,难不成我就不是你哥吗?我的好弟弟!"

牛牛说:"我没有讲你不是我哥,就是平时叫你名儿叫惯了。"牛牛还说,他来条子号,经过许多灾难,都是春来疼他、爱他、舍自己救他命,不是春来,他早死了。牛牛又说春来常跟他讲,兄弟就像荆花,荆花盛开的时候,一树树,一束束,一朵朵,紧紧挨在一起,相依相惜,不怕烈日晒,不怕风雨打,越是炎暑,开得越繁盛。牛牛说他以前对春来讲的这些,并没有很深的理解,可现在他觉得春来讲得太好了。牛牛说他前一天晚上还梦见春来房间门边的荆花又开了,他在树下捧着花束,闻着芳香,特别快乐、振奋,醒来后,见自己头就枕在春来胳膊上!春来说:"但愿我们好好珍惜这荆花兄弟的情谊啊!"春来和牛牛一路走,一路说,不觉就来到乡民夜校了。

参加春节文艺演出的小演员们有好几十个,不一会儿大家都到齐了。紧张的排演一直持续到中午十二点才结束。

回家时,春来携牛牛在经过赵姨老屋窗外时,突然听见屋里咣当一声,两人吃了一惊。正犯疑时,又响了一声。

春来猜是不是黄鼠狼把洗脸盆或是什么破铁罐子扒倒掉地上了,牛牛猜是不是野猫子钻进屋了。两人决定进屋看个究竟。

春来和牛牛把门开个仅容他们身体挤进去的缝,侧身进屋后,又很快把门关好闩上,以免真的有什么野物从门缝钻出去。

春来和牛牛从堂心来到厨房,再从厨房来到铺房,又从铺房里出来,什么东西也没有看到,破面盆、烂铁罐仍在橱柜顶和锅台上。春来和牛牛很纳闷,刚要抬脚走,背后好像刮起一阵冷风,还没来得及掉头回望,两人同时被人用胳膊肘卡住脖子,未等呼救,两人嘴巴就已被毛巾严严堵住,紧接着双手就被拗到背后绑了。

背后的人把被绑了臂的春来和牛牛往前一推,又命令似的低声说:"转过身来!"

春来和牛牛只觉得声音似曾相识,但因一时紧张想不起来。转身一看,两人惊得直后退。原来绑他们的正是朱爱兰、侯白仁!

朱、侯二犯手上执着钉着铁钉的棍子(俗称狼牙棒),面露狰狞的奸笑。他们两人把春来和牛牛逼退到后边,背贴灶台靠着。侯白仁拿着棍子在春来和牛牛面前晃晃,说:"两个臭小子、呆小子,今天再向你们重申一下:我们确实就是侯白仁、朱爱兰,十年前的九月三十晚上,把你虎子从徐家弄出来,搞到江南孙家卖了后,我就和朱爱兰化了装、毁了容到这儿落户和假装要饭了,并不是你们叫得亲的大表姑、岳西奶奶!"

朱爱兰笑罢,把侯白仁推到一边,站到两人面前,说:"两个臭小子,真是冤家路窄呢!今天既碰到我手上,我得把以前的事跟你们讲清楚。王大嘴巴在斗争会上揭发的那些事,确实都是我干的。说真的,我们两家虽不是你们讲的什么远亲,可也没有私仇。不过,自从你们住到陆克新家以后,拐卖虎子的事就像一块心病、一团阴影,时时在我心里搅动着,我怕你们抵在我跟前,天天相见,早晚会把我吓出病来,不打自招地把我拐卖儿童的事和盘端出来,那不是自己把自己往大牢里送吗?所以我就想出种种怪招来害你们,目的就是要把你们逼走,让我过安生日子。至于……"

朱爱兰说到这里,侯白仁把她推到一边,站到两人面前,晃着棍子说:"我侯某也一向襟怀坦荡,光明磊落,从不隐瞒自己做过的事。小事我就不讲了,大的方面,如用蒙汗药把你牛牛迷住,驮到华阳镇郊区破屋绑了,在去宿松的那个晚上用麻袋把你装到山脚下,在玉米地把你牛牛从牛背上拉下准备带走,等等,这些也确实是我干的,我侯某人从来就是好汉做事好汉当,决不连累他人!"

朱爱兰又把侯白仁推过一边,站到两人面前说:"刘老万、小李头在斗争会上揭发我伙同徐家拐卖虎子,也句句都是真的,虎子的卖价确实是二百八十块大洋,给了五十块给徐家,剩下的二百三十块归我和我的老情夫侯白仁,我们确实很是快活了一阵。"

朱爱兰说完自动站到一边,给侯白仁让出了位置。侯说:"人不为己,天诛地灭。像我和你们朱姑奶奶,只要能挣到钱,让我们过上快活日子,什么都干!说真的,几年前准备再把你虎子骗卖掉,没想到你这小杂种变得比以前更屁精,没法得手了!哎呀,讲心里话,那几年我还真想把你们大大、妈妈都骗上手卖到南洋去!"侯白仁想了想又笑着说:"你牛牛小呆子,还有你们妈妈,以前都认为我和你们麻大姑待你们好,处处为着你们,其实那都是假象,是要你们放下戒心,我们好寻机把你们弄到手卖钱!算你端马、虎子精明,不轻易上钩！"

侯白仁说完一段后，也自动让到一边，朱爱兰又替补上来说："不过，现在我们不干拐卖之类的行当了，而是干效忠党国的正经事了。国军败退台湾前夕，我们的身份就是国民党潜伏在大陆的特务了。"

侯白仁立在原地说："你们两个懂得什么是特务吗？现阶段，特务就是扰乱人心、破坏社会治安的！像前些时日，我们在后山区杀了几个工作队干部，在县城烧了几个临时组建的机关单位，在几口井里投了药，毒死了七八个群众，这都是特务行为。"朱爱兰也说："所有给共产党做事的，都是我们暗杀的对象！我们今天逮你们两个，也是要做掉的，而不是卖钱的。现在我们的黄金都用不完了，还要拐卖儿童吗？我的最高上司就是蒋委员长手下的大红人朱山猿，杀死一个人，报到他那儿就奖赏黄金！所以我们不干拐卖的小本生意了，今天逮你们两个就是要把你们两个做掉！"

侯白仁说："知道为什么要做掉你们两个吗？你们不是欢庆翻身解放吗？欢庆过新生活吗？把你们都弄死了，欢庆个屁，翻身个屁！"

朱爱兰说："你们姐夫是解放军团政委，哥哥又参了军，据说去后几天就当了特战队的班长。你们两个小屁孩又给共产党站岗放哨，又搞文艺宣传，乖乖，好积极，好红火，好光荣啊！告诉你们两个小屁孩，像你们这样的，正是我们要暗杀的对象。我们就是要通过暗杀，把社会搞乱，让共产党没法统治！"

侯白仁说："何况加上以前跟你们家的过节儿，政府还要算我们旧账呢！"

朱爱兰说："我们晓得，就算这回侥幸逃跑了，不久后，我们肯定还会被抓回去的。再抓回去，我和你侯爷爷就得死！我们也不能白死，虽然在此之前，我们也杀掉了好几个干部，毒死了一些群众，但那还不够，我们还要多弄几个垫背的！"

侯白仁说："特别是你们两个臭小子，又精神又体面，连肌肉骨头都酥嫩的，更难得的是你们两个都还没有成人，用这样的金玉童子来垫背，我们转世投胎，少说要提前十年！"

朱爱兰说："可不是嘛！我希望你们两个不要有什么抱怨，人活一世，草木一秋，百年过后还是一死，迟死早死同是死！本来我们逮着你俩后，就可以立马勒死,但考虑那样做有欠仁义。"

侯白仁抢着说:"所以把要讲的话跟你们讲明白,让你们两人死得清楚、死得明白。"

朱、侯二犯轮番讲话时,牛牛好几次摆着脑袋,意欲用头去撞他们,但都被春来哼哼着鼻子制止了。春来一直站在牛牛身前,将他紧紧护着。牛牛早已由害怕变得十分平静淡定。他和春来都没怎么去听朱、侯二人说些什么,而是在想他们大大、妈妈、兄弟姐妹,想他们姐夫王义堂、义弟丑儿,甚至学友张兴国、常明发、孙启亮,以及放牛要饭时的那些草根兄弟。牛牛除了思念亲人好友,还有悔恨。他悔恨不该有眼无珠,这些年来,竟把两只披着人皮的恶狼当作慈善家一般去崇拜敬仰!牛牛已完全把自己的生死置之度外了,他的内心在为春来刚刚认了大、妈,还没来得及和大、妈更多亲近,得到大、妈更多的疼爱,就要被特务杀害而哭泣!春来内心也在哭泣,他不仅哭他刚刚和亲人团聚就要以这种方式离开他们,更哭他十几年来给大、妈带来无尽的悲哀和痛苦,却没有机会去孝敬他们。

牛牛和春来还有一个共同的遗憾就是:虽然盼星星,盼月亮,盼来了毛主席共产党,盼来了新社会、新中国,却没有机会为社会和国家贡献自己的光和热!

侯白仁猫哭老鼠假慈悲,装出一副和刚才截然不同的脸孔,说:"真的很可惜呀,你们两个这么鲜嫩的花骨朵儿,还没来得及绽放就要陨落了,天意呢!"侯边说边摸棍上的长钉,一步步向他俩逼近。春来知道侯白仁要下毒手了,他用自己单薄的身躯替牛牛遮挡着,他知道即使这样,如果没人及时赶来营救,牛牛也不过比他后走一步而已。春来想定了,他要用脚给侯白仁致命一击!即使没法脱身,也要跟他们拼个鱼死网破!

侯白仁甩甩臂膀,抄起钉满铁钉的棍子,双手握着高高举起来,对准春来头心就要落下。未等春来出脚,也不知从哪儿爆发出来的大力,牛牛迅疾趋上前,猛地将春来从灶房撞到堂心,几乎在同一时间,牛牛飞起的腿脚将侯白仁就要落下的棍子踢飞折断,继而纵身掷出,对准侯白仁的胸窝口,咚地一头撞去。侯白仁被牛牛的暴怒、仇恨所汇聚成的巨大勇力,冲撞得向后倒退好几步,蹭蹬抓挠着站立不住,訇然一声,仰面倒地,背撞在断棍上,两根长钉刺穿了他的心脏,令他动弹不得。而被牛牛蔑视强敌、战胜一切的强大威势震慑得呆立的朱爱兰,此时则惊醒过来,奔到堂心去追打春来。

被牛牛撞到堂心的春来,此时已拨开门闩,冲出门外。当朱爱兰赶到门槛边,坐在地上的春来,已用并起的脚趾,拽出堵嘴的毛巾,大呼抓坏人了。

朱爱兰抽身回屋,又迎面遇到出来为春来助战的牛牛。牛牛一脚踢起地上的瓦罐,瓦罐向朱爱兰脸上飞去,可惜偏离一点儿,只擦破了一块皮肉。朱爱兰举棍就打,迅速赶到的春来没有挡住,带钉的棍子落到牛牛头顶心!

朱爱兰拔下棍子又要对春来下手。春来一个急转身,朝朱爱兰的胯下,闪电般地一脚重踢,朱爱兰惨叫一声,丢下棍子,从苇荻壁缝中狼狈挤出。紧跟出去的春来,又兜后一脚,朱爱兰打个跟跄,哗啦一声,趴到水塘里,葬身于污水中。

赶回来的春来,见牛牛已仄卧地上,头上血流如注!春来当即如雷轰顶,头一晕,几乎栽倒。但他立即镇静下来,伏下身用牙咬住牛牛的衣襟,将他拽起,靠在自己弯曲的两腿间。当他再用牙咬拽出牛牛嘴里的毛巾时,牛牛睁开眼,声音很低地问:"春来,你没事吧?"春来说:"弟弟,我没事,哥没保护好你,你可要坚持住啊!"春来边叫好弟弟要坚持,边咬着捆住牛牛两手的绳索。这时,闻听春来呼救的村民已陆续赶来,陆姨大跑在最前面。

那时正好是下午两点。

见牛牛头心血流如注,陆姨大摸摸,手心碰到一个硬物,拔出一看,是一根三寸多长的铁钉!陆姨大满面忧郁,背起牛牛就要回刘家大屋。牛牛睁开眼,拽住春来不放,嘴唇微微动着。春来明白他的意思,他让陆姨大把牛牛抱到自己背上。春来背着牛牛,边跑边叫,不让他睡过去。

陆姨大和赶到的明才迅速朝屋里屋外看了看,发现侯白仁停止了呼吸,而朱爱兰也漂在臭水塘上不动了。陆姨大让明才留下来处理尸体,自己又撵春来去了。

永富住的刘家大屋那边。

为义堂、带儿婚庆准备的一切都就绪了,屋里宅外,都洋溢着浓浓的喜庆气氛,所有人的脸上都洋溢着笑容,上到王嬷嬷,下到六丫,都戴上了用各色绸布配搭而制的小花。

素不爱奢华打扮的带儿,虽只做了些简单梳洗,淡淡地抹了点脂粉,换了套洗干净的平时穿的衣(昨天义堂买的红绸缎子衣她嫌太打眼没穿),却也显得比平日更加端庄秀丽、楚楚动人。陪坐在带儿身边的义堂,虽未西装革履,吹发修容,但仅那高挑的身材,那身合适得体的戎装,就把他那英姿飒爽的形象衬托得精神焕发,神采飞扬。义堂早已情痴心醉,他的那双光彩照人的明眸,总是舍不得从带儿秀丽可人的面庞上移开片刻。他望着望着,又从带儿那淡妆亮丽的容貌上,想到牛牛和春来。在一定程度上,义堂爱带儿,是从爱牛牛、春来这两个弟弟开始的。想不到当时那愿天下有情人终成眷属的美好憧憬,如今都变成面前令人情痴神荡的现实!义堂暗自窃喜:漫说已经真真实实地拥有了带儿,光是春来、牛牛两个聪明、智慧、机敏、漂亮的小内弟,也够他骄傲自豪一辈子了!义堂捉着带儿的手,周身涌动着快乐、满足和幸福的暖流。

"哥,"带儿若有所思地说,"两个弟弟走时,说最迟不会晏于下午一点回家,你看看现在是什么时间了。"

义堂抬起左手,看了看,惊讶地说:"啊,我怎么搞忘了,都下午两点啦!妹妹,我得去看两个弟弟。"带儿要陪义堂去,但义堂说她是新娘,没让她去。

义堂出门没走多远,就见春来背着牛牛,后面紧跟着陆姨大,急匆匆迎面而来。近了,见牛牛头心流血,满面血污,春来上衣也被鲜血染红了,义堂大为惊惧,没听完陆姨大的话,义堂就抢上去,从春来背上抱下牛牛,双臂托回刘家大屋。

这一突如其来的变故,让永富一家全都始料未及。倪妈扑上去,一声"牛儿"刚叫出口,就立马昏厥过去,不省人事。永富全身颤抖着,东倒西歪地从铺上抱来破絮,铺在凉床上。可是,义堂怎么也不愿把牛牛放上去。

义堂把两臂摊开放在弓起的双膝上,将牛牛托着,嘴里"小弟""小弟"不住地呼唤着,义堂的胸衣,右边的袖筒、裤管、鞋袜,都让牛牛的鲜血染红了。

带儿、桂兰、春来、丑儿、六丫都围蹲在义堂前,伸长脖子,对着牛牛"小弟弟""小哥哥"叫声不绝。

永富踉跄着,撑持着用手巾不断拭着牛牛脸上、手上的血。

在家人不住的呼唤下,牛牛微微睁开眼,他双目无光地扫视了一下,声音低微地说:"大、妈,我、我不是……胆小鬼,……我、我把、把侯白仁……撞、撞倒了!我……"永富贴着牛牛耳边说:"牛儿,你不是胆小鬼,你是大、妈的好儿子。"

牛牛唇边泛起一丝欣慰的笑。牛牛又朝义堂望着,义堂说:"小弟,你有话对我讲吗?"牛牛的嘴嗫嚅着,义堂把耳朵贴到他唇边,牛牛很费力地说:"姐夫……我、我爱我姐夫,爱大、大姐。姐夫,我想、想我端马大哥……"

义堂涕泪滂沱,说:"小弟,我爱你,大姐、大哥爱你,我们大家都爱你,你一定要挺过来,挺过来呀!"

牛牛又把眼睛扫了一下,说:"我妈呢?"也许是心心相印,息息相通吧,昏厥中的倪妈忽然醒过来,挣扎着往前一爬,凑近牛牛的脸说:"牛儿,我的乖儿,你可要……"牛牛努力移过右手,把他妈的手捉住,说:"妈,我舍不得离开你,我还、还没有孝、孝敬你!"倪妈掰开牛牛的手,到灶房去了。

牛牛又看看带儿、桂兰、丑儿、六丫,然后把目光停在桂兰脸上:"姐,你以后不要带我讨饭了,不要带我做、做童工,给人捡棉花、拉磨……被人打了。"

停一下,喘两口气,牛牛又努力睁大眼睛问:"春来呢?"春来立即凑近他耳边,说:"弟弟,我在这,我一直都在你身边。"

牛牛挣扎着挓开五指,春来把一只手放在他手心里,牛牛似乎得到了满足,他断断续续,但字音清晰地说:"春来,你是……你是我二、二哥……"

春来声音颤抖地说:"弟弟,我是你二哥,我们要做一辈子好兄弟,荆花兄弟!"

牛牛似乎是竭尽全力叫着:"二……哥,我、我们……我们是荆花兄弟!"

从厨房出来的倪妈蹲到牛牛身边,挟着鱼丸送到他嘴边,说:"牛儿,吃鱼丸吧,妈妈的味道,是儿子最爱的,吃吧!"可是牛牛再也没张开嘴巴,牛牛走了!只有那双大眼睛还睁得圆圆的,望着他大大、妈妈,望着春来、桂兰,望着带儿、王义堂、丑儿,望着围在他身边的所有亲人……

永富一家大小的天塌了!

牛牛的遗骸在家停了三天,最后还是陆姨大和启亮、明发大强行收殓安葬的。安葬时,义堂、春来两个男孩悲情恸哭,把所有前来吊唁的人感动得扼腕哀叹,掩面抽泣……

本来春节回家成亲的义堂,因为太过伤痛,无心洞房花烛,琴瑟鸾凤。成亲那天晚上,他和爱妻带儿彻夜无眠,相拥痛哭。

掩埋好最亲爱的小内弟牛牛后,本有婚假的王义堂当天就怀着极为痛苦歉疚的心情,告别了带儿,拜别了母亲及岳父母,挥别了弟妹们,含悲忍泪,踽踽踏上了归队的长途。

牛牛小弟殁了,春来雁行失序,每天除了陪伴、劝慰大大、妈妈,就是躲到旮旯里哭泣。虽然永富夫妇忍着悲痛,过来安慰春来,但很长一段时间里,春来都终日不思饮食,以泪洗面,他常常瞒着大、妈,一个人偷偷跑到牛牛坟那边,怅望凭吊,悲哀哭泣。通往牛牛坟上那条日渐清晰的草路,差不多都是春来踩踏出来的。

为了坟丘不被湮没,第二年正月,在全家离开条子号,返回枞阳老家前夕,春来和带儿、桂兰、丑儿、六丫一道,合力将义堂荒宅边那棵初长成的荆花树移植到了牛牛坟丘右侧。

九十

因为续修家谱,搞宗亲成员登记,1990年暑假,春来又去了条子号。此时距他离开那儿已经整整四十年。四十年,在人类历史长河中,不过是弹指一挥间,然而在人的短暂生命中,却漫长而久远。

因为宗亲成员散居的区域,正好与春来他们儿时在条子号活动的范围重叠,所以在登记的间隙,春来得以在那些他曾经与他大大、妈妈、兄弟姐妹们漂泊流浪、打工乞讨的地方重访了一回。一般地方只是走马观花,重点去了华阳镇、雷港寺、毛家大园、养母坟地、陆姨大家以及牛牛长眠之地。而常明发、孙启亮、张兴国和他母亲张姨的墓地,春来则在刚来时就到县城去祭拜过了。

华阳镇除人口、房屋、道路增多了外,其余并未有多大改观。不过当年夜袭伪保安队时炸塌烧毁的那些房子,却重建得很有规模,很是气派。驻足望去,当年端马大哥、义堂姐夫,以及那些英勇无畏的解放军战士,在枪林弹雨、映天火光中呐喊冲杀的身影,仿佛又跃动在春来眼前。

雷港寺的颓垣残壁、钟鼓香亭、佛身贝叶等,都尽在修缮恢复中,但当年的沙门僧侣,却走的走了,殁的殁了,一眼掠去,已是满眼僧袍异昔时!当年养母把他从静然方丈手上领出庙门时的情景,回想起来,春来还依稀记得的。当年大、妈带桂兰姐、牛牛弟在庙里投宿的情形,春来也能凭想象得知。

在春来的眼里,华阳小闸也还是1949年前的那个样子。那是春来大大永富在华阳地区参加建设的、至今仍在发挥作用的唯一一项国家工程。记得建闸时,永富每天早上在家吃几碗稀糊,临了,再盛些倒入饭盒,掭上一大盒野菜,带到工地去。出门时,大多时候他都把春来和牛牛带着。中午开饭,工友们都吃公家配量的大米饭,而他们大大却只吃从家里带去的糊和野菜,把配量的大米饭分给春来、牛牛吃,而且春来每每比牛牛要多得小半碗(当时的春来还是作为赵姨儿子在永富家寄养的)。有时没带他俩去,大大就把省下的饭带回来给孩子们。这就是春来大大,一位不善言辞,只用真情关爱儿女的好大大。

为了能多得一点儿加班米,让家里小儿细女隔三岔五得到一口米汤喝,春来记得,大大除了白天在工地上拣重活、脏活、难活干外,晚上还常常留下来给工地看建筑材料。那时天气特别寒冷,妈妈让他带一块破絮晚上盖身子,但他大大怕把破絮拿走,会冻坏家里孩子,便谎称工地有被子。其实他大大晚上就紧裹着身上的破衣,卧在材料旁边,身上只覆搭些就地拔取的蒿草,半夜里,冻得头脚够在一起,就像一只蜷缩成一团的老刺猬。第二天早上,他大大头上、脚上、身上都结满了厚厚的霜花冰凌,看上去像南山小雪覆盖下的一块不规则的岩石。

春来在小闸两边徘徊着,久久不肯离去。他摸摸这个,抚抚那个,希望能寻找得到、辨别得出当年他大大在建闸时留下的印迹,哪怕是一丁点儿。可是哪有呢?它们早就被湮没在岁月的尘土与大自然雨雪风霜的凌厉剥蚀中了。春来禁不住内心情感的驱动,大声叫着:"大——大——不孝儿春来,今天到此追寻你的足迹来了!"然而得到的回应,除了撞到闸壁上又折转的回音,除了闸底下潺潺呜咽的夹江流水,还有什么呢?

渐近中午,春来又怀着凄凉落寞的心情,乘一辆小三轮,快快地去了毛家大园。那儿是春来大、妈、兄弟姐妹在华阳居住时间最长,也是受苦最深的地方。

大园西头靠北埂的那座观音合掌式的草棚,以及棚里的两个离地面只有一拳头高的地铺,一口土灶,此时都成为回忆。然而就是那样一个低矮、阴暗、潮湿,只能天晴住,不能天阴住的地方,一个让他们全家与蛇蝎鼠虫共处的地方,一个吃树皮草根、观音土、狗尾草,吃瘟死的禽畜,喝所谓龙虎汤的地方,一个帮人当童工,做叫花子第一步从这里迈出的地方,在离开后的几十年里,春来却对它魂牵梦绕,怀念不已。即至此时再次面对它的遗迹时,春来仍为它拭泪哭泣。因为见到它就会感念父母的挚爱,感念兄弟姐妹间的深厚情感;见到它就会唤起对那段童年生活的悲辛记忆!

伫立良久,春来还想到毛习普、毛七奶奶的老宅那边去看看,但听说两家老人都早已过世,便又折回原地。慢慢地,春来俯下身去,吻一吻棚基地的黑土,这才一步三回头地怆然离去。

曾经放牧用的小牧场,如今穿过场中心的水泥路两边,已经是新楼林立,屋舍俨然。渐近大堤,在路尽头,春来正在踌躇不前时,一位六十出头的老人过来了,春来便向他问路,那老人也很诚恳地为春来指路。春来谢过了,才走几十步,又回过头来,见那老人还站在原地向他望来,春来礼貌地向他摆摆手。

春来刚掉头走,那老人"喂"一声,春来站住,思量自己是不是听错了,接着又"喂"一声,这一声春来听得真切,他转面问:"大哥,你是叫我吗?"

"正是呢!"

"有事吗,大哥?"

"也没什么事,就是问问,先生到条子号找哪个?"

"其实也不具体找哪个,就是想去看看。"

"条子号你熟悉吗?"

"小时在条子号住过的,可以讲条子号是我第二故乡哪!"

"你小时在条子号住过?"

"住过,大哥,你看,"春来向那老人走近几步,指着说:"当年我大大就是在毛家大园北埂搭草棚的,我刚才就是在那边看来着。"

那老人也撵前几步说:"那家棚主人叫尹永富,他大儿叫端马。"

春来说:"永富是我大,端马是我大哥。我大和我大哥都早已不在人世了。我弟弟叫牛牛,他……"

老人说:"他遇害后就葬在小圩里。那,有个叫春来、原名叫虎子的是你?"

春来上前去,拉住老人的手,问:"大哥,你是……"

老人说:"我没有大号,到老人家都叫我小叫花,部队人都这样叫。"

春来说:"小叫花老哥,我就是春来——虎子呀!"

小叫花双手搭在春来的肩上,端详一会儿,激动地说:"故人哪!"

尽管春来说时间紧迫,但盛情难却,最后还是被小叫花延请到他家了,不一会儿,陆续来了七八个五六十岁的人,一问,才知道他们是大毛毛、球蛋儿、叉儿等当年一起放牛、拾荒、要饭的伙伴。席间,大家抚今追昔,感慨系之。

谢过小叫花的热情款待,揖别了诸老友,春来沿着大堤东下,在姐夫义堂家的老宅前做了短暂停留,便去祭拜了养母赵姨的坟冢。忆起养母对他的恩德,春来忍不住地哽咽落泪。

接着,春来便急匆匆寻到了陆姨大的居屋。他刚要推门,打场前经过的一位白发老媪说:"丑儿和六丫送儿子上大学去了,就在县城,说是下午三四点钟回家。"

春来谢过老人,便转到屋后。也许是丑儿和六丫特意留着纪念的,虽然正屋都改建为楼房,但当年春来大、妈来条子号住的那间屋,以及屋外的土灶都还在。方塘和老槐树都变了,方塘里水清得透明,水面上枝枝荷箭像倒插的朱笔,影子映在水里,好生红艳妖娆。老槐树也比从前更加枝繁叶茂了。坐在凸起的树根上,当年和姐夫义堂,学兄张兴国、常明发、孙启亮等于此聚会的情景,又历历浮现在春来眼前。只是如今他们大多仙逝了,健在的也天各一方,不通音讯。

春来向牛牛长眠的那片墓地走去。途经刘家大屋时,于短暂停留之际,春来居然在那只几近毁朽的舢板底下发现了他们的传家宝——已经丢失了四十年的老算盘!

九十一

春来挎着背包,拎着老算盘,循着当年回老家前夕与姐弟几个亲手同栽的那棵荆花树的方向,找到了牛牛坟丘。

一到坟前,春来心跳的频率就加快了。他先绕坟一圈,然后背倚荆花树站定了,对着坟茔说:"弟弟,四十年前腊月十六的那天下午,要不是你把我从灶房推到堂心,现在长眠在这儿的应该是我,而不是你!弟弟,你舍命救我,自己是永远瞑目无知了,可是留给我的却是无尽的哀痛啊!你殁后的前二十多年里,我没有哪日哪夜,不是意中与你形相依,梦中与你魂相接!弟弟,每次梦到你的音容笑貌时,我就鄙夷地对我的梦魂说:'你都瞎讲什么啊,我弟弟不是好好儿的吗?'我把我的梦魂责怪一通后,转而再来和你亲近、亲热,你不在了,寻觅不到你了!在确信你真的离开我了,真的是去另一个世界了。弟弟,你能感知到我那会儿心里的滋味吗?

"弟弟,你殁后的第二年正月刚出元宵节,两个舅舅就驾渔船来把我们接回老家了。你殁后没出十天,大大双眼近乎失明,而妈妈头发也完全白了!因为丧子之痛,回老家后,大、妈身体每况愈下,两三年后就相继离世了。大大临终前还一遍遍呼唤着你。弟弟,大大、妈妈生前多次跟我讲,人不能忘恩,是赵姨养了我小,要我永远跟赵姨姓,并且最终征得了我那两个姐姐的同意,在赵姨墓碑落款处补刻上了我的名字。我为我们有这样深明大义的父母而骄傲!

"我们离开条子号前三天,丑儿就被陆姨大领去抚养了。丑儿和六丫是1965年结婚的,他们育有两男一女,大儿刚考上博士,小儿今年高考,以总分第二名的优异成绩被西安航空学院录取。我刚才来时,途经他家,适逢他夫妇送儿上学到县城去了。陆姨大、陆姨妈都是丑儿夫妇为他们养老送终,并遵遗嘱把遗体运回老家安葬的。

"因为小时受苦受累太多,大哥身体一直不好,1964年即从部队转到地方机关。大哥大嫂都在刚搭上四十岁的年纪就去世了,所幸他们的儿女都非常优秀。当年大哥在接到义堂姐夫带去的你遇害的消息时,痛不欲生。大哥去世后,清点遗物时才发现,在解放大西南的许多战斗中,他先后荣立一次三等功、三次二等功、两次一等功。而在生前,对于这些卓著功勋,大哥没有吐露半点。

"桂兰嫂晚于大哥一年去世。她在离世前将政府历年补给大哥的伤残金,一次性捐给了国家希望工程。大嫂虽没有文化,可也算得是崇仁尚义的女中贤达了。

"义堂姐夫、带儿姐姐一直在某军区司令部工作。在解放大西北的大小战斗中,义堂姐夫先后身负二十八处弹伤,造成终生不育。他们曾经憧憬的生一个长得像我们的儿子的愿望,终究没能实现。

"那时刚刚为王嬷嬷办完丧事的带儿姐姐,闻听姐夫受伤立即赶赴部队,陪伴姐夫到老。姐夫、姐姐分别于前年、去年辞世。姐夫临终咳血,嘴里还咳出三颗子弹壳。姐夫在弥留之际仍念着'愿得此身长报国,何须生入玉门关'的诗句。遵照遗嘱,姐夫、姐姐的骨灰都撒在玉门关外大沙漠里。姐夫是生能舍己的七尺男儿,又是死不还乡的千秋雄鬼;而姐姐忠于爱情,矢志不渝,亦可谓清操厉冰雪矣!

"弟弟,我还要告诉你一个人,他就是小沙弥悟敏。悟敏其实是河南安阳人。他父母在流浪乞讨中冻死、饿死后,是一位好心人,用破絮包着,在风雪夜把他送到雷港寺门外的。新中国成立后,在多方帮助下,他找到了他的家。但那时他家里除一位老祖母外已无其他亲人了。悟敏是个非常重情义的人,他每隔两年就到我们家去,为我们大大、妈妈、大哥、大嫂扫墓。据丑儿讲,你这儿他也来过好几次。直到现在,悟敏仍和我有书信来往。"

春来正说着,忽然一阵清风吹来,几朵荆花洒落在他衣袖上。春来拈起一朵看了看,转面抚着荆花树说:"弟弟,这株荆花树还是四十年前从姐夫那荒宅边移来的,当年姐夫叫我们在他宅边栽这棵树时,曾满怀伤感地对你、我和大哥说,以后大家哪怕只有一个人回来,在这树下徘徊凭吊,也算是我们都见面了。

四十年后,我们的哥、嫂、姐夫、姐姐都走了,你的慧骨也久已于此尘封,今天到这里凭吊的只有——唉,弟弟……"沉思许久,春来摸摸坟上土,起身,再次凝望满树荆花,感慨之余含泪低吟着:

坟边荆萼压枝丫,见此心中不胜嗟。
兄弟凋零唯剩我,空垂涕泪对名花!

春来揾揾两颊泪水,提起地上酒瓶,拧开瓶盖,郑重地说:"弟弟,我知道你和我一样,不会喝酒,可是我既拎来了,你就喝点儿吧,哪怕是吞宝剑呢!"春来又用衣袖揩揩眼睛,接着说,"弟弟,来,哥陪你,哥先喝!"春来咕嘟嘟,一口气喝了半瓶,不知是受了酒的刺激,还是情郁于中而溢之于外,春来两眼通红,水渍渍的。

春来将剩下的半瓶酒,先绕坟洒一圈,然后放回坟前,又倚在荆花树边。

开始有些头晕的春来,突然被一声沉雷惊醒了。惊醒过来的春来又猛然想起,说:"弟弟,我怎么都忘啦,这儿还有吃的呢。"春来从挎包里捡出一包小龙人糖果、一盒黄桃罐头、两瓶牛奶,放到酒瓶一块,说,"弟弟,吃吧,边吃边喝!"

春来刚到荆花树下坐下,突然看到满脸血污的牛牛站在丘坟对面,怪他买得多了,买得太好了。春来好惊异又好高兴。春来张开两臂,向前一步,就要拥抱牛牛。牛牛向后退去,不让春来抱,春来只好立在原地,指着几样吃的,用怜爱的目光凝视着牛牛,含泪说:"不多啊,也不是什么太好的呢。弟弟,不能和我们从前比啦。当然,我给你带来的糖果、水果、牛奶,在从前,我们是连做梦都不敢想的,可现在只是一般食品啦。现在的孩子,不仅有水果、牛奶、糖果,他们从婴儿开始,就被当作小皇帝、小公主养啦!他们差不多天天都是锦衣玉食呢,而且这一切全是父母给他们安排妥帖的,他们衣来伸手、饭来张口呢。而我们在他们那个年龄段时,连吃野菜、树皮、草根,都还得亲自去寻找,去挖掘啊!"

春来拿起老算盘,摇了摇,声响如旧。春来说:"弟弟,当年大大讲老算盘见证了我们家几代人的苦难历史,任何时候都不能丢掉! 幸运的是,丢失了四十年后,今天我又把它找到了!弟弟,你也摸摸吧,摸摸它,会让我们更加牢记从前的苦难,珍惜今天的幸福!"春来把老算盘向幻象中的牛牛递过去,但牛牛不仅再次后退着,而且身影渐渐模糊不见了。春来想哭了,但他仍不甘心,希望牛牛能再次现身到他面前。

春来把几样食品、酒瓶和老算盘移动一下,好像讲了上述那些,还意犹未尽。沉默一会,他权当牛牛还站在面前,揩揩眼泪,接下又说:"弟弟,我很是担心,我们的后辈,不像我们小时候那样能吃苦耐劳了,他们一味强调时代不同,理所当然地认为他们是只图享乐的一代人。弟弟,该不是国家为他们创造的生活太优裕了吧?我觉得,弟弟,认为国家和前辈为他们创造了优越的生活,因而就只图享受,不思进取,这从某方面来说是另一类型的腐化堕落的表现呢。国民的腐化堕落,是强国富民的大忌呢!弟弟,也许有人会讲我是杞人忧天,小题大做,会讲我提到的只是国家现代化进程中千百万劳动大军里的某些负能量,是祖国母亲强健肌体上极少数病态的细胞,无碍国家现代化列车的奔腾呼啸,风驰电掣,一往无前!然而对这种高论,我却不敢苟同。是的,具有五千年文明史的我中华泱泱大国,俊彦硕儒、名将良吏等民族精英,灿若繁星,他们在任何时候都是积极向上、奋发进取、气节忠贞、坚如磐石的中华脊梁!但是,我认为,要让我们这样一个泱泱大国,永远屹立于世界的东方,永远跻身世界民族之林,光有少数民族精英是远远不够的,唯有全民族的觉悟,全民族的意志,全民族的奋发,尤其是广大青少年的奋发,我们中华民族才能永远雄踞世界,我们的祖国方可日新月异呢!

"弟弟,也可能是受了想激发我们的后辈,告诉他们别忘记苦难历史,珍惜新时代的幸福生活,激励他们奋发向上,为国家民族效力的情感所驱动,近年来,我萌生了要把我们童年时代受苦受难的经历写出来,作为家族史话传承下去,让我们家的后代——不敢说社会——读读,想想,或许他们能从中有所领悟,有所获益的。唉,虽说这也是一种社会责任、一种使命,然而我又非常抱憾,因为我拙于言辞,苦于没有著书作文的能耐。看来,我的想法虽自认为很美好,但终究也可能只停留在想法上了。

"弟弟,"春来抬起左手看了看,说,"我跟你谈得不少了,天上乌云黑黑的,或许又要下雨,我得到我们的妹夫丑儿家去看看。我明天就要回枞阳,这一走,恐怕要到退休后才能来看你了。"春来向牛牛的坟连鞠三躬,可刚抬脚要走,牛牛又现身面前,说:"二哥,我好想老家。"

春来一喜。牛牛说:"二哥,当年来条子号时,风雨途中,大大就说以后要带我回老家呢。"

春来说:"弟弟,这次来华阳前,你也托梦给我,叫我把你的骸骨迁回老家,葬到大大、妈妈、大哥、大嫂,以及历代祖宗一块去,这事怕要待我退休后才能办了。弟弟,古人说,处处青山埋忠骨,何须马革裹尸还。今人也有埋骨何须桑梓地、人生无处不青山之语,其实只要是埋在我们伟大的国度里,哪儿都行啊!不过你既有回归故里的强烈要求,我还是要尽量让你满足的。"

好像听了这些话后,牛牛高兴了,含泪笑着往春来这边走,春来迎上去,张开两臂再次要拥抱牛牛,可牛牛又不见了……

春来黯然神伤。

"二哥,雷雨就要来了,快回去吧,我们来接你呢。"

春来侧过面,一眼就认出来立在贴地飞驰的云影里喊他的,是他的妹夫丑儿、妹妹六丫。春来没有回答,只向他们夫妇做个知道了的手势。春来仍在牛牛坟前呆呆站着,泪眼模糊。

风雨是何时大作的,又是何时停歇的,春来一点儿也不知道。风雨过后,乌云开处,西天露出一缕斜阳。在斜阳的映照下,牛牛坟茔上野草青青,云雾缭绕。坟边那棵饱含雨滴的荆花树,花儿绽放得既热烈又孤寂,既鲜丽又惨淡;那被风雨摧折而坠落地面的娇艳花瓣,像一双双灵动的眼眸,又像一片片绯红的鹃血……

"快回吧,二哥!"

听到丑儿夫妇在催喊,春来慢慢转过身,迎着风声雨势,怅然离去,洒落在春来身后、牛牛坟前的只有那把老算盘的串串声响,以及春来那无限伤情的点点辛酸泪!

完稿于庚子年十月十五日